Las islas de Barlovento

Elena Santiago

Las islas de Barlovento

Traducción de
Marta Mabres Vicens

RANDOM

Título original: *Inseln im Wind*

Primera edición: junio, 2013

Printed in Spain – Impreso en España

ISBN: 978-84-15725-14-5
Depósito legal: B-11945-2013

Compuesto en gama, s. l.

Impreso en Liberdúplex,
Sant Llorenç d'Hortons (Barcelona)

DM 2 5 1 4 5

Para mis hermanas, Anne y Ulla

Arrójate al mar, allí donde con más furor bramen las olas.

JOHANN WOLFGANG VON GOETHE,
Fausto II

PRIMERA PARTE

Londres y Raleigh Manor

Enero y febrero de 1649

1

Elizabeth se estremeció. Involuntariamente dirigió la mirada hacia el tajo y, de nuevo, deseó poder salir corriendo a toda prisa de ahí y no tener que presenciar aquello por más tiempo. Al llegar ante el palacio, la mera visión del patíbulo ya la había repugnado. El gran tablado, de construcción elevada y guarnecido con una tela negra, parecía un ataúd descomunal.

—¡Es un ultraje! —dijo el padre de Elizabeth. Lord Raleigh estaba pálido, y la voz le temblaba como si estuviera a punto de perder los nervios. Tenía el rostro petrificado; le costaba mucho mantener la compostura ante algo tan inconcebible.

—Desde luego, este espectáculo no contribuirá al buen nombre de Inglaterra —corroboró Harold Dunmore. El terrateniente tenía los brazos cruzados sobre el pecho y contemplaba lo que acontecía en el cadalso con el ceño fruncido, pero también con cierto interés.

Elizabeth, que tiritaba, se arrebujó más en la capa ribeteada de piel. Aquel era un día de enero muy frío, y el viento le azotaba la cara. Aunque se mantenía muy cerca de su padre, le resultaba muy difícil contener los deseos de huir lo más lejos posible de allí. ¡Ojalá todo hubiera terminado ya!

Había transcurrido casi una hora desde que el rey fuera conducido al cadalso desde una puerta-ventana de una sala de *Banqueting House* que daba directamente al patíbulo. Al parecer, el rey Carlos había querido dirigir unas últimas palabras a su pueblo, pero Cromwell, su enemigo mortal, había encontrado el modo de impedírselo. La zona en torno al patíbulo estaba rodeada por tropas. La caballería y la infantería habían cercado el lugar de la ejecución y bloqueaban el acceso desde la calle; así, era imposible que la multitud congregada pudiera entender nada de lo que el rey quería decir. Y no era poco. Carlos I llevaba un buen rato hablando con el obispo y los mandos militares que lo habían acompañado en sus últimos pasos. Un escribano se afanaba en anotar todas sus palabras. Los escasos dignatarios congregados en el cadalso permanecían de pie, cabizbajos, en actitud respetuosa y con caras largas. El verdugo y su ayudante, con los rostros ocultos tras unas máscaras oscuras, se mantenían en segundo plano, a la espera de poder ejercer su cargo.

Por las ventanas de *Banqueting House* se asomaban los curiosos, los funcionarios de alto rango, los religiosos y los pares que habían luchado a favor de Cromwell y que ahora eran recompensados con la mejor vista del final de la monarquía inglesa.

El porte del rey era digno. Se mantenía erguido y rígido, y hablaba con la cabeza levantada.

Durante el discurso del monarca uno de los militares se movió y golpeó, sin querer, la mesa en la que estaba el hacha de la ejecución. Un murmullo recorrió la muchedumbre mientras aquel hombre tan torpe se apresuraba a evitar que cayera al suelo.

Carlos I se interrumpió y, al parecer, hizo una observación divertida que provocó la sonrisa forzada del militar.

El rey continuó hablando un rato más; luego calló, pidió al obispo que le entregara un gorro y se lo colocó él mismo.

A continuación, se dirigió al verdugo. A instancias de este, el rey se escondió los largos rizos de cabello bajo el gorro para que no entorpecieran la decapitación.

El padre de Elizabeth, incómodo, tomó aire.

—¡Por todos los diablos! —comentó, asombrado, Harold Dunmore—. El rey se enfrenta a la muerte sin temor alguno.

Robert, su hijo, se acercó a Elizabeth y la asió de la mano, tratando de consolarla.

Aquellos gestos espontáneos eran muy propios de él. Ella, agradecida, respondió al apretón y disfrutó por un momento de aquella atención. Seguía resultándole difícil hacerse a la idea de que ya llevaba dos semanas prometida a él. Su atractivo físico y el color moreno de su piel, adquirido en el Caribe, destacaban entre los pálidos rostros ingleses.

—Tal vez sería mejor que apartaras la vista —recomendó a Elizabeth—. Lo que va a ocurrir a continuación no es adecuado para las muchachas.

—¡Bobadas! —repuso su padre—. Elizabeth no es una de esas lloronas pusilánimes. Sin duda, una jovencita capaz de galopar por el campo montada en una silla de hombre tiene arrestos suficientes para presenciar la muerte de su rey. Después de habernos acompañado en el trayecto desde Raleigh Manor, ¿debería ahora negar el consuelo de su presencia al desdichado Carlos en el momento de su muerte?

Elizabeth levantó la barbilla, miró a su futuro suegro y replicó desafiante:

—¡No pienso apartar la vista!

No le pareció necesario precisar que ella no los había acompañado para que el rey no tuviera la sensación de morir solo entre enemigos, sino porque su padre la necesitaba. En aquellas tristes horas, él no contaba con ningún otro apoyo. Elizabeth sabía que el hombre prácticamente languidecía de preocupación y de miedo. Su honor lo obligaba a apoyar al rey, pero la ley de la prudencia le exigía no poner en peligro su vida. Los parlamentarios, conocidos también como *round-heads* y liderados por Oliver Cromwell, no tenían miramientos a la hora de castigar a los realistas que se rebelaban abiertamente contra los nuevos dirigentes. Su padre estaba obligado a obrar con prudencia, y aunque ponía todo su empeño en ello, eso lo desgarraba. De haber podido, él habría ofrecido su propia cabeza en lugar de la de Carlos Estuardo. Sin embargo, en el estado actual de las cosas, él no podía más que, en la hora más difícil de su señor, perseverar y acompañarlo hasta aquel amargo final. Aunque Carlos no pudiera dirigirse nunca más a sus amigos y compañeros, los vería allí y sabría que no estaba solo. Elizabeth apartó la mano de Robert, se colocó junto a su padre y le pasó el brazo por la cintura. Él apenas se dio cuenta. Entumecido por el dolor y el espanto, tenía la vista clavada en el tablado.

El rey se quitó la capa y el emblema de la Orden de la Jarretera, que entregó al obispo. A continuación se despojó del jubón y se volvió a abrigar con la capa. Con actitud resuelta, se arrodilló ante al tajo y pronunció una última plegaria con las manos en alto. Al terminar, apoyó la cabeza sobre el bloque de madera. Para entonces, el verdugo ya estaba dispuesto y agarraba el hacha. El monarca extendió la mano a un lado; era, a todas luces, una señal previamente acordada con el verdugo, el cual entonces descargó con fuerza el hacha sobre el cuello desnudo del rey. El hombre conocía muy bien su oficio: la cabeza se separó del cuerpo con un solo golpe.

Un gemido sordo se elevó alrededor, como si la muchedumbre agolpada fuera un único ser herido. Lord Raleigh también gimió, y Elizabeth notó cómo su padre se estremecía. La sangre, de color rojo intenso, salió despedida mientras el cuerpo del monarca se desplomaba contra el suelo; el ayudante del verdugo agarró la cabeza que había caído rodando a sus pies y alzó aquel trofeo empapado, lo mostró al gentío y gritó a todo pulmón: «¡Contemplad la cabeza de un traidor!».

Lord Raleigh se soltó del abrazo de su hija, dio un paso al frente y, enarbolando los puños y transido de dolor, bramó: «¡Cromwell, canalla despreciable! ¡Así ardas en los infiernos!». Su grito fue uno más entre muchos otros. Un alarido bronco se elevó entre el gentío a la vista de la cabeza ensangrentada. La muchedumbre se precipitó entre gritos hacia el cadalso, apartando a los soldados y abriéndose paso en dirección al tablado. Los gritos de rabia, los sollozos y los lamentos impedían oír cualquier tipo de orden; el tumulto era imparable. El cadáver del monarca y su cabeza ensangrentada fueron colocados a toda prisa en un ataúd revestido de terciopelo negro y este fue llevado rápidamente al interior del palacio. Entretanto la gente del público se aproximó en actitud amenazadora al cadalso y se dedicó a empapar sus paños con la sangre vertida; algunos entre lágrimas y otros riendo con burla, cada cual según su orientación política.

Robert Dunmore observó asombrado aquel trajín.

—¡Por Dios! ¿Por qué hacen eso?

—Algunos confían ciegamente en poder hacer un buen negocio con ello —dijo su padre.

—Pero ¿qué tipo de negocio? —quiso saber Robert.

Sin embargo, Harold Dunmore ya había dado la espalda a lo que estaba ocurriendo y se disponía a abandonar el lugar de la ejecución. Para él el asunto ya había terminado. Robert lo siguió encogiéndose de hombros. Mientras se alejaban, musitó para sí: Quizá por las reliquias. Mmm. Podría ser. Locos hay en todas partes, y en Inglaterra más que en cualquier otro sitio.

Elizabeth alargó el cuello y buscó a su padre. El gentío la había engullido. También Robert y su futuro suegro habían desaparecido de su vista. Había quedado atrapada en medio de espectadores furiosos que se regalaban improperios vulgares unos a otros. Los parlamentarios insultaban a los partidarios de los Estuardo y viceversa; aquí y allá empezaban a producirse las primeras riñas. Elizabeth fue zarandeada por distintos lados, apenas podía respirar, y corría el peligro de ser pisoteada o verse empujada al suelo. Unos instantes después, se desató justo a su lado una lucha a vida o muerte. Un hombre colérico, que por su sobria vestidura negra y su austero corte de pelo fácilmente podía reconocerse como un puritano, blandía un grueso bastón contra un caballero vestido con terciopelo y encajes, que se defendía al grito de: «¡Muerte a los asesinos del rey!». Aquel petimetre había desenvainado la espada y estaba dispuesto a utilizarla, pero el gentío lo empujó y le hizo perder el arma, así que continuó luchando con los puños.

Elizabeth no pudo esquivar la situación. Gritó cuando, aprisionada entre los cuerpos apelotonados, se encontró en medio de los dos adversarios; aun así, estuvo a punto de sufrir un varapalo por parte del parlamentario. Entonces, un empujón brusco y oportuno por la espalda la hizo trastabillar hacia delante, de forma que consiguió evitar el golpe por muy poco. Una mano la agarró por el cuello del vestido y la apartó de aquellos adversarios airados. Alguien la asió y se la llevó, más en volandas que tirando de ella, y Elizabeth notó cómo sus pies se arrastraban por el suelo. Mientras todo esto ocurría ella no podía ver nada, ya que la capucha del abrigo le había caído sobre la cara.

Ya fuera del tumulto, notó de nuevo el suelo bajo los pies. Rápidamente se retiró la molesta capucha y se topó con los ojos más azules que ella había visto jamás.

—¡Bien está lo que bien acaba! —dijo Duncan Haynes. Aún sostenía a la muchacha por los hombros para asegurarse de que se tenía en pie. Estaba lívida, y en el rostro se le leía el espanto por lo que acababa de vivir. Ella se tambaleó un poco e inspiró profundamente.

—¡Por poco! —balbuceó con voz temblorosa la joven—. ¡Os estoy en deuda!

—Me llamo Haynes. Duncan Haynes. A vuestros pies.

Se quitó el sombrero e hizo una reverencia educada sin dejar de sostenerla con la otra mano. Prefería ser prudente. Las delicadas jovencitas de la nobleza acostumbraban a perder el sentido en las circunstancias más imprevisibles, bien fuera por acontecimientos desagradables o por un corpiño apretado en exceso. Como en ese caso se habían dado ambas circunstancias, se dijo, era casi un milagro que la muchacha siguiera en pie.

La contempló con curiosidad. Era una joven hermosa, aunque de un modo particular. Las cejas se le arqueaban de forma marcada sobre los ojos de color turquesa, ligeramente rasgados y de pestañas espesas. Tenía la cabellera rizada del color de la miel, y esta contrastaba de forma notable con las cejas oscuras y con su piel, cuyo suave tono aceitunado distaba mucho del pálido ideal de belleza de las nobles inglesas. La curva sensual de su labio superior se veía deslucida por una barbilla muy marcada, en tanto que la nariz llamativa, de corte casi romano, parecía querer contener las redondeces delicadas y aún infantiles de sus mejillas.

Era, sin duda, una criatura llena de contrastes; a pesar de su elevada estatura, no podía decirse que fuera adulta. Duncan imaginó que tendría dieciséis o a lo sumo diecisiete años. A pesar de no conocer su nombre, él sabía que se trataba de la única hija de James Raleigh, ya que los había visto juntos antes y la joven se parecía mucho a su padre.

En los últimos meses, el vizconde de Raleigh había estado en el punto de mira de los espías de Cromwell a causa de su actitud irreconciliable con respecto al nuevo régimen. Posiblemente no había ingresado aún en prisión —a diferencia de otros muchos pares leales a la Corona— entre otras cosas porque durante su juventud se había llevado bien con Cromwell. Por otra parte, James Raleigh, aunque no de forma intencionada, había logrado la proeza de no prestar su apoyo al rey de forma abierta: ni se había lanzado a la guerra junto a él, ni había reclutado tropas para Carlos I. Lo primero no le había sido posible por motivos de salud (se decía que tenía un corazón débil) y lo segundo se debía a sus limitaciones financieras. Según sabía Duncan, el vizconde gozaba de una posición desahogada —de hecho, solo Raleigh Manor y sus fincas ya tenían un valor notable—; con todo, aquel patrimonio, en la época en la que el rey había solicitado apoyo a los pares económicamente fuertes, no pertenecía a James sino a su padre anciano y este, en sus últimos años, se había negado taxativamente a apoyar la causa de Carlos Estuardo, la cual de todos modos ya estaba perdida. Inmediatamente después del derrocamiento definitivo del monarca, el anciano había entregado su alma a Dios: demasiado tarde para que James pudiera demostrar su lealtad al rey.

La joven apartó la mano de Duncan de su hombro y forzó una sonrisa.

—Estoy bien —dijo educadamente mientras se ponía de puntillas y escrutaba a su alrededor.

Duncan se aclaró la garganta.

—Sin duda no habréis venido a este lugar inmundo sola —dijo con tono neutro—. ¿Me permitís que os ayude a encontrar a los vuestros, miss...?

—Elizabeth Raleigh. He venido aquí con mi padre. —Tras una vacilación apenas perceptible, añadió—: Y con mi prometido, Robert, y mi futuro suegro, Harold Dunmore.

Duncan disimuló su asombro. Aunque había oído decir que los dos Dunmore se habían desplazado de Barbados a Londres —el mundo era pequeño, sobre todo cuando se viajaba por las mismas rutas—, hasta entonces no había sabido el verdadero motivo. Duncan creía que los Dunmore habían acudido allí por el mismo motivo que el joven William Noringham, también propietario de una plantación en Barbados: para mejorar las condiciones comerciales del negocio del azúcar, del cual dependía su existencia. Había supuesto que Harold Dunmore pretendía presentar a su hijo a los nuevos gobernantes a fin de asegurarse, en esos tiempos confusos, un desarrollo económico fructífero y la continuación de las relaciones de suministro fundamentales para la pervivencia de su negocio. El hecho de que Harold Dunmore además —o tal vez exclusivamente— estuviera interesado en casar de forma beneficiosa a su único hijo y heredero era, desde luego, toda una novedad.

—Resulta incomprensible que vuestro prometido os haya dejado sola en medio de este tumulto —dijo Duncan—. De no haber intervenido yo en ese momento, vos habríais podido perder fácilmente la vida con un varapalo.

—Robert solo me ha desatendido un momento —adujo la muchacha para defender a su futuro marido.

Duncan arqueó las cejas en señal de asombro.

—¡Eso es imposible! ¿Qué hombre puede desviar su atención hacia otro lado si va con una muchacha como vos?

Ella enrojeció con elegancia ante el cumplido y luego lo miró con más atención. Era evidente que le gustaba lo que veía, porque las pestañas le temblaron ligeramente. Entonces bajó la mirada y carraspeó:

—Bueno, a fin de cuentas, el rey acababa de ser decapitado y, claro, eso ha captado la atención de muchos.

Él miró desconcertado la minúscula contracción en la comisura de los labios y reparó en que la muchacha se había permitido una ocurrencia. Y además una bastante contundente, por la cual más de un partidario del rey la habría agarrado por los pelos y la habría llevado a rastras a la torre de Londres para encarcelarla. Al instante ella reparó en la dimensión de su chiste y se sonrojó aún más. Duncan, en cambio, siempre dispuesto a celebrar una buena ocurrencia, echó la cabeza hacia atrás y rió a gusto. Con el rabillo del ojo se dio cuenta de que Elizabeth respiraba con alivio. Su cara dejaba entrever que se sentía avergonzada. Posiblemente había pensado en su padre, y se alegraba de que él no hubiera oído esa chanza suya a costa de Carlos Estuardo.

—Podéis estar segura de que al rey también le habría parecido divertido —la tranquilizó Duncan con una amplia sonrisa.

Elizabeth también sonrió, primero con timidez y luego de forma abierta, de un modo tan seductor que Duncan no pudo apartar la mirada de ella. Si antes ya le había parecido atractiva, esa sonrisa la transformaba a sus ojos en una joven cautivadora, con un brillo en la mirada que le recordó las claras profundidades de color turquesa del mar Caribe.

Al instante, la sonrisa de ella se desvaneció.

—Tengo que encontrar a mi padre —dijo con cierto pesar—. A buen seguro estará preocupado.

A Duncan le pareció como si, en realidad, fuera ella la que estaba preocupada por su padre. Sin duda, había sido precisamente por eso que ella había acompañado al vizconde a la ejecución. Solo se tenían el uno a la otra; en el curso de unos pocos años, su familia se había visto atrozmente diezmada a causa de distintas enfermedades. Primero habían fallecido de viruela la esposa del vizconde y sus tres hijos. Luego fue una hija, ya casada, quien murió al dar a luz, y a esta la siguió otra hija, esta vez víctima de una septicemia. En ese contexto, la muerte reciente del antiguo vizconde apenas resultaba digna de mención: a fin de cuentas el hombre se encontraba ya en una edad avanzada.

En resumen, la fortuna no había tratado muy bien a los Raleigh, y Duncan estaba muy al corriente de todas y cada una de aquellas calamidades.

Tomó a la muchacha del brazo.

—Venid conmigo. Buscaremos al vizconde. Me quedaré con vos hasta que lo encontremos.

—¿Cómo sabéis que mi padre es vizconde? ¿Lo conocéis?

—Muy poco —dijo Duncan. No le parecía necesario explicar de dónde procedía ese conocimiento.

—Por vuestro aspecto, parece como si vos vinierais del trópico —espetó entonces Elizabeth. Al momento, se mordió los labios—. Disculpad, esto ha sido una insolencia.

—¿Tan evidente resulta mi procedencia? —preguntó él con voz divertida—. ¿Qué os ha hecho pensar que vengo del trópico?

Ella rió entre dientes; a través del grueso tejido de su abrigo, él notaba bajo el corpiño apretado su silueta delgada. Siguió asiéndola del brazo mientras deambulaban entre la muchedumbre, que, ya más apaciguada, se iba dispersando lentamente, buscando con la vista al vizconde y a los Dunmore. Duncan agarró con fuerza el brazo de Elizabeth para apartarla de una boñiga de caballo que humeaba en el suelo a causa del frío.

—Estáis muy moreno —respondió Elizabeth con franqueza—, igual que mi prometido y su padre. Ellos son de Barbados. Está en el mar Caribe, junto a las Indias Occidentales. —Y, con un tono de voz apasionado, añadió—: Allí todo el año es verano. ¡Nunca hace frío!

—Lo sé —respondió Duncan—. He estado a menudo allí. Casi se podría decir que es mi hogar.

—¿Vivís en una de las islas?

—No. Mi hogar es el mar.

Él notó que lo miraba con curiosidad.

—¿Vos sois navegante? ¿Un capitán?

Duncan asintió.

—Tengo un barco, el *Elise*.

—En ese caso, si habéis estado en Barbados, conoceréis a los Dunmore.

—No más que a vuestro padre —afirmó Duncan—. De hecho, solo los conozco de nombre.

Entretanto, la muchedumbre se había dispersado casi por completo, pero aún quedaba el hedor de los cuerpos sudorosos. Y de la sangre y la muerte. La niebla había hecho acto de presencia y se extendía como una manta húmeda sobre el patíbulo negro y sus inmediaciones. Los curiosos que había en las ventanas de *Banqueting House* se habían retirado; la mayor parte de ellos para celebrar su triunfo, pero algunos, sin duda, para lamentar la pérdida de su rey. Ante aquel espectáculo indigno Duncan no había tenido sensación de odio, ni de júbilo; simplemente había sentido repugnancia por la humillación a la que se había sometido al derrocado y también preocupación, pues nadie podía prever cómo afectaría aquello a su negocio en los próximos tiempos.

Duncan contempló pensativo el magnífico edificio que se elevaba por encima de la niebla, la parte más reciente de Whitehall. Con el cadalso delante parecía un símbolo de la ascensión y el ocaso de la casa Estuardo. Carlos I se había arrogado un poder ilimitado, había disuelto el Parlamento y había pretendido dictar y ejecutar leyes en virtud de su propia majestad. Se había dado cuenta demasiado tarde de que se había excedido. Por otra parte, él también había sido víctima del abuso de poder de otros. Había sido ejecutado con arreglo a un falso juicio amañado y a una sentencia contraria a la Constitución, una acción indignante y criminal que ponía en tela de juicio si Inglaterra recuperaría alguna vez la paz tan deseada. Todo aquel que en los próximos tiempos no tuviera que vivir en esa parte del mundo podía considerarse afortunado. De pronto, y a pesar de que hacía muy pocos días que había echado el ancla, Duncan añoró regresar al mar.

—¡Allí! ¡Al otro lado! —exclamó Elizabeth—. ¡Allí está mi padre!

Duncan se volvió hacia donde ella miraba y reconoció al vizconde, apoyado sin fuerzas en un carruaje y sostenido en parte por el joven Dunmore, quien a todas luces intentaba tranquilizarlo con sus palabras. Harold Dunmore iba con impaciencia de un lado a otro y escrutaba por todas partes. Cuando su mirada se posó en Elizabeth se irguió y se detuvo. Sacudió la mano en lo alto.

—¡Aquí, jovencita! ¡Tu padre no se siente bien!

—¡Oh, Dios mío! —dijo Elizabeth y se apresuró hacia ellos.

—¡Que os vaya bien, milady! —exclamó Duncan. Pero la muchacha ya no le oía.

Harold Dunmore estaba visiblemente disgustado.

—¿Dónde has estado todo este tiempo?

Elizabeth no respondió y se apresuró hacia su padre, el cual esbozó una sonrisa de alivio al ver a su hija.

—¡Lizzie! ¡Gracias a Dios que estás a salvo! Empezaba a preocuparme. —Hablaba con dificultad. Tenía el rostro muy pálido, blanco como el encaje del cuello de su camisa. Tan solo sus labios estaban lívidos, como aquella vez cuando... Elizabeth se forzó a no pensar en ello.

—¡Toma aire, padre! —le urgió.

Robert, que todavía sujetaba al vizconde, le estorbaba.

Elizabeth le apartó las manos a un lado y desabrochó rápidamente el cuello de la camisa del vizconde para que pudiera respirar mejor.

—¡Toma aire, padre! —repitió con urgencia. Era lo que le había recomendado el doctor el año anterior, cuando el vizconde había sufrido el segundo ataque grave.

—Tiene que tumbarse —dijo, mirando rápidamente a su alrededor. Al final, clavó la mirada en Robert—. ¿A quién pertenece este carruaje?

Él se encogió de hombros.

—Ni idea. Lleva todo el rato aquí.

El padre del joven se había aproximado y abordó con brusquedad al cochero de librea.

—Abre la portezuela.

—¡Sir, este carruaje pertenece a mi señor! —protestó el hombre.

Harold le dirigió una mirada gélida.

—Este señor es lord Raleigh, y si no puede tumbarse de inmediato morirá y será por tu culpa. Así pues, dime qué prefieres: colgar de la horca por la muerte de este caballero aquí presente o enfrentarte a la reprimenda de tu señor.

El cochero se apresuró a bajar del pescante y a abrir la portezuela. Con su ayuda, Harold y Robert levantaron al vizconde, que respiraba trabajosamente, y lo metieron en el carruaje, donde se tumbó en uno de los dos asientos acolchados. Entretanto, Elizabeth se arrodilló con sus voluminosas faldas a su lado y le dio aire con el abanico.

—Deberíamos llamar a un médico de inmediato —dijo, preocupada.

—Robert, ¿a qué esperas? —preguntó Harold Dunmore a su hijo.

—Es que no sé dónde...

—¡Pues pregunta! —le espetó el padre.

Robert vio la mirada suplicante de Elizabeth y se puso en pie.

—Por supuesto —dijo—. Veré qué puedo hacer.

Se marchó a grandes zancadas y desapareció en la niebla.

—¿Quién era ese tipo con el que hablabas antes? —quiso saber sir Dunmore, que estaba en la calle y la miraba a través de la portezuela.

Ella notó su desaprobación y levantó la barbilla.

—Un capitán. Él ha evitado que la muchedumbre airada me aplastara. Durante el tumulto he perdido de vista a mi padre. Y vos y Robert os habéis marchado tan rápidamente que no he podido seguiros.

—Lamento no haberte vigilado mejor —dijo el vizconde con voz débil.

Elizabeth, aliviada, se dio cuenta de que ya respiraba con más facilidad.

—¿Dónde está ese valiente que te ha ayudado? Quisiera darle las gracias.

—Se ha marchado en cuanto nos ha visto —explicó Harold Dunmore desde fuera—. Seguramente tenía intención de cortejar a vuestra hija, pero al ver que ella ya tenía protección masculina, se ha ido a toda prisa.

—No ha sido así —replicó Elizabeth con vehemencia—. Duncan Haynes es un caballero que...

—¿Has dicho Duncan Hayes? —Su padre se incorporó un poco. En su rostro se reflejó cierto malestar—. Ese nombre me resulta familiar.

—A mí también —dijo Harold Dunmore con expresión furiosa.

Elizabeth frunció el ceño.

—Sí, es posible. Me ha contado que navega a menudo por el Caribe. A él también le sonaba tu nombre, padre. Tal vez os hayáis visto en otra ocasión.

Su padre se encogió de hombros y no dijo nada, como si aquello no tuviera mayor importancia. No fue así en el caso de Harold Dunmore. La mirada del terrateniente tenía la misma expresión que si hubiera mordido un limón.

—Todo el mundo conoce a ese tipo, al menos en las islas del Caribe. Suele ir de una a otra isla de las Antillas y hace escala en todos los puertos en los que hay algo que transportar. Sin embargo, sobre todo se dedica a navegar por el paso de los Vientos y a atacar los barcos de otros capitanes.

Elizabeth abrió los ojos, asombrada. Al mirar atrás, de pronto le pareció percibir el aliento del peligro.

—¿Qué barcos? ¿Ingleses?

Harold Dunmore soltó una breve risa.

—Oh, no, querida. No se atrevería a una cosa así. Aunque, desde luego, nunca se sabe. El tipo es tan avaricioso y están tan obsesionado con hacer fortuna que carece de escrúpulos. Hasta hace poco se había limitado a los galeones españoles del Caribe, a los que apresaba con la bendición de la Corona. —Rió de forma maliciosa—. Pero ahora la Corona ya no existe. ¡Por todos los diablos! ¡Eso va poner en un aprieto a ese tipejo! ¡Salir a corso sin contar con el permiso de la Armada y llenarse los bolsillos a costa de ello es ser un criminal! De todos modos, es lo que siempre ha sido.

—Mister Dunmore tiene razón —musitó débilmente su padre—. Ese hombre es peligroso.

Elizabeth notó un escalofrío que le recorría el cuerpo.

—¿Duncan Haynes es un filibustero?

—Tal vez uno de los peores que hayan navegado jamás por el mar Caribe. Es un pirata sin escrúpulos que merece la horca. Lo mejor es evitar encontrarse con él.

—Pero me ha salvado la vida —objetó Elizabeth.

—Una vida que te puede quitar también en cualquier

otro momento. Solo hay un lugar para él: el más profundo de los infiernos.

2

Duncan Hayes cavilaba sobre su futuro cuando, una semana después, se presentó en las oficinas del almirantazgo sin saber lo que le aguardaba. El cambio de poder en Londres provocado por el derrocamiento de la monarquía lo había llevado a mantenerse alejado por el momento de su antigua patria. Las cartas que le llegaban a intervalos irregulares no auguraban nada bueno, igual que lo que oía decir a los navegantes con quienes tenía amistad. A los parlamentarios, se rumoreaba, les faltaba tiempo para poner orden donde aún había partidarios del monarca en los resortes del poder. El antiguo almirantazgo, siempre y cuando no se hubiera pasado a Cromwell, había sido relevado o bien proscrito. Muchos de los antiguos comandantes de escuadra habían huido con una parte de la flota hacia Francia, donde se habían puesto al servicio del nuevo rey, Carlos II, hijo del asesinado Carlos Estuardo. Ahora otros hombres ostentaban el mando de la flota, que había dejado de llamarse Real Marina Británica para denominarse, simplemente, la flota del Parlamento.

Para su alivio Duncan fue recibido con cortesía, por no decir con cordialidad; fue objeto de mucha más atención que en tiempos lejanos, en los que se le había concedido la primera patente de corso. En aquella época se la había entregado un funcionario del almirantazgo real con malas pulgas que solía cuestionar la idoneidad de los capitanes corsarios como marinos íntegros y que había advertido repetidamente de las consecuencias fatídicas que habría en caso de que desapareciera la presa marítima. La única protección de que disfrutaba como filibustero por parte de la Corona consistía en no ser ahorcado en cuanto entraba en territorio inglés. Para todos los demás países del mundo él era un pirata infame y carne de patíbulo.

Los caballeros con quienes Duncan se reunió esa vez le ofrecieron asiento y encargaron jerez y pastas al servicio. A la entrevista asistió incluso el almirante Blake en persona, un hombre corpulento de unos cincuenta años que recientemente —y pese a carecer de conocimientos náuticos dignos de mención— había sido nombrado comandante en jefe de la flota parlamentaria por Cromwell. Además de él había comparecido también el almirante Ayscue, un marino experto que había servido como capitán de escuadra durante la guerra civil. Tenía algo más de treinta años, lucía un afeitado apurado y hablaba con una voz acostumbrada a dar órdenes. Completaba el grupo reunido Edward Montagu, un conde que, a pesar de sus jóvenes años —apenas había cumplido los veinticinco—, ya había hecho carrera en el almirantazgo. También él había prestado su apoyo a Cromwell durante la guerra y pasaba por ser uno de sus amigos más cercanos; posiblemente ese era uno de los motivos por los que se le auguraba un futuro brillante en la flota.

Duncan tomó un sorbo de su jerez y participó en la conversación, que hasta el momento solo había girado en torno a asuntos sin importancia. Hablaban como si no se hubiera mostrado al pueblo la cabeza ensangrentada del rey una semana atrás, ni días más tarde se hubiera disuelto la Cámara Alta.

Duncan se mantenía alerta. Resultaba extraño que, por la mera solicitud de una patente de corso —que hasta el momento había sido real—, la élite de la nueva comandancia se hubiera reunido de inmediato para conversar con él, un simple capitán de fragata. Su alivio se había convertido en cautela en el preciso instante en que el almirante Blake entró en la sala; cuando este había pedido a un criado que sirviera jerez y pastas, Duncan empezó a recelar.

La charla se aproximaba, con rodeos, al tema en cuestión. Duncan reparó en ello en cuanto empezaron a surgir las primeras preguntas personales.

—Decidnos, capitán Haynes, ¿qué os llevó a dedicaros a la navegación? —El almirante Blake formuló esta pregunta como de pasada, pero no logró engañar a Duncan.

—Bueno, en cierto modo, yo me crié entre barcos —dijo Duncan—. Fue en un pueblecito al sur de Essex, a menos de medio día a caballo de aquí. Mi abuelo por parte de madre tenía un astillero allí. Tras la muerte de mis padres me fui a vivir con él.

—¿Tenéis experiencia en construcción naval?

—Un poco.

—Pero posteriormente estudiasteis, ¿verdad? —Blake sonrió con amabilidad—. Según me dijeron, en la misma institución que yo.

El hecho de que el almirante tuviera noticia de sus estudios en Oxford solo podía significar una cosa. Duncan se expresó con elegancia.

—Estáis extraordinariamente bien informado sobre un insignificante capitán, milord.

Blake negó con la cabeza.

—«Insignificante» es una palabra que no hace justicia a un hombre como vos. Y además, resulta inapropiada. ¿Cómo, si no, explicaríais la fama que os precede?

—Si con ello os referís al *Santa Viola*... Fue un auténtico golpe de suerte que un corsario no tiene cada día.

De hecho, Duncan había tenido más suerte que ingenio para hacerse con aquella presa. El galeón español, repleto de plata procedente de las minas mexicanas, había quedado incapacitado para maniobrar después de una enorme tormenta, y tres cuartas partes de la tripulación yacían en los coyes, víctimas de la fiebre. Sus reservas de agua estaban en mal estado y el resto de los barcos de la escuadra habían sido dispersados o bien hundidos. Duncan había dejado a los españoles supervivientes en botes auxiliares frente a Tortuga y, antes de regresar a Inglaterra con cofres llenos de plata, había abandonado al galeón malogrado a la deriva. Aquello había sido un regalo caído del cielo. Al rey le había sido muy ventajosa la parte que le correspondía legítimamente en el botín ya que, por aquel entonces, Carlos se había aliado con los escoceses para, con su ayuda, atacar a su propio pueblo y necesitaba hasta el último penique para proseguir con aquella guerra sangrienta.

Duncan se aclaró la garganta con cierta incomodidad. Bien mirado, tal vez había sido un poco torpe por su parte juzgar el botín como un «golpe de suerte», puesto que, sin duda, a Cromwell no le había hecho ninguna gracia que aquel dinero hubiera ido a parar a los bolsillos de su enemigo jurado.

—Según cuentan, navegáis sobre todo por las Antillas —comentó el joven conde con tono amigable—. Por todo lo que hemos oído decir de vuestra persona, no hay muchos capitanes ingleses que conozcan tan bien el Caribe como vos.

De hecho, se dijo Duncan, no había ninguno. Guardó silencio en actitud expectante.

—Al parecer, tenéis un excelente buque de vela, una fragata rápida con tres docenas de cañones, ¿es así? Se rumorea que se lo arrebatasteis a un francés.

Realmente se habían informado muy bien sobre él. El recelo de Duncan fue tornándose en interés. Querían algo de él y, al parecer, era algo de gran importancia para ellos.

—Bueno, sí, pero antes aquel tipo había pretendido quedarse con mi barco. —Duncan sonrió—. Era un pirata.

Aquella palabra fue, a todas luces, la que les dio pie a tratar el asunto que los había llevado hasta allí.

—Capitán Haynes, sin duda sabéis que, a partir de ahora, Inglaterra es una república —dijo el conde, como de pasada.

—Eso he oído decir —repuso Duncan sin más.

Los hombres se echaron a reír. El conde se reclinó satisfecho en su butaca y saboreó su copa de jerez. El almirante Blake juntó las manos con una expresión de concentración.

—Dejemos de andarnos con rodeos, capitán Haynes. Inglaterra necesita hombres como vos: hombres valientes que conozcan bien la navegación. Hombres que, ante los cañones enemigos, no huyan como de la peste, sino que estén dispuestos a poner su coraje y su capacidad al servicio del imperio, incluso en los rincones más remotos de la tierra.

—¿Como, por ejemplo, en el Caribe? —preguntó Duncan con las cejas arqueadas. A esas alturas, estaba a punto de estallar de curiosidad.

El conde sonrió y dejó su copa a un lado.

—Veo que nos entendemos.

El general Ayscue, que hasta entonces no había dicho gran cosa, se recolocó la banda roja que llevaba convenientemente plegada sobre su jubón marrón.

—Hablemos entonces sobre qué podéis hacer vos por vuestra patria.

3

Aproximadamente a esa misma hora, otro hombre joven participaba también en una conversación importante. Sin embargo, a diferencia del capitán de fragata Haynes, a él no se le había dispensado una recepción especialmente cordial. No había jerez ni pastas, tan solo un saludo formal por parte de un funcionario del Parlamento rabadilla,* el cual le ofreció un taburete

* El Parlamento rabadilla, conocido en inglés como *Rump Parliament*, es el nombre con que se conocía el Parlamento inglés durante la gue-

para sentarse mientras que él, en cambio, se mantuvo de pie detrás de su pupitre para atrincherarse y, a la vez, adoptar una postura de superioridad con respecto a su interlocutor.

William Noringham se esforzaba en no demostrar la rabia que ardía en su interior al ver a aquel impertinente arrogante erigiéndose por encima de él; sin embargo, si no quería echar por tierra su solicitud, tenía que mantener la calma. Al cabo de unos minutos, se dio cuenta de que aquel tipo, aunque pertrechado con varias insignias y condecoraciones que informaban de su rango, no tenía voz ni voto. En la medida en que tuviera alguna potestad para actuar, esta se limitaba, con una probabilidad muy elevada, a transmitir las solicitudes de importancia y a desechar las que no lo eran.

William, por lo tanto, había hecho bien en formular también por escrito su petición contra el comercio de esclavos; al menos así se incrementaban las posibilidades de que llegase a las autoridades adecuadas. Estiró una pierna, pues estar sentado en aquel taburete le resultaba incómodo.

—El comercio de esclavos —explicó al funcionario, que lo miraba con aburrimiento— está adquiriendo proporciones espantosas puesto que los holandeses y los portugueses llevan cada vez más cantidad a las colonias. En Barbados pronto habrá más hombres negros que blancos. Y parece ser tan solo el principio.

—Sí, pero ¿no acabáis de decir que también sois propietario de una plantación de caña de azúcar en la que trabajan negros? ¿Cómo, entonces, podéis estar en contra de la esclavitud?

—Yo trato bien a mis esclavos —repuso William con frialdad—. Ninguno de ellos padece. Aunque personalmente

---

rra civil inglesa después de que se depurara a los opositores a Cromwell y tras condenar al rey a morir decapitado. *(N. de la T.)*

la esclavitud me parece una atrocidad, también soy consciente de que sin el trabajo de los esclavos no se podría cultivar azúcar, ni algodón, ni tabaco en el volumen necesario para que el cultivo de las plantaciones sea lucrativo.

—Dicho de otro modo, ¿aprobáis en principio la esclavitud?

—En absoluto —repuso William con franqueza—. Sin embargo, ya que existe, al menos es preciso combatir los excesos más atroces. —Prosiguió en tono serio—. ¿Habéis presenciado alguna vez la descarga de un barco negrero?

—No. Como sabéis, en Inglaterra no hay esclavos.

—Bien, entonces permitidme que os diga que es la cosa más abominable que un cristiano puede imaginar. Cuando llega el barco, por lo menos una cuarta parte de ellos están muertos.

—¡Ah, ya entiendo! —dijo el funcionario—. Lo que a vos os interesa es la pérdida de valor de la mercancía. ¿Acaso habéis invertido en participaciones en barcos que luego os han perjudicado? —Sacudió la cabeza, pensativo—. En tal caso, deberíais tratarlo con el transportista correspondiente porque el gobierno no puede ser considerado responsable de estas mermas.

William, incapaz de permanecer por más tiempo sentado en aquel mísero taburete, se levantó airado.

—¡Es evidente que no queréis comprenderlo! —exclamó—. ¡Este tipo de comercio con personas no solo es una vergüenza! ¡Además es pecado! ¡Es un asesinato de inocentes con fines puramente lucrativos!

—Milord, no estoy sordo. No hace falta subir la voz de este modo. Por cierto, ya que mencionáis los beneficios, considerad también que vuestras ganancias dependen del comercio con los negros. Dado que vos, según decís, sois el propietario de una de las mayores plantaciones de Barbados, sin duda necesitáis muchos esclavos para cultivarla. ¿De dónde pretendéis obtenerlos si no es a través de tratantes de esclavos? ¿Cómo podéis reclamar por una parte el derecho a enriqueceros por medio del trabajo de los esclavos y, por otra, privar a los tratantes de esclavos que os los proporcionan del derecho a ganarse la vida con ello?

—Vuestro reproche está justificado. —William no era un hombre que cerrara los ojos a los hechos, y menos aún a aquellos de una evidencia tan meridiana—. Pero, sin duda, no es lo mismo intentar obtener ganancias y comportarse con los esclavos como personas que enriquecerse tratándolos peor que a alimañas. A los negros se los azota, se los maltrata, son marcados a hierro y son encerrados como si fueran ganado. Es más, si a sus propietarios se les antoja, los ahorcan en cualquier árbol sin que medie ningún tipo de juicio, o bien son conducidos hasta la muerte de algún otro modo igualmente atroz. Y no hay nadie que se oponga porque no hay ninguna ley al respecto.

—Por la información de que dispongo, la opinión general es que los negros no son personas sino que, en realidad, están más cerca de los animales. Basta tan solo con contemplar su aspecto físico para secundar este punto de vista.

William gimió por dentro. Si aquello era la nueva República de Inglaterra, mal iban las cosas.

Le pareció que había llegado el momento de sacar del bolsillo de la chaqueta la solicitud que había preparado y puso en la mano del funcionario el rollo escrito. Este lo tomó, vacilante, y lo contempló como si mordiera.

—¿Qué es eso?

—Si me lo permitís... Aquí está todo por escrito. En la primera parte he descrito la situación desde el punto de vista de los terratenientes de Barbados; en la segunda, he esbozado una tesis sobre el modo de abordar el problema de forma adecuada. Si lo hicierais llegar a quien corresponde, serviríais muy bien al interés común.

—Milord, ¿esta tesis vuestra coincide también con la opinión de los demás terratenientes de Barbados? —preguntó el funcionario.

—Por supuesto —mintió William—. Soy el presidente del Consejo de la *House of Burgesses.*

Esto, en cambio, era la pura verdad, si bien como tal él nunca había podido decidir nada, ya que hasta el momento en Barbados todos los terratenientes llevaban su negocio más o menos a discreción. A ello había que añadir el hecho de que la Cámara Baja, como nuevo poder del gobierno, jamás había reconocido al Consejo como gremio oficial. Para el gobierno inglés, Barbados solo era una de tantas colonias. Sin embargo, como productora de azúcar, la isla iba muy por delante de las demás y, si ahora él no desviaba la atención a otros problemas, tal vez no volvería a tener la oportunidad de hacerlo.

—Sir, lo que necesitamos y queremos de forma imperiosa son leyes obligatorias. Leyes que regulen el modo de transportar y tratar a los esclavos así como las premisas para obtener su libertad. —Al hablar enfatizó las palabras más importantes para destacar así la urgencia del asunto.

El funcionario asintió, pero William, muy a su pesar, no podía adivinar si lo había impresionado lo bastante. Había hecho todo lo posible, pero ¿era eso suficiente? Mientras abandonaba la estancia, empezaron a asaltarlo las dudas ya que el funcionario, después de dejar su escrito a un lado con negligencia, se había enfrascado en la lectura de otros documentos, antes incluso de que William hubiera cerrado la puerta tras de sí.

Aun cuando su solicitud fuera tramitada, suponer que los responsables del gobierno regularían por ley los derechos de los esclavos sería de una gran ingenuidad. Quien hacía negocios también quería ganar dinero. Más esclavos significaban más dinero. Por lo tanto, continuarían metiéndolos en un único barco, cuantos más mejor, pues el espacio en la bodega era caro. Las mermas ya entraban en los cálculos puesto que en cualquier momento se podía obtener mercancía de repuesto y de forma ilimitada. De ello se encargaban los portugueses, los cuales, con la colaboración de jefes de tribu corruptos, secuestraban a riadas de personas que llevaban desde el interior del país hasta la costa de los esclavos, donde los holandeses no tenían más que meterlos en sus buques. ¿Por qué razón los comerciantes ingleses harían otra cosa si así era rentable? ¿Por qué atarse las manos con leyes? Las grandes compañías comerciales disfrutaban de enormes privilegios y de un poder ilimitado, llevaban las riendas de la política; a fin de cuentas, solo regía un poder: el del dinero.

Una vez en el exterior, al aire libre, el tiempo era húmedo y frío. La constante llovizna y el viento gélido de febrero acentuaban de forma persistente el deseo de William de volver la espalda a Inglaterra cuanto antes. Su afán por conseguir una legislación obligatoria sobre el tema de la esclavitud no había sido, de hecho, el motivo de su viaje, pues este lo había satisfecho hacía tiempo: tras la muerte de su abuela se había tenido que ocupar de la liquidación de su legado. En menos de tres semanas había encontrado un comprador para la residencia familiar y había vendido los objetos de valor. Exceptuando unas cuantas transacciones comerciales de poca importancia, no había tenido mucho más que hacer.

Se levantó el cuello del abrigo y se esforzó heroicamente en no mostrar el frío que sentía castañeando los dientes, a la vez que se dirigía a grandes zancadas hacia el carruaje alquilado que lo aguardaba al otro lado de la calle. Para él, el frío era terrible. ¿Cómo podía la gente soportarlo durante mucho tiempo?

Estaba harto de Inglaterra. Nunca había sentido añoranza de su patria, pero no era de extrañar, pues apenas recordaba haber vivido en ella alguna vez. No recordaba ni siquiera si él tenía tres o cuatro años cuando sus padres habían decidido embarcarse hacia el Caribe.

Solo tenía un hogar: Barbados, la isla de Barlovento.

4

Felicity, la prima de Elizabeth, hojeaba las notas de un tal Richard Hakluyt. Algunos pasajes la habían maravillado tanto que de vez en cuando soltaba grititos de espanto o de admiración.

—¡Oh, Dios mío, Lizzie! ¡Imagínate! No muy lejos de Barbados hay una isla habitada por caníbales. ¿Qué haremos si atacan Barbados de forma furtiva porque se han quedado sin comida?

Elizabeth, que había leído varias veces las notas de viaje de Hakluyt y de muchos otros, y que ya se había planteado anteriormente esas preguntas, abandonó su propia lectura —un aburridísimo tratado titulado *Guía para la joven novia*— y se levantó de su butaca para aproximarse a la ventana.

—No lo harán. No tenemos que temer por ellos. Robert me ha dicho que no se atreven a ir a Barbados. Además, entre Barbados y las islas donde viven esos salvajes hay mucha distancia. Está demasiado lejos para ellos.

Elizabeth miró por la ventana con melancolía. El cielo se mostraba oscuro y encapotado, pero se estaba aclarando por el este. Ese día podría salir a caballo: el viento le quitaría de la cabeza pensamientos enojosos.

—¡Oh, Lizzie! ¡Estoy tan nerviosa...! —Felicity dejó a un lado el texto de Hakluyt y se acercó a la ventana junto a Elizabeth—. ¡Quedan aún dos jornadas! ¡Y por fin será el gran día! ¿No te hace ilusión?

«¿Cómo que dos jornadas? ¡Pero si faltan tres!», iba a replicar Elizabeth, pero entonces reparó en que Felicity no hablaba de su partida sino de la boda. Elizabeth procuraba con todas sus fuerzas no pensar en ninguna de ambas cosas. La idea de convertirse en una mujer casada al cabo de pocos días y de cruzar el océano con su marido tenía un matiz desagradablemente definitivo para ella. Al pensarlo ya echaba de menos a su padre y se le encogía el corazón al darse cuenta de que no lo vería durante mucho tiempo, tal vez incluso nunca más. Tener permiso para que su prima la acompañara le daba confianza, pero eso no impedía que sintiera aprensión ante la inminente despedida.

Felicity revoloteó en torno al vestido de novia que colgaba en la pared: era una hermosa prenda de seda clara, con corpiño estrecho, mangas de farol y verdugón, que hacía que oscilara la tela ligeramente por todos los lados.

—¡Vas a parecer un hada de cuento! ¡Y olerás igual!

Olfateó la tela que las modistas habían envuelto en saquitos de flores olorosas durante una semana antes de cortarla. Siguió revoloteando, primero hacia los zapatos, que estaban decorados con bordados de perlas y hebillas de plata. Luego contempló el adorno para el cabello: una tiara de lapislázuli que, sobre un fondo de terciopelo, competía en destellos con los de sus ojos. Acarició el velo y las medias así como la enagua blanca, y comentó emocionada todos y cada uno de los detalles, aunque fueran nimios, a pesar de que previamente las dos ya lo habían examinado todo con atención por lo menos tres veces. El entusiasmo de Felicity por cualquier cosa relacionada con la inminente boda no tenía límite, a pesar de que, tal como el vizconde había subrayado desde el principio, la celebración sería sencilla, con una ceremonia discreta, en la intimiedad y con pocos invitados.

Personalmente, Elizabeth también lo había querido así. Apenas hacía un año que habían fallecido su madre y sus hermanos, y le parecía que celebrar una fiesta por todo lo alto no era adecuado. Si, a causa de los parlamentarios, no hubiera sido tan acuciante celebrar una boda políticamente adecuada, ella jamás se habría prestado a ello, y menos aún con un hombre al que apenas conocía. Con todo, se decía, habría podido ser mucho peor. Robert Dunmore no era de origen noble, pero era culto, y su familia era acomodada. Además se trataba de un hombre extraordinariamente atractivo: alto, esbelto y con un rostro que provocaba miradas furtivas entre las criadas de Raleigh Manor, incluso por parte de la vieja cocinera. La propia Felicity se deshacía a cada paso en elogios hacia el futuro marido de Elizabeth y auguraba, con toda suerte de florituras, un amor eterno, pues según ella entre dos personas tan bellas no podía darse otra cosa.

En la planta baja, en el vestíbulo, colgaba un óleo en el que se veía un mensajero de los dioses de rizos dorados y ya en edad adulta. Aquel personaje se parecía a Robert de un modo tan asombroso que se podría pensar que había posado como modelo para el pintor. Además, su prometido tenía un carácter alegre y afectuoso, buscaba con frecuencia la cercanía de ella y a menudo la tomaba de la mano para apretársela un poco. En una ocasión, estando a solas en la biblioteca contemplando el gran globo terráqueo, Robert se había inclinado hacia ella y le había dado un beso en el cuello. Un suave escalofrío le había recorrido todo el cuerpo, y si en aquel momento no se hubieran oído los pasos firmes de su padre aproximándose a la puerta, tal vez él se habría permitido algo más.

—Muy pronto —le había murmurado al oído acariciándole el cabello con los labios—. ¡Muy pronto serás mía!

Durante un buen rato, el corazón de Elizabeth había palpitado con fuerza.

Por lo demás, hasta el momento no había habido ninguna oportunidad de estar a solas. Allí donde se encontraba Robert, acostumbraba a estar también su padre. Pocas veces perdía de vista a su hijo. En una ocasión, ella había bromeado un poco al respecto con Robert, a lo cual el joven, tras asegurarse de que su padre no los escuchaba, había respondido con una sonrisa: «De joven estuve a punto de morir ahogado. Desde entonces mi padre teme que me pase algo antes de hacerlo abuelo. Tienes que saber que su mayor deseo es fundar una dinastía y, cuanto antes, mejor».

Al oír esas palabras, Elizabeth se había sentido algo incómoda, aunque no estaba segura de si le había inquietado la idea de ser madre muy pronto o le molestaba más pensar que tal vez Harold Dunmore la controlaría igual que a su hijo.

—Voy a salir a caballo —dijo a Felicity con decisión.

Su prima hizo un gesto de contrariedad.

—¡Oh! ¡Pero si hace muy mal día! Mejor juguemos a piquet. O toquemos un poco de música...

—Esto lo podemos hacer cuando caiga la tarde y haya oscurecido.

Elizabeth no quería renunciar a aquella salida. Estaba dispuesta a disfrutar hasta el final de las pocas ocasiones en que aún podía recorrer a caballo las tierras que le eran familiares. Se vistió con la ropa de cabalgar y bajó la escalera. En el vestíbulo oyó, por la puerta entreabierta de la biblioteca, las voces de su prometido y de su futuro suegro.

—... podrás hacer lo que quieras, pero hasta entonces te vas a controlar, ¿te ha quedado claro? —estaba diciendo a Harold Dunmore.

—Por supuesto —repuso Robert.

Parecía disgustado. Era evidente que le molestaba que su padre lo controlara tanto; a fin de cuentas, no era un niño. Ya tenía veintiún años. A ella misma, con diecisiete, hacía tiempo que su padre ya no la trataba como una niña pequeña. Al contrario: a veces le parecía que ella era la adulta y el vizconde la persona a su cargo.

De camino a los establos encontró a su padre, con las botas cubiertas de barro y la cara enrojecida de frío. Los perros retozaban a su alrededor entre ladridos, pero callaron de inmediato en cuanto él se lo ordenó.

—Lizzie —dijo sonriendo. Ella se dio cuenta, aliviada, de que se había recuperado. Después del último ataque al corazón había temido mucho por su vida, pero, para su alegría, al cabo de unos pocos días él ya volvía a ser el de siempre—. ¿Vuelves a salir a caballo?

Ella asintió.

—Por supuesto. Luego voy a tener que prescindir de ello durante semanas.

El vizconde le acarició el cabello; luego se dejó llevar por sus sentimientos y la abrazó cariñosamente.

—Voy a echarte mucho de menos, hijita.

Elizabeth sintió un nudo en la garganta. No. No iba a ponerse a llorar entonces porque sabía que si lo hacía, a su padre se le partiría el corazón. Después de que uno de sus informadores de Londres acudiera con el mensaje de Harold Dunmore, él había accedido a escuchar al terrateniente tras muchas vacilaciones. Elizabeth había sido la que lo había animado a llevar adelante el asunto, pero solo después de haber visto a Robert por primera vez y haberse dado cuenta de que, al menos externamente, tenía todo cuanto una chica joven podía desear en un hombre. Era consciente de que la situación de Raleigh Manor no era óptima. Aunque, gracias a los buenos ingresos que proporcionaban las tierras, había suficiente dinero, el vizconde tenía enemigos en el Parlamento por haber defendido con vehemencia y hasta el final la causa del rey, y no haberse puesto a tiempo del lado de los republicanos. De hecho, le habían llegado noticias de que se estaba considerando la posibilidad de encarcelarlo. Así las cosas, unir a su hija en matrimonio con un puritano íntegro como Harold Dunmore parecía ser el único camino sensato.

Todos los implicados se beneficiarían de ello: el vizconde, porque dejaría de temer la acusación de traidor; los Dunmore, porque, con la dote generosa de la novia, podrían comprar más tierras en Barbados, y finalmente Elizabeth, porque celebraría un buen matrimonio.

El padre la miró inquisitivamente.

—¿Estás segura de que hacemos lo correcto? Basta con que tú me digas lo contrario y lo desharé todo.

—Claro que estoy segura. Apenas puedo esperar que llegue el momento de ver el Caribe. ¡Imagínate, allí el invierno no existe! Podré cabalgar todos los días, año tras año.

—¿Y... Robert? ¿Crees que será bueno contigo? —Lord Raleigh la miró con cierta preocupación.

Hasta ese momento él no le había planteado esa cuestión de un modo tan directo, pero a Elizabeth tampoco no le costó disiparle las dudas con respecto a su futuro marido.

—Robert es atento y amable. Su padre tal vez es... bueno, algo severo. De todos modos, yo no me caso con él, sino con Robert. ¡Y la verdad es que lo aprecio mucho! Seguro que llevaremos una vida maravillosa en Barbados.

Miró a su padre con los ojos brillantes. Al parecer, había logrado transmitirle su felicidad por el futuro que le aguardaba, porque el vizconde respondió a su sonrisa con un alivio evidente.

—¡Vamos, vete a cabalgar! —le dijo en tono cariñoso—. Si no, lograrás que me resfríe.

Llamó a los perros con un silbido y se marchó hacia la casa. Elizabeth lo vio partir, con el corazón henchido de amor y de preocupación. Luego se volvió y se encaminó hacia los establos.

El mozo de cuadra ya había ensillado a Pearl. Elizabeth ofreció a la yegua blanca una manzana arrugada, que desapareció al instante. Luego sacó a Pearl del establo y montó con un salto ágil. Sabía que a sus espaldas la criticaban por montar en silla de hombre. Al principio incluso su padre había intentado quitárselo de la cabeza, pero siempre se había mostrado muy transigente cuando ella pretendía imponer su voluntad.

A ella le había preocupado que su nueva familia —y, en concreto, su futuro suegro— pudiera criticar esa afición e incluso se la prohibiera, pero, para su asombro, Harold Dunmore había dicho, mientras se encogía de hombros, que a él le importaba un comino cómo montaba a caballo una mujer. Lo único importante para él era que lo hiciera bien y que no se cayese. Además, había añadido, se encargaría personalmente de que durante la travesía a la yegua no le faltara de nada; a fin de cuentas, ya había trasladado al otro lado del océano, sanos y salvos, media docena de caballos.

Elizabeth dejó que Pearl se desplazara un poco por el patio; luego la hizo pasar junto al prado con los manzanos y finalmente la dirigió hacia el sendero trillado que iba en dirección al mar. En cuanto llegó a un espacio abierto, hizo trotar a la yegua. Al cabo de un rato, se cansó de aquel paso, clavó los talones en los flancos de Pearl y levantó las riendas.

—¡Arre! —gritó—. ¡Arre, preciosa!

Se lanzó a galope tendido y cabalgó por sotos espesos, por prados y entre arbustos. Aquel paisaje, levemente ondulado, con riachuelos y torrentes en medio de vegas verdes y densos bosques, era su hogar. Conocía todos los rincones y habría sido capaz de encontrar el camino que descendía hacia la costa incluso con los ojos cerrados. Aquí y allá había casas de campo agazapadas detrás de muros de piedra y setos, rodeadas de campos y pastos para el ganado, y unas aldeas diminutas bordeaban el camino. El cielo entretanto se había despejado un poco, y las nubes casi se habían retirado por completo. El humo se levantaba ondulante por encima de las chimeneas, elevándose por el cielo despejado de invierno. Elizabeth atravesó a caballo una de esas aldeas, vio el humo a sus espaldas y fue presa de una extraña sensación de pérdida. Varias miradas la siguieron desde las puertas de los hogares, y algunos aldeanos la saludaron con alegría. En general, la hija del vizconde era apreciada, aunque se cuchicheaba acerca de su escandaloso modo de montar y se criticaba su falta de pudor.

Elizabeth oyó y olió el mar, y en cuanto dejó atrás la última población lo vio al fin. Las olas arremetían ruidosas contra la costa rocosa, y el viento glacial llevaba consigo el olor salobre de la espuma. Al ver el mar pensó en el filibustero, en la extraña sensación que había despertado en ella saber de sus salidas a corso, una mezcla de fascinación y de tremendo pavor. Era como encontrarse ante un camino del que no se sabía si ocultaba peligros, promesas, o ambas cosas. Para su disgusto, desde ese día en Londres, había pensado a menudo en él. Se había intentado imaginar qué clase de persona podía ser; se preguntaba si tenía familia y dónde podía vivir, aunque, tal vez, lo hacía en su barco. Con todo, se dijo, probablemente no lo volvería a ver nunca más y era inútil calentarse la cabeza pensando en él.

Cabalgó por el camino que acostumbraba a tomar, pasando junto a cascajales y maleza hasta que asomó ante ella la casa de campo derruida, la cual estaba medio escondida detrás de unas matas de enebro espesas. Para su asombro, observó que de la chimenea salía humo. Aquella casita vieja y medio ruinosa siempre había estado deshabitada. Cuando salía a caballo a menudo iba allí y dejaba que Pearl paciera un poco mientras ella se sentaba en el borde de piedra de la terraza y contemplaba el mar.

Extrañada, descabalgó y tomó a Pearl por las riendas. Al acercarse a la casa vio a un hombre de pie cortando madera entre los arbustos de rosas abandonados. Estaba de espaldas a ella y, mientras alzaba el brazo con el hacha para golpear los leños, la camisa se le agitaba con el viento. Llevaba el cabello oscuro recogido en la nuca e iba arremangado. Entre los omóplatos, en la camisa, tenía una mancha oscura a causa del sudor; cuando, después de dar el último hachazo, se volvió a un lado para colocar un nuevo leño en el tajo, Elizabeth se dio cuenta de que su rostro también estaba bañado en sudor.

Soltó un grito de espanto al reconocerlo. ¡Era Duncan Haynes, el capitán! En un instante de locura pensó que eso no era más que un espejismo creado por sus necios pensamientos. Pero él la había oído y se había dado la vuelta, tan sorprendido como ella. Se acercó poco a poco, con una sonrisa de asombro en la cara. Con una mano sostenía el hacha tranquilamente, mientras con la otra agarraba una punta de su camisa para secarse el rostro con ademán negligente. Se inclinó un poco y no pareció que le molestara llevar la camisa tan abierta que dejaba totalmente al descubierto el pecho y el vientre.

—¡Lady Elizabeth!

—Mis saludos, capitán Haynes —balbuceó la joven.

De pronto el corazón le empezó a latir con tanta fuerza que incluso lo notaba en el cuello. Parecía aún más corpulento y alto que como ella lo recordaba. Él le sonrió.

—¿A qué debo el honor de vuestra visita?

Elizabeth se esforzó por no mirar su pecho amplio y la marcada musculatura de su vientre. Tenía el cuerpo tan moreno como la cara, la cual, a causa de la sombra de la barba, aún resultaba más oscura, de ahí que el blanco de sus dientes destacara tanto. Ella recuperó la compostura, inspiró profundamente y, esperando que él no notara su nerviosismo, buscó una respuesta adecuada.

—No puede considerarse una visita, pues no sabía que os alojabais aquí. Vengo a menudo cuando salgo a cabalgar porque, hasta hoy, creía que la casa estaba deshabitada. Mi padre no me ha dicho que la había vuelto a arrendar.

—No la he arrendado. En rigor, me alojo aquí sin permiso.

—¿Por qué? —quiso saber ella, perpleja.

—Mi familia vivió aquí en otros tiempos. Era la casa de mis padres.

—¿De verdad? —Elizabeth sacudió la cabeza, asombrada—. ¡Qué pequeño es el mundo! —Sonrió algo temblorosa mientras se esforzaba por contener las emociones que la embargaban—. Así pues, queríais visitar la casa para recordarla, ¿es así? En tal caso, estoy convencida de que mi padre no se opondrá en absoluto.

—Bueno, yo que vos no estaría tan seguro.

Ella lo miró con asombro.

—¿Qué queréis decir con eso?

Él la escrutó con la mirada.

—Hace muchos años, vuestro padre expulsó de aquí a mis padres.

—¿Por qué haría él tal cosa?

—Por lo mismo por lo que en otros tiempos muchas familias perdieron su hogar: no podían pagar el arriendo. Era una mala época: había habido muchas cosechas malas, y la gente no tenía nada que echarse a la boca. Ni dinero. Mi padre era un simple pescador, que dependía de que alguien le comprara su pesca. Mi madre y mi abuela cultivaban fruta y hortalizas para la gente del pueblo, pero tampoco había quien se las comprara, y eso a pesar de que la gente pasaba hambre. Nadie tenía ni un solo penique. El arriendo, en cambio, se tenía que pagar de todos modos. Primero se nos llevaron el caballo, luego el carro y, finalmente, los aperos. Cuando eso tampoco fue suficiente, nos arrebataron las provisiones que guardábamos para el invierno. Y luego nos quitaron incluso el techo sobre nuestras cabezas. Un día apareció el capataz de vuestro padre acompañado de un puñado de hombres armados que nos expulsaron a golpes de varas. Mi abuela se enfrentó a uno de ellos, y la reacción fue tan violenta que, tres días más tarde, murió a consecuencia de los golpes recibidos.

Elizabeth estaba horrorizada. Sin embargo, sacudió la cabeza con un gesto decidido.

—Mi padre jamás habría permitido algo así. ¡Él trata bien a sus arrendatarios! Además, Raleigh Manor y las demás granjas en arriendo pertenecían entonces a mi abuelo.

—El cual, en esa época, había ido a la guerra y había cedido la administración a vuestro padre —dijo Duncan secamente.

—¡No tolero que habléis así de mi padre! —repuso ella, tajante.

—En tal caso, será mejor que calle. —Él se encogió de hombros y se volvió de nuevo hacia el tajo donde cortaba la leña.

Ella se enfadó al ver cómo le volvía la espalda sin más.

—¡Aguardad! —le ordenó en un tono enérgico.

Dado que Duncan no se detenía, se le acercó, indignada ante una conducta tan poco educada. Él no le hizo caso, colocó otros leños en el tajo e, imperturbable, empezó a cortarlos con el hacha. Las astillas que levantaba iban a parar a la capa y al cabello de ella, pero eso a Elizabeth la traía sin cuidado.

—¿Qué ocurrió después de la muerte de vuestra abuela? —quiso saber.

—Algo peor.

—¿Qué fue?

Él no respondió, y ella se enojó aún más.

—¿Por qué calláis? —Como él seguía sin decir nada, informó—: Se lo preguntaré a mi padre. Seguro que lo sabe.

—No me cabe la menor duda —replicó Duncan.

—¡En ese caso, vos mismo podríais decírmelo ahora!

—Ha sido un error mencionar eso. Y también ha sido un error venir hasta aquí.

—¡Llevo años cabalgando hasta aquí!

—No hablaba de vos. Olvidad lo que os he contado. Son historias antiguas y rememorarlas no sirve de nada. Os ruego encarecidamente que lo dejéis.

Elizabeth tuvo que contenerse para no continuar avasallándolo a preguntas. Le habría gustado saber cómo se había llegado hasta la expulsión de su familia y qué cambios había experimentado la vida de él a partir de entonces. Tenía que haber alguna explicación razonable. La causa de que la abuela de Duncan Haynes muriera de un modo tan terrible sin duda tenía que deberse a unos acontecimientos y malentendidos trágicos. Fuera lo que fuese, estaba decidida a averiguarlo.

Él blandió el hacha, cortó fácilmente el último leño y lo arrojó con el resto a una pila. Examinó el resultado de su tarea.

—Creo que con esto será suficiente. —Hizo una mueca involuntaria—. La verdad es que es de locos cortar leña ahora, cuando no tengo tiempo para hacer lumbre. Tan solo quería comprobar si el hogar funciona, ¿sabéis? Mi padre lo construyó con sus propias manos. —Señaló la chimenea de piedra que sobresalía en el tejado de ripia podrido—. El tiempo no ha podido con ella; solo he tenido que sacar un par de nidos. Sigue tirando a la perfección. En cambio, el resto de la casa está inhabitable.

Recogió una funda del suelo y metió cuidadosamente en ella el hacha. Elizabeth reparó en que aquella no era una simple herramienta. El filo, brillante y muy bien afilado, y la empuñadura, muy fina y pulida, hacían que pareciera un arma más que un apero. Y para acabar de rematarlo, Duncan la pendió inmediatamente en su cinto; luego se remetió la camisa en el pantalón y se puso el jubón que había colgado en un viejo manzano.

Elizabeth se preguntó sin querer cuántos años tendría. La vida ya le había dejado sus primeras huellas en la cara. No solo la tenía curtida por el viento y las inclemencias del tiempo sino también, y sobre todo, por lo que había vivido, tanto lo bueno como lo malo. En las comisuras de los ojos tenía unas arrugas que tanto podían ser de reír como de estar demasiado bajo el sol; también en torno a los labios y sobre la nariz asomaban unas marcas que, sin duda, no resultarían tan notorias si su vida hubiera sido más sencilla. Era un rostro franco, con una nariz prominente y llamativa, una mandíbula marcada, y una frente despejada y ancha. Todo en él irradiaba dinamismo y fuerza, y desprendía un atractivo subyugador que despertaba las ganas de tenerlo como amigo, aunque solo fuera para no tenerlo como enemigo.

Había sostenido todo el rato la mirada de Elizabeth sin decir nada.

—Pronto partiréis de viaje, ¿verdad? —preguntó de repente.

Ella asintió, sorprendida.

—Pasado mañana es la boda. Y al día siguiente embarcamos hacia Barbados. Nuestros baúles ya están dispuestos.

—¿Nuestros? ¿Os referís a vos y a los Dunmore?

—Sí, por supuesto. Pero también a Felicity. Es una prima segunda que hace dos años que vive en mi casa como doncella y dama de compañía. Toda su familia murió durante la guerra civil, y su hogar fue pasto de las llamas. Ella quiere acompañarme y es algo que me alegra mucho.

Elizabeth no mencionó las atrocidades que habían sufrido Felicity y su familia durante el asalto de unos merodeadores escoceses. La guerra había exigido sacrificios tremendos a las dos partes y había dejado un cisma imborrable. Felicity sentía aprecio por el vizconde pero, a diferencia de este, había aplaudido la ejecución del rey, porque lo consideraba responsable de la pérdida de su familia y de su hogar. Lo que para ella había sido un desagravio, para James Raleigh suponía el final vergonzoso de todo cuanto él había defendido. Felicity se sentía agradecida de poder dar la espalda a aquel dilema y acompañar a Elizabeth.

—Es tranquilizador para vos poder emprender ese viaje contando con una persona de confianza.

—Pearl también viene —le espetó Elizabeth. Se dio cuenta de que se sonrojaba—. Bueno, Pearl no es una persona. Es mi yegua.

La comisura de los labios de él dibujó una pequeña sonrisa que, inmediatamente, se amplió. En la mejilla derecha asomó un profundo hoyuelo.

—¿Es esa pequeña belleza? —Se acercó a Pearl y le acarició el cuello; la yegua resopló suavemente y le apretó la cabeza contra la mano, como si quisiera más caricias—. Esperemos que soporte bien el viaje. La travesía no es precisamente un paseo. No lo es para las personas y desde luego tampoco para los animales. —Dirigió una mirada de curiosidad a Elizabeth—. ¿Qué barco os llevará a Barbados?

—El *Eindhoven*.

Elizabeth inspiró profundamente, nerviosa al notarlo de pronto tan cerca de ella. Percibió el olor de su cuerpo, a sudor reciente, con cierto matiz a madera de sándalo y algo más, algo desconocido que la confundía. La sensación se parecía a la que la había inquietado ya en su primer encuentro; la única diferencia era que en ese momento era mucho más intensa. De nuevo notó el latido potente de su corazón.

—El *Eindhoven* es el buque de carga holandés con el que los Dunmore hicieron el viaje de ida —añadió—. El capitán se llama...

—Vandemeer. Niklas Vandemeer.

—¿Lo conocéis?

—¡Y tanto! Somos incluso buenos amigos. En cierto modo las Antillas son como un pueblo, y la mayoría de los mercantes navegan bajo la bandera holandesa. Llega un momento en que todo el mundo se conoce, al menos los que sobreviven en los mares a pesar de las tempestades, los piratas y las guerras.

—Navegar por el mar es muy peligroso, ¿verdad? —preguntó Elizabeth. Ya había oído hablar mucho de los inconvenientes de la travesía. Había leído varios relatos de viajes, llenos de aventuras, que trataban acerca de motines y odiseas, vientos imprevisibles y olas altas como torres, barcos hundidos cargados de oro, corsarios sedientos de sangre y marineros amotinados.

—En todo caso es más peligroso que viajar por tierra —afirmó Duncan—. Sin embargo, hoy en día, la posibilidad de arribar a la costa es mucho mayor que la de quedarse en el mar. —Sus ojos le brillaron, traviesos.

—Así pues, en vuestra opinión, ¿no debería preocuparme? Su expresión se volvió seria.

—Según de qué. No debéis temer que el barco yerre el curso. Niklas es un capitán extraordinario y uno de los mejores navegantes con los que trato. Conoce la ruta como nadie; en cambio, hay otros capitanes de barco que a menudo pasan por delante de su destino a cientos de millas de distancia por no saber manejar bien el *backstaff*.

—¿Qué es el *backstaff*?

—También se conoce como cuadrante de Davis. Es un instrumento de navegación. Preguntádselo a Niklas cuando estéis a bordo. Seguro que os explicará encantado en qué consiste.

—Lo haré, sin duda —afirmó ella, presa de una creciente curiosidad.

Aunque había leído todos los libros que le habían caído en

las manos durante las escasas semanas transcurridas desde la llegada de los Dunmore, sabía muy poco de la vida en el mar. Había acosado a preguntas a Robert para que le contara más detalles, pero él no le había dicho gran cosa. «Resulta bastante incómodo, sucio y estrecho», se había limitado a comentar. «Y... ¡Ah, sí!, la comida es horrible. Lo mejor es dormir el máximo de horas posible, así todo transcurre más rápidamente.» Luego, tras dirigir una mirada apresurada a su alrededor y cerciorarse de que nadie los observaba, la había atraído hacia él y con los labios muy cerca del oído le había susurrado: «Sin duda alguna, el trayecto de vuelta no será, para nada, tan aburrido como el de ida». Acto seguido, había posado los labios en los de ella y había apretado el cuerpo contra el suyo. Luego Elizabeth le había notado la lengua, como una promesa pendiente, y había sentido un sobresalto en el corazón. Sin embargo, entonces se habían oído voces en la estancia contigua.

—¿Vos partiréis también pronto hacia el Caribe? —preguntó al capitán. Atendió al sonido de su voz y notó en sus propias palabras una nostalgia extraña, apenas perceptible, como si en verdad quisiera saber si volverían a verse alguna vez.

—Pronto —contestó él.

Dio un paso al lado para que ella pudiera dirigir la vista hacia el mar y admirara la bahía por encima del muro de roca que protegía la casa. Amarrada al desembarcadero había una chalupa, con la que era evidente que él había llegado. Algo más lejos se veía un barco anclado, con las velas recogidas y mecido por el oleaje, que aquel día estaba más tranquilo que lo que había estado en los últimos tiempos. Elizabeth no sabía nada de barcos, pero aquel, con sus tres altos palos, el bauprés alargado y el casco fino, le pareció imponente y bello.

—¿Es ese? —preguntó de forma impulsiva—. ¿Es el *Elise*?

—No habéis olvidado el nombre de mi barco —constató él con asombro.

—¿Por qué debería? —No pudo reprimir una sonrisa—. A fin de cuentas, se llama casi como yo.

Duncan la miró como si en ese momento cayera en la cuenta del parecido entre los nombres.

—Es cierto. ¡Qué coincidencia más curiosa!

—*Elise*. Parece francés. ¿Por qué pusisteis ese nombre a vuestro barco?

Él soltó una carcajada y, de nuevo, asomó en su cara aquel hoyuelo que le hacía parecer mucho más joven.

—Ya se llamaba así cuando me apoderé de él. Como me gustó el nombre, lo conservé. —Luego añadió, a modo de explicación—: Antes había pertenecido a un francés.

—¿Vos lo... tomasteis como botín? —Ella contuvo el aliento mientras por su mente se sucedían imágenes de él abordando el barco con violencia, profiriendo gritos de muerte, con el alfanje desenvainado, saltando por encima de cubierta y abatiendo a sus enemigos.

—Fue en justa lid. Por lo menos, a partir del momento en que empezamos a responder a los disparos.

—Entonces ¿se lo arrebatasteis a un pirata?

—A fe que sí.

—¿Y qué ocurrió al resto de la tripulación?

—Algunos optaron por proseguir bajo mi bandera y se pasaron a nuestro bando. Los demás... bueno, fueron llevados a los esquifes y abandonados a su suerte.

—¿En mitad del océano?

—Faltaba un buen trecho hasta la costa —admitió Duncan—. De todos modos, llevaban un poco de agua y una brújula, lo cual es mucho más de lo que ellos habían permitido a los hombres de los barcos que habían abordado hasta entonces. —Se encogió de hombros y luego dijo con franqueza—: Si llegaron a tierra, tuvieron mucha suerte.

—¡Lo decís como si os resultara totalmente indiferente!

—Y así es —replicó él, sin inmutarse—. Es el procedimiento habitual. En este caso podían considerarse afortunados de salir tan bien parados, porque eran unos canallas repugnantes a los que habríamos podido obligar a pasear por la tabla.

Elizabeth se estremeció al oír aquel modo tan rudo de expresarse.

—¿Qué significa «pasear por la tabla»?

—Cuando alguien va de paseo por la tabla pasa a hacer compañía a los peces —explicó Duncan secamente—. Para el resto de su, para entonces ya, breve vida. —Su semblante adoptó una expresión seria—. La vida en el mar no solo es dura, milady, sino que además acostumbra a ser muy cruel. Es una única y gran batalla: contra los elementos cambiantes, contra el destino... Un día una tempestad embravecida se nos puede llevar y, al siguiente, arrojarnos despedazados al fondo del mar. O bien podemos quedarnos expuestos a un período de calma chicha, y pasar semanas de hambre y sed. —Se apartó el cabello sudoroso y se colocó un sombrero—. Y, naturalmente, luchamos también contra las tripulaciones de otros barcos que no quieren doblegarse ante nosotros. Es una lucha a vida o muerte, y solo gana el más fuerte.

Su poderosa voz sonaba tranquila, pero en ella se adivinaba una determinación de acero que atraía y a la vez inquietaba a Elizabeth. Sin duda, él había matado personas con sus propias manos, las había hecho pasear por la tabla y había permitido que se ahogaran. Había hundido barcos y había abandonado a su suerte a marineros en alta mar a bordo de esquifes, y todo eso solo y únicamente por dinero. No era mejor que cualquier otro pirata. En su cabeza resonaron las palabras de Harold Dunmore: «Lo mejor es evitar encontrarse con él».

—Tengo que marcharme —dijo ella sin moverse.

—Yo también —respondió él con desenvoltura—. Es la

hora de despedirse. ¿Os despediréis de un marinero solitario según la tradición, Elizabeth?

Él extendió la mano y le acarició la mejilla.

—¿Qué tradición es esa?

A duras penas logró articular la pregunta. Los dedos callosos de él le quemaban en la piel, como si fueran de fuego. Una voz en su interior la conminaba a subir rápidamente a su montura y partir como alma que lleva el diablo. Pero era incapaz de moverse. Una fuerza desconocida la había dejado inmóvil.

Todo cuanto había oído decir acerca de él era cierto. Duncan Haynes era peligroso. Elizabeth lo constató alarmada cuando él se le acercó aún más, quedándose a menos de un palmo de ella. Percibió el olor de su cuerpo con una intensidad tan inesperada que se quedó sin aliento. Pero aquello no fue nada comparado con el escalofrío que la recorrió cuando él la asió por la barbilla con el pulgar y el índice, y le alzó un poco la cara para que lo mirase. Tenía el rostro ensombrecido por el ala del sombrero y sus ojos se veían tan oscuros como la noche. Sin quererlo, ella clavó la mirada en su boca, que tenía muy cerca. Elizabeth era incapaz de contener el calor que crecía en su interior de forma desconocida para ella hasta ese momento. El aliento de Duncan levantaba nubes de vapor ante su cara, envolviéndolos a ambos. Sintió el pulso acelerado y empezó a temblar.

—Es tradición —susurró él— que cuando un marino parte de un puerto tiene que besar a una muchacha a modo de despedida. Se dice que él debe llevar consigo ese beso de recuerdo durante el viaje porque eso aumenta sus posibilidades de regresar un día sano y salvo.

—Estoy prometida —musitó ella.

—Lo sé. —Él sonrió—. No os preocupéis, no voy a casarme con vos. Tan solo os besaré.

Elizabeth fue incapaz por completo de apartarse de Duncan cuando la rodeó suavemente con sus brazos; permitió, también sin resistirse, que él posara los labios en los suyos y se los entreabriera, primero con delicadeza y luego apasionadamente hasta obtener un beso que iba más allá de todo lo que ella había imaginado hasta el momento. Su lengua buscó la de ella y, tras un instante de estupor, fue como si surgiera una chispa y los abrasara. Su boca era cálida, y sabía a humo y sal. Nada le impidió abandonarse a ese impulso impetuoso que no podía decir si procedía de Duncan o de ella. Se entregó a aquel beso y respondió a él con un ardor tan desatado como si nunca hubiera querido hacer otra cosa. Cuando él deslizó las manos por debajo de su capa y le acarició el pecho Elizabeth volvió en sí.

—¡No! —dijo apartándolo—. ¡No podéis hacer eso!

Duncan se separó de ella inmediatamente.

—Por supuesto. Disculpad mi conducta grosera. He pasado demasiado tiempo en el mar, donde es fácil que un hombre olvide sus modales.

Ella se apartó de él trastabillando hacia atrás, sin aliento y dolorosamente acalorada, muy lejos de tener la cabeza en su sitio. Montó con rapidez en el caballo. Duncan se quedó de pie con los brazos cruzados y la mirada expectante clavada en ella. Su expresión era impasible. Elizabeth tuvo la sensación de que debía decir algo más, pero no se le ocurrió nada.

—¡Adiós! —exclamó mientras espoleaba a Pearl.

Para regresar al camino tuvo que pasar por delante de él. Duncan le sostuvo la mirada.

—Tengo que volver al barco. Pero si venís mañana a la misma hora os contaré lo que ocurrió con mis padres.

Se volvió antes de que Elizabeth pudiera responder y se marchó a grandes zancadas en dirección a la playa. Ella, aturdida, contempló su figura al alejarse.

5

Tras cenar, Elizabeth preguntó por Duncan Haynes a su padre en su despacho.

—Padre, ¿recuerdas el capitán que me salvó en Banqueting House? Más tarde, cuando estábamos en el carruaje, me advertiste de que era peligroso. ¿Por qué lo dijiste?

James Raleigh tomó su cajita de rapé y la abrió.

—¿Para qué quieres saberlo?

Elizabeth había preparado una explicación de antemano.

—Bueno, él me protegió de los golpes. Y se comportó como un auténtico caballero. —Excepto esta tarde, dijo para sus adentros—. Me gustaría saber de qué es culpable.

Su padre cogió un poco de tabaco en polvo y lo inspiró sonoramente por un orificio de la nariz.

—Son historias antiguas —dijo.

—¿Por qué recelas de él?

—Ya oíste lo que dijo Harold Dunmore. Ese hombre es un pirata.

—Un corsario —replicó Elizabeth. Entretanto ella ya se había informado, preguntando para ello al escribano de su padre, que era un hombre extraordinariamente inteligente e instruido. De él había obtenido asimismo los libros sobre viajes por mar y sobre países desconocidos—. Los piratas roban barcos por cuenta propia, independientemente de su bandera. Pero él actúa por encargo de la Corona y solo ataca barcos enemigos. —Repitió la pregunta—: ¿De qué se lo acusa? ¿De qué lo conoces?

Su padre tomó una pizca más de rapé y, a continuación, se tapó la nariz con un fino pañuelo de seda.

—Ocurrió hace tanto tiempo que apenas lo recuerdo. Creo que sus padres eran arrendatarios de una de nuestras granjas, la que está ahí abajo, junto al mar. Si la memoria no me engaña, en algún momento surgió una disputa acerca del arriendo y ellos se marcharon. En esa época me vi obligado a expulsar a algunos arrendatarios. Eran tiempos difíciles... y yo no podía hacer excepciones porque no habría sido justo. Lo que ocurrió luego no lo recuerdo con exactitud. Solo sé que se produjo un accidente en el que alguien de esa familia murió.

—¿Un accidente?

—Sí, me parece recordar que fue un percance desafortunado. Pero no me preguntes los detalles porque los he olvidado. Eso debió de ocurrir hace veinticinco años o más.

—¿Eso es todo? ¿No te acuerdas de nada más?

El vizconde se limitó a encogerse de hombros; a continuación, tomó una gaceta que había sobre un montón de papeles y se puso a hojearla. Elizabeth tuvo la impresión de que él se acordaba perfectamente, pero que no quería hablar de ello, tal vez porque lo que le habría tenido que explicar lo dejaba en mal lugar.

Aunque ardía en deseos de conocer más cosas, ella no tenía ni idea de a quién preguntar. Seguramente los criados más antiguos lo sabían, pero todos eran fieles al vizconde y jamás explicarían algo de lo que su señor no deseara que hablaran. Y ese era, a todas luces, uno de esos casos.

Más tarde, aquella misma noche, en su aposento, Elizabeth se había sentado con Felicity frente al hogar. Las llamas estaban casi apagadas. Una de las doncellas ya había metido un ladrillo caliente en la cama. Era casi la hora de acostarse. Durante el día, Felicity no había hecho nada más que mirar las cajas que contenían las pertenencias que se llevarían para el viaje. Estaba convencida de que podría meter todavía más cosas si lo volvía a organizar todo y lo colocaba de nuevo.

—¿Cómo se entiende que tengamos que apañarnos con solo un baúl? —se lamentó.

—Son dos —respondió Elizabeth, distraída. ¡De ningún modo volvería al día siguiente a la vieja casa de campo!

—Dos que tenemos que compartir —la corrigió su prima—. Eso significa uno para cada una. Sin embargo, solo para tu ajuar y tu dote tendríamos que tener cuatro. ¡O cinco!

—Sí.

—¿Sí, qué? ¿Quieres decir que estás de acuerdo conmigo?

—No —se corrigió Elizabeth, distraída. Que sintiera curiosidad no era una excusa para buscar la compañía de aquel hombre. La había besado. Con solo que pensara en ello se le enrojecían las mejillas.

—¿Por qué? —quiso saber Felicity.

—Por qué, ¿qué?

—¿Por qué crees que con dos baúles es suficiente para ambas?

—Porque son enormes. Además, también nos llevamos el virginal, que ocupa tanto como otro baúl.

—Pero ¡dejaremos nuestra ropa de cama! ¡Con lo buena que es! ¡Y la cubertería de plata!

—Los Dunmore tienen suficiente ropa de cama. Y también tienen una cubertería de plata. ¿Para qué llevarnos más de lo necesario? Cualquier bulto de más nos quitará espacio en el camarote.

Así se lo había explicado Robert. A bordo había muy poco espacio, apenas podía uno volverse, por eso era importante limitarse a lo imprescindible. Aun sin cubertería ni sábanas, ella estaba bien provista con su dote: las monedas de oro no ocupaban mucho espacio.

No. A partir de ahora dejaría de pensar en ese capitán. De hecho, no tenía previsto volver a cabalgar de nuevo hacia allí; ese día se había despedido mentalmente de Raleigh Manor.

Aunque Duncan Haynes le contara lo que el vizconde había hecho a su familia... ¿Qué importancia podía tener eso después de tantos años? A fin de cuentas, no se podía cambiar nada. Y si realmente su padre había hecho algo reprochable, era preferible no saberlo porque posiblemente entonces su confianza en él se resquebrajaría. No quería, por nada del mundo, que algo que se interpusiera entre los dos. No estaba dispuesta a permitir que Duncan Haynes sembrara la discordia entre ella y su padre.

—Podríamos dejar aquí el virginal y, en su lugar, llevarnos la plata y la ropa —propuso Felicity.

—Mmm —dijo Elizabeth. Pero, por otra parte... ¿qué mal había en volver a salir a caballo? Así oiría lo que él tenía que decirle. Todos los reproches acallados se pondrían sobre la mesa y así ella podría formarse un juicio. Tal vez todo era mucho más inocente de lo que Duncan Haynes pretendía hacerle creer.

—¿Estás segura? —preguntó Felicity, vacilante.

Elizabeth asintió, primero dudosa y finalmente con determinación. ¡Lo escucharía!

Aquella noche soñó con que veía a Duncan Haynes. Ella lo invitaba a que le contara todo sobre su pasado, pero él, con una naturalidad insolente, le pedía que antes lo besara. En el momento en que Elizabeth accedía, Felicity se movió junto a ella en la cama y exclamó en voz alta: «¡El espejo! ¡Hemos olvidado el espejo!».

Elizabeth percibió el eco de excitación que aquel sueño le había dejado. Le habría gustado seguir a partir de cuando se había despertado, pero el resto de la noche transcurrió con imágenes confusas e incoherentes que fue incapaz de recordar bien tras despertarse.

Durante el día guardó una actitud reservada y silenciosa. Esquivó la compañía de su prima y de su padre y sobre todo de los Dunmore, que cuando no estaban descansando en sus aposentos pasaban la mayor parte del día en el salón de las visitas. En Raleigh Manor ninguno de los dos tenía nada que hacer excepto aburrirse. En ocasiones salían de caza a caballo con el vizconde, pero aquel entretenimiento, en plena época invernal, no era del todo placentero. La falta de actividad incomodaba en especial a Harold. A menudo deambulaba de un lado a otro, inquieto, y luego, de repente, se detenía y miraba irritado a su alrededor, como si se encontrara en el lugar equivocado. Empleaba cada vez más a menudo expresiones como: «Cuando volvamos a Barbados», o «Cuando recuperemos la rutina habitual». En su ausencia había nombrado responsable de la plantación a su capataz —según Harold, un hombre muy avezado—, pero a nadie se le escapaba la impaciencia con que esperaba la partida.

Mientras se preparaba para salir a caballo, Elizabeth apenas podía contener su nerviosismo. Felicity se la quedó mirando con el ceño fruncido.

—¿De verdad quieres volver a salir a caballo?

—Sí —respondió Elizabeth sin más.

Mientras se vestía, notó la mirada de extrañeza de su prima. Por motivos inexplicables ese día se había cuidado de llevar ropa limpia y había puesto más esmero de lo habitual en su peinado.

—¿Estás nerviosa por mañana? —quiso saber Felicity, compasiva.

Elizabeth asintió. No había pensado para nada en el día siguiente. La boda le parecía tan distante como Barbados. Se sintió aliviada cuando por fin sacó a Pearl del establo y montó en ella. Galopó por los campos libremente, aspirando con fruición el aire fresco del invierno. Aquella tarde el tiempo era más apacible que el día anterior. No había llovido, el suelo estaba seco y bastante firme, y el cielo era azul. A medio camino fue presa de una gran inquietud. Fue como un presentimiento, una visión de acontecimientos futuros que eran inevitables. Una extraña certeza parecía ir unida a aquel presagio: todavía estaba a tiempo de cambiarlo todo, solo tenía que dar media vuelta y regresar a casa de inmediato. Allí mismo. Así no le pasaría nada. Su vida seguiría el camino trazado y nada alteraría su orden.

Pero, en lugar de volverse, Elizabeth espoleó a Pearl para que avanzara aún más rápido y cada trápala sonora era un paso más hacia la incertidumbre. Aquel ruido parecía ir al unísono con los fuertes latidos de su corazón. Entonces llegó a la casa de campo. De nuevo el humo se elevaba entre remolinos por la chimenea, y Duncan volvía a estar de pie allí, cortando madera. Como si el día anterior no hubiera existido, como si Elizabeth se hubiera ausentado un instante y hubiera regresado entonces. Él levantó la mirada cuando ella detuvo el caballo y, mientras se paraba junto a un manzano y desmontaba, él se acercó tras dejar caer el hacha al suelo con un gesto descuidado.

—Has venido —dijo.

Aquel tuteo fue como una caricia. Elizabeth asintió con el corazón agitado. Las riendas de Pearl se le escaparon de las manos, y la yegua se marchó trotando de inmediato al prado, a comer hierba.

—Quiero oír la historia —dijo Elizabeth.

Para su disgusto, la voz le salió ronca, pero él no pareció haberse percatado. Se había quedado de pie, muy cerca de ella, con la camisa abierta y el pecho bronceado cubierto de sudor. La joven percibió su olor y la invadió la excitación. Entonces se dio cuenta de que a ella la historia no le interesaba. Ella quería... No sabía lo que quería. En cambio él sí. Pasó la mano cálida y grande por la mejilla de ella. Elizabeth sintió el tacto áspero en la piel. La expresión inquisidora con que la miraba parecía quemarla por dentro.

—Sabes que vamos a tener que volver a despedirnos, ¿verdad? Lo de ayer ya no cuenta porque solo vale para el último día.

Elizabeth no retrocedió cuando él la acercó hacia sí e inclinó la cabeza para besarla. El corazón parecía a punto de estallarle, tal era la intensidad de su presencia, y se sentía atrapada en su firme abrazo. También esa vez ella respondió a su beso con ardor, quizá incluso con más avidez que el día anterior. Tampoco le apartó la mano cuando, con una naturalidad impúdica, empezó de pronto a deslizarla por su cuerpo, explorando en él lugares que ningún hombre había tocado aún. Le abrió la capa, le acarició el corpiño, se lo bajó y le frotó un pezón con el pulgar. Ella gimió entre sus labios y enarcó el cuerpo mientras él, sosteniéndola con fuerza, deslizaba la mano más abajo, le levantaba la falda y llegaba al espacio entre sus piernas. Y, cuando Duncan hizo resbalar los dedos por la untosa y caliente humedad, profirió un grito ahogado.

¡No!, se decía aturdida desde las profundidades de su conciencia. Él no podía hacer algo así. ¡Era pecado! ¡Una vileza! ¡Tenía que impedírselo de inmediato! Pero aquel pensamiento se desvaneció antes de formarse del todo. ¡Imposible resistirse mientras él le hiciera aquello! Nunca se había sentido así. Estaba convencida de que no volvería a experimentar nada igual a aquello.

Duncan no dejaba de besarla y acariciarla. Ella no sabía cuánto tiempo llevaba así ya que, para entonces, el tiempo había dejado de tener importancia. Solo sentía que aquello tendría un final grandioso, y que estaba muy próximo. En algún momento la mano se apartó, pero fue solo por un breve instante; Elizabeth notó, como a través de un velo, que él se agitaba. Luego dejó de sentir el suelo bajo los pies. Apenas consciente, tuvo la impresión de elevarse misteriosamente de la tierra al cielo; pero entonces reparó en que era él quien la alzaba asiéndola con las dos manos y con los dedos debajo de los muslos, mientras le apretaba la espalda contra un árbol. Ella solo podía agarrarse a la nuca de Duncan. El mundo se desvaneció ante sus ojos cuando algo caliente y palpitante apretó contra su zona húmeda y suave, avanzó un poco y luego se abrió paso en su interior. Elizabeth echó la cabeza atrás y gritó, entre sacudidas estremecidas de placer, mientras su vientre se aferraba con vehemencia a aquel intruso sin percatarse realmente de lo que le estaba pasando. Con dureza y rapidez, él la penetró hasta el fondo sosteniéndola sin esfuerzo, como si no pesara nada. Súbitamente, ella recobró sus sentidos obnubilados.

—¡No! —gritó al tiempo que se tensaba y se abrazaba, desvalida, al cuello de él—. ¡Para!

Fue como si hubiera ordenado al oleaje que se detuviera. Duncan ni siquiera la oyó. Su miembro literalmente la embestía una y otra vez; luego, dobló la espalda y profirió un grito contenido, al que siguió un gemido prolongado. Elizabeth sintió la sacudida convulsiva con la que él se derramó en su interior para luego resollar trabajosamente. Paralizada por el miedo, cerró los ojos mientras él la dejaba en el suelo lentamente y salía de ella.

Elizabeth era incapaz de hablar. Se quedó quieta, sin moverse, con la espalda todavía apoyada en el árbol y la mirada clavada en las pisadas del barro. Vio de reojo que Pearl pacía a apenas una docena de pasos. Duncan, vacilante, extendió una mano, le levantó el corpiño y le arregló la capa.

—Me temo que en el fragor de la batalla se nos ha ido la cabeza. —Le acarició el cabello con torpeza y le preguntó—: ¿Qué ocurre?

Ella salió por fin de su parálisis. No había nada que decir. Solo podía huir: cualquier otra cosa no haría sino aumentar aún más su deshonra. Corrió con las faldas al vuelo hacia Pearl, montó de un salto en la silla y golpeó con los talones los costados del animal.

—¡Arre! —gritó—. ¡Corre!

La yegua, asustada ante aquella urgencia inesperada, se encabritó, pero Elizabeth tenía las riendas bien agarradas. De nuevo empleó los talones y las pantorrillas, y obligó a Pearl a avanzar rápidamente hasta volar a galope tendido por los campos, lejos del mar y de aquel hombre que había sido a la vez testigo y causante de la peor deshonra de su vida.

La vergüenza le quemaba por todo el cuerpo, y tenía la mente en blanco. El espanto por lo ocurrido hacía que no pudiera pensar en nada. Solo cuando hubo dejado atrás las aldeas y tomó de nuevo rumbo hacia Raleigh Manor se obligó a reflexionar. Tenía que cavilar acerca de cómo comportarse en cuanto volviera a casa. Debía haber un motivo comprensible para que ella estuviera tan fuera de sí, que explicara además su aspecto tan descompuesto y, por supuesto, el desaliño de su ropa. Llevaba el corpiño roto por delante y notaba que se le aflojaba mientras cabalgaba. Se apresuró a desmontar para comprobar su estado y, al descubrir unas rasgaduras claras y muy visibles, maldijo la solemne idiotez que acababa de cometer. ¿Cómo no se había dado cuenta de inmediato de lo que iba a ocurrirle cuando él la había aupado? Había crecido en el campo y había visto con frecuencia cómo se apareaban los animales. Aunque en ellos algunas cosas fueran distintas, el proceso era el mismo.

Por un instante sopesó la opción de decir que Duncan Haynes la había atacado y forzado. Todo el mundo la creería a ciegas: a fin de cuentas, él tenía el barco anclado frente a la costa y estaba en la zona; además, se le consideraba una persona procaz y sin escrúpulos. Sin embargo, rechazó la idea al instante. Lo apresarían y sería colgado, y ella entonces tendría en su conciencia aquella muerte. Y no era que creyese que él no se lo merecía: la ira que sentía contra él no tenía límites y aumentaba cuanto más pensaba en ello. La había tratado como a una cualquiera. ¡Solo le había faltado ofrecerle dinero a cambio!

Aun así, la culpa de todo ello recaía en una única persona: ella misma. Debería haberle parado los pies desde el principio, de hecho, desde el día anterior, cuando Duncan le había hablado de aquella presunta tradición. Ella, en cambio, se había puesto en peligro, volviendo a ir a caballo a la casa de él. No solo había consentido sus avances sino que, de hecho, se había echado literalmente en sus brazos. Igual que una mecha encendida por ambos extremos, Elizabeth se había encendido y luego se había ido extinguiendo. Duncan tenía razón en lo que había dicho. Era libidinosa y desinhibida. Al parecer, bastaba con un beso y un poco de toqueteo ardiente para que ella abandonara toda resistencia. Además, a la postre, era de una obviedad meridiana que había buscado otro encuentro con él solo y exclusivamente porque ardía en deseos de que la estrechara entre sus brazos. Él se había limitado a tomar lo que ella le ofrecía. Por mucho que le doliera admitirlo, se lo tenía bien merecido. Lo único que podía hacer ahora era procurar que nadie se enterara.

Elizabeth volvió a montar y, mientras seguía cabalgando, pensó hasta hallar la solución al problema más acuciante para ella. Tras llegar al linde de un bosquecillo, detuvo a Pearl junto a un riachuelo escondido. Solo había una posibilidad de eliminar de modo eficaz las huellas de lo ocurrido. Miró a su alrededor y no vio a nadie. Empezaba a oscurecer y la gente ya estaba en casa, al calor de la lumbre; con aquel tiempo no habría nadie por el camino. Se quitó la ropa rápidamente, limpió en el riachuelo las manchas delatadoras en la medida en que le fue posible y luego volvió a vestirse. Tiritaba de frío, los dientes le castañeteaban y tenía los dedos como carámbanos. Pero eso no era suficiente. Hizo de tripas corazón, se quitó las botas y se metió en el riachuelo. Se mojó el cabello y la cara, y al final hundió también la capa en el agua. Luego se apresuró a subir a su montura. La yegua brincó asustada porque el agua gélida de la capa le goteaba en la piel, pero Elizabeth consiguió tranquilizarla con palabras suaves y por fin adoptó un trote uniforme. No faltaba mucho, apenas un kilómetro, pero cuando llegó finalmente a la mansión se sentía como si estuviese a punto de congelarse.

El criado guardó la compostura cuando la vio entrar a toda prisa en el vestíbulo. Había visto llegar a Elizabeth así a menudo. Al punto llamó a una doncella.

—¡Un baño caliente, rápido! —gritó.

Asustados por las voces, al instante acudieron el señor de la casa y los Dunmore.

—¿Qué ha ocurrido? —quiso saber el vizconde, preocupado—. ¿Te has vuelto a caer del caballo?

Elizabeth asintió mientras le castañeteaban los dientes. La doncella entretanto ya le había quitado las botas empapadas y le había echado una manta sobre los hombros.

—¡Dios mío! —exclamó Robert.

—No me ha pasado nada. No es la primera vez que me caigo. Ocurre en ocasiones al saltar un obstáculo. Lo malo es que esta vez he ido a caer a un riachuelo. Un baño caliente lo arreglará todo.

—¿Estás segura?

—Totalmente.

Harold Dunmore estaba al pie de la escalera; al dirigirse a la planta superior, Elizabeth tuvo que pasar junto a él. En sus ojos le pareció ver un brillo de admiración. Pasó a su lado con los párpados bajados y subió los escalones. Sentía el tacto de la piedra fría en los pies descalzos, y avanzó lo más rápido que pudo. Arriba Felicity le salió al encuentro con una manta forrada de piel en las manos.

—¡Qué cosas haces! ¡Y justo en la víspera de tu boda! ¡Vas a pillar un buen resfriado!

Eso me estaría bien empleado, se dijo Elizabeth conteniendo la rabia. Permaneció una hora en la tina de baño; durante ese tiempo las criadas le vertieron varias veces agua caliente mientras ella se frotaba con saña el cuerpo con jabón y cepillo, como si así fuera posible deshacerse de la deshonra sufrida. Felicity le lavó el cabello con jabón oloroso de lavanda mientras lamentaba una vez más la imprudencia de Elizabeth.

—¡Eso es lo que ocurre cuando una chica monta en una silla de hombre! —la regañó.

Elizabeth estuvo a punto de echarse a reír histéricamente al percatarse del doble sentido, no buscado, de aquellas palabras. En vez de ello se quedó mirando el agua humeante en silencio, con el cabello mojado que le colgaba y la cabeza gacha, escondiendo la cara. Aquello pareció funcionar, pues nadie le preguntó por qué estaba tan alterada si no había sufrido ninguna herida. Todos pensaban que aquella conducta ausente se debía a la boda con Robert Dunmore. Era la zozobra tímida de la novia. Y, si ese no era el caso, entonces sería por el largo viaje que tenía por delante. Le sobraban motivos.

Y así, al día siguiente, la embutieron en su vestido de boda de seda y la cubrieron de joyas. Le rizaron el cabello y luego se lo adornaron con un velo de encaje. Bajo el suave repique de las campanas de la capilla privada se inició la ceremonia del matrimonio. Su padre la acompañó solemnemente hasta el altar, y allí el sacerdote santificó la unión con una larga retahíla de palabras en latín. Junto a ella, el novio, vestido con sus galas nupciales —un traje de terciopelo azul—, apenas reparó en la presencia de Elizabeth y, cuando hizo sus votos de matrimonio, a ella le pareció como si estos procedieran de muy lejos. Ella, por su parte, susurró más que dijo su juramento y, cuando ya estaba a la mitad, se confundió y tuvo que empezar de nuevo.

«Yo, Elizabeth Mary Catherine Raleigh, te tomo a ti, Robert Harold Henry Dunmore, como marido legítimo. Prometo honrarte y amarte a partir de este día y hasta que la muerte nos separe.»

Era incapaz de mirarlo pero, por suerte, nadie parecía esperar tal cosa. No sabía lo que él estaba pensando y, si reflexionaba detenidamente, no le preocupaba gran cosa. Se intercambiaron los anillos y el sacerdote bendijo su unión. Al terminar la misa de boda, cuando otra vez entre repiques de campanas salieron de la iglesia las pocas personas allí congregadas, un chubasco inesperado puso fin al entumecimiento de Elizabeth. Por primera vez levantó la mirada hacia Robert. Parecía feliz y relajado, y su sonrisa le daba la apariencia de un joven dios risueño, más bello que aquel del cuadro. Empapado de lluvia, se inclinó para besarla. «¡Ahora ya somos marido y mujer! ¡Por fin!»

Ella se obligó a responderle con una sonrisa. Aquello era un contrato que tenía que respetarse. Había contraído una obligación que debía cumplir. Soportaría todo cuanto fuera necesario porque aquello salvaría a su padre. Lo ocurrido el día anterior no contaba. Ya había pasado, y ella lo borraría de la memoria. En el vestíbulo, el vizconde se la llevó a un lado.

—¿Eres feliz, Lizzie?

—Sí, claro —afirmó ella.

—Eso está bien.

Su padre calló. Hizo ademán de querer decirle algo más, pero fue interrumpido por un pelotón de invitados que entraban entre risas y los envolvieron.

La fiesta que siguió en el salón de banquetes de la mansión estuvo acompañada por el ruido incesante de la lluvia. Esta fustigó los ventanales durante horas, como una cantilena monótona al son de los violines y las flautas que se oían de fondo. Los músicos tocaron durante todo el banquete pero, en atención a las muertes del año anterior, la música no era para bailar sino para entretener a los invitados. Estos últimos disfrutaron de lo lindo pues el vizconde ofreció todo cuanto daba de sí la cocina. Se sirvieron sopas y volovanes, pescado de mar y también de los estanques cercanos, marisco, carne de caza, aves, carne de cerdo y de vacuno, menudillos, embutido así como platos gratinados, budines dulces y suculentos, y pasteles, y todo ello en gran variedad. Los invitados aplaudían con entusiasmo la comida que les iban sirviendo. En cambio, Elizabeth apenas tomó un par de bocados de los numerosos platos del banquete; no tenía apetito. Más tarde no habría sabido decir qué platos había ni el orden en que los criados habían servido las numerosas fuentes y bandejas de trinchado. Solo recordaba la crema de almendras de la que había tomado unas pocas cucharadas. En cambio, bebió más de la cuenta. Jerez, vino, licor... Todo le apetecía, y cada vez que un criado pasaba cerca con una jarra para escanciar dejaba de buena gana que le rellenara la copa.

Robert brindó con ella una y otra vez. Su buen humor era contagioso y atraía hacia sí la mayoría de las miradas, como si fuera un imán. Charlaba animadamente por todas partes. Sus observaciones eran divertidas y agudas, y se granjeó muchas miradas favorables y risas aprobatorias. Su padre también parecía de buen humor, aunque Elizabeth tuvo la sensación de que a Harold Dunmore no le hacían mucha gracia las intervenciones de su hijo. De vez en cuando notaba que la estaba observando; entonces Elizabeth procuraba adoptar una expresión pudorosa, algo que, achispada como estaba, no le resultaba nada fácil.

El grupo de comensales estaba formado por viejos amigos del vizconde de Raleigh, un par de vecinos, los representantes del pueblo, el sacerdote, y también una prima del vizconde con toda su familia: en total eran unas dos docenas de invitados. Cuando llegó la hora de acostarse, varias mujeres se reunieron para llevar a Elizabeth al aposento nupcial, mientras que Robert era acompañado por varios de los caballeros presentes. Era ya de noche y los gritos y las risas llenaban el salón, para entonces iluminado con velas, y no dejaban oír la música.

Elizabeth, aturdida por el alcohol y con dificultades para tenerse en pie, fue acompañada al dormitorio por las mujeres, que reían con sorna, con Felicity a la cabeza. Allí todo estaba preparado para la noche de bodas. En la chimenea chisporroteaba el fuego; en un brasero ardían hierbas aromáticas, y la cama estaba dispuesta de forma esmerada. Unas sábanas blanquísimas y olorosas, almohadas de pluma, un dosel de damasco... El vizconde había dado carta blanca a las veleidades decorativas de Felicity. A fin de cuentas era la noche de bodas de la única hija que le quedaba y, además, sería el último lecho cómodo que tendría en mucho tiempo. Felicity y el resto de las damas rodearon a Elizabeth para ayudarla a desvestirse mientras fuera, al otro lado de la puerta, los hombres aguardaban y alborotaban.

Por fin ella se quedó en camisa. Las mujeres le peinaron el cabello, le susurraron consejos al oído, y le pellizcaron las mejillas antes de retirarse entre cuchicheos y risitas para dejar pasar al novio. Robert entró, vestido también con una camisa. Hizo retroceder a los invitados que reían y les cerró la puerta en las narices. Fuera se oyeron todavía algunas obscenidades y carcajadas; luego los visitantes se alejaron y la pareja se quedó a solas.

Robert se cercioró de que el pasador de la puerta estuviera corrido; luego se volvió hacia Elizabeth con una sonrisa.

—Llevo todo el día esperando este momento —admitió. Tenía la voz algo balbuceante; era evidente que él también había bebido algunas copas de más—. Pero ¡qué digo! ¡Llevo semanas así! Apenas podía pensar en otra cosa, ¿sabes? —Con unos pocos pasos se aproximó a ella y la tomó entre sus brazos. Su abrazo era delicado, pero también firme. Tenía el cabello y el cuerpo recién lavados y olía bien—. ¿Estás contenta de ser mi mujer?

Ella asintió sin decir nada —¿qué otra cosa podía hacer?— y respondió sin ganas al abrazo.

—¡Eres tan bella...!

Él le besó las sienes y luego las mejillas, mientras con las manos le recorría suavemente la espalda. Finalmente posó los labios en su boca y de inmediato su beso se volvió apremiante. Elizabeth esperaba experimentar el mismo arrebato ciego del que había sido presa cuando Duncan —¡ojalá el diablo le arrebatara su alma siniestra!— la había besado. Pero no fue así. A Robert el aliento le apestaba a aguardiente, y además le metía la lengua demasiado en la boca, lo cual le impedía respirar. De todos modos, la joven no se mantuvo indiferente; de hecho, sentía una titubeante aunque notoria excitación que aumentaba lentamente con las caricias de él. Por su parte, ella no hacía nada excepto acariciarlo mientras él le deslizaba las manos por el cuerpo. Notó en el vientre de su esposo aquella parte rígida de su cuerpo que pronto penetraría en ella. No sintió ningún temor; de hecho, tenía mucha curiosidad por saber cómo sería hacerlo con Robert. Ardía en deseos de experimentar las mismas sensaciones que con Duncan.

Él había dejado de besarla, algo que a ella no le importó lo más mínimo. Entonces la arrojó sobre la cama y la apretó contra las sábanas, mientras él se levantaba la camisa con una mano y con la otra hacía lo mismo con la de su esposa hasta desnudarla. Elizabeth no tuvo tiempo para sentir pudor. Robert se tumbó a su lado con un gemido profundo. A ella le pareció que la habitación daba vueltas y se sintió desorientada, aunque no sabía si era por el vino o por la lengua de él, que le recorría el pecho y, tras agarrarse a uno de los lados, se lo succionaba a la vez que le deslizaba una mano entre las piernas. Elizabeth gimió y enarcó el cuerpo. Sentía un gran deseo de acariciarlo, pero no se atrevió por miedo a que él la tomase por indecente. Sin embargo, de repente él la asió de la mano y se la acercó, le llevó los dedos a su miembro entumecido hasta que ella notó en la palma su calor y rigidez. Por un momento se sobresaltó, pero luego lo apretó vacilante y comprobó su tamaño y su dureza. Elizabeth no podía ver nada porque tenía la camisa de dormir levantada y el hombro de Robert le tapaba la vista. Cuando él se deslizó sobre ella y le abrió las piernas, se tensó por un momento y deseó poderlo apartar de sí con un empujón.

—No temas —le susurró él al oído.

Entonces empezó a toquetearla, palpándola con los dedos, abriéndola, hasta que por fin la tuvo lista para él. La penetró, pero no fue lo mismo que con Duncan. El cuerpo de Robert resultó ser inesperadamente pesado. La voluptuosidad de ella aumentaba con lentitud, embate tras embate, y cuando ella creyó que tal vez lograría alcanzar la cima del placer, Robert llegó al final entre gemidos. Permaneció flojo e inmóvil sobre Elizabeth, con la cabeza vuelta a un lado y cubriéndole el cuerpo casi por completo, sin que ella pudiera respirar.

—¡Ha sido fabuloso! —le oyó musitar—. Te quiero.

Súbitamente desencantada, ella contuvo la respiración. ¿Acaso esperaba que le dijera lo mismo? ¿Cómo podía amarla después de aquellas breves semanas en las que apenas habían podido estar a solas? ¿Acaso lo que acababan de hacer era suficiente para que los hombres se enamoraran? Difícilmente, se dijo con amarga ironía. No, teniendo en cuenta cómo Duncan se había comportado después.

¿Qué le pasaba a Robert? ¿Por qué no se movía? Tomó aire con dificultad, esperando que él se diera cuenta y se volviera; sin embargo, él se limitó a resoplar y empezó a roncar suavemente. Elizabeth, incrédula, miró el techo, por encima del hombro de él. ¡Se había dormido!

Lo sacudió con cuidado, pero de él solo obtuvo un resoplido de enojo. No lo despertó. Le apretó las dos manos contra el pecho y lo apartó de sí hasta que pudo salir de debajo de él. El líquido entre las piernas le recordó lo que había experimentado en su encuentro con Duncan e, involuntariamente, hizo comparaciones que no dejaron a su marido en buen lugar. De todos modos, Elizabeth se sintió contenta de que él no se hubiera comportado de forma tosca y de que ella hubiera podido disfrutar del acto, a pesar de no haber experimentado aquel éxtasis aturdidor en el que Duncan la había sumido durante unos instantes al final. Posiblemente aquello tampoco era nada extraño. Al contrario. Poco antes de que Robert entrara en el dormitorio, su tía le había susurrado que no se amargara por ello. «Solo los hombres se benefician, pero así son las cosas. Tú cierra los ojos y piensa en algo bonito, de esta forma pasa más rápido.»

Elizabeth se sentía aliviada de que no hubiera sido necesario recurrir a aquello. Robert la había sorprendido de forma positiva. Podría sentirse satisfecha. Seguramente, la próxima vez iría mejor. Se acurrucó junto a su marido, que seguía roncando, miró todavía un rato medio adormecida el fuego de la chimenea, que se extinguía, y finalmente se durmió.

SEGUNDA PARTE

En el mar

Primavera de 1649

6

Harold Dunmore estaba de pie, reflexionando junto a la barandilla de la cubierta principal. El *Eindhoven* llevaba un ritmo sorprendentemente bueno desde que, una semana atrás, habían zarpado de Portsmouth. A menudo a esa altura de la travesía el avance resultaba más lento porque en aquellas latitudes el viento con frecuencia no parecía saber qué dirección tomar entre la corriente que procedía del oeste, al norte, y el alisio del sur. Harold no contaba con realizar un viaje tan bueno. Acababan de dejar atrás el extremo sur de Portugal, la punta de Europa. Según sus cálculos, estaban a la altura de la costa bereber y pronto llegarían a Madeira. Allí se abastecerían por última vez de provisiones y de agua antes de cruzar el Atlántico con los vientos alisios.

El retraso provocado por la escala en El Havre había enojado a Harold, pero el pasaje que embarcó allí resultó de cierta utilidad. Se trataba de cuatro damas francesas, cuyas vestimentas eran más finas que sus pretensiones. Los vestidos de encajes y las capas con forro de terciopelo no podían ocultar la procedencia de las señoras y a qué se dedicaban. Tal vez los establecimientos donde habían ejercido hasta el momento eran más distinguidos que los míseros barrios de muchas prostitutas de Billingsgate, pero esa era la única diferencia. Aunque había charlado con una de ellas en dos o tres ocasiones, Harold aún no había podido averiguar qué las había hecho salir de la cloaca de París. Vivienne era la más joven y la más comunicativa de las cuatro y hablaba un inglés aceptable, pero no había soltado prenda respecto al motivo de su decisión. Únicamente había dejado entrever que su partida había sido precipitada. Al parecer, a instancias de mademoiselle Claire —su señora, una pelirroja de belleza exquisita que viajaba con ellas—, apenas habían tenido tiempo para empaquetar sus cosas y marcharse en un coche de caballos. En El Havre habían esperado al primer buque que se dirigiera hacia las Indias Occidentales y así habían conocido al capitán Vandemeer. Este, por su parte, se dirigía a Portsmouth, pero les había prometido volver a hacer escala en El Havre en el viaje de vuelta a las Antillas y recogerlas. Las mujeres, le había explicado Vivienne, esperaban hacer fortuna en Barbados. Entonces había dirigido una sonrisa encantadora a Harold y le había preguntado si él veía alguna posibilidad de que ella y sus amigas pudieran ganarse bien la vida allí con una casa de trato.

—Tendréis mucho éxito —le había respondido Harold, divertido.

Era la verdad. La capital de Barbados estaba en pleno apogeo. En los últimos años, Bridgetown había pasado de ser un lugar sin vida y poco habitado a un auténtico hervidero de personas. Por doquier se alzaban bodegas y burdeles de una suciedad y reputación tan dudosa que apenas resultaba concebible. Esas francesas mejorarían mucho el nivel de entretenimiento y, sin duda, eclipsarían todo cuanto había existido hasta el momento. Harold lo había podido comprobar por sí mismo. Las mujeres compartían un camarote en la cubierta de popa de los que se habían dispuesto para los escasos pasajeros que pagaban bien. Vivienne se lo había llevado allí de noche, previa remuneración, mientras sus tres amigas, ya fuera de forma casual o acordada, aguardaban en cubierta. Lo había satisfecho de rodillas. A fin de cuentas, no había cama puesto que todo el mundo a bordo dormía en coyes, excepto el capitán, que disponía de lecho propio.

—Tú harás carrera —le había dicho él después.

Dirigió una mirada furtiva a Felicity, que se hallaba en la cubierta de popa junto a Vandemeer. Observó que la joven se comía con los ojos al capitán; era evidente que sentía mucha simpatía por él. Se podía pensar que, a la inversa, pasaba lo mismo. Vandemeer era un hombre atlético y de buen carácter. Apenas tenía treinta años, había enviudado hacía dos y era muy dado al encanto femenino, sobre todo ante el atractivo de una jovencita como Felicity. La chica irradiaba cierta inocencia sensual, aunque Harold sospechaba que ya tenía algo de experiencia. Por otra parte, era innegable que era una auténtica belleza. Tenía un rostro en forma de corazón y la expresión alegre; su cabello rizado, brillante y de color castaño, y la lozanía de su cuerpo, que ni siquiera la capa lograba ocultar, atraían todas las miradas masculinas. Tenía diecinueve años y, por lo tanto, estaba en edad de casarse. Apenas vio por primera vez a Niklas Vandemeer, le lanzó sus redes y desplegó todos sus encantos. El capitán, por su parte, no desperdiciaba ninguna ocasión para salir al encuentro de Felicity. Incluso aquel acontecimiento convenía a Harold. Impediría que la chica se preocupase demasiado a causa de Elizabeth.

El rostro de Harold se ensombreció al pensar en ello. No había acabado de comprender qué había ocurrido dos días atrás entre Robert y Felicity, pero era evidente que había pasado algo. Como era de esperar, Robert insistía en que no había sido nada, solo una agradable discusión entre él y la prima de su esposa; a fin de cuentas, dijo, ella ahora era algo así como una hermana para él. Pero Harold sospechaba que se había tratado de una riña —si no de algo más grave— puesto que, de otro modo, Felicity no rehuiría a Robert con tanto empeño. Harold no se hacía ilusiones sobre el motivo del enfrentamiento. La única duda que tenía era si se lo haría saber a Elizabeth o se lo guardaría para ella. De todos modos, incluso esas cavilaciones resultaban superfluas. Era solo cuestión de tiempo que Elizabeth averiguara con qué tipo de hombre se había casado. Pero, hasta entonces... Lo único que podía hacerse era retrasar al máximo ese momento. Las posibilidades al respecto eran buenas ya que Elizabeth se dejaba ver muy poco: era víctima del mal del mar. No podía permanecer alejada ni a dos pasos de su balde omnipresente y no quería que los demás fueran testigos de su malestar. Hasta el momento solo había asistido en una ocasión a la cena en el camarote principal, el único acontecimiento diario que, en aquella estrechez pestilente, proporcionaba a los pasajeros que viajaban en aquella cárcel de madera tambaleante la sensación de civilización. Personalmente, Harold no concedía gran importancia a esos encuentros, más formales que agradables, pero cualquier cosa era mejor que permanecer en ese cuartucho angosto y maloliente que les habían asignado. Compartía camarote con su hijo y con dos comerciantes de la Compañía Neerlandesa de las Indias Occidentales, bajo cuya égida navegaba el buque. Uno de ellos era cuñado del capitán, una masa de sebo parlanchina con trastornos digestivos de pestilencia intensa que a veces llegaban a impedir el acceso al compartimiento, a pesar de que había un óculo de ventilación. En la popa se alojaban también los oficiales, el sacerdote —que asimismo hacía las veces de escribano— y el médico, que era un médico de verdad, no uno de esos barberos que solía haber en los barcos. Con todo, ni siquiera este había podido hacer nada contra el mareo permanente de Elizabeth, la cual, por su parte, compartía camarote con Felicity. Desde ese punto de vista, ellas dos disfrutaban del mejor alojamiento. Eso sin contar, por supuesto, a William Noringham, quien durante la travesía podía dormir en el camarote de su buen amigo el capitán Vandemeer, una estancia muy espaciosa y casi confortable, con ventanales traseros y un balcón exterior.

¡Noringham! A Harold se le encogía el estómago con solo pensar en él. Ya durante el viaje de ida a Inglaterra, a duras penas había soportado tener que compartir con ese hombre durante semanas el reducido espacio. De hecho, entonces, cuando el *Eindhoven* había fondeado durante tres días en Rotterdam para descargar parte de la mercancía procedente de las Antillas antes de proseguir hasta Portsmouth, Harold no había dudado en pasar el tiempo en la ciudad. Un día lejos de Noringham era un buen día. Sin embargo, para viajar de Barbados a Inglaterra no había muchos medios de transporte donde elegir. Los barcos ingleses que llegaban a la isla lo hacían de forma esporádica y, además, acostumbraban a estar más sucios y ser más estrechos que los buques mercantes de las Indias Occidentales de los holandeses, los cuales, al menos, acudían a la isla con cierta regularidad. Muchos veleros ingleses no disponían siquiera de espacio reservado para los camarotes. En estos incluso los oficiales tenían que dormir con los soldados y los marineros entre los cañones de la cubierta de batería.

Harold escuchó a medias las órdenes que vociferaba el oficial de servicio a la tripulación. Apenas lograba entender una sola palabra de aquellos mandatos guturales proclamados a gritos, y estaba seguro de que a muchos de los hombres andrajosos y procedentes de distintos países les ocurría lo mismo. Sin embargo, todo parecía funcionar a pedir de boca; por lo menos, no había ninguno de pie como un pasmarote preguntándose qué tenía que hacer. Sin duda el látigo de nueve colas se había encargado de corregir rápidamente esa actitud.

No se permitía la desidia entre la tripulación, y, al menor indicio de rebeldía, los azotes eran la consecuencia inevitable. Ni siquiera la presencia de mujeres a bordo impedía al capitán mantener la disciplina del modo habitual. A cada poco alguien era atado a un palo y sometido a una tanda de latigazos mientras a los demás los obligaban a mirar. Solo así podía asegurarse que los aproximadamente cien hombres que bregaban en ese barco no se rebelasen con demasiada frecuencia contra su suerte. Al resto se les proporcionaba ron y cerveza. Todos los días recibían una buena ración de ambas cosas para que pudieran soportar mejor la dureza de esa vida. Una vida que muy pocos de ellos habían elegido libremente. Harold calculó que, de todos aquellos tipos andrajosos y cubiertos de cicatrices, la mitad de ellos, si no más, habían sido secuestrados por patrullas de leva, algo que, al menos en Inglaterra, era muy habitual. Los capturaban lejos de las miradas de la gente; tras acecharlos delante de las tabernas o en rincones oscuros, los aturdían, los ataban como fardos y eran llevados a las bodegas de los grandes buques de ultramar. En cuanto los barcos levaban anclas, dejaban de tener escapatoria. Solo había comida para quienes se mostraran dispuestos a trabajar. Al final, la mayoría aceptaba su suerte y pasaba a formar parte de esa ruda y violenta cuadrilla llamada tripulación. Aprendían a resistir y muchos incluso llegaban a amar la vida del mar. A pesar de ello, generalmente de cada cien hombres que se hacían a la mar menos de la mitad sobrevivía al viaje de vuelta. Comida en mal estado, falta de agua, fiebres, caídas, peleas, septicemias, ataques armados, huracanes... Los océanos propiciaban adversidades suficientes para la vida de un marinero. Desde que el *Eindhoven* había zarpado de Portsmouth, Harold ya había visto arrojar a las aguas a dos muertos, y eso que aún no había empezado la parte más peligrosa de la travesía. La rápida misa de difuntos que el sacerdote había oficiado en la parte central del barco prácticamente había pasado desapercibida para los pasajeros, los cuales tampoco habían visto cómo se arrojaban por la borda los cadáveres cosidos a sus coyes. En fin, sin duda, la próxima vez se darían más cuenta, aunque solo fuera porque habría más ocasiones para ello: en el viaje de ida entre la tripulación había habido casi treinta muertos. El trayecto de vuelta no iba a ser distinto.

Harold miró ensimismado por encima de las aguas. Bajo el bauprés las olas se convertían en espuma, precipitándose en un chapoteo constante por los costados del barco. En lo alto, encima de su cabeza, se hinchó la resistente lona de la vela mayor, acompañada del crujido sordo de las amarras al tensarse. El sol brillaba con intensidad y reflejaba en los tableros de cubierta un dibujo centelleante de luces y de sombras. En esas latitudes sureñas el aire era notablemente más cálido. El tremendo frío de Inglaterra no era algo que pudiera soportarse bien durante mucho tiempo. Harold inspiró profundamente. ¡Si el viaje seguía así, sería muy llevadero! Sin embargo, tal como él comprobaría al cabo de unos instantes, aquella era una vana esperanza.

Robert había subido a la cubierta de popa y charlaba con esa furcia pelirroja. Claire atendía animadamente y con una sonrisa a lo que él le contaba, pero luego negó con la cabeza. Robert se apartó un poco de ella, como si quisiera regresar a los camarotes. Parecía decepcionado. Harold dejó escapar un suspiro. Al parecer, él tenía que encargarse de todo.

7

Felicity estaba sola junto a la barandilla de la cubierta de popa. El capitán se había retirado a la cubierta de camarotes. Como siempre, se colocaría junto a la gran mesa que había y estudiaría esos mapas marinos suyos, llenos de líneas y signos de apariencia confusa. Como también hacía de forma habitual, luego iría a hablar con el timonel. Felicity no había entendido al principio cómo un barco tan inmenso podía ser gobernado con un timón tan ridículamente pequeño, pero el capitán, desde el balcón exterior situado detrás de su camarote, le había enseñado el auténtico y gigantesco timón, el cual iba unido al de la cubierta por medio de una especie de sistema de varillas.

A Felicity le habría gustado pasar horas ahí fuera con él, contemplando sin más la puesta de sol. Bajo aquella luz rojiza, el espejo del barco, repleto de magníficas tallas doradas, parecía arder en llamas, igual que ella en esos instantes en que el capitán la había tomado suavemente de la mano. Por desgracia, no había pasado mucho tiempo antes de que él partiera a toda prisa a su próxima tarea. Constantemente tenía que estudiar mapas, dar órdenes, verificar el rumbo, mirar por el catalejo, hablar con sus oficiales e inspeccionar el barco. Bien a pesar de Felicity, las oportunidades de estar a solas con el capitán eran escasas, como también lo eran las conversaciones que podían mantener, siempre demasiado cortas. Él se tomaba muy en serio su trabajo, algo que nunca podría valorarse lo suficiente, puesto que de eso dependía la vida de todos. Aun así, lo que de verdad molestaba en gran medida a Felicity era que el poco tiempo libre de que él disponía encima lo perdiera departiendo con esos comerciantes holandeses, hablando del tiempo y de los negocios, máxime porque ella no comprendía ni una palabra de lo que decían mientras aguardaba educadamente en segundo plano a que concluyera aquella cháchara superficial. No soportaba a esos dos ricachones, con sus vestiduras tan negras y formales, en especial al más gordo de los dos, quien ya el primer día le había acariciado la rodilla sin ningún disimulo. Ella le había dirigido una mirada tan airada, que él se abstuvo de hacer más avances; sin embargo, Felicity notaba que los ojos se le iban hacia ella a la menor ocasión. Lo mismo podía decirse de los oficiales, e incluso del pastor. Según sabía Felicity, todos, sin excepción, creían que las mujeres a bordo no traían más que desgracias, que eran peor incluso que Jonás, el de la Biblia. No obstante, siempre que la veían se la comían con los ojos y en ellos no brillaba precisamente la intención de querer arrojarla por la borda para librarse de ella, sino todo lo contrario. El único hombre que no la miraba allí con un interés inequívoco era Harold. Llamarle así aún le resultaba difícil, lo mismo que a Lizzie. Esta, sin embargo, se alegraba mucho de no tener que dirigirse a él como «padre», puesto que él había rechazado ese tratamiento de forma tajante y brusca, y había insistido en que lo llamaran por su nombre de pila.

«Para vosotras yo soy Harold a secas», les había dicho a las dos; la expresión de su rostro dejaba muy claro que no estaba dispuesto a tolerar ninguna oposición. Algo que, por otra parte, habría resultado absurdo.

Cuando miraba a Felicity, en los ojos de él no había admiración masculina, sino más bien una inquietud expectante, cautelosa. Sobre todo cuando Robert estaba cerca de ella. ¡Robert! ¡Así se lo llevara el diablo! Harold no podía pensar en serio que ella sería capaz... Felicity apartó rápidamente de sí ese pensamiento. Era demasiado absurdo. Cualquiera con dos ojos en la cara tenía que darse cuenta de que ella no era la que coqueteaba. Y, si lo hacía, no era con Robert. Él era para Felicity una especie de cuñado, algo que, ya de por sí, era bastante malo. ¡Pobre Lizzie, si ella supiera! Felicity había sopesado repetidamente la posibilidad de decírselo, pero hasta ese momento las pruebas que tenía era demasiado vagas. Si Robert se hubiera ido con una de las francesas al camarote de ellas... Sin embargo, aquellas mujeres se lo habían quitado de encima pues, como todo el mundo a bordo sabía, estaba recién casado y su joven esposa, afectada por el mal del mar, no hacía otra cosa que vomitar.

En cambio, aquellas francesas llevaban a esa especie de empalizada, mal llamada cabina, a todos demás hombres que tenían acceso habitual a la cubierta de popa: el navegante, el cañonero, el doctor, incluso uno de los dos ricachones, y a Felicity no se le había escapado que la pelirroja lo había intentado con el capitán. Durante la comida ella le había hecho ojitos, y él le había respondido con guiños bienintencionados. En cualquier caso, Felicity estaba alerta para que aquello no fuera más allá. Llegaba incluso a mantenerse despierta de noche cuando sabía que él estaba en cubierta con los oficiales de guardia.

Así había descubierto que en una ocasión Harold se había marchado con esa Vivienne. Seguramente él creía que nadie se había dado cuenta porque había sido en plena noche pero, a la mañana siguiente, Felicity había oído a Vivienne hablar sobre aquello con las otras tres mujeres. El francés de Felicity era excelente ya que su ama de cría procedía de Languedoc.

A la postre, eso venía a mostrar que todos los hombres (excepto, por supuesto, el capitán Vandemeer) estaban a merced de sus instintos más bajos, incluso un caballero viejo y casado como Harold. Bien mirado, en realidad no era tan viejo: tenía cuarenta y siete años. Era alto y corpulento, y su rostro moreno poseía cierto atractivo masculino. Sí, Felicity se atrevería a decir incluso que, de algún modo, él resultaba más apuesto que su hijo. En muchos sentidos, Robert parecía demasiado directo e inmaduro. Tenía un rostro agraciado que captaba de inmediato la atención de todo el mundo, pero a Felicity siempre le habían gustado más los hombres de cara angulosa y masculina.

En ese sentido, Harold y Robert Dunmore no solo eran distintos en su modo de ser, sino también en su aspecto físico. Robert era un palmo más alto que su padre, si bien su aspecto era más desgarbado; además, era rubio, mientras que Harold tenía el pelo oscuro. Comparados, eran tan distintos como la noche y el día. En una cena Robert había comentado que por su cabello claro y su porte delgado se parecía más a su madre, la cual, según se decía, había sido en su juventud una belleza muy celebrada. Al oír aquello, Felicity no había podido reprimir una sonrisa burlona. Pensó que Robert le recordaba a alguien, pero no sabía quién. Más tarde, tras acostarse para dormir en su hamaca junto a Lizzie, le vino a la cabeza: Robert era como el joven Narciso de la leyenda griega, tan hermoso que, atraído por el reflejo de su propia imagen, fue condenado a contemplarse a sí mismo por toda la eternidad.

¡Ah, ojalá así fuera! Una propensión como esa sería mucho más llevadera que aquella otra que tanto parecía costarle dominar. Bueno, eso si realmente él se esforzaba por dominarla. Felicity se quedó ensimismada, mirando las aguas de color azul grisáceo que se abatían agitadas entre murmullos contra los costados de madera del barco mientras el *Eindhoven*, infatigable, se abría paso entre las olas del océano. Robert ya la había rondado en dos ocasiones. La primera vez, cuatro días atrás, él le había dedicado unos cumplidos alabándole su piel delicada y sus bellos ojos y, como sin querer, le había acariciado el brazo mientras permanecía junto a ella. En el primer momento Felicity no quiso creerlo, pero cuando las intenciones de Robert fueron evidentes ella se alejó, horrorizada. En la segunda ocasión, que había sido el día anterior, él se había lamentado de su soledad y de la prolongada indisposición de Lizzie. Acto seguido le había rozado ligeramente la cadera con la suya y luego le había acariciado la mano. Felicity, paralizada, se quedó mirándole los dedos y luego apartó la mano como si acabara de quemarle.

—¿Qué haces? —lo reprendió—. ¿Por qué me coges?

Robert adoptó una mirada inocente.

—¿A qué viene esto? ¡Si solo estamos hablando! ¡Por Dios! ¿Por qué me acusas? ¡Únicamente te he tocado la mano de modo fraternal!

Desde entonces ella procuraba no acercarse a él, por lo menos si estaba sola.

Recorrió la cubierta con la mirada. Instantes atrás Robert estaba de pie junto a Claire, la pelirroja, pero ahora, de pronto, había desaparecido. Harold subió la escalera que llevaba a la cubierta principal con expresión sombría. Felicity pensó que aquello no auguraba nada bueno.

8

Elizabeth llevaba días deseando morir. Había oído decir que hay personas que toleran peor que otras las travesías en barco, y también en los libros había leído que, en algunos casos, el mareo podía prolongarse de forma contumaz. Sin embargo, con lo que ella no había contado era con la sensación tan terrible que lo acompañaba. No había imaginado que pasaría el santo día tan mareada ni que en cuanto se llevara algo a la boca vomitaría, presa de las arcadas. Cuando conseguía ingerir un bocado lo echaba sin falta en el preciso instante en que el viento se avivaba un poco y el *Eindhoven* quedaba expuesto al oleaje. Al principio Felicity le había brindado fielmente su compañía, y apenas había abandonado el camarote, pero había llegado un momento en que su prima ya no lo había resistido más tiempo y había huido a cubierta, donde el aire era más fresco y la compañía más amena.

Elizabeth estaba sentada sobre su baúl de la ropa, con un balde a los pies y sosteniéndose el dolorido vientre. El cabello le caía en greñas por delante de la cara, a pesar de que Felicity se lo había peinado a conciencia y se lo había recogido. Elizabeth no había podido soportar por más tiempo aquel calor sofocante y se había quitado el tocado, pero con ello había echado a perder su peinado. De todos modos, ¿a quién podía importarle lo que le ocurriera con el cabello si el resto de su aspecto ya era tan lamentable? El hedor estaba en todas partes. El tufo intenso a sudor, orina y excrementos se mezclaba con el olor característico a brea, creando una mezcla aturdidora que la había hecho retroceder con horror cuando se instaló en el camarote. Sin embargo, poco después se había dado cuenta de que, tras unos días a bordo, no solo olían así esas construcciones similares a las chozas, con los retretes adyacentes en la galería, sino también sus moradores. Y ella no era una excepción.

Felicity afirmaba que eso solo era la mitad de desagradable que las pestilencias que el viento llevaba a veces a popa, procedentes de la zona de proa. Allí, en el castillo de proa, se encontraban los alojamientos de los marineros, los cuales dormían hacinados en coyes, en medio de los cañones del entrepuente; cuando debían hacer sus necesidades tenían que sentarse delante de todos en el tajamar, debajo del bauprés.

—¡Figúrate! La mayoría está a bordo en contra de su voluntad —le había contado Felicity, excitada—. Son maleantes y rateros que han sido condenados a servir en un barco. O borrachos y viciosos que han sido capturados a la fuerza en callejones oscuros.

—¿Cómo sabes tú esas cosas?

—Niklas, es decir, el capitán me lo ha contado. —Estremecida, añadió—: Y su cuñado, ese ricachón, dijo ayer durante la cena que esa gente es tan ruda y amoral que constantemente hay que azotar a alguno. De ahí los gritos que a veces oímos desde la parte delantera del barco. Y en cubierta tiene que haber siempre un destacamento de guardia, porque si no a alguno de ellos se le podría ocurrir degollarnos aquí arriba mientras dormimos.

Fuera cual fuese la procedencia y la naturaleza de aquellos hombres, las canciones que voceaban, el hedor que llegaba de la cubierta de popa y los gritos obscenos que proferían confirmaban la impresión que tenía Elizabeth de encontrarse en una cárcel infecta. En ese sentido no servía de mucho que los marineros tuvieran terminantemente prohibido acceder a la cubierta de popa, que estaba reservada en exclusiva al capitán, a los oficiales y a los pasajeros.

Con todo, en lo tocante al hedor, Elizabeth, en comparación con la tripulación, no se sentía precisamente como una fragante rosa. Puede que incluso oliera peor que las demás personas de a bordo porque siempre tenía delante ese balde repulsivo y el hedor a vómito había calado en toda la ropa que llevaba, hasta la última fibra. Al principio para vomitar corría hasta la barandilla, pero pronto dejó de hacerlo. El viento tenía la insidiosa costumbre de soplar siempre en contra. Por no hablar, además, de que en todo momento había espectadores que eran testigos de su debilidad. Desde entonces prefería sufrir en secreto.

¡Cuánto habría dado por poder bañarse una sola vez! Pero esos lujos no estaban previstos a bordo de un buque de las islas Occidentales. Con todo, en algún lugar en las profundidades de la bodega había varias tinas para bañarse. Elizabeth las había visto el día anterior, cuando se había sentido excepcionalmente bien para enfrentarse a su mareo y bajar a la bodega del barco a fin de ver cómo estaba Pearl. Robert había insistido en acompañarla, y ella había sido lo bastante tonta para agradecérselo. Pero entonces había resultado que a él no le interesaba tanto el bienestar de ella como el suyo propio.

—¡Vamos! —le había susurrado su esposo con un tono zalamero mientras la empujaba hacia un rincón oscuro en el que había apilados varios sacos de comida entre cajas y barriles—. ¡Yo me encargaré de que olvides tu malestar! ¡Te hará bien! ¡Nos hará bien a los dos!

Acalló sus protestas con besos que sabían a brandy y, mientras ella luchaba contra una nueva náusea, Robert le había levantado la falda, se había metido entre sus muslos y la había tomado sin más preámbulos y a toda prisa. Todavía le ardían las mejillas de vergüenza y de humillación al recordar aquello, y lo peor era que algunos marineros se habían percatado de lo ocurrido. Algunos de ellos se habían apostado en medio del barco, en cubierta, junto a la escalera de salida, y habían dado voces y silbado cuando Elizabeth, acompañada de Robert, había subido de nuevo.

Apenas un par de horas más tarde, él se le había vuelto a aproximar; había sido al atardecer, cuando ya oscurecía y los demás se habían reunido para cenar. La había sometido de un modo parecido, e incluso había ido más rápido que la vez anterior. Elizabeth se sentía utilizada y sucia. Se preguntó con cierta aprensión si aquel era el modo habitual de mantener relaciones conyugales y, sobre todo, si eso ocurriría con tanta frecuencia. Agotada, se reclinó hacia atrás y pensó si atreverse a comer un trozo del bizcocho que Felicity le había llevado por la mañana. «Niklas, mmm... el capitán dice que pruebes esto. La gente que se marea mucho a causa del oleaje lo tolera muy bien.»

Elizabeth lo olió. Era como pan seco y pasado, y olía un poco a moho. Los alimentos frescos escaseaban en el *Eindhoven*, algo que resultaba especialmente cierto en el caso de la carne, que tan solo podía transportarse viva, en forma de gallinas o cabras. De hecho, había muchos pequeños animales a bordo —las gallinas, por ejemplo, estaban en la toldilla, y en la bodega había un aprisco para las cabras—, pero no estaban destinados a acabar en el vientre de los marineros o los pasajeros. No habrían podido transportarse tantos animales para alimentar a más de cien hombres. Las gallinas se mantenían por los huevos, y las cabras proporcionaban al cocinero la leche que necesitaba para aportar variedad a las comidas que preparaba para los pasajeros privilegiados de la cubierta de popa. Los marineros, según le había contado Felicity, acostumbraban a comer siempre lo mismo: bacalao, alubias o gachas de avena y, a veces, cecina. Y como no podía ser de otro modo, mucho bizcocho. Al parecer, de eso había siempre suficiente, en todas partes y en cualquier momento.

Si tomaba pequeños bocados, las posibilidades de no vomitar eran mayores. Elizabeth mordisqueó un poco, insegura. Sabía a paja, pero al menos no había vomitado al primer mordisco. Cuidadosamente volvió a tomar un bocado y masticó, esperanzada. Cuando la puerta de abrió y entró Robert, la confianza de Elizabeth se desvaneció de golpe. Se incorporó, muy rígida.

—¿Cómo te encuentras? —le preguntó él.

—No especialmente bien.

—¡Cuánto lamento oír esto! Esperaba que pudieses comer algo de bizcocho. Dicen que en cuanto logras no vomitarlo significa que te estás recuperando. Y, según parece, es muy raro que alguien se encuentre mareado más de una o dos semanas. Así pues, pronto te habrás repuesto. Ayer ya te encontrabas mejor, ¿verdad?

No se dejó engañar por el tono de voz compasivo que su esposo adoptaba. Con el paso de los días había aprendido a interpretar la expresión de su cara, aunque en ese momento era difícil verlo bien porque los postigos cerrados apenas dejaban pasar la luz.

—Estoy cansada. Precisamente me disponía a echarme un rato —dijo Elizabeth.

Se quedó paralizada al ver que Robert se le acercaba. Era tan alto que parecía llenar por completo el estrecho camarote. Las cajas apiladas y el balde —afortunadamente aún vacío—, que vuelto del revés hacía las veces de asiento, apenas permitían una gran libertad de movimientos. Sin embargo, él apartó sin más el balde a un lado y se acercó mucho a Elizabeth.

—Deja que te mire, mi pobre cariñito. Mmm... No parece que te encuentres ya tan mal, ¿verdad? ¡Fíjate! Si hasta has comido un poco de bizcocho. ¡Eso es buena señal! No hay duda de que te estás reponiendo.

Le apartó el pelo de la cara. No parecía que le molestara ni el hedor que ella desprendía ni su aspecto desarreglado y sucio. Su sonrisa era tan radiante y abierta como siempre, a pesar de que Elizabeth adivinaba en ella cierta tensión. Advirtió que tramaba algo, y al punto supo de qué se trataba. Él le puso la mano sobre el muslo y lo acarició con gesto animoso.

—Robert —musitó ella—. No me siento en condiciones para eso.

—Tonterías —dijo él sin darle importancia—. Ayer funcionó. ¿No te pareció bonito?

Se inclinó hacia Elizabeth para besarla, pero ella lo esquivó.

—¡No, te lo ruego!

—¡Eres mi mujer! —La voz de él se volvió más cortante.

Elizabeth estaba tan indignada que olvidó por completo sus problemas digestivos.

—¿Acaso pretendes decirme que es mi obligación consentir en eso una y otra vez a pesar de que me siento indispuesta?

Él se sobresaltó, y a Elizabeth le pareció que aquella actitud expresaba cierta inseguridad. Pero al momento Robert recuperó la compostura.

—Quiero que seas mía y tengo derecho a ello. Además yo te amo. —Su tono de voz volvió a adquirir un aire zalamero—. ¡Será muy rápido!

—¡Olvídalo! —Ella le apartó la mano y se puso en pie de un salto—. ¡No quiero! Aquí todo está... sucio y apesta. No hay espacio ni cama, y el ambiente es... ¡atroz! ¡Es un auténtico desastre! ¿Lo entiendes? Lo de ayer para mí ya fue demasiado. No tengo ningunas ganas. Es lo último que quiero hacer ahora mismo. ¡Márchate, Robert!

Con esas palabras le provocó un acceso de ira. Robert la agarró con fuerza, la hizo sentarse sobre su regazo y la apretó contra él de tal modo que la dejó sin aire. A la vez le manoseaba tanto la ropa que el corpiño se le rompió. Para horror de Elizabeth, observó que él ya tenía la entrepierna al descubierto, claramente dispuesto a mantener relaciones a cualquier precio. Sin embargo, ella se resistía con firmeza y sostenía la falda contra su cuerpo con las dos manos al tiempo que intentaba separarse de Robert haciendo presión con el codo.

—¡No! —Ella se debatía mientras él la agarraba con fuerza y se sacudía de un lado a otro.

—¡Maldita sea! —exclamó Robert.

Al final la empujó delante de sus rodillas de modo que Elizabeth cayó al suelo. Pero antes de que pudiera volver a ponerse en pie, él la asió con brusquedad por el cabello y la atrajo hacia él hasta que le colocó la cara muy cerca de su miembro erecto.

—Así también me gusta —le espetó mientras Elizabeth permanecía de rodillas ante él, incapaz de apartarse debido a la fuerza brutal con que la retenía—. No nos causa tantos problemas e incluso va más rápido. Tienes que aprender a respetar mis deseos. ¿Para qué, si no, me he casado contigo?

Ella nunca llegó a saber si Robert habría sido capaz de obligarla por la fuerza a hacer aquello puesto que, al instante siguiente, la puerta se abrió con un crujido y la voz de Harold resonó, cortante como un cuchillo.

—Suéltala.

No le habló con especial dureza, pero Robert se sobresaltó como si alguien le hubiera golpeado. Soltó el cabello de Elizabeth, quien cayó hacia atrás y dio con las posaderas en el suelo, entre arcadas. Vomitando, se recogió la falda y se retiró a rastras lo suficiente para mantenerse alejada de Robert. Sin embargo, para entonces él ya se había esfumado. Salió a grandes zancadas del camarote, y Elizabeth oyó resonar los tacones de sus botas en el suelo de madera de la cubierta y luego en los escalones de la escalera. Felicity se asomó en la puerta abierta, detrás de Harold, muy cerca de él y con expresión horrorizada.

—¡Dios mío, Lizzie!

Harold asió a Elizabeth por el brazo y la ayudó a ponerse en pie. Tenía el rostro descompuesto por la ira. Su nuera lo contempló medio asustada y medio avergonzada, incapaz de saber si estaba enojado con ella; aun así, levantó la barbilla con orgullo. ¡Ella no tenía nada que reprocharse! Harold tenía los ojos muy brillantes, y Elizabeth notó que la mano le temblaba. La tensión lo hacía vibrar como si fuera un arco de violín muy tirante.

—¿Estás bien? —preguntó a la joven.

Ella asintió, vacilante. Con alivio se dio cuenta de que él no dirigía su enojo contra ella, sino contra su hijo. Harold le acercó la mano para apartarle el pelo de la cara. Tras tomar aire profundamente, señaló el baúl donde antes había estado Robert.

—Siéntate porque si no te desmayarás. Estás pálida como un lienzo.

Elizabeth obedeció, y reparó en que las rodillas le temblaban. Harold tenía razón: estaba a punto de desvanecerse.

Felicity se abrió paso junto a él y se aproximó a su prima. Rápidamente sacó de su bolsa un frasco de sales y lo agitó delante de la nariz de Elizabeth. Sin embargo, esta se lo apartó de inmediato porque aquel olor tan penetrante parecía querer revolverle de nuevo el estómago.

—¡Necesitas una comida como es debido! —sentenció Harold. Su tono de voz no admitía réplica—. Si no comes, morirás de hambre. Voy a encargar al cocinero que te prepare caldo de gallina. Eso ayuda en todo tipo de enfermedades.

—El caldo de gallina es un remedio excelente —se apresuró a corroborar Felicity—. ¡Te vendría muy bien, Lizzie!

—Seguramente lo vomitaré también. —Elizabeth odiaba el tono apagado y lamentable de su voz. ¿Desde cuándo se había vuelto ella un ser tan lastimero?—. Pero intentaré tomar un poco. A fin de cuentas, es imposible que me encuentre peor.

Felicity frunció el ceño.

—Pero para hacer caldo habrá que matar una gallina —dijo—, y he oído decir que son para poner huevos.

—Habrá caldo de gallina —dijo Harold como si no le cupiera la menor duda.

Se encaminó hacia la puerta, donde se volvió y miró a Elizabeth con el ceño fruncido.

—En cuanto al otro asunto... Hablaré con Robert. Tú no te preocupes por nada.

Al instante se marchó. Elizabeth suspiró aliviada. Felicity le acarició el cabello.

—Lo siento muchísimo —dijo muy afectada—. Debería haber venido más pronto. Pero pensé que... —Se interrumpió para luego añadir, compungida—: Bueno, como estáis casados... Pero al menos Harold ha llegado a tiempo para... —Se sentó junto a Elizabeth y le acarició la mano—. Robert, bueno, es... Me parece extraordinariamente fogoso.

—¿Acaso no todos los hombres son así?

Elizabeth no pudo evitar pensar en Duncan. Recordó el encuentro apasionado, fogoso y apremiante que habían tenido en la vieja casa de campo. En el fondo Duncan había actuado de forma similar a la de Robert. La diferencia era solo que ella se había sentido de manera distinta.

Felicity sacudió la cabeza con determinación.

—¡En absoluto! ¡Niklas no es así! Él jamás... abordaría a una mujer de ese modo. Aunque, sin duda, también él a veces se siente solo cuando pasa tantas semanas en alta mar.

—¿Qué opinas de que Harold pida caldo de gallina para mí? —preguntó Elizabeth cambiando de pronto de tema.

—Se preocupa de verdad de que te recuperes —dijo Felicity aunque, por el tono de voz que empleó, parecía que ella tampoco se lo acababa de creer—. Aunque he de admitir que me parece un poco extraño. Lo mismo que eso último que ha dicho. Es como si quisiera mantener a Robert alejado de ti. De hecho, yo pensaba que él apoyaría los... los intereses de Robert. A fin de cuentas, eres su mujer y él, en el fondo, tiene derecho a... bueno, a eso. —Tras adoptar un tono consolador prosiguió—. Pero tú no te preocupes: de ahora en adelante voy a cuidar mejor de ti. Aunque sea tu marido, no permitiré que Robert se te acerque en estas circunstancias tan degradantes. —Examinó detenidamente a Elizabeth—. Tienes mejor aspecto. Juraría que tus mejillas han recuperado algo de color.

Elizabeth se puso en pie, un tanto vacilante pero decidida. Le pareció que el estómago se le resentía por el movimiento, pero se esforzó por no hacerle caso.

—¿Dónde está mi peine? Necesito una jofaina con agua para lavarme la cara.

—¡Oh, qué bien suena eso! —dijo Felicity con alivio—. ¡Casi como mi Lizzie de siempre!

—La Lizzie de siempre lleva demasiado tiempo aquí dentro, sola, con la única compañía de este balde y de su malestar. ¡Ya es hora de que le dé el aire fresco!

9

A Harold no le llevó mucho tiempo encontrar a Robert. Por su distribución, la zona de popa era de fácil visibilidad y acceso rápido. Si Robert había querido esconderse de verdad, tenía que estar en algún rincón de la cubierta inferior; allí había suficientes lugares oscuros donde ocultarse sin ser visto durante bastante tiempo. Se había agazapado una cubierta más abajo, detrás del cabestrante manual que había delante del camarote principal, y se apoyaba contra la pared tras la caseta del timón con expresión huraña, los brazos cruzados en actitud defensiva y la mirada clavada en los zapatos.

—¡Maldito idiota! —le espetó Harold.

—Estaba en mi derecho —arguyó Robert con orgullo. Tenía las mejillas enrojecidas e incluso parecía consciente de su culpa, aunque sus palabras pretendían dar otra impresión—. Es mi mujer y tiene la obligación...

—¡Cállate! —bramó Harold.

No se esforzó en ocultar su ira Y, para dar más énfasis a su orden, propinó a su hijo un sonoro bofetón que le dejó la palma de la mano dolorida mientras que Robert solo se frotó la mejilla con ademán ofendido.

A Harold le habría gustado someter a Robert una auténtica tunda. De haber tenido el látigo a mano en ese momento lo habría empleado sin dudar. Por un instante recordó la frecuencia con que acostumbraba a usarlo y lo raro que le resultaba no hacerlo entonces, después de tantas semanas. En situaciones como aquella lamentaba, de forma casi física, haber prescindido de él. Cuanto mayor era el castigo de quienes lo merecían, más pronto estos sentían respeto por uno. Un par de latigazos bien dirigidos y Robert, ese mujeriego sin remedio, mantendría su maldito rabo dentro de los pantalones durante toda la travesía, sin que fuera preciso siquiera tener que explicárselo con todos los detalles.

—¿Qué crees tú que va a hacer ella en cuanto atraquemos en Madeira? —increpó Harold a su hijo.

Robert retiró la mano de la mejilla y miró a su padre con preocupación.

—¿Estás diciendo que ella podría intentar regresar? —La cara se le iluminó al instante—. De todos modos, la dote ya es nuestra. ¡Eso es lo importante!

—¡Grita un poco más, así todos en el barco nos podrán oír!

—Pero, padre...

—Padre, padre... —se burló Harold—. ¿Podrías, por una vez, utilizar la cabeza en lugar de eso que tienes bajo los pantalones? ¿No te he dicho hasta la saciedad lo que necesitamos de verdad?

—Un heredero que continúe nuestro linaje. —Robert lo dijo casi como una cantinela, como una oración que hubiera oído con frecuencia y que, por lo tanto, podía decir sin pensar.

Harold rechinó los dientes.

—¡Qué bien te lo sabes! —replicó con un sarcasmo glacial.

—Pero, padre, si no paras de decirme que necesitamos un heredero. ¡Yo soy tu heredero!

Robert había vuelto a emplear ese tono lastimero que ponía a prueba la paciencia de Harold y que tanto lo irritaba. Con todo, el buen juicio se impuso frente al impulso de echar en cara a su hijo la vergonzosa verdad: que Harold había abandonado hacía años la esperanza de que Robert demostrara alguna vez ser merecedor de la obra de su progenitor. En un momento dado —Harold era incapaz de decir con exactitud cuándo—, él se había dado cuenta de que Robert nunca sería un buen terrateniente. Solo servía para una cosa: solazarse con todas las mujeres que se le cruzaban en el camino. A Harold le parecía casi como si Robert no hubiera tenido nunca en la vida otros intereses, unos intereses auténticos, que fueran provechosos para el negocio. Al muchacho solo le interesaba cuál sería la próxima mujer con la que amancebarse. Aparte de eso, podría decirse que a lo sumo se interesaba por la caza, y por la colección inútil de armas y su manejo.

—Es erróneo pensar solo en la siguiente generación —contestó Harold con frialdad—. Hay que planear con vistas al futuro. Somos propietarios de casi una cuarta parte de la superficie cultivada de Barbados. Cuando yo muera debería ser, al menos, la mitad. Y a mi nieto debería pertenecerle la totalidad. No solo Rainbow Falls. Toda la isla.

Robert tragó saliva. Era evidente lo que pensaba: él no sería capaz de hacer crecer el patrimonio familiar con la mitad que faltaba. Si no conseguía siquiera estar varios días seguidos en la plantación, cómo iba a estudiar a fondo los libros ni comprobar los envíos de mercancías que llegaban... Y eso, a pesar de que tal cosa no excedía en absoluto sus capacidades.

El muchacho era una nulidad, y Harold Dunmore no se hacía al respecto ni la menor ilusión. Sin embargo, también era de su carne y de su sangre, su único hijo legítimo; de hecho, según le constaba, el único que tenía. Él había contribuido a que el arduo trabajo de varias décadas no hubiera sido en vano, aunque esa contribución consistiera solo en reproducirse de forma prometedora. Harold no estaba dispuesto a tolerar que Robert desbaratara un plan que él tenía tan bien trazado, no después de los esfuerzos que le había costado. Su ausencia durante meses de Rainbow Falls, el viaje agotador y la selección cuidadosa de la candidata adecuada. No podía ser cualquiera. De esas había a montones en Barbados, incluso algunas vírgenes —aunque no conservaban ese estado por mucho tiempo—. La mayoría de ellas eran irlandesas con contrato de servidumbre. Él tenía algunas, pero jamás se le pasaría por la cabeza que una de ellas fuera lo bastante buena para casarse con Robert. No. Él tenía muy claro cómo debía ser la madre del futuro amo de la plantación Rainbow Falls y por tal motivo su elección recayó rápidamente en Elizabeth Raleigh. Tenía eso que en los caballos se llama raza. No tenía nada que ver con esas chicas exánimes de casa buena que se ofrecían a los caballeros nobles en los bailes de Londres.

Elizabeth no solo era una lady con un árbol genealógico de primer orden; era, además, una persona fuerte y extraordinariamente osada. Era inteligente, tenía una visión clara y la voluntad de hierro. Irradiaba también una pasión indomable, y no solo en el sentido físico, pues era capaz de darlo todo por una causa que fuera importante para ella. Si transmitía a su nieto aunque solo fuera la mitad de sus cualidades, Harold no tendría que preocuparse más por la continuidad de todo cuanto él había construido y aún quería construir. La enorme dote que la joven aportaba al matrimonio era solo la guinda del pastel. De hecho, Harold había llegado a la conclusión de que posiblemente la habría elegido aun sin dote.

—Pero, padre, si queremos un heredero voy a tener que acostarme con ella.

Robert miró a Harold en busca de su aprobación. Era evidente que consideraba que la objeción resultaba muy aguda.

Harold respondió lleno de rabia a esa mirada.

—Con eso que intentabas que ella te hiciera no puede concebirse heredero alguno.

Robert se sonrojó bajo su rostro moreno por el sol.

—Eso era... De hecho, lo que quería..

—Vas a dejarla tranquila —lo interrumpió Harold con brusquedad—. Si la continúas sometiendo a tu voluntad sin respeto alguno por las circunstancias y su malestar, ella podría huir de vuelta a Inglaterra y ese sería el fin de tu matrimonio.

—Pero durante la noche de bodas le gustó —repuso Robert, que no estaba dispuesto a dejarse vencer tan rápidamente—. Primero estaba asustada, pero luego se lo pasó bien.

De nuevo Harold sintió la abrasadora urgencia de moler a palos a su hijo. Parecía como si el chico no quisiera entrar en razón.

—Durante lo que dure el viaje no te acercarás más a ella. Al menos no con la intención de meterte debajo de sus faldas como si fuera una de esas furcias irlandesas. La tratarás como a una dama, de forma educada y respetuosa. Tal como lo merece la futura madre de tu hijo.

—Pero ¿cómo va ella a tener un hijo si yo no...?

—Esperarás a estar en casa. Ahí vuestro lecho conyugal es una cama de verdad, no un baúl mugriento, ni una saca de comida apestosa.

De nuevo Robert se sonrojó.

—Si no eres capaz de soportarlo, utiliza a una de las francesas. Pero ¡ay de ti si lo haces a plena luz de día! En cuanto estemos de vuelta en Barbados, podrás hacer lo que quieras, siempre y cuando no sea ante sus ojos. Yo sería el último que te negaría algo así. —Luego, como sin querer, Harold añadió—: Pero si te atreves a acercarte a Felicity de nuevo, te azotaré hasta que no te quede piel en la espalda.

Esa vez el color desapareció de las mejillas de Robert. Solo la huella, de color rojo intenso, de la bofetada destacaba en aquella palidez repentina. Sabía perfectamente que su padre no hacía amenazas en vano. A pesar de ello hizo un amago, aunque tímido, por negarlo, tal como ya había hecho antes.

—Pero si yo jamás... Quiero a Felicity como a una prima de sangre...

Pero Harold ya se había dado la vuelta para dirigirse a la antecámara del camarote principal, donde había varios miembros del pasaje charlando. Para él la conversación había terminado. Dejó a su hijo con la palabra en la boca.

10

William Noringham se maldecía por haber escogido el peor momento para usar el retrete. Tener que quedarse quieto allí, envuelto en aquellos efluvios apestosos, hasta que Harold Dunmore terminara su sermón, era una prueba muy dura. De todos modos, aún habría sido más incómodo desviar la cólera de Dunmore hacia él de haber aparecido en un momento inadecuado y dándole a conocer, además, que había oído todas y cada una de sus palabras. Era preferible soportar unos minutos más esa pestilencia. ¡Y realmente era tremenda! La mitad de los pasajeros sufrían diarrea, y si nadie se tomaba la molestia de mirar detrás de sí, menos aún vaciarían el balde tras haber hecho uso de él. En sus hogares de procedencia tenían criados que se encargaban de tales menesteres. A bordo nadie se sentía responsable de esa función. Y así, la cuba apestosa se iba llenando cada vez más, hasta que el capitán o algún oficial llamaba con un silbido a un marinero del castillo de proa y le ordenaba llevarse el recipiente y traer otro vacío. La cuba se encontraba junto al camarote principal, en un compartimiento al efecto hecho con tablones de madera toscos que los carpinteros habían construido al inicio del viaje en atención al recato de los pasajeros, en particular de las damas. Los miembros de la tripulación que se alojaban en la zona de popa no acostumbraban disponer de un lujo como ese: tenían suficiente con un balde situado en un rincón de la cubierta abierta. Los marineros de grado inferior aún lo tenían mejor: hacían de vientre en el acrostolio o en la sentina.

Teniendo en cuenta las emanaciones repugnantes de esas secreciones malsanas, William habría hecho lo mismo; únicamente las damas habían descartado algo así. En cuanto oyó que las pisadas se alejaban, abandonó sin vacilar el retrete. Robert se volvió al instante al oír el crujido de la puerta y torció el gesto al ver a William.

—Tenías que ser tú —dijo con desdén—. ¿Ya has oído suficiente?

—No habéis dicho nada que no supiera —puntualizó William ajustándose a la verdad—. Estamos en un barco y aquí no hay mucho que esconder.

Robert apretó los puños. Tenía las mejillas encendidas y daba la impresión de querer enzarzarse en una pelea allí mismo. No era de naturaleza colérica. De hecho, acostumbraba a desfogar sus emociones de otro modo. Sin embargo, cuando se enfadaba de verdad también era capaz de pegar, y había unos cuantos mozos y esclavos en Rainbow Falls que lo sabían muy bien. En cualquier caso, desde luego, aquello no era nada en comparación con la violencia con que actuaba su padre.

William miró con expresión impasible a Robert. El muchacho podía pavonearse tanto como quisiera, pero no se atrevería contra alguien más fuerte: le faltaba valor para eso. Ambos sabían que William montaba a caballo y disparaba mejor; además, el trabajo duro en los campos de caña de azúcar había hecho que sus puños fueran fuertes como la madera, y tenía los hombros bastante más anchos que los de Robert. Aparte de eso, William era unos años mayor y, en consecuencia, tenía más experiencia. Giró sobre sus talones y se dirigió hacia la escalera que llevaba a la cubierta de popa.

Al llegar arriba, vio que Elizabeth Dunmore se encontraba de pie junto a la barandilla. Desde que habían zarpado hacía ya varias semanas, no había tenido muchas ocasiones para hablar con ella, porque la joven sufría un pertinaz mal de mares y había permanecido la mayor parte del tiempo en su camarote. Se acercó a Elizabeth algo azorado y la saludó con una reverencia.

—¡A vuestros pies, milady! Me alegro mucho de veros repuesta por fin.

Ella se volvió hacia él con sorpresa.

—¡Lord Noringham! —Su sonrisa parecía algo forzada—. Creo que decir repuesta es exagerar. De momento no es más que un intento de recuperar la normalidad. De todos modos llevo resistiendo varios minutos, lo cual es muchísimo más que lo que había logrado hasta ahora. —Señaló el palo mayor que se erguía ante ellos—. Llevo exactamente lo mismo que los hombres de allí arriba tensando la vela.

William siguió con la mirada hacia donde le indicaba. En lo alto, sobre sus cabezas, los marineros se deslizaban como hormigas por los obenques y sobre las vergas a las órdenes que voceaba el contramaestre, e izaron el juanete.

—Eso es esperanzador —opinó él—. Llevan un buen rato faenando. Tal vez hoy podréis participar en la cena del camarote del capitán.

—No quiero hacerme muchas ilusiones —repuso Elizabeth—. De todos modos, esa es mi intención.

William la contempló de forma discreta. Tenía el rostro pálido a causa de los mareos y, sin duda, había perdido peso. Poco tenía que ver con la muchacha lozana que se había embarcado en Portsmouth con los Dunmore. Con todo, tenía los hombros levantados, en actitud luchadora, y dirigía la cara contra el viento con expresión osada, lo cual indicaba que no se doblegaba con facilidad. Sin duda, esa actitud le sería de gran utilidad, teniendo en cuenta la familia en la que había entrado por matrimonio.

—¿Habéis vivido mucho tiempo en Barbados? —preguntó Elizabeth a su lado.

—Llevo casi toda la vida allí. Mis padres llegaron a la isla durante el primer año de la colonización.

—Así pues, ¿hace más de dos décadas?

William asintió.

—Primero fue mi padre allí en busca de suelo cultivable. En otros tiempos nuestra familia poseía tierras, pero en la época del rey Carlos no se podía vivir en paz. Cuando no proclamaba la guerra o disolvía el Parlamento, exigía dinero y soldados. El país se desangraba, casi literalmente, a causa de conflictos militares. La gente era cada vez más pobre y apenas había comida para todos.

—Entonces habría muchos campesinos que no podían pagar el arriendo, ¿verdad? —Elizabeth lo escrutó con la mirada, como si la respuesta a esa pregunta fuera muy importante para ella.

—Así es. Llegó un momento en que mi padre se hartó. Un día, un viajero le habló con entusiasmo de las posibilidades de las islas de las Indias Occidentales, y mi padre se marchó para comprobarlo con sus propios ojos. Por aquel tiempo Barbados aún estaba completamente deshabitado.

—¿No vivían antes indígenas allí?

—En esa época ya no. Se dice que huyeron de los caníbales; pero tampoco había ninguno de ellos en Barbados cuando mi padre puso el pie en la isla por primera vez. De todos modos, es posible que hubieran estado antes y que se marcharan en cuanto se quedaron sin comida.

Elizabeth se echó a reír y William observó, fascinado, cómo el rostro de ella se transformaba al hacerlo. De pronto, su persona adquirió una presencia tan intensa que era imposible no sentir admiración por aquella joven. La pareció más despierta y atenta que cualquiera de las mujeres que él había conocido hasta entonces. Su cuerpo parecía dotado de una energía especial que se reflejaba en la viveza del interés que brillaba en su mirada y la naturalidad de su alegría.

—En fin, que cuando mi padre, acompañado de un par de docenas de otros aventureros con ánimo colonizador, llegó por primera vez a Barbados halló allí las condiciones ideales para la agricultura. En esos años los primeros colonos de América habían empezado a ganar grandes fortunas cultivando tabaco, y mi padre también quiso hacerlo. Regresó a Inglaterra y vendió todos nuestros bienes, excepto la propiedad donde mi abuela había residido hasta hace poco. Luego nos metió a mi madre, a mi hermana Anne y a mí en un buque con todos nuestros bienes. Así llegué yo a Barbados.

—Así pues, podría decirse que es vuestro hogar.

—No hay ningún sitio que esté más próximo a mi corazón —admitió William.

Le sorprendió la profundidad de los sentimientos que lo habían invadido al hablar. Esa sensación era mucho más intensa que la nostalgia que había sentido recientemente en Londres, harto del frío y la melancolía del clima inglés y del entorno hostil.

—Desde entonces solo he estado en Inglaterra en dos ocasiones —explicó—. La primera fue hace cinco años, después de la muerte de mi padre, para solventar allí algunos asuntos relacionados con la herencia. Y la segunda vez hace unas semanas. Mi abuela murió a finales del año pasado. Me he encargado de liquidar la herencia y he vendido la antigua residencia familiar. De este modo se ha roto el último vínculo que me unía a Inglaterra.

Elizabeth asintió, pensativa. Un soplo de viento le puso un rizo delante de los ojos. Impaciente, se apartó el mechón a un lado y se lo colocó detrás de la oreja con un gesto que era decidido e impulsivo a la vez.

—¿Y no habéis añorado jamás Inglaterra? —quiso saber.

—Llegamos a Barbados cuando yo era muy pequeño, tanto que apenas recuerdo el viaje. —William se echó a reír—. Lo que sí recuerdo es que mi madre estuvo indispuesta todo el tiempo. Entonces ella juró, por todo lo que le era sagrado, no volver a poner jamás un pie en un barco.

—¡Oh! —Elizabeth hizo una mueca graciosa—. Me reconforta un poco saber que no soy la única que ha sufrido el mal del mar.

—En el caso de mi madre, hay que tener en cuenta que además durante la travesía estaba encinta. Luego perdió el hijo y, poco después, ella también murió.

William lamentó al instante haber dicho aquello porque Elizabeth lo miró con expresión horrorizada. Era evidente que la espantaba pensar siquiera en un embarazo propio. Se apresuró a cambiar de tema.

—Mirad. ¿Aquel no es el cocinero? Se le ve furioso, ¿no os lo parece?

Elizabeth se volvió en la dirección que William le indicaba y juntos vieron que un marinero corpulento, vestido con una ropa llena de lamparones de grasa, subía la escalera que llevaba a cubierta, saludaba de forma breve pero respetuosa al oficial de guardia tocándose la gorra y proseguía hacia la escalera que subía hasta la toldilla. Su aspecto era verdaderamente enojado. Al poco desapareció de su vista. Sin embargo, por el ruido, resultaba imposible pasar por alto que se había dirigido a la jaula de las gallinas, que se encontraba allí. Un cacareo frenético se elevó por los aires para enmudecer súbitamente. Luego el cocinero descendió por la escalera blandiendo en el puño una gallina inerte. Antes de pasar junto a Elizabeth y William con un andar despatarrado y arrastrado, arrojó un esputo oscuro de tabaco por la barandilla tras mascullar para sí una imprecación en neerlandés. A William le pareció oírle rezongar las palabras «mujer», «barco» y «caldo», por lo que concluyó que, seguramente, el motivo de su enojo se debía a la combinación de esas tres cosas. Con todo, a falta de más contexto no acababa de entenderlo.

—Esa debe de ser mi cena —dijo Elizabeth—. Mi suegro quiere a toda costa que me preparen caldo de gallina para fortalecer los nervios de mi estómago.

El tono ligero que empleó sonó forzado. Era evidente que ella todavía no se había recuperado del susto por el comentario de William.

—¿En qué parte de Barbados tenéis vuestra plantación? —preguntó, como queriendo pensar en otra cosa.

—Cerca de Holetown. Esto está en el lado occidental de la isla.

—¿Todavía cultiváis tabaco?

—No. Como la mayoría de los terratenientes, en los últimos años nos hemos pasado al cultivo de la caña de azúcar. Al norte y al este de la isla sigue habiendo campos de tabaco y de índigo, pero es un cultivo que va a la baja. La competencia con Virginia es demasiado fuerte; al parecer, allí el tabaco se cultiva mejor que en Barbados.

—¿Tenéis también casa en Bridgetown, como los Dunmore?

—No. Nosotros, esto es, mi madrastra, mi hermana y yo, vivimos en Summer Hill. Es el nombre de nuestra plantación. Estamos muy a gusto allí. Hace tres años mandé construir una nueva casa.

—Tal vez algún día os haré una visita. —Elizabeth se interrumpió. Al parecer, temía haber rebasado el límite de la conveniencia. Entonces añadió—: Con mi marido.

—Cuando gustéis. —William calló unos segundos y luego agregó—: Eso siempre y cuando vuestro esposo encuentre el camino a Summer Hill.

—¿Qué queréis decir con ello? —preguntó, sorprendida—. ¿Tan escondida queda vuestra propiedad?

William negó con la cabeza con ademán afligido.

—Por favor, disculpad. Esa observación ha sido una bobada. La verdad es que es imposible no encontrar Summer Hill, pues no hay tantos caminos en la isla. No. Yo, en realidad, me refería a ciertas... reservas internas. Tenéis que saber que entre los Dunmore y los Noringham no reina precisamente la mejor de las amistades. —Terminó hablando con franqueza—. La verdad es que no existe un gran aprecio entre ambas familias.

—¿Por qué no?

William se encogió de hombros.

—Nadie lo sabe con certeza —respondió—. Según parece, la hostilidad se remonta a muy atrás. En una ocasión mi madre me contó que entre mi padre y Harold Dunmore hubo una disputa tremenda, pero no supo decirme sobre qué. Desde entonces los Dunmore no sienten una especial simpatía por nosotros. Como es natural, en una isla como Barbados no es posible esquivarse, sobre todo cuando, como es el caso de los Dunmore y los Noringham, se tienen intereses comunes. Compramos a los mismos comerciantes y vamos a la misma iglesia. Robert y yo tuvimos el mismo tutor, y aprendimos a manejar la espada y a disparar con el mismo maestro de armas. Como la isla no es muy grande, todo el mundo se conoce bastante bien.

—¿Robert no os ha hablado nunca sobre el posible motivo de esta enemistad?

—Enemistad es una palabra muy rotunda; yo no diría tanto. De hecho, los Noringham no tienen nada contra los Dunmore. —«Dejando de lado que Harold es un déspota que no siente respeto alguno por la dignidad humana», se dijo para sí. «Y que Robert es un vicioso y un mujeriego.» A continuación añadió en voz alta—: Se trata más bien de un... distanciamiento.

Abandonó el tema tras esa descripción tan prudente. William se dijo que Elizabeth pronto averiguaría por su cuenta todo cuanto tenía que saber sobre los Dunmore. Uno de los aspectos más desagradables ya lo había descubierto, y los demás no tardarían mucho en salir a la luz.

—Robert simplemente se ha limitado a seguir la tradición de su padre. No le gusto y no se esconde de ello. Para seros franco yo, por mi parte, tampoco he buscado su amistad. De todos modos, estáis cordialmente invitada a Summer Hill siempre que os apetezca visitarnos. Anne estará encantada de tener compañía femenina. A menudo se siente un poco sola allí arriba, en las colinas. Seguro que la alegará tener una amiga.

—Por supuesto que visitaré a vuestra hermana —afirmó Elizabeth. A William le pareció que lo decía totalmente en serio, y que no le importaba en absoluto lo que su suegro y su marido pudieran opinar al respecto—. Si Robert no quiere venir, mi prima Felicity me acompañará.

—Ella será tan bienvenida como vos.

Precisamente el tema de esa conversación se encontraba a babor, bajo el toldo que había tendido en una parte de la cubierta de popa. El viento alborotaba los rizos oscuros de Felicity, que tenía el hermoso rostro redondo sonrosado por el aire de mar. A su lado estaba una de las francesas. Las dos charlaban animadamente en su lengua materna. De vez en cuando Felicity soltaba alguna risita y miraba alrededor con disimulo. Seguramente la joven le explicaba alguna confidencia subida de tono.

Harold Dunmore salió por la escalera que llevaba a cubierta. Su rostro adquirió una expresión de enojo profundo cuando vio a las dos muchachas juntas. William adivinó que el humor de Dunmore se le agriaría aún más en cuanto se percatara de que acompañaba a su nuera.

Habría podido retirarse rápidamente, pero no le pareció correcto abandonar sin más a una dama, así que se quedó donde estaba.

Harold se aproximó directamente a ella, pasando junto a Felicity y la francesa, a las cuales no les dedicó la menor atención.

—Parece que ya estás mejor —dijo en un tono jovial a Elizabeth.

Mientras hablaba dirigió una mirada de reojo a William que hizo que este se estremeciera. Una sombría animadversión transformó la mirada de Harold, que no parecía encontrarse cómodo tras esa fachada de jovialidad forzada.

—Tras pedírselo yo, el capitán ha ordenado al cocinero que para cenar sirva sopa de gallina recién hecha.

—Muchas gracias —dijo Elizabeth, sorprendida.

—Parece que lord Noringham se ha encargado de brindarte un poco de compañía.

—Sí. Ha sido muy gentil por su parte. Además, nos ha invitado a Felicity y a mí a visitar a su hermana Anne.

—¡Qué atento! Veremos si hay oportunidad de que puedas responder a ella.

—Por supuesto que sí. Me han dicho que la vida social de Barbados resulta un poco... limitada para las chicas jóvenes.

Harold Dunmore no contestó, pero su ira era casi palpable. Su mirada iba vagando de Felicity a la francesa. De nuevo la cólera le destelló en los ojos; parecía estar a punto de armar una buena bronca y reprender a alguien, fuera quien fuese. Abría y cerraba las manos, como si le estuviera costando un esfuerzo tremendo contenerse. Al final se dio la vuelta de repente.

—Nos veremos a la hora de cenar —dijo sin más por encima del hombro mientras se disponía a descender por la escalera.

—¡Oh, vaya! —se lamentó Elizabeth volviéndose hacia William Noringham—. Ahora entiendo lo que queríais decir. Parece realmente que no os soporta.

—Al final llega un momento en que uno se acostumbra.

—Puede que también sea posible acostumbrarse a olvidar esa antigua rencilla y volver a acercarse de forma amigable.

—La esperanza es lo último que se pierde —respondió William con una sonrisa.

—Haré cuanto esté en mi mano para desterrar cualquier enemistad entre vuestra familia y los Dunmore —insistió ella.

William no repuso nada. Sabía que muchas cosas no podían cambiarse, por mucho empeño que se pusiera en ello. Sin embargo, permaneció todavía un buen rato en la cubierta de popa junto a Elizabeth, hasta que perdió la noción de espacio y de tiempo. Su rostro entrañable y franco, el poder animoso de su presencia, tan alta, y la despreocupación osada de sus observaciones lo subyugaron de tal modo que olvidó por completo el paso de las horas.

Un grupo de delfines asomó en el océano. Saltaban juguetones fuera del agua para zambullirse otra vez con un arco de salpicaduras y luego lanzarse contra las olas de popa. Sus habilidades impresionaron vivamente a Elizabeth, que nunca antes había visto algo parecido.

—¡Mirad! —exclamó—. ¡Es como si quisieran bailar!

Aquel entusiasmo conmovió a William, y el afecto espontáneo que sentía por aquella joven se intensificó de un modo que debería haberle aconsejado prudencia. Sin embargo, no le habría gustado tener que renunciar en ningún momento a la compañía de Elizabeth.

Solo cuando un marinero que estaba de vigía en lo alto del palo mayor gritó a pleno pulmón que había tierra a la vista, William logró apartar la atención de Elizabeth.

En el horizonte asomaba la línea de la costa de Madeira.

11

Cinco semanas después el *Eindhoven* estaba casi parado, sumido en la calma chicha de un mar liso como un espejo. Durante un tiempo habían avanzado a buen ritmo y, en cierto modo, prácticamente corrían por delante del viento, con las velas casi a punto de reventarse por la fuerza de los alisios, que los condujeron en dirección sudoeste. A continuación unas grandes tempestades habían seguido desviando el barco. El capitán Vandemeer había necesitado varios días para retomar el rumbo. Elizabeth vislumbró entonces lo peligrosa que era la travesía y lo poderoso que era el océano, en cuyas extensiones infinitas el *Eindhoven* no era más que una diminuta mota de polvo, expuesta e indefensa frente a los elementos. Finalmente el buque había entrado en el temible cinturón ecuatorial, una zona de calmas donde apenas había viento. Hacía ya una semana que el *Eindhoven* avanzaba con grandes dificultades con cualquier leve brisa para luego quedar prácticamente detenido.

Entretanto, las reservas de agua también se habían hecho escasas. En popa no dejaban de oírse quejas por la falta de agua potable así como por el repulsivo sabor de la que quedaba. Además, la comida, toda en salazón y consistente en bacalao, cecina y frutos secos, acentuaba aún más la sed. Sin embargo, era preciso racionar las reservas de agua a menos que quisieran quedarse sin una gota en breve. Felicity había contado a Elizabeth bajo mano que, durante esos días, el capitán tenía que estar especialmente atento para que no se produjeran amotinamientos entre la tripulación. Podía ser que a los marineros se les ocurriera arrojar por la borda a los pasajeros que, a sus ojos, eran inútiles. O deshacerse de los animales que había en la bodega de carga, cada uno de los cuales requería más agua que cualquier persona.

Cuando Elizabeth oyó eso se dirigió de inmediato al capitán, muy preocupada por si Pearl estaba en peligro. Sin embargo, Niklas Vandemeer se había limitado a decirle que todavía no había de qué preocuparse, que con el *Eindhoven* él había logrado cruzar aquella zona de calmas incluso con menos agua a bordo y sin tener que sacrificar vida alguna: ni de persona, ni de animal. A ella no le quedó otro remedio que creerle. No obstante, a partir de entonces bebía el agua que le correspondía con un cuidado especial, tomándola a sorbos durante el día, pues había comprobado que la sed era peor si ingería toda el agua de una vez. En cualquier caso, se había repuesto definitivamente de sus náuseas. Desde el día en que su suegro había ordenado que le hicieran caldo de gallina, no había vomitado más.

Sin embargo, de un modo profético, parecía tomar forma aquello que le había pasado por la cabeza como un presentimiento al charlar con William Noringham. Todos los indicios apuntaban a que estaba encinta. No podía quitarse de la cabeza lo que él le había explicado acerca de su madre. Primero contó los días que habían pasado desde el día en que debería haber tenido el período. Acostumbraba a llegarle de forma puntual, y solo ocasionalmente había tenido que esperar al día siguiente. La primera vez que tuvo una falta, Elizabeth lo achacó al malestar que había experimentado durante el viaje y a su deplorable estado de salud. Aun así, todos los días se sentía mejor, y ya comía sin vomitar. Podía permanecer horas junto a la barandilla o sentada en una de las cajas que había atadas delante de los camarotes y contemplar el mar en movimiento. Ni las sacudidas más fuertes del barco le provocaban molestia alguna en el estómago. Mientras otros miembros del pasaje experimentaban náuseas ocasionales cuando el mar estaba revuelto, Elizabeth parecía ajena a ello; era como si las semanas de malestar la hubieran vuelto inmune a los mareos.

Sin embargo, el período no le llegaba. Al final, aquello llamó también la atención de Felicity; a fin de cuentas, ambas compartían un espacio muy reducido y no era posible ocultar nada a nadie.

Una mañana, mientras Elizabeth intentaba ponerse la camisa, su prima lo expresó en voz alta.

—Estás encinta —dijo con naturalidad.

Elizabeth se sobresaltó, pero no se atrevió a decir nada.

—Ya llevas dos faltas seguidas.

Felicity estaba sentada en un baúl y se peinaba los largos cabellos, bañados por la luz mortecina de la mañana que se colaba por el ventanuco del camarote. A pesar de aquella hora temprana, el calor ya resultaba sofocante, el aire era tan espeso que casi se podía cortar y la sensación de bochorno era muy desagradable.

Elizabeth se pasó la camisa por la cabeza para no tener que responder.

—¿Y de quién es? —quiso saber Felicity.

Los cordones del corpiño se enredaron entre los dedos temblorosos de Elizabeth.

—No sé de qué estás hablando. Quién si no Robert...

—¡Oh, vamos! ¡No seas ridícula! —la interrumpió Felicity—. Sé perfectamente cuándo ocurrió. A fin de cuentas, yo te ayudé a desnudarte después de la última excursión a caballo. Y vi cómo te bañabas en la tina. Lizzie, a mí no me engañas. Si incluso me imaginé lo que había ocurrido. Recuerda lo que me sucedió el año pasado.

Elizabeth tragó saliva. Felicity nunca le había contado lo que le había sucedido durante el asalto de los escoceses. Su padre solo le había dicho que esos hombres habían hecho «algo atroz» a Felicity. Las criadas habían cuchicheado algo acerca de una violación, pero a Elizabeth le había dado reparo molestar a Felicity con preguntas sobre los detalles, máxime cuando era evidente para todos que su prima no quería más que olvidarse de aquello. En vista de que, tanto física como psíquicamente, su apariencia era normal y saludable, y que estaba mucho más afectada por la pérdida de sus padres a manos de aquellos merodeadores, Elizabeth había llegado al convencimiento de que Felicity se había recuperado de aquella humillación y deshonra.

Sin embargo, cuando Elizabeth contempló a su prima delante de ella sentada en el baúl, cayó en la cuenta, con amargura, de que se había equivocado. Felicity estaba sudada y sucia, rodeada de mudas malolientes, flaca por la mala alimentación, con el pelo colgándole flácidamente y los pies desnudos y mugrientos, y aun así nada de eso podía apartar la atención de la furia intensa que se le reflejaba en los ojos. El recuerdo de lo que aquellos escoceses le habían hecho la afectaba sobremanera. Joven y sana como era, había superado rápidamente los efectos físicos, pero su alma había sufrido unas heridas de las que tal vez jamás lograría reponerse. El silencio se prolongó hasta que Elizabeth no pudo soportarlo.

—Nadie me violó, si es eso a lo que te refieres —dijo con cierto desánimo.

—Ya lo sé. ¡Que Dios me asista! Por desgracia conozco bien las señales y en ti no las vi.

Elizabeth se asustó al descubrir el dolor que se reflejaba en los ojos de su prima.

—Tú y yo nunca hemos hablado de lo que te pasó —dijo con tono vacilante—. Quiero decir, entonces, cuando tus padres... y tú... Mi padre me dijo que hablar de ello te haría sufrir inútilmente. Pero a menudo me he preguntado cómo... —Se detuvo, incapaz de seguir.

—Eran tres. Uno me cogió y me arrojó al suelo. Me forzó, y mientras lo hacía me sostenía la cabeza con las dos manos para obligarme a ver cómo el otro degollaba a mi madre y el tercero atravesaba a mi padre con la espada. Luego esos dos se me acercaron y me forzaron también, a la vez y simultáneamente con el primero. Con la sangre de mis padres y la mía chorreándoles aún, me hicieron cosas tan repulsivas que no hay palabras para contarlas. —Con voz vacilante Felicity prosiguió—. Al final, el dolor era tan tremendo que me desmayé. Cuando volví en mí habían desaparecido.

—¡Oh, Dios mío! —musitó Elizabeth—. No sabía que...

—No, claro que no. ¿Cómo podías? A fin de cuentas, tu padre no quería que yo hablara de ello. «Todo esto pasará», me dijo. Y añadió: «El rey no tiene la culpa, pequeña». Sostenía repetidamente que ese maldito cerdo Estuardo no había sido el responsable de que esas bandas de asesinos escoceses, que él había pagado, matasen a mi familia y me deshonrasen. Además me dijo: «No le cuentes esto a mi hija. Es una muchacha afable e inocente, a la que ya le está costando mucho asimilar la muerte de su querida madre y de sus hermanos». —Felicity adoptó una expresión reflexiva—. Por eso había que guardar silencio sobre lo que me había ocurrido.

De nuevo se abrió un silencio molesto entre las dos. El barco se mecía suavemente de un costado a otro, con una oscilación apenas perceptible y carente de rumbo en aquel océano sin viento.

—¿Estás... enfadada conmigo? —preguntó por fin Elizabeth, insegura.

Felicity negó con la cabeza, con un gesto de desmayo.

—No, por Dios, ¡contigo no! Sentí una ira tremenda contra tu padre, pero luego llegó un momento en que caí en la cuenta de que él no podía evitarlo. Él no era el responsable de mi pena. Fue ese maldito rey. Y, naturalmente, los escoceses. Pero, sobre todo, los tipos que nos hicieron todo eso a mis padres y a mí. No hay día en que no rece para que se consuman todos en el infierno. En fin... Cuando el rey llegó al patíbulo yo vertí lágrimas de agradecimiento. —Estuvo pensativa durante un instante y luego añadió con sinceridad—: Tu padre, Lizzie, se lo tenía bien merecido.

Elizabeth aún reflexionaba acerca del alcance de esas revelaciones cuando su prima retomó el tema original de la charla.

—En cuanto a tu estado, no tengo ni la menor duda. Pero no sé cómo ocurrió, mejor dicho, con quién. ¿Quién fue?

—¿A qué viene esto ahora? —le espetó Elizabeth. A continuación, con un tono más calmado, añadió—: ¿Y por qué no me lo preguntaste de inmediato cuando, según dices, resultaba tan evidente a tus ojos?

—No quería que algo se interpusiera en tu boda —respondió Felicity sin más—. Lo habría dado todo por dejar atrás Inglaterra. Me costaba mucho soportar la cercanía de tu padre. Seguramente con el tiempo todo habría ido mejor pues, como te he dicho, super ver que no era culpa suya; pero, a menudo, el buen juicio y los sentimientos siguen caminos opuestos. Mi deseo era marcharme lo más lejos posible, a poder ser al otro extremo del mundo. Así que me comporté como si todo fuera como se esperaba: la boda, la noche de bodas, la partida. Todo tenía que ocurrir como estaba planeado. Y así fue. —Volvió entonces la mirada a Elizabeth—. Fue aquel capitán, ¿verdad?

Elizabeth, atónita, clavó la mirada en su prima.

—Lizzie, vi tu cara cuando me contaste cómo te había salvado de la multitud. Además, también oí que preguntabas a tu padre acerca de él.

—¿Nos escuchaste a escondidas?

—La puerta estaba entreabierta. Lizzie, la verdad es que eres muy pícara. Me parece que tienes una debilidad trágica por las aventuras. —De repente, Felicity volvió a hablar en el tono animoso que hacía que mucha gente la tomara por superficial e inocente, por una chica a la que solo le interesaban los vestidos bonitos y todas las cosas inofensivas de las que todo el mundo creía que alegraban el corazón de cualquier mujer.

—Solo Dios sabe lo mucho que me reprocho ese tremendo error —dijo Elizabeth, angustiada.

Pero Felicity consiguió sorprenderla de nuevo.

—¡No tienes de qué avergonzarte! —respondió con vehemencia—. No, desde luego, por Robert. Conserva sin remordimientos el recuerdo de ese corsario en la medida en que sea para ti un recuerdo feliz.

Elizabeth se notó la sangre en las mejillas.

—Voy a tener un hijo y no sé quién es su padre. ¿Qué puede haber de feliz en eso?

—Mucho —repuso Felicity—. De hecho, eso hace que las posibilidades de que no sea de Robert sean bastante altas.

—¿Pretendes decirme algo sobre Robert? —quiso saber Elizabeth—. ¿Cosas como que, por ejemplo, de noche visita a las francesas?

—¡Oh! Así que ya lo sabes.

—No puedo decir que me alegre, pero agradezco que me deje tranquila.

Felicity volvió su atención a otras cuestiones que, no por carecer de un cariz tan serio, eran menos molestas. Levantó el dobladillo de su enagua y lo olió.

—¡Puag! Creo que no he sido cuidadosa al ir al retrete. Huelo igual que una cloaca. Recuérdame que pregunte al capitán Vandemeer si el cocinero podría calentar un caldero con agua de mar. Necesito lavar algunas cosas, aunque luego tengan una costra de sal. —Suspiró con fuerza y luego se olió el cabello—. ¡Qué daría yo por un baño caliente! —Dejó caer con resignación el mechón de pelo que acababa de oler—. Apesto. Niklas dice que después de un tiempo navegando, la peste ya no se nota. Según parece, acabas embotado. En mi caso todavía no he alcanzado ese punto. Seguramente llegaremos a nuestro destino antes de que yo logre perder el olfato.

Elizabeth estaba en las mismas. Desde la cubierta de popa había observado cómo los marineros se limpiaban para la misa del domingo. Delante del castillo de proa, se arrojaban agua de mar sobre el cuerpo y luego se frotaban los brazos y las piernas con corteza de tocino vieja. Aquel era un buen remedio contra la piel agrietada y, al parecer, también contra el intenso olor corporal. Muy pocos se tomaban la molestia de peinarse el pelo, que llevaban demasiado largo, afeitarse la barba enredada o cambiarse la ropa raída —de hecho, la mayoría no tenía siquiera otra muda—. Prácticamente todos eran nidos andantes de piojos y pulgas. A veces los marineros que sabían nadar se arrojaban completamente vestidos al agua desde el bote que habían arriado, sumergiéndose por completo para sacarse del cuerpo el sudor y la suciedad. Luego se encaramaban contentos al bote y se hacían con algún pez con el que enriquecían su exiguo menú.

Entretanto el *Eindhoven* seguía cabeceando en la calma chicha que reinaba desde hacía días, con el bote auxiliar en la estela, atado por una soga. Excepto cepillar a diario el suelo de madera, los marineros no tenían mucho que hacer. Algunos reparaban las velas y deshilachaban amarras, los artilleros hacían sus prácticas diarias y, bajo las órdenes del oficial de artillería, disparaban tiros potentes. Sin embargo, la mayor parte del tiempo los hombres permanecían ociosos, sentados al pie de los mástiles y las vergas desgastados. Jugaban a dados, a cartas, dormitaban o se peleaban entre sí, lo cual a veces terminaba en encontronazos sangrientos, por lo que entonces se mandaba azotar a los que habían participado. El chasquido de los latigazos y el grito sordo de los castigados se oía casi a diario procedente de la popa. En una ocasión un marinero murió por una cuchillada. En otra ocasión seis más fallecieron por enfermedad; según explicó el capitán, en este último caso fue por septicemia, tos persistente o una diarrea muy severa. El creciente calor parecía incrementar la mortalidad entre la tripulación; de hecho, ya solo en los últimos tres días cuatro muertos habían sido arrojados al mar.

Felicity se secó unas gotas de sudor que se le deslizaban por el escote.

—Niklas dice que se avecina una gran tempestad.

Con el transcurso de los días, cuando la joven se refería al capitán lo llamaba solo por su nombre de pila aunque, para su desgracia, todavía no había conseguido forjar una relación de mayor confianza con él. En una ocasión, según le había contado hacía poco a Elizabeth con los ojos brillantes, él la había rodeado con el brazo. En otra le había besado la mano y, lejos de detenerse ahí, le había llegado a acariciar las puntas de los dedos con los labios. Finalmente, otra vez, él había estado a punto de besarla. Felicity había llegado casi a sentir los labios de él en los suyos pero, en el último instante, el timonel se había entrometido con una pregunta total y absolutamente insignificante. Siempre había alguien que quería alguna cosa del capitán, incluso con aquella calma chicha, cuando no era preciso hacer ninguna maniobra ni ningún cálculo de rumbo.

—Niklas ha llegado a hablar de una tormenta monumental —prosiguió Felicity.

—Pero si el viento está totalmente en calma... —repuso Elizabeth, dubitativa—. ¿Cómo puede decir que es posible que se desate una tempestad?

—Niklas dice que es algo que la gente de mar nota en la sangre. Dice que es como si estuviera en el aire. Ese tipo de tormentas tropicales acostumbran a surgir como de la nada. El mar está completamente liso y en calma, y al rato sopla un viento que, en un momento, se convierte en huracán.

A Elizabeth le costaba creerlo. Llevaban varios días en un mar pesado y liso como un espejo, que se extendía hasta el horizonte. Desde entonces ni la más ligera brisa había llegado al *Eindhoven*.

Después de vestirse se dirigieron juntas a cubierta. En el cielo el sol ya no era tan intenso como en los días anteriores y, en efecto, corría de nuevo una brisa algo más fresca. Elizabeth inspiró profundamente mientras observaba cómo los marineros izaban las velas a la orden del capitán. El *Eindhoven* se puso en movimiento, primero con lentitud y luego fue ganando velocidad. Su avance era cada vez más rápido hasta que prácticamente parecía volar. La proa cortaba las crestas de las olas, y el casco bajaba, subía y crujía con el viento mientras la espuma se elevaba por todas partes.

Niklas Vandemeer se mantenía erguido en cubierta y no dejaba de dar órdenes. Se tomó un momento para acercarse a los pasajeros y les informó de que se estaba preparando algo y que sería bueno que todos afianzaran firmemente sus pertenencias en los camarotes. Robert y Harold Dunmore no vacilaron en seguir el consejo.

—De camino a Inglaterra también tuvimos una tempestad —contó Robert a Elizabeth—. Será mejor que tú y Felicity lo cerréis todo bien, porque cuando la marejada es fuerte no hay nada que quede a salvo del agua.

—¿Me estás diciendo que las olas se levantan hasta alcanzar incluso la cubierta de popa? —preguntó Elizabeth a su marido.

Robert asintió.

—Lo bañan todo y penetran por todos los rincones. A veces el oleaje es tan fuerte que hay que atarse a algo para no ser llevado por el agua. —Robert la cogió de la mano—. Pero tú no te preocupes que yo te protegeré.

La sonrisa de Robert era tan encantadora y tranquilizadora

que Elizabeth, sin pensarlo, respondió a la leve presión de su mano. Durante las semanas anteriores lo había esquivado la mayor parte del tiempo, hasta que se había dado cuenta de que él no intentaba aproximarse del modo que a ella tanto le molestaba y repelía. Sin duda aquello era obra de Harold Dunmore, quien vigilaba con cien ojos que su hijo no volviera a forzarla. De todos modos, eso no le resultaba especialmente reconfortante. Tener motivos de peso para esquivar a su propio marido no auguraba nada bueno para el futuro, a lo que había que sumar el remordimiento que sentía por el paso en falso que había cometido con Duncan Haynes. El simple hecho de no saber de quién estaba embarazada la sumía en la desesperación.

Así las cosas, casi era un alivio para ella que por la noche Robert recurriera a los servicios de las francesas. Felicity había dicho una vez con cierto desdén que había hombres que, casados o no, estaban a merced de las más bajas pasiones y que aplacaban con regularidad esos deseos con prostitutas. De todos modos, acto seguido había subrayado que Niklas Vandemeer no se dejaba llevar por esas veleidades inmorales porque, aunque era un hombre hecho y derecho, era también demasiado atento y juicioso para ello.

Elizabeth no quería ni pensar qué significaba para su vida futura con Robert lo que su prima le contaba sobre los hombres e intentaba convencerse de que todo se arreglaría en cuanto se estableciera en Barbados.

En el curso de la mañana, el viento arreció. El barco se sacudía más, y al mediodía se reunieron en el camarote principal con el resto de los pasajeros y, sentados en los bancos que había contra la pared, comieron la habitual y escasa comida, consistente en lentejas, escabeche y bizcocho. El almuerzo se derramaba en las escudillas, y los pasajeros tenían que afianzar los pies y la espalda cuando se producían bandazos a fin de no deslizarse de un lado a otro por los bancos.

El viento se había convertido en un vendaval; las velas se agitaban y el casco crujía mientras el *Eindhoven* se precipitaba desde las crestas elevadas de las olas hasta las profundidades del valle siguiente.

El barco iba a toda vela. Niklas Vandemeer estaba de pie, inclinado sobre la gran mesa de los planos, mientras calculaba el rumbo con instrumentos náuticos. Explicó que debían aprovechar el viento en la medida en que fuera posible y afirmó que, en ocasiones, se podía esquivar la tormenta de ese modo, aunque no creía que aquel fuera el caso.

—¿Podría convertirse en un *ouragan*? —preguntó una de las francesas en su inglés balbuceante—. ¿En una de esas tempestades tropicales en las que incluso los grandes barcos pueden sucumbir? —Tenía la mirada aterrada.

—Bueno, no deberíamos pintar las cosas peor de lo que son. Un barco tan bueno como el *Eindhoven* no se hunde tan fácilmente, y un huracán no es algo que se dé a diario —aseveró Niklas. Sin embargo, la expresión grave de su cara restó credibilidad al tono tranquilizador de su voz.

Los comerciantes se miraron con preocupación.

—Deberíamos ir un momento a inspeccionar la carga —dijo el tío del capitán.

Rápidamente él y su socio se levantaron y abandonaron el camarote tambaleándose.

Elizabeth se asustó.

—¡Mi yegua! —Se incorporó de un salto—. ¡Tengo que ir enseguida a ver cómo está Pearl!

Harold Dunmore la asió del brazo con fuerza.

—Ya he recubierto con paja su cobertizo y le he colocado un cinturón en el vientre que la sostiene por los dos costados. No puede hacerse nada más.

Ella miró a su suegro, sorprendida ante tanta previsión.

—Muchas gracias —dijo con algo de torpeza.

Harold asintió sin decir nada y la soltó del brazo, vacilante. Por un instante el atisbo indeciso de una sonrisa pareció suavizarle la rudeza del rostro; sin embargo, a continuación volvió a sumirse en un silencio meditabundo.

La tempestad se desató más rápido de lo esperado. Apenas el grumete del camarote había retirado los platos sucios y los restos de comida, cuando Vandemeer se apresuró a ir al exterior y voceó la orden de acortar una parte de las velas. Elizabeth era incapaz de permanecer en el ambiente sofocante y asfixiante de aquel camarote. Se levantó y se dirigió hacia la puerta.

—¿Adónde vas? —quiso saber Felicity.

—Voy a ver a Pearl.

—Vas a guardarte mucho de hacerlo —ordenó Harold Dunmore con voz imperiosa—. Ya te he dicho que he atado la yegua con un cinturón. Además, no deberías ir sola a la bodega de carga. Allí hay mucha chusma.

Elizabeth ya estaba junto a la puerta, firmemente decidida en su propósito.

—Seré precavida.

William Noringham se levantó al instante de su asiento.

—Yo os acompañaré.

Harold le dirigió una mirada furiosa.

—No necesitamos que ningún engreído se encargue de nosotros.

Dicho esto se levantó y, al hacerlo, agarró a William y lo sentó otra vez en el banco. El joven terrateniente frunció el ceño con indignación, pero no dijo nada.

Elizabeth siguió a Harold por la gran escalera que iba de la popa a la escotilla de carga. El viento soplaba con tanta fuerza que le sacudía las faldas. En lo alto, por encima de sus cabezas, la escandalosa tableteaba en el palo mayor, y una parte de la tripulación se había subido a los obenques para recogerla. Otros marineros se afanaban en afianzar con sogas adicionales la pinaza, que estaba atada en el centro del barco.

Harold entró primero en la bodega de la nave y precedió a Elizabeth enarbolando un fanal en alto mientras pasaban junto a las estancias pestilentes de la tripulación y los numerosos bultos y cajas de la carga hasta que llegaron a la bodega delantera, donde estaban los animales en sus compartimientos. Elizabeth se había reprochado más de una vez haber llevado consigo a Pearl. En aquella caseta estrecha la yegua estaba indefensa, a la merced de los bandazos de la embarcación, atrapada día y noche en aquel lugar pequeño carente de luz y sin la posibilidad de seguir su instinto natural que le pedía huir cuanto antes de allí. El animal levantó la cabeza con un resuello cuando Elizabeth se le aproximó. Tenía espuma seca en torno al belfo y en los ollares llevaba sangre adherida. Se había herido la boca con los maderos astillados de su cubículo. La piel no tenía mejor aspecto: estaba hirsuta, mate y roída por los parásitos. Pearl tenía la apariencia de un jamelgo viejo y venido a menos. Elizabeth tuvo ganas de echarse a llorar de rabia y preocupación. Entró en la caseta apretándose contra Pearl y tanteó en busca de la almohaza. Pero su suegro hizo valer su autoridad.

—Ahora ya la has visto. Puedes darte por satisfecha.

—Pero me gustaría...

—No —repuso él con vehemencia—. Iremos arriba. No me apetece quedarme en este agujero apestoso bandeándome de un lado a otro durante horas.

—Yo podría quedarme aquí sola cuidando de Pearl.

—No lo harás. Se espantará y podría hacerte daño con los cascos. Eso si antes no te degüellan esos tipejos salvajes y despiadados que hemos visto aquí abajo. Se arrojarían sobre ti en cuanto estuvieras sola. ¿Qué crees que les pasaría por la cabeza si te encontraran aquí? ¡Muchos llevan meses sin una mujer!

Elizabeth se estremeció, aunque solo en parte, por el tono imperioso de él. Le acudió a la mente el recuerdo sangriento de lo que había sufrido su prima. Ciertamente, no tenía suficiente imaginación para hacerse una idea exacta de aquello; aun así, el relato de Felicity le había quedado tan grabado que prácticamente le pareció oler el peligro que Harold le había sugerido. Él la asió por el brazo.

—Vamos, querida.

El barco, como queriendo subrayar esas palabras, se ladeó con un crujido tras ser alcanzado directamente por una ráfaga poderosa. Pearl relinchó, asustada, al ver que perdía el equilibrio, pero las cinchas que la sostenían impidieron que resbalara a un lado. Harold cerró la puerta de la zona vallada y subió a cubierta arrastrando tras de sí a Elizabeth. Como el oleaje arreciaba, tenían que agarrarse a la barandilla de la escalera, pero eso no impidió que sufriesen sacudidas a uno y otro lado. Llegaron a la cubierta superior con muchas dificultades. El viento había alcanzado ya la fuerza de un huracán. Barría con ímpetu la superficie del barco y le pegaba a Elizabeth el cabello a la cara. La falda se le agitaba con las ráfagas con tal fuerza que casi se las arrancaba. Harold la asía con firmeza por el brazo y la aupó a la cubierta de popa. Tras dar unos cuantos pasos ella se soltó.

—¡Estoy bien, gracias!

La galerna le arrancó las palabras de los labios, pero no la desconcertó. Agarrándose con las dos manos, siguió a su suegro, también zarandeado por el ímpetu del viento, de vuelta al camarote principal.

—¡Me voy a mi cuarto! —gritó Harold para hacerse oír por encima del temporal.

Elizabeth asintió. Quiso darle las gracias, pero él ya se

había dado la vuelta sin decir nada y subía la escalera que llevaba a su refugio.

En lugar de regresar al camarote principal, la joven se detuvo en la cubierta cortada. Se agarró a un saliente del cabrestante y dejó que el cabello se le agitara ante la cara. El aire, a causa del viento, era fresco y frío, y sabía a sal y a lluvia. El piloto del barco estaba junto al timón, con el rostro desfigurado por culpa del esfuerzo. Elizabeth observó que el timonel estaba atado con unas sogas por los dos lados. Al verlo se estremeció porque aquello no auguraba nada bueno para las próximas horas; sin embargo, a la vez se sintió presa de una excitación intensa y desconocida para ella. Le sobrevino una incontrolable sensación de libertad. A su alrededor, el mundo se le abría en una inmensidad ilimitada y tempestuosa y, procedentes de la línea del horizonte, se acercaban unos gigantes embravecidos e indómitos, que se elevaban como colosos espumeantes en torno al *Eindhoven*, como si fueran a engullirlo en cualquier momento.

Niklas Vandemeer, de pie en el alcázar, gritaba órdenes que el contramaestre trasladaba a voces a la tripulación ayudado por su penetrante silbato. Los marineros recogían algunas velas más y afianzaban las otras en los cabilleros. El *Eindhoven* avanzaba a toda velocidad por aquel valle de olas, y la proa se deslizaba en las aguas revueltas de forma tan pronunciada que Elizabeth tuvo que agarrarse con todas sus fuerzas para no resbalar por cubierta.

Había empezado a llover; chorros de agua procedentes de todas partes se desplomaban sin piedad. Una poderosa ráfaga arremetió por un costado y levantó una cortina impenetrable de lluvia encima de la cubierta, convirtiéndola en una pista deslizante tan lisa como mortal. Una ola gigantesca, mayor que las anteriores, se desplomó sobre la barandilla e inundó la cubierta cortada. Elizabeth permaneció inmóvil un instante con las aguas revueltas a la altura de las rodillas; luego inspiró y profirió un grito, más de sorpresa que de miedo. Las manos le temblaban a causa de la fuerza con que se sujetaba a la barra del cabrestante.

—¡Será mejor que entréis, milady! —gritó el timonel mirándola por encima del hombro.

Sin embargo, ella se sentía totalmente fascinada ante aquel espectáculo de la naturaleza y el mar embravecido. Absorta contempló las tremendas crestas de las olas, que casi doblaban en altura al barco y que, con cada embate, elevaban el navío como si fuera una cáscara de nuez, haciéndolo girar como a un juguete. El palo de trinquete se inclinó entre crujidos de protesta; Vandemeer voceó más órdenes. También él estaba atado con una soga en torno a la cintura.

El cielo tenía un color extraño e inusitado pues relucía en una mezcla de rojo intenso y verde. Y también en verde destelló el gigante veloz y enfurecido que se elevó de pronto del mar y se arrojó ávido contra el *Eindhoven* con las fauces abiertas y los dientes de espuma.

Elizabeth se apresuró con unas zancadas hasta el camarote principal. En cuanto hubo cerrado la puerta tras de sí el poderoso golpe de mar arremetió con un estallido contra la superestructura del barco. La nave se balanceó con fuerza, y Elizabeth cayó al suelo y atravesó resbalando la estancia, de un lado a otro, incapaz de asirse a nada. Mientras buscaba desesperadamente algo firme a lo que agarrarse, oyó gritar a las francesas. Los hombres renegaron y uno de ellos farfulló una oración. Un estrépito, cuya intensidad amortiguó el fragor del huracán, llenó el aire. Se oyó a continuación un chirrido semejante al de un ser agonizante, al que siguió el retumbo de una ruptura.

—¡Dios mío! ¿Qué ha sido eso? —exclamó Felicity.

El barco escoró a tal punto que el costado pasó a convertirse en suelo, sobre el cual todos fueron a parar rodando o precipitándose. Una de las francesas cayó con un grito sobre Elizabeth, quien seguía intentando, entre gemidos, hallar algo a lo que agarrarse. La puerta del camarote crujió con la presión de la ola siguiente y una avalancha de agua, que bajo la luz del fanal colgado en el techo brillaba en color gris verdoso, se abrió paso en la estancia, envolviendo a las personas, volteándolas y confundiéndolas hasta que ya no supieron dónde estaban el suelo y el techo. Las extremidades se trababan y retorcían unas con otras; los cuerpos chocaban entre sí mientras todos luchaban por mantener de algún modo la cabeza por encima del agua y respirar.

«¡Cortad las sogas! ¡Cortad las sogas!» Los gritos del capitán atronaban por encima del bramido de la tempestad. «¡Hachas, aquí!»

El fanal se apagó con un silbido mientras el agua se retiraba. Aun así lograron ver lo ocurrido a través de la puerta, que se había salido de los goznes. El palo mayor se había roto, había caído a un lado y colgaba de las bogas, amenazando con arrastrar a las ávidas profundidades el barco, que giraba como una peonza, y a las personas que había en él.

12

También el *Elise* navegaba en medio de aquella tormenta tropical, aunque estaba bastante alejado de su centro. Con todo, las ráfagas de viento huracanadas eran tan fuertes que Duncan Haynes y sus hombres estaban muy ocupados intentando mantener el barco lejos de la zozobra. Uno de los marineros había caído al mar cuando trataba de arriar la escandalosa, hundiéndose en aquel remolino agitado antes de que los demás repararan en lo que había ocurrido. Otro había caído al manipular las culebrinas: una racha blanca lo había hecho resbalar por el imbornal, y el cañón que él pretendía afianzar le había caído encima. Había escupido mucha sangre antes de que un marinero lo llevara bajo cubierta.

Aun así, habían conseguido navegar en contra de la dirección del viento; el *Elise* se deslizaba a toda velocidad arriba y abajo, descendiendo hasta las profundidades de los senos de las olas para luego elevarse a lo alto, como un dragón volador. Duncan escrutaba con ansiedad el mar agitado y las olas enormes que se aproximaban coronadas de espuma blanca. Sobre esas aguas convulsas surgió, como salido de la nada, un albatros; el pájaro planeó majestuoso como si fuera un ser de otro mundo, con las alas inmensas extendidas y los ojos de cristal oscuro y mirada fija. Parecía ajeno al caos ensordecedor. Justo antes de la siguiente cresta de ola alzó el vuelo y desapareció de la vista. Duncan soltó una carcajada de júbilo. Había cruzado muchas tormentas en su vida, pero juraría que el *Elise* jamás había ido tan rápido y tan de ceñida como entonces. Tras lanzar la corredera, el grumete había estado a punto de caer por la borda.

Una inmensa sensación de triunfo se había adueñado de Duncan, la cual se desvaneció dramáticamente en el instante en que una ráfaga arrancó con gran estrépito el mastelero de su anclaje, y el palo, como un petrel vacilante, salió volando hasta el bauprés, donde quedó atrapado. Al punto, el barco se quedó sin control. Después de que, al cabo de unos instantes, unas olas grandes como edificios se desplomaran sobre el velero, pareció que habría que dar por perdido el *Elise* y a toda su tripulación.

Duncan soltó el cabo que llevaba atado en torno a la cintura y se apresuró hacia la cubierta alta, agarrándose con cada embate a cuanto encontraba. Se encaramó al bauprés con uno de los hombres y, valiéndose de cuchillos y hachas, cortaron las maromas que se habían enganchado. A apenas un palmo de distancia del mar atronador y después de estar varias veces a punto de caer en él, consiguieron cortarlo todo hasta que retiraron por fin los restos del mastelero y volvieron a colocar el foque. Lo lograron justo a tiempo ya que el barco ya se había vuelto de través y se tambaleaba como un viejo borracho a punto de desplomarse. Duncan contuvo el aliento. La siguiente gran ola empezaba a elevarse por la popa. La vela parecía reacia a abombarse pero, de pronto, se hinchó. El velero había recuperado el rumbo y avanzaba con el viento en popa, llevándolo hacia delante en lugar de hacerlo girar. De nuevo habían conseguido salir airosos.

En medio de aquella galerna acuciante, Duncan avanzó trabajosamente por la cubierta. En una ocasión resbaló y estuvo a punto de caer por la borda. John Evers, el contramaestre, le lanzó a tiempo una soga para que se agarrara. Duncan se puso otra vez en pie, dio amablemente las gracias e hizo un repaso rápido de los daños: dos muertos (el marinero accidentado no había sobrevivido) y media docena de heridos, uno de los cuales, un marinero de primera, estaba muy grave. El hombre tenía un corte en la cabeza, estaba inconsciente y sangraba como si hubiera sufrido una cuchillada. Otro hombre le estaba aplicando un vendaje provisional. Aunque en cubierta reinaba la confusión, los daños eran solo superficiales. Había muchas lonas rasgadas, varias piezas de madera se habían roto y la sentina se había inundado, pero eso era todo.

El timonel apenas podía tenerse en pie. Duncan lo relevó y dispuso que el turno siguiente bombeara. Poco a poco el fragor del viento fue aplacándose y amainando hasta que, por fin, las crestas de agua espumosa se convirtieron en un oleaje soportable y las intensas ráfagas pasaron a ser brisas fuertes. Finalmente el sol asomó de nuevo, de forma que Duncan pudo hacer una nueva medición y recuperar el rumbo del barco. Avanzaron durante un rato con el viento en popa con las aguas cada vez más tranquilas a su alrededor y hasta donde alcanzaba la vista. En torno al mediodía el vigía gritó: «¡Barco a la vista!».

Duncan sacó su catalejo. Con suerte tal vez era un buque español al que la tempestad había separado de su flota. Les iría bien hacerse con unos cuantos rollos de soga y, evidentemente, no le haría ningún asco a la plata. Duncan vislumbró la bandera de auxilio colgada en el palo de trinquete. El palo mayor del barco se había partido y los imbornales estaban atascados con cabos rotos. El barco avanzaba con dificultad y apenas si podía maniobrar con las velas que aún le quedaban. Daba la impresión asimismo de que el casco también había sufrido daños. Aquel buque mercante no habría podido hacer frente a ningún enemigo. De todos modos, en él no había nada que robar. No, al menos, para Duncan: ese navío era el *Eindhoven*.

13

Claire Dubois había encontrado un lugar en la cubierta de popa del *Elise* desde donde contemplaba bastante bien el resto del barco sin ser vista. Aquello no podía llamarse propiamente un escondite, pero la culebrina detrás de la cual se había sentado sobre un rollo de soga ofrecía suficiente invisibilidad, aunque su intención, en realidad, no era ocultarse de la mirada de los marineros. Normalmente no le importaba lo más mínimo que la siguieran con la mirada. A fin de cuentas, se ganaba la vida con su atractivo cuerpo. Su belleza era su capital y, para sacarle rendimiento, era preciso mostrarla; sin embargo, como toda mujer, debía ser siempre precavida. Claire había aconsejado a las chicas que se buscasen un protector. Vivienne había optado por el valeroso contramaestre John Evers; Clotilde por el timonel, quien tenía el cuerpo cubierto de cicatrices producto de múltiples batallas; y Antoinette por el despensero, un hombre panzudo y agradable, que de vez en cuando robaba un huevo fresco y se lo regalaba. Personalmente, a Claire le habría gustado aproximarse al capitán, pero hasta el momento él no había dado ninguna muestra de interés. Así las cosas, ella cuidaba de sí misma y tenía siempre a mano una pequeña navaja escondida en la liga. Elizabeth y Felicity eran lo que se decía unas mujeres decentes en tanto que Claire y las chicas difícilmente habrían podido acreditar una reputación virtuosa. Los marineros a bordo de la fragata también lo consideraban de ese modo. Eran muchachos incontrolados e impredecibles. Era propio de su condición de ladrones habituales tomar para sí cuanto querían sin contemplaciones. Eran incondicionalmente fieles a su capitán y obedecían todas y cada una de sus órdenes, hasta el último aliento; en cambio, el resto del mundo les traía sin cuidado, lo cual los hacía mucho más peligrosos que los marineros esclavizados del *Eindhoven*.

Como no podía ser de otro modo, a Claire y a las chicas se les había ofrecido la posibilidad de proseguir el viaje en el *Eindhoven*, que era mayor y más cómodo, pero no estaba claro que aquel buque de las Indias Occidentales, maltrecho e impedido como estaba, pudiera llegar a Barbados. De todos modos, habían tenido mucha suerte de no haber naufragado, y más aún de que hubiera aparecido otro barco con capacidad para acoger a los pasajeros.

Vandemeer había decidido dirigirse a la costa más cercana, varar el *Eindhoven* y carenarlo de firme para poder zarpar luego. Si Claire y las chicas se hubieran quedado a bordo, muy posiblemente habrían ido a parar a una isla sin nombre, dejada de la mano de Dios, tal vez incluso habitada por caníbales. En todo caso, les habría llevado semanas infinitas alcanzar un destino medianamente civilizado, y eso siempre y cuando no surgieran piratas o se desataran tempestades, algo que podía ocurrir en cualquier momento en esas latitudes, tal como había podido constatarse fácilmente con la aparición del *Elise*.

Por todo ello, Claire no se había planteado permanecer en el *Eindhoven*. ¿Para qué si ella y las chicas podían navegar menos tiempo y con bastante menos riesgos en el *Elise*? Le había costado un dineral —ese Duncan Haynes era un auténtico sinvergüenza—, pero de eso ella tenía suficiente. Claire, evidentemente, había regateado como un chalán, lo cual le había proporcionado una gran satisfacción, sobre todo porque él también se lo había pasado bien negociando. Menos fructífero, en cambio, había sido el trato entre Haynes y el viejo Dunmore. El colérico terrateniente había estado a punto de echarse al cuello del capitán por culpa de las exigencias desvergonzadas de aquel pero, como no podía cortar la mano que debía socorrerlo, al final tuvo que contenerse y pagar el precio de Haynes. A Harold Dunmore, sin duda, había tenido que resultarle especialmente humillante comparecer a esa entrevista con Duncan Haynes como un viejo débil, postrado en un taburete, ya que durante la tempestad se había roto una pierna y estaba condenado a permanecer inmóvil. A diferencia del resto de los pasajeros, él no había podido pasar al *Elise* bajando al bote auxiliar por la escala de cuerda y de ahí a la fragata de Haynes; lo habían trasladado por medio del mástil de carga, atado con correas y colgado, igual que a la yegua de su nuera. Sin duda aquello también había sido un golpe para su orgullo.

Por si eso no fuera bastante, para cualquier cosa necesitaba la ayuda de su hijo. En consecuencia, no dejaba de gritar y maldecir durante todo el día, hastiado por el dolor y la impaciencia de forma que, excepto el pobre Robert, todo el mundo lo esquivaba. Con todo, Claire se llevaba bien con el viejo. De vez en cuando iba a visitarlo a la sala de los mapas, donde él, por necesidad, pasaba la mayor parte del tiempo, y se interesaba por su estado, o le preguntaba si podía llevarle alguna cosa; Harold, de todos modos, acostumbraba a rechazar su ayuda, y además con brusquedad. Aun así, ella tenía que pensar en el negocio... y en la influencia que él tenía en Barbados donde, por lo que había averiguado hasta entonces, parecía tener mucho que decir. Llegado el momento oportuno, Claire ya se encargaría de recordarle la amabilidad con que ella lo había tratado, a pesar de que no siempre le resultaba fácil. En Harold Dunmore había algo que le provocaba un malestar inconsciente, como el que sentía cada vez que trataba con un hombre de carácter imprevisible.

En cambio, le resultaba más sencillo ser agradable con William Noringham, que también era un hombre influyente, mucho más amable y, sobre todo, más joven que Harold Dunmore. Este último no soportaba a lord Noringham, e incluso parecía odiarlo. ¡A saber por qué motivo! Claire también lo averiguaría, del mismo modo que lo sabía prácticamente todo del resto de los pasajeros de a bordo. A veces eso resultaba muy sencillo, porque había cosas tan evidentes que ni siquiera tenían la apariencia de secreto. Así, por ejemplo, Felicity estaba perdidamente enamorada de Niklas Vandemeer, tanto que ella se había deshecho en lágrimas cuando llegó el momento de la despedida. Lloraba tanto que no veía nada de modo que al pasar al otro barco había caído de la escala real al agua, provocando el regocijo de los marineros de ambos barcos... y sus miradas lascivas cuando, al ser sacada del mar, sus atractivas formas se hicieron notorias bajo el vestido empapado. Claire al instante había renovado su propósito de ofrecer a la muchacha su protección en caso de que, en su nueva patria, se tropezara con circunstancias desfavorables.

Tampoco era un secreto que el desdichado Robert Dunmore no podía tocar a su joven esposa porque su padre se lo había prohibido. Este hecho había dado a ganar una buena suma de dinero a Claire porque, evidentemente, ella se hacía pagar que el joven Dunmore se desahogara con ella y sus muchachas. Y eso, además, era algo que él hacía a menudo, en ocasiones incluso varias veces en un día. Su deseo sexual era inagotable y no tenía límites; parecía obsesionado e incapaz de dejar pasar una mujer sin querer colarse debajo de sus faldas. Claire había conocido a varios hombres como él. A diferencia del resto de los clientes, no iban para pasar un buen rato, sino que acudían movidos por un impulso interno indomable, que a veces los había llevado a la ruina completa. De todos modos, Robert Dunmore no llegaría a ese extremo puesto que con la boda se había hecho con una dote muy suculenta, y además en Barbados podía tener mujeres y chicas muy jóvenes y bellas, tantas veces y tantas como quisiera. Su padre disponía de una serie de muchachas que estaban obligadas a satisfacer la voluntad de Robert cuando a él le apeteciera. Sin duda, su aspecto atractivo y su carácter zalamero le resultaban útiles para ello, y la resistencia, ciertamente, no era algo habitual. A excepción de su esposa, esa lady inglesa altanera que, al cabo de tan poco tiempo, ya había rechazado sus avances. A pesar de ser tan joven, Elizabeth Dunmore había resultado ser una persona obstinada e intrépida, que incluso provocaba cierta admiración en Claire. Aquella muchacha conseguía incluso que el viejo Dunmore controlara su genio. Delante de Elizabeth, él moderaba sus accesos de ira o, por lo menos, lo intentaba. Era evidente que se esforzaba para que ella no perdiera la buena opinión de los Dunmore antes de convertirse, de hecho, en una de ellos. En ese sentido, Robert era un caso perdido, pero quizá el resto de la familia fuera aceptable. Claire pensaba en Martha Dunmore, la madre de Robert y la esposa de Harold, aunque de momento no había averiguado mucho de ella por ninguno de los dos hombres.

«¿Mi madre? Pues es... mi madre», había dicho Robert en una ocasión respondiendo a una pregunta de Claire. Avergonzado como un muchacho joven, había salido de inmediato del camarote de ella sin haber saciado sus ganas. Así Claire había descubierto otro secreto: la fogosidad, habitualmente insaciable, de Robert se enfriaba de inmediato si se le mencionaba a la madre. Claire atesoró esa información cuidadosamente en la memoria, junto con otras que ya había recopilado. Nunca se sabía de qué podía servir saber algo así.

Lo mismo pasaba con lo de Elizabeth Dunmore y Duncan Haynes. Él en persona la había ayudado a subir a bordo del *Elise*, y luego le había besado muy educadamente la mano, como se estilaba con las damas muy distinguidas. Como Claire en aquel momento ya estaba en cubierta había tenido la oportunidad de escuchar las palabras que se intercambiaron.

—Es para mí un placer poder seros de ayuda de nuevo —había dicho cortésmente Duncan a Elizabeth mientras la ayudaba a pasar de la escalera de cuerda a cubierta.

¿Por qué al oír eso ella se había sonrojado y se había apartado a un lado, como si lo rehuyera?

Robert había subido a bordo después de su esposa. Tampoco él parecía especialmente contento de ver al capitán.

—Capitán Haynes —había dicho con semblante malhumorado y haciendo un leve gesto con la cabeza.

Claire también le había preguntado por eso posteriormente.

—¿Conoces al filibustero?

—Depende de lo que quieras decir con «conocer». Es un canalla y un usurero. Ataca barcos mercantes honrados, los saquea y se queda con sus riquezas.

—Pero solo roba a españoles y a franceses, ¿no?

—¡A saber! Quienes se pudren en el fondo del mar no hablan.

Posiblemente el verdadero motivo de su encono se debía a que Duncan Haynes era un aliado comercial indispensable para los terratenientes de Barbados si bien sus prácticas comerciales no siempre encontraban una buena acogida, en particular su participación en las ganancias. Una buena parte de sus ingresos la obtenía transportando azúcar o tabaco a Inglaterra. Debido al incremento de la superficie de plantación, los terratenientes de Barbados producían azúcar en grandes cantidades pero, a causa de la ubicación de la isla, situada en el extremo más apartado de las Antillas, no podían contar siempre con disponer de suficientes buques mercantes; por ello dependían de cualquier oportunidad que se ofreciese para deshacerse de sus existencias.

—¿Acaso Haynes no paga bastante por vuestro azúcar? —había preguntado Claire a Robert.

—No paga absolutamente nada por ello. Se lo cobra, y además a un precio muy elevado. Los holandeses, en cambio, traen una buena cantidad de mercancía de Europa y en Barbados la cambian por nuestro azúcar, de modo que obtenemos al momento un contravalor razonable. Pero ese filibustero avaricioso nos exprime hasta la última gota de sangre con sus dudosos métodos comerciales. Se lleva el azúcar y no deja nada a cambio. Nada de nada —declaró Robert.

—Pero si no recibís *sou*, ¿por qué hacéis negocios con él? —quiso saber Claire, recelosa.

Supo entonces que Haynes recibía el azúcar a comisión y luego la vendía por su cuenta en Londres. De los beneficios que obtenía por ello él se quedaba una parte, la cual, según Robert, era inauditamente elevada. La otra parte la convertía en oro y plata, que él entregaba a los garantes de los terratenientes en Londres, o bien se la daba personalmente a estos al llegar a Barbados. Con lo que le quedaba, compraba mercancía en Inglaterra que luego llevaba a Barbados.

Claire preguntó a Robert qué tipo de mercancías eran esas y averiguó que se trataba de artículos que los terratenientes encargaban y que los holandeses no comerciaban, bien porque eran difíciles de adquirir, bien porque su transporte era complicado. Podían ser pinturas y obras de arte, o incluso joyas, objetos de cristal valiosos, lámparas, tejidos y encajes inusuales, muebles, libros... Haynes había transportado incluso dos caballos de raza, de ahí que él hubiera dispuesto, sin la menor vacilación, una parte de la bodega de carga para la yegua de la esposa de Robert, evidentemente a cambio de un jugoso importe suplementario. En definitiva, el capitán del *Elise* comerciaba con todo cuanto hacía la vida más lujosa y cómoda, mientras que los holandeses, en cambio, se centraban más en el aprovisionamiento de bienes de uso diario como toallas, lana, piel, maderas, ladrillos, herramientas y alquitrán, carne en forma de animales de despiece y de cría, cereales, sal, vino y alubias.

Aunque de mala gana, Robert había admitido que Haynes siempre suministraba la mercancía de forma fiable y completa. Hasta el momento jamás había perdido una carga, ni en el viaje de ida ni en el de vuelta. Además, él se arriesgaba transportando consigo plata esterlina a Barbados como compensación parcial por el azúcar, pues la salida de monedas estaba limitada. Inglaterra no quería que sus riquezas salieran de su territorio, no, desde luego, hacia las colonias, pues eso podría favorecer los anhelos de independencia. Por ese motivo en Barbados también faltaba constantemente dinero en efectivo, y la necesidad obligaba a calcular y a pagar muchos artículos sobre la base del azúcar o el tabaco.

A veces el regreso de Haynes se prolongaba un poco más porque salía al corso; con el botín correspondiente podía ganar con facilidad más del doble de lo que obtenía con sus negocios con los terratenientes; de todas maneras, hasta el momento siempre había regresado.

—No entiendo lo que te pasa con él —había dicho Claire tras esa explicación—. ¡Ya me gustaría a mí tener un socio como ese!

Pero Robert insistió en lo mucho que Haynes se enriquecía. Cuando Claire apuntó lacónicamente que también los terratenientes podían equipar un barco y navegar entre Inglaterra y las Antillas por su cuenta, Robert torció el gesto con disgusto.

Para Claire estaba claro por qué esa posibilidad tan lógica no era tenida en consideración por los propietarios de las tierras. Eran escasos los capitanes expertos que navegaban por los océanos poniendo en peligro su vida. Sin la perspectiva de unas buenas ganancias, muchos de ellos preferirían pasar su vida en tierra.

Duncan Haynes también llevaba a Barbados otra cosa, pero Robert no se lo había dicho. Claire reparó en que él había estado a punto de contárselo cuando le enumeraba todas las mercancías, pero en el último momento se había dado cuenta y había callado. No era tonta y no tuvo que darle muchas vueltas para adivinar que solo podía tratarse de armas. Sin embargo, no dijo nada al respecto. Aquello también formaba parte de las informaciones que alguna vez podrían serle útiles. Para Claire en el mundo no había nada tan valioso como la información compartida únicamente con unas pocas personas, sobre todo cuando estas tenían poder e influencia. Tener ese tipo de conocimientos había sido siempre un buen sistema para procurarse protección e independencia. Claire sonrió para sí al recordar aquella conversación con Robert. ¡Pobre muchacho! Había repetido tan a pie juntillas las peroratas agrias de su padre que uno no podía más que preguntarse si él realmente tenía su propio criterio.

Estiró un poco las piernas. Permanecer sentada sobre un rollo de soga no era cómodo, aunque al menos aquello no estaba tan duro como el suelo de madera. No había encontrado ninguna silla que poder llevarse a cubierta. En el camarote principal, con la sala de planos delante, solo había bancos fijos y dos butacas clavadas al suelo, las cuales, ciertamente, eran muy cómodas. En general, las estancias del capitán señalaban, a todas luces, una querencia por el lujo: había incluso un espejo empotrado en la pared, y el colchón de la litera junto a la pared estaba cubierto con lino blanco limpio.

Los pasajeros no podían ni soñar con esos lujos en el cuartucho que les había sido asignado. Dormían bajo cubierta, en la parte delantera de la bodega, la cual había sido dividida de forma provisional con varias piezas de una apestosa tela de vela en dos zonas: una para los hombres y otra para las mujeres. Los coyes pendían tan cerca entre ellos que chocaban unos con otros al menor movimiento. Además, por la noche se oían ruidos incómodos procedentes de la cubierta de baterías, donde dormía la tripulación. Sus gemidos, ronquidos y flatulencias, sus risotadas e insultos, sus chistes vulgares y sus rencillas se unían para convertirse en una fuente inagotable de molestias, que prácticamente hacía imposible lograr un descanso nocturno reparador. Todos los pasajeros sufrían de falta de sueño, de ahí que durante el día dormitaran en los bancos de los camarotes y se sobresaltaran cada vez que el barco daba un bandazo.

Entretanto, el sol estaba poniéndose en el horizonte. Como siempre en esas latitudes tropicales, no había de pasar mucho tiempo para que oscureciera por completo. A veces la noche aparecía con tanta rapidez que apenas había tiempo de encender una lámpara.

Claire apoyó la espalda en el soporte del cabrestante. Estaba duro y era incómodo, y la joven volvió a sopesar la posibilidad de levantarse y regresar al camarote. Tal vez, se dijo, no aparecerían. Sin embargo entonces oyó unos pasos ligeros y un suspiro de alivio. Elizabeth había salido del camarote y se dirigía hacia la popa. La falda le ondulaba al viento cuando se colocó donde acostumbraba. A menudo permanecía durante horas en aquel lugar en lo alto, con la mirada vuelta hacia el mar, como si viera allí algo que nadie, excepto ella, era capaz de ver. Esa vez la joven no estaría sola mucho rato. Claire lo sabía por Vivienne, la cual, a su vez, lo sabía por John Evers. Este tenía órdenes de estar de guardia en la cubierta de popa y vigilar que nadie pasara, excepto, por supuesto, el hombre que le había dado la orden.

Claire oyó sus pasos firmes. Escondida en la penumbra, detrás del cañón, aguzó el oído.

Elizabeth se volvió al oír pasos a su espalda. Al ver a Duncan Haynes le habría gustado salir corriendo, pero las posibilidades que el barco ofrecía en ese sentido eran limitadas. No podía esquivarlo a menos que saltara por la borda. Por un brevísimo instante sintió el impulso de hacerlo. Procuró zafarse con rapidez, pero él se interpuso.

—Lizzie —susurró él.

—¡Déjame pasar!

Duncan, sin embargo, no hizo el menor ademán de apartarse. Su corpulencia le barraba el paso. Bajo la luz del sol del atardecer su rostro parecía bañado en fuego líquido, y sus ojos tenían un color azul profundo y misterioso. Llevaba la camisa desabrochada, igual que aquel dia en que... Elizabeth se mordió el labio. No estaba dispuesta a pensar en ello en ese momento.

Bastante difícil había sido ya actuar con naturalidad en presencia de él durante las dos últimas semanas. El espacio disponible en el *Elise* era tan escaso que resultaba imposible rehuirle. La mayor parte del tiempo Elizabeth había combatido su agitación interna volviendo la vista a otro lado o conversando con alguien. Así, había llegado a entablar conversación con los comerciantes holandeses y con las francesas, cuya vida entretanto conocía al dedillo. Habían jugado al piquet juntas y habían charlado sobre moda. Con los holandeses había aprendido mucho sobre el transporte de mercancías, y con William Noringham, todo cuanto se podía saber sobre el cultivo del azúcar y acerca de las actividades de ocio de su madrastra y su hermana. Con quien más le gustaba hablar era con William, pero como sus conversaciones siempre se producían al alcance del oído de su suegro y ante la mirada avinagrada de este, Elizabeth no podía disfrutarlas por completo. Muchas veces sentía ganas de levantarse y salir a toda prisa del camarote, al exterior, junto a la barandilla; sin embargo, solo iba a cubierta cuando tenía la certeza de que no encontraría a Duncan. Este era el caso del atardecer, después de la cena, cuando él estudiaba las cartas de navegación en la gran mesa o conversaba con el resto de los pasajeros. Naturalmente ella podía retirarse en cualquier momento a la bodega, pero aquella angostura lóbrega y sofocante apenas se podía soportar. Bastante malo era ya tener que bajar allí todas las noches para dormir.

—Pronto habremos llegado —dijo de pronto Duncan entrometiéndose en su torbellino de pensamientos.

Ella lo miró con sorpresa.

—¿Quieres decir a Barbados? —preguntó.

Él asintió.

—No falta mucho.

—¡Qué bien! —exclamó Elizabeth, profundamente aliviada.

Aun así, sintió también una vaga sensación de vacío, como si estuviera ante una despedida inminente. Se reprendió por ello pues el viaje, después de las tremendas tribulaciones que habían sufrido, realmente no era algo que uno quisiera prolongar de buena gana. Y, sin embargo, la abrumaba el vasto mar salpicado de espuma, el horizonte infinito, la enorme bola de fuego roja en que el sol se convertía todos los atardeceres e, imperdonablemente también, sus secretas reflexiones en torno a aquel corsario sin escrúpulos. El calor que sentía en su interior al verlo aparecer y siempre que lo miraba disimuladamente y contra su voluntad, cuando subía a las jarcias con el torso desnudo o haciendo guardia en el alcázar, con pose severa y las manos cruzadas a la espalda, observando su reino desde allí como un gobernante. La extraña fascinación cuando lo veía mirar al mar, como si contemplara una amante a la que estuviera rendido sin remedio. ¿Habría mirado así alguna vez a alguna mujer?

—No puedo dejarte marchar sin antes volver a hablar contigo —dijo Duncan.

—No hay nada de que hablar. —Ella lo miró con expresión amenazante—. ¡Si me tocas, gritaré!

—No temas —respondió él algo enojado—. En estas últimas semanas no se me ha escapado que te bastó por completo con utilizarme una sola vez.

—¿Cómo? —le espetó ella—. ¿Que yo te he utilizado?

—Si no, ¿qué? ¿Por qué entonces viniste de nuevo a la vieja casa de campo si no fue para procurarte un buen revolcón con otro antes de tu boda? Yo te invité, ¿recuerdas? Y a ti te faltó tiempo.

—Pero ¿cómo te atreves?

—¿Por qué no voy a atreverme?

—¡No fue así! —exclamó ella—. Fue por... ¡otra cosa! —Elizabeth tragó saliva mientras buscaba las palabras adecuadas. No sabía qué decir, pero no estaba para nada dispuesta a tolerar que él pensara algo así de ella.

—Tenías tantas ganas que acabaste cuando apenas habíamos empezado —constató Duncan.

Ella se estremeció al oír esa grosería; luego aguzó los oídos con inquietud y miró hacia la escalera que daba a cubierta. Él había hablado en voz baja, pero a Elizabeth le parecía como si alguien los escuchara.

—Hay alguien por aquí —musitó.

—He ordenado a John Evers que monte guardia frente a la escalera que lleva a cubierta porque quería hablar contigo con calma.

—Pues yo ya te he dicho que no hay nada de que hablar.

Enfadada, quiso apartarlo de su paso, pero Duncan la retuvo con firmeza por los hombros y la llevó dos pasos a barlovento hasta que la tuvo con la espalda contra la barandilla. La miró fijamente.

—Si no fue por eso, ¿por qué fue?

—No lo sé —respondió Elizabeth—. Yo estaba... Tú eras tan... Quería oír la historia.

—¿Qué historia? —preguntó él, sorprendido.

—La de tu familia. Me dijiste que me la contarías. Solo por eso volví a la casa de campo.

Duncan sacudió la cabeza y se echó a reír, incrédulo.

—No hablas en serio. Lo único que querías de mí era lo que te hice.

Ella quiso abofetearlo, pero al levantar la mano él se la agarró al vuelo y la sostuvo con firmeza.

—Déjalo —le ordenó—. No conseguirás más que hacerte daño.

—¡Eres un canalla!

La voz le tembló. Elizabeth estaba a punto de estallar en lágrimas y se odió por ello. Con todo, aún sentía más rabia por él, por dirigirse a ella de ese modo y, evidentemente, por ahondar con facilidad en sus pensamientos más íntimos, los cuales la avergonzaban con una fiereza que no había sentido nunca antes en su vida.

—¿Estás llorando? —preguntó él—. Te comportas como si hubiera sido tu primera vez.

Los gemidos ahogados de Elizabeth hicieron que la mirara más atentamente.

—¡Dios mío! —exclamó Duncan.

—Yo... te lo dije. Te dije que no quería. Pero tú no te detuviste —balbuceó—. Estabas tan... Fue todo muy rápido y no pude... Yo solo quería...

—Oír la historia —musitó después de que ella se interrumpiera entre gemidos entrecortados.

Ella asintió, cabizbaja y a sabiendas de que aquello no era toda la verdad. Ni siquiera era medio cierto.

—Lizzie —murmuró él—, lo siento. No tenía ni idea de que tú... tú no tenías experiencia.

—¿Qué quieres de mí? —preguntó ella, colérica—. ¿Por qué tienes que volver a sacarlo a la luz, si lo mejor sería que ambos lo olvidásemos?

—¡Maldita sea! ¡Ojalá lo supiera!

Duncan la soltó y se pasó las manos por el cabello, levantándose los rizos desgreñados de ambos lados de la cabeza de forma que adquirió la apariencia de un león salvaje. Elizabeth quiso aprovechar la oportunidad para escabullirse, pero él la volvió a agarrar.

—¡No te marches!

—¿Qué quieres de mí? —volvió a preguntarle.

La mirada de él destellaba con la luz del sol poniente.

—Lo mismo que tú.

Le posó la mano en la mejilla, con un gesto suave y duro a la vez. De nuevo Elizabeth percibió que su olor le penetraba en la nariz; olía a salitre, a sudor, a hombre. Se quedó sin aliento y volvió la cabeza a un lado.

—Quiero olvidarte.

Él hundió la mano entre sus cabellos, y la asió con suavidad y también con firmeza para que lo mirara.

—Mientes.

—Estoy casada —dijo ella. Deseaba emplear un tono frío y seco, pero su voz en cambio sonó muy próxima a la desesperación.

—Sí. Con un hombre que ni te toca y que, en cambio, ronda a las francesas como si le fuera la vida en ello —replicó Duncan en tono burlón pero cariñoso a la vez.

—¿Cómo sabes tú eso? —preguntó Elizabeth, enojada.

—Esto es un barco y yo soy su capitán

Habló como si con eso bastara para estar informado de todo lo que ocurría a bordo. Aunque aquello fuera cierto, pensó ella, eso no le daba derecho a entrometerse así en su vida.

—Eso a ti no te concierne —repuso ella con tono áspero.

Duncan la miró con curiosidad.

—Fue un error que te casaras con él —constató.

—Según parece, es propio de mí equivocarme en muchas cosas.

Él vaciló y luego asintió, como si esa fuera una conclusión digna de reflexión.

—Todos cometemos errores —admitió—. Seguramente yo más que tú.

Aun así, esa afirmación no le impidió acercar la mano a la barbilla de Elizabeth y levantársela. De repente se encontraba peligrosamente cerca de ella. Elizabeth quiso retroceder, pero a sus espaldas solo había el mar. El sol, aquel enorme disco dorado y rojo, que se hundía titilante en el océano mientras incendiaba el cielo, parecía quemarle la piel, aunque ella sabía que el calor que sentía no era por él sino por la proximidad de Duncan. Cuando él se inclinó y notó su aliento en los labios solo fue capaz de musitar:

—¿Y si nos ve alguien?

—Nadie nos ve. Estoy loco por ti y tengo que poseerte de nuevo, Lizzie.

—No, no debemos hacer eso —protestó ella con poco convencimiento.

Sin atender a sus objeciones, él la besó, primero con dulzura y luego con vehemencia. Al hacerlo la abrazó y la apretó contra la pared lateral de la caseta de la toldilla. Sus manos se deslizaron debajo del vestido de Elizabeth, palparon su piel desnuda y le asieron las caderas. Su beso se volvió tan apasionado que el incendio que se percibía en el mar la cubrió y la consumió con su fuego.

Claire contenía el aliento en su escondite. ¡Por todos los diablos! Hacía mucho tiempo que no había experimentado algo así. Se sentía tremendamente excitada, y eso a pesar de encontrarse quieta y sentada en aquel rollo duro de soga y sin que nadie la tocara. El capitán y la señorita de buena familia... ¡quién lo diría! Y no se habían andado con remilgos. Por mucha aversión que la muchacha hubiera sentido en su momento por el corsario, el embate de los besos de este derretía su resistencia como mantequilla al sol. Y eso suponiendo que alguna vez se hubiera resistido de verdad. Más bien daba la impresión de que ella se dejaba hacer sin rechistar. En cualquier caso, por los gemidos intermitentes y, al poco rato, los débiles gritos ahogados que Claire le oía proferir, se lo pasaba muy bien. ¿Acaso el hombre le tapaba la boca con la mano? Tal vez la estuviera besando. En cualquier caso, eso parecía. Besar era algo de lo que Claire no se ocupaba pues no formaba parte de sus servicios. Reservaba los besos para los amantes verdaderos, los hombres que le habían conquistado el corazón. En toda su vida, de esos solo había conocido dos, y sabía muy bien qué era entregar el corazón y verlo luego arrojado al suelo y pisoteado.

De todos modos, Duncan Haynes lo había tenido fácil con la chica. Era joven e inexperta, como una niña incapaz de controlar aún sus sentimientos. La acción había terminado, y Claire solo oía ya los gemidos aquietándose lentamente y el crujido de la ropa al recomponerse. Siguió luego el silencio. ¿Estarían los dos abrazados? ¿Le acariciaría él el cabello, como hacían los hombres con las mujeres que les gustaban? Claire intentó imaginárselo, pero la imagen le resultaba confusa. Al rato, oyó unos pasos que se alejaban. Elizabeth abandonaba la cubierta. Luego se oyó la voz de John Evers.

—¿Ya está? —preguntó el contramaestre en voz baja—. ¿Has terminado?

—De momento —respondió Haynes. Pretendía aparentar calma, pero Claire percibió un deje de desconcierto y disgusto en su voz.

Haynes se quedó junto a la barandilla. Claire lo oyó respirar. Evers se había retirado; al menos ya no se lo oía. En un momento dado, Haynes inspiró profundamente. «Maldita sea —dijo con cierta rabia—. Maldita sea, maldita sea.» Tras repetirlo varias veces, se alejó en dirección hacia la escalera de cubierta y bajó por ella.

Claire se quedó sentada detrás del cabrestante, en la cubierta de popa. El cielo en llamas se iba transformando poco a poco en una oscuridad aterciopelada y repleta de estrellas. Trató de localizar alguna constelación, pero aunque Robert había intentado en una ocasión mostrárselas y le había dicho los nombres, era incapaz de diferenciarlas. Recordó que entonces él le había acariciado el cabello. A veces tenía esos gestos de confianza; de todos modos, en esa ocasión, como él tenía la otra mano debajo de sus faldas, ella no le había dado ninguna importancia especial. Robert le había contado también que en el hemisferio boreal de la tierra se veían estrellas distintas a las del austral. ¿Y si esas fueran ya las estrellas del sur? No. Imposible. Para ello tendrían que haber rebasado el ecuador, y este aún se encontraba bastante más al sur.

El mundo estaba loco. Robert tenía prohibido acostarse con su esposa así que lo hacía con prostitutas a cambio de dinero, y su mujer, cuya sensibilidad femenina no podía dañarse a causa de la avidez lujuriosa de su marido, no tenía reparos en permitir que otro la poseyera de pie. ¿Qué pensaría Harold Dunmore si alguna vez tenía noticia de eso? Claire se atragantó con su propia risa. A pesar del calor de aquella noche tropical, sintió frío. Al cabo de un instante, los párpados se le cerraron y se quedó dormida.

14

Aquella noche Elizabeth volvió a soñar con la tempestad. Desde que aquel huracán había estado a punto de destrozar el *Eindhoven* y atraerlo hasta las profundidades marinas, a menudo sufría de pesadillas en las que unas olas grandes como torres la barrían de la cubierta del barco. Mientras las aguas rugían a su alrededor, ella intentaba aferrarse a alguna cosa, pero las manos le resbalaban una y otra vez hasta que no encontró nada más que el vacío. En esa ocasión, en su sueño, se encontraba en el *Elise* y, de nuevo, se alzaban esas olas enormes que amenazaban con engullirla. En aquel remolino de aguas, ella buscaba a Duncan. Sin embargo, aunque lo buscaba por todas partes, no lo veía en ningún sitio.

—¡Hemos llegado! ¡Hemos llegado!

Los gritos sobresaltaron a Elizabeth, que se despertó al instante. Felicity estaba de pie junto a su coy y la sacudía con tanta fuerza que estuvo a punto de hacerla caer.

—¡Barbados ya está a la vista! ¡Ven! ¡Tienes que verlo!

Elizabeth salió trabajosamente de la hamaca y, al hacerlo, esquivó la mirada de Felicity. Fuera el sol acababa de salir. Al este, el cielo ya estaba inundado de una luminosidad resplandeciente, mientras que, al oeste, su color todavía era gris mate a causa de la noche, que terminaba. La mayoría de los pasajeros se habían congregado junto a la barandilla, con el rastro del sueño aún grabado en el rostro. Elizabeth constató con un vistazo rápido que todos tenían el mismo aspecto trasnochado y cansado que ella. Pelo erizado, ropas arrugadas y manchadas, un hedor corporal desagradable... Todos presentaban el mismo deterioro. Por un instante pensó en lo poco que le había molestado la noche anterior llevar tantas semanas sin bañarse y sin ropa limpia. No le había importado cómo olía, ni qué aspecto tenía. El anhelo que había sentido en brazos de Duncan había sido demasiado imperioso.

Volvió la mirada hacia él con disimulo. Para su alivio se encontraba bastante alejado de ella, en la proa del barco, y miraba por el catalejo. Al punto, lo bajó y se volvió hacia popa, como si hubiera percibido la mirada de Elizabeth. Por un instante posó la vista en ella; luego volvió a darse la vuelta y voceó una orden.

Elizabeth sintió que el calor le subía a las mejillas. De pronto la sangre le recorrió con fuerza las venas y tuvo que inspirar profundamente, como si hubiera estado corriendo durante un largo trecho. Se volvió con rapidez, inquieta por si alguien podía adivinar en la expresión de su rostro lo que había estado haciendo la noche anterior. Sin embargo, nadie la miraba excepto Felicity. Sin duda, su prima se habría estado preguntando por qué Elizabeth se había acostado tan temprano y además vestida. Había también otra persona que la observaba: Claire Dubois. La hermosa francesa pelirroja la miraba con una curiosidad que la inquietaba. Con un gesto forzadamente impasible, se acercó a la barandilla y, al colocarse entre uno de los holandeses y William Noringham, se ocultó de la mirada de Claire. William le sonrió con alegría.

—¡Buenos días, milady! Nuestro destino ya no está lejos. ¡Mirad!

Ella siguió con la mirada la dirección que él le indicaba con la mano. A lo lejos se distinguía una sombra azulada, apenas reconocible como extensión de tierra. Sin embargo, para entonces el sol ya se había elevado con toda la fuerza de sus rayos. Por todo el horizonte, el cielo se extendía en un azul deslumbrante. El mar refulgía con destellos de color turquesa, tan limpio y transparente que podían verse unos peces debajo, con sus cuerpos brillantes en forma de flecha.

Una exclamación de asombro recorrió la cubierta cuando, de repente, el banco de peces subió a la superficie, la atravesó y se elevó por los aires con las aletas abiertas como alas; aquellos animales eran una especie de cruce de pez y ave. Entusiasmada y fascinada a la vez, Elizabeth contemplaba a esas criaturas que volaban frente a ellos con gran rapidez. Había leído que en las aguas tropicales existía ese tipo de animales y, hasta el momento, los había buscado en vano. Aquella visión la dejó sin aliento.

El intenso color turquesa de las aguas casi dañaba los ojos, y mientras el *Elise* avanzaba a toda vela hacia la vaga sombra del horizonte, poco a poco la costa de Barbados fue haciéndose visible. La isla, cubierta de un color verde intenso, ribeteada por playas blancas y rodeada por olas espumosas, destacaba en la caliza de conchas de color rosado que la unía con las profundidades del mar. Elizabeth suspiró de forma involuntaria; aquella visión era tan bella que sintió que se le henchía el corazón.

Robert hizo a un lado a William Noringham, se acercó a Elizabeth y le posó el brazo en la espalda.

—Tu nuevo hogar. ¿No te parece maravilloso, Lizzie?

Su gesto fue delicado. Él no pretendía imponerse; sin embargo, Elizabeth se sobresaltó, como si de pronto hubiera despertado de un sueño.

—Sí —respondió en voz baja—. Es fabuloso.

No pudo evitar volver la vista hacia la proa. Allí estaba Duncan, de pie, y, como si de un acuerdo tácito se tratara, de nuevo sus miradas se encontraron. Elizabeth no lograba ver la expresión de su rostro, porque el brillante sol la deslumbraba. Sin embargo, le pareció notar que la miraba... e intuyó que él no la contemplaba como al mar.

TERCERA PARTE

Barbados

Finales de verano de 1651

15

Elizabeth guiaba a Pearl entre helechos espesos y densos bosquecillos, pasando junto a lianas que colgaban desde muy alto y las raíces, abiertas en forma de zancos, de un árbol gigantesco. Deirdre la seguía un poco más lentamente a lomos de un regordete caballo capón, uno de los animales de montar de Robert, del cual él decía que estaba demasiado viejo.

La joven irlandesa era una criada de los Dunmore sometida a contrato, esto es, una sirvienta con un contrato a largo plazo, de las cuales había muchas en Barbados. En los dos años y medio que hacía que vivía en la isla, Elizabeth había tomado mucho aprecio por la chica. De todas las criadas de su casa, Deirdre era su preferida. No hablaba mucho, hacía sus tareas rápidamente y con cautela, y nunca se quejaba, ni siquiera cuando Elizabeth a menudo decidía sin más salir a cabalgar o a nadar, y necesitaba una acompañante para ello.

La cabellera de color caoba colgaba en rizos desordenados frente a la cara de la muchacha. Tenía la nariz pecosa y enrojecida a causa del sol; el hombro derecho, que le sobresalía desnudo y moreno por la camisa, descuidadamente caída a un lado, mostraba rasguños causados por las ramas bajas. Deirdre tenía un aspecto sensual e inocente a la vez; al contemplarla, Elizabeth tuvo una impresión aproximada del efecto que ella misma podía causar a quien la mirara: sentada a horcajadas sobre el caballo, con los hombros y las pantorrillas al descubierto, el cabello suelto y el rostro cubierto de perlas de sudor.

El aire era húmedo. Acababa de llover. El bosque estaba impregnado del vapor provocado por la humedad, que se evaporaba rápidamente, y del olor de las plantas, intenso y denso como una niebla repleta de miríadas de gotas diminutas. En el claro que había delante de ellas se agitaban algunos enjambres de mosquitos, y Elizabeth mató a dos de esos ávidos libadores cuando pretendían posarse en su brazo.

Dejó que Pearl se detuviera un momento para admirar una enorme flor de un intenso color púrpura. Los colibríes revoloteaban en torno a las flores y bebían de su néctar con un aleteo zumbante que en el aire se confundía con un centelleo. En aquella espesura tan densa era posible admirar esas estampas tan maravillosas y regocijarse con ellas. Pensar que cada vez se sacrificaban más bosques tropicales como aquel bajo las hachas de los terratenientes hacía que Elizabeth se alarmase. Todos aquellos árboles fabulosos, con sus ramas sinuosas y su follaje espeso, habían tardado cientos de años en crecer, pero para las plantaciones de caña de azúcar que se extendían por doquier no eran más que unos obstáculos molestos.

Se apartó el pelo húmedo de la cara y tiró de su corpiño. Lo llevaba lo más flojo posible, no podía abrirlo más porque, si no, la camisa empezaría a salírsele, se le vería la piel desnuda y eso atraería a más mosquitos. Por no hablar de las miradas desagradables.

Las esposas pudorosas de los terratenientes más antiguos veían con disgusto el modo de montar a caballo de Elizabeth, en silla de hombre y con las faldas remangadas. Su esperanza de que en Barbados la gente tal vez fuera más libre en esas cuestiones se había desvanecido al poco de llegar. Aunque Bridgetown en muchos aspectos era una auténtica sentina, las autollamadas guardianas de la virtud hacían prevalecer los ideales puritanos y los defendían de cualquier influencia negativa, tanto si procedía de acciones realistas como de mujerzuelas carentes de respeto y modales de sus propias filas.

Elizabeth sabía que, gracias a su influyente suegro, gozaba de una posición privilegiada. Igual que en Inglaterra no se había preocupado mucho por la opinión pública, tampoco en Barbados necesitaba quedar bien con los apóstoles de la moral, ni con las cotillas engreídas. Su padre no le había dado órdenes en ese sentido, y tampoco Harold Dunmore lo hacía. De hecho, la mayor parte del tiempo él no se hallaba en la ciudad: pasaba prácticamente toda la semana en Rainbow Falls, donde controlaba de sol a sol la cosecha de azúcar y a sus trabajadores.

En una ocasión, durante una cena, Elizabeth había oído sin querer desde la habitación contigua a la esposa del terrateniente referirse a la conducta atrevida de su nuera. Harold había rechazado la crítica diciendo que a quien le pareciera que en su casa no se vivía de forma suficientemente decente podía marcharse sin más para unirse a los fanáticos de Nueva Inglaterra. De hecho, dijo, él había llegado a Barbados desde Inglaterra para vivir como una persona libre en un país libre, y tenía que permitirlo a los suyos del mismo modo. Y eso hacía. No le había prohibido nunca ninguna excursión a caballo. Tal vez creyera además que esas pequeñas concesiones la compensaban por las escapadas de Robert.

Así, con consentimiento de él, ella había aprendido a nadar siguiendo las instrucciones de Deirdre, pues Elizabeth había llegado al convencimiento de que, en una isla como Barbados, era necesario, además de un entretenimiento muy agradable. Naturalmente, no lo hacía a la vista de todo el mundo, sino que iba a una cala oculta, alejada de las casas, donde podía quitarse la ropa sin problemas y saltar a las aguas cristalinas sin ser objeto de rumores.

Esa misma tarde ella y Deirdre habían salido otra vez a nadar. Sintiéndose frescas física y mentalmente, dieron un rodeo en su camino de regreso por el interior, porque Elizabeth no tenía ganas de regresar a Bridgetown tan pronto. Le horrorizaba la fiesta que iba a celebrarse ese día, y también los encorsetados invitados de postín que iban a acudir. Por fortuna, William y Anne Noringham, así como la madrastra de ambos, lady Harriet, habían sido invitados; eso al menos era un rayo de esperanza. Por lo demás, el resto los mirarían a ella y a Robert con el desdén habitual y luego cuchichearían a sus espaldas comentarios malévolos. Una parte de las murmuraciones giraba en torno a la conducta extravagante y poco adecuada de Elizabeth. Sin embargo, la mayoría de las críticas se referiría a Robert. Este no se molestaba siquiera en disimular su pasión desenfrenada por las mujeres. Apenas pasaba una semana en que Elizabeth no tuviera noticia, de un modo u otro, de que su esposo había vuelto a ser visto con otra. Criadas, prostitutas, e incluso hijas de buenas familias... Ninguna muchacha bonita y joven estaba a salvo de Robert. Gracias a su simpatía y a su buena presencia a él le resultaba muy fácil. Se decía que, repartidos por toda la isla, había al menos media docena de vástagos debidos a esos amoríos, a los que tanto Robert como Harold ignoraban. Hasta el momento, el joven Dunmore no había tenido que afrontar consecuencia alguna por sus actos, excepto en una ocasión, el año anterior, cuando sedujo y dejó encinta a la hija menor de un terrateniente rico. Medio año más tarde, la muchacha y el niño murieron durante el parto. El padre de ella, completamente fuera de sí por el dolor y la rabia, había intentado disparar a Robert, pero no llegó a darle. Luego había querido resarcirse echando mano del puñal pero, al batirse contra Robert, perdió y sufrió además una grave herida. Transcurrido el período de convalecencia, él y su esposa habían abandonado Barbados para siempre. Harold Dunmore compró la plantación del terrateniente, vecina a la suya, valiéndose de un hombre de paja, con lo que aumentó su enorme extensión de tierras.

Todo aquello había representado una amarga lección para Elizabeth, no solo en lo referido al incorregible carácter de Robert sino también para constatar que cualquier conducta despiadada de los Dunmore solo lograba aumentar aún más sus ganancias. Tal vez Harold Dunmore había creído de verdad que Robert sentaría cabeza casándose. También Elizabeth había pensado durante mucho tiempo que podrían llegar a disfrutar de un matrimonio normal. De ahí que, superando sus propias reticencias, hubiera accedido, después del nacimiento de Jonathan, a volver a acostarse con Robert. Tenía la esperanza de que él abandonaría los demás amoríos y se convertiría en un padre de familia cariñoso. Sin embargo, ese deseo se había desvanecido para siempre en cuanto se hizo pública su relación con aquella desventurada muchacha.

Meses antes de aquel incidente, Elizabeth ya había tenido que enterrar también otra esperanza no menos cándida: hasta el momento de dar a luz había creído que Duncan, en algún momento y de algún modo, la sacaría de la isla y se la llevaría consigo a cualquier otro lugar. Ahora le parecía absolutamente increíble haber sido tan ingenua e imaginar algo así. Él no se había mantenido alejado de Barbados. De hecho, en el curso de los dos últimos años, Duncan Haynes había asomado con más o menos regularidad por la isla. Había regateado del modo habitual con los terratenientes y había obtenido ganancias. Sin embargo, había esquivado a Elizabeth y, en las ocasiones en que coincidieron en actos sociales —lo cual había ocurrido de vez en cuando— él se había apartado rápidamente después de saludarla con cortesía. En las últimas ocasiones ella había sido la que lo había castigado con su desdén; le bastaba con verlo de lejos para abandonar el lugar rápidamente.

—¡Cuidado! —gritó Deirdre—. ¡Ahí delante, entre la maleza!

Elizabeth tiró fuerte de las riendas y logró impedir, en el último momento, que Pearl se desbocara mientras delante de ellas, entre los matorrales, algo crujía y luego aparecía en una lluvia de hojas: un cerdo macho que salió huyendo con un gruñido. Elizabeth chasqueó la lengua y acarició a la yegua entre las orejas hasta que el agitado animal dejó de brincar. El caballo castrado, en cambio, se había quedado quieto, imperturbable. Le inquietaba mucho menos la fauna del lugar, porque había nacido en la isla y se había criado ahí. Elizabeth desvió la yegua por una zona de árboles más recios y luego la llevó a campo abierto. Tiró entonces de las riendas de Pearl y se quedó quieta para disfrutar del paisaje. Deirdre, en cambio, dirigió la mirada al cielo y comprobó la posición del sol.

—Empieza a ser hora de volver—señaló.

—Lo sé —contestó Elizabeth con un suspiro—. Un momentito. No vendrá de ahí.

En aquel lugar el viento soplaba con fuerza y resultaba agradable, secándole el cabello mojado por el baño y refrescándole el sudor. Tenía ante ella una vista impresionante sobre la bahía. Un camino serpenteante llevaba desde aquella elevación hasta Bridgetown. Desde allí arriba, la ciudad, menos poblada en las afueras, no era más que un conglomerado diminuto de cubos del color del barro en cuyo centro destacaban la iglesia y los almacenes junto al muelle. Un bosque móvil de mástiles se extendía desde la zona portuaria; allí anclaban embarcaciones de todo tipo: desde barcos en mal estado y de procedencia dudosa hasta el magnífico buque mercante de superestructura dorada en la popa y con mascarones de proa pintados y complejamente tallados.

Gracias a la creciente exportación de azúcar, Barbados se había convertido en un enclave comercial muy codiciado, y también en un lugar adonde acudían cazadores de fortuna y otra gentuza, entre la cual había personajes con quien era preferible no toparse a oscuras. Elizabeth se imaginaba que en ese puerto había más tugurios que en ningún otro lugar en el mundo; sin embargo, el más conocido de todos era Chez Claire. El edificio destacaba como una mancha de color estridente. Estaba pintado en un rojo coral muy llamativo, lo cual era un distintivo bien visible para marineros de todo el mundo que acudían allí en busca de diversión.

Elizabeth escrutó con la mirada toda la bahía del puerto y, con disgusto, no tardó mucho en reconocer, entre los muchos barcos, la silueta elegante del *Elise*. Sin duda ese canalla era uno de los clientes especiales habituales de Claire Dubois; a buen seguro los transportes de artículos de lujo que hacía para la francesa a Barbados se los cobraba sobradamente en especie, incluso, tal vez, con la mismísima propietaria pelirroja del establecimiento.

—El *Eindhoven* está ahí abajo —comentó Deirdre al tiempo que señalaba con el brazo el gran buque de las Indias Occidentales anclado en el extremo de la bahía—. Tal vez el capitán Vandemeer asista hoy a la fiesta.

—Apuesto lo que quieras a que sí —dijo Elizabeth con la mirada clavada aún en el *Elise*.

—¡Qué bien! —respondió Deirdre sin malicia—. Miss Felicity estará muy contenta.

Elizabeth apartó con decisión la mirada del puerto y espoleó a Pearl para que acelerara el paso. El caballo castrado trotó detrás de la yegua y se quedó algo rezagado. Elizabeth bordeó un palmar y se aproximó a los aledaños del lugar.

Vislumbró entonces la mansión de ciudad de los Dunmore. Construida apenas tres años atrás, era prácticamente nueva cuando Elizabeth entró a vivir en ella. La belleza de aquel edificio de color blanco había compensado un poco a ella y a Felicity de las tribulaciones de la travesía. Aunque, ciertamente, Dunmore Hall, que era como se llamaba algo eufemísticamente la propiedad, no podría sustituir su hogar en Raleigh Manor, en aquellas latitudes ofrecía el máximo de comodidades. Nadie en la isla disponía de una casa tan espaciosa y bien equipada. Al estar rodeada por un muro más alto que una persona y tener unas ventanas pequeñas, daba la impresión de ser un edificio achaparrado, casi como una fortaleza; no obstante, una vez traspasado el amplio patio interior, se hacía evidente su magnífica arquitectura. La planta baja, rodeada por un peristilo y con las grandes puertas que daban al patio ajardinado, ofrecía una vista despejada de las espaciosas estancias. La planta superior estaba rodeada por una galería cubierta, más ancha en la zona que daba al patio interior ajardinado y más estrecha por el lado exterior del edificio. Por todas partes había flores olorosas plantadas que halagaban la vista y el olfato. La cocina se encontraba en un edificio anexo, así como las cuadras para los caballos y el carruaje. Los criados vivían también en un ala propia.

El suegro de Elizabeth había planificado personalmente aquel edificio soberbio hasta el último detalle y había empleado una fortuna en él. Como él decía, había querido crear algo que perviviera durante generaciones y que concediera a su familia la reputación que merecía. Por eso a Elizabeth le asombraba que pasara tan poco tiempo en Dunmore Hall y que prefiriera permanecer en Rainbow Falls. De todos modos, su ausencia no la molestaba a ella ni a cualquier otra persona de la casa, precisamente. Los criados temblaban ante su ira, igual que Robert, que acostumbraba a irse en cuanto su padre hacía acto de presencia. Incluso Martha se retiraba con regularidad, aquejada de migraña, cuando su marido estaba presente, y tanto Elizabeth como Felicity encontraban siempre una excusa para esquivar su compañía. Elizabeth sentía un malestar casi físico cuando Harold se sumía, con la mirada perdida, en vagas cavilaciones para luego, de forma súbita, dirigirle una pregunta descabellada como, por ejemplo, cómo estaba el pequeño o si ella se sentía satisfecha con todo.

Ocurría además que él estallaba y gritaba con rabia por cualquier nimiedad. A veces echaba mano del látigo para castigar a un criado delante de toda la familia; cualquier motivo era suficiente: que el pan estuviera demasiado duro o que una desdichada camarera derramara unas gotas de vino. En esas ocasiones todos bajaban la vista a la mesa y callaban, a pesar de que a Elizabeth le costaba mucho contenerse ante semejante crueldad. Sabía que él tenía derecho a pegar a los trabajadores sometidos a contrato —a fin de cuentas, mientras este estuviera vigente eran como siervos—, y sobre todo, a los esclavos, que eran propiedad suya y con los que podía proceder como le viniera en gana. De todos modos, Elizabeth aborrecía que se humillara a las personas sin motivo. Le incomodaba ver siempre a su suegro con el látigo en el cinturón, dispuesto para usarlo en cualquier ocasión.

Toda la familia suspiraba con alivio cuando él regresaba a Rainbow Falls. Robert, en cambio, que también estaba obligado a pasar una parte de la semana en la plantación puesto que algún día la heredaría, se alegraba cada vez que podía regresar a Dunmore Hall.

Elizabeth había llegado a un acuerdo con Robert, en la medida en que a los dos les era posible. Eso no significaba otra cosa más que dejarse en paz, al menos durante la mayor parte del tiempo. A veces, cuando él se excedía, había disputas por ello. Elizabeth temía el día en el que Jonathan fuera lo bastante mayor para darse cuenta de lo que hacía su padre. Ya entonces le preocupaba que su corazón infantil pudiera resentirse.

Sin embargo, cuando se lamentaba de ello con Robert, él le reprochaba que todo aquello era culpa de la frialdad que ella le demostraba, y que buscaba en otras mujeres lo que su esposa le negaba. Estaba totalmente convencido de lo que decía. Tanto su expresión como su tono de voz señalaban claramente lo desatendido que él se sentía por ella; no quería ver que era él quien no había guardado la fidelidad conyugal, ni siquiera en los tiempos en los que ella se le había ofrecido. Había llegado a recurrir incluso a la desagradable afirmación de que él la amaba y que no entendía por qué ella no era capaz de corresponderle. Por todo ello, el equilibrio entre los dos era muy delicado, pero al menos habían logrado mantener una especie de tregua. Robert adoraba al pequeño y le gustaba cuidar de él siempre que lograba mantenerse en su papel de padre, algo que, por lo general, no duraba mucho tiempo. Elizabeth no se lamentaba por ello porque Jonathan no estaba falto de compañía. Siempre tenía a alguien dispuesto a mimarlo y a consentirlo, sobre todo Martha y Felicity, que rivalizaban en malcriar al niño. Cuando ellas no estaban, Deirdre por lo general atendía al pequeño, y también lo visitaba ocasionalmente Miranda, su antigua ama de cría.

Elizabeth se volvió hacia la muchacha. Deirdre ya había doblado el último recodo del camino, asida a las riendas del viejo caballo castrado. Su porte no era especialmente bueno montando a caballo y siempre temía caerse de su montura.

—Vuestro vestido, milady —dijo con timidez.

Elizabeth se miró y tuvo una sorpresa desagradable. Llevaba la camisa abierta y dejaba ver tanto escote que ni la muchacha más libertina de Barbados se habría atrevido a salir a la calle de ese modo, y menos aún a recorrer la zona a caballo montada en una silla de hombre. Detuvo a Pearl a la sombra de un tamarindo y se compuso rápidamente la ropa, se apretó más el corpiño y se recogió el cabello en una trenza.

—¿Mejor así? —preguntó.

Deirdre asintió. Ella ya se había arreglado en el lindar del bosque; se había abrochado el cuello de la camisa, que era holgada y similar a una bata, y se había bajado decentemente la falda hasta los tobillos. También se había recogido el cabello en un moño firme y se había colocado de nuevo su deslucido sombrero de paja de ala ancha, que prácticamente ocultaba su rostro joven y delicado. Vestida de esa guisa, no se veía mucho de Deirdre. Tan solo en la playa y en la jungla aquella chica de apariencia discreta e insignificante se convertía en una elfa bella, joven y de ojos grandes, con un cuerpo grácil y un cabello largo y rizado. Era un milagro que Robert aún no hubiera reparado en ella. Elizabeth se corrigió al instante. Seguro que él había reparado en ella. Era imposible que no se hubiera dado cuenta de lo hermosa que era Deirdre. Tal vez no había encontrado aún la ocasión adecuada para acercarse a la muchacha. De todos modos, Elizabeth no habría puesto la mano en el fuego.

Ya en la explanada delante de Dunmore Hall, desmontaron y entregaron las sillas al mozo de cuadra. Por todas partes había criados acarreando barriles, sacos, jarras y fuentes entre el edificio de la cocina y la casa principal. Hacía días que en la cocina reinaba un gran ajetreo. El servicio habitual había sido reforzado con trabajadores y esclavos de Rainbow Falls a fin de poder llevar a cabo todos los preparativos.

Durante las últimas semanas, su suegra no había hablado de otra cosa que no fuera el menú. Elizabeth prácticamente se lo sabía de memoria. Se serviría carne de vacuno, cabrito y pata de cordero, además de cochinillo, lomo de jabalí, asado de pollo, oca y pato y, por supuesto, pescado, mejillones y cangrejos en todas las variaciones posibles. Evidentemente, también habría numerosas hortalizas y frutas, que se tenían que hervir, machacar, cocer a fuego lento o bien glasear como acompañamiento. Tanto durante como después de la comida se escanciarían litros de bebidas alcohólicas, lo cual, sin duda, llevaría a varios invitados a emborracharse hasta el punto de quedarse tumbados debajo de las mesas hasta altas horas de la noche. Asimismo, unos músicos, los mejores que Harold había podido encontrar en toda la isla, animarían la velada.

Martha Dunmore se encontraba en el dintel de la entrada de la cocina ennegrecida de hollín supervisándolo todo. Estaba empapada de sudor y parecía muy nerviosa. Al ver a Elizabeth se le acercó a toda prisa. Su pelo, cubierto de mechones grises, le colgaba húmedo ante la cara, y tenía las mejillas cubiertas de manchas rojas. Sus ojos, de color azul porcelana, estaban bañados en lágrimas.

—El magnífico solomillo de buey ha desaparecido —dijo con las manos contraídas ante el pecho—. ¿Qué voy a hacer ahora? —Su voz, que siempre era algo jadeante, tenía un tono desmayado.

—¿Qué ha ocurrido?

Elizabeth preguntó por educación, porque aquello en realidad no le importaba lo más mínimo. Con su suegra no le unía ningún vínculo estrecho. El modo de ser de Martha fluctuaba entre la dedicación y la histeria, de forma que su presencia, por lo general, acostumbraba a caracterizarse por cierta inseguridad enojosa. A menudo Elizabeth tenía la sensación de que su suegra la observaba; notaba que a veces la miraba de reojo. Entonces, cuando se volvía hacia ella, Martha parecía avergonzada y casi asustada, pero también, de algún modo, obstinada, como si hubiera constatado algo importante con lo que ya contaba.

—Uno de los esclavos se ha llevado la carne —informó Martha.

—¿Quién ha sido?

—Akin. —Martha se retorció las manos con una desesperación exagerada—. Precisamente él.

—¿Qué quieres decir con «precisamente él»? —preguntó Elizabeth sin un interés especial.

Martha bajó la voz:

—Es un rebelde. Eso al menos es lo que me dijo Harold hace poco. Según él, nos dará problemas.

Hasta entonces Elizabeth no había conocido muchos esclavos. En Dunmore Hall prácticamente trabajaba solo personal irlandés o inglés, personas que habían sido condenadas a trabajos forzados o que estaban sometidas a contrato. Además del mozo de cuadra, había dos esclavos que se ocupaban de los caballos, y en la cocina había una anciana negra que ayudaba en los fogones. Todos los demás esclavos de los Dunmore se encontraban en Rainbow Falls, donde Elizabeth solo había estado una vez para que Robert le enseñara la plantación. En otra ocasión, había pasado por allí en una de sus salidas a caballo. Después no había vuelto a sentirse atraída hacia el lugar, porque era de todo menos acogedor. Solo había una casa de madera rudimentaria, un par de cobertizos destinados a la elaboración del azúcar, una hilera de cabañas desoladas donde vivían los trabajadores sometidos a contrato y las viviendas, aún más deplorables, de los esclavos. Todo ello rodeado por campos de caña de azúcar que se extendían hasta donde alcanzaba la vista.

Elizabeth se esforzó en hacer un par de preguntas más ya que era evidente que su suegra esperaba una muestra de interés.

—¿Y qué ha hecho exactamente ese Akin con la carne?

—La ha regalado.

—¿De verdad? —preguntó Elizabeth, asombrada—. ¿A quién?

—A... todos. A los esclavos y a los sirvientes. Se la han comido toda. —Martha miró a su alrededor con inquietud—. Harold se dará cuenta que no hay solomillo —se lamentó.

—¿Cómo se le ha ocurrido al negro hacer algo así?

Martha se encogió de hombros.

—A saber lo que pensarán esos negros.

Deirdre carraspeó detrás de ellas.

—Tal vez sea porque se prometió que hoy los esclavos y los criados tendrían carne.

—¿Y qué ha pasado con la carne prometida? —preguntó Elizabeth.

—Que no ha habido. Puede que estuviera enfadado por esa razón.

—No tenía motivo para ello —se defendió Martha. El rojo intenso de las mejillas se le acentuó—. Solo les prometí carne de carnero. Lo encargué puntualmente, pero el vendedor no tenía. No ha sido culpa mía.

—¿Has castigado a Akin?

—No, todavía no. —Martha bajó la cabeza, abatida—. Le he dicho que va a tener problemas. Pero él se ha limitado a mirarme como si no le importase. Muchos de esos negros hacen ver que no entienden. Es su sistema. Lo único que entienden es el lenguaje del látigo. Debería haber sido azotado al instante, pero el capataz no está. Y lo cierto es que yo soy incapaz de hacerlo. No sé manejar el látigo. —Con un tono de voz algo asustado Martha añadió—: No he dicho nada a Harold porque me temo que habría matado a ese hombre al instante y eso, sin duda, habría echado a perder la fiesta.

A Elizabeth no le cabía duda alguna de que Harold habría castigado de forma draconiana a ese tal Akin. El día en que había pasado a caballo por Rainbow Falls de camino a casa de los Noringham lo había visto azotar a un negro. Los latigazos se oyeron incluso a un par de docenas de pasos del lugar, y los gritos del castigado le habían retumbado en los oídos. Aquello le trajo a la memoria los brutales castigos infligidos a los marineros en el *Eindhoven*. Ella se había alejado tan rápido como le había sido posible y desde entonces no se había acercado más allí. Para ir a casa de los Noringham a caballo tomaba otro camino que bordeaba Rainbow Falls. Se decía que muchos esclavos sufrían unas heridas tan brutales a manos de sus amos que morían a causa de ellas y que, si el delito era grave, se los ahorcaba sin más en el primer árbol que había. Elizabeth sentía náuseas con solo pensar en ello. Le dijo a Martha con decisión:

—Será mejor que te guardes eso para ti. Invéntate una excusa para Harold.

—¿Qué excusa?

—Pues dile que el solomillo estaba en mal estado. —Elizabeth reflexionó un instante—. No, eso es demasiado simple. Dile que al vendedor se le cayó al agua y que un pez depredador se lo comió. A menudo las excusas más inverosímiles son las mejores.

Martha se la quedó mirando.

—¿Un pez depredador? Eso no se lo creerá jamás.

Elizabeth frunció el entrecejo. Seguramente su suegra tenía razón. Martha no era muy buena mintiendo.

—Ya se lo contaré yo —dijo entonces. Se encogió de hombros y señaló la puerta abierta de la cocina, de la cual salía el aroma del asado—. Con tanta abundancia, a nadie le llamará la atención que falten unos trozos de carne. —Miró a su alrededor—. Pero ¿dónde está Harold?

—Se está vistiendo para la velada. Yo también quiero ir a arreglarme. ¡Fíjate cómo voy! Me he puesto tan nerviosa que sudo como un cerdo. —Martha gimió y se apartó el pelo de su rostro acalorado—. ¡Qué bien iría todo sin ese maldito Akin!

—¿Dónde está ahora? —preguntó Elizabeth.

—Lo he enviado de vuelta a Rainbow Falls —respondió Martha. Hizo un gesto de espanto con la mano—. ¡Eh, tú! —gritó a un esclavo de piel muy oscura que iba desnudo excepto por unos calzones gastados—. ¡Mucho cuidado con ese queso! ¡Que alguien te ayude a llevarlo, que podría ir a parar al suelo!

Elizabeth aprovechó la oportunidad para escabullirse hacia la casa acompañada de Deirdre. Esta última se encaminó a las habitaciones del servicio mientras que Elizabeth se apresuró a subir a su habitación del piso superior, que compartía, como en otros tiempos, con Felicity.

—¡Mami! —exclamó Jonathan, contento.

—¡Tesoro! ¡Ven aquí

Elizabeth lo aupó, lo besó y lo hizo girar entre risas. Los gritos de júbilo del pequeño le llenaron de amor el corazón. Jonathan posó los dos bracitos en torno a su cuello y respondió a su abrazo, pero al instante empezó a moverse para que ella lo dejara en el suelo y así poder regresar con su juguete. Elizabeth reparó rápidamente en que se trataba de otro juguete nuevo: un títere, con el cuerpo pintado de colores vivos, que movía los pies y las manos por medio de unos hilos. Sin duda, aquel era otro regalo de Harold, que mimaba a su nieto más allá de lo razonable.

—Cuando Robert era pequeño, él no hacía esas cosas. Nunca —había contado Martha a Elizabeth en una ocasión—. A veces me da la impresión de que quiere resarcirse con tu hijo. —Tras reflexionar un momento había añadido—: Tal vez también sea porque el pequeño se le parece mucho, más de lo que Robert se le pareció jamás.

Elizabeth entonces se había esforzado en corroborar esa afirmación mientras deseaba que no se le notara su incomodidad. El cabello oscuro de su hijo había llamado la atención desde el momento en que nació. Como ella y Robert eran rubios, todos aquellos que se permitían emitir un juicio al respecto habían constatado al punto el parecido del niño con el abuelo, que también tenía el cabello oscuro. Durante mucho tiempo Elizabeth se había esforzado, casi con desesperación, en creer en esa posibilidad, sobre todo durante los meses en que había intentado llevar una vida conyugal normal con Robert. Deseaba por encima de todo que fuesen una familia de verdad, con unos padres unidos y un hijo en común.

Volviendo la vista atrás parecía casi como un capricho del destino el que, aproximadamente en el momento en que Robert había empezado a cortejar a otras mujeres, ella había descubierto que el padre de Jonathan no era él, sino Duncan. Ese modo de mirar del pequeño, con sus grandes ojos de color azul brillante. Eran los ojos de Duncan. Y estaba también su sonrisa, que al dibujarla formaba un profundo hoyuelo en su mejilla derecha. En ese momento se parecía tanto a Duncan que Elizabeth tenía que esforzarse por no mirar con nerviosismo a su alrededor para cerciorarse de que nadie más se daba cuenta.

Cuanto más crecía el pequeño, más parecidos le veía: la barbilla tensa con obstinación cuando estaba contrariado; el modo exagerado de echar la cabeza atrás cuando se reía; y la determinación con la que intentaba cumplir sus deseos. Detrás de su orgullo infantil se adivinaba ya una temeridad astuta que en años futuros podía convertirse en falta de consideración. En cualquier caso, Elizabeth estaba decidida a impedir algo así. Su hijo no sabría jamás que su padre era un pirata.

Le acarició la cabecita, le pidió que le enseñara cómo movía el títere y miró con el asombro debido las piernas y los brazos que se alzaban alegremente, mientras Felicity, en segundo plano, no dejaba de parlotear acerca de los invitados que esperaban y de los últimos chismorreos de la isla, pero, sobre todo, de los vestidos que habían encargado a las doncellas de Anne Noringham para la velada.

La prima de Elizabeth se había adaptado muy bien a Barbados. Para ella había constituido una auténtica bendición haber abandonado Inglaterra. A diferencia de muchos de los recién llegados, Felicity toleró de inmediato el sofocante clima tropical. En Dunmore Hall disponían de todas las comodidades imaginables: había sirvientes para todo, el sol brillaba casi todos los días y, además, tenía cerca a Elizabeth y a Jonathan, al cual podía colmar de mimos. De ese modo el tiempo transcurría a un ritmo agradable y apacible. Aunque a veces faltaba vida social, eso también iba cambiando poco a poco. Gracias al creciente bienestar de la isla, cada vez más a menudo los terratenientes pudientes organizaban fiestas, tal como había hecho Harold Dunmore ese día, en ocasión de su cincuenta aniversario. Además, en dos semanas, los Noringham darían una fiesta en la que anunciarían el compromiso de Anne Noringham.

—Mira —dijo Felicity contoneándose ante el espejo—. ¿Qué te parece?

Se refería a una mantilla de estilo español, de color gris humo y hecha de un encaje muy delicado.

—Es muy bonita —dijo Elizabeth mecánicamente.

En cuestiones de moda se sentía muy poco capacitada; a menudo se preguntaba por qué Felicity le pedía opinión pues, en general, no tenía nada útil que decir. En consecuencia, era la propia Felicity la que respondía a las preguntas que ella misma planteaba. Esa vez hizo lo mismo.

—No sé —repuso su prima frunciendo el ceño—. Por sí sola la mantilla es fabulosa, pero no sé yo si con este vestido...

El vestido era de seda de color amarillo claro, ricamente adornado con encajes, y estaba hinchado por medio de un amplio verdugado español hecho con barbas de ballena, muy propio de una dama de la corte. Elizabeth se había negado en redondo a colocarse una cosa como esa en las caderas; en su opinión, hacía que las mujeres parecieran barriles, por no hablar de lo difícil que resultaba andar con aquello.

Elizabeth continuaba arrodillada en el suelo junto a Jonathan. Rápidamente estampó un beso en su cabecita rizada y suave y se levantó para llamar a Deirdre y pedirle que se encargara de su hijo. Era hora de quitarse la ropa sudada y de prepararse para la fiesta.

—Por cierto... El *Eindhoven* está en el puerto. Tu capitán vuelve a estar por aquí.

Felicity dejó caer la mantilla y miró a Elizabeth desde el espejo con los ojos abiertos como platos.

—¡Oh! —susurró débilmente—. ¿Y me lo dices ahora?

Corrió hacia la puerta. Los tacones planos de sus zapatillas de seda golpetearon contra el suelo y estuvo a punto de resbalar con la madera recién pulida.

—¡Hay que enviar un mensajero al barco! ¡Tenemos que invitarlo!

—¡Vendrá de todos modos! ¡Hasta ahora cada vez que ha venido a Barbados se ha pasado por aquí! —gritó Elizabeth. Pero Felicity se dirigía ya hacia la planta de abajo.

—¿*Captán*? —parloteó Jonathan—. ¿*Baaco*?

Levantó la mirada hacia Elizabeth y le regaló una amplia sonrisa con hoyuelos. Sus ojos eran tan azules como el mar Caribe.

16

Para alivio de Elizabeth el banquete transcurrió más rápidamente de lo que esperaba.

Tras el tercer plato, las dos docenas de invitados habían quedado satisfechos y ahora estaban sentados a la larga mesa de cedro español, eructando y deleitándose más con el alcohol que con la comida. Por doquier había huesos roídos y bandejas grasientas llenas de restos. Había mucha bebida. El jerez, el vino, el ron y el ponche fluían en abundancia. Después de los postres, los hombres encendieron sus pipas de modo que, al poco, los comensales quedaron envueltos en un humo espeso; para buena parte de las damas presentes, aquel fue un excelente motivo para retirarse a descansar o refrescarse un poco. Para ello se había dispuesto en la planta superior de la casa una habitación para las invitadas, que tenían a su disposición a una serie de criadas, Deirdre entre ellas.

Una muchacha negra agitaba un gran abanico para refrescar a una matrona oronda y sudorosa. Otra sirvienta lavaba los pies a una mujer, y dos muchachas más iban de un lado a otro repartiendo limonada fresca. Elizabeth pidió a Deirdre que le aflojara el corpiño mientras maldecía en silencio la moda que la obligaba a esas atrocidades tan agobiantes. ¡Qué suerte tenían los hombres! Sin quererlo aquello le hizo pensar en Duncan, en el aspecto que tenía la vez en que se habían encontrado junto a la casa de campo, con la camisa desabrochada y los pantalones mal colocados. Oh, sí, se dijo ella con ironía, sobre todo con los pantalones mal colocados.

No sabía si sentirse enojada o aliviada de que esa noche él no hubiera comparecido. Una y otra vez había dirigido la mirada hacia la puerta, esperando que se asomara. Como no podía ser de otro modo, había sido invitado, a pesar de que en la casa de los Dunmore no era precisamente bienvenido. Harold era demasiado buen negociante para desairar a uno de sus aliados más importantes. Los terratenientes rivalizaban por entregar su cosecha al corsario, pues si no no podían acceder a las codiciadas mercancías de intercambio o a la plata, y Harold Dunmore no era distinto a los demás. Según se decía, muy pronto la situación comercial se agravaría; corrían rumores sobre un nuevo decreto del gobierno inglés por el cual Cromwell prohibiría a las colonias negociar con los holandeses.

—¿Así está bien? —preguntó Deirdre después de aflojar los cordeles del vestido de Elizabeth.

Elizabeth levantó la mirada.

—Sí, gracias. Regresa tranquila con Jonathan y acuéstate. Aquí ya hay bastantes criadas para ayudar.

La irlandesa asintió agradecida. Su agotamiento era evidente. Llevaba de pie desde el alba. Elizabeth la vio marchar con remordimiento. Sabía muy poco sobre aquella muchacha que nunca hablaba de su pasado en Irlanda.

Deirdre trataba con mucho cariño a Jonathan; de haber sido su propio hijo no lo habría tratado con más dulzura y comprensión. Elizabeth se preguntó sin querer qué la habría empujado a vender su trabajo durante tanto tiempo. ¿Habría sufrido hambre, o tal vez habría perdido a su familia?

Por lo general, los contratos se firmaban para siete años. Muchos trabajadores morían antes, sobre todo los que se veían obligados a realizar las tareas en los campos. Los demás, los que llegaban vivos hasta el final de su período de servicio, tenían permiso para regresar a su hogar. Pero eso era algo que muy pocos lograban puesto que el escaso dinero de mano que obtenían de sus señores tras cumplir el contrato no alcanzaba para el viaje de regreso, sobre todo cuando tenía que pagarse con azúcar. A menudo las mujeres iban a parar a alguno de los cuchitriles del puerto, donde no les quedaba más remedio que vender su cuerpo. Los hombres, en cambio, tenían la posibilidad de enrolarse en un barco y pagar su pasaje como grumetes. Para la mayoría de los trabajadores sometidos a contrato, sin embargo, el regreso a casa no era una opción que mereciera la pena. En el Viejo Mundo no les aguardaba un futuro mejor, así que muchos se quedaban en las Antillas y buscaban un modo de ganarse la vida. ¿Qué querría Deirdre para su futuro?

El vocerío en la estancia había disminuido. La mayoría de las mujeres habían vuelto a bajar. El baile había empezado y la música resonaba por toda la casa. La obesa esposa de un terrateniente seguía sentada en una butaca junto a la ventana. Tenía la cabeza echada hacia atrás y roncaba, claramente embotada de comida y jerez. Dos muchachas jóvenes, hijas también de un propietario de plantación de Saint Andrew, reían con las cabezas muy juntas. En ese momento otras dos mujeres abandonaron la estancia sumidas en una animada conversación para ir a reunirse con el resto de los invitados.

Elizabeth se levantó del taburete en el que había permanecido sentada y estiró las piernas. Tenía las enaguas adheridas a la piel. Estaba sofocada y el corpiño aún le apretaba demasiado; le habría gustado quitárselo por completo y tumbarse en la cama. Sin embargo, aún no había tenido ocasión de hablar con los Noringham, que también se encontraban entre los invitados, así como con el futuro marido de Anne, George Penn, un corpulento cultivador de tabaco de cuarenta y un años que había convertido en cultivables unas tierras de la parte nordeste de la isla. Era un realista empedernido de modo que cuando Cromwell se hizo definitivamente con el poder, él, igual que muchos de sus correligionarios, había abandonado Inglaterra para probar suerte en las colonias.

Durante la travesía su esposa había fallecido, y hacía medio año aproximadamente que cortejaba a Anne. Tal como esta había confiado a Elizabeth en un momento de tranquilidad, aquel no era un gran amor, pero George le gustaba y eso, en vista de la escasa oferta de hombres casaderos de Barbados, era mucho más de lo que otras jóvenes podían esperar.

Elizabeth tomó un sorbo de limonada, pero la bebida, que antes estaba fresca, se había vuelto insípida y se había calentado. Dejó el vaso y bajó.

En el gran salón la gente se había reunido para bailar. En

la zona despejada ya reinaba una alegre agitación. Las parejas formaban dos hileras contrapuestas; tras hacer un par de giros juntos, las parejas se intercambiaban. Los hombres hacían dar vueltas alegremente a las mujeres y todo el mundo procuraba danzar bien, aunque eso no impedía que continuamente los bailarines tropezaran ellos solos o se dieran con otros, más cuando casi todos estaban ya muy achispados. Sin embargo, todo el mundo se lo tomaba con humor, y las parejas daban vueltas animadamente y las risas no tenían fin. En medio del gentío bamboleante, Elizabeth vislumbró el rostro radiante de Felicity. En ese momento estaba en brazos de Niklas Vandemeer, que la contemplaba feliz antes de tener que pasarla, con evidente desgana, al bailarín siguiente. También Robert danzaba. Llevaba del brazo a una de las muchachas que antes había estado riendo por lo bajo en el piso superior. Su cabello volaba cuando él la hacía girar, y Robert reía tan relajadamente que Elizabeth sintió una punzada en el corazón.

De camino al patio ajardinado se encontró con su suegro, que estaba de pie hablando con otros dos terratenientes. Los tres hombres fumaban en pipa y discutían acaloradamente. Al pasar oyó de qué se trataba: hablaban de aquella enojosa nueva ley del gobierno inglés, una serie de disposiciones por las que se prohibía a las colonias de ultramar hacer negocios con otras naciones y se las obligaba a suministrar sus mercancías solo a Inglaterra. Esa ley, conocida como la ley de navegación, estaba en todas las bocas e inquietaba mucho a las gentes de Barbados, que rivalizaban entre sí con propuestas sobre cómo afrontar ese asunto.

—Inglaterra está muy lejos —dijo Benjamin Sutton, un terrateniente de barba gris de Saint Thomas—. Hagamos lo que siempre hemos hecho: negociar con los que mejor pagan y nos proporcionan bienes de intercambio de forma más fiable, es decir, con los holandeses.

—Desde luego —corroboró Harold Dunmore. Tomó una calada y soltó el humo sin tragarlo—. ¿Qué se habrá creído el gobierno inglés, que entregaremos nuestro azúcar a precios de ruina y, en contrapartida, no obtendremos otra cosa que letras de cambio con las que no puede comprarse nada?

—Lo mejor sería tener más esclavos —añadió Jeremy Winston, un hombre flaco entrado en los cincuenta, cuyos dientes grandes y amarillos a causa del tabaco le daban la apariencia de un caballo triste—. Y ahora mismo nos los proporcionan los holandeses; por lo tanto, ellos tendrán nuestro azúcar.

Igual que Harold Dunmore, Winston y Sutton también eran miembros del Consejo de Barbados; Winston, que pertenecía al grupo de los realistas, ostentaba además el cargo de gobernador, que había obtenido por mandato del rey. En cualquier caso, el destino de la isla llevaba ya una docena de años siendo decidido por la asamblea del Consejo de los terratenientes libres. El último acto oficial de Winston había consistido en proclamar rey a Carlos II. Se había topado entonces con la resistencia y la indignación de los puritanos representados en la isla, pero esa agitación remitió pronto porque, de hecho, la proclamación carecía de repercusiones prácticas en la vida diaria. Las plantaciones tenían que ampliarse y cultivarse, y el azúcar debía venderse, solo eso contaba.

—¿Qué puede hacernos el Parlamento rabadilla desde el otro extremo del mundo? —preguntó Sutton al grupo.

—Bueno, podrían arrojarnos al cuello su maldita marina y obligarnos a reconocer la autoridad de la Commonwealth —recordó el gobernador.

—Si es así, encontraremos modos y maneras para enviarlos al infierno —aseveró Harold Dunmore con sequedad.

Sutton tenía una propuesta.

—Tal vez deberíamos buscarnos aliados a tiempo. Por ejemplo, las otras colonias. A fin de cuentas, tienen el mismo problema que nosotros.

—Hablaremos de ello en dos semanas, en Summer Hill, durante la próxima reunión del Consejo, y entre todos decidiremos sobre este asunto. Hoy quiero pasármelo bien.

Su mirada entonces recayó en Elizabeth; Harold se apartó de los hombres para acercarse a ella. La miró con inquietud.

—¿Te diviertes, pequeña?

Ella se forzó a dibujar una sonrisa.

—Oh, sí. Es una gran fiesta.

Él pareció creérselo, del mismo modo que se había creído la mentira sobre el solomillo desaparecido.

—¡Estás muy guapa con tu nuevo vestido!

A Elizabeth le asombró que él reparara en fruslerías tales como un vestido nuevo.

—Muchas gracias —respondió, desconcertada ante aquel cumplido tan poco habitual en su suegro. Tiró de la seda azul y sonrió con cierto lamento—. Si no fuera tan incómodo...

Él se echó a reír. Al hacerlo, pareció sorprendentemente joven.

—Si dependiera de mí, las mujeres no deberían torturarse a sí mismas con corpiños o con... —Él escrutó la pista de baile—. Felicity lleva eso que quiero decir. ¿Cómo se llaman esos barriles que se ponen debajo de la falda?

—Son verdugados. De hecho, solo se llevan en España. —Elizabeth respondió a la sonrisa de Harold—. Es divertido que a los dos nos haya venido la misma imagen a la cabeza. A mí también me parece un barril.

Harold asintió. De pronto pareció irritado.

—¿Dónde está Robert? —preguntó de repente.

—Antes he visto que bailaba —respondió Elizabeth con cierta incomodidad.

—¿Con quién?

—Creo que era Amalia Smith. Pero tal vez era otra chica.

—Debería bailar contigo.

—Oh, te lo ruego, Harold, no me gustaría que...

Pero él ya se había dado la vuelta y se dirigía a grandes zancadas hacia la zona de baile. Elizabeth lo miró, tremendamente avergonzada. Sintió alivio al ver a Anne Noringham y a George Penn al pie de la escalera. Se acercó enseguida a ellos.

—¡Aquí estás! —exclamó Anne. Tomó a Elizabeth de las manos y le sonrió.

El rostro de la chica, algo afilado y, en general, bastante pálido, tenía un elegante tono sonrosado que le daba una apariencia lozana y bella, la cual además estaba subrayada por su vestido, de seda vaporosa y de color albaricoque. El cabello, que era del mismo marrón avellanado que sus ojos, lo llevaba recogido artísticamente en unos moños enroscados por encima de las orejas de los que salían unos tirabuzones que le caían sobre los hombros. Asió uno con fingida desesperación e hizo una mueca.

—Horroroso, ¿verdad? Este peinado me lo ha hecho Maggie. Afirma rotundamente que es lo que la nobleza lleva hoy en día.

Maggie era la nueva doncella de Anne; hacía pocos meses que había llegado a la isla y tenía un talento muy solicitado: era una excelente costurera. No solo había cosido el vestido de Anne Noringham, sino que también había hecho los vestidos que lucían Elizabeth y Felicity aquella noche. La habían deportado, al parecer, por robar una bala de tejido, algo que ella negaba con vehemencia, y acusaba a la gente que la había llevado allí de secuestrar a personas. En cualquier caso, se sentía muy a gusto en Barbados, y agradecía que su pena de cárcel se hubiera conmutado por trabajo en las Antillas. Para ella había sido una suerte que los Noringham hubieran adquirido su contrato como trabajadora sometida, ya que en Summer Hill el servicio era tratado mucho mejor que en cualquier otro lugar.

George, el futuro marido de Anne, estaba junto a ella y tiraba incómodo del cuello alto que llevaba, tan poco adecuado para el clima tropical como la gruesa levita de terciopelo que lucía, la cual posiblemente había estado de moda veinte años atrás. Resultaba evidente que pretendía compensar con prendas elegantes lo que le faltaba de porte. Aunque tenía el título de baronet, su origen era rural y su único talento era cultivar la tierra. Eso se le daba realmente bien porque su plantación crecía de forma magnífica.

—¿Dónde está tu hermano? —preguntó Elizabeth a Anne—. Todavía no lo he visto.

—William ya se ha ido. Me ha pedido que lo excuse —respondió Anne con incomodidad—. Madre tenía jaqueca y él la ha acompañado a casa.

—Lo siento —respondió Elizabeth.

La expresión de Anne dejaba entrever que la indisposición de lady Harriet había sido un simple pretexto. Entre los Dunmore y los Noringham había una aversión tácita, pero muy evidente. A Elizabeth le parecía que provenía sobre todo de los Dunmore, pero cuando preguntaba a su suegra o a Robert al respecto, le decían que todo eran figuraciones suyas. Martha admitía que los Noringham no le gustaban especialmente, pero alegaba que era porque esa «gentuza altanera» (en palabras de su suegra) miraba a los Dunmore por encima del hombro y los tachaba en público de advenedizos. Cuando le preguntó por qué entonces se invitaban y se hablaban en sociedad, Martha se había limitado a encogerse de hombros con expresión de amargura y había dicho que era para no dar a esos aristócratas presuntuosos el gusto de parecer superiores a los Dunmore.

Elizabeth lamentó que William se hubiera marchado porque su compañía siempre le resultaba muy agradable. Era un conversador ameno, divertido y, a la vez, cortés. Su presencia en actos oficiales como aquel a menudo era para ella el único rayo de esperanza, sobre todo cuando Anne no podía intercambiar con ella más que unas palabras para no desatender a George. Incluso en ese instante, por la expresión de la cara de él, era evidente que se sentía fuera de lugar. Elizabeth se dio cuenta y emprendió la retirada.

—No os toméis a mal que vuelva a dejaros solos, pero necesito un poco de aire fresco.

Mientras se encaminaba hacia el patio interior, Anne la siguió con una sonrisa medio frustrada y medio agradecida.

El patio ajardinado, igual que el vestíbulo, estaba iluminado con numerosas velas. Aquí y allá había pequeños grupos de hombres que fumaban en pipa y mujeres con vasos de ponche. El olor agradable a tabaco se mezclaba con el aroma intenso del ron y, por encima de todo, estaba la fragancia embriagadora de las flores de frangipani, que crecían a lo largo del muro, las cuales se veían blancas a la luz de los fanales.

Elizabeth se quedó de pie en el patio y levantó la mirada al cielo, fascinada como siempre por el esplendor de las estrellas. Ensimismada, se dirigió hacia la fuente que había en el centro del patio y se sentó en su borde de piedra. Se quitó las horquillas del pelo y se sacudió los rizos húmedos por el calor; a continuación se sacó los zapatos, que eran tan nuevos como el vestido y le apretaban no menos que este. Se subió una de las mangas cubiertas de encaje y sostuvo la mano ante la gárgola murmuradora, que presentaba la clásica forma de la boca de un león —esa también era una costosa pieza de importación que había que agradecer a Duncan Haynes—. Notó el agua fría en la piel. Su brazo, que por el sol tenía ya el color tostado de un coco pulido, se oscureció aún más bajo el manto de agua, hasta volverse casi negro. Tan solo la alianza de boda en su mano brillaba con intensidad, como queriéndole recordar que en su vida aún había cosas que tenía que soportar, quisiera o no.

Un grupo de mujeres se acercó a la fuente hablando animadamente; en medio de ellas estaba el reverendo Martin, cuyas prédicas dominicales, con su tono amenazador, habían agriado varias veces el humor de Elizabeth. Con una perseverancia especial condenaba las tentaciones de la fornicación, que, en su opinión, solo eran achacables a la mujer. Elizabeth tenía la clara impresión de que, al referirse a ello, más de una vez había dirigido su atención a ella. No aguardó a que el grupo llegara a la fuente. Se puso en pie de un salto e ignoró las miradas despectivas que le dirigieron cuando abandonó el lugar. Con el corpiño aflojado, la cabellera suelta y sin zapatos, sin duda había proporcionado de nuevo a las damas y al reverendo un tema de charla; de todos modos eso a ella le traía sin cuidado. Regresó a la casa y volvió a dirigirse al exterior directamente por el lado opuesto, pasando junto a las cuadras y los cobertizos en dirección a la playa. Sentía la necesidad, casi dolorosa, de estar sola. Allí fuera todo estaba en calma y no había nadie. Ese era el mejor de los alivios. Un camino de tierra descendía por la suave colina cubierta de hierbas de las dunas al mar. El agua no estaba muy lejos, a no más de seiscientos metros. En la distancia, donde se hallaban las casas siguientes, se veía el destello de algunas luces, una débil oposición a la oscuridad. El puerto, el amplio semicírculo situado al otro lado de la colina, no se divisaba desde allí, pero estaba también a un tiro de piedra. El chapoteo del oleaje resonaba en la noche; los siseos, gorgoteos y chapoteos del agua oscilaban en un ir y venir constante. Elizabeth notó en los pies la tibieza de la arena, que todavía conservaba el calor del día. De vez en cuando pisaba pequeñas piedras y conchas, pero eso no le molestaba.

Aunque estaba oscuro, la noche aún no era absoluta. Las numerosas estrellas brillantes apenas iluminaban, pero la luz de las antorchas encendidas en el muro exterior de la mansión acompañó a Elizabeth mientras se encaminaba hacia el agua. Cuanto más se alejaba, más débil resultaba la luz; aun así, ella podía ver aún por dónde pisaba. De todos modos, habría podido encontrar el camino incluso a ciegas. A menudo iba con Jonathan a la playa para enseñarle conchas o caracolas. A él le encantaba chapotear con las olas bajas y arrojar piedras al agua. En ocasiones pedía a algún criado que los llevara, a ella y al pequeño, en un bote de remos a ver los peces voladores, de los cuales había muchos en torno a la isla. Jonathan estallaba en gritos de júbilo cada vez que los animales rasgaban la superficie del mar y recorrían grandes distancias por el aire. Robert los había acompañado en una ocasión. Se puso al pequeño en el regazo, apoyó la barbilla en la cabeza de Jonathan y en sus ojos asomó una expresión meditabunda y feliz. Entonces Elizabeth había rezado para apartar a Duncan de su recuerdo. Se había jurado a sí misma aprender a amar a Robert si en el futuro se le concedían tardes como aquellas: ella, él y Jonathan. Una familia.

Había deseado desesperadamente llegar a ser feliz con él. Sin embargo, poco después, él empezó de nuevo con sus aventuras. Desde entonces no pasaba ni un solo día sin que ella pensara en Duncan. Ni uno solo.

Duncan la vio salir de la casa y dirigirse a la playa. Al punto, abandonó su plan de asistir a la fiesta y la siguió, guardando las distancias para que Elizabeth no se percatara de su presencia. Entretanto se preguntó cómo ella era capaz de recorrer todo ese camino sin tropezar. Debía de tener la vista de un gato. Él trastabilló más de una vez y, cuando al final resbaló y se cayó, tuvo que reprimirse para no renegar. Tras volver a ponerse en pie, necesitó un momento para orientarse. Tal vez, se recriminó, no debería haber bebido tanto en el local de Claire.

Al final el sonido de las olas en la playa cercana le mostró el camino. Entonces vio a Elizabeth. Estaba sentada en la arena, entre dos palmeras; la cabeza y los hombros formaban una silueta apenas visible, solo reconocible gracias a la débil fosforescencia del agua. Al oír sus pasos, ella se volvió de golpe y se incorporó rápidamente.

—¿Quién anda ahí? ¡Daos a conocer o saldréis malparado!

—Ya me gustaría a mí ver eso en caso de emergencia.

—¡Maldita sea, Duncan! —gritó ella—. ¿Cómo se te ocurre acercarte con tanto sigilo?

—Disculpa. No quería asustarte.

Elizabeth tomó un puñado de arena y se lo arrojó. Él no lo vio venir a tiempo y sufrió el impacto.

—¡Lizzie, escucha! ¡Ya te he dicho que lo siento!

Ella bufó, enfadada.

Duncan sacó su pipa de la bolsa que llevaba pendida al cinturón, la rellenó con cuidado y la encendió con el pequeño artilugio que llevaba siempre consigo: un trozo de mecha de algodón con el que él prendía el tabaco. Esa era una de las cosas que era capaz de hacer a oscuras con la misma seguridad que cargar su pistola de doble cañón, la cual también llevaba siempre colgada al cinto cuando estaba en Barbados. Para su gusto, en la isla había demasiados desaprensivos capaces de pasar por encima de un cadáver ante la oportunidad de cobrarse un botín rápido. El *Elise* había atraído muchas miradas codiciosas cuando echó anclas colmado de mercancías. Tenía buenos motivos para ser precavido: le bastaba con recordar cómo él, en su momento, se había apropiado sin escrúpulos de la fragata.

Elizabeth tenía los brazos cruzados. Bajo la luz débil de la mecha observó que ella lo miraba con expresión impertérrita.

Se maldijo en silencio por ser incapaz de controlar los latidos de su corazón. Habría sido más sensato darse la vuelta y desaparecer. Sin duda, había sido un grave error haberla seguido allí. Hasta el momento no había hecho más que cometer errores con ella. Uno tras otro, con una invariabilidad casi regular. Se puso de cuclillas, tomó un poco de cañizo, lo juntó con varios trozos de algas secas y unos pocos restos de madera podrida, hizo una pila y prendió fuego con la mecha.

—¿Por qué me has seguido? —quiso saber Elizabeth.

La expresión de su rostro era controlada, no así el tono de su voz. Duncan notó un temblor ligero en él, apenas perceptible.

El capitán Haynes sopló en la brasa hasta que las llamas prendieron.

—Iba a la fiesta cuando te he visto salir. Me ha parecido conveniente vigilar que no te pasara nada.

—Sí. A fin de cuentas, como vigilante mío ya tienes experiencia, ¿no?

—De hecho, quería hablar contigo.

Ella lo miró con recelo.

—¿De qué?

¡Cielos! Ahora no se lo podía decir. Aún no. En su lugar, dijo torpemente:

—Ha... ha pasado mucho tiempo, Lizzie.

—¿Y me has seguido hasta aquí para decirme eso?

—No. Solo quería comenzar con algo que no pareciera demasiado estúpido.

—Pues suena igualmente así.

Duncan suspiró.

—Dios mío, Lizzie... —carraspeó—. En los dos últimos años te he estado esquivando.

Silencio expectante. Ella no estaba dispuesta a ponérselo fácil.

—Y no es que no te haya deseado, Lizzie. Cada vez que te veía yo te habría... Me habría gustado...

Se interrumpió, incapaz de dar con la palabra adecuada.

—¿Qué me habrías hecho? —Elizabeth levantó la barbilla—. ¿Te habría gustado volver a hacerlo conmigo? ¿Por los buenos tiempos?

—Eso, en cierto modo, también —admitió él al punto. Aunque no era lo que había querido decirle, era verdad—. Estás casada —señaló entonces. Como si eso le hubiera inquietado lo más mínimo—. Y, además, he oído decir que tienes un hijo. En esas circunstancias me pareció mejor...

—¿... no desearme?

Duncan reparó en que ella llevaba las mangas subidas y el corpiño aflojado. Su cabellera le caía en rizos rebeldes sobre los hombros desnudos y las llamas dibujaban sombras inquietas en la piel del escote demasiado pronunciado.

—¿No desearte? —repitió con voz áspera.

Aunque viviera cien años, él nunca podría renunciar a ella. Ya en el instante en que se había acercado a Elizabeth había sabido que estaba a punto de cometer otro error y, además, más estúpido que las otras veces. Era evidente que cuando se trataba de aquella mujer él no era amo de sus decisiones. Arrojó la pipa encendida a la arena y se aproximó más a Elizabeth. Ella le propinó un bofetón en la cara: una, dos veces. Fue tan rápida que no pudo esquivarla. Entonces la agarró por los hombros.

—Maldita sea, Lizzie...

Pero ella ya no se defendió, sino que se abalanzó hacia él con ímpetu, posando la boca en la suya sin dejarle terminar la frase. Lo abrazó, le tiró de la camisa y gimió apasionadamente en su boca. Él fue presa de una pasión salvaje y ciega. Tenía que poseerla. En ese instante. Al menos aquella vez había arena blanda para tumbarse. Estrechamente abrazados, se dejaron caer al suelo. Duncan se abrió paso entre sus muslos abiertos, y notó que ella estaba húmeda y dispuesta. La penetró sin más. Muy poco después y a la vez que ella, alcanzó el momento culminante. Mientras Elizabeth ahogaba un grito en su oído, él se desplomó sobre ella entre gemidos y hundió la cabeza en su cabello. Olía a lavanda y a sol. Notó en el pecho los fuertes latidos del corazón de Elizabeth.

—Apártate un poco, no puedo respirar —dijo ella con voz ahogada.

Duncan se apoyó en el codo pero permaneció tumbado sobre la joven.

—¿Mejor? —preguntó él todavía resollando.

—No —respondió ella apartando la cara.

—Maldita sea, Lizzie. Mírame.

Ella cerró los ojos con fuerza y él la besó con dulzura en la frente.

—Escúchame. Lamento mucho que siempre pase con tanta... precipitación. No es mi modo de hacer. No soy ningún animal, Lizzie. De hecho, el amor es algo para lo que me gusta tomarme tiempo.

—¿Qué tiene esto que ver con el amor?

Al darse cuenta de que estaban en un terreno pantanoso, él cambió rápidamente de tema.

—Me habría gustado ir más lentamente, para que también resultara más agradable para ti.

—¿Y a qué nos llevaría eso?

—Bueno, para empezar, simplemente, a pasarlo mejor los dos.

Intuyó que Elizabeth iba a hacerle otra pregunta, pero finalmente calló. De todos modos tenía la mirada clavada en él. Los ojos, muy grandes, le brillaban húmedos por lágrimas que no había derramado. La ternura se hizo presa en él y sintió la urgencia incontenible de arrojar toda precaución por la borda y decirle lo que durante todo ese tiempo le había impedido acercarse a ella por ser una auténtica insensatez y algo totalmente imposible: quería decirle que recogiera sus cosas y que se marchara con él. Sin embargo, no podía continuar aumentando su lista de fechorías, ya bastante graves de por sí, con otras peores. El mero hecho de permanecer tumbado allí junto a ella ya era una enorme bobada. Fue consciente del brete en el que se había puesto y reprimió una maldición.

En esa situación tan molesta solo se le ocurrió besarla. Con prudencia le despegó los labios y le dio un beso prolongado e intenso; le acarició con dulzura el cuello, los hombros y los pechos, tomándose para ello todo el tiempo del mundo. Fue adentrándose en ella con cuidado y lentamente, deslizándose más que empujando, aunque, al cabo de poco tiempo, le empezó a resultar difícil contenerse pues notaba que la excitación de ella aumentaba con rapidez. Elizabeth gimió de forma contenida cuando él salió y se apartó un poco de ella.

—¿Qué pretendes? —preguntó sin aliento.

—Aguarda un momento. —Le levantó las faldas lo máximo posible—. ¡Por todos los diablos! ¿Qué tenemos ahí? —Estaba de cuclillas entre los muslos de ella, atónito—. ¿Llevas un cuchillo en la liga?

—Ya te he dicho que podías salir malparado.

Él se rió y tocó la pequeña funda.

—¿Con eso? Es diminuto.

—Pero afilado como un bisturí.

Por prudencia, Duncan prefirió no preguntar quién le había dado la idea de llevar un cuchillo en la liga. Una ocurrencia así solo podía provenir de Claire Dubois. Sabía que la francesa se protegía de ese modo ante impertinencias indeseadas.

—¿Sabes manejarlo? —quiso saber Duncan.

—No he tenido ocasión de probarlo —admitió Elizabeth.

—Tal vez debería enseñarte cómo utilizarlo.

—Es algo que podrías hacer —admitió ella.

—Muy bien, te enseñaré. —Desabrochó el pequeño cinto para el cuchillo y le besó la cara interna del muslo desnudo—. Pero eso será luego.

Elizabeth no sabía cuánto tiempo había transcurrido. El fuego aún llameaba; Duncan había puesto más madera. A unos pocos pasos de allí las olas lamían la arena, y sobre ellos se abría el cielo estrellado, que parecía estar al alcance de la mano. El aire olía a humo y a algas marinas, y a arena húmeda y pesada. Una suave brisa le acarició su cuerpo encendido de amor.

Se sintió envuelta por una sensación de irrealidad, como si no fuera ella la que se encontraba en brazos de su amante, sino una extraña que hasta ese momento no había conocido. Toda su amargura había desaparecido; se sentía ligera, casi etérea, libre de toda carga. Mientras permaneciera allí tumbada, nada podría pasarle, las dificultades desaparecerían. Era casi como estar en el paraíso, aunque solo fuera por un breve espacio de tiempo. A diferencia de los dos anteriores encuentros íntimos con Duncan, no sentía ni pudor ni remordimiento, tan solo lo inevitable de lo que había ocurrido entre ambos. Hundió la nariz debajo de la barbilla de él y aspiró su olor, tan inconfundible que lo habría reconocido incluso a ciegas entre muchos otros. Olía al ron que había bebido, a tabaco, a madera de sándalo, a sal y a sudor. Y a aquello que ambos acababan de hacer y que los unía de forma fatídica.

Era curioso lo suave que Duncan tenía la piel en aquella zona del rostro, mientras que un par de dedos más arriba, a partir de la parte inferior de la barbilla, rascaba igual que un cepillo. Después de haber vislumbrado también el lado dulce y atento de aquel hombre, se dijo que aquel contraste era lo que lo caracterizaba. Duncan era como un acertijo que solo podía adivinarse por partes. Cuando Elizabeth creía haber visto una, entonces asomaban algunas otras en las que no había reparado.

—¿Cuánto tiempo llevamos aquí? —preguntó al cabo de media eternidad, con los labios junto al cuello de él.

—Una hora y media, más o menos.

Elizabeth lo besó en el cuello al notar su vibración.

—Tengo que marcharme —dijo.

—Sí, claro.

Duncan no dijo nada más. Ningún «Déjalo y ven conmigo, da igual adónde». Nada. Simplemente: «Sí, claro». Ella atendió a su interior, pero no percibió ninguna ofensa, tan solo una sensación agridulce de la pérdida que sentía antes incluso de que él se marchara.

Se habían dado lo que querían, ni más, ni menos. Sin exigencias ni pretensiones. En efecto, ella tenía que regresar. Sin Duncan. Vivían en mundos distintos. El hecho de que Elizabeth fuera la madre de su hijo no cambiaba las cosas. Mejor dicho: no cambiaba nada en absoluto. La vida que ella quería para Jonathan no tenía nada que ver con la de su padre. Y con ese pensamiento regresó definitivamente del paraíso a la realidad. Se soltó con un gemido del abrazo de Duncan y se puso en pie.

—¡Por Dios! ¡Tengo arena pegada por todo el cuerpo!

—Ven, te ayudaré.

Le sacudió la arena de la falda, le ayudó a abrocharse bien el corpiño e incluso sacó un peine de la bolsa que llevaba y le peinó cuidadosamente el pelo desgreñado. Elizabeth se percató de que él esquivaba su mirada, y le dolió ver que la distancia entre ellos volvía a crecer rápidamente. De todos modos, disimuló.

—Gracias. Si alguna vez dejas el trabajo de pirata, puedo recomendarte como ayudante de cámara —dijo alegremente.

Para su asombro, Duncan la tomó entre los brazos y la sostuvo con firmeza contra él.

—Elizabeth, tengo algo que decirte. De hecho, por eso te he seguido hasta aquí. Quería que lo supieras por mí, y no por un desconocido cualquiera. Por favor, no me odies por sacar ahora este asunto. Pero hace un rato estabas enfadada conmigo y no he sido capaz de decírtelo. He preferido solucionar antes lo nuestro.

Su voz sonaba grave y apesadumbrada. A ella se le encogió el corazón, temerosa.

—¿Qué ocurre, Duncan?

—Tu padre ha fallecido.

Duncan la sostuvo a pesar de que Elizabeth gritó y lloró, a pesar de que le golpeó el pecho con los puños mientras lo mandaba al infierno. Cuando sus sollozos remitieron, él le contó lo que sabía. El vizconde había fallecido hacía cuatro meses de un ataque al corazón y había sido enterrado con toda discreción. Para Raleigh Manor se había designado un administrador, algo que el vizconde había dispuesto en vida.

Elizabeth escuchó en silencio el relato de Duncan hasta el final, mientras ambos regresaban a Dunmore Hall. Cuando él le preguntó si se sentía mejor, ella no le contestó. Se despreciaba a sí misma por haberse revolcado en la arena como una mujerzuela sumisa y haberse entregado a Duncan de forma desvergonzada cuando él, en realidad, lo único que había querido decirle era que su padre había muerto. Sentía una cólera tremenda porque él hubiera primado el retozón a aquella noticia. Ella debería haber sabido que en todo lo que Duncan hacía solo pensaba en sí mismo. Los sentimientos de los demás le traían sin cuidado. ¡Qué le importaba a él la muerte de su padre! En tal caso, a lo sumo, saberlo le habría proporcionado una satisfacción pues odiaba al vizconde desde niño. Elizabeth pensó con amargura que todavía no conocía los entresijos de la historia porque Duncan no se la había llegado a contar nunca. Elizabeth ya no la quería saber. ¿Qué importancia tenía eso ahora que su padre ya no vivía?

En sus cartas —en los dos últimos años solo había recibido dos— él nunca se había quejado de su mala salud sino que había subrayado siempre de forma animada lo mucho que le alegraba que las cosas le fueran bien a Elizabeth en las Antillas y lo feliz que le hacía saber que su nieto crecía en paz.

Ella le había contestado que esperaba volver a verlo pronto, a lo que él, en su última, y a la vez póstuma, carta, le había escrito que, en algún momento, cuando Jonathan fuera un poco mayor, ella tal vez tendría ocasión de mostrarle a su hijo su patria y, por lo tanto, de presentarle a su anciano abuelo. Al leer esas líneas melancólicas ella ya había sospechado que no volvería a ver jamás a su padre, pero no había querido creerlo.

—Lizzie —dijo Duncan. Fue a tomarla de la mano, pero ella se la retiró con brusquedad.

—Déjame.

—Lo siento.

—¿Lo sientes? —le espetó—. ¿Sientes que mi padre haya muerto? ¿O sientes que, en lugar de contármelo, hayas preferido aprovechar la oportunidad y volver a retozar conmigo? —Imitando las palabras de Duncan con sorna, añadió—: «He preferido solucionar antes lo nuestro». Tendría que haber sospechado que tú solo te mueves por tu conveniencia.

—Debería habértelo dicho de inmediato —admitió él, como si con ello su conducta quedara aclarada y, además, disculpada.

Vencida por el dolor y la rabia, Elizabeth se sumió en el

silencio e hizo caso omiso de todos los intentos de Duncan por ablandarla con observaciones conciliatorias.

De lejos asomaron unas luces y la silueta de Dunmore Hall se recortó en la noche. Las antorchas que brillaban en las esquinas de los muros exteriores y a ambos lados de la entrada dibujaban una línea centelleante en la oscuridad.

—Será mejor que desaparezcas —dijo Elizabeth con frialdad—. De lo contrario, a alguien se le podría ocurrir que hay algo entre nosotros.

Duncan se quedó inmóvil y ella continuó avanzando. Así de fácil. Así de duro.

El mozo de cuadra, que aquella noche vigilaba la puerta exterior, le abrió el portón. Ella pasó rápidamente por su lado sin decirle nada mientras él se inclinaba y le daba las buenas noches. Si al mozo le había sorprendido que su señora hubiera estado fuera de Dunmore Hall en plena oscuridad, no lo demostró.

Elizabeth logró regresar a la casa pasando por los establos y las estancias del servicio sin encontrarse con ningún invitado ni con nadie de la familia. Solo dos criadas y un sirviente se cruzaron en su camino. Los tres parecían agotados y sudorosos. Las muchachas acarreaban jarras llenas de ponche, y el sirviente, un barril pequeño de jerez. Al ver a Elizabeth la saludaron con cortesía y se apresuraron. La fiesta aún estaba en pleno apogeo. Las risas y los cantos embriagados acallaban la música de vez en cuando, signo evidente del éxito de la velada. Se hablaría de ella durante mucho tiempo.

Elizabeth subió rápidamente por la escalera trasera, que era la que empleaba el servicio. No quería otra cosa más que acostarse, ponerse una manta sobre la cabeza y llorar.

17

Al oír un ruido, Deirdre se sobresaltó. Aguzó el oído en la oscuridad y oyó la respiración tranquila de Jonathan. El pequeño estaba tumbado en su camita, protegido con la mosquitera, y dormía profundamente. Un huracán no habría podido despertarlo, y aún menos la fiesta ruidosa que se celebraba en el salón. Deirdre también se había quedado dormida de inmediato, en cuanto se enroscó en el colchón de paja que tenía junto a la cama del pequeño.

En otro rincón de la habitación roncaba Miranda, la que en su tiempo había sido ama de cría del pequeño; era una portuguesa rolliza que afirmaba haber criado a ocho niños con su leche, y eso sin contar con sus diez hijos propios. Aunque ahora ella ya había regresado a su cabaña cerca de Oistins —pues Jonathan hacía tiempo que no tomaba el pecho—, Elizabeth la hacía ir a Dunmore Hall en ocasiones, como, por ejemplo, para la fiesta, y así contaba con ayuda de más para el pequeño mientras durara aquel alboroto.

Deirdre volvió a recostarse en su camastro y cerró los ojos, pero de pronto se incorporó y dirigió la vista a la puerta. Alguien la había abierto.

—¿Quién anda ahí? —musitó.

—¿Deirdre? —se oyó.

Ella se sobresaltó porque, aunque la voz hablaba en susurros, la había reconocido.

—Sal. Quiero hablar contigo —le ordenó Robert Dunmore.

La muchacha no tenía otra opción. Era evidente que él estaba borracho y, si no le obedecía, iría hacia ella, sin tener en cuenta que no estaba sola. Deirdre no quería, bajo ningún concepto, que Jonathan se despertara y se diera cuenta de lo que ocurría. Pensó por un instante que Robert lo sabía muy bien y que por eso tenía la certeza de que ella se reuniría con él. Rápidamente se levantó y se acercó a la puerta.

—Por favor, señor, dejadme tranquila. El niño duerme y el ama...

Pero Robert Dunmore ya la había agarrado por el brazo y la había sacado de la habitación, llevándola a la galería estrecha, la cual daba al patio exterior por el lado en el que estaban los carruajes y las carrozas de los invitados. No había nadie allí abajo, a lo sumo tal vez un par de mozos de cuadra amodorrados que no podían ver lo que ocurría arriba.

—¡Deirdre! ¡Eres tan tierna...! ¡Solo quiero besarte! ¡Nada más!

Robert la atrajo hacia sí y ahogó su protesta con la boca. Olía a ron y a tabaco de pipa de un modo que resultaba aturdidor. Mientras la agarraba con una mano, con la otra le levantó la falda. Ella se dio cuenta con espanto de que él ya se había desnudado. Era evidente que estaba decidido a poseerla allí mismo.

Había habido ya un par de ocasiones en que Deirdre había tenido que ceder a sus deseos, por lo general, cuando él estaba aburrido o no tenía a ninguna otra chica a mano. Sin embargo, en esas ocasiones él siempre había vigilado que nadie los viera. Pero esa vez no: ¡la puerta del dormitorio estaba abierta! Estaba todo tan oscuro que apenas podía verse nada, pero la música no era lo bastante fuerte para amortiguar el ruido. El pequeño podía despertarse. Y el ama de cría también.

—No debes resistirte —le había dicho Rose, una sirviente mayor, en sus primeros días en Dunmore Hall—. Y, sobre todo, no se lo digas a nadie. Si se sabe, te matarán.

Alarmada, le había preguntado qué quería decir con eso, y así había sabido que ya habían desaparecido dos muchachas irlandesas, y que ambas se habían negado a someterse al joven amo. Una porque apenas hacía un mes que había perdido a su marido y esperaba un hijo de él, y la otra porque no tenía quince años siquiera y todavía era virgen. Con todo, un simple rechazo no había sido suficiente para que Robert no lo intentara una y otra vez hasta que ambas fueron a quejarse a la madre del joven amo. Al día siguiente las dos habían desaparecido. Se decía que habían huido. Pero desde entonces nadie había vuelto a verlas.

Robert le restregaba el miembro contra su cuerpo, pero no estaba lo bastante duro para penetrarla. Posiblemente el amo estaba demasiado bebido. Entonces él empezó a renegar; luego le agarró la mano, se la puso sobre su sexo y la obligó a cogerlo.

—Vamos —dijo—. ¡Ayúdame!

En la habitación del niño se oyó un lloriqueo. Jonathan se había despertado, pero Robert no parecía haberse dado cuenta. Apretaba con fuerza los dedos de Deirdre, empeñado en aumentar su excitación. Con la otra mano le masajeaba los pechos, y de nuevo intentó besarla mientras la apretaba con su cuerpo contra el marco de la puerta del dormitorio.

—Lizzie —balbuceó él, medio gimiendo, medio sollozando—. Por favor, déjame hacerlo. Yo solo quiero... ¡Te quiero tanto, Lizzie...!

Deirdre se estremeció al oírle hablar así. Su miembro estaba más flácido que antes y gemía con más fuerza, pero no por ello abandonaba. Tal vez era cierto lo que la anciana Rose le había dicho: ese ardor constante era, en realidad, una enfermedad que él sufría sin remedio, al igual que los alcohólicos, que siempre anhelaban la siguiente copa a sabiendas de que en algún momento eso acabaría con ellos. Casi sentía cierta compasión por él cuando se oyó la voz adormecida de Jonathan.

—¿Mami?

Al punto se soltó de las manos de Robert, pero él la volvió a atrapar y la agarró con fuerza.

—¡Maldita zorra! ¡Me perteneces!

La oposición de Deirdre había logrado lo que antes no había conseguido. De pronto, el miembro se le endureció. Entonces la volvió de espaldas, la apretó contra el muro y le levantó las faldas con gesto experto, como si lo hubiera hecho docenas de veces. Ella contuvo el aliento y se quedó quieta. Cuanto menos se opusiera, más pronto terminaría. Tal vez para entonces el pequeño volvería a dormir.

—¡Por todos los diablos! ¿Qué significa esto? —atronó la voz de Harold Dunmore.

Al instante Deirdre se vio libre. Él había apartado a Robert, quien tropezó hacia atrás y se precipitó contra la barandilla de la galería, por la cual estuvo a punto de precipitarse. La muchacha, con la cabeza profundamente inclinada, se apresuró a cubrirse con el vestido. Tenía el rostro sonrojado porque el amo la había visto medio desnuda. Harold llevaba una lámpara de sebo; sin duda, no se le había escapado detalle de lo que Robert había pretendido hacerle. Se estremeció con espanto al ver que él dejaba la lámpara en el travesaño de la barandilla y sacaba el látigo que llevaba enrollado en el cinturón. Ni siquiera para la fiesta había podido prescindir de él.

—¡Tú, criatura despreciable! —le gritó Harold Dunmore. Las venas se le marcaban en las sienes como si fueran cuerdas, y tenía el rostro rojo de rabia—. ¡Arrodíllate!

—Por favor —suplicó Deirdre—. La puerta...

Harold cerró la puerta con un puntapié. Al otro lado se oyó llorar a Jonathan, seguido del murmullo tranquilizador de Miranda, que cuidaba de él. Al instante siguiente el látigo chasqueó sobre los hombros de Deirdre. Tal como él le había ordenado, estaba de rodillas. Había encogido la cabeza sobre el pecho y se protegía la cara levantando las manos. El cuero duro le restalló en el cuello, la nuca y los brazos, una y otra vez. Aunque no quería gritar, fue incapaz de contenerse porque sentía mucho dolor, mucho más de lo que ella había podido imaginar. Hasta entonces siempre se había librado de su cólera y había conseguido mantenerse en un segundo plano cuando él estaba en casa. Pero había visto en los demás lo que los latigazos provocaban en una persona. Los jirones de piel ensangrentados, las laceraciones purulentas, infectadas y de color violáceo que solo se deshinchaban al cabo de varias semanas.

—¿Qué ocurre aquí? —oyó gritar a una mujer.

Elizabeth. ¡Dios mío! Ahora ella sabría lo ocurrido. Deirdre fue presa de un terror infinito. Temerosa de levantar la cabeza, se quedó cabizbaja, sentada en el suelo, protegiéndose el rostro con los brazos cruzados.

Me matará, se dijo. No permitirá que yo comparta techo con ella y con Robert. Mi vida no vale un penique.

Elizabeth entretanto se había colocado entre la muchacha y su suegro.

—¡Para! —gritó fuera de sí. Se volvió hacia Deirdre y le dijo—: ¡Rápido, vete a tu cuarto!

—¿Acaso tú quieres recibir los azotes por ella? —bramó Harold. Entonces asió el látigo, lo restalló y luego lo arrojó hacia ella.

El extremo del cuero dio con un chasquido contra la columna que había justo al lado de Elizabeth. Tanto si él había errado expresamente en el blanco como si había cometido un error, el efecto no habría podido ser más desastroso. Elizabeth gritó horrorizada y levantó los brazos como la criada.

—¡Padre! —gritó Robert, con tono lastimero—. ¿Qué haces?

—¡Apártate de mi vista! —le ordenó Harold.

Robert no se lo hizo decir dos veces. Se alejó con pasos

vacilantes y luego se oyó un portazo. Harold tamborileó el mango del látigo en la palma de la mano. Una parte de su rabia parecía haberse desvanecido. Propinó una fuerte patada a Deirdre, quien no se había atrevido a levantarse.

—¡Largo! Luego me encargaré de ti.

La joven irlandesa se puso en pie trabajosamente y se apresuró a marcharse. A Elizabeth le habría gustado hacer lo mismo, pero permaneció de pie con la cabeza erguida ante su suegro. El corazón le palpitaba con fuerza y el espanto hacía que le temblaran todas las extremidades, pero no retrocedió ni un solo paso.

—¿Acaso pretendes dar un espectáculo frente a tus invitados? Si es así, vamos, azótame. Seguro que la gente disfrutará.

Señaló abajo, hacia el patio, donde se había congregado media docena de invitados que miraban hacia arriba con los ojos abiertos de asombro.

Harold enrolló el látigo con el rostro sombrío y volvió a colocárselo en el cinturón.

—Si hubiera querido azotarte, ya lo habrías catado. Esa furcia tiene los azotes bien merecidos.

—¿Porque Robert la ha rondado? —repuso Elizabeth con desdén—. En tal caso vas a tener que azotar a la mitad de las mujeres de Barbados.

Harold palideció de forma evidente.

—¡Cuida esa lengua! —le espetó.

Elizabeth bajó la voz para que los invitados del patio no pudieran oír su conversación.

—Digo la verdad, y lo sabes. Esa muchacha no merece ningún castigo. La culpa es solo de Robert.

Una expresión de aflicción asomó en el rostro de su suegro; sin embargo, entonces empezaron a temblarle las mandíbulas y comenzó de golpe a negar con la cabeza.

—El látigo es poca cosa para ella. Debería ser marcada a fuego y ser puesta en la picota. A esa una reprimenda así no le sirve de nada, porque ha vuelto a ir con esos malditos papistas.

Los irlandeses eran católicos, por lo que su fe estaba prohibida y, por lo tanto, carecían de iglesia en Barbados. Elizabeth había oído decir que muchos se reunían en escondites en el bosque y que un sacerdote proscrito llamado Edmond, a quien nadie había visto, oficiaba la misa según el rito romano. Era la primera vez que Elizabeth oía decir que Deirdre acudía a esos encuentros. Hasta el momento ni siquiera había sabido si los rumores sobre misas secretas en el bosque eran realmente ciertos.

—En mi casa no pienso tolerar intrigas papistas —decidió Harold. Dicho esto escupió, como si quisiera quitarse de la boca un mal sabor. Luego miró fijamente a Elizabeth. Su rostro reflejaba inquietud, se debatía por dentro—. Siento haberte asustado. Yo... No ha estado bien alzar el látigo contra ti. —Se volvió con brusquedad y se marchó.

A la mañana siguiente, Deirdre y sus pocas pertenencias habían desaparecido. La vieja Rose lloraba cuando Elizabeth la abordó y le preguntó adónde se había marchado.

—¡Eso solo lo sabe el cielo! —sollozó—. ¡Rezo por la salvación del alma de esa desdichada!

—¿Se ha escondido en la jungla con los papistas?

La anciana se santiguó.

—No me lo preguntéis, milady, no lo puedo decir. Pero os diré una cosa: estoy segura de que no regresará.

18

La semana siguiente la vida prosiguió como si nada hubiera ocurrido. Elizabeth sabía que Duncan seguía en Barbados, pero no volvió a verlo. En cambio, Felicity se citaba casi a diario con Niklas Vandemeer. O ella lo visitaba en su barco o él acudía a Dunmore Hall, o bien ambos se encontraban en Bridgetown para dar un paseo por la playa. Los acompañaban como carabinas Martha o la anciana Rose, porque las buenas costumbres prohibían a una muchacha soltera de familia acomodada encontrarse a solas con un hombre.

A Felicity las citas en presencia de Martha no le resultaban especialmente provechosas porque la señora de Dunmore Hall no sabía mantener una actitud de elegante discreción. La mujer tendía a la palabrería sin fin, martirizaba al capitán holandés con todo tipo de preguntas inocentes y no le avergonzaba dirigirle miradas de admiración mientras Felicity, rabiosa, permanecía sentada junto a ella sin apenas abrir la boca. Al final su exasperación contra Martha pesó más que sus ganas de ver a Niklas de modo que, al cabo de unos días, dispuso esos encuentros de manera que Martha no pudiera estar presente, bien, por ejemplo, porque tenía una partida de piquet con otras damas amigas, o porque tenía una cita con la costurera para probarse un vestido, o porque hacía la siesta. Resultaba más fácil deshacerse de Rose, quien a partir de entonces pasó a acompañarlos. Por lo general ocurría que la anciana irlandesa, de repente, tenía que comprar algo para Felicity y, al hacerlo, se tomaba más tiempo del necesario. En resumen, Felicity estaba en las nubes: no había nada que pudiera amargarle su alegría desbordada, ni siquiera la noticia de la muerte del vizconde, que oficialmente se conoció en la casa de los Dunmore el día después de la fiesta: Duncan Haynes mandó un mensaje a Dunmore Hall por medio de su contramaestre, John Evers, en el que en pocas palabras informaba del fallecimiento de lord Raleigh y hacía llegar a su hija su más profundo pésame.

Durante unos días Elizabeth se aisló por completo; se hizo llevar la comida a su habitación y evitó a toda la familia, excepto a Jonathan y a Felicity. No solo tenía que superar la muerte de su padre sino también lo ocurrido aquella noche funesta, la cual, vista en perspectiva, parecía una concatenación sin igual de enredos culposos. Una vez más ella había cometido adulterio; poco después, Robert había intentado violar a Deirdre y, finalmente, el ansia de Harold de eliminar lo inefable a latigazos había cavado una nueva zanja en aquel entramado de infamias y vergüenzas.

Pasaba los días dormitando en su butaca o tumbada en una hamaca. Ensimismada en sus pensamientos, observaba los rayos de luz del sol que se colaban por las rendijas de los postigos o escuchaba el borboteo de la lluvia que caía a diario a primera hora de la mañana y que llenaba el aire de una humedad sofocante. A veces sacaba su butaca a la galería y miraba abajo, al patio, a la fuente que gorgoteaba, y se imaginaba que aquel león era Duncan, hasta que llegó a imaginárselo a él devorándola por completo. En ocasiones esas fauces arcaicas adoptaban las facciones desesperadas de Robert, para superponerse de inmediato con las de su suegro; un semblante iracundo que presagiaba desgracias y muerte.

Elizabeth dejaba pasar los intentos tímidos de Felicity por consolarla como si fueran las gotas de lluvia que a diario caía con fuerza sobre Dunmore Hall y que convertía el mundo en una niebla hecha de diminutas gotas, tan húmeda y densa que humedecía la piel y le ahogaba el corazón como un coágulo henchido.

En una ocasión, también de noche, sacó de su baúl sus utensilios de escritura y empezó a redactar una carta a Duncan; sin embargo, al cabo de unas pocas líneas abandonó de nuevo, porque no sabía qué contarle. Era como si lo que los unía fuera lo mismo que lo que los separaba, y tanto eso como aquello parecían estar caracterizados por una extraña ausencia de palabras. En su lugar, escribió una carta a su padre en la que se lo contó todo, empezando a partir del día en que ella y Duncan se habían conocido. No omitió nada, las palabras surgieron fácilmente de la pluma al papel, acompañadas por tantas lágrimas que la tinta se corrió en volutas ilegibles. Al terminar, rasgó todos los pliegos y quemó los trozos con una llama de vela hasta que no quedó nada más que un recipiente con ceniza.

Cuando, al cabo de cuatro días, salió de su dormitorio y empezó a relacionarse con la gente, lo hizo como si ya lo hubiera superado todo. Se sentaba a la mesa con la familia, era amable con Robert y se comportó de forma cortés con Harold cuando este regresó de Rainbow Falls para pasar el domingo en Dunmore Hall. Se dedicó a coser una labor y a tocar el virginal, como si fuera importante para ella conceder espacio suficiente a las pequeñas alegrías del día a día. De todos modos, lo único que para ella era una auténtica necesidad era estar junto a Jonathan. Se dedicaba a él tanto como le era posible, hasta que la sonrisa del pequeño hizo menos dolorosa la herida abierta que sentía en su interior. Poco a poco, Elizabeth tuvo la sensación de que la vida seguía su curso.

Al cabo de una semana volvió a salir a caballo, aunque cabalgó sola porque Deirdre estaba desaparecida. No podía recriminárselo a la chica. Elizabeth había vuelto a preguntar a Rose si sabía dónde se ocultaba Deirdre —asegurándole que no se lo diría a nadie—, pero la anciana criada se había echado a llorar y había ocultado la cara en el delantal. «¡A saber si esa desdichada estará aún con vida! ¡Su nombre se vio mancillado! ¡Ya no tenía futuro!»

La idea de que la chica podía haberse quitado la vida abrumaba a Elizabeth. Preguntó a los irlandeses de Bridgetown, pero nadie había visto a Deirdre ni sabía dónde se ocultaban los papistas. Elizabeth también tenía la impresión de que algunos poseían información al respecto pero que no estaban dispuestos a dársela.

Cuando iba a caballo hasta la pequeña cala recóndita donde se bañaba, pensaba a menudo en Deirdre, en los brazos malheridos, en la piel reventada del cuello y la nuca de la muchacha, y sentía aumentar el odio hacia su suegro. Y también hacia Robert, que era el culpable de todo. Harold había vuelto a disculparse por haberla asustado con aquel latigazo, pero insistía en que Deirdre se tenía bien merecidos los azotes. Elizabeth difícilmente podía cuestionar su autoridad como amo de todo el servicio, pero nunca podría aprobar ese tipo de castigos.

Se le ocurrió entonces que posiblemente Harold algún día querría que Jonathan lo acompañara a Rainbow Falls para aprender el oficio de terrateniente y que entonces le daría su opinión sobre el trato a las personas, sobre todo hacia aquellas que estaban completamente sometidas a su voluntad. A Elizabeth se le revolvieron las entrañas al pensar que, en algún momento, Jonathan podría llegar a azotar a esclavos. Se juró que, a su debido tiempo, ella lo impediría.

Dos semanas después de la fiesta, Elizabeth presenció por primera vez la llegada de un buque de esclavos. En los dos años y medio que llevaba viviendo en Barbados, habían arribado al puerto tal vez dos o tres barcos de esos, pero hasta entonces solo había oído hablar de ello sin ser testigo directo. No sabía cuántos esclavos había en Barbados, si bien se rumoreaba que la cantidad superaba claramente la de blancos. En cualquier caso, se afirmaba que no eran, ni de largo, todos los necesarios.

Los esclavos eran llevados por los holandeses y los portugueses, los cuales capturaban a los negros en la costa occidental africana y los transportaban a las colonias; hasta entonces los habían trasladado sobre todo a Brasil pero, de forma creciente, los llevaban a las plantaciones norteamericanas de Virginia, a las Bermudas y a las Indias Occidentales. Barbados, según había aseverado Harold recientemente, se encontraba en camino de convertirse en una auténtica colonia de esclavos, lo cual permitiría a los terratenientes intercambiar los trabajadores sometidos a contrato por los negros, mucho más eficientes y resistentes. En pocos años, había profetizado, en las Antillas se invertiría la proporción inicial y habría al menos diez veces más negros que blancos; en su opinión, justo entonces en Barbados tenía lugar un período de transición que proporcionaría las bases para ello. Si hasta ese momento los barcos de esclavos habían llegado a Barbados solo de forma ocasional y más por accidente que por cálculo —la mayoría de los transportes seguían dirigiéndose a Brasil y a las Antillas españolas—, en el futuro arribarían con una regularidad organizada.

—Es por el azúcar —había afirmado en tono magistral—. El mundo quiere más. Lo necesita a toneladas, y nunca tiene suficiente. En Europa se toma cada vez más té y café, y además en muchos sitios existe también un nuevo brebaje hecho con granos de cacao. Y para eso utilizan azúcar, azúcar y azúcar. El que nosotros proporcionamos y que, a su vez, solo es posible si disponemos de suficientes esclavos. Cuantos más esclavos, más azúcar y, por lo tanto, más dinero. Es fácil echar cuentas. Todo el mundo se enriquece y no se puede más que ganar. Con el azúcar, el té, el café y los esclavos. Todos ganamos.

Todos... excepto los esclavos, había pensado Elizabeth al oírlo. Sin embargo, no había dicho nada porque Harold reaccionaba siempre de forma colérica a las réplicas.

La tarde de octubre en que Elizabeth contempló la llegada del filibote holandés era día de mercado en Bridgetown. El ambiente era muy sofocante: el sol intenso consumía lentamente los vapores densos que el último chubasco había dejado tras su paso; los caminos estaban aún en parte embarrados. El calor se cernía sobre la plaza, y la amalgama de ruidos y aromas hacía más espesa todavía la humedad del aire. Los cocheros se abrían paso por el interior de la ciudad entre improperios y con los carros atestados. Los comerciantes tiraban de sus carretas mientras cruzaban el puente que se extendía sobre el río Constitution que atravesaba el centro del lugar. Cuerpos sudados circulaban en ese revoltijo de objetos de madera de cualquier uso, canastos de paja ladeados, loza y pieles de cuero de olor nauseabundo expuestas al sol. Al lado había puestos de comestibles, sobre todo pescado, por lo general fresco aunque, por el hedor que desprendían, alguno era del día anterior. Además había a la venta mangos, cocos, melones y tubérculos de todo tipo. Las gallinas cacareaban dentro de sus jaulas y sacudían las alas con agitación en cuanto pasaban a manos de su nuevo propietario.

Un batiburrillo colorido de gentes acudían al mercado: las esposas de terratenientes arraigadas al lugar desde hacía años, como Martha Dunmore e Isobel Sutton, coincidían con marineros andrajosos con permiso para ir a tierra a divertirse. También había algunas muchachas de Claire Dubois callejeando alegremente entre la multitud, con vestidos elegantes de escote pronunciado, parasoles abiertos sobre sus peinados ondulados con esmero y con varias doncellas negras, que acarreaban sus compras. Dos lacayos arrastraban una litera adornada con borlas; en su interior, Elizabeth vislumbró allí sentada a una anciana muy mayor, vestida totalmente de negro, que dormía con la boca abierta.

También habían acudido al mercado varios bucaneros, una horda de personajes andrajosos y armados hasta los dientes procedentes de Tortuga, donde se dedicaban a la caza de reses salvajes, cuyas pieles y carnes vendían luego en las Antillas. En un rincón aparte se celebraba una pelea de gallos: algunos visitantes del mercado se habían congregado alrededor de aquel espectáculo ruidoso para apostar. Cada uno espoleaba con gritos de ánimo a su animal favorito, lo cual provocaba también algún que otro altercado.

Felicity y Niklas Vandemeer se habían detenido en un puesto y examinaban una alfombra cuyos motivos orientales brillaban en todos los colores. Formaban una bonita pareja: Felicity con su vestido vaporoso de algodón claro y un sombrero de paja del que ondeaban cintas de seda de colores; y el capitán holandés, con un chaleco que le resaltaba la figura, calzón estrecho y gallardo, y una reluciente vaina de sable.

El aire olía a pescado, a basura, a excrementos y a sudor, pero también al delicioso *stew* del puesto de comida que el propietario de una cantina había improvisado debajo de un parasol de paja; al aroma de las frutas que una mulata había extendido delante de ella sobre una tela, y al aceite de bergamota que un comerciante de mirada adormecida tenía a la venta en la bandeja que llevaba colgada al cuello para exhibir su mercancía.

Aquella imagen idílica y apacible se desvaneció de inmediato en cuanto se avisó de la arribada del barco de esclavos. Desde el puerto alguien anunció a gritos la llegada de los nuevos negros; otro transmitió el mensaje y al poco se levantó por todas partes un murmullo expectante: todos querían ir al muelle y ver la descarga. Elizabeth, acompañada de Martha, se dejó llevar por la multitud hacia la playa.

El barco tenía un aspecto deteriorado: el aparejo estaba podrido y el casco sucio. No podía compararse con el *Elise*, siempre reluciente, ni con el cuidado *Eindhoven*, el cual, después de los desperfectos sufridos dos años atrás, había sido reparado por completo y equipado con nuevos mástiles y velas. La multitud aguardaba expectante el barco desde la playa. Observaron cómo se abría la escotilla de carga y cómo los negros, la mayoría de ellos hombres aunque también había algunas mujeres, eran sacados en fila a la cubierta. Iban desnudos, tal como Dios los había traído al mundo.

El tremendo hedor a excrementos se percibía incluso desde la lejanía. Un capataz blandía un garrote y dirigía así el cargamento humano hacia la barandilla, desde donde los esclavos eran obligados a pasar, uno tras otro, por medio de una escalerilla de cuerda a un bote que los conduciría a tierra. Allí permanecieron quietos, acurrucados, con la cabeza, que tenían cubierta de un cabello muy corto y extrañamente lanoso, agachada. Al aproximarse el bote pudo verse que muchos presentaban laceraciones infectadas provocadas por el látigo. Tenían un aspecto demacrado, y podría decirse de algunos que estaban muy flacos.

—Antes vamos a tener que cebarlos a base de bien —comentó enfadado a su mujer un terrateniente que se encontraba algunos pasos detrás de Elizabeth.

Entretanto por la escotilla de carga y luego por encima del barco se habían izado unos bultos oscuros. Solo después de fijar la vista en ellos, Elizabeth cayó en la cuenta de que se trataba de negros que habían fallecido, aproximadamente media docena.

—¡Pero si hay muertos! —dijo con espanto la esposa del terrateniente.

—Son solo los últimos —le explicó su marido—. A los demás los han ido echando a alta mar y han sido pasto de los tiburones. Por lo general una cuarta parte del cargamento muere durante el trayecto. Es la media. A veces pueden ser más. En el último transporte solo llegó la mitad. Hoy, en cambio, el cupo tiene buena pinta. La verdad es que han sobrevivido muchos.

—¿Y por qué mueren tantos?

El terrateniente suspiró, como si su esposa no pudiera haber planteado una pregunta más estúpida.

—Se pasan el trayecto encadenados bajo cubierta. Ocho semanas, si no más. Así las cosas, se producen mermas. ¡Calla! ¡Ya llegan!

El bote alcanzó el muelle y los esclavos fueron arrastrados a tierra a golpes por parte del capataz. Ante ese séquito miserable se abrió un pasadizo entre la gente, la cual, con la nariz fruncida y ávida de sensaciones, procuraba no perderse ningún detalle. Entretanto, la barcaza había vuelto a dirigirse al barco, donde al menos dos cargamentos más de esclavos aguardaban para ser llevados a tierra. Elizabeth presenciaba ese espectáculo profundamente horrorizada, igual que Felicity, quien, acompañada por Niklas Vandemeer, se había reunido con ella y con Martha.

—¡Pobre gente! —comentó Felicity.

—Son tremendamente fuertes —aseveró Martha—. Aguantan mucho más que los blancos.

De todos modos, si se miraban con detenimiento, era posible ver lo extenuados que estaban en realidad aquellos hombres. Tenían los huesos marcados y las costillas se les podían contar. Iban sucios, tenían la piel agrietada, estaban cubiertos de abscesos sangrantes y tenían los ojos profundamente hundidos en las órbitas.

Elizabeth observó que una de las mujeres que pasaba a su lado estaba en avanzado estado de gestación. Cuando tropezó y cayó de rodillas, el capataz alzó el palo contra ella. La mujer sollozó y se protegió el abultado vientre con los brazos. Fue conducida junto con los demás a una especie de aprisco que Elizabeth ya había visto antes y que se utilizaba solo para el ganado. En un rincón había un entarimado, cuya importancia resultó evidente al momento: uno de los tratantes anunció que la subasta de esclavos empezaría en una hora. Hasta ese momento los terratenientes podían mirar la mercancía y hacer una selección previa.

—¡Oh! ¡Seguro que a Harold le gustaría pujar! —dijo Martha, nerviosa—. Sin duda se enfadará mucho si no puede asistir.

De todos modos aquella preocupación era infundada. Elizabeth vio a su suegro delante del aprisco. Montado sobre su caballo escrutaba con la mirada los negros apostados de cuclillas detrás del vallado. Finalmente, descabalgó y se acercó al tratante para hablar con él. Tanto a Harold como a otros terratenientes se les permitió acceder al interior del aprisco, donde el tratante les mostró por separado varios esclavos, tirándoles de los pies uno tras otro, abriéndoles la boca, levantándolos de golpe, volteándolos, descubriendo sus genitales y enseñándoles, a voluntad, todo cuanto resultaba de interés para los compradores potenciales.

—Eso es inhumano —comentó Elizabeth presa del horror.

Niklas Vandemeer se volvió hacia ella. En su rostro también se reflejaba la repugnancia.

—Por eso precisamente no participo en este negocio —admitió—. En mi barco no sube ningún esclavo.

Elizabeth prefirió no hacerle notar que en su buque había hombres secuestrados y condenados a trabajos forzados ya que, ciertamente, el tráfico de esclavos era mucho peor. Vender las personas como si fueran ganado, desnudas y sin dignidad alguna, degradadas a ser mera propiedad de otros que podían decidir sobre su vida libremente hasta su muerte, eso sin duda atentaba contra los Mandamientos de Dios. Pero Martha se había apresurado de inmediato a responder a la observación de Niklas Vandemeer repitiendo algo que había oído en algún sitio y que ella había hecho suyo:

—En realidad los negros no son personas de verdad. Bueno, en todo caso, no como nosotros. Se dice que, de hecho, son como animales. A fin de cuentas, basta ver su aspecto. Y, además, no entienden lo que se les dice.

Durante un rato el discurso siguió por esos derroteros. Elizabeth estaba tan indignada que estuvo a punto de hacer callar a su suegra, pero entonces reparó en un esclavo que no estaba sentado junto con los demás en el aprisco, sino que se encontraba de pie, fuera y aguardaba. Le echó algo más de veinte años. Era muy alto; medía casi dos metros. A diferencia de los personajes míseros del aprisco, era muy musculoso. En las mejillas tenía una serie de cicatrices dispuestas de forma ordenada, y curadas hacía mucho tiempo; daban la impresión de haber sido hechas de forma expresa. Observaba lo que ocurría con una actitud estoica pero, tras mirarlo bien, casi podía apreciarse cómo sus ojos ardían.

—¿Quién es aquel? —preguntó Elizabeth a su suegra al fijarse en que el hombre agarraba las riendas del caballo castrado de Harold.

Martha lo siguió la mirada.

—¡Oh! Creo que ya te hablé de él. Ese es Akin.

Akin tenía la mirada clavada en los esclavos de aspecto miserable que había en el aprisco. Estaban sentados bajo el sol, mudos y con las cabezas gachas, y se tapaban la desnudez del mejor modo posible. Ninguno de ellos se atrevía a decir nada, y la mayoría ni siquiera osaba alzar la mirada por temor a los latigazos. Para los blancos no eran más que animales y como tales eran vendidos uno tras otro.

Una parte del público se había retirado ya. Hacía demasiado calor para permanecer mucho tiempo al sol, que poco a poco había alcanzado el cénit. El ama blanca se había marchado y también las señoras jóvenes y el capitán holandés. Solo se había quedado el amo, que permanecía en actitud autoritaria dentro del vallado y hacía su oferta.

En eso el amo era un maestro. Cuando quería un esclavo su oferta era siempre la última. Todos eran jóvenes, corpulentos y de una estatura prometedora. Como no podía ser de otro modo, estaban muy flacos y debilitados a causa de la travesía, pero, tal como le había pasado a Akin, eso pronto cambiaría. Cuando llegó, cinco años atrás, apenas había tenido fuerzas para arrastrarse hasta el aprisco, pero el amo había intuido al instante que Akin las había tenido en otros tiempos y había pujado por él. Nunca se había gastando tanto dinero por un esclavo, casi tanto como el que había pagado el señor Noringham de Summer Hill por un negro manco cuya habilidad para elaborar azúcar no tenía parangón y de quien se decía que valía su peso en oro. Akin miró con indiferencia los esclavos agrupados en un rincón del aprisco. Eran una buena docena. La nueva propiedad del amo. No les había podido ir peor. Sufrirían una buena tunda de latigazos pues el capataz era cruel y brutal, y el amo no lo era menos. Blandía el látigo con una violencia sin par. De todos modos, a diferencia del capataz, que disfrutaba blandiendo el látigo, el amo lo hacía por la necesidad de castigar. El menor error se pagaba con latigazos. Bastaba con derramar una vasija. Y también estaban las infracciones habituales, que iban de la holgazanería y la rebeldía, pasando por los robos y las peleas, al intento de fuga. Hasta el momento solo uno había tratado de huir; había muerto a causa de los golpes porque el castigo por ello eran cien latigazos. Todos habían tenido que presenciar la flagelación. El amo se había encargado de fustigarlo, del principio al fin, sin aflojar la fuerza en ningún momento y a pesar de que, al terminar, la palma de la mano le sangraba de asir con fuerza el látigo, y el sudor le caía copioso por la frente. A pesar de que el negro llevaba rato tumbado en el barro como un fardo, hecho jirones e inconsciente, el amo había seguido azotándolo. Así era él.

En cambio, había otras cosas que él no hacía con los esclavos y que Akin sabía que otros amos sí hacían de forma habitual. No se acostaba con las mujeres negras y además se lo había prohibido al capataz y a su hijo. Antes del capataz actual, en la plantación había habido otro que no había respetado esa prohibición. El amo lo descubrió con una esclava negra y al momento los mató a ambos de un tiro, diciendo que no estaba dispuesto a tolerar bastardos mestizos con sangre negra y blanca en Rainbow Falls. Hizo aquello en presencia de su hijo Robert. Después de eso este nunca había intentado tocar a una negra en Rainbow Falls.

Y había también otra cosa que el amo no hacía: no dejaba que los esclavos murieran de hambre. Siempre había suficientes alimentos. La comida era monótona y básicamente consistía en mandioca, alubias, maíz y boniatos, pero al menos de eso había en abundancia. De vez en cuando tenían también mangos, papayas, dátiles y cocos, y recibían pescado, cangrejos y carne de tortuga y, aunque eso no ocurría con mucha asiduidad, era suficiente para mantener las fuerzas. En general, los esclavos de Rainbow Falls estaban bien alimentados. El amo no quería que nadie estuviera débil por falta de comida y que, por lo tanto, cortara poca caña al trabajar. Por ello procuraba que, tras los azotes, las heridas fueran atendidas.

El amo a menudo se jactaba de ser el que tenía menos mermas de negros de toda la isla. Con una excepción: William Noringham, el cual el año anterior había perdido menos esclavos aún. De todos modos, la cosecha de los Noringham había sido menor, porque sus esclavos no tenían tanto miedo al castigo y, por lo tanto, se esforzaban menos a la hora de trabajar. Muchos decían que, puestos a ser esclavos, mejor serlo para los Noringham porque allí no solo había suficiente comida sino que, además, apenas había latigazos.

Akin, sin embargo, no habría querido cambiarse por ningún esclavo de Summer Hill. Quería estar donde mejor podía alimentar la ira de su corazón y a la vez su cuerpo, para, en cuanto llegara el día de la libertad, hacer lo que el oráculo había predicho. Abass, como era el *babalawo*, lo había anunciado. Akin consagraría su espada a Ogoun, el señor del fuego, el hielo, la sangre y la guerra, y entonces, el día de la libertad, la bañaría en un mar de sangre.

19

Duncan estaba sentado en la habitación trasera de Chez Claire, con el cuerpo echado hacia atrás, un vaso de ron balanceándose sobre su pecho desnudo y con los pies apoyados en una mesa maciza que tenía delante. Aquella silla baja era incómoda, pero también lo habría sido estando en una posición normal; Duncan reflexionaba con desidia por qué se le había ocurrido ir tan pronto a tierra cuando podía estar meciéndose cómodamente en su hamaca en el *Elise* hasta la puesta de sol, o yaciendo en su alcoba. El ambiente era sofocante, y hacía tanto calor que por un momento sopesó la posibilidad de ir al mar y refrescarse; sin embargo, pensar en bajar hasta la playa y desnudarse ya le resultaba demasiado cansado.

La habitación trasera tenía cerrados los postigos que daban al mar, pero por los travesaños se colaban finos rayos de sol que dividían la estancia. El suelo aún estaba húmedo por el último chubasco. No había cristal capaz de contener el paso de la lluvia, por lo que esta se filtraba por cualquier resquicio, impregnando así el ambiente de una humedad que luego, invariablemente, en cuanto el sol volvía a asomar, pasaba a convertirse en el omnipresente vapor caliente y sofocante.

La puerta que daba al salón solo estaba entornada; también allí reinaba un ambiente amodorrado. Habían acudido ya unos cuantos borrachos; tres o cuatro estaban sentados a la mesa jugando a las cartas mientras bebían ron. La mayoría, sin embargo, acudiría al atardecer, cuando hubieran pasado ya las horas de más calor. Entonces los intrincados callejones que había detrás del muelle, donde se agrupaban puerta con puerta las tabernas, los garitos y las casas de citas, se llenarían de marineros ruidosos cuya noche terminaba con la llegada del alba.

Tampoco en las habitaciones de la planta superior de Chez Claire había mucho ajetreo. Durante la tarde habían comparecido algunos hombres con sed de amor y habían subido a los dormitorios por la escalera estrecha que conducía del vestíbulo a la planta superior; de todos modos, se habían marchado pronto. Dos aún seguían allí, divirtiéndose con las chicas, pero estas no les dedicarían mucho tiempo. Solo se lo dedicaban a los que pagaban bien: los oficiales, los terratenientes o los capataces. El resto no podía permitírselo. Claire tenía sus principios. Había que pagar por anticipado y, además, en plata. De esa solo tenían suficiente las gentes pudientes.

Duncan mató una mosca que se le había posado en el pecho. La lluvia y el bochorno consiguiente hacían salir a miles de insectos del suelo embarrado, y había rincones en la isla que prácticamente estaban infestados por ellos. A él le picaban poco, pero le habían contado que había a quien le salían unos bubones parecidos a los de la peste. Perezosamente se secó una gota de ron que le había resbalado por el vientre al colocarse el vaso encima. Sintió una excitación vaga y, por un instante, sopesó la posibilidad de ir arriba. Las muchachas de Claire era limpias, y la propia Claire le había dicho, con una sonrisa muy amable, que en cuanto terminara con el cliente siguiente, no tenía ningún otro compromiso. En los últimos dos años ambos habían pasado, de vez en cuando, muy buenos ratos juntos. Claire era hábil y solícita, y con ella los hombres tenían la sensación de ser bienvenidos.

Sin embargo, aquella breve excitación desapareció tan pronto como había hecho su aparición. Claire era incapaz de apagar el calor que notaba en su interior y sabía que luego se sentiría peor. La satisfacción anhelada se volvería amargura insípida, antes aún de que se hubiera abrochado el pantalón. Había cosas que no podían comprarse. Tomó un largo trago de ron y se maldijo en silencio.

Así lo encontró Claire Dubois cuando volvió a la habitación de atrás un poco más tarde. Se dejó caer en uno de los taburetes que había en torno a la mesa y estiró las piernas. Con un suspiro se levantó la falda y se ajustó bien las ligas.

—¡Uf! Menudo bochorno hace hoy, ¿no?

—Esto es el Caribe —dijo Duncan.

La contempló mientras se arreglaba la falda sobre las piernas delgadas y luego se componía el peinado, totalmente ajena a la presencia de él. Era toda una belleza: tenía la piel blanca, de porcelana, el cabello rojizo y los ojos verdes, ligeramente rasgados. Su belleza frágil tenía algo exquisito y atemporal, como un retrato perfecto. Sin quererlo, la comparó con Elizabeth, con sus rizos rubios y díscolos, sus ojos de color turquesa y aquella piel que había adquirido el tono tostado de la miel gracias al sol. Como había comprobado no hacía mucho, tenía el cuerpo completamente moreno; tenía que haber, por lo tanto, un lugar donde ella acostumbrara a tumbarse desnuda al sol, sin tener en consideración que con ello desaparecía de su cuerpo todo punto de palidez decente. A la luz del fuego, la vaina de plata del puñal había refulgido en su piel como una mancha blanca. Sus pechos rotundos estaban tan morenos que sus pezones rosados parecían más claros que el resto de la piel. Los tenía en la boca cuando penetró a Elizabeth, y ella había gritado de placer. Se dio cuenta de que se estaba excitando.

Claire le sonrió.

—¿Qué? ¿Has cambiado de idea? —quiso saber.

No sería lo mismo. No sentía ni el menor deseo de acostarse con ella.

—Hoy no —dijo Duncan.

Ella no se ofendió. En los dos años y medio transcurridos se habían convertido en unos buenos amigos.

—¿Vas a ir mañana a la reunión de los terratenientes? —preguntó la joven para cambiar de tema.

—Ya veremos —respondió él con vaguedad.

—Sé que irás.

—Y entonces ¿por qué lo preguntas?

Se percató de que ella arrugaba la frente y supo por qué. Había notado que él le ocultaba algo; era casi como si tuviera un sentido especial para ello. Cuando a Claire le parecía que Duncan se reservaba una información importante, se comportaba casi como un perro sabueso hasta averiguarlo.

—Tienes planes, ¿no? —quiso saber. Para ello usó un tono forzadamente informal, pero Duncan no se dejó engañar. Reprimió una sonrisa.

—Siempre tengo planes.

—Pero esta vez son especiales, *hein?* —Sonrió, lisonjera, mientras dejaba oír claramente su atractivo acento francés—. Vamos. Ya sabes lo curiosa que soy. No se lo contaré a nadie.

Eso era absolutamente cierto. Nunca trataba a la ligera las confidencias. Solo las daba a conocer si lo consideraba conveniente y beneficioso. Ella, por su parte, también le confiaba alguna que otra cosa, como el asunto de Robert Dunmore que le había contado ese mismo día a primera hora de la tarde, antes de que aquel fuera a visitarla. Era sorprendente que Duncan no hubiera oído nada al respecto, y eso que estaba a menudo en la isla.

—Hasta ahora se dedicaba fundamentalmente a las criadas de Dunmore Hall —le había contado—. De hecho tenía, como quien dice, varias a su disposición. Pero hace poco ocurrió algo. Una de las irlandesas desapareció de pronto; según me dijeron, de un día para otro. Nadie sabe dónde está. Desde entonces tiene que desfogarse en otra parte. Su padre le tiene prohibido acercarse a las criadas. Y tampoco puede acercarse a las negras de la plantación. Nunca ha podido hacerlo. El resto de los amoríos que tiene en la isla de vez en cuando no son suficientes para él. Así que viene aquí. —Ella negó con la cabeza y chasqueó la lengua—. Y muy a menudo. En las dos últimas semanas ha estado aquí por lo menos diez veces.

—Según parece, lo necesita.

—Y tanto. —La voz de Claire había adoptado un tono experto—. Es un adicto.

Duncan se había echado a reír, pues había supuesto que ella bromeaba; sin embargo, ella hablaba totalmente en serio.

—Es una obsesión. Duncan, ese tipo es un cerdo desgraciado. Lo suyo no tiene remedio. Y como no puede acercarse a su esposa, tiene que desahogarse en otro sitio.

Oír aquello llenó a Duncan de una satisfacción absurda, aunque también de desprecio.

—Hay cosas para las cuales un hombre puede aliviarse solo —comentó con desdén—. Pregunta si no a los marineros de mi barco; allí a menudo hay que pasar meses sin mujeres.

—Bueno, en este sentido no es comparable, porque Robert Dunmore siempre ha tenido mujeres a su alcance. ¿Por qué no puede servirse de la propia? Esa elegante dama inglesa hace tiempo que no se abre de piernas para él. ¿Qué opción le queda en ese caso?

Duncan se enojó, pero reprimió la réplica descortés que tenía en la punta de la lengua al darse cuenta de que Claire lo miraba con curiosidad, de un modo casi acechante, como si contara con esa reacción.

—Robert acabará mal.

—¿Cómo puedes afirmar algo así?

—Él mismo me lo dijo. Fue hace poco. «Claire, yo acabaré mal.» Yo le hice la misma pregunta que tú, esto es, que cómo podía decir algo así, y él me respondió que era algo que presentía en lo más profundo de su ser. Me contó que, de un modo inexplicable, siempre había sabido que moriría joven y que, en los últimos tiempos, ese presentimiento se había convertido prácticamente en una certeza. Y añadió: «Me siento como una mecha que va consumiéndose y solo cuando hago el amor me olvido de que mi vida pronto terminará».

—Ese tipo está loco —repuso Duncan con convencimiento.

—Desde luego —corroboró Claire, si bien le pareció percibir en su voz un deje de compasión.

Con desdén él había dicho:

—Bueno, si sigue así, morirá del mal francés.

—¡Oh! ¡Sabes que yo jamás lo haría con un hombre que no estuviera totalmente limpio, *mon ami*! Y, por favor, no lo llames mal francés, *hein?* —Claire se lo quedó mirando, y a Duncan le pareció advertir una expresión calculadora en sus ojos—. ¿Te alegraría que él muriera?

—¿Y por qué tendría que alegrarme? —preguntó él con cierto enojo.

—Porque entonces tú podrías acceder tranquilamente a su viuda. —De pronto los ojos verdes de ella brillaron con intensidad.

Duncan se incorporó y bajó las piernas de la mesa.

—Si has de decirme alguna cosa, dímela.

—¿A qué viene ese tono tan desagradable? —protestó Claire cariñosamente—. Solo quería charlar un poquito. Por ejemplo, yo podría contarte muchas cosas de los terratenientes que mañana se reunirán en casa de los Noringham. Los conozco a casi todos, por lo menos a todos los que llevan la voz cantante en el Consejo: Benjamin Sutton, Jeremy Winston... Todos los influyentes. No puedes ni imaginar cuántos lados oscuros y secretitos tontos tienen. En la cama todos hablan. Incluso el poderoso Harold Dunmore. Durante la travesía los dos trabamos cierta amistad, ¿entiendes? A veces, por la noche, viene aquí. Sube por la escalera de atrás. Nunca se queda mucho rato; para él es una transacción, igual que para mí. Pero, de todos modos, agradece poder abrirme su corazón. Sé, entre otras cosas, que te aborrece porque eres un maldito pirata sin escrúpulos. —Arrepentida, Claire añadió—: Eso de «maldito» lo dice él.

—Ya sé que no me soporta. Siempre ha sido así, no me cuentas nada nuevo. Es consciente de que en nuestros tratos yo gano más que él, y le fastidia mucho. Hace tiempo que me odia por eso. ¿Qué más te explica? Quiero decir, cuéntame cosas importantes de verdad.

Ella frunció los labios, y Duncan suspiró.

—De acuerdo. Yo te cuento mi plan y tú me dices lo que sabes sobre Dunmore. Pero antes dime cómo se te ha ocurrido eso de Elizabeth y yo.

—Yo estaba sentada muy cerca de vosotros cuando os lo hicisteis en el barco.

Duncan se la quedó mirando fijamente, pero ella no hizo ninguna alusión al último encuentro entre él y Elizabeth; por lo tanto, no sabía nada de eso. Que se hubiera enterado del devaneo en el *Elise* ya era, de por sí, bastante malo, pero el hecho de que en los dos últimos años no lo hubiera mencionado jamás dejaba entrever que confiaba en obtener algunas ventajas de aquello. Aunque solo fuera para conseguir más información, tal como intentaba en ese momento. De todos modos, si Duncan se mantenía callado, no tendría la seguridad de que Claire tuviera la boca cerrada porque, a fin de cuentas, si él salía exitoso en esa empresa, ella saldría favorecida. Tomó otro trago de ron y empezó a contar sus planes a Claire.

20

Elizabeth, Anne y Felicity estaban sentadas en la galería exterior de la mansión señorial y se entretenían charlando. El calor tremendo de aquella tarde resultaba llevadero a la sombra de los gruesos muros de piedra; además, de vez en cuando soplaba una suave brisa marina que daba, al menos, la sensación de frescor.

Lady Harriet salió de la casa y anunció que era la hora del té. Era hermana de la primera lady Noringham, la madre biológica de Anne y de William, la cual había fallecido durante el primer año después de llegar a Barbados; tras el período de duelo apropiado, su marido se había casado con Harriet, que se había hecho cargo de los hijos y los había criado como propios. Dotada de una amabilidad discreta, lady Harriet Noringham era la anfitriona perfecta. En su apariencia refinada parecía reflejarse la noble exquisitez de toda la casa. Tocaba el virginal, era muy culta y las comidas que preparaban las criadas bajo su supervisión podían competir fácilmente con las de cualquier casa noble de Londres.

Sin embargo, Elizabeth sabía que los Noringham, como los demás terratenientes de la isla, se habían establecido en aquel lugar en unas condiciones míseras y pasando privaciones tremendas. Igual que los Dunmore, ellos también habían formado parte de los primeros colonos y habían convertido la selva en tierra cultivable. Para hacerlo solo habían dispuesto de su tesón y de la voluntad inquebrantable de crear un nuevo hogar para ellos. Su primera casa en Barbados había sido una precaria cabaña de madera, de una sola habitación, algo rudimentaria y llena de bichos. Para que las hormigas no les mordieran, habían tenido que dormir en hamacas y prender fuego sin llama en todos los rincones de la casa para alejar de ese modo a los enjambres de mosquitos.

Veinte años más tarde, en la galería exterior de Summer Hill, esos inicios tan duros apenas eran visibles, excepto por pequeños detalles que apenas habían cambiado desde los comienzos de la colonización de la isla. Así, por ejemplo, contra las hormigas, que eran imposibles de erradicar, aún tenían que colocar cuencos con agua y vinagre debajo de las patas de las mesas.

Celia, la mulata que trabajaba en la casa como doncella personal de Anne, les sirvió té y pastel. Descalza y en silencio, fue rodeando la mesa agarrando con seguridad y firmeza el asa de la tetera con sus dedos delgados, mientras sus labios carnosos dibujaban una dulce sonrisa. Tenía la tez del color de la aceituna, de una belleza impresionante y exótica, y sus ojos, con unas pestañas pobladas, brillaban con la misma intensidad que el ámbar. Cubría su cuerpo joven y flexible un vestido de algodón en forma de bata que tapaba más que realzaba su figura; con todo, ya solo el cuello de cisne, las curvas suaves de sus pechos, así como los finos tobillos y los pies evidenciaban su perfección externa. Era difícil apartar los ojos de ella, parecía rodeada de un encanto especial. Anne había contado a Elizabeth que lady Harriet había encontrado a Celia de pequeña abandonada en la jungla. Una de las esclavas de Summer Hill la había criado, y cuando tuvo suficiente edad para trabajar, la habían tomado como criada en la casa.

El té era excelente igual que el pastel. El ambiente era tan relajado que Elizabeth soltó un suspiro de satisfacción y comodidad. Comparado con Dunmore Hall, aquello era un remanso de paz. Llevaba tres días allí y lo disfrutaba visiblemente. Felicity no paraba de hablar, pero sus palabras resonaban como un torrente murmurador y agradable que no hacía otra cosa que subrayar la calma reinante. No hacía falta escucharla, bastaba con dejarse arrullar por su voz. Si Felicity hacía una pregunta, solo era preciso hacer una observación que demostrara interés y luego dejar vagar el espíritu mientras sus palabras proseguían con la misma cadencia. En esencia, la conversación giraba en torno a que se esperaba que Niklas Vandemeer también asistiera a la asamblea de terratenientes convocada para el día siguiente, ya que sus intereses como capitán de un buque mercante sin duda se verían directamente afectados por la decisión que se tomase. Además, había sido invitado igualmente a la fiesta de compromiso que seguiría a la reunión puesto que era un buen amigo de William.

En realidad, sin embargo, según Felicity le había confiado a Elizabeth, él iría a escondidas esa misma tarde, ya que la oportunidad de poder encontrarse con Felicity sin la presencia de Martha o de la anciana Rose no volvería a darse en mucho tiempo. A los pies de Summer Hill había una pequeña playa donde él la esperaría con la llegada de la oscuridad. La cháchara sin fin de Felicity, por lo tanto, se debía sobre todo a su nerviosismo. No paraba de alzar la vista al cielo, como si quisiera comprobar que el anochecer estaba próximo y eso a pesar de que aún faltaban horas para ello.

Anne también estaba nerviosa, si bien en su caso se evidenciaba por su mutismo inusual. Su compromiso inminente con George Penn la inquietaba y no dejaba de pensar en su futuro. Por una parte, anhelaba profundamente tener una familia propia pero, por otra, se preguntaba, no sin cierta aprensión, si sería capaz de sentirse tan a gusto en la plantación de Penn como en Summer Hill. Meses atrás ya había hablado de eso con Elizabeth y, con cierto aire fatalista, había dicho que solo los que se arriesgan consiguen algo; sin embargo, Elizabeth notaba que Anne seguía teniendo esos miedos.

Ella, por su parte, también se esforzaba por ocultar al mundo sus problemas, lo cual se le daba extraordinariamente bien. Summer Hill ejercía un extraño efecto atemperador en Elizabeth; en el apacible aislamiento de la plantación, todas sus preocupaciones parecían carecer de importancia. A primera hora de la mañana, Maggie, la costurera irlandesa de Anne, había hecho los últimos arreglos a los vestidos que llevarían para la fiesta del día siguiente. Mientras se los probaban, todas habían reído y tomado limonada; y Elizabeth se había sentido tan contenta y dichosa como hacía mucho tiempo que no lo hacía. Incluso por un rato logró no pensar siquiera en Duncan.

William Noringham se acercó procedente de los campos de caña de azúcar. Iba sin chaleco y se había remetido descuidadamente la camisa en el pantalón, el cual llevaba manchado de melaza. Su cabello oscuro le caía indomeñable sobre la frente. En su rostro despejado y juvenil brillaba la ilusión.

—¡El nuevo molino funciona a las mil maravillas! —exclamó.

—Eso es fabuloso, querido —respondió con alegría lady Harriet, como si en el mundo en ese instante no hubiera nada más importante que el nuevo molino.

Sin embargo, cuando William, sudado y sucio a causa del trabajo, subió hacia la galería exterior dejando a su paso terrones de tierra en los escalones, dijo con amabilidad:

—Por tu aspecto se diría que has estado trabajando, jovencito.

Él se miró y se sonrojó.

—¡Oh, caramba! Lo siento. Solo quería comunicaros lo bien que funciona el molino. Es una de las mejores inversiones desde hace tiempo. —Sin sentarse, tomó un vaso, se sirvió té y bebió ávidamente hasta apurarlo. Al terminar, se volvió hacia Elizabeth—: Si os apetece, puedo mostraros el molino.

—¿Por qué no? —repuso Elizabeth, contenta con la perspectiva de dar un paseo con William.

Lady Harriet frunció el entrecejo.

—Eso es algo que Celia también puede hacer.

—¡Oh! —A William las mejillas aún se le enrojecieron más, como si en ese instante hubiera reparado en que su propósito podía ser malinterpretado—. Desde luego.

Elizabeth, avergonzada, clavó la vista en su taza de té. No había sabido ver nada de malo en la oferta de William, y menos aún cuando había accedido a ella. Harriet, evidentemente, había ido más allá.

La incomodidad de ese instante se desvaneció al momento, William se afanó a regresar al trabajo, y las mujeres empezaron a hablar sobre la fiesta inminente. Cuando las sombras de la tarde se volvieron más alargadas, Elizabeth se disculpó ante las demás y dijo que quería dar un paseo. Anne se ofreció a acompañarla, pero Elizabeth le dijo que prefería estar sola un rato. Anne asintió, comprensiva. Como solo hacía dos semanas que Elizabeth había tenido noticia de la muerte de su padre, se le toleraban aquellas excusiones, aunque los Noringham no veían con buenos ojos que ella saliera sin compañía.

Elizabeth fue a buscar su sombrero de paja a la habitación que compartía con Anne y Felicity.

El sonido sordo de tambores procedente de las cabañas de los esclavos le provocó una sensación de ensueño. Era casi como si, al oírlo, su cabeza se vaciara de pensamientos y todo dejara de ser importante. El olor a flores, que el calor sofocante hacía más intenso, le embotó los sentidos y sintió el deseo de pasear por la jungla y unirse a la naturaleza. Una extraña urgencia se apoderó de ella. La calma del día parecía expandirse y querer engullirla. En el vestíbulo de la entrada, que carecía de ventanas y donde casi hacía frío, Celia barría el suelo de baldosas de piedra. Cuando Elizabeth pasó junto a ella, levantó la mirada con cortesía.

—¿Queréis que os muestre la nueva presa de azúcar? —Al ver la expresión perpleja de Elizabeth, prosiguió—. El señor Noringham ha dicho que, si queréis, puedo hacerlo.

La prensa de azúcar no interesaba especialmente a Elizabeth. En Rainbow Falls también había uno de esos ingenios y, vista una vez cómo los animales de tiro daban vueltas en círculos infinitos con las cabezas agachadas, bastaba para entender el principio que escondía. Se disponía a rechazar la oferta de la mulata, pero se contuvo.

—Podrías enseñarme las cabañas de los negros —dijo de forma impulsiva. Ella no había estado nunca en una, y tenía ganas de saber cómo eran.

Celia la miró con sorpresa y con algo de recelo.

—Los esclavos aún están trabajando.

—¡Oh! Comprendo. Entonces tal vez es mejor que aguarde.

—No, no —se apresuró a responder Celia—. Os lo enseñaré todo. ¡Venid!

Dejó la escoba en un rincón y se encaminó de buena gana hacia allí, mientras Elizabeth la seguía, vacilante. De la casa salía un sendero trillado que discurría entre palmeras y papayos y pasaba delante de los cobertizos en los que había el molino, la zona destinada a refinar y el almacén. Así Elizabeth tuvo también ocasión de ver el nuevo molino que, como en Rainbow Falls, era accionado con animales de tiro. Un hedor sofocante a animal cubría el lugar, y un enjambre de moscas zumbaba en torno a los animales. La refinería adjunta irradiaba un calor inhumano procedente de los hornos encendidos en los que quemaban los restos inservibles de la caña de azúcar, en los cuales, dentro de unos calderos de cobre enormes, burbujeaba la melaza al cocerse. En las sombras agitadas de humo y vapor se desplazaban unos cuerpos negros, esclavos desnudos excepto por el taparrabos, con la piel resbaladiza por el sudor y los ojos enrojecidos a causa de la humareda acre. A un lado, William hablaba con un trabajador. Saludó contento al ver pasar a Elizabeth y a Celia, pero al instante fue requerido por un esclavo viejo y manco, y desapareció en el calor intenso del cobertizo dedicado al refinado.

El camino prosiguió en dirección hacia la caña de azúcar que, a modo de muro verde único, bloqueaba la vista en dos direcciones: hacia el norte, donde se encontraba buena parte de la extensión de la plantación, y hacia el sur, donde había también aproximadamente un cuarto de hectárea de tierra cultivada. Al este estaba el mar y al oeste se abría la jungla. El camino hacia Bridgetown —que no era otra cosa sino la rodada que había dejado el paso frecuente de los carros— transcurría muy pegado a la costa, al igual que el camino que llevaba a Holetown, que era la población grande más próxima.

Había más de una docena de esclavos y trabajadores irlandeses en acción; con los machetes brillantes al sol cortaban los tallos y los arrojaban formando pilas. Los negros cantaban mientras blandían los grandes cuchillos; se trataba de un extraño canto monótono lleno de sonidos guturales, el cual, pese a su singularidad, tenía un ritmo casi hipnótico. El capataz de Noringham, un hombre grueso entrado en los cuarenta y ataviado con un sombrero de paja hecho jirones y una camisa gris sucia, dormitaba sentado a la sombra de una roca. Tenía los carrillos repletos de tabaco de mascar, y de la boca abierta le caía un hilillo de saliva marrón. Cuando Elizabeth y Celia pasaron delante de él, levantó la mano y se la llevó a la frente con cortesía. Al hacerlo, expectoró con fuerza pero, después de hacer unos movimientos mecánicos con los carrillos, volvió a adormecerse.

El camino por el que Elizabeth seguía a la mulata la hizo pasar por delante de las casas de los trabajadores: unas cabañas de madera con el techo de paja, de construcción muy sencilla, con la puerta baja y sin ningún tipo de adorno. A un tiro de piedra de allí estaba el lugar donde se alojaban los esclavos, que no era distinto de las cabañas de los trabajadores sometidos a contrato. Se encontraba al borde de los campos situados al norte de la mansión, separados apenas por un claro de la plantación de caña de azúcar.

—¿Por qué las cabañas de los esclavos están tan lejos de las de los demás trabajadores? —quiso saber Elizabeth.

—Porque los blancos y nosotros no podemos estar juntos —respondió Celia en un tono de voz con el que dejó entrever que esa era una de las preguntas más estúpidas que había oído jamás.

Elizabeth reflexionó sobre aquel «nosotros»; al parecer, Celia se consideraba más negra que blanca. Sin duda, tenía que ser extraño haber nacido con un color de piel que la obligaba a estar en medio de dos mundos. A diferencia de los trabajadores sometidos a contrato, los esclavos no tenían derecho a la libertad, porque ningún contrato temporal limitaba el poder que el amo tenía sobre ellos. Eran esclavos de por vida. El caso de Celia era igual porque, a pesar de ser un poco blanca, era considerada negra y, por lo tanto, propiedad de otro.

Delante de una cabaña había un viejo negro sentado en el suelo de tierra. Tenía entre las piernas cruzadas un tambor, un artilugio hecho con una piel de cabra tensada, con la forma amplia por arriba y más estrecha por abajo. Por medio de un palo emitía unos sonidos sordos que resonaban a lo lejos. Alternaba los golpeteos rápidos con los lentos, y los duros con los suaves. Desde lejos, como atraídos por el eco, otro tambor le respondía con golpeteos parecidos.

Cuando el anciano se percató de la presencia de Elizabeth y de Celia, colocó el tambor a un lado, asió una cadena larga de la que pendían unas conchas marinas y la arrojó lejos de él de forma que los extremos abiertos de la cadena quedaran ante sus pies; después se dedicó a observar detenidamente las conchas. Mientras lo hacía iba musitando para sí mismo, en un lenguaje extraño y de sonidos guturales.

—¿Qué hace ese hombre? —preguntó Elizabeth en voz baja a la mulata.

—Reza a los dioses para que le muestren el futuro. —Celia añadió a continuación, a modo de explicación—: Es de la tribu de los yoruba. Ellos creen en muchos dioses. Se llama Abass. Es un *babalawo* y sabe leer los *odù*.

—¿Qué es un *babalawo*? ¿Una especie de adivino?

Celia asintió con un ademán vago.

—Conjura a los orishas, que conocen el camino que va del más allá al presente. Ellos nos dicen lo que va a ocurrir.

Al oír esas últimas palabras, Elizabeth sintió un escalofrío inexplicable. Se quedó mirando al anciano. Él alzó la mirada y sus ojos se posaron en ella; por un instante se sintió extrañamente ensimismada, como si de pronto el tiempo se hubiera detenido para hacer sitio a otra cosa distinta que no tenía nombre. Desde algún lugar muy lejano se oyó de nuevo el sonido sordo de los tambores.

El anciano levantó la cabeza, atento, mientras seguía con la vista clavada en Elizabeth y con la cadena de las conchas medio levantada. Pareció que su rostro oscuro, la piel correosa, el pelo gris y encrespado, y su diminuta figura acuclillada se desvanecían en una sombra frente a la cabaña y se fundían con el fondo; Elizabeth cerró los ojos y luego los volvió a abrir para que esa imagen engañosa desapareciera y la realidad regresara. Había contenido el aliento. Sin embargo, al punto ese extraño momento se desvaneció. En algún lugar un niño lloriqueaba, y se oían también las regañinas de una mujer. El anciano había bajado la vista y había dejado de lado la cadena.

De nuevo las hojas altas se doblaron entre crujidos con el viento. Los tambores habían enmudecido.

Akin aguardó a que los pasos de la mujer blanca se hubieran alejado. Salió ágilmente a cuatro patas de la cabaña y posó la mano sobre el hombro huesudo de Abass.

—¿Qué has visto?

—La muerte del hombre blanco.

—¿Cuándo?

—Antes de la segunda salida del sol.

Akin se tensó. Una satisfacción inmensa se le reflejó en el rostro. Celia dejó escapar un grito de espanto. Tenía miedo. Akin se acercó a ella y bajó los ojos para mirarla.

—No temas. Los orishas están con nosotros. Ogoun forjará nuestra espada y beberá la sangre de los hombres blancos.

—De un hombre blanco —puntualizó Abass con su fina voz de anciano.

Akin se volvió hacia él con el ceño fruncido.

—Pero...

—Del resto no veo nada. Aún no. Pero volveremos a preguntar al oráculo.

—¿Pronto? —preguntó Akin de forma imperiosa.

Abass asintió con los ojos entrecerrados.

—En cuanto la luna salga. —Se volvió a Celia y le dijo—: Tienes que prepararte.

El corazón de ella se encogió de terror; le habría gustado poder huir de allí. Pero eso no le habría servido de nada porque, allá adonde fuera, los dioses la encontrarían.

21

Duncan arrastró sobre la playa el bote con el que había llegado. Era casi de noche. La chalupa de Vandemeer se encontraba, a cierta distancia, en el amarradero perteneciente a Summer Hill.

Duncan se dispuso de inmediato a subir por la colina, con la misma rapidez con que había ordenado lanzar al agua el bote auxiliar al ver que Niklas partía a vela en dirección hacia Holetown. Fuera lo que fuese lo que el holandés quisiera tratar con William Noringham el día previo a la toma de decisiones, él tenía que estar presente. Sus argumentos eran exactamente igual de buenos que los de Niklas. Lo importante era solo poder presentarlos antes de que William Noringham optara por una línea de la que luego no pudiera apartarse. En la asamblea su voz era la que tenía más peso. A él lo escucharían más que a Harold Dunmore, el cual, cuando se trataba de sopesar intereses contrapuestos, solo conocía un lado, el suyo. Bajo los pies de Duncan resbalaron unas piedras, que bajaron con estrépito por la pendiente.

—¿Hay alguien ahí? —oyó que exclamaba Niklas Vandemeer con voz apagada.

Duncan se quedó quieto y se ocultó en la penumbra.

—¿Has oído alguna cosa, cariño?

Era Felicity. Parecía estar sin aliento. Era como si esa pareja... Duncan sonrió. Se había preocupado sin motivo. Vandemeer no había ido hasta allí para mantener charlas preliminares con el presidente del Consejo de la isla, sino para retozar un rato en la playa.

—Habrá sido un cangrejo —dijo Vandemeer al cabo de un momento. Rió por lo bajo y luego dijo con voz grave—: ¿Cuántas cintas más tengo que desatar para dar con algo de tu piel desnuda?

—Oh, esto es... ¡Ah! ¿Qué haces? —Felicity tenía la respiración entrecortada.

—¿Acaso no quieres? —preguntó Vandemeer con tono apremiante.

En lugar de la respuesta se oyó un gemido extático. Duncan se sentó en una piedra para no llamar más la atención sobre su persona. No le quedaba más remedio que esperar.

22

Elizabeth se agitaba de un lado a otro de su cama, incapaz de conciliar el sueño. Seguramente era medianoche, o quizá incluso más tarde. Había abierto los postigos para respirar mejor, a pesar del peligro de atraer con ello a los mosquitos. La luna llena asomaba redonda frente a la ventana.

Tal vez no podía dormir a causa de los tambores. Los compases vibrantes parecían dar vida propia a la noche. Su eco débil ejercía una atracción mágica en Elizabeth, era casi como si la llamaran.

Había preguntado a William qué significaba aquel tamborileo de los negros. Él le había explicado que los esclavos hacían los tambores con calabazas vacías y que en ocasiones bailaban a su son. Formaba parte de su religión y de las costumbres de su tribu, y le dijo que prohibírselo era como pretender arrebatarles su fe.

Aquella tolerancia encajaba muy bien con el modo de ser de William, así que no sorprendió a Elizabeth. Sabía que en otras plantaciones no se actuaba con tanta generosidad con los esclavos. Por regla general, no se les reconocía el derecho a practicar su religión. En algunas parroquias había habido iniciativas para que se bautizara a los negros y se les enseñara el padrenuestro, pero la mayoría de los terratenientes estaban en contra de eso porque no consideraban que los negros fueran lo bastante humanos para participar de las bendiciones de la Iglesia. Por consiguiente, era preferible aceptar el son de sus tambores y sus extraños ritos, siempre y cuando antes hubieran realizado su trabajo.

Elizabeth no soportó permanecer por más tiempo tumbada en la cama, así que se levantó y se acercó a la ventana abierta. Al sonido lejano de los tambores lo acompañaban el murmullo constante del oleaje y el susurro del viento en los árboles. Los ruidos y sones de la selva cercana impregnaban la noche. El chirrido constante de las cigarras. El chillido estridente de un mono, ese grito prolongado que parecía de otro mundo. Luego volvieron a oírse solo los tambores. Elizabeth inspiró profundamente y reconoció la extraña inquietud que había sentido ese día, estando en las cabañas de los esclavos. Rápidamente volvió la mirada a la cama de Anne, pero solo se oía su respiración regular. De forma impulsiva, salió a hurtadillas de la habitación y bajó por la escalera. El silencio reinaba en la casa. Los criados estaban en sus cuartos, y también los otros moradores de Summer Hill dormían profundamente. A excepción, claro, de Felicity, que todavía no había regresado, y de los esclavos que tocaban el tambor allí fuera, junto a los campos de azúcar. Elizabeth se preguntó si esa noche bailarían a su son.

Sintió el suelo de piedra frío bajo los pies descalzos. Por un instante pensó en volver a subir para calzarse, pero descartó la idea. Empujó la pesada puerta de madera y se apresuró a salir a la noche. Aunque estaba oscuro, no lo estaba tanto para no poder ver. La luna lo bañaba todo con una luz plateada y mate. Unos murciélagos pasaron siseando y batiendo las alas junto a ella; Elizabeth se sobresaltó, pero desaparecieron enseguida. La noche estaba cargada de misterios, y sintió como si el murmullo y los susurros de las hojas la atrajeran cada vez más profundamente hacia la oscuridad.

Elizabeth tomó el camino que llevaba a los campos de las cañas de azúcar y al alojamiento de los esclavos. Le pareció mucho más ancho que de día. Aunque el recorrido se le antojó infinito, avanzó sin vacilar, pasando junto a los cobertizos oscuros de la refinadora y el molino, y las cabañas de los irlandeses, que estaban agrupadas en torno a una plaza redonda. No se veía ni un alma. Un viento ligero se le coló por debajo de la camisa, y entonces cayó en la cuenta de que iba en camisón, pero eso no la inquietó lo más mínimo. Una extraña indiferencia se había apoderado de ella aunque, al mismo tiempo, sus sentidos se habían agudizado de un modo que no había experimentado nunca hasta entonces.

La brisa nocturna parecía haberse aliado con los susurros de las plantas para indicarle el camino. Allí, a la sombra de los árboles que crecían frondosos, estaba más oscuro que en la casa, pero era como si una parte de ella supiera adónde tenía que ir. El sonido de los tambores ahora era más fuerte, era una llamada que se repetía. Entonces vio a los esclavos. Estaban agrupados a la luz de una antorcha de una de las cabañas que se habían construido, allí donde antes, de día, había visto al *babalawo*. Este se encontraba también entre ellos. Elizabeth lo observó mientras tocaba el tambor, esa vez un instrumento enorme, mayor que el que había usado hacía unas horas.

Los negros bailaban y cantaban al ritmo del tambor; sus cuerpos oscuros y brillantes por el sudor se mecían de un lado a otro siguiendo el compás. Sus voces parecían repetir una y otra vez las mismas palabras incomprensibles, una secuencia incesante de sonidos guturales. Igual que el son de los tambores, su canto también era contenido, como si supieran que no podían hacer demasiado ruido porque, si no, su amo generoso se lo podría prohibir por estorbarle el descanso.

Entre todos ellos, Elizabeth distinguió también a Akin. Debería haberle sorprendido verlo allí pues, a fin de cuentas, él pertenecía a Rainbow Falls, que estaba a media hora a pie de Summer Hill. Sin embargo, incomprensiblemente, a ella le pareció normal que estuviera allí cantando y bailando. Su altura era la de un gigante. Agitando sus piernas vigorosas con fuerza arriba y abajo, y sacudiendo la cabeza adelante y atrás, Akin era ajeno al mundo a su alrededor. Fue entonces cuando Elizabeth reparó en la mulata. La joven estaba de pie, algo apartada del resto, con los brazos colgando flácidamente y el pelo suelto. Tenía la cabeza ladeada sobre los hombros, como si estuviera dormida.

Uno de los hombres dio un salto adelante. En la mano izquierda sostenía un objeto que se retorcía; en cuanto Elizabeth fijó la vista en ello vio que se trataba de un animal pequeño, tal vez una especie de conejo. En la derecha el hombre llevaba un machete, que clavó al punto en el animal y lo mató. Mientras el *babalawo* musitaba una cantinela exorcizante, el hombre hizo brotar la sangre del animal sacrificado delante de Celia; luego restregó el cadáver en los brazos desnudos de la chica y la manchó con la sangre. El sonido de los tambores se aceleró y, de pronto, la mulata comenzó a moverse. Empezó a agitarse, elevó los brazos a lo alto y sacudió violentamente la cabeza a un lado y al otro hasta que los mechones de su pelo apuntaron en todas las direcciones, mientras profería unos gritos que no parecían salir de una garganta humana.

Elizabeth quedó sobrecogida. Sentía las convulsiones de Celia en su propio cuerpo; sin embargo, no tenía miedo, solo estaba expectante. Luego todo cesó. La mulata se quedó quieta, inmóvil, y su cuerpo se tensó como la cuerda de un arco. Sus ojos de color del ámbar destellaban bajo la luz de la luna como si estuvieran iluminados por una lámpara. Dijo algo en tono autoritario; todos los negros callaron de inmediato y se quedaron quietos. Elizabeth estaba extasiada; el cuerpo ya no la obedecía, y los labios se le movían sin quererlo; musitó una serie de palabras, las mismas que Celia pronunció también. No le parecieron extrañas, porque procedían de su interior y, a la vez, de la profunda infinidad de la noche.

—El día está cerca —dijeron—. Los blancos son muchos, pero nosotros somos más. Los bosques se empaparán de su sangre. El cielo oirá sus gritos. El fuego devorará sus huesos. Y todo esto ocurrirá antes de la próxima luna llena. El día está cerca.

Celia dejó escapar a continuación un grito lastimero, y Elizabeth también gritó; le pareció que dentro de ella y a su alrededor todo se diluía para luego, un instante después, volver a dar cuerpo al mundo normal, casi como si acabara de despertarse de una pesadilla. Y quizá, en efecto, solo había sido un sueño, porque los negros habían desaparecido. Únicamente Celia estaba allí y se frotaba los brazos con un paño hecho jirones mientras se le aproximaba.

—Milady, ¿qué hacéis aquí?

Elizabeth, atónita, se quedó mirando a la mulata.

—Yo... no lo sé. ¿Dónde están los demás?

—¿Qué otros?

—Los esclavos. ¡Estaban todos aquí!

—Os equivocáis. Hace rato que duermen. ¿Por qué habéis venido aquí?

—Los tambores... He oído lo que decías.

—¿De qué habláis, milady?

—De eso que has dicho: «El día está cerca...».

Puestas en su boca, esas palabras carecían de sentido, parecían salidas de un sueño. Al pronunciarlas, se deshilacharon como la niebla en el viento y no supo cómo continuaban. Tal vez lo había soñado de verdad. Quizá esa era la sensación de los sonámbulos. Había oído decir que a muchas personas les pasaban cosas así. Resultaba imposible discernir entre lo que era cierto y lo que había sido un sueño. Todo parecía entremezclarse.

—¿Qué tienes en los brazos? —preguntó Elizabeth.

—¡Oh! Es grasa animal mezclada con unas hierbas que ayuda a ahuyentar los mosquitos. Por desgracia, si no me la pongo, se me comen.

—Esos tambores... —Elizabeth intentó dominar su confusión—. Los he oído todo el rato. ¿Por qué lo hacéis? ¿Por qué invocáis a vuestros dioses? ¿Qué os dicen?

La mulata cruzó los brazos en el pecho, como queriendo protegerse.

—No son mis dioses. Estoy bautizada y he sido educada en la fe cristiana. Los ritos paganos de los negros me traen sin cuidado.

Elizabeth quiso hacer más preguntas, pero su interior, de pronto, se había quedado vacío. Se sintió abandonada y sola.

—Lo siento —musitó. No sabía de qué se disculpaba, pero realmente sentía lo que decía—. Lo siento —repitió mientras se alejaba.

El barro del camino era duro, y los restos vegetales de las cañas de azúcar que había por doquier se le clavaban en las plantas de los pies. En algún lugar entre la maleza croó una rana. Elizabeth se sobresaltó al oírla.

Dio la espalda a la mulata y se alejó de ella rápidamente, tropezando en la noche; solo quería marcharse de allí, porque si se quedaba algo extraño podría apoderarse de ella y engullirla. Empezó a correr, cayó, volvió a incorporarse y siguió corriendo. Corrió y corrió hasta que chocó contra alguien que la agarró y la sostuvo con fuerza. Su grito fue ahogado por una mano que le tapó la boca.

—¡Por Dios, Lizzie!

Era Duncan. La había agarrado con los dos brazos. Ella había topado contra él a toda carrera y le costaba mantener el equilibrio. Suspiró de alivio.

—Duncan.

—¡Pssst! Tranquila. ¿Qué ha pasado? ¿Acaso los negros...?

—No —lo interrumpió Elizabeth—. ¡No, no, no!

Luego se echó a llorar, desconsolada. Duncan la sostuvo mientras ella mantenía la cabeza apoyada contra su pecho hasta que, al fin, logró sorberse la nariz y dejó de llorar. Agotada, permitió que Duncan la llevara hasta el borde del camino, donde hizo que se sentara en el suelo y apoyara la espalda en un árbol. Él se sentó a su lado y le pasó el brazo en torno a los hombros.

—¡Diablos, Lizzie! ¿Qué se te ha perdido por aquí?

Ella se secó las lágrimas de la cara y levantó la nariz.

—Eso mismo podría preguntarte yo.

—Te he oído gritar.

—¿Y cómo has sabido que era yo?

—No lo he sabido —admitió él—. Me he dado cuenta hace un momento, en cuanto te he visto.

—¿Por qué estás aquí? La reunión es mañana.

—Puede que antes quisiera verte.

—Mientes.

—Eso tú no lo puedes saber.

Elizabeth no replicó. Delante de ellos, en la oscuridad, asomaron unos puntos centelleantes y oscilantes, como estrellas que hubieran descendido a la tierra. Eran las luciérnagas en pleno ritual del apareamiento. Sobre ellos, en la copa del árbol, se oyó un siseo, tal vez de una serpiente. Elizabeth bajó la cabeza y se apretó contra Duncan, quien la atrajo hacia él en actitud protectora.

—No te preocupes. Yo te cuidaré. Y ahora, cuéntame lo que ha ocurrido.

—No lo sé —admitió Elizabeth. Se debatía contra el embrujo que ejercía la cercanía de él. Sentir su cuerpo cálido y fuerte tan próximo tenía un efecto fatídico en ella, pero no estaba dispuesta a sucumbir de nuevo a su atractivo—. Yo no podía dormir porque los tambores no paraban de sonar. Así que me he levantado y he ido hasta las cabañas de los esclavos. Y he visto a los negros. Celia estaba con ellos y... Ella estaba rara. Parecía haberse transformado en alguien... distinto. Entonces, de pronto, el encantamiento ha desaparecido y todos se habían ido. Es posible que simplemente lo haya soñado todo.

—¿Quieres decir que has deambulado como una noctámbula?

—Sí —dijo ella, aliviada—. ¡Habrá sido por la luna llena!

De forma inconsciente se apretó contra él, pero, al momento, volvió a apartarse. ¡No podía volver a cometer una y otra vez el mismo error!

—¿Estás enfadada conmigo, Lizzie?

Ella reflexionó un momento.

—No —dijo al fin.

—Bien. De todos modos quería decirte que lo lamento. Me he comportado como un sinvergüenza estúpido. Al parecer, estoy condenado a mostrarte continuamente mi lado más mezquino.

Elizabeth cayó en la cuenta de que Duncan bromeaba solo en parte.

—¿Así que tienes también otro lado? —repuso con un tono igualmente distendido.

Sin embargo, también esa pregunta iba más allá de la simple burla, y Duncan sin duda lo intuyó porque el tono de su respuesta fue serio.

—Se dicen muchas cosas sobre mí —explicó—: que soy un pirata y un asesino, un aventurero sin escrúpulos y un negociante que solo mira por su propio interés. Y también se comenta que soy un hombre sin moral ni remordimientos.

—¿Y eso no es cierto?

—En parte sí, está claro. Hay personas que han muerto por mi mano, pero siempre ha sido en batalla. No hay duda de que soy un pirata: robo barcos y pertenencias a otras personas y las abandono en alta mar. En la medida en que ellas mueren por eso, yo soy, ciertamente, su asesino. En ese sentido, la patente de corso no cambia mucho las cosas. El reproche más acertado es decir que soy un negociante, ya que, con el tiempo, el comercio se ha convertido en mi fuente principal de ingresos. El último barco que abordé fue hace un año y medio, y eso solo porque su capitán fue el primero en abrir fuego. Desde entonces únicamente me dedico a los negocios, sobre todo en Barbados, y con unos márgenes de beneficio que seguramente más de uno tacha de deshonestos. Pero no soy un hombre sin remordimientos. En mi vida he lamentado muchas cosas en cuanto las he cometido.

—Lo nuestro... ¿también lo lamentas? —preguntó ella.

—¿Tú sí?

—He preguntado primero.

—Es cierto. —Él siguió hablando sin vacilar—. No. No lo lamento. Aunque debería.

—¿Por qué? ¿Porque estoy casada?

Duncan se echó a reír.

—Eso, en las mujeres, nunca me ha inquietado —repuso él negando con la cabeza—. No. Por otros motivos.

Elizabeth sintió un escalofrío.

—¿Tiene que ver con esa historia? ¿Esa del... pasado?

—Aquella vez, cuando viniste a la casa de campo, debería haberte ahuyentado —dijo él—. Pensé que solo querías utilizarme, pero yo también quería hacer lo mismo contigo.

—No quería... Yo no había estado con ningún hombre antes que contigo.

—Sí, pero eso entonces yo no lo sabía. —Duncan vaciló y buscó las palabras adecuadas—. Tomarte allí fuera, rápido y sin consideración alguna, como a una mujerzuela... Erróneamente lo consideré como la oportunidad de hacer pagar a tu padre la injusticia que él había cometido con mi familia.

Ella quiso rebelarse y proteger a su padre. ¡Él no había hecho nada malo! ¡Le dijo que había sido un accidente! Sin embargo, aguardó en silencio para acabar de oír lo que Duncan tenía que decir.

—En cierto modo yo le había avisado, ¿sabes? El año en que tu madre y tus hermanos murieron, lo abordé y me di a conocer como aquel niño de antes a cuyos padres él había echado de sus tierras. Le pregunté cómo se sentía sufriendo de ese modo. Él se tocó el pecho y respiró con dificultad; pero luego se recuperó y me propuso una compensación. —Duncan rió sin alegría—. Yo le di la espalda y me marché, pero antes le dije que eso era demasiado fácil para él. Lo que él había hecho a mi familia no podía compensarse con la muerte rápida de un anciano. En cambio, le dije, él tenía una hija joven y guapa. Dicho esto, me alejé de él para siempre.

Elisabeth resolló.

—¿Cómo pudiste ser tan cruel?

—Escúchame hasta que termine, Lizzie —le rogó—. Eso es solo una parte de la historia. Lo importante de verdad ocurrió mucho antes, hace veintisiete años. Entonces yo tenía cuatro años. Ya te conté cómo empezó todo. El capataz de tu padre, ayudado por un par de lacayos, arrojó de nuestra casa de campo a mis padres y a mi abuela a golpes de vara por no haber pagado el arriendo. Mi abuela sufrió unos golpes tales que murió al poco tiempo a resultas de ellos.

—¡Fue un accidente! —exclamó Elizabeth con vehemencia—. ¡Mi padre lo dijo!

—No. No fue un accidente. Yo estaba allí y vi cómo ocurría todo ante mis ojos. La molieron a palos porque no salía con rapidez de casa. Le dieron un golpe en la cabeza que la dejó inconsciente, y ya no se despertó. —Duncan prosiguió el relato en voz más baja—. Nos escondimos en casa de unos parientes de mi padre, en el pueblo de al lado. Pero ellos eran tan pobres como nosotros y no podían ayudarnos. Pasamos mucha hambre. Todavía recuerdo la sensación dolorosa y corrosiva en las entrañas. El hambre duele, Lizzie. De haber podido quedarnos en la casa de campo, al menos habríamos tenido la opción de utilizar el bote y pescar, o recoger manzanas en el huerto. Pero de ese modo... Llegamos a comer paja, Lizzie. Mi madre estaba en avanzado estado de gestación.

Elizabeth, horrorizada, lo miró de lado. A la luz de la luna, el rostro de Duncan era duro e impertérrito.

—¡Mi padre jamás habría tolerado que sus arrendatarios pasaran esa miseria!

—Bueno, según él, no podía hacer otra cosa, porque la justicia así lo exigía.

Elizabeth se acordó de que su padre, en efecto, había dicho algo parecido. De pronto se quedó helada.

—Eso no fue todo —prosiguió Duncan—. Mi madre temía que muriésemos de hambre y urdió un plan audaz para pedir clemencia al vizconde. Así que, de espaldas a mi padre, porque no se lo habría permitido, fue a Raleigh Manor para arrojarse a sus pies y suplicarle. Lo hizo justo cuando tu padre regresaba de una cacería. La atropelló con el caballo, y este la pisoteó. Mi madre murió en el acto.

Elizabeth estaba inmóvil. Era incapaz de decir nada. Aquel era el accidente que su padre le había contado. Iba a decírselo a Duncan, pero él se le adelantó con las siguientes palabras:

—Mi padre se debatía de dolor y de rabia. Se armó con una lanza e intentó matar al vizconde. Tu padre, sin embargo, fue más rápido que él. De hecho, en esa época era muy ágil con la espada. Mi padre, en cambio, era un pescador hambriento y endeble al que cualquier brisa habría podido tumbar. El vizconde lo atravesó con su arma como si fuera un pedazo de carne. Mi padre murió desangrado a sus pies.

A Elizabeth le habría gustado poder taparse las orejas. ¿Cómo podía soportar oír esas cosas sobre su propio padre?

—Entiendo que lo odiases tanto —dijo trabajosamente—. Pero yo a ti nunca te había hecho nada.

—¿Piensas acaso que no lo sé? Sin embargo, cuando apareciste en la vieja casa de campo tan bien dispuesta no pensé más que en aprovecharme de la situación. Me pareció que era buena ocasión de mortificar, de algún modo, a tu padre a conciencia.

—¡Yo no estaba bien dispuesta! —repuso ella, enojada.

—Lizzie, tenías tantas ganas de hacerlo conmigo como pocas veces he visto antes en una mujer. De verdad que creí que querías pasar un buen rato antes de tu boda.

—¡Oh! —Irritada, ella intentó apartarlo de sí con un empujón—. ¡Suéltame! ¡Eres un miserable, engreído, repulsivo, asqueroso...! —No se le ocurrieron más palabras para describirlo adecuadamente.

—Todo eso ya ha pasado, Lizzie —repuso Duncan ajeno a los forcejeos de ella. Seguía sosteniéndola por el hombro con el brazo—. Para mí todo resultó mucho más llevadero cuando tu madre y tus hermanos murieron. Y también cuando, tras el cambio de gobierno, tu padre temió por su vida. Siempre supe cuál era su situación. En cuanto tuve noticia de su muerte puse fin para siempre al pasado.

Elizabeth le oyó decir esas palabras con irritación. ¿Cómo podía él sentir alivio por algo que a ella le había roto el corazón? De todos modos, ¿cómo no sentir tal cosa después de todo lo que le había ocurrido a su familia? En medio de esa aflicción, optó por refugiarse en el sentimiento que le resultaba más tangible: la ira.

—Así pues, puedo estar contenta de que aquella noche en la playa no estuvieras conmigo por rabia sino por deseo —dijo ella con todo mordaz.

—En mí el deseo siempre ha estado presente —repuso él.

—¿Y esa vez en el barco? ¿También fue para alimentar tu ira?

Él gimió de forma contenida.

—Lizzie, ¿es preciso continuar hablando de esas historias pasadas?

—¡Sí! ¡Si quieres ser sincero, sí! A ver, ¿por qué volviste a acercarte a mí en el barco?

—Si te lo digo, podrías disgustarte.

Ella se echó a reír en desacuerdo.

—Para eso yo debería albergar sentimientos profundos por ti. Algo de lo que, no me cabe duda, carezco. Me resultas absolutamente indiferente, y espero de corazón que no te hagas ilusiones al respecto. —Y, con dureza, añadió—: Lo único que me ha atraído de ti es tu nabo. —Esas palabras suyas le parecieron obscenas, pero le confortó poder ponerlo en su sitio y ver cómo se sobresaltaba.

—De acuerdo —repuso él en tono belicoso—. Al menos ahora lo admites por fin. Pues ya que lo quieres saber... organicé ese encuentro en el *Elise* para demostrarme a mí mismo y también a ti que puedo tenerte siempre, cuando y donde quiero. Igual que a cualquier otra mujer.

Elizabeth estaba horrorizada.

—¿Eres capaz de decirme eso a la cara?

—Tú lo has querido.

Ella fue a levantarse, pero él la retuvo.

—Espera. En realidad, no fue de ese modo. Al menos, en gran parte no fue así. Lo que acabo de decirte no es más que una excusa.

—¿Una excusa?

—Sí. Necesito una justificación, cualquiera, que no me haga verme a mí mismo tan rematadamente débil. —Duncan permaneció un instante callado. A continuación concluyó diciendo con ironía—: Me temo que estoy perdidamente rendido ante ti.

Elizabeth alzó la cabeza.

—Viene alguien.

Al instante él se levantó y la ayudó a incorporarse.

—¿Quién anda ahí?

Era la voz de William Noringham. Llevaba un fanal consigo pues su luz débil oscilaba en el camino por detrás del recodo más cercano.

—No puede vernos juntos —susurró Elizabeth.

—No te preocupes —respondió Duncan también en voz baja. Se inclinó hacia ella y le posó apasionadamente los labios en la boca antes de que pudiera rechazarlo—. Me voy. Ya hablaremos en otra ocasión.

Elizabeth se quedó en silencio en medio del camino mientras Duncan se ocultaba entre la maleza.

—Soy yo, William —exclamó Elizabeth—. Me temo que me he perdido.

William apareció ante ella; vestido con su camisa blanca, su figura delgada tenía un aspecto pálido y fantasmagórico; su cara, iluminada por el fanal, reflejaba con su expresión tanto preocupación como alivio.

—¡Elizabeth! ¡Por todos los cielos! ¿Qué hacéis aquí fuera, en mitad de la noche? Llevo mucho rato buscándoos. Felicity me ha alertado. Al parecer, ella se ha despertado y ha reparado en vuestra ausencia.

—Oh, ¿de veras? He salido solo a estirar un poco las

piernas, pero me he desviado del camino. ¡Qué bien que me hayáis encontrado!

—¡Desde luego! Nunca se sabe quién puede andar a estas horas de la noche cerca de la jungla!

Solícito le ofreció el brazo para que ella pudiera apoyarse en él y juntos regresaron a la casa.

23

Harold Dunmore estaba en Summer Hill, de pie a la sombra de la caña bamboleante de azúcar que crecía en largas hileras rectas hasta donde alcanzaba la vista. Un calor sofocante se cernía sobre los campos, y el crujido de las palmas altas y gráciles parecía la respiración de un ser formidable que gemía y se agitaba con cada ráfaga de aire. Algo más lejos de allí los esclavos trabajaban; en posición inclinada, blandían los machetes recolectando rítmicamente una caña tras otra, cortándolas siempre a una distancia del suelo que permitiera a la nueva brotar pronto para la cosecha siguiente.

Harold adoraba el olor y los sonidos del campo de caña de azúcar. Con frecuencia se pasaba todo el día al aire libre, ayudando en las labores, y se enorgullecía de recolectar tanto como los esclavos fuertes. Evidentemente, no cortaba tanto como los mejores, pues ya no era joven. Sin embargo, tenía aguante y, si se empeñaba, podía mantener el nivel de la mayoría, sobre todo de ese maldito grupo de irlandeses que, siempre que podían, si les era posible, eludían el trabajo en el campo. Los negros eran sin duda los mejores. Mientras que, por lo general, los trabajadores irlandeses sometidos a contrato caían como moscas durante el primer año de prestación de servicio, los negros soportaban sin problemas las inclemencias del clima; de ahí que se sintiera muy satisfecho de haber adquirido en la última subasta diez ejemplares realmente fantásticos. Los precios eran desorbitados, pero todos valían el dinero que Harold había pagado.

Examinó a los esclavos de William Noringham. Todos estaban bien alimentados, pero avanzaban con demasiada lentitud. ¿Para qué trabajar más rápido si no había nadie detrás con un látigo? Como no podía ser de otro modo, en Summer Hill había un capataz, pero estaba gordo y era un blandengue, y prefería pasar el rato con su puta negra en su cabaña de troncos o tocar con su flauta canciones para sus pequeños mestizos. Aquel sonsonete gravitaba por encima del campo y distraía del trabajo a los negros. Algunos incluso se salían de la hilera y brincaban entre risas al ritmo de la música. Sin darse cuenta, la mano de Harold agarró la empuñadura de su látigo. Luego aflojó los dedos, vacilante: aquella no era su propiedad.

Ocioso, siguió paseando hasta el molino de azúcar que tanto envidiaba a Noringham. Apenas hacía cinco años que compartían una prensa con otros terratenientes, pero entonces Noringham adquirió el primer molino propio. Inevitablemente, Harold había tenido que hacer lo mismo: él no podía contentarse con menos. Y ahora el muy hijo de puta había tenido que poner en marcha un nuevo aparato de molienda. La prensa que había en el cobertizo con el techo de paja era completamente nueva; hacía unos días tan solo que había sido puesta en marcha y era evidente que extraía de la caña el doble de azúcar que la de Rainbow Falls. Los dientes de las ruedas de los rodillos denotaban una mayor precisión, y la simetría con que la gran barra cilíndrica central giraba sobre sí misma convertía el prensado casi en un juego de niños. De hecho, los dos animales de tiro atados a los travesaños que sobresalían no tenían que hacer tanto esfuerzo como los de Rainbow Falls, donde la prensa se atrancaba al menor contratiempo, ya fuera porque había entrado demasiado azúcar en la presa o porque uno de los animales de tiro, en su terquedad, se había quedado quieto, o porque los malditos rodillos se salían de sus alojamientos.

Harold contempló el oro líquido que fluía por el conducto e iba de la presa a la caldera de hervor. La fuente de riqueza de la isla. Observó cómo el flujo constante de azúcar se mezclaba con carbonato potásico en un caldero antes de que el zumo fuera cocido en uno de cobre y se retiraran todas las partes de la planta que habían quedado. El líquido se cocía varias veces en otros calderos y se continuaba limpiando hasta que, al final, se llenaban unas artesas de madera de forma cónica y se almacenaba hasta solidificarse. En el nuevo horno de ladrillo el calor era tremendo, quitaba la respiración y hacía brotar el sudor de todos los poros. A Harold eso no le molestaba, estaba acostumbrado. Nada más llegar ya se había quitado el chaleco. Con volver a ponérselo luego, para la asamblea, sería suficiente.

En el cobertizo dedicado al refinado, que constaba solo de unos montantes y un tejado de paja y que estaba abierto por todos los lados, trabajaba media docena de negros. Un esclavo viejo y manco supervisaba la cocción en la caldera. Harold sabía que Noringham, igual que él, elegía a su capataz de refinado entre los negros con más experiencia y que llevaban muchos años en servicio. Noringham siempre actuaba como si quisiera lo mejor para sus esclavos pero, en cuestiones de negocios, era de todo menos un pobre corderito ajeno al mundo.

Harold permaneció un buen rato observando a los operarios, calculó con mirada experta la producción de azúcar, hizo comparaciones y llegó a la conclusión de que él también necesitaba un nuevo molino de azúcar. No podría evitar regatear otra vez con Duncan Haynes porque, cuando se trataba de encargos especiales y caros, los holandeses no eran de fiar. En cambio, Duncan Haynes —así el diablo se llevase su alma negra— sacaría los rodillos de algún sitio, aunque tuviera que encargar que los fabricaran. Eso, evidentemente, a cambio de tanto dinero que debería ser colgado por usurero. Harold lanzó una última mirada amarga al dispositivo de molienda y, tras dar la espalda a la zona de refinado, regresó a la mansión.

Frente a una de las cabañas de esclavos había unos cuantos niños jugando: esa era una estampa poco habitual. Cuando entre ellos había mujeres suficientes, los negros se multiplicaban con regularidad, pero la mayoría de las criaturas morían al poco de nacer. Como inversión de capital no servían de nada. Harold siguió su paseo; sin embargo, al cabo de unos minutos se quedó paralizado, como clavado en el suelo.

Una mujer joven tendía unas prendas mojadas y andrajosas en una cuerda que pendía entre dos palmeras. Iba vestida como los demás esclavos, esto es, con un vestido de algodón blanquecino y sin forma, como un saco que le llegaba por encima de las rodillas y con orificios para la cabeza y los brazos. Llevaba el cabello recogido en la nuca, pero aun así era evidente que no lo tenía crespo como los negros sino ligeramente ondulado. Su piel tenía el color de la canela. Era una mulata, una de las pocas hijas de esclavos nacidas en la isla que habían alcanzado la edad adulta. Harold la había visto en alguna ocasión en Bridgetown, acompañando a Anne Noringham y acarreándole las compras. Por lo demás, trabajaba en la casa de los Noringham. En una ocasión él se le había acercado para ver si era más blanca que negra, pero ni siquiera tras mirarla durante mucho rato atentamente había podido sacar una conclusión al respecto. En ella se mezclaban los colores de las dos razas. Sabía que se llamaba Celia, porque Anne la había llamado por ese nombre. Posiblemente aquel día había sido desterrada a la zona de los esclavos para que no atrajera las miradas lascivas de algún hijo de terrateniente. Al pensar en Robert, Harold torció el gesto con aflicción. Lo ocurrido en la noche de su aniversario todavía lo corroía por dentro como un ácido.

Sin pensarlo, se aproximó a la muchacha. Ella lo oyó y se volvió.

—Señor.

Cabizbaja y con la mirada dirigida hacia el suelo, le hizo una reverencia respetuosa.

—Hoy te quedarás por aquí —dijo él, en un tono que era más una orden que un comentario.

Ella asintió sin decir nada.

—Si mi hijo se acercase por aquí...

Mientras él buscaba las palabras con que terminar su frase, ella se apresuró a decir:

—Me quedaré en la cabaña. Así no me verá.

Él agarró el látigo y, esa vez, lo sacó y lo chasqueó. Hizo restallar la cuerda de piel de búfalo cerca de los ojos de ella.

—Si se te acerca, te cortaré la cara a trizas.

Ella dio un respingo, como tuviera delante una serpiente a punto de atacarla.

—Me cuidaré de él, señor. ¡Lo juro por Dios!

—Si te toca y tú se lo consientes, te mataré.

Celia se limitó a asentir. Su rostro se había convertido en una máscara de terror.

Harold se dio la vuelta, la dejó allí y prosiguió su camino hacia la mansión. Apenas se había vuelto por completo, y ya tuvo que esforzarse en no pensar en ella. Por clara que tuviera la piel, era solo una negra.

Se frotó el muslo izquierdo, que le dolía un poco. A veces, cuando permanecía mucho rato de pie, aún se resentía de las consecuencias de la rotura de huesos que había sufrido en el *Eindhoven*. Se apretó con los dedos la zona que, a pesar del dolor que se agazapaba debajo, parecía extrañamente entumecida, como si no formara parte de su cuerpo. Mientras avanzaba, reflexionó sobre la inminente asamblea. Había mucho en juego. Tal vez todo lo que él había conseguido en la isla. Recordó los inicios, los años sombríos de Londres, donde había vivido hasta los diecisiete años con su madre, una prostituta que había enloquecido a causa de la bebida y que había ido pudriéndose poco a poco a consecuencia de la sífilis. Aún se preguntaba por qué había esperado a que ella muriera por su cuenta, porque su hedor, sus lamentos de borracha y los gritos que profería en su delirio habrían podido volver loco incluso a un hombre más fuerte que él.

En aquella época él trabajaba como mozo para un comerciante de tabaco anciano y solitario; también había ayudado en el kontor* y, al hacerlo, había aprendido todo lo que podía saberse sobre el negocio del tabaco. Finalmente, por encargo del comerciante, partió en velero como miembro de una expedición a Barbados, pues entonces se decía que allí podían abrirse nuevos y lucrativos terrenos para el cultivo del tabaco. Él exploró la isla junto con otros comerciantes aventurados. El suelo estaba cubierto de jungla espesa y, por consiguiente, era fértil, y el clima húmedo y cálido era ideal para el tabaco. Además, no había aborígenes que pudieran disputársela: Barbados no estaba habitada. Cuando regresó a Londres con la buena noticia, el comerciante había muerto a causa de una fiebre intermitente. El kontor estaba cerrado y las existencias del almacén se habían vendido. Sin embargo, Harold era el único que sabía de las reservas de oro que el comerciante tenía escondidas, las cuales, en opinión de él, le correspondían. A fin de cuentas, él proseguía con la obra de aquel hombre y en este sentido lo tenía todo dispuesto para ello. Tres días más tarde murió la ma-

* Los Kontor eran delegaciones comerciales en el extranjero de la Liga Hanseática. Fueron especialmente importantes los de Londres, Brujas y Bergen. *(N. de la T.)*

dre de Harold, como si, al menos al final de su vida, ella hubiera querido hacerle un regalo. Al cabo de una semana partió con su oro en el siguiente barco hacia el Caribe.

El consorcio de comerciantes a los que el rey había cedido los derechos de aprovechamiento de la isla estaba formado por un par de docenas de pioneros intrépidos que consideraban a Harold como uno más de ellos. Juntos drenaron los territorios pantanosos; ayudados por un par de docenas de trabajadores sometidos a contrato y esclavos erigieron una serie de cabañas y un puerto fortificado; y convirtieron la jungla de la isla en superficies de cultivo aptas para el tabaco, el índigo y el algodón. Trabajaron noche y día, tomaron posesión cada uno de un prometedor pedazo de tierra y lo cultivaron hasta que, tras unos largos y penosos meses, las primeras cosechas les compensaron al menos una parte de sus gastos.

De todo aquello habían transcurrido ya más de veinte años, y con el paso del tiempo a la mayoría de los terratenientes las cosas no les había ido especialmente bien. Muchos habían muerto, y Harold había ido comprando sus tierras, siempre y cuando estas lindaran con la suya. Martha era la viuda de uno de esos terratenientes; al casarse con ella se había anexado gratuitamente un gran pedazo de tierra. Sin embargo, había habido momentos muy malos, de trabajo duro, en que habían sufrido hambre, miseria y malas cosechas. Algunos de los primeros colonos habían abandonado y habían regresado a Inglaterra por el bien de sus familias. Otros al menos se lo habían planteado. Harold no fue una excepción: Martha había insistido mucho y le había suplicado de forma lastimera que la llevara de vuelta, en sus palabras, «a su patria, a Inglaterra». Pero él había resistido.

La evolución siguiente fue inevitable. Visto en perspectiva, a veces incluso a Harold le parecía que la caña de azúcar había pasado a ser el cultivo principal de Barbados de la noche a la mañana; en realidad, el proceso hasta obtener la primera cosecha de azúcar mascabado aprovechable y digna de mención requirió varios años. En la actualidad él, junto con Noringham, era el terrateniente más rico y poderoso de la isla. Se sentía orgulloso de lo que había conseguido y mataría a cualquiera que intentara arrebatárselo. Había otros que pensaban igual que él. Todos habían trabajado muy duro para tener que abandonar ahora lo conseguido con tantos esfuerzos. Había llegado el momento de preparar la isla para la lucha. Ese día, en la asamblea, hablarían de ello.

Su boca había adoptado ya una mueca feroz cuando llegó al camino que había detrás del último campo de caña de azúcar y se abrió ante él la visión de la gran mansión señorial de los Noringham. Era un edificio amplio, con dos alas más cortas y orientadas hacia tierra. La gran galería exterior en la parte delantera daba al mar. Las columnas, que soportaban el colgadizo, eran de estilo dórico, casi como uno de esos templos griegos que él había visto en cuadros. Los muros del edificio estaban encalados en un blanco tan intenso que deslumbraba cuando el sol incidía directamente sobre ellos. La mansión, desde luego, era grande y hermosa, pero no tenía ni punto de comparación con Dunmore Hall.

Cerca de la casa vio a lady Harriet Noringham, cortando ramas floridas de un árbol, seguramente para hacer un centro de mesa. A ella le encantaban los arreglos florales. De nuevo la mano de Harold se tensó mientras se esforzaba en resistir y no asir la empuñadura del látigo. Era un acto reflejo: le resultaba imposible evitarlo. Se preguntó por un instante si los demás se habían dado cuenta de eso y, si era así, qué pensaban de ello. Sin embargo, con una llamarada de orgullo, se dijo entonces que no le afectaba. ¿Desde cuándo le había importado lo que otros pensaran de él? Era consciente de que nadie le tenía aprecio. ¿Y quién lo necesitaba? Había otros modos mejores de ejercer poder sobre las personas. Una o dos veces en la vida, de joven, había sucumbido al error de creerse capaz de experimentar y dar amor, pero la vida ya se había encargado de remediarlo.

Lady Harriet, constató Harold, había envejecido. De forma fría y desapasionada, eso le causó satisfacción. La vida en la isla no la había tratado especialmente bien. En otros tiempos había sido delgada, pero ahora se la veía esquelética; debajo del vestido de seda se adivinaban unos pechos lamentablemente planos, y la clavícula que se apreciaba en el escote era todo hueso. Tenía el cabello completamente gris. En cambio el rostro, de una palidez primorosamente cuidada, parecía carecer de edad, y eso era algo que tenía admirado a Harold, porque las arrugas en torno a sus ojos y a la comisura de sus labios eran muy notorias. Mientras cavilaba sobre esa extraña contradicción, ella se volvió con una sonrisa hacia la casa y gritó algo que él no oyó. Harold siguió la mirada de Harriet, y vio que Anne y Elizabeth acababan de salir a la galería. Su nuera llevaba ya varios días en Summer Hill, supuestamente para ayudar a Anne con los preparativos de su fiesta de compromiso; sin embargo, Harold era consciente de que ella simplemente había aprovechado la ocasión para alejarse de Bridgetown y, sobre todo, de Dunmore Hall. De hecho, incluso había dejado el pequeño al cuidado del ama de cría, algo que no acostumbraba a hacer. La muerte de su padre y el incidente nocturno de dos semanas atrás la habían afectado profundamente. Durante unos días ni siquiera había sido capaz de abandonar su dormitorio. Harold se prohibió pensar más en ella porque eso, a su vez, le hacía pensar de nuevo en Robert, y eso era más de lo que podía soportar en ese momento. En lugar de ello, se sacó el reloj de bolsillo. Constató con alivio que había llegado el momento. Como para confirmarlo, en ese instante apareció un negro con una campana. «¡Los terratenientes libres de Barbados son llamados a la Asamblea! ¡La Asamblea va a comenzar!» Harold guardó el reloj en su funda y se encaminó hacia la casa.

24

William Noringham se apartó de la columna en que se apoyaba e hizo una breve inclinación.

—Ruego a las damas que me disculpen. El deber me reclama.

Antes de retirarse, sonrió primero a Elizabeth y luego a su hermana. La asamblea de los terratenientes se celebraría al aire libre, en el gran patio que había entre las dos alas laterales de la casa, debajo de un toldo extendido.

—El bueno de William —comentó Anne con una mezcla de compasión y orgullo—. Siempre esforzándose por hacerlo todo bien, sin pensar nunca en sí mismo.

Elizabeth miró a William mientras se alejaba. Su espalda erguida parecía querer enfatizar las palabras de su hermana, igual que la expresión pensativa y algo inquieta de su rostro, que ya se veía de perfil. De pronto un rizo le cayó en la frente, atenuando un poco su rictus grave y devolviéndole su expresión juvenil que, en opinión de Elizabeth, le sentaba mucho mejor que la preocupación constante por el bienestar de los demás. Como en pocas horas estaba previsto el comienzo de la fiesta de compromiso de Anne, él ya iba vestido con sus galas: chaleco de seda, chorrera de encaje así como pantalones hasta las rodillas de terciopelo y zapatos con hebillas de plata.

Involuntariamente, Elizabeth se preguntó cómo iría vestido Duncan en la asamblea. Todavía no lo había visto con ropa elegante. Al instante se prohibió cualquier otro pensamiento sobre él. Había decidido que en el futuro actuaría como si él no existiera.

Los hombres que se encontraban fuera de la casa asomaron de todas partes; también Niklas Vandemeer llegó procedente de la playa en dirección hacia la casa, llevando a Felicity del brazo y seguidos por Martha, la eterna guardiana de la virtud. El capitán hizo una breve inclinación ante las damas y luego se apresuró hacia la parte posterior de la mansión. De allí se oían ya algunas voces exaltadas: al parecer, incluso antes del inicio del debate en el que se abordaría la ley de navegación de Cromwell muchos miembros ya estaban muy nerviosos.

Felicity, sofocada y con las mejillas sonrojadas, se aproximó a la galería exterior. Apoyado en los hombros llevaba descuidadamente el palo del parasol de paja que utilizaba para resguardarse del sol. Estaba muy bella ataviada con su cimbreante vestido de seda con volantes en el que, por esa vez, había prescindido de la enagua rígida y voluminosa.

Martha, vestida también para la fiesta, se derretía de calor. A pesar del parasol que llevaba, tenía la cara roja como una langosta hervida y su escote era un mar de sudor. El vestido que lucía, una maravilla de raso y seda de color azul marino con un sinnúmero de perlas en los dobladillos, estaba totalmente empapado.

Robert había llegado acompañado por sus padres hacía aproximadamente una hora y, en aquel breve espacio de tiempo ya había conseguido beber tanto que Martha le había tenido que suplicar que se contuviera. Al oírlo él había hecho una mueca de sorpresa y había afirmado que era capaz de controlarse y que sabía cuánto podía aguantar.

Estaba sentado en la galería exterior, con una copa medio vacía de jerez delante de él, con la cabeza reclinada sobre una mano y con la mirada clavada en el vacío. La cabellera rubia le caía delante de la cara, y de nuevo Elizabeth se sorprendió de lo atractivo que era. Por fuera, seguía pareciéndose a aquel mensajero de los dioses del cuadro que colgaba en el vestíbulo de Raleigh Manor; tenía una apariencia mítica, resplandeciente, que atraía hacia sí miradas de admiración. Alto, impecablemente vestido, y bendecido con aquel rostro, irradiaba un atractivo tal que no podía sorprender a nadie la rapidez con que las mujeres caían rendidas ante él.

—Si quieres participar en la asamblea, deberías ir hacia allí —le sugirió prudentemente Elizabeth.

—Sí. Eso a tu padre le gustará —añadió Martha con una expresión de temor en el rostro.

Robert no se movió y se limitó a seguir mirando al vacío sin decir nada. De pronto alzó los ojos.

—Jonathan ha preguntado por ti —dijo—. El pequeño te echa de menos.

Aquel comentario inesperado sobresaltó a Elizabeth. Hasta entonces no había llevado al pequeño consigo a la casa de los Noringham porque le parecía que se educaría mejor en el entorno habitual para él. Por otra parte, sus visitas a Summer Hill nunca se habían prolongado más de dos o tres días.

—Mañana ya volveré a casa —comentó ella.

Robert se levantó y las patas de la silla arañaron el entarimado de madera de la galería exterior. De repente parecía cansado.

—Perfecto. Por cierto, también quería decirte que lo siento. —Rápidamente añadió—: La muerte de tu padre habrá sido sin duda un golpe tremendo para ti.

Ambos sabían que no se refería a eso.

—Te agradezco el pésame —dijo Elizabeth. Con cierta incomodidad lo vio abandonar la galería para unirse a los demás terratenientes en el patio.

—Pobrecito —gimió Martha en voz alta.

En esas palabras se percibían ciertas ganas de compasión, y aunque Elizabeth no sabía exactamente qué pretendía su suegra, tuvo la necesidad de decir algo, aunque solo fuera para desviar la conversación de Robert.

—Me pregunto cómo irá la asamblea.

—Eso solo Dios lo sabe. Yo lo único que deseo es que no se les ocurra algo estúpido que haga que los ingleses nos ataquen a cañonazos.

Martha desplegó el abanico y se aventó. Estaba totalmente sudada; bajo los brazos su vestido tenía unas manchas tales que apenas dejaban ver algún punto seco en él. Con un gesto ágil tomó el vaso de jerez de Robert y se bebió en dos sorbos su contenido para luego llamar con un gesto a una de las criadas que aguardaba en segundo plano.

—Tráeme más de esto —dijo en tono autoritario.

—Por supuesto, *madam*.

La irlandesa, una criatura enclenque de edad indefinida y cara de espantapájaros, se alejó con rapidez. Por lo menos a ella Robert la dejaría tranquila.

Elizabeth se maldijo por juzgar a todas las mujeres según si estaban o no a salvo de su marido; sin embargo, desde que Harold había castigado a latigazos a Deirdre, ella vivía bajo el temor constante de que pudiera ocurrir algo parecido de nuevo. ¿Qué podía llegar a hacer su suegro si alguna vez se enteraba de lo suyo con Duncan? Estremecida, apartó aquel pensamiento de sí. Lady Harriet se asomó en la galería exterior.

—¿Está todo de vuestro agrado? —quiso saber con su voz suave y educada—. ¿Elizabeth? Martha, ¿quieres que te haga traer alguna otra cosa?

—No —repuso Martha sin más.

Elizabeth se sobresaltó al oír esa respuesta tan seca, pero lady Harriet se limitó a asentir con amabilidad y volvió a desaparecer en el interior de la casa.

Martha se quedó absorta mirando el vacío. Cuando Elizabeth le preguntó si estaba bien, la mujer se limitó a fruncir los labios y a encogerse de hombros. La presencia de Martha incomodaba tanto a Elizabeth que al final le resultó imposible permanecer más tiempo junto a ella. Tras excusarse, se levantó y entró en la casa. Arriba, en el dormitorio de Anne, encontró a su amiga y a Felicity. Anne estaba tumbada en la cama y Felicity, frente a ella, le daba aire con el abanico.

—¡Oh, Lizzie! —se lamentó Felicity—. ¡Es terrible!

—¿Qué ha pasado?

—Imagínate... George Penn... —Felicity bajó la voz, pues no hacía falta que todo el mundo se enterase de lo que tenía que decir sobre el futuro marido de Anne—. Resulta que tiene una negra en casa. Una para... —Habló entonces tan bajo que su voz fue apenas un murmullo—. Ya sabes.

Elizabeth, sobrecogida, miró a Anne, que se tapaba los ojos con los dorsos de las manos. Se preguntó si Anne había creído de verdad que, en ese aspecto, George era distinto de la mayoría de los terratenientes de la isla. O, por lo menos, de los que no estaban casados. Ella no sabía de ninguno del que no se dijera que se acostaba con una irlandesa o una negra. Elizabeth intentó encontrar una respuesta conciliadora.

—¡Pero seguro que la dejará en cuanto seas su esposa! Tal vez la venda a otra plantación. —Incluso ella reparó en lo poco convincente que había sonado esa afirmación.

Felicity sacudió con fuerza el abanico, un artilugio hecho de papel de seda con unas palmeras mal pintadas: era una de las obras de arte hechas por ella con que había obsequiado ya a todas las damas de su entorno inmediato.

—¡Oh, Lizzie! ¡Si solo fuera eso...! No te imaginas lo que hemos sabido: resulta que la negra ya tiene un hijo de George. Y está a punto de tener el segundo.

Anne se echó a llorar. La barbilla afilada le temblaba

mientras sollozaba sin poder contenerse. Las lágrimas se le escurrían por debajo de los dedos y le humedecían las mejillas y el cuello. Todo su cuerpo se sacudía a causa del dolor contenido. Elizabeth tragó saliva.

—¿Sigues queriendo tomarlo por marido?

—¡Por supuesto que quiere! —Felicity respondió en lugar de Anne—. Si no, ¿quién le queda? —En voz baja y con tono de complicidad, añadió—: De todos modos, la mayoría de los hijos de los esclavos negros mueren. ¡Lizzie, habla con ella! ¡Si no, tal vez ponga fin al compromiso! —Se encaminó hacia la puerta—. Estoy que no puedo de los nervios por saber qué vestido va a llevar hoy Mary Winston. Antes la he visto llegar en su carruaje. Voy a ver.

Felicity pasó junto a Elizabeth tarareando una melodía. El olor ligeramente primaveral de su nuevo perfume la envolvió. Estaba de muy buen humor. Según le había confiado a Elizabeth, su encuentro con Niklas Vandemeer la noche anterior había resultado completamente satisfactorio para ella. «Creo que pronto me pedirá la mano —había dicho en un susurro—. ¡Nos amamos tanto...!» Sin embargo, aún no habían hablado acerca de dónde viviría como esposa del capitán.

Elizabeth se acercó a Anne y le posó la mano en la cabeza.

—¡Anne, pobrecita! ¿Qué vas a hacer?

—¡Si lo supiera...! —contestó su amiga—. Me hacía mucha ilusión ser esposa y madre. Pero ahora George ya... Él ya tiene...

—Eso no puede compararse. Esto es como... Todos los hombres tienen amoríos antes de casarse. Van con prostitutas y tienen hijos bastardos. ¡Lo importante es que tras la boda dejen de hacerlo! —Con tono de voz resignado añadió—: Aunque esto no siempre cabe esperarlo como esposa.

Anne retiró la mano de su rostro lloroso.

—¡Oh, Lizzie! —exclamó con voz lastimera, anegada en

llanto—. ¡Lo siento muchísimo! Yo estoy aquí llorando desconsolada y tú... —Se interrumpió.

—No importa. ¿Sabes?, se puede soportar. Sin duda es peor si se siente amor por el esposo. Pero en raros casos el amor es el motivo por el que se celebra un matrimonio. Es preferible no depositar muchas esperanzas en eso, así no te llevas ninguna decepción.

Anne se incorporó y se limpió la cara con una punta de la sábana mientras miraba a Elizabeth con curiosidad.

—¿Alguna vez has amado a Robert?

Elizabeth no se tomó la molestia de mentir a su amiga. Sin decir nada, negó con la cabeza. Anne suspiró.

—Me parece que Felicity tiene razón. Es mejor mirarlo todo desde el punto de vista práctico. Aparte de George, no tengo mucho más donde elegir. Ya tengo veintiocho años. Si no me caso ahora, seguramente nunca lo haré. Acabaré como una solterona, sin hijos y sin casa propia. Aunque la vida aquí, en Summer Hill, es muy agradable, no es lo que quiero para mí cuando sea mayor. —Con sarcasmo lacónico añadió—: Bueno, eso si antes no me muero de aburrimiento. —Arrugó la frente—. Si tuvieras que volver a decidir, ¿volverías a hacerlo? Quiero decir, ¿te casarías con Robert?

No, pensó Elizabeth. Habría buscado otra solución para proteger a su padre y Raleigh Manor de los parlamentarios. Sin embargo, no fue eso lo que dijo a Anne.

—Pues, claro, por supuesto. En esa época era la única posibilidad razonable. Mi padre estaba amenazado políticamente, y su fidelidad al gobierno estaba en entredicho. Supo confidencialmente que su encarcelamiento era inminente. Entonces, el Parlamento se habría apropiado de nuestras tierras y mi padre habría sido enviado a prisión. —Se interrumpió un momento y luego apostilló, con mayor convencimiento—: Sí, volvería a hacerlo.

Anne suspiró de nuevo, pero ya no parecía tan abatida.

—Y además ahora tienes a Jonathan. El pequeño te lo compensa todo.

—Así es —dijo Elizabeth con el rostro vuelto hacia un lado.

Le habría gustado gritar a Anne que no lo hiciera. «¡No te sometas a una relación de tanta dependencia porque no sabes hasta dónde llega su alcance!» Sin embargo, calló, pues no quería poner a su amiga en otro dilema. Además, ¿y si George Penn fuera capaz de hacer feliz a Anne? ¿Quién era ella para juzgar eso? Solo porque su matrimonio fuera una auténtica catástrofe no significaba que todos los demás acabaran igual. Sin duda Anne, con su carácter divertido y generoso, lograría que George se comportara como era debido. De hecho, a él no le quedaría más remedio que amarla y llevarla en bandeja.

—Correré el riesgo —dijo Anne, como si hubiera leído el pensamiento de Elizabeth.

Elizabeth la tomó de las manos.

—Te deseo la máxima felicidad del mundo.

—Gracias, Lizzie. ¡Eres una amiga fabulosa! En cuanto a los bastardos que George ha puesto en el mundo, yo me encargaré de que sean bautizados y criados como cristianos. Tal vez, más adelante, cuando sean más mayorcitos, podrán hacer de criados en casa. Como Celia. De ese modo, su vida no será tan dura.

—Seguro.

Una imagen cruzó fugaz por la mente de Elizabeth: la mulata de piel clara bailando en el claro entre los negros, agitándose al ritmo de los tambores y manchada con la sangre caliente de un animal sacrificado. «El día está cerca», le pareció oír en un susurro desde algún lugar. Entonces la imagen se desvaneció, y Elizabeth se quedó mirando la pared encalada que había detrás de la cama de Anne.

—¿Qué ocurre? —preguntó Anne.

—Nada.

Anne se había levantado y se acercó al espejo que decoraba una de las paredes.

—Ya va siendo hora de que me arregle. —Hizo una mueca a su imagen reflejada en el espejo—. No todo el mundo ha de ver cómo me siento en realidad. Y menos aún George. —Tomó la mano de Elizabeth y le acercó su rostro lleno de manchas rojas—. ¿Podrás acompañarme? Quiero decir, hoy, en la fiesta. Así no me sentiré tan sola.

—Cuenta conmigo. Pase lo que pase, cuenta conmigo.

25

En el patio que había entre las dos alas de la mansión señorial los terratenientes llevaban ya un buen rato debatiendo. Jeremy Winston había tenido la idea de celebrar la reunión del Consejo en Summer Hill en lugar de en la casa de la Asamblea de Bridgetown. Los criados irlandeses no paraban de servir bebida; sin embargo, el calor sofocante resultaba insufrible a pesar de la lona que se había tendido para resguardarlos del sol.

Winston había abierto la reunión en calidad de gobernador. A su derecha estaba sentado William Noringham, como presidente del Consejo de la *House of Burgesses*, y a la izquierda de él se hallaba Harold Dunmore, segundo presidente y portavoz de la facción más numerosa hasta el momento: la de quienes estaban a favor de la confrontación. Prácticamente todos los grandes terratenientes compartían su opinión: la ley de navegación de Cromwell era inaceptable bajo cualquier supuesto. Según Harold Dunmore, lo mejor era incumplirla.

—Seguiremos haciendo negocios con los holandeses, y punto. Si los capitanes de la marina mercante ingleses se nos llevan el azúcar con las mismas condiciones y nos proporcionan suficientes esclavos... entonces ¿por qué no? No obstante, mientras este punto no esté asegurado, nos estaríamos arrojando piedras contra nuestro tejado si acatáramos esta nueva ley tan estúpida.

—Pero ¿y si nos envían buques de guerra? —indicó Benjamin Sutton.

Estaba sentado unas cuantas sillas más allá de Harold Dunmore. Chorreaba de calor, ya había apurado su tercera copa de vino y hablaba con la lengua un poco pastosa. Aunque compartía la opinión de Dunmore, temía el ataque de los ingleses.

—Es algo con lo que tenemos que contar —corroboró William Noringham.

Dunmore dio un puñetazo en la mesa, como si con ello pretendiera reducir a añicos esa objeción.

—¡Si es así, tendremos que prepararnos como es debido! —Su rostro había adquirido un tono peligrosamente rojo. Había colgado su chaleco detrás de él, en el respaldo de la silla; tenía la camisa desabrochada y se le veía el pecho oscuro y peludo. El látigo recogido, que llevaba remetido en el cinto y a la vista de todos, simbolizaba su disposición a la violencia—. Barbados es una isla y solo se desembarca en puntos contados; de lo contrario hay peligro de exponerse a corrientes traicioneras o de ir a parar contra un acantilado. Únicamente necesitaríamos unos cuantos cañones colocados en lugares estratégicos.

—¿Y si disparasen desde el mar? —quiso saber un terrateniente.

—El alcance de sus cañones no será mucho mejor que el de los nuestros —bravuconeó Harold Dunmore.

—En esto andáis muy errado —rebatió Duncan Haynes—. Los cañones del buque insignia de la flota del Parlamento son los mejores y más nuevos del mundo.

Estaba sentado al extremo opuesto de la larga mesa, recostado cómodamente en su silla, con la camisa abierta casi hasta el cinturón, dejando el pecho, intensamente moreno, a la vista de todos. Llevaba el sombrero muy calado y, debajo del ala, su mirada era adormilada. Daba la impresión de que todo aquello no fuera con él.

—Seguro que no nos enviarán inmediatamente el buque insignia —le contravino Dunmore con desdén—. Podremos hundir por completo el par de fragatas que nos harán llegar.

—Míster Dunmore, me asombráis —repuso Duncan con voz suave—. Siempre os he tenido por un fiel partidario de Cromwell. Y ahora, en cambio, pretendéis atacar a los parlamentarios como si fuerais un realista de pies a cabeza.

A Dunmore le tembló la mano sobre la empuñadura del látigo. Todos se dieron cuenta y apartaron la vista, incómodos. Pero Duncan no pareció inmutarse. Irguió la espalda y alzó la cabeza.

—Cuando se trata de la libertad de Barbados, los convencimientos políticos no tienen ninguna importancia. Nuestra supervivencia depende por completo de poder hacer negocios con libertad. ¿Hay alguien que se oponga a ello?

Algunos terratenientes se dirigieron miradas furtivas entre sí y otros se encogieron de hombros sin saber qué hacer. Muchos eran realistas que, de todos modos, siempre se habían negado en redondo a someterse a Cromwell. William Noringham y Niklas Vandemeer también intercambiaron miradas. Duncan se puso en guardia al percatarse de ello. El holandés, a fin de cuentas, sí había tenido oportunidad de hablar con Noringham antes de la reunión. Solo faltaba ahora que ambos se pusieran a favor de Dunmore y se declararan partidarios de la guerra; en tal caso, su estrategia se vería muy comprometida. Pero, para su alivio, Noringham optó por la opción con que él había contado.

—Me gustaría proponer un enfoque más moderado —dijo el joven lord.

Dunmore le lanzaba miradas de odio, pero William Noringham siguió hablando inmutable. Se había puesto en pie para dar más énfasis a su propuesta, algo que logró sin esfuerzo. Permaneció firme y con una expresión de autoridad natural en el rostro.

—Deberíamos negociar. Para ello tendríamos que elaborar una lista exhaustiva de nuestras reclamaciones, a cuyo cumplimiento condicionaremos nuestra aprobación del nuevo Parlamento y la nueva ley de navegación.

—¿Y cuáles serían esas reclamaciones? —preguntó Benjamin Sutton, interesado.

—La adquisición del azúcar según condiciones fijadas por nosotros—apuntó al punto uno de los terratenientes.

—¡Envíos regulares de esclavos! —exclamó otro.

—¡Nada de incrementar los precios a las importaciones! —añadió un tercero.

Harold Dunmore rió con desdén.

—¿Creéis de veras que vuestras reclamaciones interesan lo más mínimo a los parlamentarios? Aunque nosotros queramos negociar, ellos desde el mar dispararán contra todo cuanto se encuentre a su alcance hasta no dejar piedra sobre piedra; enviarán tropas armadas a tierra y tomarán posesión de nuestro Consejo de terratenientes. Nombrarán un nuevo gobernador, repartirán las tierras entre los hacendados fieles al gobierno y, a partir de entonces, el azúcar se cultivará y se distribuirá según las leyes de la Commonwealth. Todo esto ocurrirá con absoluta seguridad a menos que nosotros demostremos nuestra fuerza. La única alternativa sería someternos de inmediato al Parlamento, acatar la ley de navegación y, de ahora en adelante, solo comprar mercancía a los buques mercantes ingleses. Y, todavía peor, suministrar a Inglaterra todo nuestro azúcar en exclusiva, sin condiciones, y permitir que nos impongan el precio por ello. —Dunmore escrutó a su alrededor—. ¿Es eso lo que queréis? ¿Alguno de vosotros desea eso? ¡Tenemos que emplazar cañones, tanto si decidimos negociar como si no! ¡Además, debemos crear una milicia y armarla con mosquetes! —Ansioso por encontrar apoyo, clavó la mirada en todos los asistentes, uno por uno—. ¡Acabaremos con esos parlamentarios!

El griterío excitado fue en aumento. Algunos terratenientes se pusieron en pie; dos o tres dejaron oír improperios contra Cromwell, aquel odioso regicida. Otros, que se sentían puritanos, conservaron un poco más la calma, pero también entre ellos se adivinaba que compartían el punto de vista de Dunmore. Él había sopesado bien la situación: en cuestiones de negocios la lealtad política era muy lábil.

Duncan consideró que había llegado el momento de presentar su propuesta.

—Me gustaría añadir una cosa —dijo en voz alta para hacerse oír.

Fue preciso aguardar algunos instantes hasta que la calma se impuso. Poco a poco los terratenientes volvieron a tomar sus asientos. Un criado rodeó la mesa sirviendo jerez y vino. Algunos presentes eligieron ron, entre ellos, Robert Dunmore, que seguía el debate con ojos vidriosos. Tenía el pelo empapado de sudor y el rostro abotagado.

—Hablad, capitán Haynes —emplazó William Noringham a Duncan.

—Yo podría ayudar al Consejo en las negociaciones —dijo Duncan—. Conozco a los señores del almirantazgo por conversaciones antiguas y sé que no les interesa una guerra. —Dirigió una mirada de reojo a Harold Dunmore—. Aunque quizá a muchos aquí les gustaría creerlo. —Bajo la mirada expectante de los terratenientes se levantó de su silla y se retiró el sombrero para que todos le vieran la cara. Para abogar por algo, tenía que parecer convincente—. Veamos primero qué pretende conseguirse con esa ley de navegación —prosiguió.

—¡Un maldito embargo! —gritó uno de los terratenientes, impaciente.

—En efecto. Pero eso solo afecta al comercio con barcos que no son ingleses. En cambio, si las mercancías vienen de buques ingleses o son transportadas por ellos, el comercio será lícito. Sin embargo, actualmente es un hecho que, primero, no llegan suficientes barcos ingleses a la isla y, segundo, el precio de transporte que tienen es ruinoso. Esto se debe a que, en comparación con los barcos holandeses, los ingleses sufren más accidentes en el mar, por lo menos en esta travesía.

—¡Y además no traen esclavos! —exclamó entretanto un terrateniente mientras los demás asentían entre murmullos.

El tráfico de esclavos seguía sobre todo en manos de holandeses y portugueses. Así pues, ¿cómo acatar la ley de navegación y, a la vez, lograr que el cultivo del azúcar se mantuviese e incluso se ampliase?

Duncan siguió hablando, ajeno a esos reproches.

—Es un hecho que Inglaterra ha promulgado leyes sobre el comercio con las colonias, pero hasta ahora no ha podido mantener acuerdos de forma satisfactoria. Y es aquí donde veo para Barbados la posibilidad de tener la paella por el mango. ¿Por qué los terratenientes de esta isla no creáis un nuevo consorcio comercial? Barbados podría equipar barcos y crear una línea de transporte de mercancías. Si eso además pudiera hacerse bajo el amparo de la Commonwealth, entonces se acataría la ley y, a la vez, se garantizaría un intercambio comercial más seguro así como los beneficios resultantes de él. Y, sobre todo, sería expandible. —Dirigió la mirada a su alrededor, antes de seguir—. Si esta fuera la condición para reconocer el Parlamento y la ley de navegación, nadie os lo podría negar.

Los terratenientes se lo quedaron mirando, sorprendidos, mientras aquí y allá se oían murmullos de asentimiento.

—Capitán Haynes, me parece que esta propuesta es muy interesante —dijo William Noringham con tono pensativo.

Únicamente Niklas Vandemeer sacudió la cabeza con gesto de desaprobación. Era evidente que la idea de Duncan no lo había convencido en absoluto.

—Creía que éramos amigos —le susurró a Duncan de tal modo que solo lo oyeron los dos. En su cara se reflejaba enojo y decepción.

—Luego me lo agradecerás —repuso Duncan igualmente en voz baja.

Harold Dunmore volvió a golpear la mesa para reclamar atención.

—Con todos los respetos por la propuesta del capitán Haynes... —Pronunció su nombre como si fuera veneno—. ¿Es acertada? Pensemos un momento en Inglaterra. Existe ahí una sociedad enorme, la East India Company, la Compañía de las Indias Orientales, y en Holanda existe la Compañía de las Indias Occidentales. Estas sociedades mercantiles tienen más influencia y dinero que los que Cromwell y sus secuaces pueden llegar a imaginar. ¿Cuánto falta para que en Inglaterra se cree otra compañía comercial parecida a la holandesa? Recogerán el té y las especias de la India; el tabaco y el algodón de Virginia, y el azúcar de Barbados. Entonces nosotros solo seremos trabajadores forzados, y cultivaremos la tierra y prensaremos la caña para nuestros señores de Londres. En recompensa podremos darnos por contentos con las limosnas que nos concedan. No seremos los amos de lo que vendamos, ni tampoco de lo que compremos. Entonces nadie en la isla tendrá nada que decir, sobre ningún aspecto. —Blandió el puño—. Yo digo que tenemos que luchar por nuestra libertad. ¡Por la independencia de Barbados!

Robert Dunmore se puso en pie.

—¡Libertad para Barbados! —gritó. Su voz estaba un tanto desvaída, pero no por eso su efecto fue menor.

Algunos de los otros terratenientes le hicieron eco.

—¡Libertad para Barbados! ¡Libertad para Barbados! —La voz se propagó como un eco.

Duncan se dejó caer en la silla con un suspiro. William Noringham levantó las manos.

—¡Caballero, calma! Antes tenemos que pensar bien las cosas.

La tranquilidad se impuso poco a poco; los murmullos de excitación persistieron todavía un rato. Duncan lo intentó por última vez.

—¿Qué hay de malo en negociar conforme a mi propuesta? El hecho de que puede existir alguna vez una compañía inglesa de las islas Occidentales aún no es algo firme. Si lográis establecer a tiempo un tráfico comercial marítimo entre Barbados e Inglaterra que funcione bien, ¿qué sentido tendría que alguien se aventurara en territorio desconocido y con elevadas posibilidades de pérdidas? Sabed que no hay muchos capitanes ingleses capaces de hacer esta ruta. Es algo que tiene que aprenderse. Evidentemente, en este sentido también estoy dispuesto a poner mis conocimientos al servicio de la causa. En interés de Barbados.

—¿Por qué no decís el verdadero motivo de esta buena disposición vuestra? —clamó Harold Dunmore. Rezumaba odio y en una de las sienes se le dibujó una vena—. ¡A vos solo os interesa el dinero!

—¿Acaso hay alguien aquí a quien le interese otra cosa? —preguntó Duncan con una sonrisa.

Dunmore sacó su látigo pero, a la vista de la distancia que había entre él y Duncan, aquel gesto no fue más que algo inútil y ridículo. Escrutó con nerviosismo a cada uno de los presentes.

—¿No os dais cuenta de que este hombre quiere tomarnos el pelo? ¿Alguien tiene idea de cuánto costaría algo así? ¿Quién debería aportar los medios para equipar todos los barcos que necesitamos para crear un comercio floreciente del azúcar? Y, otra cosa, ¿tendría ese consorcio tal vez cazadores expertos de esclavos que viajasen a África en lugar de los holandeses y los portugueses para proveernos de los negros que necesitamos para los años venideros? Yo os digo: ¡Armemos los cañones y preparémonos para la guerra!

—En tal caso debéis apresuraros. La última vez que zarpé a Inglaterra se había concentrado ya una parte de la marina de guerra dispuesta para hacerse a la mar en dirección hacia las Antillas. Como sabéis, llevo ya una buena temporada aquí; seguramente no falta mucho para que sus velas se divisen en el horizonte.—Duncan hizo una pausa con intención efectista—. Hasta que ello ocurra deberíais reflexionar muy bien sobre vuestra respuesta a la nueva ley.

Robert Dunmore clavó los ojos en él.

—¡Cobarde miserable! —Se volvió hacia los demás y farfulló—: ¡Y todos vosotros también sois unos cobardes! ¡Todos! ¡Sin excepción!

—Robert —dijo William con tono conciliador—. Compórtate. No estamos aquí para insultarnos los unos a los otros.

—¡Y tú...! ¡Tú eres el mayor de los cobardes! —gritó Robert.

De pronto se abalanzó contra William y le dio puñetazos. William recibió varios golpes antes de poder levantar las manos y defenderse.

—¡Sé muy bien lo que eres en realidad! —gritó Robert—. ¡Tú andas detrás de mi esposa! ¡Pretendes a Elizabeth!

William palideció.

—¡Retira lo que acabas de decir!

Pero Robert no estaba dispuesto a hacerlo y se abalanzó de nuevo contra él para intentar volver a golpearle. Sin embargo, esa vez William lo vio venir y supo defenderse. Propinó un puñetazo a Robert en la mandíbula que lo arrojó al suelo. Harold entretanto había sacado el látigo, pero las miradas de los que lo rodeaban le impidieron hacer uso de él. Con gestos bruscos se acercó a su hijo para ayudarlo a levantarse. Robert gemía y se sostenía la barbilla. Dirigió a William una mirada llena de odio que este respondió con indiferencia.

—Propongo que nos tranquilicemos un poco y que nos encontremos otra vez aquí dentro de una hora para votar las posibilidades que hay sobre la mesa —se apresuró a decir Jeremy Winston.

La propuesta fue bien recibida, sin discrepancias, por todos los presentes. Acto seguido el grupo se disgregó rápidamente.

Como no podía ser de otro modo, la votación otorgó una clara mayoría a la propuesta de Duncan Haynes. Muchos miembros del Consejo se alegraron por ello. Lo único que querían era mantener la paz; en cambio otros —sobre todo los de tendencia realista— no temían la confrontación con la marina de Cromwell y preferían apoyar a Harold Dunmore. Con todo, estaban en clara minoría.

En cualquier caso todos estaban preocupados, porque nadie podía saber qué pasaría si el comandante de la flota de Cromwell no quisiera negociar y solo aceptase, desde el principio, una rendición sin condiciones.

Tras la votación Harold Dunmore aseveró que ya verían lo que conseguirían de contar con un aventurero con ansias de grandeza que ni siquiera tenía derecho de voto en el Consejo. En su opinión, el plan de crear una sociedad mercante propia no solo era un proyecto visionario, sino idiota por demás, y añadió que todos pasarían a la historia como los lamebotas de Cromwell.

Quedó pendiente la cuestión de las exigencias que tenían que formar parte de las negociaciones. William Noringham había dicho que estaba decidido a redactar y a imponer una constitución en la que llevaba años trabajando, a lo que Harold Dunmore respondió con una carcajada de burla. Al oír aquel anuncio de Noringham, incluso Duncan Haynes frunció el entrecejo con escepticismo.

La fiesta de compromiso, que empezó a última hora de la tarde y en la que participaron una docena de invitados, empezó con mal pie. Era como si la irritación con que los miembros del Consejo habían puesto fin a la asamblea después de la votación fuera el inicio de la futura desgracia. Sobre la sociedad parecía que pendía ya la espada de Damocles de una guerra inminente con la metrópoli. Harold Dunmore permaneció sentado en un rincón con expresión avinagrada. Nadie se atrevió a acercársele, solo el criado que tenía que servirle la bebida con regularidad. De la comida prácticamente no tomó nada.

Robert estaba totalmente bebido. La siesta prolongada que su madre le había convencido que hiciera no lo había calmado. A veces Elizabeth notaba su mirada cavilosa sobre ella, provocándole una incomodidad creciente. Martha estaba todo el rato en torno a él, rogándole que dejara de beber; Robert hacía como si quisiera obedecerla pero, en cuanto ella apartaba la mirada, volvía a tomar un trago. En la barbilla tenía señales del puñetazo de William; de vez en cuando se la tocaba y contraía el rostro con un gesto de dolor.

William Noringham tampoco había salido indemne de la pelea. Tenía el ojo derecho hinchado, y era evidente que en los próximos días le iría cambiando de color.

Tampoco entre el resto de los invitados reinaba un buen ambiente, a pesar de que en el menú de varios platos con el que lady Harriet los obsequió no faltaba de nada. Los violines y las flautas sonaban más agudos que alegres, y la mayoría de los terratenientes no parecían tener otra intención que la de emborracharse cuanto antes mientras sus mujeres e hijas dibujaban caras de desconcierto. Nadie tenía ganas de bailar.

Elizabeth sabía de lo ocurrido en la asamblea de los terratenientes por Felicity, la cual, a su vez, lo había ido sonsacando, parte por parte, a su capitán holandés. Aunque Haynes no estaba invitado a la fiesta, el *Elise* seguía anclado frente a la costa. Elizabeth no dejaba de pensar en él. No podía evitarlo. Igual que el día anterior, sentía una extraña zozobra, como si estuviera a punto de ocurrir algo importante y ella no pudiera saber exactamente qué.

Niklas Vandemeer formaba parte de los invitados en calidad de amigo de William. Sin embargo, tampoco su humor era bueno. La inminente llegada de la marina de guerra inglesa convertía en un peligro incalculable cada día que pasaba de más en Barbados. Si los cañones ingleses llegaban a disparar, sin duda primero lo harían contra los barcos holandeses puesto que la ley de navegación iba dirigida en primer lugar contra la navegación mercante holandesa. Vandemeer iba de un lado a otro con expresión preocupada, y la mayor parte del tiempo tenía la mirada perdida en el vacío. A pesar de sus esfuerzos, Felicity, que permanecía junto a él como un perrito y lo acompañaba lealmente a un lado y a otro, no lograba animarlo.

Anne estaba junto a George Penn en la larga mesa y se esforzaba de verdad en mantener la expresión de felicidad en la cara, pero no podía engañar a nadie. Su sonrisa parecía forzada y su alegría simulada. Su prometido George, que estaba sentado a su lado con la espalda rígida, también parecía muy incómodo. Su rostro atractivo, algo ajado, tenía una expresión decaída. Igual que en la fiesta anterior, iba demasiado abrigado para el bochorno que hacía; de hecho, llevaba el mismo traje. Estaba bañado en sudor, igual que la mayoría de los presentes.

Solo lady Harriet parecía fresca y de buen humor. Su aspecto impecable casaba elegantemente con su afable amabilidad, y si la fiesta duró tanto fue solo gracias a su esfuerzo. Con todo, los primeros invitados se marcharon antes de medianoche. Algunos que vivían en la parroquia de Saint James y que, por lo tanto, no residían muy lejos de allí, iniciaron el camino de vuelta. Los criados les iluminaron con lámparas el camino de salida. El resto se retiró a los dormitorios que se habían dispuesto para ellos, y aceptaron los orinales, las jofainas y las bebidas que el servicio les ofreció para la noche. Los Dunmore también se quedaron a dormir.

Después de que todos los invitados se hubieran retirado, Niklas Vandemeer y Felicity se encontraron para despedirse en la galería exterior donde, ocultos por las columnas, se besaron y se abrazaron apasionadamente. Martha ya se había ido a la cama, y lady Harriet y Anne se ocupaban de acomodar a los invitados que pernoctarían en Summer Hill. Solo Elizabeth sabía de aquel encuentro secreto. A instancias de Felicity, vigilaba que los dos amantes no fueran molestados.

Apoyó la espada en la gran puerta doble que separaba el gran salón del vestíbulo. Estaba todo a oscuras, excepto por la lamparilla de noche que titilaba en el pasillo que llevaba a la galería exterior. En torno a la casa cantaban las cigarras, y se oyó el ululato de un búho. A Elizabeth le pareció volver a oír a lo lejos el sonido de los tambores. Al cabo de un rato oyó hipar por última vez a Felicity; a continuación la figura corpulenta de Niklas Vandemeer desapareció entre las sombras de la noche. Su silueta se recortó aún por unos instantes en el cielo nocturno iluminado por la luna y luego desapareció en la negrura.

—Tengo mucho miedo de que él se vea involucrado en la guerra —susurró entre lágrimas Felicity a Elizabeth mientras ambas se dirigían a la planta superior.

—Ya verás como todo irá bien —la tranquilizó Elizabeth. Sin embargo, también a ella le costaba creerlo.

Más tarde, cuando ella y Felicity ya estaban acostadas, Elizabeth permaneció mucho rato escrutando la oscuridad de la habitación. La noche anterior apenas había dormido y se sentía agotada. Con todo, estaba muy nerviosa. Tuvo que obligarse a permanecer tumbada para relajarse.

Un arañazo en la puerta la asustó; saltó de la cama sin pensar siquiera quién podía querer molestarla a esas horas. El corazón empezó a latirle con fuerza porque estaba convencida de que era Duncan. Aquel día solo lo había visto un momento, al final de la sesión del Consejo, pero no se habían hablado; Duncan solo la había saludado con la cabeza de lejos. Luego Niklas Vandemeer y William Noringham lo habían abordado y le habían impedido ver más. Inmediatamente después de la votación él se había esfumado; sin embargo, el *Elise* continuaba anclado en la bahía. ¡Duncan había vuelto para verla! Abrió la puerta sigilosamente y soltó un respingo al encontrarse ante sí, al trasluz de la lamparilla de noche que ardía en el pasillo, a Robert. Su esposo la agarró, la sacó de la habitación, la apretó contra la pared y la envolvió entre sus brazos.

—¡Robert, basta! —Elizabeth intentó apartarlo, pero él era demasiado fuerte.

—¡Lizzie, te quiero!

Horrorizada, se dio cuenta de que Robert lloraba a la vez que le intentaba quitar la camisa.

—¡Robert, por Dios, para! ¡Despertarás a toda la casa!

—¿No vas a quererme un poquito? ¿Tan repugnante te parezco? ¡Soy tu esposo! —Hablaba de forma entrecortada y balbuceante, ya no podía controlar bien la lengua.

—Robert, mañana lo hablamos.

—Lizzie, déjame... —Le metió la mano entre las piernas, y eso a ella la indignó tanto que lo apartó con fuerza.

—¡He dicho mañana! ¡Y ahora, basta! ¡Lograrás despertar a tu madre!

Él cedió un poco y entonces ella consiguió zafarse de él. Una puerta del pasillo se abrió y, mientras Robert se volvía irritado hacia ese ruido, Elizabeth aprovechó aquella oportunidad y huyó al dormitorio de Anne. Corrió rápidamente el pestillo y escuchó detrás de la puerta. Fuera se oían unos murmullos amortiguados que no podía entender. Suspiró profundamente y a continuación regresó a su cama. En la oscuridad se oyó a Anne susurrar:

—¿Tu marido?

—Sí —respondió Elizabeth en voz baja.

—No sabía que fuera tan espantoso.

Si supieras hasta qué punto es espantoso, pensó Elizabeth. En su mente recordó a Deirdre sangrando, arrodillada en el suelo; a la muchacha que había muerto al dar a luz un hijo de Robert. Y luego pensó en Duncan, en cómo se sentía ella entre sus brazos y se consumía con sus besos, como una vela al viento. Por fin en su cabeza vio a Robert ante ella, llorando y suplicándole amor, y cómo ella, incapaz de soportar aquello, lo había apartado de sí. Al pensar en ello, también Elizabeth lloró.

En efecto, la culpa podía tener muchas formas. Y todas eran espantosas.

26

Celia se había preparado la cama en una de las barracas desocupadas. Los negros preferían dormir en sus chozas circulares hechas de barro y caña, algo que Celia no comprendía ni quería averiguar. En muchos aspectos los negros para ella eran un misterio, aunque hubiera vivido con ellos hasta los cinco años. Había dormido en sus jergones de paja, había cantado sus canciones africanas y había aprendido su lengua, pero ya a esa edad tan tierna, lady Harriet se la llevaba a menudo a su casa para que no recibiera solo la influencia de las tradiciones paganas de los esclavos, cuyos dioses extraños les hablaban desde el más allá penetrando en los cuerpos de algunos de ellos.

Celia pensó en la mujer blanca y en lo que habían compartido la noche anterior. Akin se había enfadado mucho y quiso matar a la mujer, pero el viejo Abass le había dicho que era voluntad de Ogoun que ella viviera, pues también participaría en lo que estaba por venir. El oráculo había profetizado que aquella noche moriría el hombre blanco, y los tambores así lo habían anunciado. Celia estaba despierta, tenía miedo de lo que iba a ocurrir. Cuando la puerta de la barraca se abrió, se quedó tumbada sin más, porque todo estaba ya escrito.

Robert Dunmore entró tambaleándose en la estancia oscura y estrecha. Más que dejar en el suelo el fanal que llevaba, lo dejó caer; fue un milagro que no se rompiera y siguiera ardiendo tras un breve titileo. Se arrodilló junto a la estera de Celia. La mulata percibió su aliento empapado de alcohol cuando él se inclinó sobre ella.

—Lizzie —dijo con voz confusa—. Te quiero.

Le acarició el cuerpo, le tiró de la camisa y se la rasgó mientras con la boca le buscaba los labios de forma febril.

—Señor, ¡no podéis hacer eso! —Celia lo apartó—. ¡Sabéis que moriremos si lo hacemos!

—¡Déjame, vamos!

—¡No soy Elizabeth! —Ella se zafó de la mano que lo agarraba—. ¡Soy Celia! ¿Oís? ¡Rápido, marchaos antes de que alguien os oiga!

—Tú no eres negra —murmuró él—. ¡No eres negra!

—No, no lo soy. Pero tampoco soy blanca. ¡Y ahora marchaos!

—Puedo pagar —le espetó él—. Espera. Tengo una cosa para ti. —Hurgó en los bolsillos y le puso algo en la mano—. ¿Ves? Te lo puedes quedar. Es para ti. Y ahora quiero... Quiero...

Robert jadeaba con la boca entreabierta, temblando de excitación, y Celia se dio cuenta de que él era incapaz de controlar sus pensamientos y sus sentimientos. Estaba poseído por los espíritus malignos, y ningún argumento, por bueno que fuera, lograría impedir que abusara de ella. La agarró del pecho, se puso sobre ella y la obligó fácilmente con las rodillas a separar los muslos. Notó su miembro en el cuerpo. No podía gritar porque eso sería su muerte. Pero él no podía hacerla suya porque también así ella moriría.

Desesperada, Celia le mordió el hombro, pero eso solo logró excitarlo aún más. Se defendió y volvió a morderle, le golpeó los hombros con los puños e intentó cerrar de nuevo las piernas. Entonces él, de pronto, se detuvo. Celia suspiró con alivio y sorpresa, aunque ligeramente y con prudencia, porque creyó que se trataba de un truco para que ella se quedara quieta y así poder penetrarla. Pero entonces oyó que él roncaba. Se había quedado dormido.

27

La luna todavía estaba baja. El alba estaba próxima. Por encima de los campos de azúcar el cielo era gris, aunque todavía estaba rasgado con las sombras azuladas de la noche. Abajo, en la playa, las garzas iban a grandes zancadas de un lado a otro mientras los cangrejos de tierra buscaban refugio entre la maleza de la orilla para pasar allí el día. Se oyó el canto de los primeros gallos; pronto los pájaros cantores los acompañarían en aquel concierto matutino. Unos nubarrones espesos se cernían sobre la isla, la mayoría arriba, sobre las colinas del centro; sin embargo, el cielo también abría sus compuertas en la costa. Todo estaba empapado de humedad. Llovía con retraso desde los árboles gigantescos de la jungla cercana, y por todas partes caían gotas y chorreaba agua. Los animales estaban escondidos en sus madrigueras de la maleza, y los pájaros levantaban de nuevo sus cabezas por debajo de las plumas. Aun así, apenas remitía un chubasco que el agua era absorbida; el suelo y los campos la absorbían como esponjas. Al salir el sol y convertir con su calor la humedad en vapor, se elevó de la tierra una especie de neblina.

Como todos los días, la compañera negra del capataz lo había despertado para que reuniera a los esclavos. El trabajo empezaba siempre al alba y terminaba con la puesta del sol. La mujer se acercó a la lumbre que tenía en un rincón de la cabaña y arrojó en un caldero los ingredientes para hacer sémola de avena. Estaba gorda como una morsa: no solo porque comía bien, sino por el hijo que esperaba, que era el tercero que tenía con el capataz. Él era un hombre bueno, que pocas veces le pegaba a ella o a los niños, y que solo castigaba a los demás esclavos si era necesario. Además, era divertido. No pasaba un día sin que él riera y bromeara con los niños, o sacara la flauta para tocar.

Aquella mañana él estaba especialmente cansado, porque en la víspera de la fiesta de compromiso del ama joven había llevado una ración extra de asado y de ron a casa y los había compartido con ella. La primera vez que ella había intentado despertarlo, él solo había emitido un breve gruñido y se había vuelto sobre su otro costado. A ella le habría gustado quedarse en la cama un poco más, como él, pero también sabía que si él se dormía le echaría la culpa. Así pues, lo sacudió varias veces por el hombro hasta que por fin él se despertó refunfuñando y salió de la casa para aliviarse.

El capataz orinaba en aquel aire húmedo matutino mientras bostezaba y observaba, aburrido, su alrededor. Al otro lado, junto al molino, vio algo fuera de sitio, parecía un fajo de bagazo doblado y arrojado allí con descuido. Enfadado, se encaminó hacia él para colocarlo con el resto. Entonces reparó en lo que era en realidad y empezó a correr. El camino de tierra se había vuelto un barrizal tras la última lluvia; el capataz resbaló y cayó. Tras renegar, se incorporó de nuevo; estaba cubierto de barro de pies a cabeza, pero eso le daba igual.

De la barra giratoria del aparato de molienda colgaba un cuerpo humano. Era un hombre. Cuando el capataz se acercó, reconoció el cabello rubio ensangrentado del cual el agua caía a gotas. Era Robert Dunmore y estaba, a todas luces, muerto.

CUARTA PARTE

Barbados

Finales de verano y otoño de 1651

28

El velatorio tuvo lugar en la mansión después de que los criados sometidos a contrato lo hubieran trasladado allí por orden de Noringham. Lavaron cuidadosamente el cadáver, taparon las heridas de su nuca y lo vistieron con ropa limpia. Cuando terminaron, Robert parecía dormido, con un rostro tan bello como el de un ángel caído del cielo. En torno a él titilaban las velas que había encendido uno de los criados irlandeses.

Martha estaba hundida en una butaca, muy cerca de su hijo muerto. Tras proferir chillidos agudos durante minutos, se había quedado muda. Incluso con la voz rota, había intentado seguir gritando aún un buen rato hasta que, al final, eso también dejó de ser posible. Desde entonces lloraba de un modo atrozmente silencioso, sacudiendo el cuerpo como si estuviera siendo azotada, con el rostro abotagado y tan rojo que parecía escaldado.

Elizabeth estaba paralizada a los pies del féretro y miraba a su esposo. Había aceptado el gran número de condolencias con indiferencia. Igual que en muchos momentos de su matrimonio había deseado poder amar a Robert, ahora anhelaba poder llorarlo porque sospechaba que a quienes la rodeaban tenía que parecerles muy raro que ella no expresara su dolor de un modo más intenso. Por otra parte, se odiaba por dedicar en esas circunstancias el único pensamiento de lo que los demás podrían pensar. Martha, que acostumbraba a dar importancia a lo que la gente pudiera decir de ella, era ajena a todo. No le preocupaba apestar como un animal, que su cabello gris le cayera en finos mechones hasta la cadera, que su camisón estuviera manchado del vómito que había arrojado cuando se le comunicó la noticia, que sus pies descalzos tuvieran durezas, amarillearan y estuvieran sucios. Estaba allí sentada, sin más, abandonada a su dolor y a su espanto, como si en el mundo solo estuvieran ella y el cadáver de Robert.

Llegó un momento en que Elizabeth no pudo más. Abandonó la casa y salió para saber si había alguna novedad. La mulata había desaparecido. Ninguno de los esclavos ni de los criados sometidos a contrato decía haber visto u oído algo; de todos modos, era evidente que la desaparición de Celia tenía que ver con la muerte de Robert. Harriet había dicho, con voz tajante, que Celia era incapaz de hacer daño a nadie. Sin embargo, los hechos hablaban por sí solos. En la barraca donde la mulata había pasado la noche se había encontrado una camisa manchada de sangre y hecha jirones y, debajo de ella, un anillo propiedad de Robert. No se trataba de ninguna joya valiosa, sino de una bagatela de colores que él acostumbraba a regalar a las mujeres de las que se servía. Siempre llevaba alguna consigo. Elizabeth lo había visto tintinearlas muchas veces. Incluso en una ocasión le había dejado a Jonathan una pulsera para jugar, y ella se la había tenido que quitar para que no se la pusiera en la boca. Sabía muy bien por qué Robert llevaba siempre esas baratijas.

Benjamin Sutton, al que a menudo se le habían escapado esclavos, había organizado de inmediato patrullas de búsqueda. Se había hecho con más perros sabuesos que pertenecían a una de las plantaciones colindantes y había organizado a los hombres por grupos. Harold no vaciló en unirse a uno de los destacamentos. En el momento de la partida, él no era más que una sombra de sí mismo, pero en sus ojos Elizabeth había visto algo que internamente la había dejado helada. Alguien, sin duda, pagaría por la muerte de Robert.

George Penn y otros terratenientes más se habían dedicado a entrenar y a dotar de armas una milicia. Tenían que estar preparados por si las negociaciones previstas fracasaban. Según les había contado de forma insistente, era preciso practicar la lucha con espada y planear estrategias de ataque, y había subrayado, además, la experiencia bélica que había adquirido en Marston Moor.* Por lamentable que fuera la muerte del malogrado joven Dunmore, dijo, él se veía obligado por la necesidad a ceder a otros la búsqueda de la asesina huida. Para George, el bienestar de la isla se hallaba por encima de todo y él estaba dispuesto a sacrificarse hasta su último aliento. La mayoría de los invitados que habían pasado la noche en Summer Hill aprovecharon la ocasión para irse con él.

A Elizabeth le pareció que Anne apreciaba que George se hubiera marchado. Estaba sentada en la galería exterior, pálida y ensimismada, con una labor sobre las rodillas en la que no podía trabajar porque los dedos le temblaban demasiado. Cuando Elizabeth se le acercó, levantó la vista con los ojos velados.

—Sea lo que sea lo que haya ocurrido, estoy segura de que Celia no ha tenido nada que ver.

No. No es culpa suya, pensó Elizabeth. La única culpable era ella, se dijo, por haberlo apartado de su lado. Anne

* La batalla de Marston Moor tuvo lugar el día 2 de julio de 1644 y enfrentó a las tropas realistas contra las de los parlamentarios, los cuales obtuvieron una importante victoria. *(N. de la T.)*

intuyó lo que pensaba y negó con la cabeza. No se atrevió a decir nada porque su madrastra estaba sentada junto a ella. Lady Harriet estuvo de acuerdo con Anne.

—Celia es una muchacha encantadora y temerosa de Dios.

Una imagen asomó en la mente de Elizabeth. Pies golpeando en el suelo, cuerpos bañados en la luz de la luna, uno de ellos manchado con la sangre de un animal. Entonces la imagen se desvaneció y solo quedó esa extraña perplejidad inexplicable. Elizabeth, extenuada, se apoyó en la columna detrás de la cual la noche anterior Felicity se había despedido de su capitán. El *Eindhoven* había partido poco antes de la salida del sol, más o menos a la misma hora en que el capataz había encontrado a Robert. Niklas, como el resto de los capitanes mercantes holandeses, quería anclar en el puerto de Bridgetown y hacerse con toda la mercancía posible.

Vandemeer no sabía nada del asesinato, y eso hacía que su partida fuera aún más dolorosa para Felicity porque en esos momentos, reconoció ella sollozando con amargura, le habría venido bien tenerlo cerca. De todos modos, Felicity no lloraba la muerte de Robert, ni siquiera por compasión hacia Elizabeth, de quien sabía que mantenía su duelo dentro de unos límites. Su pesar en realidad se debía a que se sentía muy próxima a unos cambios bruscos que escapaban a cualquier tipo de control. En resumen, ella tenía un miedo terrible al futuro. Ya en otra ocasión una guerra había desposeído a Felicity de todo cuanto amaba, y la había dejado deshonrada física y mentalmente. Se había refugiado en el dormitorio de Anne, donde permanecía sentada en la hamaca con rostro inexpresivo. No dejaba de darse impulso con una mano en la pared, haciendo que la hamaca se balanceara sin cesar.

Por fin Martha permitió que la apartaran del féretro y la acompañaran a la cama. Lady Harriet le preparó una bebida en la que mezcló un poco de láudano y, al poco tiempo, la mujer se tranquilizó. Lady Harriet permaneció sentada a su lado asiéndola de la mano hasta que Martha se durmió. No se resistió. Ante aquel horror su resentimiento contra los Noringham parecía carecer de cualquier importancia.

A primera hora de la tarde, Duncan Haynes acudió a la plantación acompañado de su primer oficial, John Evers. Lady Harriet encargó servir comida y bebida para ambos, y Duncan conversó con William Noringham y con Jeremy Winston.

Elizabeth evitó dirigir la mirada hacia los hombres, pero no pudo impedir notar las miradas de reojo y preocupación que Duncan le dedicaba. Era evidente que él ardía en deseos de hablarle de lo ocurrido. Pero ella no sabía qué decirle. Cada vez que lo miraba sentía unos remordimientos tremendos.

En cuanto las sombras se volvieron más alargadas, William Noringham ordenó a sus criados sometidos a contrato envolver el cadáver de Robert en un paño y llevarlo en carro hasta la iglesia de Bridgetown antes de que el cuerpo empezara a oler mal. No quería tener en casa el cadáver por más tiempo. El funeral, a fin de cuentas, iba a celebrarse al día siguiente; con aquel clima no era posible esperar más tiempo.

Apenas había partido el carro, regresó a Summer Hill una de las patrullas de búsqueda, la formada por Benjamin Sutton y dos criados sometidos a contrato, que estaban sudados y cubiertos de arañazos de las ramas y tenían las caras rojas a causa de la marcha prolongada a través de terrenos intransitables. Los dos perros que los acompañaban tiraban de sus correas. Llevaban la lengua colgando, y los flancos les temblaban a causa del bochorno asfixiante. Sutton pidió con tono autoritario que les dieran agua. Uno de los dos criados tiraba de una chica atada. Habían encontrado a Celia.

Su aspecto era terrible. Tenía heridas en la cara, y las piernas le sangraban debido a los mordiscos de los perros. Cuando el criado la empujó hacia el espacio que había delante de la mansión ella apenas podía mantenerse de pie y temblaba. El cabello ondulado le caía desmadejado por la cara y tenía los ojos muy abiertos a causa del miedo y del dolor.

—¡No fui yo! —gritaba implorando.

Sus palabras no sonaban con claridad, porque la boca se le había inflamado por los latigazos. La nariz le sangraba.

Sutton rió burlón.

—Ahórrate el aire para que puedas gritar porque por ahí viene Dunmore.

En efecto, en ese momento apareció Harold Dunmore, igualmente exhausto y tan sudado como los otros dos hombres de su patrulla. Al momento gritó al capataz de los Noringham:

—¡Agarra a esa zorra y átala a ese árbol! Y luego, mátala a latigazos.

El capataz tragó saliva y miró a su alrededor, inseguro. Harold Dunmore en persona tomó la iniciativa. Asió a la mulata y, cogiéndola por el cabello, la arrastró hasta una palmera, donde la ató con gesto experto. Ella era incapaz de ofrecer resistencia a su fuerza bruta y cayó postrada de rodillas entre sollozos, fuertemente apretada contra el tronco de la palmera y con el cuerpo encogido.

—¡Os lo ruego! ¡Yo no he hecho nada!

Harold sacó el látigo y lo blandió contra la muchacha. Los gritos agudos de ella convocaron al momento a los moradores de la mansión y a los invitados que todavía estaban en la plantación. Elizabeth fue más rápida que los demás y, al instante, se dio cuenta de lo que tenía que hacer. Todavía recordaba, una y otra vez, cómo él había azotado a Deirdre: era casi como si el destino la obligara a impedir a cualquier precio que eso volviera a repetirse. Sin vacilar se abalanzó sobre su suegro y le quitó el látigo.

Él reaccionó como un poseso. Más tarde Harold afirmaría que no se había dado cuenta de que era ella, y que solo había querido defenderse de un supuesto atacante.

Le propinó un puñetazo brutal a la vez que profería un fuerte gruñido. Elizabeth cayó al suelo agarrándose el vientre. Había recibido el golpe en el diafragma y no podía respirar. La oscuridad asomó ante sus ojos y su capacidad de reconocer las cosas de forma consciente quedó limitada a unas pocas impresiones. En algún lugar se oyeron gritos de mujer. Anne, Felicity y lady Harriet. Elizabeth percibió, como entre brumas, que Duncan se abatía sobre su suegro con un grito sordo y lo derribaba. Cuando Harold se puso en pie y sacó el puñal, Duncan desenvainó una pistola y soltó el gatillo de forma claramente perceptible.

—¡Inténtalo si quieres!

Mientras Elizabeth trataba de coger aire entre gemidos y no lograba abrir sus pulmones más que un poco, William se inclinó sobre ella.

—¡Por Dios bendito, Elizabeth! —La levantó cogiéndola en brazos y la entró en la casa. Por encima del hombro le dijo a Harold—: Si volvéis a tocar otra vez mi propiedad, os retaré a un duelo.

—En fin —dijo Sutton, nervioso, a Harold—, cuando alguien tiene razón, hay que dársela. La mulata es suya. —Se volvió entonces hacia Jeremy Winston—. Pero, al menos, debería ser encerrada, ¿no? Tú, como representante de la autoridad, la podrías tomar en custodia.

Jeremy Winston asintió, solícito, claramente contento y aliviado de poder contribuir a la solución del problema de un modo tan sencillo y elegante a la vez.

—¡En efecto! Deberíamos encerrarla a cal y canto, y someterla a juicio igual que a cualquier otro asesino. Y luego la ahorcaremos, tal como es debido. Así lo dice la ley. Exacto. Haremos esto. —Winston asintió de nuevo, muy contento consigo mismo y con su decisión.

Harold Dunmore estaba sentado con las piernas recogidas en el suelo y la cabeza inclinada sobre las rodillas. La ira ciega lo había abandonado. Cuando logró ponerse en pie trabajosamente ayudado por Winston, todos vieron que temblaba.

Las mujeres siguieron a William al interior de la casa, y los sollozos de dolor de Felicity se oyeron durante un buen rato. A la orden de Winston, el capataz de los Noringham desató a la mulata de la palmera.

—Lo mejor es que me deis dos hombres para la custodia—dijo Winston—. Ellos velarán para que todo el proceso se desarrolle como es debido y que nadie pueda decir después que alguien ha atacado de forma injusta la propiedad de un tercero.

Sutton expresó su satisfacción ante tanta cautela. Luego reunió a sus perros y se despidió de los presentes antes de marcharse silbando por su camino.

Duncan Haynes contempló con disgusto cómo los criados sometidos a contrato se llevaban a la mulata atada bajo la supervisión de Winston. La muchacha sollozaba en voz baja. El látigo le había destrozado la ropa y por la espalda le corría la sangre.

Harold Dunmore la miró con los ojos encendidos de rabia.

29

Antes de su partida, Harold Dunmore se presentó ante Elizabeth para disculparse por el puñetazo. Le dijo que había perdido la cabeza, que, después de la muerte de Robert, no pensaba con claridad; que no había sabido distinguir a sus amigos de sus enemigos. Ante ella, con rostro rígido, se humilló incluso delante de los Noringham, quienes se habían agrupado en torno a Elizabeth como si fuera hija suya; Harold Dunmore sintió el veneno de la ira ardiendo en su interior con una intensidad inquietante para él. Con todo, aceptó aquella postración porque el momento en que la había visto tumbada frente a él en el suelo, doblada sobre sí misma e intentando en vano respirar, había sido, de largo, peor que encontrarse en ese instante ante ella en actitud compungida y con la mirada de los Noringham clavada en él como si se tratara de un perro rabioso.

—Discúlpame —repitió con la cabeza vuelta a un lado para esquivar las miradas.

Elizabeth asintió sin decir nada, y Harold se volvió y se marchó. Martha, que seguía aturdida por el láudano, había sido trasladada por dos sirvientas al carromato. Felicity estaba sentada a su lado con todo el equipaje, dispuesta ya para la partida. Elizabeth había decidido abandonar Summer Hill al día siguiente porque, a causa del golpe en el vientre, necesitaba algo de descanso; de todos modos, acudiría puntualmente al entierro. La encargada de decírselo a Harold había sido Felicity, incapaz de ocultar que habría preferido permanecer otro día más allí con su prima.

Fuera, frente a la casa, Harold vio a Duncan Haynes. Sus miradas se encontraron. Con un gesto súbito, el terrateniente se dio la vuelta y se encaminó hacia sus caballos.

Duncan aguardó a que el carruaje se hubiera alejado y entró en la casa. Le bastó con mirar a Elizabeth para darse cuenta de que estaba totalmente abatida. Mientras ella estuviera en aquel estado, él no podría hablarle. Además, Anne Noringham no se apartaba de la joven, y William no parecía tener otra cosa que hacer que hacerle compañía.

No sin cierta ironía Duncan se dijo que la muerte del marido, en lugar de derribarlos, había levantado aún más obstáculos entre ellos. No hacía falta ser un gran observador para ver que la corroía el sentimiento de culpa. Como no podía ser de otro modo, la mayoría atribuía su abatimiento al dolor de la pérdida, pero esa impresión podría desvanecerse si alguien los observaba. Entonces no sería muy difícil extraer algunas conclusiones. Por ello ofreció el pésame a Elizabeth manteniendo una distancia prudente desde la puerta abierta, y ella se lo agradeció con voz indiferente, sin dirigirle ni tan solo una mirada. Anne estaba detrás de ella, con ambas manos posadas en sus hombros. Duncan se despidió con un breve saludo antes de que Anne pudiera extraer ninguna conclusión. William Noringham, siempre cargando los males del mundo a sus espaldas, lo acompañó al embarcadero.

—Seguramente nos veremos muy pronto —dijo.

—A lo sumo cuando los parlamentarios disparen desde los cañones —corroboró Duncan permitiéndose una broma poco entusiasta.

Una sonrisa fugaz asomó en la comisura de los labios de William, pero al instante recuperó su gravedad.

—El asesinato de Robert Dunmore es una carga muy dura para Summer Hill. Se ha derramado sangre en mis tierras y me siento responsable de ello. Sin embargo, tengo la esperanza de poder demostrar la inocencia de Celia. Lleva desde muy niña entre nosotros, y mi familia siente un gran afecto por ella.

—Sin duda nadie va a esforzarse mucho para encontrar pruebas en su descarga, ya que todos los indicios la acusan —dijo Duncan.

William asintió con la frente arrugada y una expresión de preocupación.

—Interrogaré personalmente a todos mis criados y esclavos. Tal vez alguno viera algo.

—¿Asistiréis al entierro?

—Por supuesto.

—De todos modos, vos no sentíais un aprecio especial por él, ¿verdad? —Duncan contempló con curiosidad a William—. En realidad, ayer en la asamblea me pareció que había cierta rivalidad entre vos y Robert. De hecho, os peleasteis.

William, apesadumbrado, levantó los hombros.

—Creedme, eso es algo que lamento muchísimo. Haría cualquier cosa para poder cambiar lo ocurrido.

—Como eso no es posible, no sirve de nada romperse la cabeza con ello. No se puede ser amigo de todo el mundo.

—Sea como sea, siento mucho que Robert tuviera que morir tan joven y, sobre todo, de ese modo.

—Muchos dirán que, con la vida que llevaba, se lo tenía bien merecido.

—Decir algo así no es de buen cristiano.

—Desde luego —aseveró Duncan algo lacónico. Y, con tono más serio añadió—: Tal vez ese fuera su destino. Muchas cosas ya están escritas en las estrellas tiempo antes de que ocurran.

—No me merece una gran opinión la astrología.

—Tampoco a mí. —Duncan sonrió—. De hecho, es un modo de hablar. Podemos llamarla tranquilamente divina providencia. Eso que los griegos denominaban *prónoia*.

—¿Sabéis griego clásico? —preguntó William Noringham, sorprendido.

—¿Acaso pensáis que los filibusteros somos inmunes a cualquier forma de educación? —preguntó Duncan, divertido.

William se sonrojó.

—Bueno...

Duncan lo salvó de su incomodidad y dirigió otra vez la conversación al destino de Robert.

—Hay personas que parecen movidas por una especie de anhelo de muerte. Creo que Robert era alguien así. Vivió siempre como si no hubiera un mañana. Y llegó un momento en que dejó de haberlo.

—¿Cómo lo sabéis? ¿Conocíais a Robert?

—En realidad, no. —Duncan recordó lo que Robert le había dicho a Claire y esta le había contado: «Yo acabaré mal. Me siento como una mecha que va consumiéndose».

William asintió, pensativo.

—¿Sabéis? Tal vez es cierto que Robert tuviera una especie de anhelo de muerte. Precisamente en los últimos años parecía muy... infeliz.

—Es evidente que su matrimonio no era de los mejores. —Duncan hizo esa constatación con intención.

William se encogió de hombros y su expresión se volvió reservada.

—Eso es algo que, evidentemente, no puede reprochársele a lady Elizabeth —dijo con cierta incomodidad.

Al hablar, reaccionó tal como Duncan esperaba. Sin embargo, eso no lo animaba precisamente. Aquel joven caballero, valeroso y sin tacha, estaba claramente enamorado de Elizabeth. Incluso durante la travesía en barco había sido difícil no darse cuenta; de hecho, no sin motivo en la asamblea del día anterior Robert había aireado su rabia acusando a William de ir tras su esposa. Después de los recientes acontecimientos, nadie se asombraría si William, después del período de duelo, pidiera la mano a Elizabeth. Harold Dunmore no podría impedirlo. Y él tampoco.

—Yo podría llevarla a Bridgeport con el *Elise* —dijo—. De ese modo ella no tendría que ir a caballo.

—Pero Elizabeth quiere cabalgar. —William no parecía

muy contento con esa decisión—. Le he ofrecido acompañarla a casa con el carruaje, evidentemente con Anne, pero no ha querido.

Duncan no pudo evitar sentir una satisfacción ridícula al oír eso. Se tocó ligeramente el sombrero en señal de despedida a la vez que dirigía una sonrisa tranquilizadora a William Noringham.

—Sois una persona muy sensata. No cambiéis.

A la mañana siguiente, William insistió en que dos de sus criados sometidos a contrato acompañaran a Elizabeth en su recorrido a caballo de vuelta a Bridgetown. Eso le llevó casi el doble de tiempo que lo habitual pues la joven tuvo que hacer ir a Pearl al paso porque si no los hombres habrían tenido que correr para no perderla de vista. Los criados iban algo delante de ella, casi a su lado, con las cabezas gachas tapadas por sombreros deshilachados y las espaldas nervudas empapadas de sudor bajo camisas grises de algodón. El aire era tan espeso que casi se podía cortar. Sobre los campos de caña de azúcar zumbaban ejércitos de mosquitos y algunos se posaron sobre Elizabeth. Ella, impaciente, mató a esos insectos pesados antes de que le picaran. Algunos ya habían chupado algo de sangre, y se convirtieron en manchas rojas debajo de la palma de su mano. Cuando Elizabeth distinguió a lo lejos los muros blancos de Dunmore Hall le habría gustado dar la vuelta y marcharse. Sintió en su interior un nudo doloroso.

En la entrada había un crespón. Elizabeth entregó a Pearl al mozo de cuadras y luego entró, vacilante, en la casa. El silencio era sobrecogedor. Sus suegros estaban sentados, mudos y pálidos en el salón. Iban vestidos de duelo y solo parecían esperar a que llegara la hora del entierro. Cuando Elizabeth asomó por la puerta, Martha apenas levantó la mirada. Tenía el rostro tan deformado a causa del llanto que resultaba difícil reconocer sus rasgos.

—¡Ya estás aquí! —dijo Harold.

Su semblante era impasible y, cuando Elizabeth lo miró, apartó la mirada. La joven se aclaró la garganta.

—Voy a cambiarme.

Felicity se arrojó a sus brazos entre lágrimas cuando entró en la habitación.

—¡Por fin! ¡Ya no lo soportaba más! ¡Esto es como un sepulcro! Como si no fuera suficiente con que Niklas haya tenido que irse tan pronto. —Miró detenidamente a Elizabeth con cautela—. ¿Cómo estás?

Elizabeth se encogió de hombros y se acercó a la cuna donde Jonathan dormía. Tenía el cuerpo recogido, formando una especie de bola diminuta que respiraba, las piernecitas dobladas bajo el vientre y la cabeza vuelta a un lado. Tenía el pulgar en la boca. Elizabeth fue a sacárselo, pero finalmente lo dejó. No quería interrumpirle el sueño.

—¿Miranda se ha ocupado bien de él?

Felicity asintió. Ya estaba vestida para el entierro, y tenía una apariencia extraña y rígida con aquellas ropas negras. Elizabeth reparó en que llevaba la mantilla gris que no le quedaba bien con su llamativo vestido de baile.

Ella ya tenía dispuesto también su vestido de luto. Era el que llevaba cuando asistía a un funeral. Le iba demasiado estrecho, le molestaba debajo de los brazos y el tejido de seda era rígido y le picaba; se estremeció al verlo. La última vez que lo había llevado había sido para el entierro de una señora que había muerto de tuberculosis. Antes había sido por un muchacho que había sufrido unas fiebres. Constantemente en la parroquia morían conocidos de los Dunmore.

Excepto en esas muertes, Elizabeth luego no habría sabido decir en qué había pensado al dirigirse a la capilla. También vivió el funeral en un estado de extraña desconexión; ni siquiera levantó la mirada cuando, durante el sermón, el reverendo Martin dirigió unas palabras personales de condolencia a los parientes del difunto.

Como era de esperar, el cementerio de Saint Michael estaba abarrotado de gente vestida de negro. Tras la misa todos se reunieron cabizbajos en torno a la tumba abierta y contemplaron cómo el ataúd era bajado a su fosa. Los hombres se quitaron el sombrero y las mujeres juntaron las manos.

Martha había recuperado en parte la voz; sollozaba con desconsuelo y sus gemidos ahogados eran como los de un animal agonizante. Harold, con el rostro rígido y anguloso, sostenía a su esposa temblorosa por un lado mientras Elizabeth la asía por el otro. A pesar del sombrero, el sol incidía directamente en su rostro y la deslumbraba así que, cuando a su alrededor oyó los gemidos procedentes de las gargantas de otras mujeres, no pudo ver quién lloraba tanto a su difunto marido.

Felicity estaba detrás de ella con el pequeño en brazos, el cual iba vestido con un diminuto traje negro y un sombrerito también negro, en consonancia con la trágica ocasión. También él lloraba sin desconsuelo, aunque solo era porque veía llorar a su abuela. Elizabeth lo tomó en brazos, contenta de poder deshacerse de su suegra. Sostuvo a Jonathan de forma que pudo esconder el rostro detrás de él, y él le abrazó por el cuello con los bracitos y se apretó contra ella, asustado.

Al otro lado del sepulcro, en la segunda fila de los dolientes, vio a los Noringham. Lady Harriet llevaba velo y Anne, ataviada con su vestido de duelo, parecía una musaraña escuálida y oscura. William, alto y esbelto, tenía como siempre un aspecto atractivo, algo que no cambiaba por poco favorecedor que fuera el traje. Nervioso, hacía girar el sombrero entre las manos y tenía los ojos bajados en dirección al ataúd, sobre el cual el reverendo Martin acababa de lanzar una palada de tierra.

«De la tierra somos y a la tierra volvemos. Tierra sobre tierra, ceniza sobre ceniza, polvo sobre polvo. Lo que el Señor nos da el Señor nos lo arrebata. Bendito sea el Nombre del Señor.»

Martha dejó escapar un grito ronco y se desplomó junto a Harold. Él la sostuvo con fuerza mientras caía más tierra con estrépito contra el ataúd. En algún momento se dijo el último «Amén» y, poco a poco, los asistentes al entierro se fueron disgregando. Ya había terminado.

30

Mientras Robert era enterrado, en la plantación de los Dunmore todo parecía seguir el ritmo habitual.

Akin tensó los músculos y tomó aire inspirando con fuerza. En la mano sostenía, relajado y seguro, el machete, como siempre cuando cortaba caña. Una tras otra. Sin cesar. Golpeaba con tanta facilidad la espesura verde que esta parecía agua apartándose a su paso. Los bordes afilados de los puntos de corte y las hojas se le clavaban en las manos y en los antebrazos, pero hacía tiempo que ya no notaba las heridas que aquello le provocaba. Aquel bosque verde, casi el doble de alto que él, se inclinaba en crujidos misteriosos, como si ocultara la respuesta a todas las preguntas. A su lado, los hombres trabajaban en simetría estoica, con las cabezas agachadas la mayor parte del tiempo, excepto aquellos que comprendían el lenguaje de los tambores. Estos le dirigían un vistazo más a menudo, vigilando con miradas inquisidoras a que él diera la señal.

Entonces llegó el momento. El capataz estaba en el lindar del campo y se distrajo con un esclavo que cortaba la caña demasiado arriba. Sacó el látigo. El chasquido fuerte del cuero sobre la espalda negra, el gemido de dolor. Había llegado la hora. El grito espeluznante de Akin fue la señal.

Todos, como un solo hombre, se abalanzaron a la vez contra el capataz. El que acababa de probar el látigo fue más rápido que los demás y agarró el machete, que había tenido que dejar en el suelo por orden del capataz, y arremetió contra su torturador. Este aún tuvo la oportunidad de renegar antes de que el cuchillo le atravesara el cuerpo. Mientras contemplaba sin poder creerlo cómo las entrañas le salían e intentaba detenerlas con manos temblorosas, el resto de los esclavos se acercaron a él. Recibió el golpe de dos, tres, cuatro machetes y le despedazaron la cabeza, los brazos y la cara. Esos golpes no lo mataron, aún no. Estaba consciente cuando cayó de espaldas al suelo. La sangre le brotaba a borbotones por la boca cuando Akin se le acercó por encima y bajó los ojos para mirarlo.

—Así se quedará —dijo—, para que tenga tiempo de darse cuenta.

Miró atentamente a su alrededor. Algunos negros que no pertenecían a la tribu de los yoruba se habían agrupado y lo miraban intimidados y con espanto.

—Sois libres —dijo Akin—. Podéis marcharos a donde queráis. Quien así lo quiera puede venir conmigo y luchar.

Intercambiaron las miradas. Tres de ellos se fueron y los otros cinco se quedaron.

Los esclavos yoruba se habían agrupado en torno a Akin. Dos o tres dieron una patada al capataz moribundo quien, entre estertores, intentaba decir algo aunque solo lograba lanzar borbotones de sangre. Los cuatro irlandeses sometidos a contrato también habían formado un grupo. En sus rostros se reflejaba el más puro espanto. Al parecer ya se veían colgando en el patíbulo.

—También vosotros podéis iros o quedaros —dijo Akin.

—Esto es una locura —exclamó uno, el contrato del cual, según sabía Akin, terminaba la próxima primavera.

También los otros dos se encogieron y se retiraron. Estaban tan poco dispuestos a luchar como el primero. Solo el cuarto levantó la cabeza con decisión; era un irlandés de diecinueve años de cabello rojizo oscuro llamado Ian. Aún le quedaban cinco años por delante y, en general, se le tenía por incorregible y nada dócil. Había sufrido tantos latigazos de Harold Dunmore y del capataz que su espalda era un amasijo de cicatrices mal curadas.

—Yo estoy con vosotros —dijo.

Los otros tres ya se habían ocultado entre la maleza.

Akin se inclinó hacia el capataz y le cogió la pistola, la llave de mecha, la mecha y el chifle, y se lo metió todo en el cinto. Sabía cómo manejar el arma porque había observado con frecuencia y prestando mucha atención al capataz mientras la cargaba, tensaba el gatillo para probar y a veces incluso, si le venía en gana, hacía pruebas de tiro, sobre todo los domingos, cuando el amo estaba con la familia en Bridgetown. Una vez, para divertirse, había atado a un esclavo a un árbol, le había puesto una calabaza en la cabeza y había disparado. A resultas de ello el esclavo había perdido una oreja. Días después la herida se le infectó y, al cabo de una semana, el hombre estaba muerto. El capataz había dicho al amo que el esclavo había sido torpe manejando el machete.

Akin bajó la vista, pensativo, hacia el capataz. Intentó calcular cuánto tiempo le quedaría aún a aquel hombre para reflexionar sobre sus actos y sobre lo que le ocurría. Tal vez media hora. Tras pensarlo un poco, se inclinó hacia él y le cortó una oreja. Los esclavos le vieron hacerlo con un asentimiento mudo. El grito del capataz se vio anegado por una tos ahogada en sangre.

Todos los esclavos restantes —una docena contando los yoruba— siguieron a Akin hacia las chozas, donde, en cuanto aparecieron los que estaban manchados de sangre, se levantó un griterío nervioso. Muchos tenían miedo, pero la mayoría sabía que aquel día tenía que llegar y se quedaron quietos, en actitud contenida, mientras Akin les hablaba.

Si cada negro de la isla mataba a un blanco, les dijo, ellos serían libres y la tierra les pertenecería. Cuantos más matasen, más pronto ocurriría.

En pelotón, se dirigieron todos a los cobertizos de trabajo. Allí se encontraron con más esclavos y trabajadores sometidos a contrato que ya estaban al corriente de lo que ocurría. Uno de los tres hombres que se había marchado les había informado de la muerte del capataz. De los siete trabajadores sometidos a contrato que trabajaban en el molino y en la zona dedicada al refinado, cinco optaron por unirse a los esclavos y dos prefirieron marcharse.

Akin quitó los arreos a los mulos y los ahuyentó a golpes. Luego se lanzó a destrozar la zona de prensado. Retiró la suspensión de la barra central y, acto seguido, ayudado por otros dos esclavos, lo utilizó de martinete para sacar los rodillos de su anclaje. Al terminar, ordenó a los hombres ir hasta una alberca cercana y arrojarse a ella. En la maraña confusa de plantas trepadoras sería muy difícil encontrarlos. Ordenó arrojar también allí las reservas de azúcar de modo que, en un instante, se deshizo la cosecha de dos meses por lo menos.

Destruyeron los conductos de madera y golpearon el caldero de cobre hasta hacerlo añicos. Finalmente, empleando la barra como martinete, arrasaron asimismo el horno. Allí, Akin vigiló que el fuego no se apagara porque lo necesitaban. Prendió entonces un manojo de hojas y se encaminó hacia los campos para incendiarlos. Los demás lo imitaron. Las panojas secas prendieron y el fuego lo engulló todo con rapidez, convirtiendo en un instante el lugar en un mar de llamas y humo.

A continuación entraron en la casa y forzaron la puerta del armario donde ellos pensaban que había machetes. En efecto, los encontraron y también dieron con algo con lo que no habían contado: una docena larga de armas con cañones brillantes —dispuestas, la una junto a la otra, en un soporte— y también, en el compartimiento inferior, bolsas de pólvora y cajas repletas de munición.

Akin repartió las armas entre sus hombres y les enseñó a manejarlas; luego prendió una mecha. Antes de incendiar la casa, la miró por un momento. Aunque llevaba cinco años viviendo en la plantación, nunca había estado allí dentro. El amo compartía el edificio con el capataz y muchos días también con su hijo. Akin se sorprendió de la sobriedad del lugar; no hacía mucho, cuando había tenido que ir a la otra casa para ayudar en los preparativos de la fiesta, había visto el palacio suntuoso que el amo tenía en Bridgetown.

Nada de lo que se veía en esa cabaña denotaba riqueza. Había solo tres habitaciones, cada una de ellas con una cama que colgaba del techo. Las sábanas estaban deshilachadas y sucias. El mobiliario estaba formado por unos taburetes mal ensamblados, un baúl deslucido y una mesa destartalada sobre la que se amontonaban papeles y legajos. Al parecer el amo llevaba allí la contabilidad de la plantación. En una ocasión le había oído hablar de ello con el capataz. «Una buena contabilidad es la mitad de las ganancias», había dicho. También los traficantes de esclavos llevaban unos libros en los que registraban sus ganancias después de subastar a un negro.

Akin se acercó a la mesa y sostuvo la mecha brillante junto al papel. Observó un momento cómo prendía en llamas, miró el humo que se alzaba y sopló contra las cenizas que se levantaron. Luego arrojó la mecha encendida sobre una de aquellas camas apestosas. El jergón de paja prendió en un instante y quedó envuelto en una humareda pestilente.

Akin se dio la vuelta y abandonó la casa.

Prosiguieron adelante, sin detenerse, convertidos en figuras sucias de tizne y de sangre sobre las cuales el cielo se teñía de negro a causa del humo. Tras dejar atrás al capataz muerto pasaron, guardando la debida distancia, junto a los campos en llamas y atravesaron una zona de selva en dirección este hasta llegar a la siguiente plantación. Era una plantación pequeña, de poca extensión. Su propietario solo tenía cinco esclavos a los que castigaba de forma brutal a la menor ocasión. Cierta vez había atado desnudo entre dos árboles a uno de ellos, que casi era un niño, y lo había cubierto de melaza. Las enormes hormigas rojas no se hicieron esperar. El muchacho quedó completamente cubierto por ellas, que le penetraron por los ojos, la boca, la nariz y el ano. Casi agonizante a causa de los mordiscos y medio paralizado por el veneno, apenas había llegado a darse cuenta de que lo desataban y le arrojaban encima agua de la fuente.

El terrateniente salió corriendo de la casa, con el arma dispuesta. Akin le disparó al pecho. Luego mataron a machetazos a todos los que quedaban en la casa: la esposa del terrateniente, sus dos hijos adolescentes y la hija, que gritaba de forma tan aguda que a Akin le retumbaron los oídos durante un buen rato. En cambio perdonaron la vida a la anciana madre del propietario. Estaba ciega y no podía andar. Cuando Akin entró en su dormitorio, ella volvió la vista hacia la nada con sus pupilas de color blanco pálido y farfulló unas palabras. Akin escuchó su voz rota y le pareció entender lo que decía.

—¿Ahora ya puedo irme a casa?

Las palabras «a casa» retumbaban en su cabeza: las galopadas salvajes por las llanuras calcinadas de Oyo. La voz de su padre llamándolo. La risa alegre de su hermano cuando se sentaban de noche junto a la hoguera. Su patria, traicionada por sus propios gobernantes. No. Akin ya no tenía hogar. Pero se sometería a uno nuevo. Los orishas estaban en todas partes y el día de la libertad estaba muy próximo.

31

Cuando tuvo noticia del levantamiento de los esclavos Harold montó en cólera. Dos de los criados sometidos a contrato de Rainbow Falls habían partido de inmediato hacia Bridgetown. Llegaron a toda prisa a Dunmore Hall, resoplando y empapados en sudor.

—El negro grande —resolló el mayor los dos, al cual solo le faltaba medio año de servicio—. ¡Ese es el cabecilla!

Harold se lo quedó mirando, pálido de rabia. El contraste de su piel y el chaleco negro que llevaba hacía que pareciera haberse quedado sin sangre. Aunque había asido la empuñadura del látigo y tenía los nudillos blancos de la tensión, logró dominarse porque era evidente que el criado no merecía castigo alguno, sino reconocimiento.

—Explícame exactamente qué ha ocurrido —le ordenó.

—Estábamos cosechando y el capataz había azotado a un negro. Entonces Akin se ha puesto a gritar, y el chico a quien el capataz había pegado se ha hecho con el machete y lo ha atacado. Luego todos se han abalanzado contra él, lo han abierto en canal y lo han mutilado. Yo solo he oído los estertores. —El criado añadió, esperanzado—: Quizá aún esté vivo.

Su compañero negó con la cabeza.

—No lo creo. —Con la voz entrecortada por la carrera prosiguió—. Akin nos dijo que podíamos luchar con él o huir. Nosotros hemos preferido huir. Hemos avisado a los muchachos del molino y luego hemos venido corriendo hasta aquí.

—Id a la cocina para que os den algo de beber —ordenó Harold mientras se disponía ya a reunir a todos los hombres que pudiera.

Envió a dos criados para que avisaran a los terratenientes de las plantaciones de la zona. Nervioso, recorrió el patio de un lado a otro y esperó su llegada.

Siempre había temido ese día y había alardeado de controlar de cerca lo que le pertenecía. Había asumido una responsabilidad y era consecuente con ello, por mucho que le costara. De forma distinta se comportaban los demás terratenientes, que, por temor a sublevaciones y aversión a sus negros, preferían estar entre los suyos en Bridgetown y dejaban en manos de los capataces los castigos a los esclavos y la producción de azúcar. Perezosos e indolentes, se quedaban en sus casas confortables y se llenaban la tripa. Él, por el contrario, trabajaba duro seis días a la semana sin permitirse descanso alguno excepto los domingos. Le disgustaba tener que ponerlos sobre aviso. A él esas plantaciones le traían sin cuidado.

Pero, por mucho que le fastidiara, no podía permitírselo. No era posible contener aquel levantamiento sin la ayuda de un buen número de hombres armados. Estaba convencido de que Akin no hacía las cosas a medias. Se apoderaría de las armas de la casa y, además, sabía cómo manejarlas. En una ocasión, Harold había visto que el negro miraba atentamente cómo el capataz limpiaba y cargaba el arma. Aquello le había costado diez azotes, que Akin había soportado sin quejarse, como todos los azotes previos y posteriores. En cierto modo, Harold siempre lo había admirado por ello. A sus ojos, la fortaleza, la propia y la de los demás, era una cualidad que merecía el máximo respeto. En ese sentido, pocas eran las personas a las que podía ver como iguales.

Harriet era alguien así. Y también el hijo de ella, aunque este adolecía de la perseverancia de su madre. Estaba además ese maldito pirata, Duncan Haynes, que sabía ocultar siempre su voluntad de hierro detrás de una sonrisa. Y, por supuesto, Elizabeth. Ella era la más fuerte de todos, más incluso que él mismo. Su vitalidad y su obstinación incontenibles a Harold a veces le resultaban tan acuciantes que parecía rodeada de un aura.

Mientras pensaba en ella notó la mirada de la joven en él. Era una sensación extraña, casi aterradora, que a veces le asombraba; sin embargo, ya había dejado de dar vueltas al respecto. Vacilante, se volvió y la vio arriba, en la barandilla de la galería. Llevaba en brazos al pequeño y había bajado la mirada hacia él con semblante preocupado.

—¿Qué ocurre? —exclamó Elizabeth.

—Un motín de negros —respondió él sin más.

Su nuera dibujó con la boca un «oh» de espanto y luego desapareció de nuevo a la sombra de la galería, seguramente para ir a contárselo de inmediato a Felicity.

Llegaron los primeros terratenientes acompañados de sus trabajadores sometidos a contrato. Jeremy Winston también estaba allí; había movilizado una pequeña tropa de soldados armados, lo que quedaba de una unidad que había creado él mismo cuando asumió su cargo para proteger de los españoles la propiedad real. Y había acudido George Penn. Él no residía en Bridgetown, sino en su plantación situada al norte, y era más un campesino que un hombre de ciudad; sin embargo, como entonces estaba creando una milicia ciudadana para la defensa de la isla contra los parlamentarios, llevaba en Bridgetown desde el día anterior. A modo de refuerzo, lo acompañaban asimismo los hombres que había reclutado entretanto. Seguramente con esa tropa someterían a los negros. Harold ordenó ensillar su caballo castrado y al instante se dio la voz de partida. Cuando salía del patio con los demás, volvió otra vez la vista atrás. Elizabeth y Felicity estaban en el segundo piso, junto a la barandilla de la galería mirando su partida.

Elizabeth estaba preocupada, pero habría podido ser peor, pensó. Al menos los Noringham no estaban amenazados. Tras el entierro no habían vuelto a Summer Hill; se habían quedado en la ciudad para interesarse por cómo estaba Celia en la cárcel y para visitar después a una familia amiga. Elizabeth les hizo llegar un mensaje allí por medio de una sirvienta para tenerlos al corriente.

Jonathan estaba sentado sobre una esterilla en el dormitorio de su madre jugando con su títere. No se cansaba de levantar las piernas y los brazos de la figurita de madera. Dijo «títere», con voz alta y muy clara. Miró a Elizabeth con una sonrisa y ella se forzó a responderle con otra. Le alegraba que, por lo menos en apariencia, él hubiera superado ya las tremendas impresiones del entierro.

No ocurría lo mismo con Felicity. Estaba tumbada en la cama mirando el techo con expresión deprimida. Aunque el *Eindhoven* aún estaba anclado en la bahía de Carslile, eso iba a cambiar muy pronto. Felicity contó a Elizabeth que no sabía qué le daba más miedo: que Niklas Vandemeer zarpara en su barco sin despedirse de ella o que él quedara al alcance de los cañones ingleses. Corrían ya los primeros rumores acerca de que la flota británica del Parlamento había atacado barcos holandeses. Entre los asistentes al entierro alguien había dicho que un capitán de navío que había llegado el día anterior había afirmado que los parlamentarios habían hundido un barco de esclavos holandés con doscientas personas a bordo. Al parecer, todos habían muerto ahogados.

El pequeño estaba cansado y empezó a gimotear. Elizabeth lo aupó y lo acunó entre sus brazos hasta que se quedó dormido. Tras acostarlo en la cuna, empezó a ir de un lado a otro con los brazos cruzados, inquieta, casi con desasosiego. Sintió la urgencia incontenible de moverse.

—Voy a salir a cabalgar —le dijo a Felicity, que dormitaba con los ojos cerrados.

Su prima se incorporó, sobresaltada.

—¡No puedes hacer eso! ¡Acabas de enterrar hoy mismo a tu marido!

Elizabeth levantó la cabeza con un gesto obstinado.

—No regresará, aunque me quede en casa.

—¡No lo hagas! ¡Podrías caer en manos de los sublevados!

Sin embargo, para entonces Elizabeth ya se estaba poniendo su ropa de montar. De todos modos, en atención a su viudedad, se envolvió con una fina capa negra con capucha. En cuanto estuviera lo suficientemente lejos de la ciudad, se dijo, se la quitaría y la pondría en la alforja.

Al ir a bajar pasó frente al dormitorio de Martha y de Harold. Dio un respingo cuando, de repente, la puerta se abrió y Martha apareció ante ella. El aspecto de su suegra era lamentable: tenía los ojos profundamente hundidos en su rostro abotagado por el llanto; su cabello se había convertido en una masa grisácea y confusa, y llevaba el vestido negro, que todavía no se había quitado, arrugado y manchado. Despedía un hedor rancio a sudor de días y alcohol. También de la habitación llegaba un intenso olor a bebida. Su suegra, evidentemente, había estado sirviéndose ron durante un buen rato.

—¿Adónde vas? —inquirió Martha con la lengua pastosa.

Elizabeth vaciló. De pronto se consideró despiadada y dura de corazón; sin embargo, dijo con tono firme:

—Voy a salir a caballo. Si no me da el aire fresco, creo que me volveré loca.

Para su asombro, Martha asintió.

—Sí, sal a caballo. Márchate muy lejos. Aléjate de él.

—¿De quién? —preguntó Elizabeth, insegura—. ¿De Robert? Pero...

Ella se calló, acongojada.

—¿De Robert? —repitió Martha con voz pastosa—. Sí, de Robert. No eres buena para él. Para nadie. Has traído la desgracia sobre nuestras cabezas. Vete y déjanos en paz.

Con gesto brusco levantó la mano, como si fuera a pegar a su nuera, y Elizabeth, de forma automática, retrocedió, pero Martha solo cogió el pomo de la puerta y la cerró con un portazo.

Elizabeth intentó en vano ahogar su sentimiento de pérdida y de soledad. Se sintió mejor en cuanto hubo montado en la silla y partió a toda velocidad. Como siempre, varios curiosos la vieron pasar y ella notó, con más intensidad que nunca, su desaprobación. Tal vez, se dijo, solo eran imaginaciones suyas. Tenía que dejar de dar tanta importancia a lo que pensaran los demás. Lo máximo que podía pasarle era que la mirasen de reojo. Pero entonces recordó a la mujer que el año anterior había sido condenada por adulterio. Era una joven con ganas de vivir mientras que su marido era viejo y feo y, sobre todo, violento. Ella había querido huir del matrimonio concertado por sus padres y marcharse con su amante, y ambos habían trasladado ya sus pertenencias a un barco portugués. Sin embargo, el marido la había descubierto antes de que el buque zarpara y la había conducido ante del juez. La sentencia había sido muy severa: a la mujer se le rapó el pelo y se le puso una máscara de la vergüenza. Estuvo todo un día expuesta así en la picota, bajo el sol intenso, convertida en objeto de miradas burlonas y también de compasión. Ya había fallecido. La primavera anterior había sufrido un aborto a resultas de cual murió. Se decía que su marido, que no había pedido auxilio para ella, había permitido que muriera desangrada.

Elizabeth no quería pensar en ello, pero le resultaba imposible. ¿La habrían sentenciado de ese modo si la hubieran descubierto con Duncan Haynes? En su caso, se preguntó, ¿no debería haberse condenado también a Robert? Nunca había oído hablar de un hombre que hubiera sido condenado por adulterio. En cualquier caso, ella se había librado de eso. Pero solo en cuanto a la recriminación pública. Haber rechazado a su marido poco antes de su muerte continuaría siendo para ella un recuerdo mortificante que, unido a sus pasos en falso adúlteros, formaban una imagen perdurable de la deshonra. Durante la noche anterior se había despertado repetidamente con pesadillas en las que Robert le imploraba que lo amara. Cada vez que eso ocurría, ella lo rechazaba con rabia y se volvía dándole la espalda, y entonces él asomaba por el otro lado aunque, esa vez, muerto. La sangre le chorreaba de su cabello rubio y húmedo; sus ojos claros parecían de vidrio helado y le clavaban la mirada hasta el fondo del alma. «¿Qué has hecho? —le preguntaba él con voz lastimosa—. ¿Por qué me has abandonado? ¡Por tu culpa! ¡He muerto por tu culpa!»

Elizabeth se había despertado con la respiración entrecortada, se había dado la vuelta y se había apretado los puños contra los párpados, pero no había conseguido exorcizar esa mirada. Luego había soñado con Duncan; en esos sueños él la volvía a poseer y, mientras ella se entregaba a él, sus jadeos no eran de espanto sino de puro placer. De todos modos, la tremenda sensación de vergüenza que tuvo al despertarse no hizo más que empeorar, si cabía, su desazón.

Cuando llegó a campo abierto, clavó los talones en los flancos de Pearl. Su salida la llevó a Oistins, un grupo de chozas miserables situado al sur que a duras penas podía considerarse aldea. Justo al lado de la playa estaban unos cobertizos en los que se ponía a secar el tabaco, un amarradero para las barcas y, como en todos los rincones de la isla, la obligada taberna, donde los terratenientes y los trabajadores libres de la zona se reunían para emborracharse y jugar.

En un pequeño aprisco situado en las afueras del poblado, pacía media docena de cabras, y en un patio vallado picoteaban unas gallinas. Al lado había una cabaña con un porche pequeño en el que estaba sentada una mujer recia y de cabello oscuro: era Miranda, el ama de cría de Jonathan. Su marido cultivaba tabaco, y entre los dos llevaban una pequeña plantación y además criaban ganado pequeño, que luego vendían en la ciudad en los días de mercado.

Elizabeth desmontó, ató a Pearl a la sombra de una palmera y se dirigió hacia Miranda. Rebuscó en el bolso y encontró un par de monedas, las cuales entregó a la mujer. La portuguesa se metió el dinero en el escote y dibujó una amplia sonrisa.

—¿Ron? —preguntó.

Elizabeth le dio las gracias pero negó con la cabeza. Se sentó junto a Miranda en los escalones del porche.

—En Saint James ha habido un alzamiento de esclavos y es posible que se extienda. Id con cuidado, tú y tu marido.

De pronto notó lo cansada que estaba. Se quedó aún un rato callada, sentada junto a Miranda y mirando el mar. El sol se había desplazado hacia el oeste y estaba notablemente más bajo que cuando había salido de casa, pero Elizabeth perdió la noción del tiempo. Al cabo de un rato, se levantó, se despidió de Miranda y se acercó a Pearl. Al montarse, de nuevo volvió a sentir cansancio y decidió regresar sin tardanza. Si fuera otro día y fuera más pronto, se dijo, continuaría cabalgando un poco más, tal vez incluso hasta la costa agreste del este de la isla, donde rompía con fuerza el oleaje bravío del Atlántico.

Tomó un sorbo del agua que había llevado consigo y luego, tras pasar a través de un grupo de palmeras mecidas por el viento, condujo a Pearl hasta la playa, una cala diminuta con un aspecto muy atractivo. Su fina arena blanca tenía un ligero tono rosado, debido tal vez al sol, que estaba muy bajo, o al calcio de coral que unía la isla al fondo marino. Las olas vertían la espuma en la orilla, que estaba suavemente inclinada. Elizabeth ató las riendas de Pearl a una de las piedras que rodeaban la pequeña cala. Tras acariciar la grupa de la yegua, se desnudó de forma decidida y entró en el agua. Aunque estaba casi tan tibia como el aire, resultaba deliciosamente refrescante. Luego se zambulló en las olas, nadó un poco a contracorriente y flotó de espaldas para dejarse ir. Sobre ella el cielo era de un azul intenso, pero en dirección oeste había adquirido el color rojo del fuego. Se preguntó con vaguedad si habría en el mundo un lugar más paradisíaco que aquel. Inglaterra, con aquellos inacabables inviernos nublados y las numerosas lluvias de verano, era tan diferente de Barbados, tan mimada por el sol, que al recordarlo, su antiguo hogar se le antojaba ajeno. Intentó rememorar otra vez la sensación del viento gélido en la piel, la lluvia fría en el pelo y el entumecimiento de los brazos y las piernas después de una salida a caballo en invierno. Se esforzó por conjurar el amor por el paisaje que había sentido en su juventud, y tuvo que recordarse que Raleigh Manor era su hogar verdadero, en el que tenía sus raíces. Pero entonces vio y olió en torno a ella el océano y sus murmullos, y se sintió unida a ese mágico mundo tropical que la había fascinado sin remedio desde su llegada a la isla.

Tomó aire y se zambulló en las nítidas profundidades. Bajo el agua, deformados por la visión submarina, admiró los corales y sus curiosas ramificaciones, así como las plantas multicolores que se agitaban ondulantes entre ellos. Un grupo de peces diminutos y brillantes pasaron a toda prisa, se detuvieron como hechizados sobre el banco de coral y luego prosiguieron su avance. Una tortuga, grande como un barril, pasó junto a ella con majestuosidad.

Elizabeth permaneció bajo el agua hasta que los pulmones estuvieron a punto de estallarle, fascinada por aquella diversidad abigarrada y maravillosa que se ofrecía ante ella. Con desagrado regresó a la superficie y sacó la cabeza con un resoplido. Salió del agua, sacudiéndose como un cachorro de forma que las gotas se vieron despedidas hacia todos lados. Se escurrió el cabello con las manos y fue a buscar un peine y un cepillo a la alforja. Se había acostumbrado a llevar siempre consigo ambas cosas cuando salía a nadar, al igual que una toalla para secarse. Se peinó el cabello mojado, se secó el cuerpo con la toalla, se puso las enaguas y se tumbó en una roca plana y caliente por el sol. Aún tenía tiempo para relajarse un momentito. Solo sería un cuarto de hora... Cerró los ojos y no pensó en nada. Estar allí tumbada, con el sol de la tarde en el rostro y el viento suave en la piel, le hacía sentir bien.

Cuando volvió en sí, el sol ya se había puesto y ante ella, recortada contra el sol del amanecer, se erigía la silueta de un hombre. Antes incluso de dejar de gritar, se dio cuenta de que no corría peligro. Pero eso, sin embargo, aún la enfureció más.

—¿Acaso siempre tienes que asustarme? —exclamó.

Duncan estaba tan enfadado como ella.

—¿Qué crees que haces?

Elizabeth se incorporó en la roca y renegó para sí al darse un golpe en los dedos del pie.

—Solo me he tumbado un segundo para descansar.

En realidad, a la vista de la penumbra, Elizabeth hubo de reconocer que tenía que haber sido una hora. Se dijo que pediría un fanal a Miranda y así no tendría que encontrar el camino a su casa a oscuras. No quiso ni pensar en lo preocupada que debía de estar Felicity a esas alturas. Por no hablar de la escena que le haría Harold si llegaba a saber que su nuera no estaba en casa. Solo podía confiar en que Felicity la encubriera, algo que, por otra parte, no cabía esperarse de su prima. Lo más probable era que hubiera puesto el grito en el cielo porque ella siempre se imaginaba lo peor, si bien, la vista del levantamiento de los esclavos, no era en absoluto inverosímil. Duncan dijo en voz alta lo que a Elizabeth le pasaba por la cabeza.

—Tienes suerte de que no hayan enviado ya una patrulla en tu búsqueda.

Ella estaba junto a Pearl, poniéndose rápidamente el corpiño y el vestido. No se entretuvo con los cierres y se limitó a tirar de todo de forma provisional tan fuerte como le resultaba posible.

—¿Cómo se te ocurre volver a rondarme?

Miró por detrás de Duncan y vio que había ido a caballo. Sintió una rabia inexplicable al reconocer el animal. Era la yegua árabe que él había transportado hacía un año en la bodega del *Elise*. Para Claire Dubois.

Elizabeth montó de un salto y condujo a Pearl desde la cuesta hacia el camino. Duncan se apresuró y la siguió. Ella no quería mirar atrás, pero su curiosidad por verlo montar se impuso. Para su disgusto, montaba de forma intachable; tenía que haber cabalgado mucho. Por otra parte, eso a Elizabeth le pareció muy extraño ya que, por lo que él le había contado sobre su infancia, su familia era muy humilde. Además, luego había navegado. ¿Dónde, entonces, había aprendido a montar? Tras reflexionar un poco, se dio cuenta de que había otras contradicciones. El modo en que Duncan se expresaba, los modales que tenía (cuando él quería emplearlos) y su conducta social. En él no había nada en absoluto que lo delatara como hijo de campesinos. Elizabeth se dijo que eso no era asunto suyo y que le daba igual, pero esas preguntas sin respuesta la intrigaron y no la dejaron tranquila. Frenó un poco a Pearl para que él pudiera acercarse y la yegua árabe se pusiera a su lado. Mientras buscaba un modo de empezar la conversación que fuera inocente y no diera pie a muchas confianzas, él se le adelantó.

—Lizzie, los esclavos han quemado Rainbow Falls y han asesinado al capataz. Los campos se han convertido en pasto de las llamas así como las cabañas y las barracas. Han destruido también el molino y han acabado con toda la cosecha.

Ella lo miró horrorizada. A pesar de la creciente oscuridad, la expresión de la cara de él se distinguía con claridad. Su actitud era neutra y concentrada, la de alguien que decía la verdad sin ninguna otra expectativa. Ella era incapaz de pensar con claridad.

—¿Cómo sabes tú eso? —fue lo único que se le ocurrió preguntar.

—Un par de hombres de la patrulla de búsqueda han vuelto y lo han explicado. Me los he encontrado en la ciudad. Otros continúan peinando los bosques, entre ellos, tu suegro. He venido lo más rápido que he podido.

—Y eso ¿por qué? —preguntó Elizabeth—. Quiero decir, ¿por qué te afanas tanto en venir a contarme todo esto? —Con desconfianza añadió—: Si te figuras que yo...

Él la interrumpió bruscamente.

—¡Maldita sea, Lizzie! ¡Me tienes harto! ¡Como si yo no tuviera otra cosa en la cabeza que meterme bajo tus faldas! —Se interrumpió un instante y recuperó la compostura—. Bueno, admito que sería una mentira descartar eso por completo pero, en este caso, mis motivos son absolutamente nobles. Estaba preocupado. ¡A fin de cuentas en la isla reina un gran revuelo! —El tono de su voz era algo burlón: ese era el

Duncan que ella conocía. De todos modos, Elizabeth se dio cuenta de que él hablaba de corazón.

—¿Cómo has sabido dónde encontrarme?

—No lo sabía. Tu querida prima me lo ha dicho. Al ver que no volvías a casa, ha preguntado en qué dirección te habías marchado. Luego ha corrido hasta el puerto, ha hecho que la llevaran al *Elise* y me ha pedido que te buscara pues, si no, acabarías siendo víctima de los esclavos amotinados.

—¡Oh! —exclamó Elizabeth sin que se le ocurriera nada mejor. Había contado con muchas posibilidades, pero desde luego no con que Felicity afrontara el problema de ese modo.

—Sus deseos son órdenes para mí. He pedido prestado el caballo y he partido a toda prisa. Al fin, he visto a Pearl y, al cabo de un momento, a ti; parecías una ondina dormida extraviada en la tierra.

—No debería haberme dormido —se reprendió ella con disgusto.

Duncan la miró con severidad.

—¿Tu prima sabe lo nuestro?

Elizabeth notó que se sonrojaba y se alegró de que él no se percatara a causa de la poca luz.

—No hablamos sobre ti. La primera vez, antes de mi boda, se dio cuenta. Notó que tú y yo... Que había ocurrido. Y luego, en el barco... Sí. Creo que también se percató, pero nunca lo hemos hablado. En cambio, la última vez, en la playa... No, no creo que ella lo notara. —Negó con la cabeza, como queriendo convencerse de que así era, pero sabía que no podía estar segura. Sobre todo considerando además que la única alternativa lógica para Felicity había sido recurrir a Duncan Haynes—. De todos modos, aunque lo supiera —indicó Elizabeth—, no hay más que decir al respecto: lo nuestro ha terminado y, además, para siempre. —Molesta, añadió—: Ella no debería habértelo pedido.

—Oh, bueno, de hecho, esa no era su intención —dijo Duncan con cierto regocijo—. Al principio ha ido a pedírselo a Niklas, y ha solicitado que la llevaran al *Eindhoven*. Allí le han dicho que el bueno de Niklas estaba cenando en el *Elise*. Y ella, al instante, ha aprovechado la ocasión para ir a mi barco y me ha encargado sin más que te buscara. Por lo visto le ha parecido que yo era más indicado para ello.

—No te hagas ilusiones. Seguramente lo único que quería era hablar en privado con el capitán Vandemeer de las implicaciones de mi desaparición.

Duncan echó la cabeza hacia atrás y soltó una carcajada. Elizabeth, contra su voluntad, se contagió de aquella alegría y le resultó imposible reprimir una risa discreta. Al instante, sin embargo, se interrumpió. ¡Cómo era capaz de reír cuando la noche anterior Robert había muerto! Apenas se había secado la tierra sobre su sepultura y ella ya iba por ahí a caballo con su antiguo amante en la oscuridad del atardecer, riendo con sus bromas. Su cambio de humor fue tan súbito que las lágrimas acudieron a sus ojos. Eran lágrimas de rabia y de odio contra sí misma.

—¡Basta! —gritó a Duncan.

Acto seguido se echó a sollozar. El dolor le brotó del interior de un modo tan inesperado e intenso que el cuerpo le empezó a temblar. Víctima de una debilidad repentina, casi no podía mantenerse en la silla. A duras penas reparó en que Duncan descabalgaba y la ayudaba a desmontar. Lloró desconsolada con todas sus fuerzas mientras él la abrazaba y la atraía hacia sí para consolarla.

—Ha muerto —gimió ella—. ¡Robert ha muerto!

Estando junto a su tumba ella había sido incapaz de derramar ni una sola lágrima y ahora, en cambio, brotaban en abundancia. Duncan la sostuvo y le apoyó la mejilla contra la sien.

—¡Por mi culpa! —dijo Elizabeth entre sollozos.

—Tonterías.

—¡Lo es! ¡No debería haberlo rechazado! Si yo...

—No, Lizzie —la interrumpió Duncan.

—¡Pero es así! Esa noche, cuando él... Vino a mí y quería... Y yo... ¡yo lo rechacé! ¡Me negué tal como llevaba haciéndolo durante casi dos años! —Entre balbuceos y sollozos intentó explicarse, pero Duncan le posó las yemas de los dedos en los labios.

—¡Chist! No tienes nada que reprocharte. Déjalo.

—¿Cómo puedes decir algo así? ¡Yo cometí adulterio!

—Querida, incluso durante vuestro viaje en el barco él apenas estuvo un día sin buscar otras faldas. Me consta que ya entonces acudía a las francesas a diario. Y no solo en el *Elise*, también en el *Eindhoven*. Les tuvo que pagar tanto por esa diversión que incluso hoy en día Claire se mofa de ello. Y, sin duda, a ti no te pasó por alto lo que hacía en Barbados. Lo que siempre hacía.

—Estaba enfermo. No podía evitarlo.

—Es posible, pero también es cierto que al final él fue víctima de esa enfermedad. Tenía que llegar ese día. En Summer Hill había por lo menos media docena de hombres que tenían un buen motivo para matarlo.

Elizabeth se quedó tan asombrada que dejó de llorar.

—¿Tú crees que Celia no lo hizo?

Duncan soltó una risa suave.

—Lizzie, todos los terratenientes invitados para la asamblea y la fiesta de compromiso tienen esposas e hijas. O hermanas, cuñadas, nueras, sobrinas, nietas... Y Robert las poseyó a todas. Bueno, tal vez a todas no, pero ya me entiendes.

Elizabeth recordó a la chica que había muerto al dar a luz un hijo de Robert. Pensó en el padre de ella, que lo había intentado matar. Duncan le apartó con una caricia un mechón húmedo de cabello que le caía sobre la frente.

—Sin duda, la mayoría ha recibido la noticia de su muerte con alivio. Quien más quien menos tenía motivos para desearle la peste o cosas peores. Y además todos tuvieron ocasión para hacerlo. Así pues, deja ya de culparte por ello.

Elizabeth empezó a pensar con rapidez; por un momento su dolor pasó a un segundo plano. Duncan tenía razón: ¡no podía probarse que Celia hubiera cometido el asesinato! Posiblemente ella había huido por miedo o por vergüenza después de que Robert intentara obligarla a hacer algo que ella no quería. Anne le había dicho que Celia llevaba una vida muy decente en Summer Hill. «No es una de esas», había comentado mientras en su voz se percibía su amargura por la compañera negra de cama de George Penn. Elizabeth, sin querer, se estremeció.

—¿Tienes frío? —preguntó Duncan.

La abrazó con más fuerza; por un instante ella se dejó llevar por su calidez y la cercanía protectora, pero luego se puso tensa. ¡Estaba volviendo a hacerlo! Dio un respingo.

—Tengo que seguir. ¡Es casi de noche!

—En la próxima casa deberíamos pedir un fanal —dijo Duncan al tiempo que la ayudaba a montar.

—Yo lo pediré —dijo ella—. Y a partir de aquí cabalgaré sola; conozco bien el camino y tengo muy buena vista, incluso de noche.

—Lo sé. —Duncan le apretó la mano cuando ella fue a coger las riendas—. Lizzie, quiero volver a verte.

—No —dijo Elizabeth.

—Todavía no he acabado de contarte la historia.

—Ya no quiero oír esa historia tuya.

—Mientes —dijo él con suavidad. Levantó la mirada hacia ella y le acarició el dorso de la mano con el pulgar—. Lizzie, eres mía. A estas alturas seguro que ya lo sabes.

—¡Basta ya! ¡Mi marido acaba de morir!

—La última vez que me acosté contigo él aún estaba vivo. ¿Cómo su muerte puede haber cambiado lo que antes teníamos? —Le soltó la mano—. En realidad siempre has sido mía.

Ella no quiso escucharlo más. Sin vacilar, clavó los tacones en los flancos de Pearl y la yegua partió, primero al trote y luego al galope. Elizabeth solo tiró un poco de las riendas cuando estuvo segura de que Duncan ya no podía verla.

Cuando llegó a Dunmore Hall, reinaba una calma adormecida. No había ningún indicio de inquietud por el amotinamiento de los esclavos. En la ciudad parecía que había más antorchas encendidas de lo habitual, pero allí, en las afueras de la población, todo estaba tan tranquilo como siempre a esa hora. Entretanto la oscuridad ya era completa. El guardián de la entrada se inclinó con deferencia al abrirle el portón. Al preguntarle, él le explicó que el amo aún no había llegado. Las criadas le dijeron que Felicity seguía fuera de casa. Un mensajero había llevado recado de que iba a pasar la noche con su amiga Mary Winston. Como Elizabeth sabía que Felicity no sentía un especial aprecio por la hija del gobernador, para ella fue evidente que, en realidad, pasaría la noche con Niklas en el *Eindhoven*. Posiblemente con eso arruinaría su buen nombre para siempre, pero Elizabeth no estaba en condiciones de pensar, ni mucho menos de preocuparse por ello. Bastante tenía con sus propios problemas. Para su alivio, Jonathan descansaba tranquilo en su camita. Felicity había encargado a una de las criadas que pasara la noche junto a él.

Martha estaba claramente sumida en el sueño profundo provocado por la bebida. La criada le explicó, no sin dar varios rodeos, que al oscurecer la señora había pedido más medicamento y que luego se había ido a acostar. El modo en que la sirvienta bajó la mirada al decir aquello no dejaba lugar a dudas para saber a qué medicina se refería. Elizabeth ordenó a la muchacha que se retirara y se quitó la ropa. Se tumbó en la cama, escuchó la respiración pausada de su hijo e intentó reflexionar sobre los acontecimientos del día. Pero su agotamiento era inmenso y los padecimientos sufridos le pasaron factura. Ni siquiera tuvo fuerzas para apagar las velas antes de cerrar los ojos. Aquella noche su descanso fue profundo y sin sueños.

32

En Rainbow Falls imperaba la desolación. Los campos estaban completamente arrasados, los cobertizos se habían convertido en montones de ceniza y la casa de madera no era sino una pila de vigas ennegrecidas todavía ardientes. El molino de azúcar y la zona de refinado estaban destruidos de tal forma que tan solo las manchas tiznadas en el suelo señalaban el lugar donde habían estado en su momento.

Harold Dunmore deambulaba entre los escombros humeantes. Su mente estaba llena de pensamientos sombríos. Se preguntó si había sentido alguna vez tanta desesperación como ese día y concluyó que nunca había experimentado algo tan tremendo. Exceptuando, evidentemente, el día en que Harriet le había contado la verdad. La suya. No la de él. Aquel día había sido peor porque no podía cambiarse nada mientras que los daños que había causado la revuelta de los esclavos podían mitigarse y repararse. Solo hacía falta sentido común, trabajo duro y dinero. Y él tenía todo eso. Recuperaría a sus esclavos, y a los que mataría a latigazos los reemplazaría en cuanto llegara el próximo barco de negros. Además, ya tenía pensado comprarse un molino de azúcar nuevo.

En cuanto a los campos, había comprobado con sorpresa que el incendio no había acabado por completo con las cañas, solo con las partes secas de las mismas. Entre las cenizas, los tallos desnudos seguían en pie por todas partes; al parecer el fuego no les había afectado mucho. Para comprobarlo había cortado una caña y la había examinado: el interior parecía completamente utilizable. Se dijo que prensaría unas cuantas y que cocería el jugo. Si la melaza era buena, empezaría la cosecha cuanto antes, todo para evitar que las cañas deshojadas se pudrieran en el campo.

En este sentido su situación no era totalmente desesperada. Aún era el amo de Dunmore Hall y los suyos estaban vivos. Otros propietarios de tierras no habían corrido la misma suerte: dos familias habían sido masacradas y sus casas reducidas a ceniza. Eran terratenientes de poca importancia, pobres como ratas, con unas superficies de cultivo pequeñas cuya cosecha apenas bastaba para mantenerlos a ellos y a sus criados. Por otra parte, esas tierras tenían la ventaja de que lindaban con Rainbow Falls. Pronto las haría suyas. Cuando Harold llegó a ese punto en su análisis de la situación, se dijo que no estaba dispuesto a dejarse vencer. Ni por nada ni por nadie. A la vez, notó que una rabia creciente se apoderaba de él.

Había recorrido los bosques durante horas con la patrulla de búsqueda. Con la ayuda de los perros habían seguido el rastro a la muchacha negra, pero ella al final se había perdido en las profundidades de la jungla. Un intenso aguacero no solo había extinguido el incendio sino que también había borrado todas las demás pistas. En el resto de las parroquias reinaba la calma y no se habían producido más levantamientos. Los sublevados no podrían ocultarse para siempre; pronto los encontrarían y los colgarían.

Hacía rato que la mayoría de los miembros de la partida de búsqueda habían regresado a Bridgetown. Algunos hombres se habían repartido por las plantaciones más alejadas para hacer fracasar posibles nuevos levantamientos. Tras concluir la búsqueda, Harold había examinado el lugar del incendio en Rainbow Falls para ver si quedaba algún vestigio útil, pero pronto había abandonado su propósito. No había nada que salvar. Habría podido regresar a casa, pero él no había terminado. Aún tenía que ajustar las cuentas con algunas personas. Sabía perfectamente dónde estaba el auténtico foco del levantamiento. El plan de iniciar el motín en Rainbow Falls no había salido del cerebro de Akin, sino de aquel viejo esclavo que los Noringham alimentaban por caridad en Summer Hill. Harold no recordaba su nombre, pero sí conocía su aspecto. Cierto día que él, acompañado de Akin y del capataz, había llevado azúcar al puerto, lo había visto en el muelle de Bridgetown. El viejo había charlado un rato con Akin en aquel idioma raro y gutural, hasta que el capataz había llamado al esclavo con un silbido. Los dos negros habían intercambiado miradas misteriosas. Harold lo presenció con mucha incomodidad, pero luego lo pasó por alto. Visto con el tiempo, tal como él podía comprobarlo en ese momento, aquello había sido un error. Allí, en Summer Hill, confluían todos los hilos de esa sublevación. Harold lo sabía con la misma certeza que si Akin se lo hubiera dicho en persona. Había muchas cosas que resultaban evidentes a todas luces sin que fuera preciso demostrarlas de forma especial.

Ya había oscurecido, pero Harold llevaba una luz. De todos modos, habría sabido encontrar el camino a la plantación de los Noringham incluso a ciegas.

33

William patrullaba por el campo con el arma de mano lista para disparar y la daga en el cinturón a tal efecto. Le parecía absurdo andar armado por sus propias tierras. Hasta entonces siempre se había sentido a salvo en Summer Hill. Era su hogar, se había criado allí. Recordaba todavía muy bien la vieja cabaña de madera, con las camas colgantes, las hormigas rojas que picaban y de las que era preciso protegerse, las mosquiteras que se mecían como fantasmas con la brisa nocturna, y la cabaña para la cocina, más pequeña y llena de humo, donde la cocinera irlandesa tenía siempre golosinas para él y Anne. El olor a tierra de los campos le era tan familiar como aquellas gentes de piel oscura y cubiertas de sudor que entonces le parecían gigantes, seres primitivos de una fuerza y resistencia formidables, aparentemente invulnerables y omnipresentes. Había jugado viéndolos mientras ellos abatían las cañas y, cuando tocaban los tambores delante de sus cabañas, él había bailado a su ritmo entre la maleza, abandonado a sí mismo. Su madre —para él Harriet nunca había sido otra cosa más que su madre pues apenas se acordaba de la primera lady Noringham— le había advertido en una ocasión que tenía que ser prudente ya que se decía que había negros que... En ese momento ella había vacilado y el padre de William había intervenido en su lugar para afirmar lo contrario: «Nuestros negros son unos buenos criados, Harriet. Nos honran y nos consideran sus amos. Se dejarían matar por nosotros».

William recordó por enésima vez aquellas palabras de su padre mientras andaba por los campos y vigilaba. Sin embargo, todo estaba tranquilo. Los esclavos se habían retirado a sus cabañas, ninguno se había marchado y nadie había mostrado una actitud de rebeldía. Solo los criados sometidos a contrato habían estado despiertos más tiempo de lo habitual discutiendo acaloradamente. Sin embargo, entretanto, después de que William se lo ordenara, se habían tranquilizado.

El que llevaba la voz cantante entre los criados sometidos a contrato quería saberlo todo sobre el levantamiento de los esclavos y había preguntado si eran ciertos los rumores que decían que los negros no solo masacraban a los propietarios de las plantaciones y a sus familias, sino también a los trabajadores blancos. William había intentado tranquilizarlos y les había asegurado que no corrían peligro alguno, pero en sus rostros insatisfechos y preocupados era fácil ver que no los había convencido. Algunos se habían quejado diciendo que sería mejor y más justo dejar que se quedaran con los machetes, por lo menos de noche, por si los negros aparecían. William, en un gesto muy poco habitual en él, había tenido que hablarles con mucha firmeza y los había enviado a sus cabañas con acritud. Él velaría por su seguridad.

Cumplió con su palabra. Llegó la medianoche. Aunque los molestos mosquitos se arremolinaban en torno a la luz del fanal que llevaba, William prosiguió su ronda de patrulla sin inmutarse. En la noche se oían los cantos intermitentes de las cigarras. El aire era fresco. El hedor penetrante causado por la humareda, y que había apestado la zona del sudeste de Holetown hasta primera hora del atardecer, ya no se percibía. Lo que la lluvia no se había podido llevar, el viento se había encargado de borrarlo.

William se detuvo a medio camino. En las cabañas de los esclavos se oían unos ruidos extraños; oyó voces airadas y luego un grito ahogado. Corrió a grandes zancadas hacia allí y llegó al cabo de unos instantes. Un hombre muy fornido había sacado a rastras de su choza al viejo Abass y lo había atado a un árbol. Era Harold Dunmore. En ese momento desenrollaba el látigo mientras el resto de los negros lo miraban con los ojos abiertos de espanto. Pero Abass tan solo recibió un latigazo porque entonces resonó el arma de William. El barro que había detrás de los pies de Dunmore estalló en una lluvia de lodo y algunos terrones se elevaron tanto que hicieron caer el sombrero que el terrateniente llevaba en la cabeza.

—Suelta ese látigo, Dunmore —dijo William con frialdad.

Harold se volvió hacia él. Tenía los ojos muy abiertos y el rostro sucio de tizne; apretaba los dientes como si estuviera fuera de sí, y William se dio cuenta, estremecido, de que aquel hombre no estaba en sus cabales. La muerte de su hijo así como la pérdida de sus esclavos y de su última cosecha seguramente lo habían trastornado. Sin embargo, entonces, su rostro contraído de rabia adoptó una expresión calmada y se volvió totalmente inexpresivo. Solo los ojos le brillaban de un modo tan poco natural que William se asustó. Dunmore dejó caer el látigo y cogió la pistola que había guardado en la funda del cinturón.

—Acabas de quedarte sin pólvora —le espetó con sorna—. La culpa es tuya por no haber apuntado como es debido.

William volvió a tirar del gatillo una segunda vez y dirigió la pistola hacia su adversario. Tenía el pulso completamente tranquilo.

—Nunca yerro cuando disparo. Tened la seguridad de que con el próximo disparo habrá sangre. Esta es la mejor arma de que dispone hoy en día el armero y cuenta con dos cañones que disparan igual de bien.

De nuevo Dunmore contrajo el rostro. Se quedó inmóvil con los brazos colgando. Abría y cerraba los puños de forma espasmódica. En esa actitud tensa parecía un depredador acosado, incapaz de decidir si atacar o huir. Al final no hizo ni una cosa ni la otra sino que se puso a hablar.

—Tengo buenos motivos para sospechar que aquí, en tus tierras, es donde se ocultan mis negros. —Señaló con la barbilla al viejo que estaba atado—. Si no me hubieras interrumpido de un modo tan rudo, habría conseguido a base de azotes que él me lo dijera. Sin duda no se te habrá escapado que él es uno de esos que, con sus extrañas súplicas a los dioses y sus preguntas a los oráculos, soliviantan a los demás esclavos. Él está detrás de toda la revuelta y, por lo tanto, tiene que saber dónde se ha ocultado ese grupo.

—Estén donde estén vuestros esclavos, seguro que no es en mis tierras —repuso William.

—¡Para comprobarlo antes tendría que interrogarse de verdad a ese viejo!

—Ya os advertí una vez que no debéis tocar mi propiedad —replicó William. Con un ademán de cabeza hizo una señal a los esclavos que aguardaban—. ¡Soltad a Abass y curadle las heridas!

Entonces apareció el capataz. Con la camisa abierta sobre su enorme barriga pálida y los pantalones mal abrochados, se acercó corriendo y miró atónito a su alrededor al descubrir que William apuntaba a Dunmore con una pistola.

—¿Qué ocurre? —exclamó apenas sin aliento.

—Nuestro invitado va a volver a marcharse —dijo William.

Harold recogió el sombrero y lo sacudió.

—Créeme. Los encontraré. Te conozco desde que eras niño, William Noringham, pero no permitiré que me tomes por tonto. Si uno solo de mis esclavos se ha escondido en Summer Hill, yo te cortaré el cuello.

—Largaos. —William levantó el arma—. De lo contrario haré que mi capataz os ahuyente con vuestro propio látigo.

—Eso está por ver.

Dunmore iba a inclinarse para recoger su látigo, pero William se interpuso con un salto y se lo apartó con el pie. Le apretó a Dunmore el cañón de la pistola contra el pecho y lo hizo retroceder.

—¡Fuera de mis tierras! —le ordenó en tono autoritario.

El capataz cogió el látigo y lo hizo restallar.

Por fin Dunmore obedeció la orden de William. Se dio la vuelta al instante, tomó del suelo la lámpara que había dejado y se marchó a grandes zancadas.

En los días que siguieron, en las plantaciones del interior siguió reinando la calma, y el peligro de una revuelta amplia de esclavos parecía haberse desvanecido. Los negros huidos, sin embargo, daban la impresión de haber sido engullidos por la tierra. No había ni rastro de ellos. Unos criados sometidos a contrato dijeron haberlos visto una vez al norte de Speightstown; otra vez, un terrateniente de Saint Andrew afirmó que se encontraban en los bosques de allí arriba, pero los hombres que se enviaron al lugar no hallaron a nadie.

Lentamente la vida retomó su normalidad y la gente reemprendió su vida habitual. Para muchos el motivo de eso era que la revuelta se había circunscrito a una zona. Resultaba evidente que tenía que guardar relación con el hecho de que Harold Dunmore trataba a sus esclavos de forma excesivamente cruel. Al fin y al cabo, el levantamiento había comenzado en su plantación y se había extinguido el mismo día en que había empezado. Todo el mundo sabía que él echaba mano del látigo con facilidad y que incluso en alguna ocasión había matado a algún esclavo con sus propias manos. Además, su capataz era tenido por un maltratador peor que él, si tal cosa era posible, que disfrutaba infligiendo dolor a los demás.

Lo mismo se sabía de los otros dos propietarios de plantaciones cuyas familias y campos habían sido víctimas de los negros fugados. Ambos trataban muy mal a sus esclavos, a veces incluso por mera diversión. Al considerarlo desde ese punto de vista, buena parte de la gente estaba convencida de que el destino había querido que los perjudicados fueran esos terratenientes. A muchos les alegró lo ocurrido a Harold Dunmore, porque este siempre se vanagloriaba de su éxito. El domingo, durante la misa, Elizabeth reparó en algunas miradas de regocijo por el mal ajeno dirigidas hacia su suegro.

Desde el incendio Harold se dedicaba, casi sin pausa, a comprar material de construcción, herramientas y nuevos criados y esclavos para reconstruir Rainbow Falls. Trabajaba como un poseso y nunca se le oía lamentarse. Incluso sus accesos de ira se volvieron menos frecuentes. Solo una vez había estallado en gritos en la casa porque a primera hora de la mañana una criada le había llevado a Martha ron a la cama. Elizabeth había intervenido antes de que su suegro llegara a castigar a la muchacha.

—No puede hacer otra cosa. Ha cumplido una orden. Sin duda Martha se recuperará pronto, pero de momento necesita algo que la calme. Me encargaré de comprar láudano para ella. Le irá mejor que el ron. Y me ocuparé personalmente de que no cometa excesos. ¿De acuerdo?

Harold reflexionó un instante y luego asintió de mala gana. Finalmente dio orden a todo el servicio de no cumplir ningún mandato de su esposa que tuviera que ver con el alcohol. Así el caso quedó zanjado para él.

Por la noche permanecía sentado en la butaca, encorvado, apenas sin fuerzas para mantener los párpados abiertos. En la cara llevaba dibujados el agotamiento y el dolor. Solo en contadas ocasiones se le relajaba la expresión, por ejemplo cuando Jonathan lo miraba sonriente o cuando lo llamaba «abuelito», una palabra nueva que había aprendido recientemente. Elizabeth se lo había enseñado al pequeño sin decírselo a Harold. Había querido que fuera una sorpresa y lo logró. Por primera vez en muchas semanas se reflejó en los ojos de él cierto atisbo de alegría.

También su cara mostró satisfacción cuando tuvo noticia de que el tribunal había declarado a Celia la mulata culpable del pérfido asesinato de Robert y que había sido condenada a morir en la horca. Al parecer pronto se fijaría un día para la ejecución. Elizabeth, incapaz de compartir la alegría de Harold, se retiró a su habitación en cuanto lo supo. Aunque Celia hubiera cometido de verdad el asesinato de Robert, para

Elizabeth la sentencia de muerte era el derroche de una vida joven que no devolvería la suya a Robert. Por otro lado, ella recordó también su parte de culpa, ya que si no hubiera rechazado a Robert esa noche aciaga, seguramente él no habría ido a buscar a Celia. Aquellas reflexiones dolorosas a su vez le hicieron pensar en Duncan, algo que ella quería evitar a toda costa. Tan solo las obligaciones domésticas que fue asumiendo poco a poco en Dunmore Hall la ayudaban. Como Martha pasaba la mayor parte del día a oscuras en su dormitorio, Elizabeth tenía que hacer frente a las tareas del hogar pues alguien tenía que cuidarse de mantener la rutina diaria. Se encargaba de confeccionar el menú de comidas de la semana e iba con un criado al mercado para hacer las compras necesarias; además, tenía que supervisar el trabajo de limpieza de las criadas. Eso significaba más trabajo y más responsabilidad de lo que ella imaginaba y por primera vez sintió cierta admiración por su suegra. Para que una casa tan grande funcionara sin problemas hacían falta una planificación y una supervisión completas. Eso exigía una atención inmensa por parte de Elizabeth, quien pronto se vio obligada a distribuir muy bien su tiempo para poder salir a caballo y ocuparse de su hijo.

Además cuidaba de Martha. Vigilaba que su suegra comiera a sus horas, se lavara y llevara ropa limpia. También la obligó a bañarse. Martha se dejó hacer con actitud adormilada y ausente y con la mirada perdida, aunque posiblemente su buena disposición se debía a que Elizabeth le había dado previamente un poco de láudano. Aquella fue la única condición de Martha para entrar en la tina y dejarse lavar el cabello. A continuación volvió a meterse en la cama de inmediato.

Durante esos días Elizabeth no podía contar mucho con la ayuda de Felicity, porque su prima no podía pensar en nada más que en su capitán. Seguía citándose con él, sobre todo con la llegada de la oscuridad, en la playa, donde no resultaba muy fácil ser descubiertos. Una noche llegó llorando y explicó a Elizabeth que la situación se había agravado y que Niklas estaba a punto de zarpar. La flota inglesa se aproximaba.

34

En Bridgetown reinaba un gran ajetreo. Lo que antes no había sido más que un rumor se estaba viendo confirmado por todos lados. Los pescadores provenientes de Saint Christopher contaban que una unidad de la flota, formada al menos por dos docenas de buques de guerra ingleses, atravesaba las Antillas.

En la isla estalló una actividad frenética. Se colocaron cañones a lo largo de la línea costera y se orientaron hacia las zonas navegables. La milicia, dirigida por Jeremy Winston y George Penn, se amplió con varias docenas de hombres capaces de manejar las armas y con más prácticas de tiro. Se celebró otra asamblea de terratenientes libres para que todos aquellos que tenían derecho a voto mantuvieran la misma actitud. El comando naval bajo el mando del almirante Ayscue, que gobernaba el buque insignia inglés, daría el primer paso y luego se decidiría qué hacer. Fuera como fuese, querían estar preparados para todo, incluso para lo peor, esto es, la invasión por parte de tropas de tierra.

Harold Dunmore se mantuvo lo más apartado posible de las actividades de la milicia y de las reuniones del Consejo porque tenía su atención centrada en Rainbow Falls. Quería cosechar cuanto antes las cañas de azúcar que habían sobrevivido al incendio y para eso era preciso que colaboraran todos sus criados sometidos a contrato, también los de Dunmore

Hall, e incluso las doncellas y los ayudantes de cocina. En Dunmore Hall solo quedó el mozo de cuadras y Rose, que era demasiado mayor trabajar en el campo.

Inmediatamente después del incendio, Harold había hecho construir en la plantación una barraca para los trabajadores; allí tendrían que dormir todos, quisieran o no. Los que se quejaran o no se esforzaran suficientemente en la tarea conocerían al punto su nuevo látigo, el cual, según se decía, causaba peores heridas que el anterior. Harold no parecía pensar en otra cosa que no fuera levantar cuanto antes Rainbow Falls. Según había profetizado a Elizabeth y a Felicity durante la última comida que habían compartido, y que había tenido lugar varios días atrás, para el año siguiente en todos los campos volvería a crecer la caña de azúcar tan alta como una persona. Para entonces, añadió Harold, el nuevo molino ya estaría en marcha. Entretanto, había llegado a un acuerdo con Sutton y utilizaría su molino. ¿Para qué estaban los amigos si no para ayudar en la necesidad? Su voz y su expresión habían dejado entrever un deje suplicante, algo que hizo que Felicity después de la comida dijera a Elizabeth: «Ese hombre realmente me da miedo».

Al oírlo Elizabeth se había limitado a encogerse de hombros. No había olvidado lo brutal que su suegro podía llegar a ser. Aunque, mal que le pesara, lo admiraba por su energía y su inagotable autodisciplina, con él iba con mucho tiento.

Después de que Harold hubiera puesto a prácticamente a todo el servicio a trabajar en la plantación, Dunmore Hall casi parecía abandonado. Martha no salía casi nunca de su dormitorio, Felicity se pasaba el día preparando sus encuentros con Niklas Vandemeer, y Elizabeth se ocupaba de Jonathan y del resto de las tareas. Harold le había dado más dinero del necesario para la compra y la manutención, y la joven no había tenido que tocar ni una sola vez el que tenía asignado para gastos propios. Pronto se dio cuenta de que esa vida le gustaba. A veces, si ella tenía otras cosas que hacer, pedía a Miranda que fuera a la casa para que Jonathan estuviera vigilado.

A pesar de lo apacible de su rutina diaria, tampoco se le escapaba el hecho de que el ambiente en Barbados cada vez estaba más crispado. Una mañana en que había ido al mercado con Paddy a comprar pescado, la gente echó a correr de un lado a otro en medio de una gran confusión. Alguien gritó a todo pulmón entre el griterío: «¡Que vienen los ingleses! ¡La Armada ha llegado!». A continuación se produjo un tumulto. Sin embargo, luego resultó ser tan solo un grupo de cuatro mercantes holandeses que habían logrado escapar de la flota inglesa y les llevaba un día de adelanto. Sus tripulaciones confirmaron que, en efecto, la flota del Parlamento había abordado ya a docenas de mercantes holandeses en las Antillas. Al parecer, la época del comercio tranquilo había tocado a su fin. Los cuatro mercantes holandeses se deshicieron a toda prisa de su carga, hicieron acopio de agua fresca y de provisiones, cargaron las bodegas con todo el azúcar que pudieron obtener y partieron de nuevo el mismo día.

Cuando Elizabeth regresó del mercado, Felicity le comunicó entre lágrimas que Niklas Vandemeer iba a zarpar también al mediodía. Apenas tenía tiempo para despedirse de él. La mañana siguiente a más tardar la flota inglesa estaría allí, y entonces las vidas de las gentes de Barbados dejarían de ser seguras. Por primera vez Elizabeth tuvo miedo de una posible guerra.

35

Duncan se encontró con que los portones del muro exterior de Dunmore Hall estaban abiertos. Aquello parecía confirmar lo que le habían dicho: en la casa apenas había servicio porque Harold Dunmore, después de que los esclavos y una buena parte de los criados sometidos a contrato hubieran huido, se había llevado a todo el servicio de la casa a Rainbow Falls. Frente al establo dormitaba un escuálido mozo, un poco mayor, a la sombra de unos caballos de tiro. Este se sobresaltó cuando Duncan le dio un golpecito con la punta del zapato.

—¿Dónde está tu señora? —quiso saber.

—Oh... eh... ¿Cuál? —balbució el mozo.

—¿Cuántas hay ahí?

El mozo tragó saliva. Era evidente que a él le rondaba en la cabeza algo que era mucho más acuciante que la pregunta de aquel visitante.

—Os ruego que no digáis al amo que me he dormido. Hacía tanto calor y yo estaba tan... —Intentó buscar la palabra adecuada.

—¿... cansado? —propuso Duncan.

El hombre asintió con vehemencia.

—Tu señora —le recordó Duncan.

—Si os referís a mistress Martha, bueno, ella... —El mozo tosió ligeramente—. Ella descansa y no puede ser molestada. Y miss Felicity ha salido. Ha ido a ver a miss Mary Winston. —Su rostro se iluminó—. Entonces os referís a milady.

—¿Milady? ¿Por qué la llamas así? —preguntó Duncan. Elizabeth, aunque hija de un vizconde, pertenecía ahora a la burguesía por haberse casado con Robert pero, al parecer, el criado no lo sabía.

—Porque es una dama —dijo el mozo, sorprendido, como si aquella fuera la más lógica de todas las explicaciones.

Del edificio que alojaba la cocina se asomó una anciana arrugada. Duncan la reconoció: era Rose, la sirvienta irlandesa que acompañaba con frecuencia a Felicity en sus encuentros con Niklas Vandemeer. Excepto en las últimas ocasiones, como le constaba a Duncan, en que se habían encontrado igualmente sin carabina.

—Creo que haré una visita a milady —dijo Duncan—. ¿Podrías conducirme hasta ella?

—Oh... Pero yo... No sé...

El mozo se frotó, intimidado, las palmas de las manos contra las costuras del pantalón y miró con los párpados entrecerrados al visitante, el cual, aunque iba elegantemente vestido —con sombrero con plumas y chaleco de seda reluciente en oro— llevaba también una pistola de apariencia peligrosa y una daga imponente en el cinto.

—Tranquilo, Paddy. —La voz de Elizabeth parecía provenir de arriba—. Es el capitán Haynes. Seguramente trae noticias de Inglaterra, del administrador de mi difunto padre.

—En efecto —dijo Duncan con tono tranquilo.

Se protegió del sol con la mano extendida sobre los ojos. Elizabeth estaba en la galería de la planta superior y miraba hacia abajo. Tenía cogido a un pequeño que le enroscaba los dos brazos al cuello y apoyaba la cabecita en uno de sus hombros. Elizabeth llevaba un corpiño mal anudado y de escote pronunciado, con mangas de tres cuartos y una falda que le llegaba hasta los tobillos. A través de la fina muselina se le podía ver el contorno de las piernas, largas y delgadas. Su cabello rizado, con varios mechones más claros a causa del sol, le caía suelto por los hombros.

—Acompaña al capitán Haynes al patio y pide a Rose que sirva limonada. —Dicho esto, Elizabeth se volvió y desapareció dentro de la casa.

Paddy mostró a Duncan el camino a través del gran vestíbulo de la entrada hasta llegar el patio interior que estaba colmado del perfume de las flores. Una fuente murmuradora destacaba en aquel espacio cuadrado rodeado de arcadas. Duncan reconoció la gárgola: era una obra muy cara hecha por un cantero de Londres por la cual Harold Duncan había pagado una enorme cantidad de dinero. Aquel hombre prácticamente no se permitía nada para sí, vivía en su plantación en condiciones precarias y trabajaba hasta la extenuación; sin embargo, todo cuanto la gente podía ver de él tenía que ser lo mejor: la casa, el carruaje, la fuente y el patio interior tan lleno de frangipani. La hermosa nuera de origen noble. Duncan se sentó al borde de la fuente y puso la mano bajo el chorro de agua fresca, pero entonces vio que Elizabeth salía de la casa y se puso en pie al punto. Se inclinó ante ella.

—Milady.

La expresión en Elizabeth era inescrutable.

—Capitán Haynes.

Aún llevaba el niño en brazos. El pequeño se volvió y lo miró con curiosidad. Tenía un pulgar metido en la boca y la otra mano hundida en el cabello de Elizabeth. El contraste entre sus rizos oscuros y el pelo de color miel de su madre era más que notorio.

—¿Es tu hijo? —preguntó Duncan.

—En efecto —contestó ella.

—¿Cómo se llama?

—Jonathan.

—¿Cuántos años tiene? —De pronto Duncan notó que el corazón se le aceleraba.

Elizabeht lo miró fijamente.

—Cumplirá dos años el día uno de noviembre.

Duncan tragó saliva, pero tuvo la sensación de no notar nada en la boca. Se quedó mirando al niño.

—¿Podría ser que...? ¿Él es...?

Ella asintió sin más y, a continuación, miró con preocupación por encima del hombro.

—Por favor, ahora no digas nada.

Rose acudió con una bandeja en la que había una jarra y dos vasos. La colocó sobre una mesilla en la arcada e hizo una reverencia.

—¿Os traigo alguna otra cosa más, milady?

—Gracias, Rose, puedes retirarte. Tienes el día libre. Díselo también a Paddy. Pero, por favor, pídele que cierre bien el portón.

La anciana asintió y se retiró. Elizabeth se acercó a la mesa y dejó al pequeño en el suelo para poder servir los dos vasos. El niño la asió por la rodilla, mirando con vacilación a aquel desconocido tan alto. Elizabeth le soltó con cuidado los brazos de la pierna y se sentó junto a él.

—Toma, cariño, bebe.

Le tendió uno de los vasos, que Jonathan cogió al instante con sus manos torpes y se lo colocó en los labios. Elizabeth lo ayudó a beber. El pequeño estaba sediento porque, mientras bebía con fruición, el pecho le subía y le bajaba, y dejaba oír borboteos nerviosos a través del vaso. Elizabeth le secó la boquita.

—¿Ya está?

—Ya está —confirmó Jonathan.

Inclinó la cabeza y contempló al desconocido con una sonrisa titubeante que, cuando Duncan, sin darse cuenta, le correspondió con otra, pasó a ser una sonrisa abierta. En la mejilla derecha asomó entonces un hoyuelo profundo, y sus ojos de color azul intenso, bordeados por unas pestañas oscuras, se convirtieron en espejos del propio Duncan.

—Santo Dios —dijo él, asombrado.

—Por favor, no lo asustes —le advirtió Elizabeth—. Y, sobre todo, no hables demasiado claramente de eso ante él. Aunque no habla mucho, lo entiende todo. Y luego podría ponerse a contar algo de repente en el momento más inoportuno.

—Comprendo.

Duncan inspiró, nervioso, y asió el otro vaso. Tomó un par de sorbos y se esforzó por adoptar una expresión alegre y despreocupada ya que el niño lo observaba atentamente.

—¿No temes que llame la atención de alguien? —preguntó con cautela.

—A todas horas —admitió Elizabeth—, sobre todo cuando tú andas cerca y pueden hacerse comparaciones. Supongo que comprendes por qué no he propiciado nunca esos encuentros.

—Oh, bueno, sí. Visto así... De todos modos convendrás conmigo que yo no tenía ni idea.

La comisura de los labios de ella dibujó una sonrisa burlona.

—Sabías perfectamente que tenía un hijo. Por lo tanto, hace tiempo que podrías haberte planteado la cuestión que te acaba de venir a la cabeza.

—Pues no lo hice. Creía que el niño era más pequeño.

—¿Por qué?

Duncan se encogió de hombros, avergonzado, al pensar a qué se debía ese error. Claire se lo había contado después de que él hubiera permanecido medio año ausente de la isla. Estaban ambos tumbados en la cama, en el aquel nidito de amor con ribetes de terciopelo, lámparas de latón y otros objetos decorativos pequeñoburgueses que había en la planta superior de Chez Claire, que entonces estaba recién construido. Después de que él hubiera saciado su primera urgencia, la conversación había derivado de algún modo hacia sus tratos con los terratenientes y de ahí a los Dunmore. De ese modo Duncan había tenido la ocasión de preguntar, como de pasada, por la joven esposa de Robert. Claire se había encogido de hombros y le había dicho que era de suponer que estaba bien porque había sobrevivido al parto del primogénito de la familia. Duncan recordaba muy claramente la gran impresión que le había provocado saber que Elizabeth había tenido un hijo.

—¿Cuándo fue eso? —había preguntado a Claire a pesar de que esta daba muestras, extremadamente seductoras, de querer cambiar de tema.

La francesa entonces había vuelto a encogerse de hombros, esa vez ya entre los muslos de él.

—Hará un par de semanas. ¿Importa mucho? Aquí las mujeres tienen niños constantemente, y con la misma rapidez con que estos llegan mueren. Esos *enfants misérables* no toleran bien el clima.

O Claire lo había engañado expresamente en lo referido al momento o bien Duncan había confundido las semanas con los meses. Para entonces el niño debería tener ya más de medio año.

—Seguramente fue un malentendido. —Duncan no podía salir de su asombro—. ¿Por qué no me dijiste nunca que él era mi...?

Elizabeth se puso los dedos en los labios a modo de advertencia; sin embargo, Jonathan entonces acababa de descubrir una mariposa entre los arbustos y la eligió de inmediato para jugar con ella. Se dirigió con curiosidad y con la mano extendida hacia la mariposa de colores que revoloteaba en el aire.

—Deberías habérmelo dicho —dijo Duncan.

Elizabeth lo miró con expresión inescrutable.

—¿Para qué?

Sí, ¿para qué? ¿Cómo se suponía que él tenía que responder a eso? ¿Debía decir que estaba en su derecho de saber que tenía un hijo?

—Tendrías que habérmelo contado —repitió él, obstinado.

—¿Y cuándo? —preguntó ella con amargura—. ¿Mientras te acostabas con Claire o en uno de esos días en que tú, considerado como eres, te empeñaste en evitar mi presencia?

Duncan se desplomó en el banco que había a la sombra de la arcada. De pronto se sintió totalmente vacío, como si alguien le hubiera robado algo importante.

—¿Qué habrías hecho de haberlo sabido? —Elizabeth le

clavó una mirada penetrante, como si para ella esa respuesta fuera muy importante.

—Lo que hace tiempo que debería haber hecho.

La asió de la mano y tiró de ella para que se sentara en el banco. Al instante sintió el calor de su cuerpo muy próximo a él. Elizabeth tenía la cadera junto a la suya, y su mano menuda quedaba casi oculta bajo los dedos callosos de él. Era curioso lo delicada que resultaba cuando estaba tan cerca. Eso le había llamado la atención muchas veces. En cambio, en cuanto se retiraba un par de pasos, su aspecto era formidable y majestuoso. Entonces parecía inaccesible, como si entre los dos mediaran varios mundos. Pero en ese momento estaba junto a él, más cerca que nunca.

—Ha llegado el momento de que seas mía, Lizzie.

—¿Dónde? ¿De pie, en el bosque? ¿O en la arena, cuando haya oscuridad? —Aunque el tono de voz de la joven era burlón, Duncan percibió un deje de desesperación.

—De todos los modos imaginables. Pero, en especial, como mi esposa.

Ella soltó un respingo y volvió la cabeza hacia él. Tenía los ojos abiertos de asombro.

—Lizzie, cásate conmigo.

Ya lo había dicho. No había marcha atrás. Había sentido cierto temor, pero por fin lo había sacado y se sentía más aliviado que nunca. La miró con ojos brillantes.

—Quiero que seas mi esposa.

En su cara había confusión; las lágrimas afloraron a sus ojos, la boca le tembló y entonces empezó a llorar.

—Si es por Jonathan... —dijo con voz ahogada.

Él negó con la cabeza.

—Te lo habría pedido de todos modos. ¿Para qué crees que he venido? ¿Así vestido? —La estrechó dulcemente entre sus brazos—. Lizzie, ya te dije que eres mía. Si Robert no hubiera tenido la delicadeza de morir, te habría secuestrado. Aquella noche en la playa... De hecho, mi intención era planearlo contigo. Pero estabas tan enfadada conmigo que tuve que posponerlo. Y lo mismo ocurrió hace poco. De algún modo, nunca lo conseguía. Pero ahora sí. La verdad es que ya era hora.

Elizabeth dejó asomar las lágrimas y no hizo ningún gesto por apartarlo de sí, algo que Duncan valoró como un primer éxito. Permaneció sin más entre sus brazos llorando. Él la sostuvo con firmeza y le apretó la boca en el pelo.

—Cariño mío, yo no soy quien para darte lecciones, pero creo que tu tristeza es contagiosa.

Con cuidado Duncan la apartó de sí para que viera que el pequeño estaba delante de ellos con el labio inferior sospechosamente tembloroso.

—¡Oh, vaya!

Elizabeth tendió los brazos hacia el niño y se lo puso en el regazo. Duncan observó con sorpresa que con eso todo parecía haber recuperado la normalidad. El pequeño se acurrucó cómodamente contra su madre con sus bracitos rechonchos firmemente colocados en torno al cuello de ella.

A Duncan la asaltó una desacostumbrada sensación de ternura. Quiso abrazarlos a los dos a la vez, y al final lo hizo, lo cual le valió una mirada de reojo y de asombro por parte del pequeño.

—Fíjate bien —dijo él, sonriendo—. Esto pronto ocurrirá más a menudo.

Elizabeth se secó las lágrimas con el dorso de la mano.

—Y yo que me preguntaba a qué fiesta irías vestido con este extraño chaleco dorado.

—Bueno, en rigor se trataba de nuestro compromiso. —La miró atentamente—. ¿Estás de acuerdo?

Elizabeth suspiró.

—Oh, Duncan, aunque lo estuviera... Créeme, durante mucho tiempo no he deseado otra cosa que vinieras aquí y te me llevaras. Pero ahora... Robert solo lleva muerto un par de semanas...

—Eso no importa —dijo él—. Olvida el duelo. Tú y el pequeño vendréis conmigo en cuanto yo haya terminado mis asuntos por aquí.

Ella negó con la cabeza.

—Tengo que pensar también en Harold y en Martha. Su único hijo ha muerto. Los dos han perdido el rumbo, están totalmente destrozados. Y además está el motín. Todos los esclavos han desaparecido, la plantación está arruinada y Harold está muy afectado. Él y Martha necesitan un tiempo para recuperarse. Ahora no puedo darles otro disgusto marchándome sin más. Jonathan, Felicity y yo somos la única familia que les queda. Adoran al pequeño y, sobre todo, ¡me necesitan!

—Te equivocas con tu suegro —dijo Duncan—. Él no necesita nada ni a nadie porque tiene el corazón de hielo. Mientras él pueda sacudir el látigo, todo le va bien. Si realmente lo que le importa es la familia, ¿por qué no está aquí? Y en cuanto a tu suegra... Ha pasado muy bien casi toda su vida sin ti y podrá volver a hacerlo en cuanto deje de tomar alcohol y láudano. He oído rumores sobre su estado, pero también se dice que a la larga no hay nada que pueda doblegarla. No vas a sacrificarte por tus suegros y hacerme esperar a mí.

Le pareció que Elizabeth iba a protestar y se lo impidió besándola. Ella intentó apartarse, pero él le sostuvo la mandíbula con firmeza. Jonathan levantó los ojos hacia ellos y los miró.

—¿Beso?

Elizabeth parecía preocupada, pero Duncan se limitó a sonreír.

—Eso es, hijo mío. —Se volvió hacia Elizabeth y dijo—: Parece que es un muchachito muy despierto.

—Es muy cabezota —dijo ella.

—Oh, eso también podría venirle de la madre. Vamos, dame otro beso.

—No —dijo Elizabeth, decidida—. Es una imprudencia y, sobre todo, no está bien hacerlo aquí. Esta es la casa de Harold y no puedo...

—Tienes razón —la interrumpió Duncan—. Vámonos a otro lugar.

Elizabeth gimió.

—Duncan, no me lo pongas tan difícil.

—Cariño, no te das cuenta de la gravedad de la situación. Quiero sacarte de Barbados porque creo que no estás a salvo.

—Eso es una tontería. Ya hace tiempo que la revuelta de los esclavos...

—No me refiero a los esclavos, aunque en este punto tampoco es prudente creerse a salvo. Lizzie, tu suegro es capaz de cualquier atrocidad.

—¿Qué quieres decir?

—Yo estaba presente cuando te golpeó. Y le vi la cara mientras tú estabas postrada en el suelo frente a él.

—Eso le supo muy mal —dijo Elizabeth—. Incluso me pidió disculpas. La verdad es que posteriormente ha mejorado mucho y está muy amable conmigo. Se esfuerza por tratarme bien.

—Para mí ese no es un motivo de peso para confiar en él. Al contrario.

—¿Qué quieres decir con eso? —quiso saber ella, extrañada.

—Ese hombre te desea, Lizzie.

Elizabeth se echó a reír, incrédula.

—Estás loco.

Duncan enarcó las cejas.

—En lo que a ti respecta, sin duda; en este aspecto no

pienso con claridad. Pero esto no altera la visión que tengo de los demás. Veo lo que veo y no me invento nada.

Ella negó con la cabeza con desagrado.

—De verdad, Duncan, en este caso tu fantasía es excesiva. ¿Cómo eres capaz de interpretar de forma tan ruin la necesidad de consuelo y la desesperación de un hombre víctima del destino cruel?

—Lizzie...

—Calla. No quiero oír más sandeces.

Duncan se dio cuenta de que en ese tema no había nada que hacer así que lo dejó.

—Muy bien. Hablemos de otra cosa. No tenéis a nadie aquí para protegeros. Antes, al entrar, el portón estaba abierto. Habría podido pasar cualquiera.

—Ya le he dicho a Rose que Paddy debe cerrarlo. Tú mismo lo has oído.

—Y mañana se olvidará otra vez y se quedará dormido en el patio. Bridgetown está repleto de personajes muy dudosos: bucaneros, piratas, estafadores, ladrones y demás maleantes. Además, mañana entrará la flota inglesa y aquí se producirá un revuelo enorme.

—Entonces aquí estoy tan segura como en cualquier otro lugar. Por otra parte... —Ella lo miró con expresión pensativa—. Podría ir a casa de los Noringham, a Summer Hill. Está algo más apartada, y William sabe manejar muy bien las armas.

—No —dijo Duncan de inmediato.

—No te preocupes. No tenía intención de hacerlo. —Lo miró de reojo con burla disimulada—. Estás celoso de William.

Duncan fue a negarlo, pero entonces se percató de que ella lo estaba desafiando.

—Sí, estoy celoso —corroboró—. Igual que tú de Claire.

—Eso no es cierto —repuso Elizabeth acaloradamente.

Pero entonces cedió a su vez—. Vale. Yo también. Pero ¡no te hagas ilusiones!

Al hablar alzó un hombro desnudo, y su apariencia entonces fue tan provocadora y seductora que Duncan no pudo hacer otra cosa que inclinarse y besarle primero aquel hombro tan atractivo y luego la boca.

Esa vez a Elizabeth no le sirvió como excusa que el pequeño los miraba. Jonathan se había dormido en su regazo, con su cabecita de cabello rizado y oscuro apoyada en el pecho de ella.

—Tienes que irte, Duncan —dijo ella—. Martha pronto despertará. Cuando no acudo de inmediato ella sale de la habitación.

—Me gustaría poder volver a verte hoy. A solas.

—No sé si...

—Haz que pueda ser. He de hablar contigo de algo. Es importante. Ven en dos horas. —Le dijo el lugar donde quería encontrarse con ella y luego la besó en la sien—. No me hagas esperar.

—Solo podré si Felicity está de vuelta para entonces.

—¿Adónde ha ido?

—Se ha citado con Niklas Vandemeer.

—Entonces como muy tarde habrá regresado en una hora. Vandemeer está haciendo los últimos preparativos para zarpar con el *Eindhoven* y marcharse a tiempo. La Armada no se anda con contemplaciones. Actualmente la Compañía Holandesa de las Indias Occidentales hace bien en no cruzarse con el almirantazgo.

Duncan acarició cariñosamente la cabeza del pequeño. Sus ricitos eran cálidos y finos como una pluma entre sus dedos.

—Hasta luego —le dijo a Elizabeth antes de acariciarle el cabello a ella e irse de mala gana.

Ya de camino hacia la salida, pasó junto a la escalera doble que se elevaba en una onda desde el vestíbulo hasta la galería del primer piso. Allí arriba, detrás de las florituras de talla del pasamanos estaba de pie, vacilante, una triste figura de aspecto fantasmagórico vestida con una camisa blanca arrugada. Martha Dunmore. Lo contempló desde lo alto; al principio le pareció que lo atravesaba con la mirada. Luego lo miró con expresión vacía.

—¿Qué queréis? —preguntó ella con voz triste.

Duncan se apresuró a marcharse.

36

Elizabeth se llevó al pequeño al dormitorio de Martha. Le dio un barco de juguete y lo dejó en un rincón para ayudar a su suegra a asearse y a cambiarse de ropa. Jonathan se aburrió muy pronto; tenía casi dos años, y necesitaba mucha actividad y siempre quería descubrir cosas nuevas. Se puso en pie, arrojó el barco de madera al suelo y se acercó a la jofaina para contemplar el aseo.

—Abuelita —dijo. Era una de las últimas palabras que había aprendido.

Martha apenas reparó en ello. De pie delante del espejo se miraba, convertida en un fantasma de ojos tristes y rostro abotagado, con la camisa bajada hasta la cintura, el torso al descubierto y los pechos caídos que le colgaban sobre el abdomen. Desde la muerte de Robert había perdido mucho peso, y no había rastro en ella de las curvas de otros tiempos. Llevaba al cuello una gruesa cadena de oro que pocas veces se quitaba: el regalo de Harold en el día de su boda. El oro brillante sobre su piel ajada tenía un efecto angustiante. Ensimismada, Martha retorció la cadena entre los dedos y miró a Elizabeth desde el espejo.

—¿Te marchas? —preguntó con voz apagada.

Elizabeth dio un respingo y detuvo el gesto de la mano en la que llevaba la manopla empapada de agua.

—¿Qué quieres decir?

—Te he visto. Con el capitán. Quiere llevarte consigo, ¿verdad?

—Martha, yo... —Elizabeth balbuceó.

Martha entonces le agarró la mano de repente y se la retorció de forma que Elizabeth, a causa de esa inesperada acción dolorosa, soltó la manopla y esta cayó en la jofaina. Las salpicaduras le mojaron el vestido y la cara. El agua turbia sabía jabón, y a Elizabeth le costó mucho reprimir las ganas de escupir de asco.

—Nunca fuiste buena para él —dijo Martha. Lo dijo con una indiferencia extraña y, por su voz, ella no parecía ni bebida ni inestable. No había tomado láudano desde primera hora de la mañana, por lo tanto tenía que estar parcialmente en sus cabales—. Al principio pensé que él tal vez cambiaría —prosiguió con ese modo monótono de hablar— para hacerse merecedor de afecto. Pero no fue así. Él siguió siendo el que siempre había sido. Tú no lograste que se enmendara.

—No. No lo logré.

—Robert tenía que seguir como siempre. No podía hacer otra cosa.

—Lo sé.

—Eso se debe a que él nunca se sintió querido —continuó Martha, como si Elizabeth no estuviera presente—. Siempre fue así. Dios sabe que hice todo lo posible, pero no fue suficiente.

—Pero ¡si todo el mundo sabe lo mucho que tú querías a Robert! —repuso Elizabeth.

—Abuelita, guapa —dijo Jonathan.

El niño tiró de la camisa de Martha porque como llegaba al suelo era un buen entretenimiento. Su abuela se mantuvo impasible, y dejó que el pequeño agarrara de un extremo y tirase de la camisa hasta que esta le llegó a los tobillos.

—Suelta —dijo Elizabeth con una aspereza poco habitual en ella a la vez que volvía a tapar a Martha. El pequeño la miró ofendido, pero ella lo apartó y le puso el barco en la mano—. Juega con el barquito.

—Yo antes tenía mucho amor en mi interior —dijo Martha sin dejar de mirarse en el espejo. Una expresión meditabunda asomó en su rostro; de pronto fue otra, casi estaba risueña. Parecía recordar tiempos pasados—. Mi corazón rebosaba de amor. Edward era mi vida.

—¿Edward? —preguntó Elizabeth, desconcertada.

—Pues claro. Lo era todo para mí. Cuando murió, yo me quise ir de aquí. Tenía ya el equipaje dispuesto y no veía la hora de regresar a mi hogar en Inglaterra. Pero entonces llegó Harold y me dijo que teníamos que asociarnos. —Martha hizo un gesto con los hombros y le tembló la piel ajada de los brazos.

Elizabeth entonces comprendió. Edward tenía que ser el primer marido de Martha. Tras su muerte ella se había casado con Harold. Robert se lo había contado una vez, sin entrar en detalles. Eso a Elizabeth no le había interesado especialmente así que no había preguntado más al respecto. Entonces le asaltó una sospecha.

—¿Robert era hijo de Edward?

—No, claro que no. —Martha dibujó una sonrisa amplia, como si aquella fuera una ocurrencia graciosa. El gesto causó un efecto horrible porque tenía los labios resecos y quebradizos y la dentadura desagradable.

—Mami —gimoteó Jonathan. Había agarrado la falda de Elizabeth y tiraba de ella. Le tendió las manos—. ¡Johnny en brazos!

Elizabeth lo alzó, se lo acomodó sobre una cadera y le besó distraídamente la mejilla mientras él le tiraba del pelo.

—Una noche —le contó Martha con una sonrisa rígida— fui víctima de una deshonra terrible. Apenas hacía un año que Edward había muerto y yo me dedicaba a venderlo todo: la plantación, los contratos de sometimiento de nuestros trabajadores, la cosecha... En fin, todo. Con eso pensaba regresar a casa, a Inglaterra. Harold me dijo entonces que no me marchara, que me casara con él. Nuestras tierras eran colindantes y a él le parecía que nos entendíamos bien. Pero yo me negué porque quería volver a mi casa. Entonces, una noche, aparecieron esos hombres. Eran tres: dos irlandeses y un escocés; eran unos criados sometidos a contrato que se habían fugado. Me agredieron. —Martha soltó una risa que sonó como el crujido de la arena contra la madera—. Aquello se prolongó durante toda la noche, hasta que terminaron conmigo. —Se miró en el espejo con los ojos borrosos—. Entonces me casé con Harold. Por la deshonra. Y porque la vida continúa. Y porque él así lo quería. —Martha empezó a canturrear—. Y luego llegó Robert. Su maldad le venía de nacimiento. Lo llevaba en la sangre. En esa sangre suya, extraña y malvada.

—¡Dios mío! —exclamó Elizabeth. Miró el reflejo de su suegra en el espejo, consternada—. ¡Yo pensaba que amabas a Robert!

—Yo solo he amado a Edward. ¡Oh, cuánto lo amaba! —Martha empezó a mecerse adelante y atrás.

—Pero cuando murió Robert...

—Yo lloraba por Edward. Y por la afrenta que había vivido tras su muerte. Aproveché la oportunidad para llorarlo todo. ¿Entiendes?

Jonathan toqueteó impaciente la cara de Elizabeth con las dos manitas.

—Mami, Johnny come.

—Sí —contestó ella mecánicamente—. Ahora iremos a la cocina. Seguro que Rose nos prepara alguna cosa. —Se dirigió a Martha y le dijo—: Tú también has de comer. Tienes que estar hambrienta.

—Quiero láudano —dijo Martha con un lamento.

—Eso ya se verá —contestó Elizabeth, esquiva. Luego, sin que tuviera nada que ver una cosa con otra, añadió—: ¿Y Harold sabía que Robert no era su...?

Elizabeth fue incapaz de terminar la frase movida por una extraña aprensión.

Martha se puso los dedos en los labios.

—Chist. De eso no se habla. Eso no podemos revelarlo jamás.

Jonathan se animó a imitarla. Se apretó entonces un dedo frente a la boca. «Chist.» Martha contempló al pequeño como si lo viera por vez primera. Luego asió la mano de Elizabeth con la suya y se la apretó con una fuerza inesperada.

—Martha... —empezó a decir Elizabeth, desconcertada.

—Calla. Escúchame. —Martha le dirigió una mirada extrañamente penetrante—. Tienes que marcharte de aquí. No lo dudes.

—Pero ¿por qué...?

—No lo dudes —repitió Martha. Entonces aflojó la mano, soltó a Elizabeth y volvió a clavar la vista ante ella con expresión indolente.

Elizabeth la contempló con asombro y preocupación. No sabía qué decir. De pronto sintió un miedo inexplicable.

37

El chapoteo constante de las olas contra el casco del barco era para Felicity como el tic tac de un reloj gigantesco que contaba sin piedad el tiempo que todavía le quedaba. Una tras otra, las olas no dejaban de golpear el barco, meciéndolo, como recordándoles que tenían que apresurarse. Niklas había apremiado ya a Felicity para que se vistiera. La hora que él le había prometido había pasado ya con demasiada rapidez.

—Si no saco el *Eindhoven* del puerto, corro el peligro de quedar a expensas de los cañones de vuestra Armada.

—No es «nuestra» Armada —repuso Felicity mientras bregaba con su camisa húmeda y sudada. Estaba sentada en el borde de la cama de la alcoba, todavía sofocada por su último encuentro amoroso y dispuesta a todo menos a dejar ir al hombre que le tenía robado el corazón.

—Es igual. El caso es que nos dispararían hasta hundirnos en el fondo del mar. Por eso tengo que marcharme, y además de inmediato. ¡Cariño mío, lo lamento mucho!

Felicity empezó a llorar. A pesar de que se había jurado no comportarse como una sensiblera, no podía impedirlo.

—¿Por qué no puedes llevarme contigo?

—Eso es imposible. Lo sabes. —Niklas la tomó entre sus brazos—. Volveré. Lo juro.

—Sí, pero ¿cuándo? —preguntó ella entre sollozos—. Si ningún barco holandés puede anclar en la isla, la ruta hasta aquí quedará bloqueada para siempre para ti.

—Ya encontraré el modo. —Le besó la cabeza y la apretó contra sí—. Si en el curso del próximo año no regreso, entonces tendrás que venir tú a mi casa.

—¿Adónde quieres decir? ¿A Holanda? —preguntó Felicity, vacilante.

—Exacto. A Ámsterdam.

—Pero... ¿cómo se supone que viviré yo allí?

—Como *mevrouw* Vandemeer.

—¿Y qué sería yo ahí? —quiso saber ella, insegura—. ¿Lo mismo que aquí? ¿Tu... amante?

—No. Mi esposa. Quiero casarme contigo.

—Oh.

Felicity volvió un poco la cabeza hacia atrás y contempló su rostro. Estaba sin afeitar, tenía un aspecto trasnochado, los párpados pesados por la falta de sueño y, ciertamente, había olido mucho mejor en otras ocasiones, pero ella nunca lo había amado tanto como en ese instante. Como una tonta, no supo hacer otra cosa más que echarse a llorar de verdad, presa de una gran felicidad.

—¿Es esta tu respuesta? —preguntó Niklas medio en broma.

—Sí —sollozó ella—. Quiero decir que sí, que me casaré contigo.

—Entonces todo irá bien. ¡Y ahora rápido! ¡Tienes que desembarcar!

La ayudó a ponerse el corpiño y él mismo se lo ató con gesto experto antes de pasarle el vestido. Ella se apresuró a ponérselo pues notaba la creciente preocupación de Niklas y, aunque Felicity lo habría dado todo por quedarse a su lado, sabía que no podía retenerlo. Si los buques de guerra ingleses aparecían antes de que Niklas se perdiera en el horizonte, lo perseguirían y no descansarían hasta hundir el *Eindhoven*. Ella sabía que el barco era lo único que él tenía. Si lo perdía, nunca podría superarlo. Así pues, tenía que hacer todo lo posible para que eso no ocurriera pues no quería poner en entredicho su futuro con Niklas, y no le cabía ninguna duda de que tal futuro existía. Su convencimiento de que la aguardaba una vida en común con Niklas era absoluto. Desde la primera vez que había estado entre sus brazos, la certeza de que estaban hechos el uno para el otro había ido en aumento; estaba tan convencida de ello que a veces creía estar a punto de estallar de felicidad. Solo en contadas ocasiones sufría el tormento de las pesadillas sangrientas en que ella quedaba a la merced de los brutales asesinos que la habían deshonrado y habían matado a sus padres; cuando esto ocurría y se despertaba con un sobresalto en medio de la noche sudando y temblando, solo tenía que pensar en Niklas para sentirse bien de nuevo. Durante mucho tiempo se había creído presa para siempre en aquel infierno oscuro de dolor y temor. Jamás se habría atrevido a desear llegar a amar de verdad a un hombre. En cambio, le había resultado muy fácil. Niklas le había enseñado que podía superar los horrores del pasado. No era especialmente guapo, ni tampoco muy rico, pero desbordaba tanta confianza y honradez que para ella él era una roca en pleno oleaje.

—Te quiero tanto... —susurró ella.

—Y yo a ti. Mira, toma esto como prueba de mi promesa. —Él le colocó un anillo en el dedo: un aro fino de oro con un rubí pequeño pero muy bien tallado.

—¡Oh! —exclamó Felicity varias veces, incapaz de decir nada más. Emocionada contempló el anillo, que para ella era más valioso que las joyas de la reina.

Niklas la besó en la boca brevemente, pero con pasión, le pasó un brazo por la espalda y la llevó a la puerta del camarote del capitán. Allí fuera, en cubierta, los marineros la escrutarían como siempre por todas partes, pero en aquella ocasión eso la traía sin cuidado. Niklas le había puesto un anillo de compromiso en el dedo y, como muy tarde en un año a partir de ese día, sería su esposa.

—Cuídate mucho —le dijo abrazándolo con fuerza antes de que él abriera la puerta.

Niklas le correspondió con otro abrazo.

—Tú también. Y cuida de tu prima. Duncan juega a un juego peligroso.

Ella levantó la cabeza, sorprendida, para mirarlo bien.

—¿Qué quieres decir con esto?

—Él es... ¿cómo lo decís? Un tramposo. Siempre tiene un as bajo la manga y seguro que esa carta además es un naipe trucado.

—¿Piensas que engaña a Lizzie? —preguntó Felicity, inquieta.

—No quiero levantar falsos testimonios, pero siempre es mejor prevenir que curar.

—¿Desconfías de él? Yo pensaba que erais amigos.

—Eso pensaba yo también, pero al parecer hay negocios en los que la amistad no cuenta —aseveró Niklas con sinceridad—. Y a veces ni siquiera el amor.

De forma inevitable, había llegado la hora de la despedida. Él abrió la puerta. Felicity olvidó por un momento las preguntas que le habían surgido sobre los planes de Duncan. Entre lágrimas se arrojó a los brazos de Niklas, indiferente a las miradas que con ello podría atraer. Ciega por el llanto, dejó que él la acompañara hasta la escala real y, mientras descendía hacia la barcaza que se tambaleaba desde el centro del barco, observada por el capitán y toda la tripulación, apenas pudo contener los sollozos.

Cuando el barquero que había contratado para que la trasladara a bordo la hubo llevado de vuelta al muelle, Felicity clavó la vista en el *Eindhoven*. Todavía se oía el chirrido del cabrestante, pero ya había quedado ahogado por el fragor del velamen al desplegarse y los pitidos del contramaestre. Las velas ondearon, se hincharon y atraparon la brisa del este mientras la tripulación de la barcaza de remolque remaba con fuerza para arrastrar el *Eindhoven* un trecho más allá y colocarlo con el viento en popa. Entonces se soltaron las amarras, el remolcador se hizo a un lado, y el *Eindhoven* avanzó y se deslizó majestuosamente con las velas hinchadas. Felicity cruzó los brazos sobre el pecho y contempló el majestuoso buque mercante holandés, pero solo veía el contorno borroso del barco y unas manchas blancas en lugar de las velas.

38

Elizabeth estaba lista para partir. Había ensillado a Pearl y aguardaba con impaciencia el regreso de Felicity mientras Jonathan, delante de la cuadra, perseguía a una gallina que cacareaba enojada por el patio de tierra. El pequeño estaba contrariado porque no podía coger al animal, y la gallina porque él no la dejaba en paz. Finalmente, esta última se encaró con su acosador, que era demasiado insistente, y le picó airada el dedo pulgar del pie. Como Jonathan llevaba sandalias abiertas, se echó a llorar de inmediato con amargura. Felicity llegó justo a tiempo para tomar en brazos al pequeño y consolarlo con sus palabras. Entretanto se puso a hablar de cartas trucadas y lanzó indirectas agoreras acerca de corsarios infieles, pero Elizabeth no estaba dispuesta a escucharla. Su mente no hacía más que dar vueltas en torno al hecho de que su suegra la había visto con Duncan. Inquieta, se preguntaba si Martha se reservaría la información para ella o si hablaría al respecto con Harold. Elizabeth había llegado a la conclusión de que no podía confiar en el silencio de Martha. Su suegra se encontraba en un estado de confusión enfermiza y su comportamiento era impredecible. Daba igual si la muerte de Robert había abierto antiguas heridas en ella y le había turbado la mente, o si Martha había tenido siempre esa predisposición y solo había necesitado un motivo para que surgiera. Fuera como fuese, Elizabeth tenía que contar con que no podría ocultar mucho tiempo su amor por Duncan. Posiblemente, Rose y Paddy habían sacado también sus propias conclusiones. Sin duda surgirían pronto las habladurías.

En el fondo, ya estaba todo decidido. Duncan, al acercarse a su casa, había establecido unos hechos consumados. A eso había que añadir que Martha en persona la había animado a marcharse. Independientemente de los motivos que la movieran a ello, eso simplificaba la decisión, e incluso le quitaba la necesidad de tomarla. De pronto cayó en la cuenta de que ya no había marcha atrás y sintió, por vez primera, un profundo alivio. No tenía ni la más remota idea de lo que el futuro le depararía, pero ella lo compartiría con Duncan y no había nada que fuera más importante.

Harold, tan duro consigo mismo y con los demás, se recuperaría rápido, también en eso Duncan llevaba razón. Si Harold amaba alguna cosa era Rainbow Falls. Incluso el nombre de la plantación, curiosamente poético, indicaba que para él aquel pedazo de tierra significaba algo más que un conjunto de campos que le rendían un beneficio.

—Así es —le había dicho Robert a Elizabeth en una ocasión cuando le preguntó por el nombre—. Mi padre lo escogió en persona. Y no, no hay ninguna cascada. Me parece que una vez él vio un arco iris sobre esas tierras.

Elizabeth se estremeció al recordar la sospecha atroz de Duncan. Apartó ese pensamiento de forma decidida; resultaba demasiado retorcido e incómodo.

—Felicity, me voy. —Con ese anuncio, Elizabeth interrumpió a su prima en medio de una frase en torno a tramposos execrables.

Felicity suspiró, disgustada.

—Sí. Ya lo sé. Necesitas cabalgar a toda costa. Eso no es precisamente una novedad.

—No. Quiero decir que me marcho para siempre. Me voy de Dunmore Hall y también de Barbados.

Felicity la miró asombrada.

—Y entonces ¿adónde?

—Aún no lo sé —admitió Elizabeth.

—¡Ajá! —exclamó Felicity con el entrecejo fruncido—. Pero seguro que sabes con quién, ¿no?

—Bueno, sí. Con Johnny y contigo, si quieres, y bueno, con Duncan Haynes.

—¿Hablas en serio?

—Hoy ha venido aquí y me ha pedido la mano.

—¡Oh, vaya! —dijo Felicity claramente alarmada—. Y dime, ¿al hacerlo tenía la mano debajo de tu falda?

—No —respondió Elizabeth, enojada—. Hablas como si yo fuera incapaz de pensar con claridad cuando él está cerca.

—Si te doy esta impresión, tal vez sea porque eres incapaz de pensar con claridad cuando él está cerca.

—Le quiero —dijo Elizabeth con sinceridad.

—Pero ¡eso no es motivo para arrojar la sensatez por la borda!

—He tomado una decisión: me marcho con él. Cuanto antes. Ahora voy a reunirme con él para acabar de acordarlo.

—Prométeme que conservarás la cabeza fría y que vigilarás que no haya alguna carta trucada.

—¿Qué te ha dado hoy por las cartas?

—Hay que ser prudente —se defendió Felicity pasando a Jonathan a su otra cadera porque parecía dispuesto a arrancarle el encaje del escote—. Los hombres son impredecibles. Pueden tener ases en la manga.

—Pues resulta que casualmente sé que Duncan no hace trampas.

Felicity hizo un gesto de resignación con los hombros y se aclaró la garganta.

—¿Sería posible que él pasara con su barco frente a Holanda?

—*Baco* —dijo Jonathan sonriendo con picardía a Felicity—. Johnny, *baco*.

—¡Dios Santo, no permitas que él se parezca al granuja de su padre!

Pearl avanzaba a galope tendido por el camino de la costa en dirección este levantando la arena fina, que daba contra las pantorrillas desnudas de Elizabeth. Se había arremangado la falda hasta las rodillas y llevaba el cabello recogido para que no le cayera sobre los ojos. Ya hacía rato que se había despojado de la capa con capucha con la que se había tapado antes de salir para no alimentar chismorreos tras la muerte de Robert, y la había metido en la alforja. El viento cálido le daba con fuerza en la cara, le sacudía las mangas del vestido y se llevaba los gritos con que animaba a Pearl una y otra vez.

Ante ella se extendían largos kilómetros de playas de arena blanca, una costa solitaria hasta donde alcanzaba la vista. Pocos eran los indicios de civilización que podían avistarse desde aquel lugar. Aquí y allá, detrás de los frondosos bosques de palmeras del litoral a partir de los cuales las plantaciones se adentraban hacia el interior, se veían algunas cabañas así como, aunque en menor número, unas cuantas casas. Las superficies de tierra convertidas en terreno cultivable aumentaban de forma imparable, pero aún quedaban muchas hectáreas de bosque espeso, una selva primitiva que, hasta hacía unas pocas décadas, había cubierto toda la isla.

A poco menos de un kilómetro de Oistins estaba el lugar donde se había citado con Duncan. Era una plantación de tabaco abandonada, cuyo propietario había regresado a Inglaterra la primavera anterior. Según se decía, se había ido temporalmente, pero todavía no había vuelto.

Ya de lejos podía apreciarse que la selva había empezado a engullir el terreno. En los campos crecían frondosos los helechos, y la casa estaba densamente cubierta de musgo y de plantas trepadoras. Los cobertizos de trabajo estaban derruidos, y las puertas, abiertas y rotas. También allí todo estaba cubierto de vegetación. En pocos años la selva habría borrado todo vestigio humano. Un magnífico cedro español daba sombra a lo que en su momento había sido un lugar bullicioso. El tronco era tan ancho que Elizabeth tuvo que fijarse para distinguir a la yegua árabe que estaba atada a él y que levantó la cabeza con inquietud cuando Pearl llegó al trote. Elizabeth intentó en vano aplacar la rabia que le daba ver el caballo de Claire Dubois. Seguramente, se dijo, apenas Duncan salió de Dunmore Hall debió de ir a Chez Claire para coger el caballo de la francesa.

En una rama colgaba el chaleco dorado. Duncan estaba recostado en un tronco caído, con la espalda apoyada en una rama que sobresalía y el sombrero calado sobre la cara. Todo parecía indicar que estaba dormido. Tal vez no había ido a casa de Claire solo en busca del caballo sino también de otras atenciones especiales, las cuales además explicarían su agotamiento. Con la sangre rebulléndole en las venas de rabia, Elizabeth desmontó, ató las riendas de Pearl a una rama y se acercó airada a Duncan. Mientras se aproximaba, arrancó un tallo de musgo español de uno de los árboles, decidida a sacudirle con él para despertarlo y airear así su enojo. Sin embargo, no tuvo tiempo ni de tomar impulso. Duncan se incorporó con tal rapidez que sus movimientos parecieron fundirse en uno solo. Al agarrar la mano alzada de Elizabeth a media altura, el sombrero le cayó de la cabeza.

—¿Es solo una impresión o pretendías atizarme? —preguntó con una suave reprimenda en la voz.

Ella lo miró con rabia.

—Suéltame.

—Ahora mismo. Primero quiero saludarte del modo debido. —Le quitó de los dedos el tallo alargado y lo arrojó a un lado; luego se acercó su mano a los labios y le besó las yemas de los dedos.

—Milady.

Ella, sorprendida, le retiró la mano.

—Puedes ahorrarte esos remilgos aristocráticos conmigo. No es suficiente para engañarme. Eres un zafio y un bribón.

Él enarcó las cejas.

—Déjame adivinar. Estás enfadada conmigo. ¿Podrías decirme, para variar, el motivo?

Elizabeth apretó los puños, debatiéndose consigo misma. Estaba a punto de darse la vuelta y marcharse. Y cuando iba a hacerlo, Duncan tuvo la desfachatez de sonreírle mientras se le acercaba. Lucía una sonrisa petulante de complicidad con la que le demostraba que tenía la situación totalmente controlada, y no como ella, que se había dejado llevar por el enojo. Con un grito de rabia contenido le golpeó el pecho con las dos manos. Para su disgusto, no logró siquiera que él perdiera el equilibrio. Duncan la asió sin más y la atrajo hacia sí.

—Así que un zafio, ¿eh? —dijo.

Posó los labios en los de ella, y el enfado de Elizabeth se convirtió al instante en pasión impetuosa. El deseo se apropió de ella de un modo tan poderoso e inesperado que estuvo a punto de desmayarse. Tal vez aquel mareo se debía también a que Duncan la asía con tanta fuerza que le hizo crujir las costillas. Sintió que sus pies se balanceaban un momento por encima del suelo cuando él la volteó y la llevó hacia el árbol sobre el que había estado sentado.

Su barba incipiente le arañaba las mejillas, y percibió el olor corporal intenso de él, esa mezcla de salitre, sándalo y sudor de la excitación que hacía que el calor le rezumara por todos los poros y pudiera oír la sangre recorriéndole el cuerpo. Deseaba tocarlo por todas partes, pero las manos le temblaban al tirarle de la camisa y palpar el cierre del calzón corto en busca de su piel desnuda. Él, en cambio, tuvo menos problemas para desnudarla; de un tirón le quitó la falda, que llevaba mal abrochada, y con un gesto rápido le pasó el corpiño fino y la camisa por la cabeza dejándola desnuda ante él o, mejor dicho, casi desnuda: aún llevaba el liguero con el pequeño puñal. Elizabeth trató de quitárselo, pero él se lo impidió tomándola de la mano.

—No, déjalo. En realidad resulta... —No se le ocurrió ninguna palabra para describirlo, pero sus ojos expresaron claramente lo que quería decir.

Acto seguido, tras pasarse las manos por detrás de la nuca, se agarró el cuello de la camisa y, al instante, la arrojó hacia delante con un movimiento vigoroso. Elizabeth contempló en silencio cómo esta salía volando y quedaba colgada en una rama, junto al chaleco. Duncan arrojó las botas a un lado y luego el pantalón. Por primera vez lo vio a la luz del día tal como Dios lo había traído al mundo, sin una sola fibra de tela sobre el cuerpo. Al quitarse la camisa, a él se le había soltado el cabello, que llevaba recogido, y su cabellera oscura le caía hasta los hombros en mechones rebeldes por la frente. Impaciente, se los apartó y se acercó a Elizabeth.

—Espera —dijo ella—. Quiero... verte.

Él permaneció ante ella con los orificios de la nariz henchidos, los brazos colgando y sueltos, el cabello enmarañado y los ojos brillantes bajo el crepúsculo de color dorado y mate que imperaba bajo los árboles cubiertos de musgo español. Por un breve instante se quedaron quietos y se contemplaron. Elizabeth se embebió de todos y cada uno de los detalles de su aspecto: la piel tostada, los músculos marcados de los hombros y los brazos; el pecho amplio, cubierto de vello negro crespo; el vientre liso pero musculoso; los muslos tersos, y sus largos y tendinosos pies. Su miembro, muy erguido, le pareció enorme; tuvo que inspirar un instante y recordar que ya lo había acogido varias veces en su interior. Duncan tomó aire y sonrió, vacilante.

—¿Te gusta lo que ves?

—Sí —respondió Elizabeth sin más.

Él extendió la mano hacia ella y le acarició el hombro. Elizabeth se sorprendió al notar que a él los dedos le temblaban. Estaba al menos tan nervioso como ella. Con un gesto espontáneo, lo tomó de la mano y se acercó la palma callosa a la mejilla.

—Duncan —susurró deleitándose con la dulzura y la suavidad de aquella caricia. Notó que el corazón se le henchía cuando él la miraba a los ojos. Sí, él tenía razón. Ella era suya. Había sido suya desde el principio.

Duncan tenía la mirada velada, y el pecho se le agitó con la respiración entrecortada al abrazarla. Apretó el cuerpo de ella contra el suyo. Durante unos instantes permanecieron inmóviles en aquella posición, cuerpo con cuerpo, atentos al ritmo de su respiración y a los latidos del corazón hasta que ambos parecieron convertirse en uno solo.

—Ven.

Duncan se sentó en el tronco del árbol y la atrajo hacia sí; la acomodó en su regazo y Elizabeth quedó sobre él a horcajadas, con las piernas abiertas y las pantorrillas enlazadas en torno a su tronco. Sintió el miembro de él apretándole el vientre y notó su urgencia; su humedad se propagó por cada centímetro de la piel de Duncan. Percibió el olor de su propio cuerpo y se sintió envuelta por él; cuando Duncan empezó a lamerle los pechos se inclinó hacia atrás para que él por fin la tomara.

Con la respiración entrecortada, se mordió los labios disfrutando de esa penetración lenta; deseaba poder dilatarla. Sin embargo, se daba cuenta de que la culminación de su placer se acercaba como una ola imparable. Con los dos brazos en torno al cuello de él y los pies cruzados en su espalda, echó la cabeza hacia atrás y gimió a la vez que se deslizaba arriba y abajo, en un galope frenético e intenso que la precipitó mucho más allá de los límites del mundo. Vio sobre ella el verdor sublime de los árboles, y en algún punto de aquella espesura, el rojo intenso de la planta de la piña y una pequeña mancha azul del cielo; después apenas distinguió nada, tan solo borrones de colores. Notó que Duncan la asía por el cabello y le llevaba la cabeza hacia delante, cubriéndole los labios con los suyos y haciendo que sus lenguas entablaran un baile sensual. En los últimos instantes de aquel acto, sintió cómo él perdía el control de sí mismo y, a pesar de la resistencia de su propio cuerpo, la penetraba aún con más fuerza e intensidad, y finalmente, sintió cómo su orgasmo se prolongaba hasta que chilló y se dejó ir en un acceso de dolor y de placer.

—¿Cómo se entiende que nosotros estemos siempre peleándonos o abalanzándonos el uno sobre el otro? —preguntó Elizabeth mientras pasaba el dedo índice por la cara interior del muslo velludo de Duncan—. ¿Por qué no podemos hablar con normalidad, como el resto de la gente?

Habían recorrido el corto camino que conducía hasta la playa y se habían sentado en la arena, a la sombra de una palmera. Duncan tenía la espalda apoyada en el tronco y Elizabeth reposaba entre las piernas abiertas de él, con la nuca reclinada en su pecho. Apoyaba la mano derecha en la rodilla de él y con la izquierda le acariciaba la pierna.

—Pero si ya hemos hablado con normalidad entre nosotros —repuso Duncan—. Por ejemplo, el día en que nos conocimos. Conversamos con mucha vehemencia. ¿Te acuerdas? Si incluso hiciste bromas sobre el rey.

Elizabeth soltó una risita.

—Sí, es verdad. El pobre hombre aquel día había perdido un poco la cabeza.

Duncan se echó a reír, y su pecho se sacudió bajo la cabeza de Elizabeth.

—Vos, milady, tenéis a veces una lengua muy afilada. —Le revolvió el pelo con cariño—. ¿Lo ves? Sabemos hablar. Discutíamos porque entre nosotros había demasiados obstáculos. En el futuro ya no será así. Al contrario, ya verás que yo, en el fondo, soy un muchacho muy afable, pacífico y de confianza.

—Pues Felicity dice que juegas con cartas marcadas.

—Lo cierto es que me gusta más jugar a las cartas —dijo él secamente—. ¿Por qué dice eso?

—Al parecer, Niklas Vandemeer ha hablado con ella.

—Lo único que ocurre es que está muy enfadado porque ha tenido que renunciar a unos tratos comerciales muy suculentos con los que se ha ganado muy bien la vida durante muchos años. Los tiempos en los que él podía hacer negocios con las colonias inglesas han terminado para siempre. La tiranía absoluta de la Commonwealth tiene una sombra poderosa. Es muy posible que de este conflicto estalle una auténtica batalla naval.

—Felicity dice que te quitaste a Niklas de encima ofreciéndote como negociador ante el Consejo de los terratenientes.

Duncan se encogió de hombros.

—Visto así es verdad. Pero también es cierto que le salvé tanto la piel como su barco. El *Eindhoven* no sería más que un montón de astillas si se hubiera involucrado en la confrontación. El Almirantazgo negociará con el Consejo de terratenientes, pero de ningún modo con los holandeses.

—Sí. Según Felicity, él ya se dio cuenta de eso. En cierto modo te agradece que intervinieras. Sin embargo, Vandemeer parece creer que juegas un doble juego.

—¿Y qué piensas tú?

Elizabeth vaciló.

—No lo sé. Dime qué tengo que pensar. ¿Juegas un doble juego?

—Contigo no, Lizzie. —La estrechó con ambos brazos y le posó la barbilla en un hombro—. ¡Contigo jamás!

—Pero con el Consejo sí, ¿verdad?

—Si ese fuera el caso, entonces solo lo haría de tal modo que resulte favorable para ellos, siempre y cuando hagan lo que yo les diga.

—Tú sabes algo que ellos ignoran —dijo ella lentamente. Una sospecha le vino a la cabeza y se volvió con curiosidad entre sus brazos para verlo de perfil—. Has llegado a un acuerdo con el Almirantazgo, ¿verdad? —Aunque no podía verle la cara, notó que había dado en el blanco. Sintió inquietud en su interior—. ¿Cuál es el alcance de esos acuerdos? ¿Abarcan también la traición? ¿Quieres ofrecerles Barbados en bandeja de plata?

Notó que el cuerpo de Duncan se le tensaba. Estaba claramente molesto.

—Parece que, por lo común, tú me crees capaz de hacer cualquier trampa imaginable. ¡Dime aunque sea una sola cosa en que yo te haya mentido o te haya ocultado algo!

Elizabeth reflexionó un poco, pero no se le ocurrió nada. Excepto...

—Esa primera vez, en la casa de campo. Me sedujiste para vengarte de mi padre.

Duncan refunfuñó.

—¿Ya estamos a vueltas con el tema? ¡Creía que ya lo habíamos dejado de lado hacía tiempo!

—¡Pues no! —replicó ella—. ¡Me engatusaste con tu historia, pero nunca me has contado cómo terminó!

—¡Pero si no querías saberlo!

—Yo nunca he dicho tal cosa —exclamó ella, colérica.

Duncan suspiró, dándose por vencido.

—Es cierto. Al parecer, es verdad que o nos peleamos o nos amamos. La cuestión es saber en qué somos mejores.

Duncan le mordió suavemente el hombro y ella, para su disgusto, notó en la espalda que él se excitaba. Con la mano le recorrió los pechos y el vientre, y finalmente la fue a posar entre los muslos. De nuevo Elizabeth fue presa de un calor denso y vivo que siempre sentía cuando él la tocaba de ese modo. Se le escapó un gemido y, sin querer, enarcó el cuerpo ante aquellos dedos curiosos. De todos modos, le retuvo la mano.

—Quiero saberlo. Dime qué planes tienes con el Almirantazgo y cuéntame cómo terminó la historia.

—Desde la asamblea mis planes son como un libro abierto, aunque no el modo en que pienso llevarlos a cabo. En cualquier caso, nada de ello tiene que ver con la traición, en absoluto. —Apartó la mano de entre los muslos y entrelazó los dedos con los de ella—. En cuanto a mi historia... Tuvo un final feliz. Después de que mis padres murieran, me presenté ante mi abuelo, el padre de mi madre, al cual yo aún no conocía. Él se había distanciado de mi madre antes de que yo naciera.

—¿Por qué?

—Porque mi padre no era de su agrado. Era un simple pescador y un arrendatario pobre, sin tierras propias. Mi abuelo había amenazado con matarlos si alguna vez volvía a verlos. Ni siquiera en la peor de las necesidades mi madre se atrevió a pedirle ayuda. Eso la gente no lo sabía cuando de pronto me encontré solo en el mundo; lo único que les constaba era que aún me quedaba un abuelo. Y me llevaron con él.

—¿Y él se hizo cargo de ti?

—Bueno, si a eso se le puede decir hacerse cargo, entonces sí. Me puso un tutor, una persona insoportable e insulsa que me torturaba medio día con sus clases, que eran de un aburrimiento letal. La otra mitad del día la pasaba con mi abuelo en su astillero. Me dio un martillo, clavos y un montón de planos, y me enseñó todo lo que puede saberse sobre construcción naval. Sin embargo, yo sentía más inclinación por probar esos barcos. La primera vez que hui de casa tenía doce años. Me enrolé como grumete en un barco de río y recorrí el Támesis arriba y abajo. Cuando mi abuelo me pilló, recibí la paliza de mi vida. Durante unos meses hice ver que estudiaría y sería un buen chico, pero volví a escaparme. Esa vez hice de paje en una fragata que navegaba por el Mediterráneo. Estuve en ella durante casi medio año. Después empezó otra tanda de palizas, hasta que al fin me presenté decidido ante mi abuelo y le dije que volvería a escaparme porque en lugar de construir barcos yo prefería navegar en ellos. Él me contempló detenidamente durante un buen rato y finalmente dijo que, al parecer, yo había heredado la maldita terquedad de mi madre. Aquella fue la única ocasión en todos esos años que me habló de ella.

—Me parece que él era por lo menos tan obstinado como tú —apuntó Elizabeth. Aún lo tenía agarrado de la mano porque percibía que a él le inquietaba hablar del pasado.

—No tanto como para no darse cuenta de que de mí no saldría ningún constructor naviero —matizó Duncan—. Dijo que si mi mayor deseo era navegar por el mar, sería mejor que lo hiciera con todas las de la ley. Así pues, me envió a Oxford para que adquiriera la base necesaria para emprender la carrera de oficial de la Marina.

—¿Fuiste a la universidad? —preguntó Elizabeth, estupefacta.

—De mala gana. Aquello fue un suplicio y solo se trataba de establecer relaciones con algunas personas influyentes. ¿Para qué, si no, servían la retórica y la filosofía? Lo más importante para mí fueron las clases privadas que me dio durante ese tiempo un viejo capitán con mucha experiencia. Gracias a él adquirí sólidos conocimientos de interpretación y trazado de planos de navegación, de construcción y uso de instrumentos náuticos, y también me enseñó todos los fundamentos teóricos de navegación. Todo eso me allanó el camino pues al poco tiempo pasé de lugarteniente a primer oficial de una fragata real. Hacía poco que tenía en el bolsillo mi diploma de capitán cuando estalló la guerra civil y lo echó todo a perder. La flota se disgregó y yo pedí la licencia. Mis conocimientos en construcción naval me resultaron de utilidad enseguida porque con el dinero que había ahorrado hasta entonces logré reflotar una carraca y navegar con mi propio barco como filibustero con la bendición de la Corona.

—¿Tu abuelo sigue con vida?

—No. Murió hace seis años.

—¿Y qué fue de su astillero?

—Existe todavía. Nombré administrador al capataz principal y, de vez en cuando, me ocupo de él.

—¿Te llevabas bien con tu abuelo?

—No mucho. Era un hueso difícil de roer: irreconciliable, cascarrabias, decepcionado con la vida... Sin embargo, gracias a él me convertí en el hombre que soy ahora: el capitán de mi propio barco. De no haberlo conocido, tal vez ahora yo solo sería un simple pescador, como mi padre. Además, tampoco puede decirse que en casa de mi abuelo yo hubiera pasado una infancia triste. Él se había casado en segundas nupcias con una mujer muy dulce y cariñosa, que ejercía sobre él una enorme influencia. Aunque era mayor, mi abuelo compensó conmigo lo que le había negado a mi madre. Y su esposa era amable y buena, conmigo y con él, y me dio mucho cariño. Por desgracia, murió también hace tres años. Ahora no tengo familia; no, al menos, en Inglaterra. Ahora tengo una mujer y un hijo en Barbados. —Le apartó el cabello y le besó la nuca—. Bueno, pues ya conoces toda la historia.

Elizabeth se sintió extrañamente próxima a él. Después de todo lo que le había contado sobre su vida, descubría en él facetas de su modo de ser que hasta entonces le habían sido vetadas. Aun así, estaba convencida de que todavía le quedaba mucho por saber de Duncan, sobre todo acerca de los últimos años. Notó además su impaciencia y la excitación que sentía en ese momento y que no había disminuido durante su narración. Él se restregó contra ella de forma insinuante.

—¿Dónde nos habíamos quedado antes?

Elizabeth se revolvió entre sus brazos y se arrodilló entre sus rodillas. Le acarició el pecho firme y caliente por el sol para luego recorrerlo lentamente hacia abajo con las yemas de los dedos.

—Creo que en algún punto de aquí...

Esa vez se dedicaron más tiempo. Aquella fue una relación más satisfactoria. Más tarde, cuando Duncan la tenía entre los brazos se sintió tan fascinado por ella que se inquietó. Con las mujeres no acostumbraba a perder de ese modo el control de sus sentimientos, pero con Elizabeth aquello le pasaba constantemente. Ella era como una sirena atractiva y cautivadora. Ocupaba su pensamiento de un modo tan persistente que le costaba concentrarse en los problemas que se le presentaban, algo que, precisamente en aquella situación, resultaba por completo inapropiado.

Había considerado la posibilidad de aplazar su propuesta de matrimonio hasta que se hubiera resuelto el conflicto entre Barbados e Inglaterra, pero como no había manera de saber cuándo y de qué modo acabaría aquel conflicto, prefería tener las cosas claras con Elizabeth. Además, era imprescindible evitar que William Noringham se le adelantara y, al final, él saliera perdiendo. El joven lord tenía todas las cualidades para resultar atractivo a una joven viuda. Duncan se dijo, con amarga ironía, que, de ser él mujer, no habría vacilado en aceptar que William Noringham la cortejara. ¿Para qué elegir a un filibustero de vida peligrosa y mala reputación cuando era posible tener un hombre serio, bien educado, rico y agradable como William? Y estaba también la historia con Harold Dunmore. Duncan había visto con horror de qué modo miraba a Elizabeth aquel tipo después de haberla arrojado al suelo de un puñetazo. En sus ojos se habían reflejado la desesperación, la rabia y la lástima, pero también un deseo furtivo. Dunmore lo contenía y lo ocultaba o, por lo menos, lo intentaba pues no podía hacer otra cosa. Sin embargo, el mero hecho de que el viejo albergara ese tipo de sentimientos por Elizabeth provocaba un gran desasosiego en Duncan. La próxima vez que él levara anclas, ella y el pequeño estarían a bordo. Tampoco ese profundo instinto de protección era algo con lo que había contado hasta entonces. Saber que tenía un hijo le había desatado unas emociones que, por su intensidad primaria, lo inquietaban incluso más que sus sentimientos hacia Elizabeth, contra los cuales no podía hacer nada. Le dolía haber perdido por culpa suya tantos meses y estaba decidido a compensarlo cuanto antes.

Elizabeth se soltó de su abrazo y se levantó con agilidad. Se mostró ante él con las piernas largas, desnuda, con el cabello rizado cayéndole hasta la cintura, sudorosa y sucia de arena, y con esos ojos suyos de color turquesa que refulgían en su rostro moreno. Era bella como una diosa pagana. Se sintió idiota por no poder apartar la vista de ella.

—Vamos a nadar —dijo Elizabeth.

Duncan se incorporó con un gemido porque le dolía la espalda. Se dijo que ya era demasiado mayor para permanecer tanto tiempo reclinado en troncos de árbol o suelos de piedra. No así Elizabeth. Con una vaga inquietud cayó en la cuenta de que ella apenas tenía veinte años mientras que él le llevaba casi doce años. Si ahora él empezaba a mostrar sus flaquezas... Se puso en pie con otro gemido, pero muy decidido, y la siguió hasta el agua. Mientras ella se zambullía de cabeza en las olas entre gritos de júbilo, él entró andando tranquilamente. No estaba dispuesto a demostrarle que sentía cierta aprensión por el agua. No hacía ni medio año que había aprendido a nadar, pero eso ella no tenía por qué saberlo. Sin embargo Elizabeth se percató, y eso a pesar de que él había practicado mucho desde entonces.

—Sacas la cabeza del agua como si fueras una oca —le dijo nadando de espaldas ante él y dirigiéndole una sonrisa traviesa—. Me parece que hace muy poco que has aprendido a nadar.

—Muy pocos marineros saben. Yo soy uno de ellos.

Al hablar, Duncan perdió la coordinación de los movimientos que tan cuidadosamente ejecutaba y tragó agua. Era evidente que era incapaz de nadar y hablar a la vez. Oyó que Elizabeth reía, burlona. ¡Lo que reiría si llegara a enterarse de que él había aprendido por ella! Claire, que a su vez lo sabía por Harold Dunmore, era quien le había contado que Elizabeth salía a nadar con regularidad con una criada irlandesa y que al parecer nadaba como un pez. A partir de entonces, curiosamente no saber nadar empezó a resultar a Duncan muy molesto. John Evers había tenido que dedicar muchas horas libres a enseñarle.

—Nadar tiene sus peligros y, además, es un modo complejo de desplazarse —le explicó Duncan con dignidad. Sin embargo, al decirlo reparó en lo zafio que había sonado aquello, sobre todo al ver a Elizabeth dar vueltas en el agua en torno a él como si en su vida no hubiera hecho otra cosa.

Ella se burló.

—Pero si es muy fácil. ¡Incluso Johnny sabe nadar!

Duncan la miró, asustado.

—¿Te metes en el agua con mi hijo?

Habría sido mejor que se hubiera ahorrado esa pregunta porque, una vez más, una ola le dio en la cara y le entró agua en la boca. Ya había llegado demasiado lejos. Estaba harto. Abandonó aquel chapoteo inútil y dejó de moverse. A fin de cuentas cuando nadaba era lo bastante prudente para no perder contacto con el suelo en ningún momento.

—Recogeré nuestras cosas y a los caballos —dijo mientras regresaba a la orilla.

Elizabeth no lo oyó pues rompía las olas con movimientos rápidos y se adentró a nado un poco más. Cuando su cabeza desapareció dentro del agua y no volvió a asomar, Duncan se quedó paralizado, dispuesto a arrojarse al mar y arriesgar su vida para protegerla de los tiburones o de cualquier otro animal salvaje. Pero entonces la vio culebrear en el fondo del agua, de un lado a otro, como si estuviera haciendo hallazgos de gran importancia. Estaba claro que Elizabeth no solo dominaba a la perfección la natación, sino también el buceo. Suspiró con alivio cuando por fin vio que su cabeza asomaba por encima de las olas.

—¡Sal de una vez! —gritó él—. ¡Todavía tenemos cosas que hacer!

—¡Duncan! —exclamó ella entre risas mientras nadaba en dirección a la playa—. ¡Eres incansable!

—En ese caso, me temo que voy a decepcionarte.

A duras penas podía apartar la vista de sus pechos ligeramente bamboleantes y cubiertos de gotas brillantes. Se retorció el cabello con las manos. El agua le recorrió el abdomen y el vientre hasta ir a parar al triángulo de vello crespo que tenía entre los muslos. Duncan carraspeó.

—Me gustaría enseñarte algunas cosas sobre las armas para que puedas protegerte mejor. Cuando nos vayamos a caballo de aquí habrás aprendido a manejar el puñal y la pistola.

—¡Oh! —exclamó ella. Casi parecía decepcionada. Luego clavó la mirada en la erección que él empezaba a tener—. ¿Estás seguro de que no te refieres a otras armas?

A Duncan no le quedó más remedio que sonreír. La vida con ella iba a ser realmente divertida. De repente se sintió feliz, casi de un modo pueril. ¿Sería eso el amor? A falta de algo con que compararlo, tenía todo el aspecto de serlo. Años atrás, John Evers le había descrito cómo era el amor verdadero: «Es como colgarse sin remedio de un gancho y no querer bajar nunca más». Estaba en lo cierto, a fe que sí. Por lo tanto, mejor acostumbrarse pronto a eso y disfrutarlo al máximo.

39

Celia yacía en el catre que había en un rincón de su celda con la vista clavada en la oscuridad. Durante toda la noche habían sonado los tambores, unas veces más cerca, otras más lejos. Hacía un rato que habían cesado. Aunque sabía que no tendría que esperar mucho más tiempo, temía que tal vez para entonces ya fuera demasiado tarde.

Primero creyó que su amo la ayudaría. Lord Noringham la había visitado dos veces, se había interesado por saber cómo estaba y le había prometido presentar una solicitud de clemencia al gobernador y buscar el modo de sacarla de allí. Le había dado, de parte de lady Harriet, un vestido limpio, varias mudas y una manta. Después de que él se marchara, Celia, a su pesar, había albergado algo más de esperanza. El amo había sobornado a los guardianes para que la trataran bien. Sin embargo, habían pasado cuatro días desde su última visita y, desde hacía dos, los anteriores guardianes habían sido reemplazados por otros: Thomas y Francis. Celia conocía sus nombres tan bien como sus cuerpos y sus preferencias sexuales.

Aunque los tremendos dolores en el abdomen habían remitido un poco, la mulata aún sangraba. La última vez, Thomas y Francis habían disfrutado de ella a la vez, y su cuerpo no había podido resistirlo. Al rato, había empezado a sentir mucho dolor, luego comenzó a sangrar y finalmente había sufrido un aborto. Tras arrastrarse hasta el cubo, se había sentado en él y había expulsado el feto entre gemidos y lágrimas a causa de los retortijones. Doblada de dolor, se había arrastrado otra vez al catre, había esperado a que llegara la noche y había rezado para que aquello no se prolongara mucho más. Al cabo de un tiempo llegó Thomas. Ya desde el pasillo el carcelero vio el reguero de sangre y se puso a renegar a grito pelado, como si ella tuviera la culpa de lo ocurrido.

—¡Maldita sea! No pretenderás palmarla ahora, ¿verdad?

Celia no respondió. Thomas abrió la puerta enrejada, fue a ver primero a la prisionera y luego se acercó al cubo. Entonces renegó todavía más fuerte y llamó a Francis, para que él también pudiera sacar sus propias conclusiones.

—Si esta estira la pata, nos la cargaremos —dijo Francis, preocupado—. Se darán cuenta de que nos la tiramos.

—Tonterías. Las mujeres abortan sin más. Pregúntaselo tú a mi vieja. Ha tenido tres. Yo no estaba cerca cuando los sufrió y mi rabo menos.

—¡Puag! ¡Esto es asqueroso! De haber sabido que estaba preñada, yo no lo habría hecho!

—Vamos, ahora no me vengas con esas... ¿A que te lo pasaste bien? Por lo menos te la tiraste tres veces, y eso en solo una hora.

Celia se hizo la dormida. Los dos hombres se alejaron, discutiendo aún sobre quién tenía la culpa y si tal vez no sería mejor matarla sin más y luego decir que había muerto.

—Al Consejo eso le vendría de maravilla —adujo Thomas—. De todos modos, van a colgarla. Les ahorraremos el dinero del verdugo. Y ni siquiera tendrán que reparar el patíbulo.

—Pero ¡se darán cuenta de que la hemos matado! ¡Tendríamos muchos problemas!

—Deberíamos hacerlo de un modo que no se note, que parezca como si hubiera muerto del aborto. Esas cosas ocurren continuamente, lo sé muy bien. La última vez mi vieja estuvo a punto de morir desangrada.

—Mmm —masculló Francis, pensativo—. En una ocasión oí decir que si se aprieta una almohada sobre la cara de alguien después parece como si el tipo la hubiera diñado solo.

Thomas se echó a reír con burla.

—¿Acaso tienes una almohada?

—No, aquí no. Pero en mi cama sí. ¿Voy a buscarla?

—Bastará con un trozo de ropa. Se pone en medio de la cara y luego es muy rápido. ¡Quítate el chaleco!

—¡Oye, que el tejido es bueno! —protestó Francis—. ¡No quiero que se me ensucie!

—¿Y qué quieres? ¿Que ella nos delate o que mantenga la boca cerrada para siempre?

—Como tú mismo has dicho, nadie la creería.

—Eso era antes de que empezara a sangrar como si la hubieran degollado.

Francis vaciló, pero finalmente consintió, si bien de mala gana.

—Vale. Pero lo haces tú.

—Entonces tú la sujetas.

Celia oyó el crujido de la ropa. Se incorporó y gritó. Al instante se encontró con los dos hombres junto a ella. Francis la tumbó contra el catre, le puso las rodillas sobre sus piernas y le sujetó los brazos hacia abajo. Thomas le apretó con fuerza el chaleco enrollado sobre la cara. La tela picaba y apestaba tanto a sudor que mareaba. Al rato, ella notó que se desvanecía. Thomas tenía razón. Iba a ser muy rápido.

40

Akin había esperado hasta la llegada de la oscuridad. Los tambores le habían indicado el camino que podía tomar sin ser descubierto, le habían advertido dónde tenía que vigilar y dónde se encontraban los perros y los hombres armados. Se había marchado solo porque era más fácil ocultarse y llamaba menos la atención. Dos de los otros fugados, Ian y Dapo, ya estaban en la ciudad. Ellos le habían precedido y se encontrarían con él más tarde.

Al pasar cerca de las plantaciones, Akin iba con especial precaución. Allí se movía como si fuera un esclavo cansado, con el cuerpo inclinado y arrastrando los pies, algo que a poca distancia no llamaba la atención. En cuanto llegaba al bosque, avanzaba a la carrera. Corría rápido y con ligereza, sin detenerse. Al acercarse a Bridgetown, volvió a ser muy prudente y se mantuvo en las zonas oscuras, asegurándose a cada paso de que, si alguien aparecía, él podía ocultarse de inmediato detrás de árboles o arbustos. Llevaba una camisa de color gris humo que le llegaba hasta las rodillas y unos pantalones cortos del mismo color, y así podía pasar desapercibido en la oscuridad. Portaba en el cinto dos machetes y dos pistolas, que quedaban ocultos por la camisa que le colgaba de forma holgada. Se deslizó sigilosamente desde el carro detrás del cual había buscado cobijo hasta el muro posterior de la cárcel. El edificio se encontraba a unos cuatrocientos metros tierra adentro, alejado del resto de las construcciones de la guarnición: era una casucha de ladrillo deslucida, baja y sin ventanas. Ian, el irlandés, había estudiado durante el día todo el entorno. Disfrazado con un gran sombrero de paja y un saco de judías a la espalda, había observado cuándo se producía el cambio de guardia, cuántos hombres hacían el turno de noche, a qué hora hacían las rondas, cómo iban armados y, sobre todo, quién estaba destinado a vigilar la cárcel.

Akin sabía que los vigilantes se emborrachaban, jugaban a dados, fumaban y prestaban muy poca atención a la vigilancia de los presos de día y, menos aún, de noche. Quizá eso fuera porque, excepto la mulata, no había nadie encarcelado. Tres días atrás habían ocupado las celdas media docena de marineros después de una pelea tremenda, pero ya habían sido puestos en libertad. Hacía dos días había estado en prisión un maleante, que terminó por colgarse en su celda. Los dos ladrones que habían permanecido semanas entre rejas habían logrado escapar el día anterior de un modo milagroso. Lo mismo que una prostituta callejera, que había robado a un cliente y había compartido la celda durante dos días con Celia. El irlandés había descubierto que los vigilantes eran sobornables.

Akin estaba convencido de que lord Noringham había intentado pagar el rescate de Celia. Sin embargo, en su caso, los vigilantes no se atrevían a soltarla, ni siquiera a cambio de mucho dinero. Era una esclava y había matado a un hombre blanco, el hijo de uno de los señores más poderosos de Barbados. Ya se había fijado el día de su ejecución: estaba prevista en dos días. Un par de carpinteros ya habían empezado a reparar el patíbulo que había ante el edificio de la guarnición. El travesaño estaba carcomido y durante la noche se había roto.

Oyó entonces detrás de él, en diagonal, un trino como de pájaro sonando en la oscuridad. No podía ser otro más que el irlandés, que era demasiado tonto para darse cuenta de que ese tipo de pájaros únicamente cantaban por la mañana. Faltaba solo la señal de Dapo, el tercer hombre. Pero antes de advertirla, Akin oyó el grito de Celia. Sin vacilar, y ajeno a la gente que pudiera verlo, se puso en pie, corrió hacia la puerta del edificio y la abrió de golpe. La antecámara estaba vacía. Sobre la mesa había unas cartas desgastadas junto a una botella de ron y una tabla grasienta con restos de comida. Dobló a toda prisa la esquina y entró en el pasillo en el cual estaban las celdas con sus barrotes. La primera estaba vacía; la segunda, también. En la tercera, un hombre rechoncho tenía hincada la rodilla sobre Celia mientras otro le apretaba algo contra la cara.

El hombre que sostenía a Celia levantó la vista y vio a Akin.

—Maldi... —Su exclamación terminó en un borboteo húmedo y la cabeza se le fue hacia atrás. El machete de Akin le había separado el cuello hasta la médula espinal. El cuerpo, proyectando chorros de sangre, se desplomó en el suelo de la celda.

El otro vigilante, que había recibido el impacto del otro machete de Akin, tenía la vista clavada con horror en el muñón sangrante de su brazo; entonces el machete volvió a hendir el aire y el vigilante tuvo el mismo final que su compañero. Mientras el hombre caía también con la cabeza casi despegada del cuerpo, Akin se metió de nuevo los machetes en el cinto, asió a Celia, la tomó entre sus brazos y volvió sobre sus pasos. Ian y Dapo aparecieron y cubrieron la retirada con las pistolas cargadas y a punto para disparar.

Habían contado con una mayor resistencia, incluso con un tiroteo. Sin embargo, nadie se interpuso en su camino. Los demás miembros de la guardia de la guarnición estaban en el edificio principal y en las barracas de descanso, o bien estaban haciendo la ronda. Como máximo había en total media docena de hombres de guardia. Los demás dormían exhaustos, puesto que hacía varios días que se entrenaban de sol a sol esperando la flota de guerra inglesa. Eso, sin embargo, no significó que los fugados no fueran descubiertos: una anciana dobló una esquina con un fanal y escudriñó la oscuridad con la mirada borrosa al advertir su presencia.

—Jamie, ¿eres tú? —preguntó—. ¿Has vuelto a ir de putas?

—No soy Jamie —dijo Ian en tono de disculpa mientras intercambiaba miradas de pánico con Dapo.

La mujer se limitó a murmurar algo para sí y siguió su camino sin más.

Lo habían conseguido. Tras dejar a su espalda los aledaños de la ciudad, emprendieron el camino hacia el norte, en dirección a las colinas del interior. Cuando estuvieron a una distancia segura se detuvieron. Ian encendió la lámpara que llevaba y Akin se sentó en cuclillas con Celia en brazos. La muchacha había vuelto en sí y gemía en voz baja.

—¿Puedes andar? —le preguntó él.

Ella asintió de inmediato y quiso ponerse en pie, pero se desplomó, exánime. Entonces Akin reparó en la sangre que le caía por las piernas desnudas. Aunque ella se había ensuciado con la sangre de los guardianes, esa era más reciente.

—Estás herida —dijo levantándole el vestido y buscando la herida. Al darse cuenta de que la sangre le caía de entre las piernas, renegó.

—¿Qué ocurre? —Ian se acercó. Su rostro juvenil y pecoso dibujó una expresión de preocupación—. ¿La han herido? —Vio la sangre y tragó saliva—. Mmm, ¿esto no es...? Bueno... es el período, ¿verdad?

—Ha sido un aborto —dijo Celia con voz débil.

—Oh, maldita sea. Lo siento. No tenía ni idea de... —Se calló, impresionado.

—¿Esos hombres te han deshonrado? —preguntó Akin—. ¿Y has abortado por su culpa?

Celia asintió sin decir nada.

Akin echó la cabeza hacia atrás, con la cara orientada hacia la luna, casi llena, como una enorme moneda pálida de plata suspendida sobre las colinas. Se inclinó entonces sobre Celia y apoyó la frente en la suya. Ella levantó la mano y le acarició el cabello.

—Sobreviviré —dijo—. Podremos tener más hijos. Cuando seamos libres.

—Van a pagar por ello —le prometió Akin. De pronto el tono de su voz se reveló extrañamente tranquilo—. Morirán todos.

Akin la tomó con delicadeza entre sus brazos y se puso en pie. Ian marchó delante iluminando el camino con la lámpara. Dapo se mantuvo a su lado, con el arma dispuesta para disparar. Prosiguieron a paso rápido hasta dejar atrás los primeros campos de caña de azúcar. En el borde de uno de ellos, Ian provocó un incendio para que ningún perro rastreador pudiera seguirles la pista. Cuando las llamas se levantaron hacia el cielo, y los esclavos y los trabajadores salieron dando voces de sus cabañas cercanas, la noche ya había engullido a los fugados hacía un buen rato.

La huida de la mulata y los cadáveres de los guardianes no se descubrieron hasta el amanecer, ya que otro acontecimiento desvió la atención de todos.

Bajo la luz rosácea con que la inminente salida del sol había teñido el horizonte asomó una hilera de veleros. El vigía del puesto de observación situado en el extremo norte de la isla fue el primero en distinguirlos. Escrutó nervioso a través del catalejo y al final logró identificar sin duda alguna a los barcos como los de la esperada división naval inglesa. Al momento comunicó la noticia al comandante del puesto de guardia, el cual, a su vez, advirtió a los demás bastiones de la isla con disparos de cañón. Al instante, los adormecidos soldados de la guarnición de Bridgetown se apresuraron fuera de sus barracas y se agruparon en la plaza que había frente a la residencia del gobernador para la llamada de formación. Jeremy Winston salió de su casa en camisa de dormir, con aspecto trasnochado y desgreñado, con el pelo, como paja, apuntando en todas las direcciones. Llevaba una daga en la mano y, aturdido, buscaba con la vista a parlamentarios con ansias conquistadoras. Su adjunto tuvo que convencerle de que la flota inglesa apenas había asomado en el horizonte y que faltaba al menos una hora para que llegara a tierra.

George Penn se presentó con un saludo ante él y le dio el parte. Llevaba la guerrera con la que había luchado también en la batalla de Marston Moor y sobre ella, un engendro ennegrecido por la pólvora consistente en una coraza de cuero y, por si fuera poco, un casco de metal, posiblemente pulido por él mismo porque brillaba tanto con la luz del sol que el gobernador, deslumbrado, tuvo que apartarse.

A su lado Penn llevaba a los hombres que había reclutado con vistas al conflicto en ciernes y que durante las últimas semanas habían estado acuartelados en las barracas de la guarnición. Había entre ellos muchos trabajadores libres, varios cientos de trabajadores sometidos a contrato que los terratenientes habían cedido, algunos hijos de los hacendados y una caterva de tipos de aspecto dudoso del muelle que acostumbraban a ganarse la vida de un modo en el cual el gobernador prefería no pensar. Aunque con ellos se incrementaba la tropa en número, la aportación de esos hombres no podía considerarse enriquecedora, más bien al contrario. Desde hacía días Jeremy Winston sentía un temor creciente por el gasto de todo aquello y ya había anunciado que recaudaría una tasa extraordinaria a todos los terratenientes libres para poder cubrir esos enormes gastos adicionales.

En cambio, era evidente que a George Penn esas cuestiones no le inquietaban. Se sentía totalmente en su elemento y sudaba por todos los poros; sin embargo, él, como siempre, soportaba con valentía la prueba a la que lo sometía el clima de la isla. La tropa que Penn había desplegado iba armada de forma dispar: unos con picas, pistolas y mosquetones; y otros con sables, petos y arcos largos. El equipo de protección era igualmente heterogéneo. Había corazas de cuero o metálicas, cascos redondos, borgoñotas e incluso una armadura roja, como las que en su tiempo habían llevado los London Lobsters bajo las órdenes de sir Haselrig. Muchos tenían simplemente el aspecto de lo que eran: granujas zarrapastrosos.

El gobernador fue presa de un leve espanto al observar aquella tropa confusa. En ella los realistas marchaban codo con codo con los partidarios de Cromwell; se trataba, de hecho, de gente que en tierras inglesas se habrían molido a golpes, pero que en Barbados tenían en común un patriotismo nuevo. Y su incompetencia también. El gobernador pidió a su adjunto —que no era otro que Eugene, el inútil de su sobrino, al que llevaba años teniendo que alimentar en su casa— que le alcanzara el catalejo y escrutó el horizonte hasta que tuvo en la lente a la flota de guerra. Contó los barcos, y se descontó cuando llegó a las dos docenas. Tenían que ser unos treinta, la mayoría de ellos grandes fragatas con filas dobles de portas para cañones y armamento pesado.

Sus intestinos revueltos le dijeron qué pensar de esa visión. Con gesto soberano se colocó el catalejo bajo el brazo e hizo una seña a Eugene.

—Si de verdad nos queda tanto tiempo, deberíamos retirarnos media hora para debatir.

41

Mucho antes de la primera señal, William Noringham ya había hecho los preparativos para su partida. Había metido cuidadosamente en una cartera de cuero los documentos que había preparado para las negociaciones: la constitución redactada y distintas propuestas para la regulación por ley del tráfico de esclavos. Antes del alba había ordenado ensillar los caballos y empaquetar las armas disponibles. Estaba decidido a luchar por la libertad con todas sus fuerzas. Aunque podía hacerse burla de su futuro cuñado, George Penn, había que admitir que tenía agallas. No había vacilado en el momento de actuar, y William también estaba decidido a contribuir con su parte. No quería que nadie le recriminara haber soltado grandes sermones y luego, en un caso de urgencia, no haber querido luchar. Se hizo acompañar por los doce trabajadores sometidos a contrato que, si bien carecían de experiencia en el manejo de armas, servirían para reforzar la infantería, por ejemplo, repartiendo comunicados o como auxiliares de artillería. En caso de que, como era de esperar, no se produjera ningún desembarco de tropas, aquella docena de hombres podrían disfrutar simplemente de unos días libres, en los que no harían otra cosa que participar en unos cuantos ejercicios. Las labores en los campos y en la zona de refinado progresarían de un modo más lento hasta que todo se aclarara. El capataz lo tenía todo controlado. Su afabilidad provocaba a veces cierta dejadez entre los negros, pero en general las tareas se efectuaban en el tiempo previsto.

Aquella mañana, William se había vestido con pulcritud, con una camisa limpia y blanca, un chaleco de seda perfectamente ajustado de color marrón y un calzón corto que había encargado a Mary, la costurera de Anne. Se había esmerado especialmente al afeitarse y en el habitual aseo matutino; había incluso tomado un baño, porque no quería ofender la nariz del comandante de la flota con un olor corporal desagradable. William confiaba en que aquel mismo día se emprenderían las primeras negociaciones. Además, planeaba hacer una visita en Bridgetown y también allí quería causar una buena impresión. Antes de partir se despidió de lady Harriet y de su hermana. Ambas estaban tremendamente preocupadas. Anne le suplicó que no se fuera a Bridgetown.

—¡Que ellos solos se monten su guerra! —dijo ella—. Bastante desagradable resulta ya que George se pase el día en la zona de ejercitación y no hable de otra cosa más que de disparar.

—Es la guerra de todos —repuso William con gravedad—. Si no podemos ganar nuestra libertad de ningún otro modo, tendremos que luchar por ella.

Anne negó con la cabeza y los ojos llorosos.

—¡Es un error! —insistió. Pero lady Harriet se le acercó y la asió por el brazo.

—Atiende a tu corazón y a tu conciencia, muchacho. ¡Sé íntegro y sé fuerte! ¡Tu padre estaría muy orgulloso de ti!

Las dos mujeres se quedaron de pie en la galería exterior y lo vieron partir al frente de su pequeño séquito.

Cuando William llegó a Bridgetown fue recibido por uno de los oficiales de la guarnición con el mensaje de que la mulata había sido liberada de la cárcel, sin duda por los esclavos huidos, que habrían entrado de forma furtiva en la ciudad. Dos guardianes habían sido salvajemente degollados. En su voz el oficial dejó oír cierto reproche, como si fuera culpa de William que los hombres hubieran perdido la vida y que una asesina se encontrara libre. William se esforzó por disimular su alivio por la huida de Celia. Aunque la muerte de esos hombres era lamentable, habría sido peor que se ahorcara a la chica por algo que ella no había hecho.

Puso a sus trabajadores sometidos a contrato a las órdenes de George Penn y luego se encaminó hacia la casa de la Asamblea, donde se encontraba ya buena parte de los terratenientes. Estaba previsto formar una comisión de mediadores encargada de transmitir las exigencias del Consejo de la isla. William, que había dado por sentado que él sería uno de los emisarios, se encontró inesperadamente con la desaprobación de los demás miembros del Consejo cuando, en su discurso, él resumió punto por punto las propuestas que había elaborado. Muchas de ellas fueron objeto de burla, sobre todo las referidas a la regulación del tráfico de esclavos. Winston negó con la cabeza con actitud benevolente.

—Sir, me temo que con ese equipaje no os aceptaremos en el viaje. La constitución que habéis ideado es buena y está bien. Pero es mejor olvidar de inmediato la cuestión sobre las limitaciones al tráfico de esclavos. ¡No nos arrojaremos piedras contra nuestro propio tejado!

Winston recibió ruidosas muestras de aprobación de todos lados. Algunos realistas veían con buenos ojos la opción de disparar de inmediato todos los cañones de la costa en cuanto los barcos ingleses cruzaran la línea de fuego. Tal vez esos cobardes, dijeron en tono fanfarrón, se darían la vuelta y desaparecerían, y la situación resultaría más simple, sin comisiones ni parlamentarios. Al poco estalló una discusión acalorada. Al final el gobernador dio un puñetazo en la mesa y ordenó a todos que callaran de una vez, que él, como máxima autoridad de la isla, se encargaría de llevar las negociaciones acompañado de su adjunto y del capitán Haynes, el cual, sin duda, como capitán experto y caballero de mundo, establecería una base adecuada para conversar con el comandante de la flota. Sin embargo, ese día al elogiado caballero no se le había visto aún el pelo. Se envió de inmediato un bote al *Elise* y resultó que el capitán estaba en su barco a la espera de ver cómo se desarrollaban los acontecimientos, seguramente durmiendo incluso. De todos modos se dignó bajar a tierra y llegó a la casa de la Asamblea una hora después del comienzo de la reunión, exactamente en el momento en que la flota inglesa adoptaba su última posición ante la bahía Carlisle y bloqueaba de este modo el acceso al puerto. A partir de entonces ningún barco amarrado en él podía zarpar sin ponerse al alcance de los poderosos cañones, los cuales, a su vez, no apuntaban hacia tierra pues ninguno estaba de costado.

—¿Qué debemos hacer? —preguntó el gobernador a Duncan Haynes.

El capitán dio un gran bostezo mientras se tapaba la boca.

—Lo más lógico. Esperar.

William Noringham, profundamente decepcionado por el desenlace de la reunión, abandonó la casa de Asamblea pues no tenía ganas de aguardar con los demás a ver cómo evolucionaba la situación. Prefería aprovechar el tiempo que quedaba antes de que ocurriera alguna cosa. Tenía muchas posibilidades de poder hablar con Elizabeth sin ser molestado porque Harold Dunmore llevaba semanas sin salir prácticamente de Rainbow Falls, y además se había llevado hasta allí a casi todo el servicio. Por otra parte, la ocasión resultaba aún más favorable por el hecho de que, a causa de la presencia de la flota de guerra inglesa, toda la isla estaba muy alborotada.

William descabalgó frente al muro exterior de Dunmore Hall y golpeó la puerta durante un buen rato hasta que por fin alguien le abrió. Un mozo entrado en años lo miró con curiosidad, y cuando William le solicitó educadamente que lo anunciara a lady Elizabeth el anciano se limitó a levantar los hombros con un gesto de sumisión, como si no le sorprendiera en absoluto esa pretensión.

—¿Os acompaño al patio? —preguntó.

—Tal vez antes deberías preguntar a lady Elizabeth si desea visitas. Me llamo William Noringham. Lord William Noringham.

—Eh... Sí. Eso será lo mejor.

William aguardó frente al portón, abierto de par en par, mientras el criado desaparecía en el interior de la mansión. Al cabo de un rato regresó.

—Podéis pasar.

El anciano acompañó a William hasta el vestíbulo fresco donde Elizabeth aguardaba. Ella lo miró con inquietud.

—¿Traéis acaso malas noticias, William?

—No. No hay ninguna novedad. La flota está frente a la bahía y ahora solo queda esperar. —Con torpeza se le acercó y la tomó de ambas manos—. Elizabeth, soy consciente de que sin duda os parecerá el momento más inoportuno para esto...

William tragó saliva y la miró. Con aquel vestido sencillo de muselina de color oscuro y con el cabello suelto resultaba tan bella y atractiva que sintió miedo de su propia valentía. La amaba desde la primera vez que la había visto, hacía casi tres años, cuando ella embarcó en el *Eindhoven* para ir con los Dunmore al Nuevo Mundo. De pronto se sintió totalmente fuera de lugar y se planteó con aprensión si él merecía a alguien como Elizabeth.

—El pobre Robert hace poco que murió —prosiguió con arrojo y, al darse cuenta de que ella se estremecía y contraía el rostro apenada, se maldijo por ser tan poco delicado—. Disculpad —dijo mientras, nervioso como estaba, le apretaba con más fuerza las manos—, pero os lo tengo que preguntar ahora mismo.

—¿De qué se trata? —Un leve rubor asomó en las mejillas morenas de Elizabeth, dándole un aspecto todavía más encantador—. ¿Acaso queréis pedirme la mano, William?

—Oh, no —farfulló él—. Eso sería... desconsiderado y muy anticipado. ¿Cómo podría atreverme a...? Acabáis de convertiros en viuda y el duelo aún es muy reciente... —Se interrumpió e intentó recuperar la compostura, asustado por su balbuceo. Inspiró profundamente y empezó desde el principio—. Me gustaría pediros una cosa, Elizabeth. Tras el pertinente período de duelo, me gustaría que me permitierais cortejaros.

La miró esperanzado, escrutando su rostro asombrado en busca de un indicio de consentimiento. Sin embargo, súbitamente la cara de ella se transformó y dibujó el horror más puro.

—¡No! —gritó Elizabeth.

William dio un respingo al pensar que el grito iba dirigido a él, pero entonces reparó en que ella tenía la mirada clavada detrás de él. Al momento se oyó un disparo y William notó un impacto en el brazo izquierdo. Elizabeth volvió a gritar mientras él se daba la vuelta y contemplaba a quien le había disparado, que permanecía de pie en la puerta doble del vestíbulo.

Era Harold Dunmore.

Elizabeth todavía notaba el aire caliente de la bala que acababa de pasar junto a ella.

Alarmada, dirigió la mirada hacia su suegro. Tenía la ropa tiesa por la suciedad, llevaba las botas cubiertas de barro, el rostro abrasado por el sol y la barba espesa y revuelta. Tenía el aspecto de haber pasado semanas durmiendo en la jungla, lo cual, en cierta medida, tenía algo de cierto. Sostenía en la mano derecha una pistola humeante mientras que con la izquierda se sacaba la bolsa de pólvora para volver a cargar el arma. William, sin embargo, ya había desenvainado su pistola y apuntaba a Harold con ella.

—¡Será mejor que no lo hagáis! —le advirtió mientras por su brazo izquierdo se extendía una mancha de sangre.

—¡Estáis herido! —exclamó Elizabeth.

—Es solo una rozadura de disparo. —William se volvió

hacia Harold y le dijo—: Lo que tengo que tratar con lady Elizabeth solo nos concierne a ella y a mí. Aun así, reconozco que no ha sido correcto por mi parte aparecer por aquí en vuestra ausencia. En cierto modo, es casi lo mismo que vos hicisteis conmigo al entrar en mis tierras sin que nadie os lo hubiera pedido. Es algo que lamento mucho, y me pongo a vuestra disposición si exigís una compensación. —Se inclinó un poco como dando énfasis a sus palabras—. Pero si cargáis esa pistola y volvéis a dispararme, mi bala os alcanzará mucho antes. Podéis tenerlo por seguro. —Se acercó a Harold apuntándolo con la pistola y le arrebató la bolsa de pólvora de la mano. Luego le quitó el látigo del cinturón—. Solo es una medida de precaución, pues me consta lo temperamental que sois.

Harold se lo quedó mirando fijamente, con el rostro, aunque oculto por la barba espesa, pálido como la tiza. Elizabeth vio que las manos le temblaban. En cualquier caso, William temblaba también, pero su voz sonaba tranquila como si él fuera la calma en persona. Se alejó hacia el portón de la salida caminando de espaldas.

—Si deseáis un duelo entre caballeros, podéis enviarme a vuestros padrinos, míster Dunmore. Milady...

Tras inclinarse por última vez William desapareció en el exterior y, al instante, se oyeron los cascos de su caballo.

Elizabeth, estremecida, se llevó los brazos en torno al cuerpo. De haber estado un poco más a la derecha, el disparo le habría dado en el pecho. Mientras se esforzaba por recuperar la compostura, Harold se acercó a ella y la agarró con fuerza del brazo.

—¿Qué significa esto? —protestó ella, asustada.

—Ya lo verás —respondió él con la voz temblorosa de rabia—. Voy a impedir que tú sigas pelando la pava con ese tipejo mientras yo trabajo de sol a sol para volver a poner las cosas en su sitio.

—Pero ¡no ha habido nada de eso! —exclamó ella dando un taconazo en el suelo y oponiéndose ante aquel agarre violento; sin embargo, Harold la arrastró sin problemas hacia la escalera y luego por los escalones—. ¡Él solo pretendía ser amable!

Harold soltó una carcajada fría.

—Amable. ¡Esa sí que es buena! He oído perfectamente lo que decía.

—Si hubieras esperado un poco más, habrías oído también lo que yo le habría contestado. —Elizabeth intentaba librarse de sus manos, pero él la asía con fuerza y sin piedad—. ¡Ni se me ha pasado por la cabeza concederle mi favor! —exclamó.

—Pero ¡si tú no veías el momento de que él ocupara el lugar de Robert! ¡Desde el principio ese impertinente no ha hecho más que lisonjearte! —Su voz adquirió un tono amenazador—. ¡Quién sabe! ¡Tal vez Robert no murió a manos de esa mulata, sino de Noringham, para poder tenerte!

—¡Eso es una locura! —dijo Elizabeth, horrorizada.

Su suegro la arrastró por la galería en dirección a los dormitorios. Felicity, que estaba en el pasillo con Jonathan en brazos, los contemplaba aterrada.

—He oído un disparo y he pensado que tal vez fueran ladrones; iba a esconderme con el pequeño, pero entonces os he oído gritar... ¡Santo Dios! ¿Qué te ha ocurrido, Lizzie? Harold, ¿qué haces ahí?

Harold ignoró aquella cháchara confusa y siguió tirando de Elizabeth hasta arrojarla dentro de su dormitorio. Felicity los siguió. Entonces Harold se volvió hacia ella y, con un gesto rápido, agarró al niño y se lo arrebató. Felicity soltó un grito y quiso retener a Jonathan, pero Harold le apartó las manos, la agarró por el pelo, se la acercó y luego la arrojó también dentro de la habitación para, a continuación, echar la llave por fuera.

—¡Así podréis pensar un poco sobre lo que les pasa a las mujerzuelas desvergonzadas cuando no saben contener sus instintos! —bramó desde el otro lado de la puerta cerrada. Su vozarrón tosco se vio apagado por el llanto de espanto de Jonathan.

Elizabeth aporreó la puerta con los puños.

—¡Abre de inmediato! ¡Devuélveme a Johnny! ¿Qué pretendes hacer con él?

—Tú no te preocupes, que ya me ocupo yo de él. Es un Dunmore. Él también tiene que aprender que para serlo hay que sacrificarse. Lo mismo que tú.

Las mujeres oyeron sus pasos alejándose. Elizabeth gritó, sollozó y golpeó la puerta como una loca. Cuando, de forma inesperada, volvió a oír la voz de Harold a apenas dos palmos de ella, se sobresaltó y dio un brinco. ¡Había vuelto! Elizabeth iba a soltar un suspiro de alivio, pero lo que le oyó decir la dejó helada.

—¡Como intentéis escapar por detrás, al niño le ocurrirá algo!

Inmediatamente Harold volvió a alejarse. Ellas se miraron aterradas. Felicity se apretaba las manos sobre la boca y tenía el rostro tan blanco como la cal. Elizabeth iba de un lado a otro de la habitación, fuera de sí, debatiéndose entre la urgencia de no hacer caso a la advertencia de Harold y seguirlo por la galería, y el miedo atroz a que él cumpliera su amenaza y le hiciera algo al pequeño. Mientras pensaba qué hacer, por las ranuras de los postigos dejó de colarse la luz y empezó a oírse un martilleo atronador. Harold cerraba desde fuera con tablas de madera la única vía de escape que tenían.

—¡Dios bendito! —exclamó Felicity—. ¿Qué hace ahora?

—¡Harold, por amor de Dios, no hagas eso! —le suplicó Elizabeth.

Lo repitió una y otra vez, le suplicó entre sollozos que la

dejara salir, pero no obtuvo ninguna respuesta de su suegro. Se quedó quieta, sin apenas respirar, escuchando aquel martilleo, que parecía rubricar un destino temible con una determinación despiadada.

42

Entretanto, en la casa de la Asamblea la espera agonizante tocó a su fin. Un mensajero llegó a todo correr, bañado en sudor, agarrándose el sombrero con las manos para que no se le cayera.

—¡Ya llegan! —gritó precipitándose por la puerta en el interior de la sala baja y repleta de humo de tabaco en la que los miembros del Consejo apenas podían controlar su nerviosismo—. ¡Ya llegan! —repitió sin aliento mientras se detenía atropelladamente.

—¡Por Dios bendito! ¿Quién llega? —gritó Benjamin Sutton—. ¿No serán los soldados?

—No lo sé —respondió el hombre, compungido.

—¿Cuántos botes has visto? —inquirió Sutton.

El hombre se quitó el sombrero y se lo apretó contra el pecho.

—Solo uno —dijo—. Dentro van tres hombres.

El alivio fue general. Las tropas todavía no habían sido enviadas a tierra.

—Hay uno que enarbola una bandera blanca —añadió el mensajero.

Aquello disipó las últimas dudas. Habían enviado a tierra a unos negociadores.

Los miembros del Consejo se encaminaron hacia el amarradero charlando con excitación; mientras elucubraban todo tipo de conjeturas, aguardaron la llegada de la chalupa remada por dos marineros. Las velas de la embarcación ya estaban recogidas cuando el bote se acercó y uno de los marineros arrojó una soga. El oficial que llevaba la bandera blanca subió al muelle y escrutó a su alrededor hasta que vio el grupo de autoridades que, sin duda, aguardaban su llegada. Sin embargo, en lugar de ir hacia ellos, mantuvo una actitud altiva que provocó rumores de irritación entre los terratenientes. Finalmente, Jeremy Winston ordenó a su sobrino Eugene que fuera a dar la bienvenida al recién llegado en nombre de la *House of Burgesses* de Barbados. Eugene, un joven algo entrado en carnes que valiéndose de su escasa perilla intentaba sin éxito desviar la atención sobre sus mofletes rosados, parecía sobrepasado por la orden, pero por fin recobró la compostura, se acercó al parlamentario e intercambió unas palabras con él. Mientras lo hacía señaló a Jeremy Winston, quien sonrió y saludó amablemente. El oficial asintió sin más y, a continuación, depositó en la mano del sobrino de Winston un documento enrollado; luego, para asombro de todos los presentes, volvió a embarcarse en la chalupa. Los marineros soltaron la soca, tomaron los remos y, al cabo de un momento, el bote volvió a alejarse en dirección a la flota que estaba anclada frente a la bahía. Luego se izaron las velas, y la chalupa tomó velocidad hasta convertirse, al momento, en una mancha blanca dentro del mar de color turquesa. Eugene se acercó corriendo con el documento al gobernador, el cual, molesto, lo desenrolló y lo apartó de sí con el brazo extendido, contemplándolo con los ojos entrecerrados.

—¿Qué dice? —quiso saber Benjamin Sutton.

—Apenas puedo leerlo, el sol me deslumbra —repuso el gobernador, y entregó el documento a Sutton.

—Conozco ese sello —comentó este—. Y la firma es del almirante Ayscue, el comandante en persona de la flota.

Se oyó un murmullo de reconocimiento; ese nombre les era familiar a todos. Sin embargo, Sutton tampoco podía leer el texto porque también tenía problemas con el sol. En sus intentos por descifrar el documento, su brazo parecía volverse más largo cada vez. En cambio Duncan Haynes, que había presenciado todo lo ocurrido y podía ver por encima del hombro a Sutton, tenía una vista excelente. Él leyó el texto en voz alta. Cuando terminó, se hizo un silencio absoluto. Luego se desató la indignación.

George Ayscue, quien según su firma era almirante de la flota del Parlamento, fijaba unas exigencias que no podían considerarse más que una afrenta sin parangón. Exigía nada más y nada menos que el sometimiento sin condiciones. Según el escrito, se suspendía al Consejo de todas sus tareas y competencias, y al carecer de todo tipo de legitimación, tenía que ser considerado como inexistente. A partir de ese momento, proseguía la misiva, la isla iba a ser gobernada directamente por el Parlamento de Londres. Solo quienes estuvieran dispuestos a rendirse sin presentar batalla quedarían impunes y el resto tendría que atenerse a unas consecuencias dramáticas.

—¡Esto es abominable! —gritó Sutton.

—¡Indignante! —corroboró el gobernador.

Junto a ese panfleto se adjuntaba el texto de la ley de navegación, por la cual no solo quedaba prohibido el comercio con todas las naciones excepto Inglaterra, sino que también estipulaba que todos los contingentes de carga, los precios de compra y los márgenes comerciales serían fijados de forma exclusiva por los funcionarios de la Cámara Baja.

Por todas partes se levantaron gritos de enojo y muchos puños se alzaron con rabia hacia el cielo, que para entonces ya estaba cubierto con nubarrones grises, en perfecta consonancia con la crispación que, de pronto, había hecho mella entre los miembros del Consejo. Al cabo de un instante empezaron a caer las primeras gotas. Los hombres a duras penas lograron llegar a la casa de la Asamblea con el pelo seco; allí se lanzaron de inmediato a redactar una réplica bien argumentada a aquel mensaje tan impertinente. Sin embargo, no existía ningún punto en el que hubiera unanimidad. Parecía como si todos quisieran cosas distintas. No eran pocos los que estaban a favor de hacer hablar a los cañones. Al resto, atraídos por la perspectiva de la impunidad en caso de transigir, les gustaba la idea de enviar una declaración de capitulación al buque insignia de la flota y se negaban en redondo a aceptar las propuestas belicosas del otro bando isleño. Al poco rato, los miembros del Consejo andaban a la greña los unos con los otros.

En ese momento entró William Noringham. Llevaba el brazo izquierdo vendado y en cabestrillo, lo cual provocó miradas de preocupación. Él hizo un ademán tranquilizador para quitarle importancia y explicó que había tenido un pequeño accidente al cargar su pistola. Preguntó de pasada al sobrino del gobernador si Harold Dunmore ya había aparecido por allí. Eugene le dijo que no.

—Lo han visto por Bridgetown, pero no ha venido aquí. Se diría que ya le da igual aportar su granito de arena a nuestra lucha por la libertad y eso que la ha defendido durante mucho tiempo. Hace un rato me han informado de que ha regresado a su plantación. Es una vergüenza que no haya enviado a nadie de su gente para contribuir a la causa. Vos, en cambio, habéis enviado a la milicia a todos los trabajadores sometidos a contrato. Ciertamente, vos sois un hombre del cambio y del progreso.

William, en realidad, se sentía como el hombre del desastre, pero entonces contempló a los miembros del Consejo, que seguían hablando acaloradamente. Notó a la vez una mirada clavada en él y volvió la cabeza. Duncan Haynes lo observaba con aire pensativo desde su asiento, algo apartado del resto. Por motivos inexplicables, aquello despertó en William la necesidad de sobreponerse. Se irguió, adoptó una actitud más positiva y fue a reunirse con el resto del Consejo. Aún no podía darse por vencido con su declaración. Era buena y adecuada, y él lograría imponerla con todo su poder de convicción. Si se retiraban en principio los puntos que provocaban incomprensión en los demás y se posponían, no encontraría objeciones en el resto. Con esa esperanza, fue a tomar la palabra. Como no todos le atendieron al instante, obtuvo la ayuda inesperada de Duncan Haynes.

—Caballeros, parece que este joven lord tiene algo que deciros. Por favor, dedicadle vuestra amable atención.

A fin de subrayar su petición, Haynes sacó su puñal y lo arrojó a la mesa en torno a la que estaban reunidos los terratenientes, donde quedó clavado vibrando con un ruido claramente perceptible.

Al instante el silencio se impuso en la sala, y William empezó a hablar.

43

Harold llevó a su nieto a casa de Miranda, a quien ordenó cuidar bien del niño hasta que volviera para recogerlo. Al notar el olor a ron en el aliento de la mujer, la amenazó con azotarla si tomaba aunque solo fuera un sorbo de esa bebida antes de que él regresara.

El marido de Miranda, un hombre calvo y de aspecto ajado que estaba sentado en una mecedora que había en un rincón de la desvencijada cabaña, sonrió con escepticismo al oír aquellas palabras. Por un instante, Harold se preguntó si era conveniente dejar el pequeño al cargo de la mujer, pero entonces vio que el pequeño se echaba confiadamente a los brazos de su ama de cría.

—Miranda —dijo Jonathan contento, antes de hundir la carita en el cuello grueso de la mujer.

Hubo algo en la sonrisa del pequeño que irritó a Harold, pero en ese instante no tenía ni tiempo ni ganas de pensar en ello. Abandonó rápidamente la cabaña para dirigirse a su carromato y partir en dirección noroeste. Rose y Paddy iban sentados en la superficie de carga, con los ojos respetuosamente bajados para no tener que intercambiar la mirada con él. Los había obligado a subir inmediatamente al carromato con el pequeño; no les había permitido hacer su equipaje, ni ellos se habían atrevido a preguntar a pesar de que habían visto perfectamente cómo él clavaba maderos frente a la ventana de la galería. Con todo, él se había sentido obligado a darles una explicación: «Las señoras necesitan aprender una lección. No os preocupéis. Al atardecer regresaré de nuevo». Había atado su caballo castrado detrás, en la lanza del carro, y les había ordenado que permanecieran sentados en el carromato mientras él iba un momento a ver cómo se encontraba mistress Dunmore.

Martha dormía, casi inconsciente, resollando y con la boca abierta, muy aturdida por el láudano. No había vuelto en sí cuando él se había inclinado sobre ella y le había hablado, ni siquiera cuando él la había sacudido por el hombro en un intento por despertarla. Harold no se había quedado mucho rato con ella.

Después de dejar el niño, arrió los dos caballos marrones. El sol estaba agotando su recorrido por el día cuando el carromato llegó a Rainbow Falls. El nuevo capataz había puesto a trabajar a los trabajadores sometidos a contrato tal como era debido, y estos habían avanzado bien. En los nuevos cobertizos destinados al almacenamiento ya se acumulaba la caña recién cortada, que él hacía transportar al molino de Sutton una vez al día. Harold ordenó a Rose que limpiara las barracas. Por ser anciana y no valer ya para las faenas de campo, ella no tenía que creer que podía estarse de brazos cruzados. A Paddy le encargó desguarnecer y dar de beber a los caballos. Él no se concedió ninguna pausa. Comió unos bocados de pan de pie y bebió un vaso de agua de la fuente. Por dentro se sentía tranquilo. Sabía muy bien lo que tenía que hacer a continuación. William Noringham le había señalado el camino. Pidió a Paddy que le llevara el caballo castrado.

—Regreso a Bridgetown —mintió—. Hay que liberar a las jóvenes señoras y atender a mistress Dunmore. Esta noche la pasaréis aquí.

Rose y Paddy pusieron caras de desagrado. Ellos, igual que el resto del servicio de la casa, habían tenido que cambiar sus agradables ocupaciones en Dunmore Hall por el trabajo duro de la plantación, pero no les quedaba más remedio que cumplir las órdenes de su amo.

Harold se cercioró de llevar la pistola cargada, la bolsa de pólvora llena y la canana bien provista de cartuchos; luego montó en la silla y partió a caballo.

Durante el camino hacia Rainbow Falls ya se había dado cuenta de que los tambores habían empezado a sonar de nuevo. En la noche pasada los negros habían tocado más el tambor que en las semanas anteriores; era casi como si la inquietud por la flota inglesa se hubiera propagado hasta el último rincón de la isla, y parecía que en todas partes reinara más agitación de lo habitual.

Al aproximarse a Summer Hill, Harold aguzó el oído. A veces le parecía oír ruidos donde no podía haber ninguno: un chasquido extraño entre los arbustos, un crujido demasiado fuerte en un campo de azúcar... Sin embargo, los tambores lo atenuaban casi todo, parecían cada vez más intensos y forzosamente tenían que estar muy cerca. Harold se aproximó a las cabañas de los esclavos de Noringham. Esa vez procedería con más cautela, aunque contaba con una ventaja muy valiosa: William Noringham no estaba. Y, mejor aún: el joven se había llevado consigo a todos los trabajadores sometidos a contrato. Harold sonrió, satisfecho. Ese capataz gordo solo no era bastante hombre para impedir que él le cantara las cuarenta a ese Abass. Si alguien sabía dónde se escondían Akin y la puta mulata tenía que ser ese viejo negro.

En las cabañas todo estaba tranquilo. A la luz del crepúsculo, con sus tejados de paja y sus formas redondeadas, parecían pequeñas colinas jorobadas. En el claro humeaban aún los restos de una hoguera. Harold descabalgó, desenfundó la pistola y se acercó sigilosamente, con el oído atento a su alrededor. Todo estaba tranquilo. Demasiado tranquilo... Entonces cayó en la cuenta de que el sonido de los tambores había cesado. ¿Cuándo había sido eso? ¿Cinco minutos atrás? No podía ser mucho antes. Propinó un puntapié contra la cabaña de la que había sacado al viejo a rastras la última vez, pero no ocurrió nada. Con cuidado, echó a un lado la cortina de arpillera. Al cabo de un momento vislumbró los detalles de aquel cuchitril oscuro, pero no distinguió en él ninguna silueta humana.

Extrañado pero todavía vigilante, se dirigió hacia la siguiente choza rudimentaria, que también estaba vacía. Inspeccionó una por una todas las chozas, pero no encontró a ningún esclavo. ¿Acaso habían sabido, de algún modo incomprensible para él, que iría? En cuanto llegó a la barraca del capataz, Harold desestimó aquella idea al punto. Ese hombre gordo yacía en el suelo de la entrada. Alguien le había abierto el vientre en canal y todas las vísceras le salían serpenteantes, formando una masa de color rojo azulado que hedía de forma desagradable. Aquello no podía haber ocurrido hacía mucho tiempo; el hombre no estaba muerto todavía, porque cuando Harold le golpeó con el pie dejó oír un leve resuello. De todos modos ya había perdido el conocimiento y estaba claro que nunca más volvería a hablar.

Harold escrutó atento a todos lados, sosteniendo la pistola con ambas manos. Aunque se había movido lentamente, estaba empapado de sudor. Era presa del miedo y de la excitación pero, sobre todo, sentía un regocijo inmenso por el mal ajeno. ¡Ese maldito Noringham! ¡Ahora ya tenía su propio alzamiento de esclavos! Harold lo disfrutó con tal fruición que estuvo a punto de echarse a reír a pleno pulmón. Golpeó de nuevo al capataz con el pie, esa vez con más fuerza, y al hacerlo sintió una furiosa satisfacción. ¿Y si ese tipejo hubiera guardado en algún sitio el látigo que le había pertenecido a él? Harold, decidido, pasó por encima del moribundo y entró en la cabaña. Se sobresaltó al encontrarse allí, en el suelo, más cuerpos: dos niños, que, por su aspecto, tenían que ser los hijos del capataz puesto que su piel era del color de la madera clara y, a pocos pasos de ellos, su madre, una negra gorda. Los tres habían sido asesinados atrozmente con el machete. En torno a ellos se habían formado unos charcos de sangre que todavía no estaban secos. Harold no se entretuvo en buscar su látigo. En vez de eso se dirigió a la mansión.

También en ella reinaba una tranquilidad escalofriante. En el salón y en la galería exterior las lámparas estaban encendidas; una luz acogedora acentuaba la luz vespertina. En una de las butacas de la galería exterior lady Harriet estaba sentada leyendo un libro. Era evidente que no se había percatado de lo ocurrido. Los sublevados tenían que haber sido tan rápidos como sigilosos al cometer esos asesinatos, puesto que seguramente ninguna de las víctimas había tenido tiempo de gritar. Harold contempló con atención a Harriet. El hecho de que esta no sospechara lo ocurrido le provocó una sensación de poder y superioridad. Se metió la pistola en el cinto y se acercó a ella.

—Vas a destrozarte la vista —dijo.

En cuanto lo hubo dicho se reprochó que no se le hubiera ocurrido nada mejor que esa observación tan vulgar; sin embargo, el espanto que provocó en ella no habría podido ser mayor, algo que a él le causó una maliciosa satisfacción.

—¡Harold! ¡Por Dios! —Harriet había dejado caer el libro al suelo y se apretaba las manos sobre el pecho. Tenía los ojos muy abiertos—. ¿Qué haces aquí?

—Quería hablar con uno de vuestros negros. El viejo de la cadena de conchas.

—¿Te refieres a Abass?

—En efecto. Pero no está. Y todos los demás han desaparecido también.

Ella frunció la frente.

—¿Qué quieres decir con que han desaparecido?

—Bueno, pues que se han ido. No hay ni un solo negro en Summer Hill.

Harriet se levantó de su asiento nerviosa.

—En ese caso, debería avisar al capataz...

—Olvídalo —dijo Harold—. Lo han degollado como a un cerdo. Igual que a sus hijos y a su puta. Están todos muertos en su cabaña.

Harriet se tambaleó y tuvo que apoyarse en una columna.

—¿Qué dices? —susurró. El color había abandonado su rostro, que estaba tan blanco como la columna que tenía al lado.

—¿Quién hay en casa? —preguntó él.

—Está Anne, y Ella, la doncella, y también está Mary, nuestra costurera. Dos criadas negras...

—Apuesto a que esas también han desaparecido. Podéis estar contentas de que no os hayan degollado también. —Harold escrutó a su alrededor—. Aunque... Tal vez esperen en la oscuridad a que yo me marche para terminar lo que han empezado. No creo que hayan pasado ni cinco minutos desde que han descuartizado al capataz.

Harriet se lo quedó mirando, aterrorizada.

—Pero ¿qué dices? ¡Dios mío, Harold!

—Harold, Harold... —Él la imitó con burla—. Por el modo en que hablas, se diría que me estás suplicando ayuda...

—Harold, te lo ruego, por el amor de Dios...

—¡No me vengas con el amor! —Él la interrumpió con brusquedad—. Tú no sabes qué significa el amor. ¿O es que no te acuerdas? Decías que me amabas, pero entonces apareció un lord ridículo, blandió ante ti un anillo de boda, y yo me convertí en el advenedizo miserable que no era lo bastante bueno para dedicarle toda la vida.

—¡Harold! ¡No tuve más remedio! Los niños, Anne y William... Le había prometido a mi hermana en su lecho de muerte...

—¡Tú estabas comprometida conmigo! —la interrumpió él, cortante.

Harriet se retorció las manos y se echó a llorar. Harold casi sintió compasión por ella. Casi. La ocasión para saldar esas antiguas cuentas pendientes era demasiado buena. Sacó entonces el puñal que llevaba en el cinto de armas, se acercó rápidamente a ella, la asió por el pelo, le echó la cabeza hacia atrás y le cortó el cuello de un solo gesto. Harriet cayó de rodillas, con las manos temblorosas levantadas hacia el cuello mientras la sangre le recorría los dedos y le empapaba la parte delantera del vestido.

Intentó decir algo, pero no logró más que abrir y cerrar la boca con impotencia. Entonces se desplomó sobre el suelo y se quedó tumbada en un charco de sangre cada vez más extenso. Sacudió los pies algunas veces mientras el estertor horripilante que le brotaba de su garganta partida languidecía poco a poco y, finalmente, dejaba de oírse.

Harold entró en la casa por la puerta abierta de la galería.

—Basta por hoy —dijo Anne. —Si tienes que trabajar siempre a la luz de las velas, al final todo saldrá mal.

Mary estaba de rodillas en el suelo, delante de ella, marcando con alfileres el dobladillo del vestido que Anne se probaba. Era su vestido de boda. Anne se contempló en el espejo, que había descolgado y había apoyado contra la pared de forma oblicua para poder ver mejor su aspecto. Medía un metro de alto y, sin duda, era el espejo más grande de toda la isla, pero colgado en la pared solo mostraba medio cuerpo, y precisamente con ese vestido era importante obtener una impresión general.

Mary levantó la mirada con un montón de agujas entre los labios. Farfulló algo que Anne interpretó como «un momentito». Se dio por vencida, asintió y dejó que Mary siguiera con su tarea. El vestido tenía una falda muy amplia y, por lo tanto, un dobladillo infinito; la parte superior, en cambio, no hacía alarde de mucha tela ya que el escote era escandalosamente pronunciado. Anne suspiró. No se sentía cómoda con ese vestido. Y no era porque no fuera bonito. Al contrario. Vestida con él estaba radiante, incluso a sus ojos, que eran tan críticos. El escote desviaba la atención de su barbilla puntiaguda y la cintura estrecha resaltaba su delgadez. Con un buen peinado y una amplia sonrisa sería una novia hermosa de verdad. El cabello, sin duda, podría arreglarse de forma satisfactoria, pero en lo tocante a la sonrisa la tarea iba a ser más difícil. Sentía malestar con solo pensar en la boda. Peor aún: con solo pensar en George. Se preguntó con aprensión dónde terminaría todo aquello. A cada día que pasaba, sus reservas hacia la boda se acrecentaban. Entretanto ella ya pensaba que jamás debería haberse prometido con él. George, por su parte, se había esforzado por complacerla y había vendido a la mujer que le había dado dos hijos a otra plantación alejada de la suya. Tras su nacimiento, el segundo niño no había logrado sobrevivir más de una semana; en cuanto al otro, había sido vendido junto con la madre, y el comprador incluso había pagado un poco más por él. Anne recordó la cara de George cuando se lo había contado. La miraba con los ojos brillantes de felicidad, convencido de que con ello él le ofrecía una auténtica prueba de amor.

—George —le había preguntado ella—, ¿qué sientes al pensar que ese niño que has vendido era tu propio hijo?

Él la había mirado con asombro. Su expresión reflejaba una incomprensión tan genuina que ella, incapaz de soportarla, había tenido que volver la mirada rápidamente hacia otro lado. No habían vuelto a hablar de aquello. En su lugar, habían acordado una fecha para la boda, pues George había insistido en ello.

—¿Para qué esperar? —le había dicho mientras miraba a su alrededor y se acercaba para besarla.

Anne le había dejado hacer, pero no había sentido ningún afecto, y menos aún deseo. Con preocupación creciente pensó en el matrimonio de Elizabeth. No. George no era un mujeriego como Robert, pero necesitaba una mujer en la cama con regularidad. Como ahora ya no tenía a la negra, no quería demorar mucho tiempo la boda.

Mary ya había puesto todos los alfileres en el dobladillo y se levantó para contemplar el resultado.

—Volveos un momento —pidió a Anne.

Anne hizo lo que le pedía. Su mirada se posó en el espejo. Primero solo se vio a sí misma: una novia de buen aspecto en un vestido de seda de color blanco intenso, con una parte superior bordada con perlas. Entonces, detrás de ella, en la puerta abierta, asomó una silueta oscura. Mary, que estaba de espaldas al hombre, no lo vio acercarse y aplaudió emocionada.

—¡Qué hermosa estáis!

Anne se volvió de repente y profirió un grito. Mary quiso darse la vuelta, pero fue demasiado tarde. Con dos zancadas el hombre se abalanzó sobre ella, la rodeó con el brazo y blandió en lo alto un cuchillo grande y ensangrentado. Al instante se lo clavó en el cuerpo, lo sacó y se lo volvió a clavar. A continuación la dejó caer al suelo y arremetió contra Anne. Con un horror indescriptible, ella reconoció entonces a Harold Dunmore. Lo esquivó con un chillido y corrió hacia la puerta. Él la persiguió, pero tropezó con el cuerpo de la irlandesa y cayó al suelo. Anne le oyó renegar mientras bajaba a toda prisa por la escalera recogiéndose las faldas. A media escalera yacía Ella, degollada y con los ojos desorbitados.

—¡Madre! —gritó Anne—. ¿Dónde estás?

Atravesó corriendo el salón hasta la galería exterior. Antes de ver el cuerpo de su madrastra en el suelo vislumbró el enorme charco de sangre en el cual se reflejaba la luz de la lámpara. A continuación vio el rostro pálido y sin vida de lady Harriet. Anne gritó, sollozó y quiso inclinarse sobre ella, pero entonces oyó en la escalera los pasos pesados del asesino. Harold entró en el salón corriendo desde el vestíbulo y su sombra se irguió gigantesca en la luz oscilante de las velas que ardían en los candelabros de la pared.

Anne volvió a levantarse la falda y saltó al suelo por la galería exterior. Prácticamente voló entre los arbustos de frangipani y se sumergió en la oscuridad de los árboles altos que conducían hacia el mar y protegían la vista de los cobertizos de los trabajadores y sus barracas. Se encaminó a toda prisa hacia las cabañas de los esclavos, pensando que podría encontrar ayuda allí, pero a cada paso que daba crecía en su interior la certeza de que, excepto ella y Harold Dunmore, en la plantación no había nadie más. En las cabañas solo había silencio. Ningún tamborileo, ninguna canción, ninguna risa nocturna, ningún grito de niño ante la casucha del capataz. Y sí, en cambio, en el desgastado camino de tierra, las botas de clavos de su acosador.

—¡Aguarda! —le gritó Harold Dunmore a su espalda. Tenía la voz ahogada, sin aliento—. ¡Quieta! ¡No te haré nada! ¡Solo hablaremos un poco! ¡Palabra!

Anne siguió corriendo como alma que llevara el diablo. Había dejado de gritar, consciente de la necesidad de ahorrarse el aliento. Era prácticamente de noche, y pensó que tal vez podría librarse de él pues Harold no llevaba ninguna luz. Sin embargo, se dio cuenta de que con aquel vestido tan blanco ella brillaba como una antorcha. Además, la tela voluminosa que tenía que arrastrar le frenaba el avance. Perdía fuerzas sosteniéndola en alto, y si tropezaba y caía al suelo, estaría perdida. La falda, que empezaba en la cintura, solo estaba hilvanada así que Anne se la quitó con unos fuertes tirones y luego echó a correr a toda velocidad. Aquella era una acción muy arriesgada y ocurrió lo que ella había temido: cayó al suelo.

Oyó sus pasos aproximándose, estaba casi sobre ella, Harold resollaba, agitado. Desesperada, Anne logró desembarazarse de la tela, volvió a ponerse en pie y siguió corriendo. Consiguió esquivarlo por muy poco; con el rabillo del ojo vio que él ya tenía el brazo levantado con el cuchillo. Harold renegó al ver que ella, vestida ahora con una enagua que le llegaba hasta la rodilla y que pesaba mucho menos, podía correr más rápido que antes y pronto se distanciaría de él. El miedo a morir dio a Anne una resistencia inusitada. Los pies, que llevaba embutidos en unas zapatillas finas de seda, golpeaban contra el suelo y se apresuró todavía más. Mientras avanzaba se desabrochó también el corpiño, que la comprimía, a fin de poder respirar más fácilmente. Siguió corriendo sin parar en aquella noche cada vez más próxima hasta que le pareció que los pulmones iban a estallarle. Pero ni siquiera entonces se detuvo; no se atrevía a aminorar el paso. En algún momento se desvió del camino; lo notó porque las ramas le daban en la cara y la fina camisa de seda se le enganchaba en la maleza. Allí no podía avanzar corriendo, pero siguió abriéndose paso en silencio entre la espesura que la rodeaba. Unos zarcillos le rasguñaron la cara, le desgarraron la camisa y se le engancharon en el cabello suelto. En la oscuridad de aquel bosque había perdido el sentido de la orientación y no sabía dónde se encontraba ni cuánto tiempo había pasado. Solo sabía que no debía quedarse quieta. No podía gritar ni llorar tampoco. Si lo hacía, él la encontraría. Algo le mordió en la pierna. Sintió mucho dolor y, al cabo de un rato, notó que tenía el pie entumecido, lo cual la hacía trastabillar cada pocos pasos. Las punzadas en el costado le resultaban cada vez más dolorosas, y el corazón le latía con tanta fuerza que Anne apenas era capaz de respirar. Tenía que descansar. Solo un momentito, se dijo. Se sentaría allí un instante, recuperaría la respiración y luego seguiría.

La pierna se le dobló. Anne avanzó titubeante un par de pasos más, pero se desplomó contra el suelo y cayó por una pendiente. Bajó rodando, incapaz de apoyarse ni de agarrarse a nada pues los brazos no le obedecían. Al final, dio con la cabeza contra el tronco de un árbol y el impacto le borró de inmediato toda percepción consciente.

44

Elizabeth y Felicity llevaban horas yendo de un lado a otro del dormitorio. Tenían los puños ensangrentados de tanto golpear contra la puerta y contra las tablas de madera de la ventana, y se habían quedado sin voz de pedir ayuda agritos.

Elizabeth había intentado quitar las tablas golpeándolas

con el escabel, pero Harold las había clavado a conciencia, y no logró moverlas ni un centímetro. Cuando ya no pudo más, Felicity la había sustituido y había probado suerte, también sin éxito. Al final, las dos se habían desplomado agotadas en la cama, diciéndose mutualmente que pronto acudiría alguien y las rescataría. A fin de cuentas, Martha no podía dormir para siempre, por mucho láudano que hubiese tomado; en algún momento se despertaría y les abriría la puerta.

La última vela que les quedaba se consumió al cabo de un rato y Felicity empezó a temblar y a sollozar, cada vez más fuerte. Elizabeth la estrechó entre sus brazos y la consoló.

—¡Vamos a morir! —gimió Felicity—. ¡No saldremos nunca de aquí!

Elizabeth, casi loca de preocupación, se puso a rezar fervorosamente. Suplicó a Dios que no le ocurriera nada a su hijo. No quiero vivir si Johnny no está, se decía. Nunca había comprendido cómo había mujeres capaces de llevar una vida normal después de perder un hijo. Cómo podían levantarse todos los días, llevar a cabo sus quehaceres y acostarse todas las noches, como si alguna vez las cosas pudieran volver a la normalidad. ¡Dios mío!, suplicaba en silencio en aquella oscuridad. ¡Que venga Duncan! ¡Que me traiga a Johnny sano y salvo!

De pronto, como si el Señor hubiera atendido sus plegarias, se oyeron unos pasos en la escalera. Elizabeth se levantó de un salto de la cama y avanzó a tientas hacia la puerta. Tropezó con el escabel y renegó como un arriero, ajena al reciente diálogo que había mantenido con Dios.

—¡Socorro! ¡Estamos aquí! —De nuevo agarró el escabel y lo golpeó contra la puerta hasta que sintió que los huesos le temblaban—. ¡Aquí arriba!

Alguien forcejeó la puerta y se oyó una voz de mujer, pero Elizabeth no entendió lo que le decían porque el corazón le palpitaba tan fuerte que le retumbaba en los oídos.

Es Martha, pensó agradecida. ¡Por fin!

La llave giró y la puerta se abrió. Delante de ella apareció Deirdre, que miraba a Elizabeth con espanto.

La joven criada, que iba envuelta en una capa raída, se retiró la capucha y entró en la habitación. Suspiró aliviada al ver a Felicity.

—¡Gracias a Dios que ambas estáis a salvo!

—¡Deirdre! —Elizabeth no salía de su asombro—. ¿De dónde vienes? —Su mirada se posó entonces en el joven desgarbado que había detrás de la irlandesa y que sostenía un fanal—. ¿Y quién es él?

—Es Edmond Fitzgerald —dijo Deirdre—. Ha venido para ayudarme a liberaros.

El hombre se quitó el sombrero y se inclinó brevemente. Iba vestido de forma sencilla, como un criado, y tenía el cabello enmarañado y de color castaño mucho más corto de lo habitual. Su rostro delgado y pecoso parecía acongojado, pero resuelto. Algo en su pose dejaba entrever que no era un criado. Elizabeth reparó entonces en la cruz de plata que le colgaba en el cuello y se acordó de su nombre. Tenía que ser ese sacerdote del que Harold le había hablado. El joven notó cómo lo miraba y contempló a Elizabeth con una mezcla de orgullo y resignación; ella le correspondió con una sonrisa, aunque vacilante, de agradecimiento.

—¿Cómo has sabido que estábamos aquí encerradas? —preguntó a la criada.

—Por Rose. Nosotras estamos... en contacto.

—¿Y dónde está Johnny? —le urgió Elizabeth.

—Antes de marcharse a Rainbow Falls con Paddy y Rose, míster Dunmore ha llevado el pequeño con Miranda.

Elizabeth suspiró más tranquila. Su hijo estaba bien. Eso era lo más importante.

Felicity, que estaba junto a Elizabeth, lloraba de alivio.

—¡La buena de Rose! ¿Dónde está?

—En Rainbow Falls. —La expresión de Deirdre se relajó un poco—. ¡Cuánto me alegro de que estéis bien! Rose me ha dicho que... —Deirdre calló y negó la cabeza con alivio—. Bueno, ahora ya todo está resuelto.

Elizabeth, conmovida, tomó a la muchacha de las manos; sin embargo, aquel gesto no le pareció suficiente. Rodeó a Deirdre con los brazos y la estrechó con fuerza.

—¡Qué buena eres! ¡Estoy en deuda contigo! —Y, mirando por encima del hombro de Deirdre, dijo al joven sacerdote—: No os preocupéis, míster Fitzgerald. Vuestro secreto está a salvo conmigo.

Elizabeth constató lo delgada que estaba Deirdre. Sin soltarla se apartó un poco de ella para mirarla.

—¡Por Dios bendito! ¡Qué delgada estás! ¿Dónde has estado todas estas semanas? ¡Te he buscado! ¡No puedes imaginarte lo preocupada que me has tenido!

—No quería que míster Dunmore volviera a verme jamás.

—Oh, Deirdre, yo me habría encargado de que no volviera a pegarte —insistió Elizabeth. Al decirlo fue consciente de que tal vez no habría podido impedirlo. A fin de cuentas, en una ocasión ya había llegado demasiado tarde.

»Tú deberías regresar a tu país —dijo Elizabeth de forma espontánea—. Te pagaré el pasaje y te daré dinero suficiente. ¡Y romperé el contrato de sometimiento! ¡Tienes que ser libre!

Deirdre tragó saliva, sorprendida.

—¿Vos haríais eso por mí?

—Por supuesto.

Deirdre llevaba la ropa tiesa de suciedad y en su rostro se reflejaban las privaciones sufridas durante las pasadas semanas; su melena pelirroja, en otros tiempos brillante, estaba áspera y enmarañada, pero cuando respondió con timidez a la sonrisa de Elizabeth, resplandeció de nuevo su encanto natural. Elizabeth notó que el joven sacerdote miraba a Deirdre y vio en sus ojos la expresión de una renuncia desesperada. Edmond Fitzgerald bajó rápidamente la mirada y dio un paso atrás.

—Tenemos que marcharnos, Deirdre. En la ciudad corremos demasiado peligro. Alguien podría reconocernos. —Se caló el sombrero, que le ocultó el rostro casi por completo. Ataviado de ese modo, parecía un trabajador más. Hizo una ligera inclinación ante Elizabeth—. Milady. Vamos, Deirdre. Nuestra misión ha terminado.

Deirdre se unió a él y volvió la mirada atrás.

—¡Adiós, milady! ¡Os deseo todo lo mejor a vos y a miss Felicity! ¡Un beso para el pequeño de mi parte! ¡Lo echo mucho de menos!

—¿Dónde podré encontrarte? —preguntó Elizabeth.

Deirdre, aún en la escalera, se limitó a negar con la cabeza de un modo apenas perceptible. Su expresión revelaba una gran desesperación.

—¡Muchas gracias! —gritó Elizabeth—. ¡Y a vos también, míster Fitzgerald!

Los pasos de ambos se alejaron, y la luz titilante de la lámpara desapareció en la oscuridad.

Deirdre siguió a Edmond por el vestíbulo, y luego continuaron por el patio hasta alcanzar el portón de salida. No había ni un alma en el lugar y la puerta estaba abierta de par en par. Cualquier persona habría podido entrar allí.

—¡Qué raro! —comentó Deirdre, acercándose a Edmond.

—¿Qué es raro? —preguntó el sacerdote, volviéndose hacia ella.

Deirdre señaló el portón con el entrecejo fruncido.

—¿Te parece que antes, cuando hemos venido, estaba tan abierto?

—No me he fijado. —Edmond aceleró el paso—. ¿Te sientes mejor después de haberla ayudado?

—Era lo mínimo que podía hacer por ella —replicó Deirdre—. Ella también me ayudó.

—Pero no consiguió librarte de su marido.

—No fue culpa suya.

—Oyéndote hablar así, parece que no fue culpa de nadie.

En su voz se adivinaba un deje de amargura. Deirdre lo miró de reojo mientras se apresuraba junto a él. En su rostro entrañable se reflejaba una expresión que a ella ya le resultaba familiar. Cada vez con más frecuencia él le parecía enojado y a la par, en cierto modo, preocupado por ella. Al principio pensaba que Edmond se preocupaba de forma compasiva por todas las almas descarriadas que habían encontrado el camino hacia él en las colinas. Rezaba con todos los irlandeses y los escoceses que habían llegado a su escondite, y a los que se quedaban él les brindaba la posibilidad de esconderse. Siempre actuaba poniendo en riesgo su vida, tanto celebrando misa como ayudando a fugados como Deirdre. Todos era proscritos y, si los atrapaban, su vida carecería de valor alguno.

Él la había llevado al escondite donde se encontraban también los demás criados sometidos a contrato junto con los esclavos huidos; sin embargo, después de la siguiente misa, que celebraron en aquella choza de madera del bosque y que Edmond llamaba capilla, había surgido un problema para el cual él solicitó su ayuda. Una de las criadas sometidas a contrato había sido expulsada a latigazos por su amo a causa de su avanzado estado de gestación, sin que le importara lo más mínimo ser él el culpable de su deshorna. Antes de que Edmond hubiera podido llevarla al campamento de los demás fugados, la mujer había dado a luz en la capilla. Al rato, el pequeño murió, y la mujer estaba demasiado débil para levantarse y seguir. Tenía fiebre y nadie podía saber si lograría sobrevivir. Edmond entonces había pedido ayuda a Deirdre y ella había accedido. Los dos habían velado a la enferma; rociándola con agua y poniéndole compresas frías habían rezado con ella y le habían prometido enviar en su nombre un mensaje a sus padres. Se habían esforzado por facilitarle la existencia hasta que, con el siguiente aguacero, la muerte se coló en el estrecho espacio de esa capilla sofocante y atestada de mosquitos y se llevó consigo a la mujer. Enterraron su cadáver justo al lado del de su hijo recién nacido, al cual Edmond logró bautizar antes de fallecer. Juntos habían permanecido frente a la tumba mientras la lluvia caía desde las copas de los árboles y convertía el mundo en una niebla húmeda. Deirdre había llorado mientras Edmond rezaba los salmos.

—El Señor es mi pastor; nada me falta. En campos de verdes pastos me hace descansar; me lleva a arroyos de aguas tranquilas. Me infunde nuevas fuerzas y me guía por el camino correcto, para hacer honor a su nombre. Aunque yo deba pasar por el valle más sombrío, no temo sufrir daño alguno. Sé que su bondad y misericordia me acompañarán todos los días de mi vida.

Al oírlo Deirdre se había sentido tremendamente triste, débil y sola. De otro modo no lograba explicar por qué se había acercado a él en busca de consuelo. Edmond entonces le había pasado el brazo por los hombros en actitud fraternal y protectora, y ella se había arrimado todavía más a él y lo había abrazado. Tras vacilar un momento, Edmond también la había abrazado, sosteniéndola, y se había quedado de pie con ella bajo la lluvia. Ella notó la calidez de su cuerpo y siguió llorando un buen rato hasta que, de pronto, se había sentido mucho mejor.

Desde entonces no había ocurrido nada más entre ellos, aunque se habían visto a menudo, no solo para la misa o la confesión. Siempre había tareas en las que ella podía ayudar, como limpiar la capilla; o, si un criado sometido a contrato llevaba trozos de cera vieja, hacer velas; o eliminar unas plantas trepadoras que querían entrar por las dos ventanas estrechas del interior de la mísera iglesia de madera. Deirdre continuamente se ofrecía para ayudar, y Edmond siempre aceptaba de buen grado. Además, él la trataba de un modo que la hacía sentir una persona valiosa y bien considerada. En esos instantes, toda la suciedad y la miseria en que ambos vivían y con la que se ocultaban del mundo se volvían cosas secundarias. Cuando ella estaba con él por dentro se sentía a salvo.

Edmond iba a grandes zancadas, sosteniendo la lámpara ante él con actitud furiosa. A Deirdre le habría gustado tomarlo del brazo porque sentía la necesidad de sentirlo cerca, pero no podía permitirse de nuevo esas confianzas con él. Por otra parte, la joven suponía que la exasperación que él sentía tenía que ver con todo lo que ella había sufrido en Dunmore Hall. Al parecer, a él le costaba más aceptarlo que a ella.

—Edmond, andas demasiado rápido —dijo Deirdre sin aliento—. ¡Creo que ya estamos bastante alejados de Bridgetown!

Él aminoró la marcha al instante y le sonrió con gesto arrepentido.

—Disculpa. Soy un bobo muy desconsiderado.

Entonces ella se dio cuenta de qué era lo que había sentido todo ese tiempo. ¡Oh, qué Dios la ayudara! Amaba a ese hombre.

45

Tras tantear a oscuras en el dormitorio de Felicity, que estaba junto al suyo, Elizabeth había dado por fin, tras algunos golpes y tropezones, con la lamparilla de noche. Igualmente le llevó bastante tiempo encontrar la mecha, a pesar de que su prima le había descrito el sitio con exactitud. Felicity también habría podido buscarla, pero se había negado en redondo a deambular por la oscuridad. Elizabeth no la había obligado porque la pobre estaba claramente exhausta. Una habitación sin luz ya era suficiente para despertar en ella todos los terrores del pasado. Al final, Elizabeth logró encender la vela y regresó a su dormitorio. Felicity se levantó de la cama de un salto.

—¡Gracias a Dios! —exclamó, aliviada.

Su aspecto era deplorable. Llevaba el pelo desgreñado, el vestido sudado y arrugado, y bajo los ojos presentaba unas ojeras profundas. Al verla, Elizabeth supuso que ella seguramente no ofrecía una imagen mucho mejor. En cualquier caso, eso la traía sin cuidado. No quería más que marcharse. Por muy oscuro que estuviera y aunque en la isla reinara la agitación, ella iría a buscar a su hijo. En esos momento no había nada más importante. Solo le quedaba una cosa por hacer.

—Antes de marcharnos tenemos que ir a ver cómo está Martha.

Felicity asintió, un poco reacia.

—Ciertamente, deberíamos hacerlo. Pero estoy dispuesta a cantarle las cuarenta. ¡La señora se ha pasado el rato durmiendo la borrachera mientras nosotras pasábamos un miedo atroz! —Entonces se sobresaltó—. ¿Qué ha sido eso?

Elizabeth también lo había oído: era un crujido del suelo de madera.

—Es Martha. Viene de su cuarto.

Felicity suspiró y dijo con desprecio:

—Pues claro. Ahora se levanta por fin, después de que todo haya pasado y nosotras estemos libres.

La puerta del dormitorio de Martha estaba abierta y, tal como comprobaron al entrar en él, la ventana también. La blanca mosquitera se agitaba con la brisa como si fuera un fantasma. Justo delante de ella se dibujaba una enorme silueta, oscura como la noche. Era un esclavo. En cuanto se volvió hacia Elizabeth, ella lo reconoció. Akin.

Felicity profirió un chillido agudo y retrocedió hacia el pasillo. Elizabeth se quedó paralizada con la mirada clavada en él. El cuerpo parecía que no la obedecía, no podía moverse.

Ha llegado mi hora, se dijo. Era incapaz de explicarse por qué había pensado eso, pero le pareció de una claridad meridiana. Miró a Akin como hipnotizada, le vio el blanco de los ojos, las cicatrices que le surcaban las mejillas y el brillo profundamente oscuro de la piel. Iba descalzo y desnudo, excepto por el pantalón corto raído que le llegaba hasta las rodillas y que casi todos los esclavos llevaban para trabajar. Cruzado en su pecho vio un cinto de armas doble, con cartuchos, vainas de cuchillo y una funda de pistola. Tras inspirar profundamente, Akin se volvió y desaparcció al momento, con absoluto sigilo. La fina cortina se agitó con la corriente de aire.

Martha estaba tumbada en la cama, inmóvil y muda. La sábana que la cubría le llegaba hasta la barbilla. Sin embargo, Elizabeth no tuvo que levantarla para ver que su suegra estaba muerta. Tenía la boca completamente abierta, la lengua hasta prácticamente la barbilla, y los ojos muy salidos, vidriosos y detenidos en la lucha contra la muerte. Con cuidado Elizabeth retiró un poco la sábana y al instante apreció en el cuello de Martha señales de asfixia. Lo que la había estrangulado aún estaba allí: la cadena de oro que con tanto orgullo había lucido siempre. El regalo de boda de Harold.

—¡Dios mío! —susurró Felicity, que se había atrevido de nuevo a entrar en el dormitorio—. ¿Está...? ¡Por todos los cielos! ¡Ese negro la ha matado!

Se echó a llorar otra vez y se arrojó en brazos de Elizabeth en busca de apoyo. En ese instante se oyó un cañonazo procedente del puerto y, acto seguido, a lo lejos, voces confusas de hombre.

—¡Fuego de artillería! —exclamó Elizabeth.

Felicity lloró con más fuerza.

—¡Por todos los santos! ¿Es que ahora va a empezar la guerra? ¿Cuántas pruebas más nos depara aún el destino?

Pero Elizabeth se encaminaba ya hacia la escalera. Ningún motín de esclavos ni ninguna guerra iban a impedir que ella recuperara a su hijo.

QUINTA PARTE

Barbados

Otoño e invierno de 1651

46

Duncan renegaba una y otra vez mientras se trasladaba a tierra desde el *Elise*. El cañonazo inesperado desde el puesto de artillería situado en lo alto de la bahía ponía en peligro todos sus planes. Más tarde sabría que, en realidad, el comandante del baluarte había tenido un contratiempo y, queriendo comprobar la carga, había disparado por accidente.

Fuera donde fuese el lugar del impacto, la oscuridad no le dejaba ver si había causado daños y el alcance de los mismos. Eso solo se sabría con la salida del sol. Posiblemente ese disparo repentino provocaría el estallido la guerra antes de que se iniciaran las negociaciones. Como no podía ser de otro modo, la respuesta de la flota del Parlamento no se hizo esperar: de lejos, en el mar, refulgió un fogonazo y, acto seguido, la tierra tembló por el impacto de varios proyectiles. Duncan aguzó el oído y comprobó, para su alivio, que la artillería de la flota había disparado sin apuntar a la ciudad, con la clara intención de demostrar fuerza más que de provocar destrozos. Con todo, en tierra la confusión era mayúscula; la gente corría despavorida de un lado a otro. En lugar de regresar remando al *Elise*, Duncan fue al local de Claire para distraerse tomando ron.

En la barra el trajín era indescriptible, los hombres se peleaban a gritos para hacerse con los mejores sitios. El local estaba cubierto por una nube de humo de tabaco, que se mezclaba con un intenso olor a sudor y a ron. A los parlamentarios de Cromwell se les auguraban las peores torturas si osaban poner un pie en tierra. Lejos de la barra, unos soldados muy borrachos habían formado un corrillo y debatían la posibilidad de salir de noche en bote de remos hasta el buque insignia e incendiarlo con unas antorchas. Uno de ellos explicaba con orgullo que su abuelo le había enseñado a hacer fuego griego y afirmaba que de ese modo incluso la madera mojada ardía como la paja.

Los hombres que se agrupaban en torno a las mesas de dados o de cartas no iban menos bebidos. El ambiente estaba caldeado e impregnado de una violencia latente. Un marinero escupió intencionadamente tabaco de mascar en la punta del zapato de Duncan y luego se irguió con actitud desafiante. Duncan apartó a un lado su chaleco y mostró al tipo su pistola. Vivienne, que estaba sentada junto a una de las dos mesas de cartas, le guiñó un ojo con alegría. Duncan respondió al saludo con menos entusiasmo y pidió a la muchacha de la barra que le sirviera un vaso de ron.

Un tipo enorme bajó por la escalera estrecha del establecimiento. Solo tenía un ojo y llevaba la cavidad vacía tapada con un parche negro. Una maraña espesa de cicatrices pálidas cubría su rostro desagradable y su cuerpo musculoso. Tenía los puños grandes como la cabeza de un niño, y su tronco, tapado solo por un chaleco mugriento, era grueso como un tonel. Se llamaba Jacques y era el guardaespaldas de Claire. Él siempre permanecía cerca de la joven, estuviera ella donde estuviese, sola o acompañada.

Claire Dubois bajó la escalera detrás de él, deslizándose como un hada, con un vestido de escote pronunciado y muy atrevido, y con un corpiño tan ajustado que los pechos le quedaban casi totalmente suspendidos; aquello atrajo por un instante muchas miradas hacia ella, y el vocerío aumentó de forma notable. Llevaba la cabellera rizada y pelirroja elegantemente peinada al estilo griego, y su rostro bello, de hermoso perfil, mostraba una sonrisa feliz, casi eufórica. Era evidente que el negocio le iba realmente bien. En ese momento los clientes más adinerados hacían cola para requerir los servicios íntimos de Claire.

—Eso es lo que hace la guerra antes de estallar de verdad —había explicado ella a Duncan al mediodía, cuando él la había visitado para un breve intercambio de información—. Todo el mundo quiere disfrutar como si no hubiera un mañana. Y además, están dispuestos a pagar bien.

Chez Claire era una verdadera mina de oro, no solo por lo pecuniario, sino también en lo referente a la información importante de la isla. Tanto si se trataba de hechos recientes como futuros, Claire siempre era una de las primeras en tener noticias. De ese modo Duncan había sabido que los cuatro buques portugueses que había anclados en el puerto pretendían en las próximas noches acometer un ataque al borde de la bahía. Además, algunos capitanes franceses sopesaban la posibilidad de hacer causa común con la flota parlamentaria y poner su artillería a disposición del almirante. Por otra parte, Eugene Winston, el sobrino del gobernador, abrigaba planes para derrocar a su tío en un golpe de mano y entregarlo a Ayscue, con la esperanza de obtener, como compensación por tanta astucia, su nombramiento como nuevo gobernador o, por lo menos, presidente del Consejo. Posiblemente Claire tuviera otras noticias para Duncan. En todo caso, su rostro así lo dejaba entrever.

Jacques abrió paso a su señora por la sala con un par de empujones bien dirigidos. El gigante francés golpeó en la cabeza a un marinero que se atrevió a tocar a Claire, a raíz del cual el galán impertinente levantó la vista hacia el techo lleno de humo y cayó al suelo, inconsciente. Jacques pasó por encima de él sin inmutarse y siguió apartando más borrachines. Cuando llegó frente a Duncan se hizo a un lado y cedió el sitio a Claire.

—¡Tengo algo que contarte! —gritó ella para hacerse oír por encima del ruido—. ¿Vamos arriba?

Duncan negó con la cabeza. Los tiempos en que él frecuentaba la proximidad de su lecho eran historia.

—Mejor vamos afuera.

Juntos salieron del local. A pocos pasos de ellos, en el callejón, había tumbados en el suelo dos hombres completamente borrachos que bloqueaban el paso. Claire hizo una señal a Jacques y este tomó a la vez los dos cuerpos bañados en alcohol y los arrastró del cuello hacia un lado. Cuando uno de aquellos molestos trasnochadores le cayó delante de los pies, lo golpeó casi con desgana y lo arrojó contra el otro. Al instante siguiente, el ensordecedor fuego de artillería rasgó la noche y un silbido estridente los sobresaltó: una bala de cañón pasó por encima sus cabezas, a unos tres metros y medio del tejado del local.

—*Mon Dieu!* —exclamó Claire.

—Es solo para desmoralizar —la tranquilizó Duncan—. Han disparado demasiado alto expresamente. El comandante de arriba, en el bastión, también se ha dado cuenta. Ya no dispararán más. Por otra parte, con esta oscuridad no pueden atisbar ni un solo barco de la flota. —La miró con expresión inquisitiva—. ¿Qué novedades me traes?

—*Eh bien,* querías que te informara de inmediato si sabía algo de interés sobre Harold Dunmore. Pues bien, hoy ha estado aquí, poco después de abrir. Iba desaseado, estaba muy cansado y llevaba la ropa manchada de sangre. Le he preguntado en broma si había matado a un cerdo y él me ha dicho: «No a uno, a varios». Lo he mirado con incredulidad, y él me ha explicado que dos o tres esclavos huidos lo habían atacado y que él les había dado su merecido.

—Es una lástima que les haya salido tan mal. ¿Y qué quería él de ti?

Claire arqueó una ceja con ironía.

—Pues lo mismo que todos. Pero no se le levantaba. Le he dicho que no importaba, que viniera otra vez, pero entonces él se ha derrumbado y ha empezado a lloriquear como un niño diciendo: «Yo no quería hacerlo. Nada de eso. Estoy condenado para toda la eternidad». Yo le he dicho: «*Mon cher,* todos iremos al infierno, ¿a quién le importa?». Luego le he preguntado por qué exactamente iba a ir él al infierno. Pero entonces solo ha dicho algo de «poner fin a ese juego» y se ha ido. He pensado que quería jugar a las cartas, pero se ha ido.

Duncan se sintió tremendamente inquieto y decidió asegurarse de inmediato de que Elizabeth estuviera bien. No se fiaba ni un ápice de aquel tipo, y menos aún después de lo que Claire le había contado sobre su extraño comportamiento.

—¿Adónde vas? —preguntó Claire un poco molesta al ver que pasaba por encima de uno de los borrachos y se alejaba—. ¿Cómo puedes marcharte de aquí sin decir ni una palabra?

—Lo siento, pero es que tengo que.. —Se quedó quieto, como clavado en el suelo. Ante él un caballo dobló la esquina a toda prisa con Elizabeth a horcajadas.

Con la melena suelta sacudiéndose al viento y las faldas recogidas hasta la rodilla, su aspecto era el de una némesis a caballo. Tiró de las riendas de la yegua con fuerza y saltó de la silla antes incluso de que Pearl se hubiera detenido por completo. Los ojos le centelleaban de rabia mientras miraba alternativamente a Duncan y a Claire.

—¡Maldito canalla! ¡Debería haberlo figurado!

—Ahora mismo iba a ver cómo estabas —dijo él.

—Sí, claro, ¿y qué más? —Elizabeth se lo quedó mirando con enojo.

—Si no me crees, pregúntaselo a Claire. Ahora mismo me iba.

—Es cierto —corroboró la francesa.

Elizabeth se negaba con obstinación a dirigir su atención a aquella mujer, pero no pudo impedir que los ojos se le fueran hacia ella. Claire, cómo no, tenía que estar tan hermosa como siempre que uno se tropezaba con ella, como una joya distinguida y brillante, con su vestido blanco y esa cara que haría llorar de envidia a cualquier ángel... Excepto que su sonrisa resultaba más irónica que solícita. Casi parecía estar disfrutando con aquella situación. Sin embargo, Elizabeth recordó por qué estaba allí. No era momento para tener un ataque de celos. Tragó saliva pues el nudo que sentía en la garganta desde que había regresado de Oistins le impedía hablar.

—Johnny ha desaparecido.

—¡Cómo! —exclamó Duncan casi a gritos.

—Harold lo ha dejado al cargo de Miranda. Acabo de ir allí, pero Harold se me ha adelantado. Lo ha recogido de nuevo, y no lo encuentro por ninguna parte.

—¿Cómo has podido entregarle el pequeño a él?

—¡Me lo ha arrebatado! —gritó Elizabeth.

Entonces perdió el control de sí misma. Estalló en lágrimas y ocultó el rostro entre las manos, incapaz de construir una frase coherente. Duncan la abrazó y ella se lo consintió, aunque instantes atrás lo había odiado con toda el alma por ir con aquella mujerzuela. Intentó explicarle lo ocurrido, pero su balbuceo impedía que Duncan pudiera formarse una idea de lo ocurrido. Tuvo que preguntarle varias veces hasta que ella se lo hubo contado todo.

—¡Tienes que encontrar a Johnny! —exclamó Elizabeth entre sollozos al terminar.

—¡Y a fe que lo haré! ¡Aguarda aquí!

La soltó y desapareció dentro del local. Elizabeth hundió el rostro cubierto de lágrimas en el cuello de Pearl porque no quería que la francesa fuera testigo de su dolor. Duncan regresó al instante. Iba acompañado de dos hombres de su tripulación, el descomunal contramaestre John Evers y un tipo de aspecto no menos peligroso al que le faltaba media oreja y todos los dientes de delante.

—¡Traedme a Dunmore aquí, tanto si quiere como si no! —les ordenó Duncan—. ¡No volváis sin él!

Ambos partieron con una antorcha en la mano y desaparecieron tras doblar la esquina de un cuchitril inclinado. Duncan quitó a Elizabeth de las manos las riendas de la yegua y se montó en la silla con toda naturalidad.

—También yo voy a buscarlo. Si no encuentro a Dunmore en la ciudad, iré hasta la plantación. Tiene que estar en algún lugar.

Pearl volvió la cabeza, inquieta ante el peso desacostumbrado de aquel jinete desconocido, pero Duncan la sometió de inmediato presionándola con los muslos. Tras hace girar la yegua sobre sí misma, volvió la mirada hacia Claire por encima del hombro. Su rostro era impasible.

—¿Puedes cuidar de Lizzie hasta que yo regrese?

—Como siempre, tus deseos son órdenes para mí —respondió la francesa. Su tono era burlón pero, a la vez, en cierto modo, indulgente, cariñoso.

—¡Soy perfectamente capaz de cuidar de mí misma! —objetó Elizabeth en tono glacial mientras Duncan se alejaba a toda velocidad.

—No me cabe la menor duda —repuso Claire—. Pero, de momento, es mejor que os pongáis bajo mi custodia. Esta zona no es la ideal para una dama noble.

Discretamente señaló a un borrachín que acababa de salir

del local y que se desplazaba trazando grandes eses mientras se alejaba arrastrando los pies y cantando.

Horrorizada, Elizabeth vio que se trataba del reverendo Martin. Delante de él apareció entonces otro hombre que llevaba del brazo a una morena muy risueña y con un pecho al aire. Al pasar, intentó atrapar ese botín que se bamboleaba al alcance de su mano, algo que hizo estallar a los dos hombres en una carcajada sonora. Dos tipos cargados de cerveza, que avanzaban dando tumbos de un lado a otro agarrados del brazo, se detuvieron y quisieron participar también del juego, algo que no agradó al acompañante de la mujer. Al instante surgió una pelea salvaje. Elizabeth oyó el crujido carnoso de una nariz al romperse; por desgracia fue la de la mujer, que había tenido la mala fortuna de encontrarse entre los dos bandos. La sangre le caía por la barbilla, ensuciándole el pecho que había provocado todo aquello.

—¡Oh, Dios mío! —exclamó Elizabeth, consternada—. ¿No deberíamos ayudarla?

Claire negó con la cabeza, impasible.

—No es ninguna de mis chicas. Ellas cuidan más de su nariz y de sus tetas. —Con un gesto seco indicó al enorme francés que regresara al local. Volviéndose a Elizabeth le dijo—: Venid conmigo.

Elizabeth la siguió. Tras pasar junto a los camorristas, tomaron un callejón que conducía a la parte posterior del local. Allí subieron por una escalera estrecha que llevaba a la planta superior. Claire abrió una puerta que daba a una habitación que dejó sin aliento a Elizabeth. La estancia rebosaba de cachivaches de todo tipo y tenía las paredes forradas de terciopelo rojo; el suelo de madera estaba cubierto con unas pesadas alfombras orientales. Sobre un anaquel había una fila de candelabros muy decorados y joyeros ornamentados junto a unas tallas de madera que solo a primera vista parecían figuras sagradas arrodilladas. En las paredes colgaban pinturas con escenas igualmente obscenas. En una se veía a varias mujeres solazándose con un hombre, claramente complacido, de todos los modos imaginables. Sin embargo, todo aquello no era nada comparado con la cama más impresionante que Elizabeth había visto en su vida. Ocupaba casi todo el dormitorio. Se preguntó sin querer cómo podían haber subido eso por la escalera estrecha, pero entonces cayó en la cuenta de que seguramente lo habían montado dentro de la habitación. Contempló en silencio el baldaquín con ribetes y borlas doradas así como el montón de almohadas de seda sobre el colchón y se preguntó sin pensar si acaso Duncan allí había... Por supuesto, se dijo. ¿Dónde si no?

Desde la planta de abajo se oían las canciones y el vocerío de la clientela ebria del salón; el ruido era tal que el entarimado del suelo vibraba. En ese momento Elizabeth quiso huir de allí, marcharse lo más lejos posible, pero no sabía adónde. La francesa había abierto otra puerta.

—Pasad aquí dentro —le dijo.

Sorprendida, Elizabeth la siguió hasta la habitación contigua, la cual no tenía nada que ver con la otra. En ella, colocada contra la pared, había una cama estrecha de sábanas blancas, y junto a ella había un pupitre con papel, plumas y un tintero. Completaban la habitación una butaca sencilla y un baúl para la ropa. El único lujo de la estancia era un pequeño reloj de pie situado en un rincón y un tocador elegante con todo tipo de utensilios, como peines de carey, pasadores decorados con piedras de fantasía, frascos de perfume refinados y otros tarros pequeños. Un suave aroma impregnaba el aire, olía a jabón de lavanda y a ropa recién planchada. Elizabeth se sentó, vacilante, en el asiento mientras Claire se mantenía a la espera, de pie junto a la puerta.

—¿Queréis que os haga traer algún refresco? —preguntó la francesa con educación.

Elizabeth negó con la cabeza sin contestar nada, pero luego recapacitó y recuperó su buena educación.

—No, gracias —se apresuró a decir.

—¿Dónde está Felicity? —quiso saber Claire.

—Espera en Dunmore Hall.

Elizabeth no mencionó lo mucho que le había costado a Felicity quedarse allí. El cadáver de Martha en la planta superior, el temor a que su asesino fuera a regresar... A pesar de que Elizabeth le había prometido solicitar ayuda a los soldados de la guarnición, su prima se hallaba al borde de estallar de nuevo en un llanto compulsivo. Puso unas monedas de plata en la mano de los dos mejores vigilantes que hacían la ronda, y que le parecieron merecedores de su confianza y aceptablemente sobrios, y les encargó que protegieran a su prima en Dunmore Hall; después partió al galope, como alma que llevara el diablo, en dirección este... Para luego saber, de boca de la asombrada Miranda, que Harold ya había ido a recoger al pequeño. «El pequeñín dormía —le había dicho Miranda—. El amo Dunmore lo ha tapado con la capa y se ha ido con él a caballo.»

Elizabeth había perdido un tiempo valioso enviando un mensajero al *Elise*; sin embargo, mientras todavía aguardaba con impaciencia en el muelle a que Duncan acudiera, una voz interior le insinuó que pasara un momento por Chez Claire para ver si estaba allí. Y allí, para su enojo infinito, lo había encontrado.

—Vos lo amáis mucho, *n'est-ce pas?*

Claire, apoyada en la puerta, observaba con atención a Elizabeth.

—Jonathan es mi luz y mi vida.

—No me refería a vuestro hijito.

Elizabeth notó que se sonrojaba.

—¿Por qué os interesa eso?

—El niño es de Duncan, ¿verdad?

Elizabeth levantó la barbilla.

—¿Cómo os atrevéis? ¡Soy una viuda honrada!

—Y una mentirosa muy mala.

Elizabeth calló, obstinada.

—*Alors* —dijo Claire lentamente—, durante un tiempo pensé que Duncan podía ser para mí. Ese hombre puede hacer que una mujer arroje por la borda toda la vida que ha llevado hasta el momento y que cometa todo tipo de tonterías solo para estar con él. En un par de ocasiones estuve a punto de suplicarle de rodillas que abandonara ese maldito barco y se quedara junto a mí. O que se marchara a cualquier sitio conmigo, a un lugar donde nadie nos conociera y pudiésemos establecernos como es debido. Dejé de acostarme con otros hombres, a veces incluso durante meses, porque quería esperarlo y estar solo para él. —Rió como si le hiciera gracia su propia tontería—. Ni siquiera se dio cuenta. Yo, para él, era... —Buscó la palabra adecuada y chasqueó los dedos—. *N'importe laquelle*. Una cualquiera. De todos modos, esa fue una época fabulosa.

—Entiendo —contestó Elizabeth secamente.

La incomodaba saber que durante un tiempo Duncan y aquella mujer hubieran estado tan unidos para que en Claire se despertara la esperanza de llevar una vida en común juntos. Mientras ella se consumía sin remedio por él, ahí al lado, en esa... cámara del amor, él seguramente hacía cosas con Claire demasiado sacrílegas para pensarlas siquiera.

—Lo que quiero decir con esto —dijo Claire, interrumpiendo el silencio— es que yo no soy competencia para obtener su favor. Os pertenece a vos; desde siempre, por completo y con todos los honores. Os habría pertenecido también si el niño no hubiera sido suyo. De hecho, no me extrañaría que llegara incluso a dejar su barco por vos.

Elizabeth estaba sentada con la espalda muy rígida en el asiento, debatiéndose entre su preocupación por Johnny y el malestar que le producía la presencia de la antigua amante de Duncan. Aunque, de hecho, ella no tenía la certeza de que el adjetivo «antigua» fuera el más adecuado. Se aclaró la garganta.

—Vos habéis... Habéis seguido... Quiero decir, él y vos...

Ella se interrumpió, y dirigió la mirada hacia el dormitorio de al lado.

Claire soltó una risita e hizo un gesto inequívoco con la mano.

—¿Eso?

Elizabeth, tremendamente violenta, apartó la vista a un lado, pero luego recobró la compostura y asintió sin decir nada.

—No desde que ha vuelto a la isla —dijo la francesa con tono neutro—. Ya os lo he dicho: os pertenece.

Alguien dio un golpecito en la puerta, y Claire abrió. El hombretón de la cara cubierta de cicatrices dijo algo en francés; acto seguido, Claire se volvió hacia Elizabeth.

—Los hombres de Duncan han regresado. Y, por lo que se ve, han encontrado lo que buscaban.

Elizabeth se puso de pie en cuanto oyó las primeras palabras. Pasó junto a Claire como una exhalación, corrió por el aposento suavemente iluminado con luz roja, abrió la puerta que llevaba a la escalera posterior y bajó a toda prisa los escalones. John Evers y el bucanero desdentado de la tripulación de Duncan estaban apostados delante del local con los brazos cruzados, pero Elizabeth los ignoró. Detrás de ellos estaba el caballo castrado de Harold, el cual, por su parte, acababa de descabalgar de su montura con el niño en brazos. Elizabeth se lo arrebató al instante.

—¡Johnny! —gritó.

El pequeño, que al parecer dormía plácidamente, se despertó sobresaltado y se echó a llorar. Ella lo apretó contra sí y le besó las mejillas calientes mientras le palpaba febrilmente el cuerpecito para cerciorarse de que estaba bien.

—Mami —dijo él con voz adormecida—. Abuelito a caballo.

—Está perfectamente —dijo Harold con impaciencia—. Yo iba de camino a casa cuando estos dos salvajes me han atrapado y me han obligado a punta de pistola a seguirlos hasta «la madre del niño». —Al decirlo imitó la voz de John Evers—. De este modo he sabido que tú estabas aquí. —Su voz había ido adoptando un tono desaprobatorio—. ¿Qué se te ha perdido a ti en este sitio infame?

Elizabeth iba a hablarle sobre Duncan y sus planes, pero entonces cayó en la cuenta de que había otro mensaje más importante aún.

—Harold. —Tragó saliva—. Hay algo que tengo que decirte.

Elizabeth se volvió hacia Claire, que la había seguido, en busca de ayuda. La francesa tendió los brazos.

—Dejad que yo sostenga al niño.

Elizabeth, vacilante, le entregó el pequeño, que miró de arriba a abajo con escepticismo a aquella extraña mujer para finalmente dirigirle una sonrisa confiada.

—*Oh, là là*. ¡Qué encanto! —musitó Claire.

—¿Por qué estás tan seria? —preguntó Harold a Elizabeth arrugando la frente—. Ahora está todo arreglado, ¿no? Ya te lo he devuelto. Y siento mucho haberos encerrado a ti y a Felicity. Ha sido una tontería por mi parte. A veces soy demasiado colérico. Y también ha sido un error haber disparado contra Noringham. No es mala persona, la verdad es que no. En cuanto lo vea le pediré disculpas. Lo cierto es que me he dejado llevar porque he pensado que pretendía cortejarte. Por cierto, está bien. Hace un rato lo he visto en la guarnición, en una reunión para hablar sobre la situación. —Miró preocupado hacia el mar—. Según parece, esos parlamentarios no se andan con chiquitas, ¿no crees?

Elizabeth apoyó una mano en su brazo.

—Harold, ha ocurrido algo terrible mientras tú no estabas. —Inspiró profundamente—. Se trata de Martha.

—¿Qué le pasa?

—Ha muerto. Estrangulada. Akin la ha matado.

Él se la quedó mirando, incrédulo, y luego empezó a sacudir la cabeza, como cerciorándose de que no estaba soñando.

—¿Qué dices? ¿Akin? ¡Pero si está fugado!

—Estaba ahí, en el dormitorio de Martha. Yo lo he visto cuando iba a marcharse. Pero no he llegado a tiempo. Lo lamento muchísimo, Harold.

Él se quedó mirando la mano de ella, que aún tenía en su brazo. Harold la agarró con la suya y la apretó, y entonces, de pronto, empezó a temblar. Elizabeth, conmovida, observó cómo las lágrimas le corrían por el rostro. Él dejó oír un sollozo bronco mientras permanecía de pie, con la cabeza inclinada y asiéndole con fuerza la mano. Elizabeth, movida por la compasión, lo abrazó con delicadeza y le acarició la cabeza. Apestaba a sudor rancio y a algo más que no supo identificar. Tenía el pelo grasiento, y la ropa tiesa de suciedad y cubierta de manchas oscuras. Le repugnaba estar tan cerca de su suegro, pero en ese momento él no era más que un pobre hombre que acababa de sufrir un tremendo revés y merecía su consuelo. Harold pasó el brazo en torno a Elizabeth, la atrajo hacia sí entre sollozos y se echó a llorar con el rostro hundido en su cabellera. Ella le dio unas palmaditas tranquilizadoras en la espalda y le musitó algunas palabras de consuelo, pero entonces, al darse cuenta de que en aquel abrazo había algo que estaba fuera de lugar, se puso muy rígida. Él estaba demasiado cerca de ella y le pasaba las manos por la espalda sin cesar, como si quisiera tocarla tanto como le fuera posible. Cuando él se le arrimó aún más y le notó la erección, descubrió, horrorizada, que Duncan había estado en lo cierto: Harold la deseaba. Antes de que Elizabeth pudiera apartarlo de sí, él la soltó y retrocedió dos pasos. Su mirada nerviosa iba de un lado a otro.

—Tengo que seguir buscando —musitó. De pronto se acercó a su caballo y se encaramó a la silla—. Yo me ocupo de todo, tranquila —dijo con la cara ya vuelta mientras ponía en marcha al caballo castrado—. Cuando rergrese todo se habrá solucionado.

Elizabeth miró desconcertada cómo se marchaba. Al poco, la noche lo había engullido.

47

A la mañana siguiente, unos fuertes chubascos impidieron que los soldados y los hombres de la milicia pudieran ejercitarse. La mayoría aguardaba en las barracas a la espera de recibir órdenes, mientras se examinaban con la luz del día los desperfectos ocasionados por el cañonazo de la noche. Uno de los impactos había dado, sin proponérselo, contra el tejado de la casa de la Asamblea y había convertido en astillas la gran mesa de la sala de reuniones. Para espanto de todos, en el cementerio una bala de cañón había impactado contra la sepultura de un tratante de tejidos fallecido tres días atrás y había esparcido los restos hasta dejarlos ante la puerta de la iglesia. Algunas huertas habían sido barridas por los impactos y un establo con media docena de cabras había quedado destrozado. Por lo demás, había algunos cráteres en los campos y un par de palmeras rotas. Nadie había resultado herido.

Para asombro general, tampoco el adversario había salido indemne. La única bala de cañón disparada —accidentalmente— desde la isla había dado en el palo de trinquete del segundo barco de la flota inglesa, lo cual provocó un júbilo considerable entre los hombres de la guarnición. Ya desde antes de la salida del sol en la fragata se trabajaba con intensidad para reparar los daños. El ruido de los martillazos y las sierras llegaba incluso al puerto. Solo cabía esperar a ver qué ocurriría a continuación. Todo indicaba una buena predisposición al entendimiento. Con todo, por si acaso, las defensas estaban dispuestas para abrir fuego en caso de que las conversaciones de paz fracasaran y el comandante de la flota parlamentaria diera la orden de atacar. De todos modos, en lo posible no se llegaría a ese extremo: los miembros del Consejo querían enviar cuanto antes a unos negociadores. William Noringham y Duncan Haynes aguardaban en el vestíbulo de la residencia del gobernador a Jeremy Winston. También se encontraba allí su sobrino, Eugene, que iba todo el rato de un lado a otro, nervioso, maquinando, según sabía Duncan, planes siniestros, aunque no parecía haber tomado aún una decisión sobre cómo llevarlos a cabo.

Por fin Jeremy Winston estuvo preparado para partir. Los hombres se encaminaron rápidamente hacia el muelle para trasladarse al buque insignia del almirantazgo. Las negociaciones iban a dar comienzo.

48

Al entierro de Martha Dunmore habían acudido solo unas pocas personas. El cañonazo de la noche anterior había despertado temor y aprensión entre la gente, y casi todo el mundo prefería permanecer encerrada entre sus cuatro paredes, más aún cuando había corrido la voz acerca de la devastación en que estaba sumido el cementerio. De hecho, corría el rumor de que, en realidad, los parlamentarios habían querido destrozar la iglesia para dejar patente que no se arredraban ni ante lo más sagrado. El temor de más ataques hacía que la gente se mantuviera muy aislada.

Elizabeth estaba de pie junto a la tumba abierta, bajo un calor húmedo y sofocante, escuchando con poca atención la alocución del reverendo Martin, al cual, sorprendentemente, apenas se le notaba el desenfreno de la noche anterior. Con las manos patéticamente juntas este imploraba la bendición del Señor para su sierva Martha Dunmore, a la que le había sido arrebatada la vida de forma salvaje.

Elizabeth, embutida en el estrecho vestido negro, sudaba y pensaba en Robert, junto a la tumba del cual Martha ahora tendría su último descanso. Se preguntó si tal vez ella se reencontraría con él en el reino de los cielos; eso, claro estaba, siempre y cuando él hubiera ido a parar allí y no al purgatorio. Los pensamientos vagaban por su mente, de un lado a otro, como sombras fugitivas. Más atroz era para Elizabeth la angustia que sentía al pensar en Harold. Nadie sabía dónde estaba. Oficialmente se decía que él, loco de dolor por la pérdida de su esposa, vagaba por los bosques buscando al vil esclavo causante de todo aquello. Circulaba la voz de que el asesinato lo había sumido en un estado tal que le impedía incluso asistir al entierro. Elizabeth se sentía profundamente aliviada de que Harold no estuviera allí y temía el momento en que tuviera que volver a verlo.

La noche anterior, tras su regreso, Duncan había tomado de inmediato medidas para que Harold no pudiera aproximarse más a Elizabeth. Ella, por pudor, no se había atrevido a hablarle de la impertinencia de Harold; por otra parte, se sentía muy feliz de volver a tener a Johnny. Claire Dubois, en cambio, no se había mordido la lengua y había contado al instante la cruda verdad a Duncan.

—Ese hombre la toqueteó delante de todos nosotros. Está loco por ella. Es evidente que ha perdido por completo la cabeza.

Esas palabras bastaron para que provocar el enojo de Duncan, quien de inmediato mandó a cuatro de sus hombres que montaran guardia. Tenían orden de matar a Harold Dunmore si se acercaba a Elizabeth o al pequeño a menos de diez pasos. Dos de esos individuos, que por su aspecto parecían auténticos matarifes, habían acompañado a Elizabeth al cementerio y vigilaban a una distancia prudente, ajenos a las miradas de irritación que recibían de la escasa comitiva de asistentes al sepelio.

Los otros dos hombres aguardaban en Dunmore Hall, junto a Felicity y Jonathan. Felicity se había negado en redondo a abandonar la casa. Había empezado a hacer el equipaje y estaba totalmente ocupada metiendo en cajas las pertenencias de las dos así como algunos objetos útiles, decidida a no dejarse nada que fuera de utilidad para ellas. Duncan había insistido en que tenían que estar preparadas para partir en cualquier momento, y a Felicity le había faltado tiempo para cumplir esa tarea. Si por ella fuera, ya haría tiempo que estarían en alta mar, preferiblemente en dirección hacia Holanda. Sin embargo, mientras la flota de guerra inglesa estuviera en la bahía Carlisle ningún barco podía zarpar. Felicity tenía grandes esperanzas en que Duncan, de algún modo, conseguiría solventar aquel contratiempo. A esas alturas, le creía capaz de cualquier heroicidad. Todo cuanto en otro tiempo había hecho de él un tipo infame a sus ojos se había convertido en un valor temerario y un arrojo sin igual. En resumen: Felicity no permitía que nadie hablara mal de él.

El reverendo Martin terminó las oraciones de difuntos y arrojó una palada de tierra húmeda en el hoyo. El eco sordo con el que cayeron los terrones de tierra en el ataúd estremeció a Elizabeth. Rápidamente se dio la vuelta y se marchó seguida, como dos sombras, por los guardianes de Duncan.

Entretanto Duncan Haynes, William Noringham así como el gobernador y su sobrino se encontraban en el gran camarote de popa del *Resolution*, el buque insignia de la flota del Parlamento, el cual antes de la ascensión al poder de Cromwell había sido conocido como *Prince Royal*. Duncan no se cansaba de admirarlo. Le habría gustado hacer antes de la reunión un recorrido exhaustivo por aquel magnífico barco, que había sido construido y armado hacía muy pocos años. Con tres cubiertas de artillería, más de setenta cañones y una tripulación de, por lo menos, quinientos hombres, el *Resolution* era una de las mayores fragatas de guerra del mundo, tal vez incluso la siguiente en tamaño después de la *Sovereing of the Seas*. Las superestructuras, adornadas con tallas artísticas, no le interesaban tanto como los modernos cañones, de todo tipo de calibres; eran lo mejor de las fundiciones inglesas. Reparó en que el almirante Ayscue lo miraba divertido. «Eso que tú ves aquí ahora lo tendrías si no hubieras preferido hacerte filibustero», parecían decir sus ojos. Por lo demás, la mirada del comandante de la flota desprendía también el debido enojo. Había proporcionado una recepción glacial a la comisión de Barbados y, súbitamente, Jeremy Winston había menguado casi un palmo. Evidentemente, el disparo fortuito, que había dado en el barco anclado justo al lado del *Resolution* y que lo había dañado gravemente, no contribuía a mejorar en nada la situación.

A la reunión asistían cinco hombres. En torno a la mesa, además del almirante Ayscue, su suplente y otro capitán de la flota desde hacía muchos años —Duncan los conocía a todos de su tiempo en la Marina—, también había un representante del gobierno de Cromwell desconocido para Duncan. Se trataba de un hombre enjuto con la comisura de los labios vuelta hacia abajo, que le daba un aspecto ofendido. Su corte de pelo austero y el jubón negro y sobrio que llevaba lo distinguían como un puritano estricto.

Estaban todos sentados en torno a la gran mesa del camarote del almirante y tenían ante sí unas copas con jerez. Nadie había tomado ni un sorbo del mismo, a excepción de Jeremy Winston, que había intentado distraerse así de su dolor de vientre. Sin embargo, el gobernador no logró el efecto buscado sino el contrario pues, al cabo de un rato, se levantó rápidamente y se excusó para ir a la letrina.

Aquello no impidió que la negociación avanzara, ya que todos los puntos importantes estaban sobre la mesa y, además, en el sentido más literal de la expresión ya que William Noringham había desplegado la versión aprobada por el Consejo de su declaración, la había leído y después había entregado una copia al almirante. Un miembro del Parlamento, de nombre Joseph Wilkes, arrebató de inmediato el papel de la mano de lord Ayscue y lo leyó negando con la cabeza.

—Vaya, vaya. Una declaración de independencia. El derecho a una administración de gobierno propia y soberana y, sobre todo, el derecho a continuar comerciando con los holandeses y con otras naciones. —Joseph Wilkes enumeró los dos puntos principales señalándolos con su huesudo dedo índice. Su actitud era de una clara desaprobación.

—Eso no está todo —se entrometió entonces Eugene Winston con actitud petulante—. También queremos nombrar nosotros al gobernador. Y está también la libertad de impuestos...

William Noringham se quedó pasmado. Eso no era lo acordado. Tras muchos enfrentamientos, el Consejo de la isla había votado la versión, notablemente recortada, de la declaración que él había preparado y que contenía unas exigencias irrenunciables. Él, por ejemplo, había tenido que renunciar a su deseo de promover de forma oficial una normativa sobre la tenencia de esclavos. De todos modos, William no dijo nada porque, a juzgar por la expresión del rostro de Joseph Wilkes, aquello carecía de importancia.

Duncan dirigió a Ayscue una mirada de preocupación, pero el rostro inexpresivo de aquel era inescrutable. Empezaba a preguntarse si lo que había acordado él con el almirantazgo años atrás mientras tomaban jerez y pastas había dejado de ser válido, bien por el paso del tiempo, por estrategia política o incluso por el cañonazo de la noche pasada. En cualquier caso, no iba a resultar tan fácil como había imaginado dos semanas atrás. En absoluto. Tal vez incluso fuera imposible.

49

Harold llevaba buscando desde el amanecer. Igual que el día anterior, había peinado todos los rincones posibles del terreno en torno a Summer Hill. Recorrió por tercera vez a caballo el camino que Anne había tomado en su huida, empezando por el lugar donde él le había perdido la pista durante la persecución. En cada ocasión había encontrado pistas y había podido seguir el rastro de la chica hasta la pendiente por la que ella tenía que haber caído rodando. Al pie del desnivel había encontrado un jirón roto de seda blanca colgado de una rama. A pesar de haber rastreado el lugar palmo por palmo durante una hora, allí se perdía todo rastro de Anne Noringham. Apretó los dientes y pensó detenidamente. Ella no podía haberse desvanecido en el aire. Había dejado tantos indicios hasta allí que incluso un idiota redomado habría podido seguirle la pista: mechones de pelo en las ramas; lazos y cintas sobre el musgo, como marcas de camino; trozos de encaje entre las raíces y, en una ocasión, incluso un zapato. También podía ser que los esclavos huidos la hubieran capturado, pero Harold desestimó esa idea porque, de ser así, debería haber encontrado en algún sitio sangre o señales de lucha.

¡Lo que habría dado por un par de buenos perros rastreadores! En otras circunstancias se habría hecho sin más con los de Sutton, pero en esa ocasión no era posible: los perros de Sutton estaban muertos, al igual que el propio Sutton, toda su familia y todos los criados sometidos a contrato que no se habían alistado por orden de su amo a la milicia y no estaban en Bridgetown. Harold los había encontrado a todos degollados y bañados en su propia sangre. Posiblemente, en otras plantaciones había ocurrido algo semejante.

Esa vez los negros habían actuado con más inteligencia. No habían provocado ningún incendio, sino que habían matado con sigilo y en emboscada. Además, para sublevarse, habían elegido la única noche en que tenían la certeza de que las personas armadas de la isla no podrían ni atraparlos ni colgarlos: el fuego de artillería que la flota había disparado durante una hora había retenido a todos los hombres de la milicia en los bastiones, así como a todos los criados que habían sido dispensados del trabajo en el campo. Estos últimos habían recibido instrucción, se les había enseñado a disparar y habían sido agrupados en las barracas de la guarnición para que estuvieran dispuestos en caso de que al almirante de la flota parlamentaria se le ocurriera movilizar las tropas de desembarco. En consecuencia, en las plantaciones y en las aldeas solo se habían quedado muy pocos hombres con capacidad de defensa.

De hecho, la noche anterior en Rainbow Falls Harold había dado instrucciones a sus criados sometidos a contrato para que, si apreciaban en algo su vida, se mantuvieran juntos y se turnaran para hacer guardias. Les había explicado con todo lujo de detalles lo que los negros hacían a los blancos que encontraban desprevenidos. Aquella misma noche, él mismo había logrado escapar de una emboscada por muy poco. Había tenido suerte de llevar el arma lista frente a él en la silla de montar. Disparó contra uno y los otros dos desaparecieron como alma que llevara el diablo. Tuvo tiempo suficiente para volver a cargar el arma, pero durante el resto de la noche nadie más lo había molestado.

Sin embargo, la auténtica dimensión del motín de los esclavos aún no era evidente. Harold había oído decir que los huidos de Rainbow Falls posiblemente harían más peligrosos los bosques. Saltaba a la vista que la gente desconocía que no solo eran sus esclavos los que iban por la zona asesinando sino que eran muchos más en masa, y que pronto la mitad de la isla caería en sus manos. Los sublevados no tenían más que aguardar tranquilamente en su escondite hasta que los parlamentarios de Cromwell hubieran acabado con los hombres armados de Barbados. La imaginación de Harold no alcanzaba para saber si los negros tenían también un plan para el período siguiente. Sobre todo quedaba pendiente la cuestión de cómo pretendían acabar con los soldados de la armada inglesa en caso de que estos se quedaran en la isla.

Harold apartó una rama y una raíz aérea que obstruían el camino y regresó al lugar donde pendía el jirón de seda. Era la última pista que Anne había dejado. Reflexionó detenidamente y al final llegó a la conclusión de que la mujer solo había podido hacer una cosa: regresar a Summer Hill. Únicamente así se explicaba por qué su rastro acababa allí. Ella había vuelto sobre sus pasos y se había ocultado en su casa, posiblemente con la esperanza de que alguien acudiera pronto en su auxilio. Sin vacilar, él regresó a donde había dejado atado a su caballo. La encontraría. ¡Tenía que encontrarla! Antes de que ella se atreviera a salir de su escondite e intentara llegar hasta su hermano en Bridgetown. Harold no podía más que intuir los motivos por los cuales ella aún no lo había hecho; tal vez estaba herida o quizá tenía miedo de las bandas de asesinos negros que corrían por todas partes. Eso carecía de importancia para él. Lo único que contaba era que Anne Noringham no dijera nunca más una palabra a nadie. Solo entonces todo podría arreglarse. Harold se montó en la silla y se puso en marcha.

50

Elizabeth salió rápidamente a la galería del segundo piso al oír cascos de caballo.

—¡Oh, Dios mío! ¿Es Harold, tal vez? —exclamó Felicity asustada, con las dos manos en las mejillas. Estaba sentada en una de las cajas de viaje preparadas y no veía el momento de que llegara por fin la señal de la partida.

—No. Es Duncan.

Elizabeth vio que descabalgaba y ordenaba a uno de sus hombres que se encargara de Pearl.

—¡Gracias a Dios! —Felicity se levantó de un salto con alegría—. ¡Ya podemos marcharnos! Iré a despertar al pequeño. Hace rato que no habla de otra cosa más que de barcos.

Elizabeth se desanimó al ver la expresión sombría de Duncan. Se apresuró a bajar por la escalera para recibirlo en el vestíbulo.

—¿Cómo ha ido la reunión?

Él se quitó el jubón sudado y se desabrochó la camisa.

—Es difícil saberlo. En cualquier caso, no ha sido lo que se dice un éxito extraordinario. Va con ellos un tiquismiquis, del círculo de Cromwell. No sé hasta qué punto Ayscue puede influir en él. O al revés.

Duncan se avanzó a Elizabeth y entró en el patio. Elizabeth, irritada, lo siguió.

—Y ahora, ¿qué?

—Ahora es preciso que me asee. He sudado litros y litros, apesto y estoy muerto de sed.

—No. Quiero decir con las negociaciones.

—Tenemos que esperar. —Duncan se desató las hebillas de la canana y la dejó a un lado—. Nuestras condiciones están sobre la mesa y ahora son ellos los que tienen que mover ficha. Deliberarán al respecto y nos informarán.

—¿Y cuándo será eso?

—Ya se verá. En principio, el armisticio rige solo hasta la puesta de sol. —Se inclinó para aflojarse los cierres que llevaba su pantalón corto a la altura de la rodilla.

—¿Significa eso que, si no están de acuerdo, podría producirse una batalla?

—Eso parece. —Duncan se quitó la camisa y la arrojó sobre el banco—. Después de ver a ese tal Joseph Wilkes me parece que tenemos que estar preparados para cualquier cosa.

Elizabeth se notó la boca seca mientras contemplaba cómo a él se le marcaban los músculos del torso mientras se quitaba las botas.

—Así pues, ¿de momento no podemos hacer nada?

—Hay modos muy agradables de pasar el rato...

—¿Aquí? ¿En esta casa? ¡Ya puedes sacarte la idea de la cabeza! Harold podría venir en cualquier momento.

—No se atreverá. Si lo hace, lo mato.

—Parece como si lo dijeras en serio.

—A fe que sí. Protejo lo que me pertenece. Estoy en mi derecho.

—Pero ¡eso sería asesinato!

—Te olvidas de quién soy yo, Lizzie. Un filibustero no llega muy lejos si se anda con remilgos. Solo sobrevive el vencedor.

Se acercó a la fuente, se apoyó en el borde y puso la cabeza bajo el chorro de agua que salía a borbotones. Se lavó el pelo, la cara, las axilas y los brazos, bebió con avidez y finalmente se sacudió el agua de forma que a su alrededor las gotas levantaron una especie de neblina que captó los rayos del sol y dejó ver los colores del arco iris. Luego se volvió hacia Elizabeth. El pelo mojado le caía sobre la frente. La miró fijamente.

—Ven aquí.

De pronto, a ella le pareció como si tuviera que respirar dentro del agua. Una pesadez paralizante se apoderó de sus brazos y piernas.

—¿Qué quieres? —preguntó con dificultad.

Los ojos de él, tan intensamente azules, brillaron.

—A ti.

Elizabeth se apoyó contra la columna junto a la que estaba porque le pareció que las rodillas le cedían. Sabía que, en cuanto Duncan la tocara, estaría perdida. Se sentía tan inundada por el deseo que se echaría a temblar en cuanto él la mirase. Rápidamente negó con la cabeza.

—No. No puedo.

Él sonrió.

—¿Qué es lo que no puedes?

—Bueno... Eso que quieres. —Elizabeth tragó saliva—. Duncan, yo... No, no es posible. Aquí no. Es la casa de Harold. Estaría... mal.

Para su asombro, él asintió.

—Tienes razón. De hecho yo solo quería abrazarte. Bueno, y tal vez darte un beso... Es igual, salgamos a caballo. Vayamos a donde estuvimos hace poco. Tengo que mirar una cosa allí y tú puedes ayudarme. Aún nos queda tiempo antes de que se ponga el sol.

Se sentó en el borde de la fuente y se limpió los pies; luego se puso la camisa y las botas, y se acercó a Elizabeth. Ella había recuperado la compostura; se sentía muy boba por perder tan fácilmente la cabeza por él y por creerse prácticamente incapaz de hacer frente a su poder de atracción mientras Duncan, en cambio, se mantenía totalmente controlado. Sin embargo, cuando él se inclinó y le besó la punta de la nariz, ella se percató de que la arteria del cuello le palpitaba y supo que su calma era ficticia. Con una sonrisa suave en los labios corrió escaleras arriba para decir a Felicity que salía a cabalgar.

51

Antes de dirigirse a caballo hasta Summer Hill, Harold se pasó por Rainbow Falls para comprobar cómo iba todo. Para su alivio, las cosas seguían el curso habitual. El día anterior habían escapado dos criados sometidos a contrato y dos esclavos nuevos, pero él había contado con pérdidas mayores. El resto seguía trabajando duramente en los campos bajo la vigilancia del nuevo capataz mientras dos hombres montaban guardia ante la posibilidad de que apareciesen los esclavos rebeldes. En la barraca que hacía de cocina Rose preparaba el almuerzo y, tal como él había ordenado, unos cuantos mozos habían empezado a poner los fundamentos del nuevo molino de azúcar.

Después de inspeccionarlo todo Harold volvió a marcharse. Recorrió la plantación de los Noringham y examinó hasta el último rincón. Todo estaba igual que la última ocasión en que había estado allí. En la cabaña del capataz los cadáveres, que entretanto se habían abotagado por el calor, habían empezado a heder y estaban cubiertos de moscas azules tornasoladas. También Harriet yacía en la galería exterior tal como había caído, con los ojos vidriosos y blanquecinos a causa de la incipiente descomposición.

El cadáver de la criada irlandesa se encontraba intacto en la escalera; sin embargo, la costurera que había matado en el dormitorio de Anne había desaparecido. Con la respiración entrecortada, Harold sacó el puñal y escudriñó con sigilo todas las habitaciones. Cuando por fin la encontró dejó salir lentamente el aire que había contenido hasta entonces. La muchacha, con las últimas fuerzas que le quedaban, se había arrastrado hasta la sala de costura del final del pasillo y se había ocultado detrás de una canasta de ropa. Seguramente había permanecido con vida bastante tiempo porque apenas se le notaba el hedor de la putrefacción.

—¡Anne! —gritó con la voz disimulada—. ¡Anne! ¿Dónde estás?

Intentó adoptar un tono de voz desesperado, imaginando el modo en que la llamaría su hermano. Al cabo de un rato, aquello le resultó más fácil porque, si no la encontraba pronto, sería fatal para sus planes. Sin embargo, al final perdió la paciencia y estalló en gritos.

—¡Mal bicho! ¡Sal de ahí! ¡Voy a acabar contigo!

Una voz le respondió detrás de la canasta de ropa.

—Harold, has hecho cosas terribles.

Él dio un respingo y gritó, asustado. La costurera se había alzado del suelo y estaba delante de él, con el vestido empapado de sangre por delante y cubierto por completo de moscas gruesas de color azul oscuro, que también le salían por la boca, si bien eso no parecía inquietarla en absoluto.

—Harold, ¿no temes ir al infierno?

Los ojos de ella eran como dos brasas negras y sin vida; su sonrisa, en cambio, tenía una apariencia espeluznantemente viva pues cuando hablaba le brotaban de los labios cada vez más moscas. Lo sabía todo de él: todas sus infamias, todas sus muertes, todos sus pensamientos impuros.

—¿Y todo eso solo porque la quieres para ti? —le preguntó la mujer de los ojos negros—. ¿Crees que ella te amará tal como eres? ¿Te figuras acaso que alguien en este mundo puede amarte a ti?

Harold se echó a gritar para no escuchar aquellas palabras, se tapó los oídos y, como ella no paraba de hablar, sacó el puñal y la degolló para acallarla. Entonces se dio cuenta de que, en realidad, había acuchillado al maniquí de costura. El cadáver de la fallecida yacía en el suelo, igual que antes. Notó que las moscas le hacían cosquillas en las manos, le revoloteaban en torno a la cabeza y querían meterse en su boca. Aunque Harold gritó varias veces no logró ahuyentarlas. Desesperado, arremetió contra ellas, atrapándolas y matándolas una a una. Pero había muchas, demasiadas, y algunas lograron escapar. Salió a gatas al pasillo para atraparlas, no debía permitir que huyeran. Eso podía tener consecuencias tremendas.

En algún lugar de la planta de abajo oyó ruidos, como de pasos; sin embargo, esa vez no estaba dispuesto a que le tomaran el pelo. Primero tenía que ocuparse de las moscas. Luego ya se vería.

52

—Y esta, ¿de qué es? —preguntó Elizabeth.

Estaba recostada en brazos de Duncan, con la cabeza hundida en su pecho, y le contaba las cicatrices. Había descubierto una larga e irregular peligrosamente cerca de la ingle y que todavía no estaba tan difuminada como el resto.

—Del capitán del último botín. Luchó como un león y me dejó este recuerdo.

—Pero tú le ganaste —constató ella.

—De lo contrario, no estaría aquí tan contento —admitió él, divertido.

—¿Lo mataste?

—No me quedó otro remedio.

—¿Y qué sentiste entonces?

—¿En el momento en que ocurrió? Una sensación victoriosa. Era preso del delirio del triunfo. En esos momentos no piensas en nada. La sangre te bulle en las venas, te sientes como un gigante y golpeas y apuñalas a cuanto se interpone en tu camino. Entonces todo es cuestión de quitar la vida o de perderla. A causa de esta herida que ves aquí estuve a punto de morir desangrado, pero solo me di cuenta de eso cuando hube derribado a todos los adversarios que tenía delante.

Elizabeth se estremeció. Sin percatarse, apretó la yema de los dedos en la cicatriz. Duncan le tomó de la mano y se la apretó suavemente.

—Luego, cuando todo ha pasado ya y has obtenido la presa, empiezas a reflexionar. La razón se impone y, con ella, la pena por haber tenido que llegar tan lejos. La mayoría arría las velas de inmediato, a menudo incluso antes del primer disparo. Saben que así no les pasará gran cosa. Excepto por la pérdida de la carga, no sufren ningún daño y pueden hacer escala en el siguiente puerto o seguir hasta su destino. Sin embargo, los hay también que disparan primero. Y los que luchan hasta el final, aun cuando saben que es inútil.

—¿Qué harías tú? —preguntó Elizabeth mientras acariciaba con el dedo otra cicatriz que recorría en línea curva el muslo de Duncan y le rodeaba la rodilla—. ¿Seguirías luchando a pesar de que fuera inútil?

Él contrajo un poco la pierna, porque sentía cosquillas.

—Pararía en el momento oportuno. —La tomó de la mano, se la acercó a los labios y le besó las puntas de los dedos—. Y ahora dejarás de examinarme las cicatrices porque no vas a acabar nunca.

—No vas a librarte tan fácilmente. ¿Cómo te hiciste esta cicatriz de la rodilla?

Duncan suspiró, dándose por vencido.

—Es muy antigua, de cuando aún era grumete. En una ocasión me quedé dormido en el puesto de vigía y, como no era la primera tontería que cometía estando de guardia, me castigaron a pasar por la quilla.* Tuve suerte y solo sufrí heridas en las piernas a causa de los moluscos del casco del barco. De hecho, había visto a otros a los que sacaban muertos del agua. El maestro de velas me cosió con los puntos más finos y durante tres días enteros me dejaron permanecer en el camarote con una gran botella de ron.

Elizabeth se estremeció de nuevo ante la indiferencia con la que Duncan hablaba de esas cosas, pues a veces aquella actitud lo hacía parecer rudo y carente de escrúpulos. Sin embargo, ella estaba dispuesta a jurar que en realidad él era una persona llena de bondad y amor: tan solo se le tenía que dar la ocasión de poner fin a su antigua vida y empezar una nueva. Ella estaba completamente convencida de que lo lograría junto a ella y a Jonathan. De todos modos, aún no habían hablado mucho sobre su futuro en común. Elizabeth se daba cuenta de que a él ese tema le disgustaba un poco; por lo menos, cuando la conversación tomaba ese derrotero él siempre cambiaba de tema. Decía que antes era preciso aclarar lo demás. Al parecer, en ese momento, la invasión de la flota inglesa era la mayor de sus preocupaciones. Elizabeth, por su parte, imaginaba escenas atroces de lo que Harold haría en cuanto supiera que ella iba a abandonar la isla con Duncan. Después de hacer el amor, había cerrado los ojos y se había quedado traspuesta; había soñado que Harold se inclinaba sobre ella empuñando un pu-

* Castigo consistente en atar a alguien a una cuerda y hacerlo pasar por debajo de la quilla del barco bajo el agua. *(N. de la T.)*

ñal ensangrentado y que le susurraba: «Ahora vamos a poner fin a este juego».

Entonces en sueños vio a Akin convertido en una sombra negra ante la cortina henchida por la brisa. «El día ha llegado.» Aunque Akin hablaba, la voz que se oía no era la de él sino la suya propia, que sonaba en lo más profundo de su cabeza. «La tempestad propagará el fuego, y la tierra quedará anegada en sangre.» Entonces se había incorporado, sobresaltada y con la respiración entrecortada, hasta que se había dado cuenta de que estaba a salvo y protegida entre los brazos de Duncan y que lo había soñado todo. Él también se había despertado y la había besado, y se habían vuelto a amar. Tumbados sobre la arena cálida, con la espuma de las olas acariciándoles los pies, se fundieron en un estrecho abrazo llevados por una pasión ciega, mientras las olas acallaban sus gemidos de placer. Después él le había dicho por primera vez que la amaba.

Elizabeth debería haberse sentido muy dichosa por ello —y, en cierto sentido, así fue—, pero eso no había logrado aplacar su temor por lo que estaba por llegar. De hecho, la contemplación de las cicatrices en el cuerpo de Duncan tampoco la animó, más bien al contrario. Cuanto más cosas descubría sobre él, más triste se sentía: Duncan tenía la espalda cubierta de cicatrices a causa de los numerosos azotes sufridos cuando era grumete. Debajo de la oreja presentaba una muesca roja y de aspecto desagradable porque, en una ocasión, en un combate en alta mar, un bucanero había intentado abrirle la garganta. En la nalga derecha tenía un orificio dentado del tamaño de un chelín; un amotinado bebido le había clavado ahí un cabillero aunque, en realidad, su intención era clavárselo en la espalda. Todo eso demostraba las veces que Duncan había escapado de la muerte.

Él se dio cuenta de su aflicción.

—Hablemos, para variar, de tus cicatrices. Por ejemplo,

¿cómo te hiciste esta? —Le señaló una línea blanca que tenía en el tobillo derecho.

—Me caí del caballo —dijo ella.

—¿Y esta de la pantorrilla?

—Me caí del caballo.

—¿Y esta de aquí, en el codo?

—Me caí del caballo.

Él se inclinó sobre ella y la examinó atentamente.

—Ya no tienes más cicatrices, ¿verdad?

—Sí, pero fueron por otra caída, mucho más profunda. —Ella señaló unas finas marcas nacaradas debajo del ombligo—. Estas aún no las habías visto.

—Ya sé de qué son —dijo él—. Es de cuando llevaste dentro a mi hijo.

—¿No te parecen feas?

Él se echó a reír.

—¡Qué pregunta más tonta! ¡Las adoro! Y espero que pronto tengas más.

—¿De verdad?

—A fe que sí. ¿Y a ti qué te parece? ¿Te gustaría tener más hijos?

—Me parece que esa decisión ya no la puedo tomar —respondió ella sin más—. Vuelvo a estar encinta.

Duncan se quedó paralizado.

—¿Estás segura?

En cuanto Elizabeth hubo asentido, él casi la ahogó con besos de entusiasmo. Pero luego se detuvo, muy preocupado.

—No vas a galopar más —declaró de forma categórica—. Y en cuanto encontremos un vicario que esté medianamente sobrio nos casaremos.

Corroboró esa promesa con otro beso.

—Dime, ¿para qué necesitabas mi ayuda aquí? —preguntó Elizabeth.

—Ah, eso. —Duncan se encogió de hombros—. Me gustaría saber una cosa del fondo marino de la zona. Todo lo que hay que saber sobre la navegabilidad de esta parte de la bahía. Pero olvídalo. No vas a sumergirte más.

Ella lo miró esperanzada.

—¿Se trata de cosas como la profundidad del agua y la presencia de corales? Para eso no necesito sumergirme, te lo puedo decir sin más, porque he venido muchas veces a nadar por aquí.

Mientras se vestían, ella le explicó dónde había bancos de corales, dónde se encontraban los bajíos rocosos y en qué puntos el fondo marino era arenoso y muy profundo. Duncan la escuchó atentamente; sin embargo, cuando ella quiso saber por qué le interesaba eso, él se limitó a decirle de mala gana:

—Puede que tenga que compensar a Ayscue indicándole una zona de desembarco tranquila. Y eso solo puedo hacerlo con esos datos.

—¿Pretendes decir al almirante dónde anclar sus barcos lo suficientemente cerca de la costa para poder llevar las tropas a tierra sin que sean el blanco de la artillería? —La voz de Elizabeth era glacial, y su tono, algo despectivo—. ¿Pretendes así traicionar una buena causa y salvar tu maldito barco?

Duncan se echó a reír y eso aún la encolerizó más.

—¿De qué te ríes ahora? —preguntó ella, indignada.

Él la miró, imperturbable.

—Querida, aquí no caben arrebatos patrióticos. «Libertad para Barbados»: este planteamiento, en teoría, tan idealista en realidad consiste solo en una única libertad, la de los terratenientes ricos. Su libertad para acumular aún más riqueza, para vejar hasta la muerte a negros y a irlandeses, para arar más tierra y para hacerse aún con más superficie para cultivar más azúcar. —Duncan enarcó las cejas con una mueca de sarcasmo—. La única persona a lo largo y ancho de la isla que podría dar un aspecto más honorable a los intereses del Consejo es ese joven y gallardo lord. Supongo que cuando hablas de traición a la buena causa solo te refieres a él. —Había pronunciado esas últimas palabras como una afirmación, no como una pregunta, lo que provocó la indignación de Elizabeth.

—¡William es una persona intachable y decente! ¡Jamás haría algo insidioso o con mala intención!

—A diferencia de mí, supongo. —Él se echó a reír de nuevo, aunque esa vez con cierto deje de amargura—. Lizzie, despierta. Ese caballero noble que tanto te gustaría ver en mí no existe.

Ella fue a interrumpirle, casi le habría gritado si no fuera porque reparó en la inseguridad que había en sus ojos y supo la verdad. Él temía por ella, por Jonathan y por el hijo que ella llevaba en el vientre. Estaba dispuesto a hacer cualquier cosa por sacarlos sanos y salvos de la isla, daba igual si para ello tenía que cometer traición u otras vilezas. No se trataba tanto del *Elise* como de ella y de Johnny. Tras inspirar profundamente, forzó una sonrisa conciliadora.

—Está bien —dijo con dulzura. La miró con enfado, sin entender por qué ella se le acercaba y lo abrazaba—. Lo siento.

Duncan estaba tenso y, al notar sus brazos alrededor, aún se puso más rígido; pero finalmente cedió y correspondió a Elizabeth. Permanecieron un buen rato en silencio, abrazándose con fuerza, como queriendo asegurarse el uno al otro que hacían lo correcto y que todo saldría bien. A continuación se dirigieron hacia los caballos, a los cuales habían atado a una palmera algo más tierra adentro, Pearl y el viejo caballo castrado que Robert montaba en sus tiempos y luego, hasta su desaparición, Deirdre. Por cierto: Deirdre... ¿Cómo estaría? Elizabeth se habría encargado de buena gana de que la irlandesa pudiera salir indemne de la isla, pero mientras no supiera dónde se escondía la muchacha, no podía hacer nada. Duncan montó en el caballo y llevó al castrado en dirección al camino de la costa. Unos pasos después, se detuvo y se quedó mirando el mar.

—Aguarda un momento —pidió a Elizabeth.

—¿Qué ocurre? —preguntó la joven, que cabalgaba tras él.

Duncan sacó el catalejo de la alforja y contempló el oleaje. Se quedó un rato allí, mirando atentamente, como si hubiera algo más que unas olas abatiéndose en una monotonía eterna.

—Ese mar de fondo no me gusta nada.

—¿Qué pasa? —insistió Elizabeth. Tiró de las riendas de Pearl, que se agitaba nerviosa—. A mí me parece como siempre.

Duncan negó con la cabeza.

—El oleaje es distinto. Vamos a tener temporal. Mañana, como muy tarde.

—En esta época del año siempre hay tormentas aquí —repuso ella.

—Lo sé. Pero esta será muy intensa.

Elizabeth miró un tanto incrédula el mar, que apenas se movía, y luego levantó la vista hacia el cielo, de un agradable color azul y que al oeste, en el horizonte, el sol de la tarde teñía de rojo.

—¿Quieres decir como aquella vez durante la travesía en barco? ¿Un huracán?

Duncan asintió. Pearl estaba cada vez más nerviosa. Iba a un lado y al otro y levantaba la cabeza. Cuando Elizabeth se preguntaba si la yegua, como Duncan, también tenía premoniciones parecidas, vio asomar unas siluetas no muy lejos de la plantación abandonada, en el linde de un bosque.

—Fíjate —dijo.

Duncan dirigió el catalejo hacia allí y lo bajó inmediatamente.

—¡Tenemos que marcharnos de aquí ahora mismo! —exclamó.

Al instante, propinó un golpe en el flanco trasero de Pearl y clavó los tacones en su caballo castrado. Elizabeth reparó de inmediato en el motivo de esa urgencia. Unos hombres se les acercaban a toda prisa mientras dejaban oír voces de lucha y barrándoles el paso. Eran ocho: cinco negros y tres blancos, todos ellos armados con machetes, lanzas y pistolas. Un blanco llevaba un mosquetón y, cuando estaba a poco más de veinticinco metros de ellos, se arrodilló y apuntó cuidadosamente.

—¡Agáchate! —gritó Duncan.

Elizabeth obedeció sin pensar y, al instante siguiente, se oyó el disparo. La bala pasó muy cerca de las orejas de Pearl, hendiendo el aire con un siseo por donde un instante atrás Elizabeth tenía la cabeza. Observó de reojo que Duncan, que estaba en diagonal detrás de ella, se había inclinado peligrosamente a un lado de la silla y utilizaba el caballo a modo de escudo entre él y su adversario. De repente se alzó con la pistola dispuesta para disparar. Su tiro, sin embargo, no dio al hombre del mosquetón, cuya arma era inútil tras el disparo, sino a un negro. El arma con que este los apuntaba cayó al suelo mientras él se desplomaba entre gritos, girando sobre sí mismo en una lluvia de sangre.

—¡Cuidado! —gritó Elizabeth, que en ese momento estaba detrás.

Duncan se había interpuesto entre ella y los agresores, que ya estaban a punto de llegar a su altura. Uno de ellos, que sostenía ante sí una lanza y parecía dispuesto a arrojarla, enseñaba los dientes con una sonrisa salvaje. Duncan dejó caer la pistola, sacó el puñal y lo arrojó al aire con el brazo extendido, en un gesto único y ágil. El filo atravesó el cuello del hombre y, mientras ellos pasaban a su lado a caballo, él cayó de rodillas escupiendo sangre. Entretanto, uno de los blancos intentó detenerlos. Saltó directamente delante de Pearl en medio del camino y le quitó las riendas a Elizabeth. Ella contempló su expresión feroz cuando él la amenazó con el machete. Sin embargo, el arma nunca llegó a su objetivo. Como salido de la nada, un objeto pasó silbando a toda velocidad por encima del hombro de ella y se clavó en la frente del agresor. Mientras seguían avanzando, Elizabeth vio que se trataba del hacha de Duncan. Para entonces ya habían rebasado el grupo de hombres y se alejaban de ellos a galope tendido. Aunque aún les silbaron cerca del oído dos o tres disparos, ya no llegaron a darles.

Durante un buen rato, galoparon a toda velocidad por el camino de la costa. Luego detuvieron los caballos. Elizabeth desmontó y se inclinó al borde del camino para vomitar una y otra vez. Se encontraba muy mal, y no podía parar de devolver, a pesar de que ya había sacado todo el contenido de su estómago. Duncan la asió por los hombros.

—¿Estás herida? —preguntó, nervioso.

Ella negó con la cabeza sin decir nada, inspiró profundamente y se limpió la boca. Estaba muy impresionada y no se hallaba en disposición de pensar con claridad. Duncan la abrazó y la apretó contra él, y solo cuando ella notó los latidos de su corazón en la mejilla volvió a sentirse a salvo. Se daba cuenta de que ambos habían sobrevivido gracias a la determinación de él y a su habilidad para pelear. Ella aún llevaba esa estúpida daga en el liguero pero, al encontrarse en peligro, había sido incapaz de pensar siquiera en esa cosa, y menos aún en usarla. Duncan, en cambio, había utilizado sin vacilar prácticamente todo su arsenal, incluso el hacha que llevaba en las alforjas. En pocos instantes había matado tres hombres como si durante años no hubiera hecho otra cosa.

Lo cierto era que no había hecho otra cosa durante años. Elizabeth reparó de pronto en que debía su vida precisamente a la cualidad de él que siempre había detestado: su intransigente disposición para matar. Ya fuera a causa de aquella conclusión devastadora o porque la tensión había remitido, el caso era que Elizabeth estalló en lágrimas y le costó mucho tranquilizarse, a pesar de que Duncan la asía con paciencia y le murmuraba palabras de consuelo.

—Tenemos que regresar a Bridgetown —dijo él al cabo de un rato—. Pronto se pondrá el sol.

Elizabeth recobró la compostura.

—Lo siento. De hecho, odio esa llorera. Es que... —Ella negó con la cabeza, incapaz de encontrar palabras para explicarse. Se secó los ojos con una punta de su vestido y suspiró temblorosa—. Te agradezco mucho que me hayas salvado. —Lo dijo desde lo más profundo de su alma, y se juró a sí misma no recriminarle jamás aquel lado oscuro de su persona, ni en palabras, ni de pensamiento.

Duncan ya estaba centrado en otros problemas; aquel incidente no parecía haberlo inquietado mucho.

—Llevaban armas y pistolas —dijo reflexivamente y como para sí mismo mientras seguían cabalgando el uno junto al otro en dirección oeste—. Y sabían manejarlas.

—Seguramente eran algunos de los esclavos y criados sometidos a contrato que huyeron de Rainbow Falls. Se dice que los sublevados crean inseguridad en la zona, sobre todo en el norte, con asaltos por sorpresa.

Duncan frunció el entrecejo.

—Aquí hay algo más. Puede que no solo nos amenacen sorpresas desagradables por parte de la flota inglesa. Eso no era solo chusma dispersa en una incursión hostil. Han actuado como un pelotón de asalto, como una especie de vanguardia, bien coordinada y planificada.

—¿Cómo te has dado cuenta?

—Es cuestión de experiencia. Resulta difícil de explicar. Es como eso del mar de fondo. Yo puedo adivinar los indicios de un temporal cuando los veo. —Apresuró un poco el paso del caballo castrado—. Me parece que esta noche será decisiva.

Con esas palabras en la cabeza, Elizabeth lo siguió a trote intenso. «Una noche decisiva. Indicios de tempestad...» ¡La tormenta! Se acordó entonces de que había soñado con ello y, de pronto, también ella la percibió agazapada detrás del horizonte.

Duncan condujo a Elizabeth a Dunmore Hall lo más directa y rápidamente posible. Le pidió papel para escribir y garabateó un mensaje que dobló y entregó a uno de sus hombres. Confidencialmente, le dio instrucciones precisas sobre qué hacer con ella; luego el hombre salió corriendo a toda prisa en dirección al puerto. A los otros tres, Duncan les ordenó defender la entrada con la máxima determinación. Ordenó que si Harold Dunmore iba allí, lo mataran del modo más discreto posible y que hicieran desaparecer su cadáver. A Duncan no se le escapó que Elizabeth se estremecía al oír esas palabras, igual que sabía que, en otras cuestiones, ella lo tenía por un canalla sanguinario. Sin embargo, aquel no era el momento de andarse con esas consideraciones. Aquello no era el plácido Raleigh Manor, donde ella se había criado protegida de la realidad sangrienta del resto del mundo y sin conocer jamás el hambre o la miseria. No cabía duda de que los reveses del destino que había sufrido, como la pérdida de su madre y de sus hermanos, y últimamente también de su padre, la habían afectado en grado sumo, pero nunca había tenido que luchar por su vida. Ni tampoco contra alguien como Harold Dunmore. Desde hacía un tiempo, Duncan albergaba una sospecha atroz. Todavía no había hablado de ello con Elizabeth —de todas maneras, ella no habría querido volver a oír nada de eso—, pero él pensaba andarse con el doble de tiento, y no toleraría que nadie se entrometiera.

El viento se volvió más frío mientras Duncan prosiguió a caballo hasta la ciudad. Aunque ya contaba con ello, no por esa razón su preocupación era menor. Al llegar a Bridgetown, sus temores sobre la sublevación se vieron confirmados: la noticia de que en casi todas las parroquias habían huido cientos de esclavos y criados sometidos a contrato corría como una bola de fuego. Cuando no se escondían, los sublevados actuaban contra sus propietarios con una crueldad extrema. Uno por uno, los terratenientes que se habían negado a unirse a la milicia junto con sus hombres y que se habían quedado en sus tierras habían pagado su celo por la hacienda con su vida. Poco a poco iban trascendiendo más detalles sobre las atrocidades. En el curso del día habían ido llegando a Bridgetown gentes que habían podido escapar de las matanzas, entre ellas algunos terratenientes con sus familias, así como esclavos fieles y trabajadores que habían preferido su condición de sometidos a contrato a la vida incierta en libertad. Hablaban de grupos muy bien armados, casi militares, que no solo sembraban el pánico y el terror en las plantaciones sino también en muchas localidades pequeñas. Se decía que en una aldea una banda de negros y de criados sometidos a contrato habían juntado a todas las personas y los animales que vivían allí, y al parecer los que se habían rebelado habían sido matados a cuchillo.

Entre esa multitud agitada, Duncan buscó con la vista a William Noringham. Al no verlo en ningún sitio, preguntó por él a Eugene Winston, quien le informó de que Noringham se había marchado hacía ya una hora.

—Unas gentes de Holetown han hablado con él y le han dicho que hoy habían pasado por Summer Hill y que habían encontrado a su madre muerta así como un montón más de cadáveres. Él lo ha dejado todo en el acto y se ha ido hacia allí. Yo ya le he preguntado a qué venía ahora eso, cuando estamos tan cerca de la guerra. Si en su casa, en la plantación, están todos muertos, ¿a quién pretende salvar? —Eugene se encogió de hombros, indignado—. Él me ha amenazado con pegarme. ¡A mí! ¡Yo que por nuestra libertad empeño hasta la última gota de mi sangre!

A Duncan se le agotó la paciencia.

—¡Pues yo no quiero ser menos que él! ¡Os debo una!

—¿Qué queréis decir con ello? —preguntó Eugene con auténtica indignación. Sin embargo, no aguardó a recibir la respuesta y se dio la vuelta—. Tengo que marcharme. Por mí, podéis seguir hablando con quien os plazca.

Duncan extendió la mano y agarró a Eugene del brazo.

—¿Qué planes estáis tramando? —inquirió con una amabilidad fingida—. ¿Acaso queréis hacer llegar un mensaje a Ayscue prometiendo entregarle a vuestro tío? —Levantó la mano y tiró con fuerza de la chorrera de Eugene—. ¿Tenéis la esperanza de que yendo así vestido obtendréis un cargo noble, del cual estáis convencido que os queda mejor a vos que a él? —Le asió la chorrera y se la retorció con un tirón fuerte.

Eugene estaba muy sonrojado, y miró rápidamente a su alrededor, a todas luces temeroso de que alguien hubiera podido oír esos reproches. Iba a arreglarse la ropa y a negarlo todo, pero Duncan se lo impidió acariciándole la mejilla en un gesto de amistad fingida.

—Aún os quedan muchos años antes de que tengáis ni la mitad del entendimiento que hace falta para un cargo así. Tal vez es mejor que os paséis un rato por Chez Claire y os entretengáis hasta que todo haya pasado. Jugad un poco a los dados, o bebed ron o retozad con Claire entre las almohadas... Quizá así no cometeréis ningún error. —Sacudió la cabeza con un esbozo de sonrisa—. O, mejor dicho, ninguno peor que los que yo he cometido.

Dicho eso, se dio la vuelta y dejó a Eugene.

53

Deirdre volvió la cabeza a un lado cuando los hombres regresaron al campamento. Le costaba mucho soportar verles los rostros salvajes, los gestos agresivos y la sangre de sus asesinatos aún pegada en el cuerpo. Estaban envueltos por un aura de violencia. Sus voces airadas indicaban que esa vez no todo había ido de forma totalmente satisfactoria. Aunque Deirdre no oyó todo lo que contaron a su cabecilla, al parecer de camino a Bridgetown se habían topado con unas personas que, tras una encarnizada defensa, habían matado a dos del grupo y habían dejado a otro gravemente herido, al cual habían tenido que abandonar porque les habría demorado la retirada.

Akin, el gigantesco yoruba negro que dirigía a todos los sublevados de la zona, recibió la noticia con indiferencia. Dijo a los hombres que eso ya no tenía importancia. La gran batalla estaba próxima, en todos los frentes. Era solo cuestión de tiempo que llegaran los primeros hombres armados.

Por la tranquilidad con que él hablaba, Deirdre dedujo que ya hacía rato que lo sabía. Tal vez guardaba relación con el ruido de los tambores que hacía poco habían empezado a sonar después de permanecer silenciosos durante dos días. Ese retumbo sordo parecía llegar de nuevo de todas partes, subiendo y bajando, una y otra vez, como si fuera el grito hipnótico de un extraño ser. Para los hombres blancos que había entre los huidos era magia diabólica. Al anciano que siempre estaba junto a Akin lo llamaban hechicero; si de ellos dependiera, les habría gustado verlo muerto pues les resultaba inquietante presenciar cómo se arrojaba a los pies entre murmullos la cadena de conchas para luego contemplarla fijamente.

De hecho, ya había una serie de criados sometidos a contrato que se había separado del resto de los sublevados. Habían partido hacia el norte, donde pretendían hacerse violentamente con un bote y huir a una de las islas vecinas. Tal como uno de ellos había contado a Deirdre, si los pillaban con los negros, acabarían compartiendo el destino de todos ellos, que no era otro que ser carne de horca. Tan seguro como el amén en la misa.

Deirdre bajó la mirada al rosario que tenía entre los dedos.

—*Ave Maria* —rezó en un susurro, con los pulgares y los dedos índices posados en una diminuta y caliente perla—. *Gratia plena, Dominus tecum, benedicta tu in mulieribus, et benedictus fructus ventris tui, Jesus.*

Una sombra se cernió sobre ella.

—Vaya, vaya, muñequita linda —dijo el escocés, un tipo grandote y grosero con cicatrices de viruela y una sonrisa lasciva que la asustó—, ¿no dedicarías tal vez una pequeña oración a este pobre guerrero herido?

Con un quejido fingido, le mostró el brazo, que, en efecto, había sido atravesado por una bala. La herida, solo vendada de forma provisional, tenía realmente mal aspecto, pero no parecía que eso importara mucho al hombre. Igual que tantos otros criados sometidos a contrato que habían huido, era muy fuerte, un deportado condenado a trabajos forzados. El viento, que en las últimas horas había arreciado, llevó a Deirdre su hedor: una mezcla repugnante de sudor y de la grasa apestosa con la que aquel escocés se refregaba el cuerpo para protegerse de los mosquitos.

—*Sancta Maria.* —Ella se apresuró a continuar rezando—. *Mater Dei, ora pro nobis peccatoribus, nunc et in hora mortis nostrae. Amen.*

Deirdre se santiguó y fue a levantarse de la piedra donde estaba sentada, pero el escocés le posó su mano pesada en el hombro.

—¿Adónde vas, muñequita linda? ¿No íbamos a rezar un ratito los dos juntos?

—Déjala en paz, hombre.

Uno de los irlandeses apareció detrás del escocés. Se llamaba Ian. Él, igual que Deirdre, había trabajado para los Dunmore.

—Ya ves que no está interesada en ti.

—¿Y tú cómo lo sabes, mocoso?

El escocés irguió la espalda con ganas de armarla frente al joven irlandés, claramente más débil.

—¡Nada de peleas! —exclamó Akin.

Este se levantó del tronco de árbol tumbado en el que había estado sentado. Su rostro, oscuro como el ébano y con las mejillas cubiertas de cicatrices, tenía una expresión impenetrable. Su poderoso pecho desnudo brillaba bajo la luz de los últimos rayos de sol. Tenía la mano derecha posada en la empuñadura de su machete con el cual, tal como el escocés había visto con sus propios ojos, era capaz de matar en pocos segundos a varios hombres, con independencia de cómo fueran armados. Akin era rápido y ágil como un depredador, y podía hacer cosas con el machete que nadie antes había visto. Nadie se atrevía a contradecirle. Si alguien se negaba a obedecerle, tenía que marcharse, y además al momento, pues de lo contrario estaba condenado a morir ya que los yoruba no toleraban a ningún renegado entre sus filas. Quien se sometía a su dios sanguinario tenía que seguirlo hasta la muerte.

El escocés escupió con desdén, pero se retiró con una expresión de enojo tremendo. Al darse cuenta de que el viejo Abass, que estaba sentado en el suelo a cierta distancia de allí, lo miraba de un modo impenetrable, hizo la señal contra el mal de ojo de forma ostensible y visible para todos.

Deirdre se esforzó por no hacer más caso de aquel hombre y, en vez de ello, sonrió a Ian con alivio y agradecimiento. Se sintió aún más tranquila cuando en ese instante apareció de nuevo por fin el padre Edmond. Este se percató de inmediato de que había habido pelea y dirigió miradas de preocupación a todos lados; sin embargo, para entonces los hombres ya se habían separado y se acomodaban en torno al fuego del campamento en el que se estaban asando un par de piezas de un jabalí que habían matado hacía poco. Era, tal vez, su última comida tranquila en mucho tiempo. O, incluso la última de su vida, pues todos sabían que aquella noche lucharían y que esa vez se las verían con adversarios armados, bien dispuestos y decididos a todo. Había quien pensaba que era mejor mantenerse ocultos y conseguir más partidarios, pero Akin había dicho que la espera había llegado a su fin para siempre.

«Cuando termine la gran tempestad todo habrá pasado y la lucha se habrá decidido de forma definitiva», había dicho aquella misma mañana. Todos habían tenido que aceptar ese mensaje tan críptico. Se decía que el viejo Abass lo había predicho.

Deirdre odiaba pensar que de nuevo se produciría un baño de sangre. También había hablado de ello con Edmond, que estaba de todo menos contento ante el curso que tomaban los acontecimientos. Sin embargo, él tampoco sabía cómo cambiarlo. Estaba seguro de que si intentara influir en Akin o en los demás hombres para aplacar los ánimos con el consejo cristiano de ofrecer la otra mejilla a los adversarios, no obtendría más que carcajadas de burla. Por lo tanto, ni siquiera lo había intentado. Aquellos hombres solo querían su libertad, y mataban a cualquiera que se interpusiera entre ellos y su objetivo. Lo que más molestaba al sosegado Edmond era que aquellos hombres hubieran desplegado su campamento precisamente al lado de su capilla. Cuando, en el año anterior, se había retirado al bosque, había buscado uno de los sitios más seguros y menos accesibles de la jungla para levantar allí la iglesia, oculta en las colinas agrestes del interior y muy lejos del poblado más cercano. El campamento improvisado que tenía allí se había convertido luego en lugar de amparo para unos pocos huidos iniciados. Los oprimidos y los perseguidos por la justicia habían encontrado en él protección y, a la vez, el consuelo de Dios por medio de uno de Sus siervos. Ahora, aquel remanso tranquilo de paz se había convertido en un polvorín que podía estallar en cualquier momento.

Deirdre indicó a Edmond con la mirada que quería hablar con él. Al rato, ella se alejó del campamento y lo esperó junto al borde del barranco cercano. Cuando su silueta larguirucha asomó detrás de uno de los enormes árboles gigantescos y se aproximó a ella, inspiró profundamente. De pronto, el corazón se le agitó con fuerza y Deirdre se preguntó si ese nerviosismo estaba solo motivado por la astuta propuesta que ella quería hacerle, o si tal vez era porque al verlo sentía una atracción sensual contra la que ella no podía hacer nada, por mucho que rezara. Sabía que no debía provocarlo con su feminidad, pues Edmond era un hombre de Dios, pero necesitaba que la viera como a una mujer. A veces a Deirdre le parecía que él lo hacía, pero cuando ella entonces lo buscaba con su mirada inquieta, él apartaba la vista hacia otro lado.

—Deirdre —dijo Edmond con dulzura cuando estuvo a su lado. Esa vez él no desvió la mirada.

Entretanto el sol casi se había puesto. El viento corría ruidoso entre las hojas de los árboles y tiraba del sombrero de Edmond. Él se lo quitó y la miró. Tenía los ojos de color castaño, con unos diminutos puntos dorados. Su rostro juvenil le hacía parecer casi un muchacho, aunque Deirdre sabía que tenía casi veinticinco años. Se había afeitado la barba, como hacía cada día. La vida primitiva entre la naturaleza no le impedía asearse, aunque le resultara difícil. Se lavaba con regularidad, se limpiaba los dientes e intentaba, en la medida en que le era posible, ir con ropa limpia. Solo tenía dos camisas, pero aun así las lavaba con regularidad en un arroyo. A

Deirdre le sabía mal que él tuviera que vivir en unas condiciones tan lamentables.

—¡Es injusto que tú tengas que vivir así! —le espetó sin más.

Edmond la miró con asombro.

—¿Qué quieres decir con eso?

Con un gesto desesperado, ella señaló el entorno que los rodeaba.

—¡Esto de aquí! ¡No es digno de ti! Este bosque atroz, el calor, las lluvias constantes... ¡Y toda esa gente, que te pone en peligro! ¡Eres un hombre con estudios, el hijo de un barón! —Decidida concluyó—: Te mereces una vida mejor que esta, Edmond.

—Pero, Deirdre, tú también llevas esta misma vida.

—Yo solo soy una simple criada —repuso—. No conozco a mi padre, y mi madre tenía ocho bocas que alimentar además de la mía. Me fui de Irlanda porque, si no, habría muerto de hambre, igual que dos de mis hermanos pequeños. El contrato fue mi salvación. De lo contrario, habría tenido que hacer la calle. Mi hermana mayor lo hizo, pero entonces contrajo el mal francés, y uno de sus clientes le cruzó la cara con un puñal. Las colonias no me parecían tan tremendas como eso. Y, desde luego, no lo son. —Dirigió una mirada febril a Edmond—. ¿Entiendes? ¡No hay nada tan terrible como Dublín! No tenía qué comer, ningún futuro y ninguna vida de verdad. Pero tu caso es muy distinto. ¡A ti te lo han arrebatado todo! ¡A ti te secuestraron, como si fueras un canalla callejero! ¡Este no es tu sitio!

A ella se le encogía el corazón al pensar en lo que le había ocurrido a él. Igual que a tantos otros, lo habían secuestrado sin más una noche mientras iba por la calle. Con tal de hacerse con trabajadores para las colonias, a los despiadados traficantes de personas de Dublín no les dolían prendas en secuestrar a ciudadanos irreprochables. De hecho, estuvieron a punto de matar de una paliza a Edmond; él aún conservaba las cicatrices. Durante la travesía por mar estuvo al borde de la muerte a causa de unas fiebres y el terrateniente, que lo compró pensando que se trataba de un presidiario, casi lo mató en un acceso de furia al saber que su nuevo criado sometido a contrato era un sacerdote papista. A Edmond no le quedó más remedio que huir, pues de lo contrario aquel hombre lo habría matado de una paliza. Nerviosa como estaba, Deirdre lo tomó de la mano y se la retuvo.

—Tienes que regresar, Edmond. Hablaré con lady Elizabeth. Tiene mucho dinero, lo sé, porque la oí hablar de ello una vez con miss Felicity. No solo tiene su asignación para gastos, sino que también le queda toda su dote. En su contrato nupcial, tras la muerte de su marido todo le pertenece a ella. ¡Podrá pagarte sin problemas el pasaje de regreso a casa!

Edmond había escuchado aquel discurso en silencio. Lejos de intentar apartar la mano de entre las suyas, le tomó a ella la otra mano.

—¿Y qué hay de ti? —preguntó—. Ella te lo ofreció a ti. ¿Por qué no lo aceptaste? —Se aclaró la garganta—. Ya hace tiempo que quería preguntártelo.

Deirdre notó que se sonrojaba.

—Yo no quiero volver; en Irlanda no me espera nada, solo hambre y miseria. Pero tú... tú llevabas allí una vida totalmente distinta, que puedes recuperar. Tú, y no yo, deberías pedir el dinero para el viaje de vuelta, y eso es lo que voy a suplicarle a lady Elizabeth. No quiero que sigas por más tiempo en esta tierra sin Dios.

—¡Por Dios bendito, Deirdre! ¿Acaso pretendes renunciar a tu viaje de vuelta por mí?

Ella asintió sin decir nada, y vio que él tragaba saliva y que era presa de muchas emociones. Le apretaba tanto las manos que casi le hacía daño.

—Deirdre, no quiero marcharme. Aquí soy feliz.

Ella se lo quedó mirando, perpleja.

—¿Tú eres...? —Incrédula, negó con la cabeza—. ¿De verdad? ¿Cómo es posible que esta vida miserable te guste?

Él tomó aire.

—Porque... porque tú la compartes conmigo.

—Oh —exclamó ella con torpeza, incapaz de decir nada más inteligente.

A pesar de la incipiente oscuridad, observó que él se sonrojaba intensamente. De pronto, Edmond apartó la mirada y le soltó las manos, como si se hubiera quemado. Se dio la vuelta y Deirdre le oyó rezar un padrenuestro. Mecánicamente lo acompañó, a pesar de que eso era lo último que le apetecía en ese instante. Para su sorpresa, Edmond calló súbitamente y se volvió hacia ella. En su rostro había una expresión atormentada y llena de preocupación.

—Deirdre, no puedo soportar la idea de que te ocurra algo malo. Me gustaría que te escondieras. Por lo menos hasta que todo esto haya pasado. Los hombres dicen que puede empeorar.

—Yo también lo he oído decir. Hay tropas que suben hacia aquí desde Bridgetown. Seguramente nos encontrarán pronto. Akin y los demás están seguros de eso.

—Lo sé. Los soldados tienen sed de venganza y no dejarán títere con cabeza. Aquí no estás a salvo. Tienes que marcharte.

—¿Y adónde?

—Ve a las cuevas —le dijo—. Allí nadie te encontrará.

Durante una de sus salidas exploratorias, Edmond había encontrado la entrada oculta a una galería ramificada de cuevas, un laberinto desconocido que estaba profundamente oculto bajo tierra y que consistía en varias grutas y cámaras de roca. No había contado nada a los demás, porque para él aquellas grutas eran su refugio más secreto y no quería profanar ese lugar compartiéndolo con aquella chusma sanguinaria que acampaba en la colina desde hacía semanas. Deirdre lo había acompañado dos veces a las cuevas y se había contagiado del entusiasmo de él. De hecho, desprendían un ambiente solemne, con las agujas que pendían del techo y surgían del suelo, y las paredes de piedra excavadas por ríos subterráneos. Aquellas grutas escabrosas, conectadas entre sí por cursos de agua y que penetraban hasta lo más profundo de las colinas, a Deirdre le parecían legados de tiempos primitivos. Le gustaba imaginar que en otra época habían vivido en ellas seres míticos, tal vez hadas y hechiceros, que se habían refugiado en la isla huyendo del mal del mundo cuando allí no había llegado aún ningún ser humano. Con el tiempo, esos seres mágicos se habían retirado, huyendo otra vez del mal, siempre con la esperanza de encontrar un lugar en el que nadie estorbara su tranquilidad. Deirdre suspiró.

—¿Qué te ocurre? —preguntó Edmond.

Ella se encogió de hombros.

—¿Y qué haré yo sola en las cuevas? Sin ti, sentiría miedo.

Esa era una mentirijilla descarada, y ella lo miró con aprensión y con los ojos bajos, pero Edmond no pareció haber reparado en ello. Frunció el ceño, confuso, y dio varias zancadas de un lado a otro y con las manos cruzadas a la espalda, tal como acostumbraba a hacer cuando se sentía nervioso o preocupado.

—Podría ir contigo —consideró.

—Desde luego, deberías —corroboró ella.

El viento había arreciado aún más y se oía cómo bramaba por encima de las copas de los árboles. Allí abajo, en las capas profundas de aquel vergel frondoso, solo parecía una brisa ruidosa la cual, sin embargo, era lo bastante fuerte para agitar las hojas de los helechos y sacudir de un lado a otro las lianas colgantes y los extremos del musgo. En lo alto de las copas se oyeron los gritos asustados de los monos. La penumbra de la tarde casi había desaparecido por completo; en pocos minutos la oscuridad sería total. Tenían que regresar al campamento si no querían abrirse paso a oscuras entre la maleza. El viento le sacudió el cabello y se lo llevó a la cara. Impaciente, Deirdre se apartó los mechones a un lado.

—Esta noche va a haber tormenta. Si es así, estaremos más resguardados dentro de la cueva que fuera.

Edmond asintió.

—Los negros ya lo dijeron ayer. Resulta extraño que sean capaces de adivinar cosas antes de que ocurran, ¿verdad?

—Ese viejo hechicero que tienen, Abass, lo dijo. Tiene el don de la clarividencia. Y aún ve más cosas si sacrifica un animal y conjura el oráculo; entonces sus dioses hablan a través de una persona. Ellos a eso lo llaman vudú, o algo parecido.

—Deirdre, esas cosas no existen. Es solo pura charlatanería.

—Yo no digo que crea en eso.

—¿Dónde has oído todas esas insensateces?

—Celia me lo ha contado. A menudo los dioses de los yoruba han hablado a través de ella. Uno de ellos se llama Ogoun. Ayer por la noche volvieron a evocar. Ogoun ordenó que fuera a Summer Hill.

—¿Ese presunto dios? —quiso saber Edmond, atónito.

Deirdre sintió la necesidad de justificarse.

—Ellos creen en esas cosas. Para ellos eso es como para nosotros rezar.

—Menuda blasfemia —la reprendió Edmond. Para alivio de ella, pronto pasó a otro tema—. ¿Y por eso Celia lleva todo el día fuera?

Deirdre asintió.

—Akin ha hecho que Dapo la acompañe, para que no esté indefensa.

Deirdre pensó entonces si era conveniente decir a Edmond que el gran yoruba amaba a la mulata más que a su propia vida, pero finalmente decidió guardárselo para sí. Edmond no tenía que saberlo todo, en especial las cosas que él era incapaz de comprender.

—¿Y ese tal Ogoun dijo para qué tenía que ir allí? —preguntó él.

—Para recoger a alguien.

—¿A quién?

—Ni idea. Celia dijo que era un alma perdida.

—¡Eso son supersticiones de la peor calaña! ¿Cómo es capaz de prestarse a esas cosas? —Para Edmond era incomprensible que una cristiana bautizada y creyente como Celia fuera capaz de rebajarse a ir con hechiceros paganos—. ¿Será acaso por la sangre negra que le fluye por las venas?

—Yo le he visto la sangre —dijo Deirdre—. Es tan roja como la tuya o la mía.

—Ya sabes qué quiero decir.

Deirdre decidió cambiar de tema pues había cosas más importantes de que hablar, como su plan de retirarse a las cuevas.

—Tendremos que hacernos con antorchas y provisiones sin que los demás se den cuenta.

Edmond se quedó pensando y luego asintió. Deirdre constató con alivio que resultaba mucho más fácil de lo que pensaba. En cuanto a su plan para convencerlo de que regresara a Irlanda, era preciso volver a reflexionar sobre eso. Si realmente él se sentía tan bien allí... ella también. Lo único que quería era que las cosas le fueran bien a él. Era algo que deseaba incluso más que estar junto a él. Nunca se había atrevido a esperar que una cosa pudiera combinarse con la otra, y, en cambio, eso parecía posible en aquel momento. De pronto se sintió tan contenta que le habría gustado echarse a gritar de alegría. Incluso había conseguido olvidar un poco el miedo a las patrullas de búsqueda. Sin embargo, se quedó inmóvil, y Edmond también se quedó quieto. A lo lejos había sonado el silbido de alarma con que los vigías apostados a cierta distancia en torno al campamento anunciaban la proximidad de intrusos. Se oyeron varios gritos de aviso. Deirdre fue presa del pánico. ¿Había llegado la hora? ¿Era el momento de la lucha?

Ella y Edmond no podían llegar a la cueva sin luz. Si ahora no conseguían regresar al campamento para hacerse con una antorcha o un fanal, tendrían que aguardar escondidos hasta el amanecer. Tal vez incluso podían encaramarse a un árbol. O enterrarse. En todo caso, fuera cual fuese su decisión, tenían que apresurarse. Entonces se oyó la voz de una mujer procedente del campamento y luego el silbido doble que indicaba que ya no había peligro. Celia había regresado.

Cuando Deirdre y Edmond se acercaron a la hoguera, Celia levantó la mirada. Akin estaba sentado a su lado, con un brazo en torno a la espalda. Había dejado de avergonzarse por demostrar su afecto, lo cual hizo que Deirdre dirigiera una mirada de reojo a Edmond en la que se adivinaba un reproche disimulado. No sabía muy bien qué la había obligado a hacer eso y rápidamente prestó atención a la mulata.

—¿Qué locuras son esas? —le espetó.

—Estoy bien —afirmó Celia—. Solo me siento cansada.

Ciertamente no exageraba al decir eso. Celia tenía el cabello desgreñado y llevaba la extenuación escrita en la cara. Su piel delicada estaba cubierta de arañazos, y debajo de sus ojos almendrados había unas sombras intensas. Deirdre maldijo en silencio a ese tal Ogoun, si existía, por obligar a la mulata a pasar por aquella calamidad tan poco tiempo después de su aborto. Posiblemente detrás de aquella excursión a la fuerza hubiera tan solo las chifladuras de ese Abass. Los ancianos a veces se volvían raros y tenían ocurrencias muy abstrusas.

Deirdre levantó la mirada hacia el cielo. Estaba tiritando. Las estrellas y la luna habían desaparecido, y el cielo estaba encapotado. El viento cada vez bramaba con más fuerza y esparcía la hojarasca sobre el campamento y la hoguera. Se levantaron algunas chispas que iluminaron los rostros imperturbables de los hombres que había sentados en torno al fuego. Con los demás, que se encontraban algo apartados de la lumbre y dormían, sumaban cuatro docenas; entre ellos había ocho blancos. Todos descansaban tumbados con las armas al alcance de la mano. ¿De verdad creían que reconquistarían y conservarían su libertad? Tal vez, en realidad, esperaban un milagro, igual que Deirdre había hecho a menudo. De hecho, en una ocasión ella llegó a experimentar uno: el día en que se tropezó con Edmond. Había dado con su iglesia en verano. Estaba casi muerta de hambre; literalmente había ido a parar a sus manos y él la había acogido, también en el sentido más literal de la palabra. ¿Acaso eso no había sido un milagro?

—Y dime, ¿has traído el alma perdida? —preguntó con curiosidad a Celia.

Ella asintió.

—Anne Noringham. En Summer Hill hubo una masacre terrible y ella es la única superviviente. Está al otro lado, detrás de las rocas; duerme.

De nuevo el viento sopló encima de la hoguera y elevó varias chispas consigo. Los hombres se apartaron renegando. Por encima de las llamas, Deirdre se topó con la mirada del anciano.

Abass llevaba el tambor en los brazos y, de repente, empezó a golpearlo. Deirdre se apartó rápidamente y corrió detrás de las rocas, que resguardaban su lugar de descanso del fuego del claro. Anne, en efecto, se encontraba allí, pero estaba despierta y se había incorporado. Aunque tenía los ojos muy abiertos, parecía mirar más allá de Deirdre.

—Milady —dijo Deirdre, asustada—. Soy yo, Deirdre, la criada de lady Elizabeth. ¡Estuve muchas veces con vos en vuestra casa de Summer Hill! ¿Me reconocéis?

Anne no reaccionó. Su aspecto era terrible. Tenía prácticamente todo el cuerpo cubierto de arañazos y heridas. Llevaba como vestido tan solo unas enaguas hechas jirones y cubiertas de sangre, y su cabello se había convertido en una maraña. Tenía el tobillo derecho hinchado; en torno a la articulación se apreciaba una mancha de color negro azulado y, en el centro de ella, la piel presentaba dos incisiones de color rojo. Seguramente una serpiente la había mordido allí, pero alguien le había abierto la herida. Debía de haber sido Dapo porque sabía cómo hacer ese tipo de curas.

Deirdre oyó unos pasos detrás de ella. Celia se aproximó y se sentó a su lado. Cogió una manta del sitio donde ella dormía y arropó a Anne por los hombros. Deirdre señaló con la barbilla a Anne.

—¿Qué le ocurre? —preguntó en voz baja.

—Su espíritu vaga por encima de las nubes y vuela con la tormenta —contestó Celia. Aunque esas palabras parecían raramente poéticas, resultaron a la vez perfectamente comprensibles, como si no fuera extraño que Anne estuviera totalmente fuera de sí—. Y además, está la fiebre a causa de la mordedura de la serpiente.

—¿Qué ocurrió en Summer Hill? —quiso saber Deirdre.

—Los mataron a todos menos a Anne. Me la encontré en la cocina del edificio principal, delirante y totalmente loca de sed. Viendo como está, seguramente vagó por el bosque durante horas. Cuando yo me encontraba examinándole las heridas, Harold Dunmore entró en la casa de repente.

Deirdre no dio crédito a lo que oía.

—¿Míster Dunmore? —preguntó para cerciorarse.

Celia asintió.

—Había vuelto para matar a Anne.

—¡Dios mío! —Deirdre estuvo a punto de caerse al suelo a causa de la sorpresa—. ¿Y cómo puedes saber que esa era su intención?

—Lady Anne fue la única testigo, y por eso míster Dunmore tiene que librarse de ella.

—¿La única testigo de qué?

—Él mató a lady Harriet —dijo Celia con amargura—. Y también a las dos criadas. Solo Anne logró librarse de él.

—¿Cómo sabes que fue él?

—Porque ella, con la fiebre, hablaba: «Míster Dunmore, no lo hagáis. Míster Dunmore, por favor, no. Por favor, no matéis a mi madre. ¡Míster Dunmore! Ella no os ha hecho nada».

La voz de Celia se quebró, levantó la mano y se restregó los ojos, furiosa.

Deirdre se estremeció, cada vez más convencida de que su oportuna huida de Dunmore Hall en verano le había salvado la vida. Había sentido en todas las fibras de su cuerpo que él era un asesino. ¡Qué bien que la vieja Rose hubiera explicado a los dos criados que habían huido de Rainbow Falls que míster Dunmore había encerrado a lady Elizabeth y a Felicity! Si no hubieran sido liberadas a tiempo del dormitorio, posiblemente Dunmore también las habría matado.

—¿Qué ocurrió luego? —quiso saber Deirdre—. ¿Dónde estaba Dapo?

—Él fue a por agua. Yo estaba sentada junto a Anne en la cocina, mientras Harold la llamaba a gritos por su nombre. Pensé que se me pararía el corazón.

—¿Y luego? —la apremió Deirdre.

—De pronto él empezó a gritar como un loco, y comenzó a rabiar y a aullar en todos los registros. Pero se quedó arriba. Entonces saqué a Anne de la casa hasta que encontré a Dapo. Él se la cargó al hombro y salimos corriendo.

Deirdre solo podía mirarla fijamente y callar. Aquello era tan tremendo que no había palabras para expresarlo. Dunmore era el diablo en persona. Rápidamente se santiguó y se palpó el rosario que llevaba en el bolsillo de la falda. El sonido de los tambores iba en aumento, igual que el ruido del viento, que les agitaba el cabello en torno a la cara y levantaba la arena, como ceniza, por el aire.

—Parece que se aproxima una auténtica tempestad —comentó Deirdre.

—Es un huracán —sentenció Celia.

Deirdre volvió a santiguarse, molesta por la determinación con que hablaba la mulata, como si, por medio de esos dioses extraños, ella tuviera además un vínculo con la naturaleza del que carecían el resto de los mortales. De pronto Celia cerró los ojos y ladeó la cabeza; luego se levantó y empezó a dar patadas contra el suelo de forma contenida. Sus pies desnudos se movían al ritmo de los tambores, arriba y abajo.

—Celia —dijo Deirdre, desconcertada—, ¿qué haces?

La mulata dio patadas aún más fuertes contra el suelo, con la cabeza vuelta hacia atrás y los ojos cerrados. Gimió como si sintiera algún tipo de dolor hasta que, de pronto, empezó a sacudirse. Las extremidades se le contrajeron con unos espasmos, el cabello se le agitó al aire y el viento le sacudió el vestido. Deirdre observó con aprensión que algunos negros se habían congregado sobre las piedras y contemplaban lo que ocurría como si fuera lo más natural del mundo. Tres de ellos bajaron de un salto hacia ellas y siguieron el ritmo del baile, moviéndose de forma parecida a la de Celia. Abass se había sentado en las rocas y golpeaba sin descanso el gran tambor.

Deirdre nunca había presenciado esa ceremonia, Celia solo se la había explicado. Ver con los propios ojos cómo los yoruba evocaban a sus dioses le inquietó tanto que empezó a rezar en silencio el salterio de María.

De pronto se impuso el silencio; incluso el viento pareció apagar por un momento sus bramidos. Celia estaba de pie, erguida, con los ojos abiertos.

—¡Tú! —Señaló con actitud autoritaria a Deirdre y esta se encogió, asustada—. Llévate a esta y a esa. —Celia se señaló primero a ella y luego a Anne, que tenía la mirada clavada en el aire, totalmente ensimismada—. Llévalas a la cueva.

Deirdre se quedó atónita. ¿Cómo podía saber eso Celia? Jamás había mencionado la cueva ante ella, ni le había dicho ni una sola palabra.

—Hazlo rápido. Ahora.

Celia cerró los ojos, y las extremidades se le aflojaron. Abass empezó a golpear de nuevo el tambor, y los hombres entonaron una salmodia monótona. Deirdre sintió un escalofrío que le recorría la espalda. Su sobresalto fue mayúsculo cuando oyó un pitido muy cerca.

¡Se acercaban! Se oyó un disparo en la oscuridad. Era como si ya hubieran llegado. Uno de los negros puso una antorcha en la mano de Celia antes de encaramarse junto con el resto sobre las piedras para regresar con los demás. Deirdre oyó las voces nerviosas que se dirigían entre ellos, ahogadas por las órdenes a gritos de Akin y el sonido del tambor, que Abass seguía marcando acompasadamente con el palo de madera.

—¡Ayúdame! —dijo Celia poniendo a Anne en pie.

—Aguarda un momento —le pidió Deirdre.

Se encaramó a la roca y buscó a Edmond con la mirada; sin embargo, no logró distinguirlo entre las siluetas oscuras que iban de un lado a otro entre carreras. Entonces alguien apagó la hoguera y el campamento quedo sumido en la oscuridad.

—¡Edmond! —gritó Deirdre—. Edmond, ¿dónde estás?

Pero no obtuvo ninguna respuesta.

De nuevo se oyeron los disparos, esa vez más cercanos que antes. Luego siguieron los ladridos de los perros, impregnados de aullidos sanguinarios. Tenían que marcharse de allí. Sujetaron a Anne entre las dos, y Celia sostuvo con la mano derecha la antorcha para iluminar el camino. A sus espaldas, en la oscuridad, se oyó el ruido de la lucha, en el que se mezclaban maldiciones y gritos de dolor. Sobre sus cabezas, la tempestad aullaba y bramaba.

54

Elizabeth dio un respingo.

—La iglesia —farfulló—. ¡Tenemos que ir a la iglesia!

—Estabas soñando —le dijo Felicity, sentada en la butaca junto a la cama de Elizabeth con Jonathan. Sus ojos parecían muy grandes a la luz de las velas que quemaban en los soportes que había en la pared.

Elizabeth se incorporó. El corazón le latía deprisa y tenía la boca seca. Sí, había soñado, pero ¡era tan real! Una voz le había susurrado que fueran a la iglesia. En su interior aún sentía la urgencia de hacer caso a ese sueño.

—¿Oyes el viento? —preguntó Felicity—. Sacude los postigos de un modo que da miedo. —Besó los ricitos de Jonathan—. Pero aquí este hombrecito duerme tranquilamente. Todo lo ocurrido lo ha dejado agotado. —Empezó a tararear una melodía, pero esta sonaba débil y temblorosa, evidenciando la inquietud que sentía en su interior.

Elizabeth se levantó y se acercó a la cómoda para servirse un vaso de agua de la jarra. Lo tomó a grandes sorbos, hasta que su intensa sed remitió.

—Los hombres de abajo —dijo—. Deberíamos ofrecerles algo de comer y beber.

—Ellos toman lo que necesitan. Antes he bajado y les he enseñado la cocina. —Felicity señaló una tabla con queso, un par de lonjas de pollo y un pan que aparentaba estar muy seco. Al lado había una fuente con trozos de melón—. También he traído algo para nosotras.

—¿Cuánto rato he dormido?

—Una hora quizá.

—Bueno, pues ahora te toca a ti. Túmbate, yo cogeré al pequeño y haré guardia.

—No creo que pueda dormirme —la contradijo Felicity.

Sin embargo, apenas posó la cabeza en la almohada, se quedó dormida. Elizabeth dejó al pequeño tumbado en la cama, junto a Felicity. Allí estaba mejor; además, eso le permitía moverse libremente por la habitación. Estaba demasiado inquieta para permanecer sentada; todo la empujaba a abandonar aquel cuarto, incluso la casa, para siempre. No obstante, sobre todo, quería saber cómo estaba Duncan, cerciorarse de que estaba bien. Aquella incertidumbre resultaba insoportable.

Al menos antes de salir a caballo hacia la ciudad se habían vuelto a armar. Ella misma le había propuesto forzar el armario de armas de Harold; en él habían encontrado un mosquetón, dos pistolas con pólvora y munición suficiente así como una espada ropera con el tahalí correspondiente. Duncan había tomado para sí el mosquetón, la espada y una pistola, y la otra se la había entregado a Elizabeth. «Ya sabes cómo manejarla —le había dicho—. No vaciles en usarla. Recuerda que solo sobrevive el vencedor.»

Elizabeth tenía el arma sobre la repisa de la ventana, cargada y dispuesta para ser disparada. Era una pistola de chispa que no requería mecha. La contempló con atención y recordó mentalmente todas las acciones. Duncan no solo le había enseñado a apuntar y a disparar sino también a cargarla de nuevo, en caso de que fallase con el primer disparo o si precisaba abatir a más de un enemigo.

No podía estar en la habitación. Tenía que moverse y decidió ir a ver a Pearl. Tomó la pistola consigo y bajó. Apenas había puesto un pie en el vestíbulo, que solo estaba iluminado por una lamparita de noche, cuando de entre las sombras surgió sigilosamente una figura. Al instante se oyó un resuello de disgusto. Uno de los vigilantes de Duncan —el pirata desdentado que obedecía al nombre de Sid— se le acercó mientras volvía a envainar el sable en el cinturón de armas bien equipado. Su cara deforme mostraba una actitud desaprobatoria.

—Milady, antes de vagar por la casa deberíais avisar siempre; de lo contrario, acabaréis sin cabeza antes de que nos demos cuenta de que sois vos.

—Lo siento. Quería ir a ver a Pearl.

—Ya está hecho. Tiene avena y una tina de agua, y está seca y contenta en el establo. Deberíais volver arriba.

Era evidente que a Sid no le gustaba la idea de discutir con ella. Elizabeth se adaptó a las circunstancias con un suspiro y regresó a la planta superior.

Duncan miraba concentrado a través del catalejo. No se veía gran cosa pues el cielo cubierto de nubarrones, que se movían rápidamente, cubría casi por completo la bahía con un manto de oscuridad. Ni la luz de la luna, ni las luces de los mástiles indicaban la posición de los barcos enemigos. La flota había zarpado.

Palpó el papel que uno de sus hombres le había llevado hacía un rato. Ayscue había recibido su mensaje y le había respondido. Por lo menos, el comandante de la flota estaba de acuerdo con su plan. Ahora todo tenía que ir tal como se había convenido. Y además, lo antes posible. El temporal que se cernía sobre ellos no permitía grandes márgenes de tiempo. Era la hora, por fin, de embarcar su carga más preciada y sacar el *Elise* del puerto.

55

Harold se despertó al oír un sollozo. Aunque se preguntó quién podía estar llorando, eso al momento dejó de preocuparle pues notó unos dolores tremendos por haber dormido en el suelo. ¿Por qué diablos no se había tumbado en la cama o en la hamaca? Reparó en su error cuando se dio cuenta de dónde se encontraba: en la planta superior de Summer Hill. La costurera muerta estaba a un par de pasos de él. Bajo la luz titilante del fanal que él había dejado a sus pies los ojos de la muerta parecían dos carbones negros. Había algunas moscas zumbando sobre ella, pero desde luego no eran tantas como Harold había temido. Se preguntó por qué se dedicaba a pensar en las moscas cuando había cuestiones mucho más importantes por aclarar como, por ejemplo, saber cuánto tiempo había permanecido dormido. La vela de su fanal estaba casi agotada así que seguramente llevaba unas dos horas allí. En el cielo se estaba gestando una tempestad formidable, y el fragor del viento y los golpes de los postigos eran tan fuertes que el sollozo casi había quedado ahogado. Era el llanto de un hombre.

Se incorporó aguzando el oído y buscó a tientas su pistola. Estaba cargada y en su cinturón. Se puso de pie con dificultad y se dirigió sigilosamente con el arma dispuesta a la barandilla de la galería.

Retrocedió al oír unos pasos. Alguien se dirigía a la escalera procedente del vestíbulo. Harold se deslizó rápidamente en la habitación de Anne y se colocó detrás de la puerta; luego apagó la vela. La persona que subía por la escalera más pronto o más tarde entraría allí.

No tuvo que aguardar mucho tiempo. Alguien asomó en el umbral de la puerta sosteniendo en alto una lámpara de viento. Era William Noringham, que entró con el rostro bañado en lágrimas en el dormitorio y buscó dentro.

—¿Anne? —preguntó mientras soltaba unos sollozos roncos.

—Yo también la he buscado —dijo Harold antes de tensar el gatillo y disparar contra el pecho a William.

El joven cayó al suelo como un árbol cortado. Tumbado boca arriba, se quedó mirando a Harold entre gemidos.

—Vaya, vaya —dijo Harold en un tono poco amigable mientras bajaba la mirada hacia él a través de una pestilente nube de vapor de pólvora—. ¡Qué error tan y tan tonto! En estos casos no sirve de nada ser un lord, ¿verdad?

La lámpara de viento de William se le había resbalado de la mano y se había roto. El aceite desparramado prendió y formó un pequeño charco en el suelo. Harold, que ya había sacado el cuchillo para acabar con William, tuvo entonces una idea diabólica. Riéndose, volvió a envainar el puñal, encendió su lámpara con la llama que iba creciendo en el suelo y luego prendió fuego a la cama. Las sábanas de seda se encendieron al instante entre llamaradas. Satisfecho, pasó por encima del cuerpo desmadejado en el suelo y llevó la lámpara a las cortinas, hasta que también estas ardieron. A continuación se dirigió hacia el cuarto de costura y quemó el maniquí y la canasta de la ropa. La costurera estaba tumbada e inmóvil, aunque por un instante a él le pareció que intentaba ponerse en pie y a enviar las moscas contra él. Sin embargo, no estaba dispuesto a dejarse intimidar de nuevo. Complacido, regresó al dormitorio de Anne, donde William seguía tumbado boca arriba y lo miraba con expresión desvalida. Aunque movía los labios, no podía hablar. Harold, en cambio, sí.

—Creo que así estarás rodeado de todo esto... mientras mueres, quiero decir. Me gustaría poder quedarme aquí contigo y hacerte compañía, pero en los incendios el aire se enrarece mucho.

Se echó a reír y, a continuación, propinó a William una patada en el costado: un pequeño saludo de despedida.

—Cuando la veas, saluda a lady Harriet de mi parte.

Luego se apartó del rostro el humo, cada vez más espeso, y se apresuró a salir de la casa antes de que todo ardiera. El fuego se propagaba con rapidez. De las cortinas había pasado a la pared, cuyo revestimiento de madera empezaba a quemarse. En unos minutos todo aquello ardería como la paja.

Oyó un relincho nervioso y luego el ruido de unos cascos. Se acordó entonces de su caballo y corrió hacia abajo, renegando; sin embargo, no era su caballo torvo el que se había soltado y marchado, sino el de William. Harold montó y levantó la mirada hacia la primera planta de aquella magnífica mansión inspirada en un templo griego con columnas. Las llamas se levantaban en llamaradas detrás de la ventana, y el humo se colaba entre las maderas de los postigos.

Le habría gustado contemplar durante un rato ese espectáculo, pero le resultaba difícil calmar a su caballo torvo, que se estaba poniendo muy nervioso a causa del fuego. Y la tempestad arreciaba cada vez más. Harold espoleó a su montura con un chasquido y mientras se alejaba de Summer Hill iba pensando en su futuro. Seguramente Anne estaba muerta. Debía confiar en eso. Hasta el momento la fortuna le había sonreído: lo había ayudado a apartar todos los estorbos del camino, sobre todo a William. Ese hombre tenía una importancia imprevisible en aquella partida, ya que, de hecho, había pretendido a Elizabeth. Tras haberse librado de él, el camino quedaba definitivamente allanado. Elizabeth sería juiciosa y haría lo mejor para ella y el pequeño. No tardaría mucho en darse cuenta de que Harold sería un buen hombre para ella.

Y eso era lo que él quería de verdad. Se lo había jurado a sí mismo. La honraría y la amaría, y le concedería todos los deseos que fueran importantes para ella. Por Elizabeth incluso dejaría de pegar al servicio, pues sabía muy bien que ella odiaba que lo hiciera. Y sería una buena esposa para él. Una esposa auténtica, que lo amaría, y no como Martha, tan indiferente y tan fría, que nunca había dejado de llorar al imbécil de Edward. Desde luego, había sido una gran decisión librarse de Martha. Además, a causa de la gran cantidad de láudano que ella había tomado, no estaba despierta del todo, y eso le había facilitado las cosas. En cualquier caso, lo mejor era que todo el mundo pensaba que Akin era el asesino ya que, por casualidad, este había aparecido por allí algo más tarde. Por ese mismo motivo todo el mundo supondría que también los Noringham habían sido asesinados por los sublevados.

Riéndose para sus adentros, Harold cabalgaba por el camino de la costa en dirección a Bridgetown. Se inclinaba sobre la lámpara para impedir que se apagara y a la vez avanzaba con dificultad contra el viento tempestuoso, que le agitaba las mangas de la camisa como si fueran velas, y que finalmente le arrebató el sombrero, el cual voló en la oscuridad hasta desaparecer para siempre. El fragor del viento se mezclaba con el estruendo del oleaje. Harold aspiró el aire y sintió los elementos de la naturaleza. Se preguntó si tendría que disponer de algunas medidas de precaución en Rainbow Falls antes de que el huracán alcanzara la isla. No. Sus gentes sabrían apañárselas. Él prefería regresar a Dunmore Hall. Con ella. Era la hora de hacer valer sus pretensiones ante Elizabeth.

56

Duncan, sentado muy inclinado en el pescante del coche de caballos, se dirigía hacia Dunmore Hall. Al este, en el horizonte, se vislumbraba el primer resquicio de luz pálida que anunciaba el alba; sin embargo, ese día el sol no se dejaría ver. El viento elevaba la espuma de las crestas de las olas del mar cercano, y esa humedad veloz azotaba a Duncan por el costado, en ráfagas ensordecedoras y racheadas, que le habían soltado el pelo y hacían que le golpeara los ojos.

Se apeó frente a la entrada de Dunmore Hall y aporreó con fuerza la puerta hasta que Sid le abrió. Sin que se lo pidiera, el hombre asió por las riendas el caballo de tiro hasta el interior del patio. Llevó al establo el caballo castrado que Duncan había atado atrás. Elizabeth bajó la escalera a toda prisa en cuanto Duncan entró en el vestíbulo.

—¡Por fin! —exclamó, aliviada.

Duncan la tomó entre sus brazos, la abrazó y la besó.

—¿Habéis terminado de hacer el equipaje?

Ella asintió.

—Sí, hace rato.

Él la contempló con curiosidad.

—¿Has pensado también en el oro? Ya sabes que es tuyo.

Elizabeth asintió de nuevo, aunque esa vez desvió la mirada. Él sabía que sentía remordimientos al respecto, a pesar de que, según las disposiciones del contrato nupcial, tras la muerte de Robert la dote pasaba a ser únicamente propiedad de ella. A Harold Dunmore no le correspondía ni un penique. Duncan sopesó por un instante la posibilidad de hablarle sobre sus sospechas, pero optó por no hacerlo pues no deseaba inquietarla más. Era mejor que ella no supiera cosas que luego podrían arrebatarle la paz interior que, por otra parte, difícilmente tendría en las actuales circunstancias. Felicity llegó al vestíbulo con el niño en brazos. El pequeño miró a Duncan con sus enormes ojazos.

—¿Barco? —preguntó—. *¿Cptán?*

—En efecto, hijo mío. Vas a subir a mi barco y navegaremos por el mar. —Tendió los brazos hacia él—. Dámelo.

Felicity vaciló un momento antes de entregarle el niño. Era la primera vez que Duncan tenía en brazos a su hijo. Johnny se puso algo tenso al principio, pero luego apoyó la cabecita en el pecho de Duncan y se acomodó en el pliegue de su codo. Era sorprendentemente ligero, casi no pesaba nada. Duncan contempló la carita adormecida; miró los rizos desgreñados y las mejillas redondas sobre las que descansaban los párpados como arcos del color del hollín; el hilillo de saliva que le caía de la comisura de la boca mientras el pequeño se chupeteaba los dedos. El viento aullaba en torno a la casa, pero Johnny parecía ajeno a ello. Estaba tranquilamente recostado en brazos de Duncan. Él inspiró profundamente. Tuvo que hacer un gran esfuerzo por reprimir el impulso de apretar a su hijo contra el cuerpo en un gesto de posesión. Eso habría asustado al pequeño. Se dio cuenta de que Elizabeth lo contemplaba y, por unos segundos, ambos se miraron. Sus miradas intercambiaron un mensaje silencioso, una promesa tácita.

Los hombres de Duncan cargaron los bultos en el coche de caballos que había tomado prestado de Claire. Estaba en deuda con ella y él lo sabía, aun sin la advertencia lacónica de la francesa. Con todo, eso no había impedido que ella le deseara mucha suerte en su nueva vida, donde fuera que él quisiera iniciarla.

Unas ráfagas fuertes levantaron arena y pequeños objetos por encima del muro. Las mujeres sostuvieron sus capas delante de la cara mientras subían a la zona de carga del vehículo.

Elizabeth tomó rápidamente en brazos a su hijo y lo cubrió con su capa, mientras los hombres afianzaban los faroles de tormenta al pescante.

—¡Pearl! —gritó Elizabeth—. ¡Tenemos que llevarnos a Pearl!

—Con este viento no vamos a poder subirla al barco —exclamó Duncan.

Pero Elizabeth no comprendió sus palabras. El ruido era demasiado intenso. Uno de los postigos de la casa se había soltado y no dejaba de golpear contra el muro. Duncan, dubitativo, volvió la vista hacia el establo. En el interior se oían los relinchos de Pearl. Vio la mirada implorante de Elizabeth y accedió. Corrió a buscar a la yegua. La dejarían en el establo de Claire.

Entretanto no estaba claro que pudieran trasladarse al *Elise*. Bajo la luz mortecina de las primeras horas de la mañana, las olas del mar casi alcanzaban la altura de las palmeras que bordeaban la orilla. Tras romperse en una extensión de espuma, rebasaban la playa y penetraban tan adentro en la tierra que las últimas olas llegaron al camino e hicieron que las ruedas del vehículo se hundieran en él.

Sid estaba sentado en el pescante junto a Duncan y conducía el coche. El otro hombre iba montado en Pearl y el tercero avanzaba delante con la cabeza inclinada. Rodeadas de las pesadas cajas de viaje, Elizabeth y Felicity se apretaban en la superficie de carga y se inclinaban en actitud protectora sobre el niño. Se lo habían llevado todo. Para disgusto de Felicity, solo habían dejado el virginal. De todos modos, se dijo, lo único que ella quería era marcharse. Tal como había dicho con voz firme, de haber dependido de ella, haría ya días, semanas incluso que habrían partido. Parecía afrontar el futuro con más valor y decisión que Elizabeth, que no dejaba de mirar el mar con preocupación. No le faltaban motivos: el viento y el oleaje eran demasiado intensos, y resultaba muy arriesgado llevar a las mujeres y al niño al barco y zarpar.

Con disgusto, Duncan empezó a hacerse a la idea de que deberían cambiar de planes. Iban a tener que permanecer en la isla hasta que el temporal amainase. Y se quedarían en casa de Claire, tanto si a Elizabeth le gustaba como si no. Él no estaba dispuesto a llevarla de nuevo a casa de Harold Dunmore.

—¿Cómo vamos a zarpar con esta tormenta? —gritó Elizabeth para hacerse oír por encima del ruido del viento.

—¡No lo haremos! —le respondió Duncan también a gritos—. ¡Vamos a tener que esperar!

—¿Dónde?

Al ver la cara de él supo cuál era la respuesta pero, para asombro de Duncan, pareció recibirla con cierto alivio. Un grupo de cuatro soldados adelantó al coche de caballos a toda carrera, con los rostros contraídos por el esfuerzo y el miedo. Tenía que ser la patrulla que George Penn había apostado en la bahía de Oistins.

—¡Los parlamentarios están en la isla! —gritó uno de los hombres.

El viento le arrancó las palabras de los labios. Aunque Duncan no lo comprendió todo, pudo hacerse una idea del resto.

—¡Han llegado a la playa con unos botes! Hemos dado la señal de alarma, pero seguramente nadie de la guarnición la ha oído. Nos han disparado de inmediato al acercarse. ¡Son varios cientos de hombres! ¡Que Dios nos asista! Lo único que podemos hacer es huir.

El soldado estaba al borde de las lágrimas. Era un muchacho enjuto de no más de diecisiete años, y estuvo a punto de caer bajo el peso del mosquetón y de la canana.

—Había algunos de los nuestros que les hicieron luces de

posición. ¡Lo juro! ¡Malditos sean esos traidores puritanos chaqueteros!

—¡Poneos a salvo, buenas gentes! —gritó otro, que seguía corriendo—. No falta mucho para que caigan sobre Bridgetown.

Y al momento el grupo siguió su carrera y desapareció en la luz crepuscular que se iba iluminando.

Detrás, en la zona de carga, el pequeño empezó a llorar. Al parecer empezaba a tener miedo. Duncan no se sentía mucho mejor. No había contado con que la tormenta fuera a crecer tan rápidamente. En el mar lo habría podido prever mejor, pero en tierra él nunca había visto un huracán.

—¡Más rápido! —ordenó.

—¡Arre! —gritó Sid, y volvió a atizar el animal de carga.

Entre sacudidas y balanceos, el coche de caballos volvió a ponerse en marcha.

57

Akin sangraba por la boca y la nariz, mientras sus torturadores lo empujaban para que avanzara. Escupió para respirar mejor. Tenía las manos atadas a la espalda y las piernas atadas por los tobillos, de forma que, aunque podía andar, era incapaz de huir. Detrás de él varios hombres con lanzas largas se dedicaban a clavarle las puntas afiladas entre risas para hacerle caminar. No sabía exactamente cuánto tiempo llevaban avanzando, pero seguramente ya habían recorrido varios kilómetros, porque en el cielo se dibujaba una claridad pálida, y la tormenta le atizaba contra la cara la espuma del mar agitado. Frente a él se dibujaba el contorno de Bridgetown.

Durante la batalla él y los otros sublevados se habían dispersado por los cuatro vientos. Habían luchado con valentía y se habían defendido con la sangre, pero sus adversarios les excedían en número y estaban mejor armados que ellos. Los hombres habían desoído las órdenes de Akin de mantenerse unidos y luchar en filas ordenadas. Si le hubieran obedecido habrían podido vencer. Esa cobardía lo había destruido todo y había encolerizado a los dioses. Cada uno había pensado en su propio interés, y todos habían desaparecido por la maleza en un abrir y cerrar de ojos. Para su vergüenza, él también se había ocultado entre los matorrales después de que Dapo cayera. Así había cumplido la última voluntad de Abass, al cual le había alcanzado una bala en la espalda.

«Protégete de los cuervos y del fuego —le había susurrado el anciano antes de cerrar los ojos para siempre—. No luches. Escóndete.»

A Akin le costaba creer que aquel fuera un buen consejo. Tal vez al final hablaba más el miedo de Abbas que la fuerza del Ifá.

Pero a falta de saber qué otra cosa podía hacer, Akin se había doblegado ante él. Como los demás, Akin también había huido y se había ocultado, pero al poco tiempo lo habían encontrado y atrapado. Había luchado, había abatido a dos o tres de ellos —a uno, seguro que lo había matado—. Sin embargo, ellos al menos eran doce; desconocía aún el número exacto porque lo habían golpeado hasta dejarlo inconsciente. Cuando, un poco más tarde, había vuelto en sí, se encontró atado. Lo habían ligado por los pies y lo habían arrastrado como a un buey obstinado en la reja del arado. Ian, que también había sido tomado preso, se arrastraba asimismo a un par de pasos de él, igualmente atado, pero en un estado mucho peor. Los hombres le habían pegado de forma brutal, y tenía toda la cara cubierta de sangre y los ojos tan hinchados que parecían rendijas diminutas. Mientras andaba gemía de un modo lastimoso. De vez en cuando, tropezaba y caía al suelo, pero los hombres siempre lo levantaban y lo empujaban para que siguiera adelante. Luego sus caminos se separaron. Ian fue conducido a golpes en otra dirección mientras que Akin fue arrastrado hasta la residencia del gobernador. Allí lo rodearon mientras uno de ellos salía corriendo para llamar a Jeremy Winston.

—¡Que lo cuelgue de inmediato! —gritó alguien.

—No. Es el cabecilla. ¡Colgarlo sería poca cosa! ¡Además, es propiedad de Harold Dunmore! ¡Ese tipo mató a su esposa! ¡Dunmore tiene que estar presente!

Al rato compareció el gobernador, con una expresión de gran preocupación y el cabello gris desgreñado en mechones. Iba acompañado de su sobrino Eugene. De pronto se produjo un alboroto. Aparecieron más personas y se oyeron voces que Akin no pudo comprender a causa del bramido del viento. Luego la noticia se propagó y le llegó incluso a él. El desconcierto era enorme, y nadie sabía qué hacer.

—¡Las tropas inglesas han desembarcado!

—¡Nos matarán a todos!

—¡A las armas!

—¡Llamad a los soldados!

El gobernador regresó corriendo a su casa, seguido del petimetre de Eugene. Nadie se preocupó por Akin, quien aprovechó el momento para intentar un ataque. Se arrojó contra el hombre que tenía más cerca y le golpeó la cara agachando la cabeza. La víctima cayó al suelo con la nariz ensangrentada, pero los demás se abalanzaron al instante sobre él. Akin luchó como un león: mordió, pataleó, arañó y se opuso con encono: mejor morir que desistir. Pero entonces alguien le propinó un tremendo golpe en la cabeza y el mundo a su alrededor se desvaneció.

58

Harold se quedó al final del callejón, a una distancia prudente de Chez Claire. El rojo edificio de madera estaba fuertemente custodiado por todas partes por cinco tipejos, dos de los cuales, al menos, eran parte de la tripulación de Duncan Haynes. Harold los reconoció, pues aún recordaba muy bien sus caras de los días que había pasado en el *Elise*. Mientras los contemplaba, se le ocurrió de pronto que eso mismo era aplicable a los dos tipos, que pocos días atrás lo habían apresado y lo habían escoltado a punta de pistola. Aquellos también eran hombres de Haynes.

Previamente, cuando Harold había encontrado Dunmore Hall vacío, había temido que las bandas que deambulaban por las calles se hubieran llevado a las mujeres y al niño, y se maldijo por haberlos dejado sin custodia alguna. Sin embargo, después cayó en la cuenta de que aquella había sido una partida planificada. Se lo habían llevado todo, incluso la yegua y el oro. Lo único que habían dejado era el maldito virginal. Supo al instante dónde debía encontrar a Elizabeth; a fin de cuentas en una ocasión ella ya se había escondido en el local de Claire. Lo que no se había planteado entonces era por qué ella había buscado auxilio precisamente allí. En ese momento lo comprendió: la francesa era una buena amiga de aquel maldito Duncan Haynes.

El viento elevaba en el muelle remolinos de inmundicia, madera podrida y restos marinos, y los agitaba por el barrio del puerto, pero Harold permanecía ajeno a aquello. El auténtico peligro no provenía de William Noringham, sino de Duncan Haynes. Siempre había sido así. Desde el principio. Antes incluso de que Elizabeth posara un pie en el *Eindhoven*. Incluso antes de que fuera la esposa de Robert. Duncan Haynes. Ella lo había conocido en Londres el día de la ejecución. Duncan Haynes, quien había encontrado el modo de volver a verla antes de la boda. Harold recordó entonces la irritación que había sentido al llevar al pequeño a casa de Miranda y fue consciente de qué la había provocado: era el parecido del niño con aquel corsario.

Harold echó la cabeza hacia atrás y dejó escapar un grito de odio y furia. Dos de los tipos apostados delante del edificio se volvieron. Sus sables desenvainados refulgieron bajo la luz del fanal de tormenta que colgaba sobre la entrada.

—¿Has oído eso? —gritó uno al otro, y Harold lo oyó—. ¿No hay por ahí alguien con ganas de brega?

Harold no acertó a entender qué respondió el otro hombre, pero ambos se le acercaron. Se volvió rápidamente y huyó.

59

Cuando Akin recuperó la consciencia se encontró atado en una gran jaula de madera en la que en ocasiones los amos metían a los esclavos y a otros presos. Muchas veces, cuando tenía que acarrear azúcar listo para la venta a los cobertizos del almacén del muelle bajo la vigilancia del amo o del capataz, Akin había visto la jaula y se había preguntado cómo se sentirían aquellos desdichados prisioneros, después de haber sido atados y maltratados con el látigo o con la marca de fuego, y sin poder beber ni una gota de agua bajo el calor tórrido del mediodía. Cualquiera podía quedarse allí parado y mofarse de ellos, escupirles o arrojarles piedras, algo que además era habitual y frecuente.

Pero ese día todo era distinto. Akin no sabía cuántas horas había permanecido inconsciente, ni si esa luz crepuscular y mortecina se debía al inicio de la noche o a la proximidad del huracán; de todos modos, aquello no tenía importancia pues la tempestad presagiaba el fin del mundo. El viento bramaba y aullaba, y levantaba en remolinos cualquier objeto que no estuviera afianzado o que no pesara lo suficiente para permanecer en el suelo. Nadie se entretenía en quedarse delante de la jaula; tan solo unos cuantos soldados corrían alrededor, en un esfuerzo evidente por formar mientras un oficial intentaba darles órdenes. Todos los demás habían desaparecido, al parecer para ir a combatir a los atacantes ingleses. Tal vez en esos instantes frente a la ciudad estuviera librándose la batalla definitiva entre las tropas de Cromwell y el ejército de liberación de la isla.

Akin tosió e intentó cambiar su postura de rodillas. Tenía la cara y el cuerpo cubiertos de sangre seca y, si no se equivocaba, no solo tenía la nariz rota sino también, por lo menos, un dedo. De todos modos, nada estaba perdido. Aún podía luchar. Si pudiera arrojarse con fuerza contra los barrotes, tal vez lograría romper la jaula. Entonces solo tendría que deshacerse de algún modo de las ataduras. Necesitaba un cuchillo, un machete... Miró a su alrededor. Y entonces topó con la cara de su amo. El odio refulgía en los ojos de Dunmore, que apretaba con fuerza las mandíbulas. Iba acompañado de dos hombres, unos granujas de rostro astuto. No eran criados sometidos a contrato, sino tipejos que seguramente había pescado en el puerto y a los que había pagado para que cumplieran sus órdenes, independientemente de cuáles fueran esas.

—¡Traedme aceite para lámparas! —gritó a uno de ellos mientras el otro se dedicaba a apilar madera en torno a la jaula: tablas partidas, trozos de vigas, ramas arrancadas; la cosecha, en fin, de la tempestad que cada vez aullaba con más fuerza.

Akin se arrojó con un grito contra los barrotes de la jaula, y Dunmore retrocedió unos pasos riéndose a carcajadas.

Ayudó en persona a los hombres a colocar la madera y todos los desechos inflamables. Cuando el viento tempestuoso hacía el amago de querer llevárselo todo por los aires de nuevo, él lo juntaba de nuevo y lo afianzaba bajo una tabla o una rama grande de forma que permaneciera en el sitio. Luego vertió el aceite de la lámpara que le habían llevado sobre el montón de maderos. El viento le agitaba el cabello negro y le levantaba los faldones del jubón, dándole el aspecto de un cuervo desgreñado por la tormenta con las alas extendidas.

60

Elizabeth se había quedado adormecida en la butaca de la habitación de Claire. Tras el alboroto de la noche anterior, en la que apenas había podido pegar ojo, el cansancio la había vencido. Ni siquiera el hecho de que Duncan estuviera en el salón del local bebiendo y hablando con la francesa había logrado impedirle conciliar el sueño. No sabía qué la había despertado de pronto de su sueño, pero al hacerlo le sobrevino una sensación de ahogo. De buena gana habría abierto los postigos para poder respirar de verdad, pero eso era imposible a causa del temporal. Se aflojó el corpiño y se esforzó en respirar con tranquilidad. Miró el reloj de pie que había en el rincón de la habitación y vio que eran las cuatro y media. Entretanto, aguzó el oído hacia el exterior y se confirmaron sus sospechas: el viento soplaba todavía con más intensidad.

Deseó con todas sus fuerzas marcharse de allí; jamás había sentido una necesidad tan imperiosa. Una extraña urgencia se había apoderado de ella y, desconcertada, se preguntó por qué era tan acuciante. Era como si una voz interior le ordenara lo que tenía que hacer.

—¿Qué ocurre? —preguntó Felicity con voz somnolienta.

Su prima se había tumbado en la estrecha cama de Claire Dubois y sostenía a Jonathan en brazos. También ella y el pequeño se habían dormido en cuanto llegaron al lugar, y eso que antes Felicity no había podido evitar asombrarse al ver la alcoba junto a la escalera trasera y hacer conjeturas sobre los hombres que dejaban su dinero allí. Y en qué lo gastaban.

—No podemos quedarnos aquí —dijo Elizabeth—. Tenemos que ir a la iglesia. —Se quedó atónita al escucharse a sí misma, pero a la vez tuvo el convencimiento de que eso era lo correcto.

—¿A la iglesia? —repitió Felicity, incorporándose con expresión de perplejidad. Con cuidado, recostó a un lado al niño, que dormía—. ¿Has vuelto a soñar con eso? Desde luego tal vez sería realmente bueno para la salvación de nuestras almas, pero no creo que hoy por la noche vaya a celebrarse ninguna misa. Además, con este tiempo no es recomendable salir. Escucha la tormenta: es como si toda la casa fuera a salir volando. —Arrugó la nariz—. Oh, vaya. Aquí hay una personita que tiene los pañales sucios. —Solícita, se levantó y rebuscó unos paños limpios en la bolsa que había llevado. Tras encontrarlos, despertó al pequeño—. Ya es bastante terrible que de nuevo no podamos bañarnos durante varias semanas. ¿Qué te parece, hombrecito? ¿Crees que podremos bañarte en el barco con agua de lluvia?

—Johnny baña —dijo Jonathan bien dispuesto. Sin embargo dejó oír su protesta cuando Felicity lo puso sobre la cama para cambiarle los pañales.

—¡Dios santo! ¡Fíjate! Las moscas lo han picado —se lamentó Felicity. Luego volvió la vista a sus propios brazos—. ¡Y a mí también! Deberíamos pedir a Claire una mosquitera. Pero tal vez no tenga. En el barco me comentó en una ocasión que ella se frota con un ungüento extraño que repele a los mosquitos...

Elizabeth no prestaba atención al parloteo incesante de Felicity; lo oía como al simple ruido, como el viento en el exterior. Pero esa referencia a frotarse con ungüentos... ¿Quién le había hablado antes de aquello? Celia, sí. Fue aquella noche en que Elizabeth, sonámbula, había tenido aquel sueño tan extraño de unos salvajes que bailaban, pateando contra el suelo, y de unos dioses que se unían de formas raras con la naturaleza y las personas. Le habían quedado algunas sensaciones extrañas de aquel sueño. A Elizabeth se le ocurrió de pronto que tal vez una parte del mismo había sido cierta. Quizá incluso más de lo que ella estaba dispuesta a admitir. Se puso la capa y se acercó a la puerta.

—¿Adónde vas? —preguntó Felicity.

—A ver a Duncan.

—¿Abajo? ¿A ese tugurio?

—Tengo que verlo. No podemos quedarnos aquí.

No hubo modo de hacer que Elizabeth cambiara de idea, aunque su prima juró que ella no pondría un pie en el salón. Felicity estaba firmemente convencida de que solo lo más bajo de la chusma podía estar ese día bebiendo y jugando allí; en su opinión, los hombres de honor y categoría habían tomado las armas para luchar contra los parlamentarios. No admitió tampoco la observación que le había hecho Elizabeth de que Duncan también estaba allí abajo. «Él tiene que protegernos. ¿Dónde debería estar si no es cerca de nosotros?»

De todos modos, en esos momentos el enfrentamiento armado no era la mayor amenaza. Alrededor del mediodía se había producido una breve escaramuza entre las partes enfrentadas, porque el Consejo de la isla no estaba dispuesto a rendirse sin condiciones, dado que la comandancia de la flota no admitía ninguna otra base de negociación. Luego, sin embargo, la tormenta, cada vez más poderosa, había impedido que la batalla prosiguiera. Las dos partes se habían atrincherado y esperaban a que el tiempo mejorara. A esas alturas, la gente temía más al huracán que a los soldados ingleses.

Elizabeth salió de la habitación y atravesó la indescriptible alcoba del amor para salir y dirigirse a la escalera trasera. El viento la abrazó con fuerza y le levantó la capa de los hombros. Mientras forcejeaba con la ropa que se agitaba, vio una silueta abajo. Una voz de mujer la llamó:

—¡Lady Elizabeth!

—¿Celia?

Perpleja, Elizabeth soltó la capa, que salió volando como una vela negra por encima de la barandilla de la escalera y quedó pendida en la fachada de un local cercano, delante del cual unas prostitutas risueñas bailaban al viento con sus clientes borrachos. Elizabeth se asió la falda y se sostuvo con la otra mano a la barandilla para que las ráfagas no la lanzaran contra la fachada de la casa. Rápidamente descendió los escalones. La mulata estaba abajo. Iba envuelta en una gran manta que prácticamente le ocultaba el cabello y la cara. Debajo llevaba un vestido harapiento. Sus pies finos estaban desnudos y cubiertos de rasguños ensangrentados.

—¡Dios bendito! ¿Qué haces aquí? ¡Te podrían apresar!

Elizabeth, preocupada, miró a su alrededor. Sin embargo, no había ningún soldado a la vista, solo las prostitutas que bailaban. Dejaban que el viento les levantara las faldas por encima de la cabeza y agitaban despreocupadamente los brazos y las piernas entre chillidos. El estruendo del viento apenas permitía oír la música que las acompañaba, un violín estridente procedente de una de las tabernas. Elizabeth tomó a Celia de la mano.

—¡Entra un momento para que te curemos!

Celia negó con la cabeza, desesperada. La muchacha estaba bajo una tremenda presión, tenía la cara rígida y pálida.

—No. No puedo. Debo seguir. Quieren quemar a Akin.

—¿Qué dices?

—Lo han metido en una jaula. Harold Dunmore ha hecho una pira. —Tomó aire y añadió—: Akin no lo hizo. No mató a mistress Martha. Fue el propio míster Dunmore.

Elizabeth se quedó mirando a la mulata, horrorizada.

—¿Cómo lo sabes?

—Akin me lo dijo.

—Podría haberte mentido.

—¿Por qué? Ha matado a mucha gente, a muchos blancos. ¿Para qué mentir precisamente en el caso de mistress Martha? —Celia negó con la cabeza—. Quería acabar con míster Dunmore, pero no lo encontró. En cambio se encontró a mistress Martha. Estaba en la cama, y estaba muerta. Tenía las extremidades rígidas.

Elizabeth se estremeció al recordar, de pronto, que Harold, en efecto, había regresado un instante antes de marcharse.

—Aguarda aquí. Voy a buscar al capitán Haynes.

—No hay tiempo. Tengo que seguir, de lo contrario será demasiado tarde para Akin. He venido por vos. No debéis permanecer aquí.

Elizabeth sintió un escalofrío glacial.

—¿Qué quieres decir con ello?

—Tenéis que ir a la iglesia —dijo Celia sin más—. Todos tenemos que ir a la iglesia. Esta es la noche de la tempestad.

Elizabeth dio un respingo y se la quedó mirando fijamente. Los ojos de color ámbar de la mulata reflejaban un conocimiento sobrenatural, y no le cupo duda de que ambas lo compartían. Celia se apartó y corrió rápidamente, apretándose con fuerza la manta en torno al cuerpo.

—¡Aguarda! —gritó Elizabeth.

Pero la muchacha ya había desaparecido por uno de los callejones. La tormenta arreciaba. Un letrero, que antes colgaba en una de las casas de juego, pasó volando por la esquina y estuvo a punto de golpear a Elizabeth. Se quedó pegado por un momento contra la pared de la casa que ella tenía al lado, apretado contra la madera a causa de la fuerza del viento. Cuando Elizabeth leyó el nombre, El Cuervo Negro, que estaba grabado con letras oscuras, volvió a sentir ese extraño escalofrío, como si aquella fuera la constatación de que entre la realidad y las pesadillas amenazadoras había solo una línea muy fina, que cada vez se desdibujaba más. El letrero se soltó con estrépito de la pared de madera y siguió volando. Elizabeth se agarró la falda, que se agitaba, y corrió hacia la parte delantera del edificio para ir a buscar a Duncan.

61

Harold asió la antorcha que le entregó uno de los hombres y encendió la madera. Al instante el aceite se levantó en llamas. El esclavo dejó oír un penetrante grito de guerra. Estaba sentado delante de los barrotes de la jaula e intentaba separar la madera con los pies; sin embargo, las sogas que llevaba en los tobillos le impedían una buena libertad de movimientos. Harold tomó una lanza e hizo retroceder a Akin. Algunos trozos de madera ya habían empezado a arder. El viento tempestuoso atizaba más el fuego e hizo que se levantara un humo penetrante. No faltaba mucho para que las llamas prendiesen y alcanzaran el suelo de la jaula, en la que Harold también había vertido algo de aceite. Los hombres permanecían allí, riéndose sarcásticamente y contemplando cómo empezaba a arder todo. Harold constató con satisfacción que había encontrado a los tipos adecuados para sus propósitos. En el puerto todavía había más como ellos. Había empezado a buscar su ayuda al tener noticia de que Akin había sido apresado. En cuanto hubiera acabado con el negro, le llegaría el turno a Elizabeth. Harold había decidido perdonarla. El niño, por supuesto, tenía que desaparecer, igual que Haynes, ese criminal. Luego Elizabeth sabría cuál era su lugar.

Se sobresaltó al oír una voz aguda de mujer. Por un momento le pareció como si Martha lo llamara por su nombre, pero eso era, a todas luces, absurdo. De todos modos, su espanto fue tremendo cuando se volvió y se topó con Celia. Aunque iba envuelta en una manta la reconoció al instante. En un primer momento, cuando ella se abalanzó con un grito desesperado hacia la jaula, él se sintió demasiado asustado para actuar. Pero entonces cayó en la cuenta de que no tenía que hacer nada; ella ya no podía detener aquello. La jaula era presa del fuego y el calor era demasiado intenso para acercarse a más de dos o tres pasos. Akin estaba encogido en su interior y se apartaba con gritos penetrantes de las llamas que se levantaban de forma salvaje. Pero aquel era un gesto en vano porque no tenía escapatoria.

Jeremy y Eugene Winston habían salido a toda prisa de su residencia, claramente asustados por el fuego que se veía en el lugar de la ejecución. El gobernador iba armado con un mosquetón y miraba alrededor con nerviosismo.

—¿Qué ocurre aquí? —gritó, haciéndose oír por encima del viento de tormenta—. ¿Acaso no tenemos suficientes problemas en este día aciago?

Harold no contestó, a pesar de que cada vez acudía más gente y miraba sin comprender la jaula en llamas. Rápidamente ordenó a los dos granujas pagados por él que apresaran a la mulata, pero Celia retrocedió y se quedó entre el gobernador y su sobrino. Mientras los dos se volvían hacia ella con perplejidad, la tormenta le arrebató la manta de los hombros y todos los presentes la reconocieron como la asesina condenada.

—¡Prendedla! —gritó Eugene como para demostrar la importancia de su persona.

Sin embargo, Celia dio un paso intimidatorio hacia el gobernador y le arrebató el mosquetón. Luego apuntó con el arma a los hombres que se le acercaron y así logró detenerlos.

—¡Apagad el fuego! —gritó la mulata con la voz teñida de zozobra y la desesperación escrita en el rostro—. Abrid la jaula y sacadlo de ahí.

Sin embargo, nadie le obedeció. Era demasiado tarde. Las llamas habían prendido en el cuerpo del negro y lo tenían apresado en una agonía estremecedora, haciéndole subir y bajar las extremidades, que se quemaban en una danza atroz hasta que lo único que se movió fue el fuego. Este siguió devorando con fiereza a Akin, rugió en torno a su cuerpo caído y lo convirtió en una antorcha azotada por la tormenta. El hedor a carne quemada rodeó la jaula pero, al cabo de unos instantes, el viento se lo llevó.

—¡Padre! —gritó Celia. Su mirada fija se clavó en Harold, que se estremeció y miró a su alrededor con pánico—. ¡Padre! ¿Pretendes presentarte ante el Creador con estos pecados? ¿Vas a permitir que personas inocentes paguen por tus propios actos?

Harold inspiró profundamente. Era imposible que alguien la creyera. A esa furcia negra, no.

—¡Sí! ¡Miradlo bien! ¡Mirad a mi propio padre! ¡Es mi padre! El que mató a mi madre porque llevaba en el vientre a un hijo de él. Ella era su primera esclava, y él la preñó. Y ella tuvo que pagar con la vida por eso. Huyó, dio a luz en la selva y me abandonó porque él la acosaba como un animal. ¡No logró escapar de él! Él la mató. La estranguló con sus propias manos. Igual que mató también a mistress Martha.

Harold notó miradas de incredulidad clavadas en él. Quiso protestar, pero fue incapaz de decir nada, porque entonces reparó en que Elizabeth también estaba allí. Se hallaba al otro lado, en el camino que llevaba a la iglesia. Felicity se encontraba a su lado, y detrás de las dos iba Duncan Haynes con el niño en brazos. Harold quiso ir hacia él, matarlo, pero le parecía que tenía los pies clavados en el suelo. Era como si Celia, esa bruja oscura de ojos amarillos, lo hubiera exorcizado para que él escuchara lo que ella tenía que decir. Como todos los demás. El maldito gobernador y su cobarde sobrino. Los hombres que, de hecho, tenían que vigilar la guarnición o luchar contra los parlamentarios. Elizabeth, que no debía saber nada de todo eso.

—¡Él fue quien mató a mistress Martha! Y no solo eso... ¡También mató a lady Harriet por haberlo rechazado en su momento! E intentó también matar a lady Anne para hacerla callar, pero ella consiguió escapar y me lo contó todo. ¡Ella está viva y puede dar cuenta de todo! Pero esto no es lo más grave. Él ha cometido el peor de los crímenes.

De pronto la voz de Celia adquirió un tono profundo y pareció que resonaba; desplegaba una fuerza especial, incomprensible, como un remolino que atraía a Harold hacia una oscuridad que lo acechaba como una brasa encendida dispuesta a engullirlo. Incluso el viento parecía haber enmudecido ante aquella acusación y había refrenado su embate primitivo y ensordecedor, como si quisiera que todo el mundo entendiera bien a la muchacha. Los ojos de Celia parecían iluminados desde el interior, y su presencia se volvió tan irreal y, a la vez, tan sublime que Harold, presa de un terror indecible, se quedó sin aliento cuando ella anunció la última y la peor de las verdades.

—Este hombre mató a su propio hijo. Mató a Robert. Y lo hizo porque quería a lady Elizabeth para él solo.

Harold abrió la boca para replicar. La gente no podía creerla sin más. Sin embargo, la lengua se le paralizó al mirar a su alrededor y ver aquellas caras llenas de espanto y repugnancia. La creían.

—¡Eres mía! —gritó a Elizabeth—. ¡Por esto tuve que hacerlo!

Como todos lo sabían, podía explicar también por qué no le había quedado otra opción.

De pronto se dio cuenta de que podía mover los pies y se precipitó contra Celia.

—¡Tú eres la culpable de todo! ¡Bruja! ¡Tienes un pacto con el diablo!

Sacó el látigo del cinturón. Celia lo apuntó con el mosquetón y apretó el gatillo, pero no ocurrió nada. Tal vez el arma ni siquiera estaba cargada. Jeremy Winston jamás la había disparado. Harold tomó impulso para propinar a la mulata un azote tremendo, pero el viento impidió que diera en el blanco y desvió la correa a un lado. Arrojó el látigo al suelo con enojo y propinó un puñetazo a Celia. Al verla en el suelo, fue a pisotearla, pero ella se apartó rápidamente y se levantó para correr hacia Elizabeth.

—¡Prendedlo! —exclamó el gobernador.

Para su horror, Harold se dio cuenta de que la orden no se refería a nadie más que a él. Entonces sopló una ráfaga tremenda de viento que levantó unas llamaradas enormes en la hoguera, la cual se extendió por la plaza. Él aprovechó el tumulto que se produjo por los gritos de espanto y la desbandada que siguió. Apartó con un golpe a las personas que tenía a su alrededor y se alejó corriendo. A sus espaldas se extinguió el crepitar de las llamas con el bramido del viento.

Al cabo de unos minutos la tempestad se convirtió en huracán. A nadie se le pasó por la cabeza perseguir a Harold Dunmore; solo querían ponerse a salvo. El intenso vendaval doblaba las palmeras hasta el suelo y, al poco, una de las cabañas de madera más livianas que había al borde del camino quedó destrozada y salió despedida por los aires. Elizabeth hizo a un lado a Felicity y así evitó que esta recibiera el golpe de un madero que había salido despedido. De pronto, el aire se llenó de remolinos agitados de escombros: trozos de tejados rotos, paja y costillares, encofrados de paredes, y además, todo tipo de inmundicia procedente de callejones y jardines, así como desechos de la playa, cocos, ramas y, sobre todo, cantidades ingentes de arena. Apenas era posible verse las propias manos y no siempre lograba esquivarse todo cuanto volaba alrededor. Duncan se había puesto al pequeño debajo de la capa y lo apretaba contra el pecho mientras procuraba, no sin dificultad, mantener el equilibrio. Elizabeth marchaba abrazada a Felicity; aun así, en una ocasión ambas estuvieron a punto de salir volando. Celia no tuvo tanta suerte, era más menuda y ligera y no podía agarrarse a nada. La tempestad la apartó del camino y fue a dar contra una palmera; sin embargo, al poco tiempo volvió junto a ellos, indicándoles con gestos que siguieran adelante.

Empezó a llover. No se trataba de gotas pequeñas sino más bien de una cortina de agua que caía con fuerza y les daba de costado, igual que en su día en el *Eindhoven*. Incapaces de ver más allá de dos pasos por delante, se desorientaron. Al cabo de unos minutos todo estaba a oscuras, como si aquella fuera la más negra de las noches. No podían hablar entre ellos porque el bramido de la tempestad era demasiado intenso. Lo único que podían hacer era avanzar penosamente, paso a paso, cada vez más, hasta que por fin atisbaron la iglesia ante ellos. Dos siluetas femeninas se cruzaron en su camino. Llevaban el pelo tan mojado que se les había adherido a la cabeza, y el viento solo les agitaba unos pocos mechones en torno a la cara. Iban vestidas con harapos y tenían la piel muy lastimada. Solo tras fijarse bien en ellas Elizabeth las reconoció.

—¡Anne! ¡Deirdre! —exclamó. Sin embargo, la tempestad era tan fuerte que ni siquiera ella se oyó.

Deirdre asía a Anne con fuerza y la sostenía mientras ambas avanzaban contra el viento con las últimas fuerzas que les quedaban. Llegaron a la puerta de la iglesia casi a la vez que Elizabeth, que posó la mano sobre la de Deirdre cuando esta iba a abrir. Era casi como si el destino los hubiera reunido a todos en ese mismo momento. La joven irlandesa levantó la mirada. Tenía el rostro extrañamente pálido y sus ojos parecían muy grandes. Los labios le temblaban y los tenía de color azulado; estaba helada. Elizabeth reparó entonces por primera vez en el frío que hacía. Apretó la mano de Deirdre y juntas abrieron la puerta.

Elizabeth siguió a Anne y a Deirdre al interior de la iglesia y aguardó a que Duncan, Felicity y Celia hubieran cruzado también el umbral para apresurarse de nuevo a cerrar la pesada puerta de madera. Lo hizo en el momento oportuno, pues entonces se oyó un golpe tremendo contra la puerta que la hizo temblar; el huracán se había llevado por delante unos escombros de piedra de gran tamaño.

En el altar había un reloj de vela encendido y su luz titiló con la corriente de aire. En la iglesia, el fragor de la tempestad resultaba más amortiguado, pero una y otra vez se oían objetos que chocaban contra el muro con un crujido sordo. Duncan entregó a Elizabeth el pequeño, que lloraba desconsolado. Al cogerlo en brazos, vio desconcertada que Jonathan tenía la cara cubierta de sangre.

—¡Dios mío! ¡Está herido!

Febrilmente le empezó a buscar la herida. Felicity gimió

de dolor y quiso ayudarla, pero sus manos eran, en realidad, un estorbo.

—No tiene nada —dijo Duncan.

Tenía el rostro contrito de dolor. Al apartarse la capa mostró que su camisa estaba empapada de sangre en la zona del hombro derecho. Tenía clavada en la carne una astilla grande y gruesa como un dedo; Duncan se la quitó de un tirón. A pesar de la fuerte hemorragia, el hueso parecía ileso. Celia le vendó el brazo con unas tiras de tela que hizo con las enaguas de Elizabeth, quien la ayudó a hacerlo. Cuando Celia terminó el vendaje, se retiró a un rincón de la iglesia y se acurrucó allí. Elizabeth la siguió y se sentó junto a ella en el suelo.

—¿Cómo supiste que Harold había matado a Robert? —le preguntó en voz baja—. No estabas allí, ¿verdad?

Celia negó con la cabeza.

—Lo supe en el momento en que lo dije. Lo... sentí.

La mulata miró a Elizabeth fijamente. La luz lejana de las velas se reflejaba en sus ojos y creaba en ellos un brillo irreal. Elizabeth tragó saliva e hizo otra pregunta.

—¿Quién te dijo que Harold era tu padre?

—Lady Harriet —respondió Celia sin más—. Un día, cuando yo aún era una niña, le pregunté quiénes eran mi madre y mi padre y entonces me lo contó. Antes de que yo naciera, en Barbados había muy pocos esclavos y, entre ellos, apenas había mujeres. Harold Dunmore había comprado una: una esclava joven y bella que quedó embarazada al cabo de unos meses. Cuando llegó el momento de dar a luz, ella desapareció en la jungla y, al cabo de un tiempo, fue hallada muerta, asesinada, pero sin su hijo. A mí me encontraron cerca de la casa de Summer Hill; seguramente mi madre me dejó allí antes de intentar escapar. Como yo tenía la piel clara, cuando encontraron el cadáver de mi madre lady Harriet extrajo sus propias conclusiones. Ningún otro blanco excepto

Harold se había acercado a mi madre, así que solo él podía ser mi padre. Él había sido débil una única vez. —La voz de Celia se cubrió de amargura—. Había traicionado sus principios sagrados y había tenido relaciones con un ser de una raza inferior. Y, por supuesto, eso no podía ser culpa suya, sino de mi madre; así pues, era preciso que ella muriera antes de que todo el mundo supiera de las debilidades y de la vergüenza de él.

Elizabeth recordó que Harold estaba casi obsesionado por impedir que Robert recurriera a mujeres negras. Era evidente que temía que el pasado volviera a repetirse.

—¿Y lady Harriet sabía que Harold había matado a tu madre?

—Es posible que lo supiera, pero tal vez esa idea le resultaba demasiado horrible, ya que nunca dijo nada al respecto. De todos modos, ella pensaba que todo el mundo tiene derecho a saber quiénes son sus padres y de dónde vienen, y por eso me contó que Harold Dunmore era mi padre. No obstante, me hizo jurar que nunca hablaría de ello. Yo cumplí mi palabra hasta hoy.

—Has hecho bien diciéndolo.

—Lo sé. Solo espero que ella no esté molesta conmigo.

—No, lady Harriet, no. Lo habría comprendido. —Elizabeth escrutó detenidamente a la muchacha—. ¿Qué ocurrió en Summer Hill?

Celia le contó en voz baja lo que sabía. Elizabeth se quedó sentada y en silencio, esforzándose por no llorar. Incapaz de poder hacer nada, se preguntaba dónde podía estar William. Rezó con fervor para que él siguiera con vida. A unos pasos de ellas, Felicity limpiaba de sangre la cara de Jonathan y se aseguraba de que realmente no hubiera sufrido ningún daño.

—Pequeñín, ¡qué valiente eres! ¡Un día serás un gran héroe, como tu padre!

—Papi —dijo Jonathan señalando a Duncan.

—Vaya, vaya —dijo Elizabeth que, a pesar del espanto, no pudo contener una sonrisa temblorosa—. ¿Acaso se lo has enseñado de camino hacia aquí? Para eso has tenido que decírselo al oído.

Duncan se encogió de hombros con un gesto avergonzado; al instante lanzó un exabrupto pues se había olvidado de su herida. Deirdre, que estaba sentada con Anne en uno de los bancos de la iglesia, se santiguó rápidamente, lo cual hizo que Duncan carraspeara una disculpa.

—Solo le he dicho que su viejo papa cuidará siempre de él y que no tiene nada que temer.

Elizabeth, dejándose llevar por sus sentimientos, se sentó junto a Duncan y le tomó la mano.

—Lo siento. Eso te ha pasado por mi insistencia en venir aquí.

Él negó con la cabeza.

—Era un buen plan. De hecho, el único sensato. Estos muros tienen sólidos cimientos, a diferencia de las casas de madera. Además, la casa de Claire está demasiado cerca del agua.

—¿Qué quieres decir con eso?

—Que habrá una inundación. A saber qué será de Chez Claire. Eso siempre y cuando el huracán no la haya destrozado ya a estas horas.

—¡Tendríamos que habérnoslas traído con nosotros!

—Yo se lo he ofrecido, pero Claire se ha negado. Me ha dicho que cuando era pequeña aprendió a nadar y que lo que la tempestad pudiera llevarse de su fortuna ella lo recuperará de otro modo. —Negó con la cabeza—. Solo nos queda esperar lo mejor.

Elizabeth se mordió los labios pero, a la vista de aquellos tremendos acontecimientos, no quería agobiarlo a él ni a los demás con sus propias preocupaciones. Temía tanto por

Pearl que le habría gustado salir corriendo para buscarla. Recordó que ya una vez, durante la travesía de ida a la isla, cuando estalló el otro huracán, ella había temido por la yegua. En esa ocasión Harold fue quien la ayudó. Se había ocupado de Elizabeth y de Pearl, y se había encargado de que ambas estuvieran a salvo. Se preguntó si tal vez entonces él ya planeaba ganarse sus favores.

La acusación de Celia había horrorizado profundamente a Elizabeth; le costaba hacerse a la idea de que Harold hubiera cometido todos aquellos crímenes. Se estremecía con solo pensarlo, e imaginarlo libre por ahí todavía lo empeoraba todo. ¡Cómo tenía que sentirse Anne! Elizabeth volvió a apretar la mano de Duncan y luego se levantó rápidamente para ver cómo estaban su amiga y Deirdre. Anne se había tumbado en el banco e incluso durmiendo tenía el rostro desencajado por el espanto. Deirdre se había abrazado a sí misma y se mecía suavemente, adelante y atrás, como queriendo tranquilizarse. Apoyaba la cabeza vuelta a un lado sobre las rodillas y tenía los ojos cerrados. Cuando Elizabeth se le acercó y la acarició suavemente, Deirdre levantó la mirada.

—¡Lady Elizabeth! —Por educación se dispuso trabajosamente a ponerse en pie, pero Elizabeth se lo impidió.

—Déjalo. Quédate sentada. Eres una mujer libre, no una criada. Encontré tu contrato entre los papeles de míster Dunmore y lo rompí. Te daré oro para que puedas regresar a casa sin problemas.

—No sé si quiero volver. —Deirdre parecía algo avergonzada—. Tal vez prefiera quedarme aquí.

—¿Con míster Fitzgerald?

—Con el padre Fitzgerald. —La vergüenza de Deirdre casi podía tocarse con las manos.

—¿Y dónde está él ahora?

Deirdre se encogió de hombros, preocupada.

—No lo sé. En el bosque yo no lo he visto. He venido a Bridgetown buscándolo. Tenía miedo de que lo hubieran apresado y encarcelado.

—En ese caso, cuenta con mi apoyo para que lo dejen libre. —Vacilante, Elizabeth añadió—: También existe otra posibilidad, Deirdre. Vosotros podríais venir con nosotros. Queremos empezar una nueva vida en otro lugar. Y vosotros también podríais hacerlo, como personas libres.

La expresión de Deirdre pasó de la duda a una esperanza vacilante.

—Oh, milady, eso sería... ¡Os lo agradezco mucho!

Anne estaba despierta y se incorporó lentamente entre gemidos. Elizabeth se sentó junto a ella y le pasó un brazo alrededor.

—Anne, querida... Lamento muchísimo todo lo que te ha ocurrido.

Anne asintió sin decir nada. La fiebre que le había provocado la mordedura de la serpiente había desaparecido, pero los terribles acontecimientos que había vivido en los últimos días la habían dejado sin fuerzas. La marcha forzosa de varios kilómetros hasta Bridgetown, a la que se había visto obligada tras una breve e inquietante noche en la cueva, dispuesta a buscar a su hermano en Bridgetown y pedir cuentas a Harold, la había dejado completamente exhausta. Elizabeth la apretó contra ella.

—¡Lo encontrarán y lo juzgarán!

Anne levantó la cabeza.

—¿Lo notas?

—¿Qué?

—¡Ha parado! —Una gran esperanza se dibujó en la cara de Anne—. ¡Por fin puedo salir a buscar a William! —Entonces se levantó trabajosamente y corrió hacia la puerta para abrirla.

Elizabeth aguzó el oído. En efecto, el fragor del viento ya no se oía. Con alivio, se puso en pie y se volvió hacia Duncan, el cual, rendido, permanecía sentado en un banco sosteniéndose el brazo herido.

—¡Ya ha terminado! —exclamó.

Celia también se puso en pie.

—¡No! ¡No salgáis! ¡Solo es el ojo!

—¿El qué? —Elizabeth se volvió perpleja hacia Celia.

—Es el ojo del huracán —corroboró Duncan—. Ahora el huracán está sobre nosotros. Esta calma es engañosa. No falta mucho para que empiece todo de nuevo.

Pero Anne no atendió a esas explicaciones. Había abierto la puerta y se disponía a salir cuando empezó a retroceder lentamente, con las manos hacia delante, en actitud defensiva.

—¡Ya te tengo! ¡Por fin! —dijo Harold Dunmore entrando en la iglesia como si fuera bienvenido.

La tormenta lo había vapuleado y tenía la cara cubierta de heridas. Vestido con el jubón oscuro, que llevaba rasgado por varias partes, y con el cabello negro desgreñado parecía una enorme ave de rapiña desfigurada dispuesta a hacerse con su presa.

De hecho, estaba decidido a matar. Había sacado un gran puñal; el filo brillante centelleaba con la luz de las velas del altar. Anne trastabilló hacia atrás para apartarse de él. Al cabo de dos pasos, resbaló y cayó al suelo. Harold se arrodilló junto a ella, casi con indolencia, y la sostuvo mientras alzaba el cuchillo.

Duncan se había levantado al instante de su asiento y había acudido hacia allí en el mismo momento en que Harold había aparecido, pero no había sido lo bastante rápido. De todos modos, aunque hubiera llegado a tiempo... Con el brazo derecho inutilizado, no era un buen adversario para Harold, más cuando encima se había quitado la canana. Elizabeth se había hecho a un lado porque Duncan no le dejaba ver bien. Jamás había contado con que Harold los seguiría en medio de la tempestad y que lograría encontrarlos, pero en ese instante decisivo no vaciló y actuó con frialdad, tal como se lo había enseñado Duncan. «Solo sobrevive el vencedor.»

No apuntó bien, pues no había tiempo para ello. El disparo sonó en el preciso instante en que el cuchillo descendía. La bala penetró en el vientre de Harold y lo lanzó hacia atrás. El puñal cayó al suelo con estrépito. Harold se quedó tumbado boca arriba, pero intentó darse la vuelta y recuperar el arma. Celia se le acercó con unas pocas zancadas, y tomó el cuchillo y lo apartó, justo a tiempo de impedírselo. Él se dio la vuelta de nuevo entre gemidos y se la quedó mirando desde el suelo.

—¡Bruja! —murmuró—. ¡Maldita seas!

—Yo hace tiempo que estoy maldita, padre. Los dos lo estamos.

Celia se arrodilló junto a él, levantó el cuchillo por encima de su cabeza y lo bajó con fuerza. Luego se dejó caer hacia atrás y se quedó sentada, muy aturdida. La empuñadura del arma sobresalía como una exclamación a la altura del pecho de Dunmore. Él resolló e intentó levantar la mano para decir algo más, pero finalmente se quedó tumbado en silencio.

Deirdre estaba arrodillada en el altar, frente a la cruz, y rezaba. Felicity se unió a ella con Johnatan asustado y lloroso en brazos, mientras Celia, Anne y Elizabeth unían sus fuerzas para arrastrar el cadáver de Harold Dunmore y sacarlo de la iglesia. Fuera el cielo estaba oscuro, pero los escombros que se veían por doquier permitían adivinar el alcance de la destrucción. Cuando regresaron a la iglesia, Duncan posó con torpeza el brazo sano en torno a Elizabeth.

—¡Querida, qué bien lo has hecho! Pero, dime, ¿dónde, por todos los diablos, llevabas escondida esa maldita pistola? ¿No sería en ese liguero tan fino?

Elizabeth se asió el corpiño y se lo puso bien; por fin podía respirar a gusto. Sin embargo, le temblaban las rodillas y tuvo que agarrarse a Duncan porque, de lo contrario, habría caído al suelo.

—Tal vez algún día te lo diré.

Luego se acercó a la puerta de la iglesia para cerrarla. Fuera el viento había empezado a aullar de nuevo y, un poco más tarde, se levantó un bramido ensordecedor. Elizabeth se sentó en un banco junto a los demás y se acomodó. En algún momento la vela se apagó, pero eso ya no tenía importancia. Duncan había pasado el brazo en torno a Elizabeth y ella le apoyó la cabeza en el hombro. Entre ellos estaba el niño, que había vuelto a dormirse.

—¿Te parece que mañana la guerra continuará? —murmuró Elizabeth.

—Ojalá lo supiera —respondió Duncan.

Pero, en el fondo, les daba igual. Ocurriera lo que ocurriese, ellos estarían juntos. El resto no importaba. Los dos unidos se quedaron mirando la oscuridad y aguardaron a que llegara el final de aquella tempestad.

62

A la mañana siguiente la guerra había terminado antes incluso de haber empezado. El huracán se prolongó hasta el alba, y cuando terminó Barbados quedó anegada por la lluvia. Llovía a cántaros, y eso aplacó de golpe las ansias bélicas por parte de los rebeldes. La mayoría de los soldados enviados al campo por el Consejo de la isla se habían rendido durante la noche y los demás entregaron las armas por la mañana. A la vista de la superioridad amenazadora del ejército de Cromwell, mucho mejor armado y entrenado, que amenazaba con avanzar hacia Bridgetown en frente cerrado, Jeremy Winston consideró preferible enviar a un parlamentario con bandera blanca y ofrecer la capitulación al enemigo. Aquella tarea recayó en su sobrino Eugene, el cual, según le pareció a su tío, se alegró mucho de ello. De todos modos, en el fondo todos se sentían contentos de que aquella guerra no hubiera provocado demasiadas víctimas. Aunque en ambos frentes se habían producido numerosos heridos, aquello se debía más al huracán y a los escombros llevados por el viento que a actos puramente bélicos.

Con todo, entre los civiles había que lamentar varios muertos. La revuelta de los esclavos había sido reprimida, pero había costado la vida a varias docenas de personas, aunque el número de víctimas negras superaba en mucho el de blancos. Aquella sublevación costaría aún la vida a muchos esclavos. La cárcel estaba a rebosar. Por eso los que se capturaba en los bosques eran atados al aire libre. Evidentemente, no iban a ajusticiarlos a todos, pues los terratenientes no podían permitírselo. Colgarían a algunos caudillos y los demás serían fustigados, marcados a fuego y luego obligados a trabajar, al igual que los criados sometidos a contrato. Era preciso compensar cuanto antes la posible caída de la cosecha a causa del huracán; algo que también exigían los actuales señores de Londres ya que el mundo necesitaba azúcar.

Mientras el mando de la flota tomaba las riendas en Barbados y dictaba las condiciones bajo las que tenía que proseguir la vida en la isla, sus habitantes procuraban paliar los daños, algo que, sin embargo, el mal tiempo dificultaba mucho. Una y otra vez, del cielo gris caían aguaceros intensos, de forma que las inundaciones de la costa, que se habían producido en el momento álgido del huracán y que habían convertido el río Constitution en una extensa corriente de agua, descendieran muy lentamente. Ya solo durante las horas de la mañana se habían hallado varios cadáveres entre los escombros y se suponía que habría muchos más en las masas de barro de los callejones, que llegaban hasta las rodillas.

Duncan descubrió con cierto horror que Chez Claire ya no existía. En el callejón donde estaba habían desaparecido media hilera de casas. La otra mitad estaba anegada hasta las ventanas. Entre reniegos y plegarias Duncan dio gracias primero a Elizabeth y a sus premoniciones, y luego a su Creador por su bondad y prudencia. Enseguida se dispuso a buscar a Claire. Para su alivio, la encontró un par de callejones más adentro, en un local llamado El dulce infierno donde ella se había refugiado con sus chicas. Vivienne tenía un ojo morado y Clotilde una herida en el pómulo, pero por lo demás todas estaban bien y, como siempre, estaban vigiladas por la mirada estoica y penetrante de Jacques. El gigante se hallaba muy ocupado apartando a los hombres de las francesas. Duncan no dudó de que pronto habría un nuevo Chez Claire —mejor, mayor y con una decoración más rica— que causaría furor entre sus clientes.

—Sigues aquí, *mon ami* —dijo Claire arqueando una ceja—. ¿No eras tú el que tenía que marcharse hace un tiempo?

—No, sin la yegua de mi futura esposa —dijo Duncan, imperturbable—. Y la caja sobre la que te sientas. Valoro muchísimo que no hayas intentado forzarla.

—Ah, no sé de dónde sacas esa certeza, pero te adoro por ello.

Con una sonrisa de esfinge, Claire le entregó el arca con el oro, la dote de Elizabeth, un dineral del cual a él le habría costado prescindir. Duncan le dio las gracias y se marchó silbando de contento. El brazo derecho le dolía, pero a quién podía importarle algo así cuando debajo del brazo izquierdo llevaba toda una fortuna.

Por suerte, el establo donde estaba Pearl había aguantado

y la yegua estaba perfectamente, lo cual iba a alegrar a Elizabeth más que el oro. Duncan dejó que el mozo de cuadra preparara la yegua y montó en ella. A pesar de la lluvia, la gente a su alrededor se dedicaba a retirar los escombros. Aunque les aguardaban muchas semanas de trabajo, la tempestad en realidad no había sido tan grave. De haber sido así, en la costa no habría quedado piedra sobre piedra, y habría habido cientos o incluso miles de muertos, como ocurrió con el huracán de Cuba seis años atrás. Eso por no hablar de los barcos del puerto: por ejemplo, en los dos huracanes que habían asolado La Española hacía nueve y diez años se habían destruido y hundido varias docenas de embarcaciones.

Duncan ya se había asegurado de que el *Elise* había salido bien parado de la tormenta nocturna. Solo hacían falta unas pocas reparaciones de poca importancia y, además, podían llevarse a cabo en alta mar. No tenía previsto permanecer más tiempo del necesario en Barbados y, en lo posible, su intención era zarpar aquel mismo día. Tras cumplir su parte del trato y haber permitido al almirante un desembarco sin contratiempos, él tenía el paso abierto. Duncan regresó a la iglesia a caballo. Las mujeres y el pequeño habían encontrado refugio en la casa parroquial adyacente; a Duncan conseguir eso le había costado un gran esfuerzo de convicción puesto que el cadáver de Dunmore en el jardín no daba precisamente muchos motivos de confianza al reverendo Martin.

La lluvia seguía cayendo sin cesar mientras Duncan se aproximaba a la iglesia. A pesar de estar empapado, eso no le molestaba, ni tampoco el dolor en el brazo. Una satisfacción tranquila lo inundó al pensar en el viaje que se abría ante sí con Elizabeth y su hijo; igualmente albergaba algunas esperanzas en cuanto al futuro. Si el almirantazgo cumplía aunque solo fuera una parte de sus promesas, él, con la ayuda del Parlamento, empezaría a crear pronto una verdadera flota mercante. Y Barbados era solo el comienzo porque en el Caribe había aún otros destinos que, en cuanto los españoles fueran expulsados de allí, serían por lo menos igual de lucrativos.

Un carro se aproximó traqueteando, con las ruedas abriéndose paso con dificultad en el barro. Para su asombro, Duncan vio a George Penn sentado en el pescante. El oficial, en otros tiempos tan ansioso por enzarzarse en una guerra, era ahora un hombre empapado y vencido que había dejado atrás sus mejores años. En la superficie de carga iba un hombre sentado, reclinado en un montón de sacos y envuelto en una manta con el sombrero muy calado. Duncan se acercó a caballo.

—¡Qué me aspen! —exclamó, incrédulo—. ¿Sois vos, Noringham?

William se apartó el sombrero. El hombre estaba muy pálido y malherido, algo no muy difícil de adivinar por su postura encogida y la expresión de dolor de su rostro. Sin embargo, aunque la lluvia le cubría la cara de agua, logró forzar una sonrisa.

—Capitán Haynes. Confío en que vos habéis cuidado de que lady Elizabeth esté a salvo, ¿verdad?

—Podéis estar seguro de ello, sir. —Duncan le dirigió una amplia sonrisa. Pocas veces había sentido una felicidad mayor—. ¡Os creíamos muerto!

—Yo también lo creí. Pero, al parecer, aunque tengo un orificio en el pecho, debajo solo hay una costilla rota. Según parece, Dunmore ahorraba en pólvora. Lo de la pierna es bastante peor. Me la rompí al saltar por la ventana a causa del fuego.

—Ya me contaréis cómo pasó todo eso. Por el momento no creo que os sea posible.

Duncan señaló las mujeres, que salían a toda prisa de la casa parroquial. Anne iba al frente, sollozaba y reía a la vez, mientras se encaramaba a la superficie de carga del carro y abrazaba a su hermano, algo que él soportó con el rostro contrito de dolor. Elizabeth se aproximó al vehículo apretándose la boca con las manos, y Duncan observó que ella también lloraba, como Deirdre y Celia. Y también igual que Felicity, quien se unió al grupo llevando a Jonathan de la mano y quien estalló en lágrimas en cuanto vio a William, al que creían muerto. Finalmente, Jonathan también se echó a llorar, y lo hizo con una intensidad que superó sin problemas a la de las mujeres. Al parecer bastaba con que uno llorara para que todos los demás le hicieran coro.

Duncan suspiró para sí mismo y se dijo que él se lo había buscado. Sin embargo, entonces volvió la cara hacia la lluvia y se echó a reír. Unas cuantas lloronas no lograrían alterarlo a él. ¡Por todos los diablos! ¡Era todo un pirata! Pronto todos juntos zarparían en el *Elise* hacia el horizonte. Y mientras él tuviera una cubierta bajo los pies y las velas desplegadas sobre la cabeza, era capaz de afrontarlo todo.

Contento, descabalgó de su montura y se reunió con los demás.

Epílogo

Excepto unos pocos, los personajes de esta novela son totalmente inventados. De todos ellos en realidad solo existió el desventurado rey, que perdió la cabeza ya en las primeras páginas, y algunos miembros del almirantazgo cuya importancia en la historia no es muy relevante.

Por otra parte, también existió de verdad el famoso buque insignia de la flota del Parlamento, el *Resolution*, que tras la restauración de la monarquía volvió a llamarse *Prince Royal* y se convirtió en una joya de la Marina real británica. Desde esa fabulosa fragata, un almirante llamado Ayscue ordenó la represión del alzamiento de Barbados, pero en esta novela a los acontecimientos que acompañaron los hechos les he añadido una buena dosis de ficción y unos cuantos adornos.

A principios del año 1652, el Consejo de la isla reconoció la autoridad del Parlamento inglés, pero se le permitió tener una constitución propia, que fue la primera del Nuevo Mundo. El gobernador —que, excepto por el cargo, no tiene nada que ver con el personaje de la novela Jeremy Winston— fue obligado a abandonar Barbados, y sus sucesores se encargaron de que el comercio del azúcar siguiera floreciendo.

En cuanto a los personajes del libro, es posible que más de un lector se pregunte qué fue de ellos. A pesar de que en realidad no existieron eso no significa que su historia no pueda seguir siendo contada. En cuanto a las cuestiones pendientes —por ejemplo, adónde fueron Duncan, Elizabeth y los demás con el *Elise*, quién los acompañó y quién se quedó en Barbados—, eso forma parte de otra historia, que bien podría ser la continuación de esta. Se conocerá en otra novela que también tiene lugar en el Caribe...

Lista de términos aclaratorios

Amarra	Cabo grande con que se asegura una embarcación.
Babalawo	Término genérico aplicado a los curanderos, chamanes y sacerdotes de los yoruba de África Occidental.
Bagazo	Residuo fibroso de la caña de azúcar obtenido tras la extracción de su jugo.
Banqueting House	La única parte que todavía se conserva de la residencia principal de los monarcas en el Londres de los siglos XVI y XVII.
Barco basura	Un barco que ya no es apto para la navegación.
Barlovento	Lado de una embarcación de donde viene la dirección del viento.
Bauprés	Madera circular montada firmemente en la parte delantera de un barco velero y que sobresale del tajamar.
Borgoñota	Casco de caballería propio del siglo XVII en Europa.
Botalón	Madero redondo.
Bridgetown	Al principio este lugar se llamó Indian Bridge (en referencia a un puente de ma-

	dera de los arahuacos, los indígenas de la isla), y luego pasó a llamarse Saint Michael's Town, hasta que se impuso el nombre actual de Bridgetown.
Bucanero	Cazador de ganado del Caribe, aunque también es un término general para referirse a los piratas.
Cabrestante	Dispositivo de giro que permite levantar objetos pesados y que recoge la cadena del ancla.
Calzón corto o *breeches*	Pantalón masculino que se llevó desde el siglo XVI hasta el XIX, de pernera estrecha por debajo y ancha por arriba.
Carraca	Barco desjarciado y fuera de servicio.
Castillo de popa	Parte posterior de un barco elevada y que se encuentra por encima de la cubierta principal.
Castillo de proa	Parte construida sobre la popa de un barco.
Coracero	Soldado de caballería armado con coraza (de *cuirasse* en francés, coraza).
Culebrina	Arma de fuego ligera colocada habitualmente sobre la borda del barco
Escala real	Puente de acceso a un barco. Antiguamente acostumbraba a ser una escalera de cuerda.
Esquife	Barco auxiliar.
Filibote	Buque mercante holandés.
Grumete	Miembro más joven de la tripulación de un barco. Bisoño.
Holetown	Antiguamente esta ciudad se llamaba Saint James Town.
House of Burgesses	Forma primitiva de la *House of Assembly*. Congreso de los diputados de Barbados (a partir de 1639).

Ifá	En la religión de los yoruba y en todas las religiones que se derivan de ella, el oráculo de Ifá es fundamental para la subsistencia.
Imbornal	Orificio en la cubierta de un barco por el cual se desagua al mar el agua de la lluvia o de los golpes de mar.
Jerez	En aquella época, el nombre habitual en inglés para esta bebida era *Sack* o *Sherris Sack*.
London Lobsters	Traducción literal: «las langostas de Londres». Coraceros de la guerra civil inglesa con la armadura de color rojo.
Mascabado	Conocido también como azúcar de Barbados, es un tipo de azúcar moreno.
Mastelero	Parte del mástil de un velero que sostiene las velas.
Odù	Signo del oráculo.
Ogoun	Dios de los yoruba.
Orishas	Dioses de los yoruba. (Término genérico.)
Paje de pólvora	Grumetes habilidosos y ágiles. Durante las batallas navales, su tarea consistía en llevar la pólvora desde la santabárbara hasta los cañones del barco.
Palo de trinquete	En los veleros con varios mástiles, el mástil delantero.
Par	Miembro de la alta nobleza británica.
Parlamentario	En la época de la guerra civil inglesa, partidario del Parlamento. En inglés se llamaban *roundheads* (cabezas redondas).
Parroquia	Distrito.
Piquet	Juego de cartas de origen francés. Requiere dos jugadores.

Porta	Abertura con cierre en el costado de los buques a través de la cual se disparan los cañones.
Potasa	En realidad, carbonato de potasio. Antiguamente se obtenía de la ceniza de la madera y se lixiviaba en un pote de hierro (de ahí el nombre de potasa). Este producto se utilizaba, entre otras cosas, para fabricar jabón.
Presa marítima	Concepto propio del derecho militar: se llamaba así el botín obtenido por una acción corsaria o una batalla naval.
Ron	Este nombre fue de uso general unos años después de la acción de la novela; en esa época, al licor obtenido del azúcar se le conocía sobre todo como *Kill-Devil* (matadiablos) o *rumbullion* (tumulto), hasta que se impuso la abreviatura de este último nombre.
Sentina	La cavidad inferior de un barco, que se encuentra directamente encima de la quilla.
Sotavento	Lado de una embarcación opuesta a la dirección del viento.
Verdugado	Miriñaque en forma de campana.
Virginal	Clavicémbalo. Instrumento antiguo de teclado.

El papel utilizado para la impresión de este libro
ha sido fabricado a partir de madera
procedente de bosques y plantaciones
gestionados con los más altos estándares ambientales,
lo que garantiza una explotación de los recursos
sostenible con el medio ambiente
y beneficiosa para las personas.
Por este motivo, Greenpeace acredita que
este libro cumple los requisitos ambientales y sociales
necesarios para ser considerado
un libro «amigo de los bosques».
El proyecto Libros Amigos de los Bosques promueve
la conservación y el uso sostenible de los bosques,
en especial de los bosques primarios,
los últimos bosques vírgenes del planeta.